四千年文选

选编／高石芝
注评／高祥樟

社会科学文献出版社
SOCIAL SCIENCES ACADEMIC PRESS (CHINA)

再版说明

《四千年文选》是一部中国历代文选，所选文章上起先秦下至近代，第一次出版于1943年四川成都复兴书局，选编、标点、注释人是当时的四川大学教授高石芝先生。高石芝是我的外公，于抗战初期执教于川大，自编古文作为讲义，后流传于世，为抗战时期迁入四川各学校所采用。随着对此讲义的需求越来越大，学校于是考虑将其出版。抗战时期纸张缺乏，不得不竭力压缩篇幅和内容，省去了许多精彩的解说。

高石芝，名高凌霄，字石芝，四川省璧山县八塘乡人，生于清光绪元年（公历1875年），1897年以四川丁酉科乡试中举，次年赴京会试，适逢戊戌变法，未能授进士。1908年再次受召入京，授进士，任内阁中书。旋清廷下诏预备立宪，设咨政院，又以川籍代表为咨政院议员。1911年辛亥革命起，清朝崩溃，乃二次还乡，为四川省首届议会秘书长。后又出任四川省多县县长。新中国成立后，受聘为四川省文史馆馆员，同时任成都市政协委员，1956年病逝。

1996年，我无意中从《民国时期总书目》中重新发现了这本书，后从重庆市图书馆复印全书，由我的舅舅，已经从天津社会科学院退休后进入天津市文史馆的高祥樟先生重新整理，加以注释与解说，并于2003年在吉林文史出版社出版。吉林文史出版社还在首版封面上写了“21世纪的古文观止”这样极高评价的字样。

此次再版，社会科学文献出版社给予了大力支持，还特别请了古文专家对全书进行了校订。此次校订重点关注了选编文本的正确性，也修改了个别不甚准确的注释，还对错别字和使用不当的异体字、个别正文与注释不一致的文字等进行了修改。此番加工令《四千年文选》更臻完善，使得这一选编精当、见解透辟的民国大学古文读本能够以全新面貌再度面世，发挥其应有的作用。

《四千年文选》自首次出版至今，已经过去76年，此书编选者高石芝先生已谢世63年，注释和解说这部书的高祥樟先生也已于2007年仙逝，而这部书却又获得了新生。高祥樟先生在此书于吉林文史出版社版的“跋”中说得好：“纵观先父一生之遭遇与此书何其相似。其兴也壮，其沉寂也久。因世之治乱使然。今此书之翻然重出于世，其亦先父之志欤？抑亦盛世使之然欤？”

附带要说明的是，原书成书已久，并未注明所选各文出自何种版本，且解说者高祥樟先生也已逝世，故此书各文所出版本已不可考。

张晓明

中国社会科学院中国文化研究中心

2019年11月04日

弁　言

生民之初，结绳纪事而已。有圣人者起，因物画形，取象日月山川，虫鸟蹄亢为之字。而天地之变，古今之遥，人物情绪之繁颐，罔弗托之以传。积演既久，孳乳浸多。肇始发明，达五千年。仓颉、沮诵、佉卢、埃及、拉丁，无东西，一也。吾国文字，创于轩辕。至时厥后，荒漫无稽。唐、虞、夏、商、周，人智日新。史臣珥笔，逐渐闳肆。然诘屈聱牙，读者维艰。初期文学，固应尔矣。东周讫秦四百余年中，诸子坌兴，波谲云诡，如老、庄、管、晏、孟、荀、公、谷、左、申、韩、屈、宋之流，阐明道义，极窈穷幽。文辞尔雅渊懿、浩博无涯矣。如溟渤潮汐，河岳风云，千变万化，出鬼入神，至于不可思议。故凡政教哲科诸学皆备无遗。汉以后著作如林，率皆咀其英、嚼其华、挹其流、扬其波者，炯乎哉！天地菁华，郁久必发。吾国文学星宿海，此其时矣。

夫文章之道，有奇有偶。周秦奇偶合炉。马班一奇一偶，气骨已不逮古人。魏晋六朝，卑冗靡缛，古谊斯微。昌黎起衰八代，河东力振宗风。卓然大家，高蹋百禩。欧、苏天才俊迈，一世之雄。问鼎东周，自桧下矣。明清六百余年，七子辞散力弱，桐城之胎归唐，主盟中夏，严拘例法，呺然大号于时。取法乎中，仅得乎下，实不知有汉也已。

今之学者好为文章，上焉者必枕葄六经，淹贯诸子百家，以浚其源；必规抚贾马，以坚其骨；必据韩摭柳，以雄其气。又必周览四海名山大川，以厚其才。然后搦笔为文，乃有所得。中焉者不能专门名家，亦必镕铸古人成文数十篇，熟于口而融于心。以之为语体、文言，方能有所措手。不此之图，日取材于报章杂志，苟有聪明，亦足为时机械。若夫饱食终日，无所用心，则吾未知其所之也。

坊间古文选刻，移时辄弃敝簏。是编所搜不过百篇，自典谟训诰迄近代作家，名篇略具。文学蜕演，一览可知。初学大学，读之终身不厌。予持此以教子弟久矣。同人怂恿印行，俾便学者。爰缀其颠末于耑云。

一九四三年春三月

壁山高凌霄石芝父叙

选辑凡例

一、是编上起唐虞，下讫近代。古今作品不免九牛一毛。然纯为节省学生脑筋，治它科学起见。宁缺毋滥，读者谅之。

二、每代数人，每人数篇，自是挂一漏万。但纳须弥于芥子，举一可以反三。吸海杯勺，自知水味。

三、编内作者姓名略历，寥寥记入，藉悉其人身世。并缀小评，说明一篇大旨，庶易记读。

四、历代著者鸿篇巨制，美不胜收。本编专取明白晓畅，传诵人口者，以为现代轨范。其它文深意晦，概从屏诸。

五、古文选刻向以类分，现专注重科学，国文只求适用。专家精擘，有古籍在。

目 录

虞书·尧典（节录）

尚　书

帝尧在位年老，欲择贤人让天下。四岳荐舜大孝。尧妻之二女，遂禅帝位。

帝曰①：“咨四岳②。朕在位七十载③，汝能庸④命，巽朕位⑤？”岳曰：“否德忝帝位⑥。”曰：“明明扬侧陋⑦。”师锡帝曰⑧：“有鳏在下⑨，曰虞舜⑩。”帝曰：“俞⑪，予闻，如何？”岳曰：“瞽子。父顽，母嚚，象傲⑫，克谐以孝⑬。烝烝乂⑭，不格奸⑮。”帝曰：“我其试哉。女于时⑯，观厥刑于二女⑰。”

釐降二女于沩汭⑱，嫔于虞⑲。帝曰：“钦哉⑳！”

注　释

①帝：指帝尧。　②咨四岳：咨，咨询，询问。四岳，尧臣名。　③朕：我。古时人都自称为朕。后来才发展成为帝王专用。　④庸：即用字。⑤巽：同逊，字通用。逊，谦让，辞让。　⑥否德忝帝位：否音鄙，否定语气。否德，没那个品德。忝，音舔，辱没。全句意为：没有那个能承担帝位的品格。　⑦明明扬侧陋：明明扬，意思是公开推举。侧陋，指地位卑下没有名声的人。　⑧师锡帝曰：师，众多。众人都向帝尧说。　⑨鳏：没讨老婆的人。　⑩虞舜：虞族的舜。　⑪俞：语气语。如嗯、可以之类的语气。⑫瞽子。父顽，母嚚，象傲：舜父名瞽叟，弟名象。顽，嚚：旧释为：“心不则德义之经为顽，口不道忠信之言为嚚。”其时连书都还没有，哪来的德义之经呢？未必是恰当的解释。以情理推想，无非是父亲固执，母亲爱吵架，兄

弟不听话而已。 ⑬克谐以孝：克，能够。指舜能以自己的孝顺行为使他们和谐地共同生活。 ⑭烝烝乂：逐渐转变向好。 ⑮不格奸：不至于做坏事。 ⑯女于时：尚书中“时”字，常作是字、此字解。女于时的意思是：嫁给这个人。 ⑰观厥刑：观察他（指舜）的行为规范。《庄子》说这件事是：“女事之以观其内。” ⑱釐，同僖，幸福，吉祥。沩汭：汭，水弯曲处。沩汭即沩水水湾。 ⑲嫔于虞：嫁到虞部落。在氏族社会中，婚嫁是两个部落（或氏族）间的行为而不是个人行为。所以，女子首先是从自己部落嫁到对方部落，然后再分到具体的人。所以，尧嫁出二女首先是嫔于虞部落，然后才是嫁给舜。这种例子在诗经中很多。如《诗经·大雅·大明》：“来嫁于周，曰嫔于京，乃及王季。” ⑳钦哉：申戒的语言。谨慎啊、恭敬啊之类。以后才成为帝王的专用语。

解　说

这是我国有文字记载的历史的第一篇。所记的是尧禅让帝位的经过。

帝尧年老，表示愿意让帝位于贤人。他说：“问你们，四岳，我在帝位上已经七十年了，你们谁能承继我让出来的帝位？”四岳都说：“我们还不具备能够承继帝位的品德。”尧说：“那么，就公开推举一个比你们地位低下，或是还没什么名声的人吧。”大家都向帝尧说：“虞族有这么一个还没有讨老婆的名叫舜的人，他能行。”帝尧说：“嗯，我也听说过。这人怎么样？”四岳说：“他是一个叫瞽的老头的儿子。他父亲的脾气固执，听不进好话，母亲呢总爱吵闹，而他的兄弟象又傲慢无礼，但他却能用自己的孝心使他们都能和睦相处。他还能使他们逐渐转变，向好的方向发展。因此，他们始终没有出现大的过失。”帝尧说：“让我再考察一下，把两个女儿嫁给他，看看他对她们的行为表现如何。”

于是，择个好日子，把两个女儿下嫁在沩水的拐弯处，嫁给虞族的舜为妃。帝尧嘱咐她们，行为要恭敬、谨慎。

石芝父评：祖国文字，创于黄帝之臣仓颉，以纪录人类语言。至于连缀成篇段，则以《尚书》为最古。此为尧舜禅让之史实，故以冠于编。

虞书·大禹谟[①]（节录）

尚　书

帝舜初用鲧治水，九年无功。复用鲧子禹治水。禹在外治水十三年，三过家门而不入，劳碌辛苦。终于疏通九河，平定水土，使人民免去洪水的灾害。治水功成，帝舜即禅位于禹。史称大禹，国号夏。

帝[②]曰："来，禹[③]！洚水儆予[④]，成允成功，惟汝贤[⑤]；克勤于邦[⑥]，克俭于家，不自满假[⑦]，惟汝贤。汝惟不矜，天下莫与汝争能[⑧]；汝惟不伐[⑨]，天下莫与汝争功[⑩]。予懋乃德，嘉乃丕绩[⑪]。天之历数在汝躬[⑫]，汝终陟元后[⑬]。"

注　释

①谟：《尚书》第一卷共五篇：尧典、舜典、大禹谟、皋陶谟和益稷。典，犹如当时的大事纪。谟，与后世习用的"谋"字同义，记载当时君臣间对一些重大事件的讨论、决定的经过，故名曰"谟"。　②帝：指舜。舜受尧禅而登帝位，故称帝。　③来，禹：这种打招呼的口气，显示出当时君臣间一种质朴平等的关系，与后来封建社会中的君臣关系有天壤之别。认识这种关系的性质，才能理解当时为何能存在禅让制度。　④洚水儆予：洚水即洪水。帝舜把洪水的灾难视为上天对自己的儆戒。儆即警。　⑤成允成功：成允，实现了自己的诺言。成功，完成了治平洪水的功业。惟汝贤：只有你表现最好。　⑥克勤于邦：克，能。对国家大事能做到勤勤恳恳。　⑦克俭于家，不自满假：对家庭能

做到节俭、朴素，对自己能做到毫不自满、自大。以上三点，对公、对私和对己，是帝舜心目中大禹的优秀品质，和治水功绩同等重要。⑧汝惟不矜，天下莫与汝争能：矜，矜夸，自以为了不起。正由于禹能不矜，所以普天下就没有人想同他争一争能耐的高低。 ⑨伐：夸耀自己，吹嘘自己的功绩。 ⑩天下莫与汝争功：天下就没有人想和你争一争这些功劳究竟属于谁。 ⑪予懋乃德，嘉乃丕绩：予，舜自谓。乃，你。懋，重视。嘉，嘉许，奖励。丕，大。德指品德，绩指功绩。全句意思是：我重视你的品德，嘉奖你的功绩，作为打算禅让的依据。⑫天之历数在汝躬：天之历数指天象。中国古人相信一切朝代的兴衰都与天象有关。而日月星辰的运转次序都有一定数量关系，称为历数。这也与个人命运相关。舜相信禹将上升为元后，也与历数相关。历数的指示正应在你的身上。 ⑬汝终陟元后：陟，上升。元后，国家最高领导者。意思是，历象已指出命运落在你身上，你一定会上升到元后的位子。

解　说

舜帝说："你近前来，禹！（我告诉你）洪水是上天对我的儆戒。实现你的诺言，完成治水的功业，你做得最好。对国事勤劳不息，在家里生活艰苦朴素，对自己依旧一点也不宽容，丝毫也不自满，这也是你做得最好。正由于你不自认为了不起，所以普天下没有哪个人想同你比一下能耐的高低。正由于你不肯夸耀自己的功绩，所以普天下没有哪个人想和你争论一下功劳的大小。我赞赏你的品德，要嘉奖你的功劳。老天爷的运行该轮到你身上了。你最终是应上升到元后的位子。"

"人心惟危，道心惟微⑭；惟精惟一，允执厥中⑮。"

"无稽⑯之言勿听，弗询之谋勿庸⑰。"

"可爱非君，可畏非民⑱？众非元后何戴？后非众罔与守邦⑲。"

“钦哉！慎乃有位[20]，敬修其可愿[21]。四海困穷，天禄永终[22]。惟口出好兴戎[23]。朕言不再[24]。”

注　释

⑭人心惟危，道心惟微：旧注，指其发于形气者而言，谓之人心。人心易私而难公。指其发于义理者而言，则为道心。道心难明而易昧。译成今天的话就是：人心总是从个人私利出发，容易偏离公理，所以危险。道心则是坚持公理、道义。但公理是隐微的，不容易弄清楚。这就是所谓的“道心惟微”。　⑮惟精惟一，允执厥中：因为道心难明，所以要深入追求，这就是惟精。只要认准了道心，就应一贯坚持下去，这就是惟一。做到了惟精惟一，在对待事物上就能够不偏不倚，牢牢掌握永远中正的道心。以上四个短语组成的完整含意，被宋朝以后的儒家奉为治国平天下的神圣原则，称为历代圣人的十六字心传。　⑯无稽之言勿听：无稽，没经过实际考查，没有根据，这种话不能听。　⑰弗询之谋勿庸：询，询问。庸，同用。没有经过广泛征询的主张不可采用。　⑱可爱非君，可畏非民：意思是，最受爱戴的难道不是君后吗？最让人畏惧的力量难道不是人民的力量吗？须知，禅让时期的统治者君后，和被统治者人民之间，还存在着牢固的血缘关系。所以人民爱戴领袖，领袖信任人民。这句话若移用到后来的君民关系上就失效了。　⑲众非元后何戴，后非众罔与守邦：民众不能没有领导，领导也离不开民众。失去了民众谁来保卫国家呢？　⑳钦哉！慎乃有位：钦，恭敬谨慎。要慎重对待你所拥有的元后的地位。　㉑敬修其可愿：谨慎对待在自己心中升起的愿望、欲望。亦即去掉私心杂念。　㉒四海困穷，天禄永终：如果所有老百姓的生活都穷苦困难，那么，上天赐给你的元后的地位也就永远完结了。　㉓惟口出好兴戎：话一说出口，可能赢得好结果，也可能引起一场战祸。　㉔朕言不再：朕，我。我不再说了。

解　说

上一段揭示了舜帝逊位的意愿，而这一段则是舜帝在逊位前给继任者留下的重要嘱托。

第一条嘱托是关于私心和公正的道心。帝舜说："让私心私利支配自己是危险的，但公正的道心却有重重隐蔽。一贯坚持不懈和深入分析，才可能把住道心的不偏不倚。"

第二条嘱托是关于决策方法。帝舜说："没根据的话别听，没经过多方面咨询的主张别采用。"

第三条嘱托是关于领导和群众的关系。帝舜说："可爱的不是元后吗？可怕的力量不是民众吗？民众如没有元后，谁来领导？元后失去了民众，谁来保卫国家？"

最后，帝舜再一次谆谆嘱咐："慎重啊，慎重对待自己拥有的地位，慎重处理自己的愿望。如果四海之内的人都穷困了，那么，上天赐给你的地位也就完了。从嘴里说出来的话也许成为好事，也许引起干戈。我不再说了。"

石芝父评：舜生三十而受尧禅位，是称帝舜。在位三十三年而禅位于禹。此段乃舜禅禹之史实。一方面从懋德嘉功而禅位，同时又以天下大任之重，谆谆嘱咐。"人心惟危，道心惟微；惟精惟一，允执厥中"十六字，是中国儒家圣贤相传之心法，治国平天下者出政之根本。于此可见天下大任付托之慎重。

夏书·五子之歌

尚　书

夏禹传位于子启，家天下。启传子太康。太康溺于畋猎，盘游逸豫，失民心。有穷后羿乃因夏民之不忍，拒太康于河，使不得归。遂因夏民而代夏政，夏祀中绝。太康弟五人遂因亡国悲痛，作歌以恸戒之。

太康尸位以逸豫，灭厥德①，黎民咸贰②，乃盘游无度③，畋于有洛之表④，十旬弗反⑤。有穷后羿，因民弗忍，距于河⑥。厥弟五人，御其母以从，徯于洛之汭⑦。五子咸怨，述大禹之戒以作歌。

注　释

①尸位以逸豫，灭厥德：尸，是在古代祭礼中，一个代表受祭的死者的活人。他在祭礼过程中只是站着不动，什么事也不做。这里指太康作为统治者，只知道享乐，什么也不做。逸豫，逸是放任，豫是享乐，合起来就是腐化堕落的意思。灭厥德，指失去黎民的拥护。　②贰：叛离。贰的本义是指贰心，与统治者不是一条心了。咸，皆。老百姓都想叛离太康的统治。　③盘游无度：盘游，到处游。无度，没有节制。指太康沉溺于打猎不管时间和远近。　④畋于有洛之表：畋，音田，打猎。表，外面。有洛之表，即洛水之南。　⑤十旬弗反：旬，十天。反，返回。弗，即不。　⑥有穷后羿，因民弗忍，距于河：有穷是国名。后，

君主。羿，有穷国君主的名字。距，同拒。 ⑦徯于洛之汭：徯，等待。洛之汭，洛水弯曲处。在那里等待太康。

解 说

本篇首段，显然是后人在集辑这五首歌时，对作歌缘起所作的扼要介绍。后面的其一，其二……才是正文。

首句“太康尸位”就是对太康的严厉谴责。说他像祭祀礼仪中的“尸”那样，占住位置不干事。只顾自己安逸享乐，失去了人民的拥护。老百姓都背叛他了，他还是无休无止地享乐。远离夏国，跑到洛水南边去田猎游玩，玩了一百多天还不想回家，被有穷国的后羿利用人民的不满，把他堵在黄河外不许他回国。他的五个兄弟用车拉着他们的母亲去找他，徘徊在洛水的河湾处。他们心中悲哀、怨恨，才用祖父大禹生前的告诫来作成歌——这就是“五子之歌”。

其一曰：皇祖有训，民可近，不可下⑧。民惟邦本，本固邦宁⑨。予视天下，愚夫愚妇，一能胜予⑩。一人三失，怨岂在明，不见是图⑪。予临兆民，懔乎若朽索之驭六马⑫。为人上者，奈何不敬？

注 释

⑧民可近，不可下：近，亲近。下，鄙视，瞧不起。 ⑨民惟邦本，本固邦宁：本，原意指树木的干。这里借此指人民是国家赖以存在的根本。只有根本巩固，国家才能安宁。 ⑩一能胜予：谁都能胜过我。指大禹认为，随便一个愚夫愚妇都能胜过他。是儆戒自己不要骄傲自满的意思。予，我。 ⑪一人三失，怨岂在明，不见是图：一人，指统治者。三失，出言过失很多。过失多了，自然会引起黎民的不满，早就该引起警惕，哪能等到人民怨气已爆发出来才知道。 ⑫予临兆民，

懔乎若朽索之驭六马：予，大禹自己。临，君临，统治。兆民，成百万人民。懔，即凛凛，紧张状。全句意为：我统治着百万人民，心里紧张得像拿着一根糟朽的缰绳来驾驭一部六匹马拉的车，随时都有翻车的危险。

解 说

第一支歌说：皇祖告诫我们，老百姓可以亲近，但不可以瞧不起他们。老百姓是国家的根本，根本牢固了，国家才能安宁。作为统治者，并非天生就比人民高明。我看天下的愚夫愚妇，哪个都能超过我。一个人过失多了，哪用等人民的怨气公开爆发出来，自己早就该感到了。我统治着百十万人民，心头凛凛地，好像是拉着一根糟朽的绳子在驾驭着六匹马拉的车，随时都有危险。当统治者的人，怎么敢大意呢？

其二曰：训有之，内作色荒[13]，外作禽荒[14]，甘酒嗜音[15]，峻宇雕墙[16]。有一于此，未或不亡。

注 释

⑬训有之，指前述大禹的训诫中还有。内，国内。作色荒，沉溺女色，宠信佞人。 ⑭外作禽荒：在外面沉溺于田猎，捕捉飞禽走兽。 ⑮甘酒嗜音：甘，甜美。喜欢喝醉酒，又嗜好音乐舞蹈的享乐。 ⑯峻宇雕墙：修建高峻的宫室，还要雕刻美化垣墙。

解 说

第二支歌说：祖父的训诫还有，在家里沉溺女色，宠信佞人；在外面沉溺于田猎，捕获禽兽；追求享乐，嗜好喝酒，爱好歌舞；把自己的宫室修筑得又高又大，连垣墙也要雕刻、装饰。哪怕就犯了上述的一种，这个国家就免不了要灭亡。

其三曰：惟彼陶唐，有此冀方[17]。今失厥道，乱其纪纲[18]，乃厎灭亡[19]。

注　释

⑰陶唐、冀方：帝尧先都唐，后都陶，故以陶唐代指帝尧。冀，冀州。今河北地方。　⑱纪纲：法制与伦常。纪，法纪。纲，伦常，如三纲五常。纪纲是维系社会秩序所不可缺少的。纪纲乱了，社会秩序就紊乱了。　⑲乃厎灭亡：厎，致。由于纪纲紊乱而导致了灭亡。

解　说

第三支歌说：自从帝尧陶唐氏以来，就占有了冀州这个地方，已有很长时间了。如今却背离了陶唐氏留下的传统，把社会原有的秩序完全搞乱了，才终于遭到灭亡。

其四曰：明明我祖，万邦之君[20]。有典有则[21]，贻厥子孙。关石和钧[22]，王府则有。荒坠厥绪[23]，覆宗绝祀[24]。

注　释

⑳明明我祖，万邦之君：禹治水成功，功在天下。不但受舜禅为国君，而且许多小国都来朝服。史称“执玉帛而朝者万国”，故称“万邦之君”。㉑有典有则：典，规范。则，法则制度。即治理天下的典章法则。　㉒关石和钧：石与钧都是重量单位。百二十斤为石（音旦），三十斤为钧。关，通。关石，通用的标准石。和，平。和钧，公平的标准钧。古代统治者都设立标准度量衡具，以为解决民间借贷、交易纠纷的依据。这些标准器具都存放于王府。　㉓荒坠厥绪：绪，传统。荒坠厥绪，指把这些良好的统治传统都荒废抛弃了。　㉔覆宗绝祀：古代社会很重视血缘关系，到周代

还实行宗法制度。宗是血缘关系的基本组织。覆宗，指这种血缘组织破坏了。绝祀，指不再每年祭祀祖先了。犹如今天所说的“断了香火”。

解 说

公正光明而又照亮一切的，我们的祖父大禹，是君临万邦的显赫的君王。给他的子孙留下了许多光辉的事迹和行为规范，像标准重量的“关石”（标准120斤）以及通用的公平的“和钧”，都还保存在王府。但今天却把祖宗留下的这些传统都抛弃了，使得宗族倾覆，祖宗的祭祀都断绝了。

其五曰：呜呼曷归，予怀之悲㉕。万姓仇予㉖，予将畴依㉗？郁陶乎予心，颜厚有忸怩㉘。弗慎厥德，虽悔可追㉙？

注 释

㉕呜呼曷归，予怀之悲：呜呼，感叹词，如今天的语气词“唉呀”。曷，同何。呜呼曷归，犹言：“家没有了，我回到何处去呀！”予怀之悲，这是我心中的悲痛。 ㉖万姓仇予：所有的人都仇视我。 ㉗予将畴依：畴，通俦，同类、伴侣。意思是在万姓仇予的环境下，谁将是我们的伴侣呢？有孤独无助之意。犹言哪里将是我们的归宿呢？ ㉘郁陶乎予心，颜厚有忸怩：陶，音摇。郁陶，犹言左想右想。忸怩，孔颖达疏：“羞不能言。”即使脸厚，心里也羞愧。 ㉙虽悔可追：应作问句读。悔恨能改变已经造成的错误吗？

解 说

（这是一篇亡国者的痛苦的呼号！）

我们将怎样活下去呢？哪里是我们的归宿？这是我心中的悲痛啊！所有的人都仇视我们，我们能向哪里去寻求友谊？我心中怀着深深的忧郁，脸上还流露着羞愧。不谨慎地约束自己的品行，今天虽然后悔，难道还能把已经铸成的过错追回来吗？

商书·仲虺之诰

尚　书

仲虺，汤贤相。汤既放桀，恐后世借革命为口实，仲虺作此，以诰天下万世。

成汤放桀于南巢[①]，惟有惭德[②]，曰："予恐来世以台为口实[③]。"

仲虺乃作诰，曰：

呜呼，惟天生民有欲，无主乃乱[④]。惟天生聪明时乂[⑤]。有夏昏德[⑥]，民坠涂炭[⑦]。天乃锡王勇智[⑧]，表正万邦[⑨]，缵禹旧服[⑩]。兹率厥典，奉若天命[⑪]。夏王有罪，矫诬上天，以布命于下。帝用不臧。式商受命，用爽厥师[⑫]。

注　释

①成汤：中国古史习惯称夏、商、周为三代。商代第一个君主名汤。他因以武力灭夏，成功地建立起商王朝，故号成汤。南巢，夏王朝末代君主被汤放逐的地方，在今安徽巢县南。　②惭德：内心惭愧，感到道德上不光彩。　③台：音 yí，即今天口语的"我"。　④惟天生民有欲：欲，即欲望。老天生的人都有欲望，有欲望就会有争斗。无主乃乱，没有君主约束就会出现混乱。⑤时乂：时，同是字。乂，治理。当无主乃乱的时候，会天生一个聪明人来治理。　⑥有夏昏德：夏国的君主自己行为就昏乱。　⑦民坠涂炭：涂，污泥。炭，炭火。坠，落进去。犹言人民生活在

水深火热中。 ⑧天乃锡王勇智：锡，赐予。上天赐给商王勇敢和智慧。 ⑨表正万邦：表，古代用以测定时间的日晷上的铁针。针的日影所指处，就是准确时间。这个针称为表。表直而影正，故引申为正确的表率。故“表正万邦”，即万邦的表率。 ⑩缵禹旧服：古代有服制，各种人只能按制度规定穿不同服装。所以服装规定，代表社会秩序。缵，继承。缵禹旧服，即指继承夏代原有的制度。 ⑪兹率厥典，奉若天命：兹，此，即现在。率，奉行。厥典，夏禹王原有的典章制度。遵奉夏禹留下的一切制度，像遵奉天命一样。 ⑫帝用不臧。式商受命，用爽厥师：臧，赞同。帝用不臧，是指夏王假称天帝的名义来向下发布命令，天帝不愿意。所以把天命授给了商王，使那些被夏王弄昏了的民众清醒过来。

解　说

这一段首先说明仲虺作诰的原因。

唉，是老天生的人都会有欲望，没个来作主管理的人，就会出现混乱。所以，老天就给生出个聪明人来治理。这个夏王很昏乱，人民掉到污泥炭火中去了。老天这才赐给汤王以勇敢和智慧，来作万国的表率，使他来继承原先大禹留下的制度秩序规章，就像遵守上天的命令一样。有罪的夏王竟敢假冒上天的意旨来向下发布命令。老天不喜欢这样，才授命给汤王，让夏国民众不要受蒙蔽。

简贤附势，实繁有徒⑬。

肇我邦于有夏⑭，若苗之有莠，若粟之有秕⑮。小大战战，罔不惧于非辜⑯，矧予之德言足听闻⑰。惟王不迩声色，不殖货利⑱。德懋懋官，功懋懋赏⑲。用人惟己，改过不吝。克宽克仁，彰信兆民。

注　释

⑬简贤附势，实繁有徒：此句文义与上下不相衔接，疑有错简或脱

简，待考。 ⑭肇我邦于有夏：肇，开始。全句意：在夏王朝的疆域内，开始创建商国。 ⑮若苗之有莠，若粟之有秕：商国建立在夏王朝范围中，就好似苗圃里的莠草，又似粟子里的秕子（没有粮食的空粒子），非常碍眼。 ⑯小大战战，罔不惧于非辜：大人小人都总是战战兢兢，害怕被无辜伤害。 ⑰矧予之德言足听闻：矧，何况。德言，品德和言论。足听闻，有很大影响。意思是，本来已经战战兢兢，何况再加上很大影响，就更难立足了。 ⑱殖：培殖，增殖，指赚钱。 ⑲德懋懋官，功懋懋赏：懋，同茂。这是指商王处事公正，不论亲疏，有德者官，有功者赏。德高官高，功多赏多。

解　说

开头两小句与上下文不衔接，恐有错简，存疑。

开始创建我们商国在夏王的地域中，就好像苗圃里长了莠草，粟米中长出秕子一样，使得大人小孩都战战兢兢，害怕会平白无故地遭罪。何况我（汤王）的行为和言论对老百姓又有很大影响！我商王不接近腐化享乐，不贪财弄钱。品德好的做官，功劳多的受赏。按自己标准选用人材。自己的错误立即纠正，不护短。对人宽大仁爱，公开取得人民信任。

乃葛伯仇饷[20]，初征自葛。东征西夷怨，南征北狄怨。曰：奚独后予[21]？攸徂之民，室家相庆[22]。曰：徯予后，后来其苏[23]。民之戴商[24]，厥惟旧哉[25]！

注　释

⑳葛伯仇饷：葛，国名。葛国首领称伯。史称，葛伯不祭祀祖先神祇，汤派人问他为何不祭祀？葛伯说，没粮食供粢盛。汤就派人去帮他种地。种地时老弱去送饭，葛伯倒把送饭的孩子给杀了。这事引起汤对葛伯的讨伐，并灭掉葛国。 ㉑奚独后予：同一后字有两种解释。一种作君主讲，如元后、我后等。另一种是先后的后。此处当作先后的后讲。意思是迫切要求解放，

埋怨成汤为什么单把我放在后面。㉒攸徂之民，室家相庆：攸，所。徂，往。意谓（汤）就要去或正向那里去征讨地方的人民，就高兴地左邻右舍互相庆祝。㉓徯予后，后来其苏：徯，等候。后，指汤王。汤王来了，日子就好过了。㉔民之戴商：戴，拥护。㉕厥惟旧哉：已经很久了。

解　说

葛伯毫无道理地杀死向地里送饭的儿童，这才引起战争，就从征讨葛伯开始。往东征讨，西方的人民抱怨；往南征讨，北方的人民抱怨，说："为何把我放在后边?"正要去征讨的地方的人民，左邻右舍都互相庆祝，说："等我们的王来，来了，日子就好过了。"人民拥戴商王已经很久了。

佑贤辅德，显忠遂良[26]。兼弱攻昧，取乱侮亡[27]。推亡固存，邦乃其昌[28]。德日新，万邦惟怀；志自满，九族乃离[29]。王懋昭大德，建中于民[30]。以义制事，以礼制心，垂裕后昆[31]。

注　释

㉖佑贤辅德，显忠遂良：对诸侯国而言，贤德忠良的要给以帮助。㉗兼弱攻昧，取乱侮亡：对诸侯中那些无力或无术自存的，就应该让他们灭亡。㉘推亡固存，邦乃其昌：有力自存的让其巩固，无力自存的加速其灭亡，才是国家兴旺发达的办法。㉙德日新……九族乃离：每天都有新的发展的国家，所有的国家都心向着你。一个总是自我感觉良好的君王，最亲近的人也将离开你。㉚王懋昭大德：懋，同茂，多也。昭，明也。建中于民，中，中道，即"允执厥中"的意思。这是进劝成汤用好政绩昭告天下，以取得人民拥护。㉛垂裕后昆：裕，宽裕；后昆，子孙，继承者。

解　说

帮助那些贤德的君主，表扬提拔忠正善良的人。弱小的国家应该被兼并，昏昧的君主应该被攻取，混乱的国家应该被拿过来，走向灭亡的国家理应受欺侮。该灭亡的推它一把，能存立的帮它巩固，然后我们的国家才能发达昌盛。每天都有新的发展的国家，所有的国家都心向着你；总是自满，不求前进的君王，最亲的人也会离你而去。君王应更多地使人民知道他的品格，在人民中建立起中正的榜样。以义来约束自己的行为，用礼来规范自己的思想，这也将为后人留下好的榜样。

予闻曰：能自得师者王，谓人莫己若者亡㉜。好问则裕，自用则小㉝。呜呼！慎厥终，惟其始㉞。殖有礼，覆昏暴㉟。钦崇天道，永保天命。

注　释

㉜谓人莫己若者亡：老子天下第一，败亡之端。　㉝好问则裕，自用则小：能倾听众人意见，自然思路宽广。老是只相信自己的见解，思路自然狭小。　㉞慎厥终，惟其始：从始至终都要谨慎。　㉟殖有礼，覆昏暴：殖，繁殖，培殖。覆，颠覆，倾覆。有礼者会得到繁殖、发展，昏暴者将会倾覆、灭亡。

解　说

我听说，能自己找到老师的人会成为天下的王，认为谁也不及自己的人会走向灭亡。好向人请教的人知识丰富，只相信自己的点滴见解的人很渺小。对事情的结果要谨慎对待，但这个慎重从事情的开始就该谨慎。有礼的会受到老天的栽培，那昏暴的只会被倾覆，崇敬天道才能永保天命。

石芝父评：夏桀无道，汤王以征诛取天下，开千古革命之先声。此篇述桀之暴，称汤之德。后世讨伐用檄文始此。

周书·武成①

尚　书

周文王之子武王，既灭殷纣，一戎衣定天下。乃作武成，大告成功。

惟一月壬辰②，旁死魄③。越翼日癸巳④，王朝步自周，于征伐商⑤。……

厎商之罪⑥，告于皇天后土，所过名山大川。曰："惟有道曾孙周王发，将有大正于商⑦。今商王受无道，暴殄天物，害虐烝民⑧。为天下逋逃主⑨，萃渊薮⑩。予小子既获仁人，敢祗承上帝，以遏乱略⑪。华夏蛮貊，罔不率俾⑫。……惟尔有神，尚克相予⑬，以济兆民，无作神羞。"

注　释

①武成：本篇是史臣纪录武王伐纣成功的全过程，因此以武成名篇。但原书在秦灭后简策错乱，文义失序，经历代学者仔细重新考订始可通读。名曰"新考定武成"。　②一月：这是周历的一月，相当于夏历（阴历）的十一月。　③旁死魄：古代计时的历法简单，并且以月亮为准，分成生魄、死魄、朔、望等几个阶段。初升月亮为生魄，断隐的月亮为死魄等（详见王国维先生著《生霸死霸考》)。《尚书集注》以初一为死魄，初二为旁死魄。　④越翼日：第二天。　⑤王朝步自周，于征伐商：王，武王。自周，从当时武王都城镐京，开始征商行动。　⑥厎：致，相当于控告。　⑦正：正其罪。实际与征字同义。　⑧暴殄天物，害虐烝民：

殄，音舔。糟蹋，灭绝。烝，音征。烝民，众人，即老百姓。全句意是：毁坏天生的物产，伤害虐待老百姓。 ⑨逋逃主：逃亡罪犯的收容者。⑩萃渊薮：集结藏匿的地方。 ⑪予小子既获仁人……以遏乱略：意为我既得到仁人的帮助，就要奉上帝的命令来制止倡乱。 ⑫华夏蛮貊，罔不率俾：貊，音陌，少数民族之一。华夏，通常指中原文化较高的各邦国；蛮貊，指文化较落后的周边少数民族。罔不率俾，无不拥护。当时武王伐纣使用的是一支包括中原地区和少数民族的联军。 ⑬惟尔有神，尚克相予：神祇们应该帮助和指导我。

解　说

《武成》一篇是商周决战一役的总结，从周王决意伐商到大战胜利结束，以及胜后的种种措施。是认识中国古代史的一篇重要资料。

第一段是战前的祭祀祷祝，一月壬辰日是死魄的第二天。次日癸巳，周王从京城来，开始征伐商王朝，把商王的罪行报告给皇天后土，和要经过的名山大川。

说："有道的曾孙周王姬发，将要征伐殷商。如今商王无道，糟蹋天生的物产，虐待并伤害人民，成为天下一切有罪逃亡的坏人集中藏匿的地方。我小子既然有了仁人的帮助，敢以上帝的名义来阻止他作乱的阴谋，中外四方各国都无不相率追随。所有的神灵，希望能保佑指引我，使天下兆民脱离苦难，不要使众神因你而感到羞愧。"

既戊午，师逾孟津⑭。癸亥，陈⑮于商郊，俟天休命。甲子昧爽⑯，受⑰率其旅⑱若林，会于牧野⑲。罔有敌⑳于我师。前徒倒戈，攻于后以北，血流漂杵㉑，一戎衣，天下大定。

注　释

⑭师逾孟津：军队在孟津渡过黄河。 ⑮陈：同阵。指列阵。 ⑯昧爽：早晨。 ⑰受：即纣。殷王名。 ⑱旅：军队。 ⑲牧野：地名。朝

歌附近，殷周会战处。⑳敌：作动词用，即抵抗。㉑前徒倒戈，攻于后以北，血流漂杵：徒，徒兵。倒戈，把武器倒过来，往身后攻击以致打了败仗。北，败。漂杵，血流使木棍漂浮。

解　说

第二段是战斗经过。

戊午那天，军队渡过孟津。癸亥那天，军队在商京的郊外结成战阵，等待上天的命令。甲子日的早晨，商王受率领着多得像树林一样的队伍，在牧野地方两军相遇，开始战斗。但周君并没有遇到真正的抵抗。商军走在前列的士兵反而倒过武器来攻击自己后面的队伍。商王的军队随即被打败了。一场恶战流的血，多得能把木棍都漂起来。我第一次穿上打仗的军装，天下就大体安定了。

乃反商政，政由旧。释箕子囚[22]，封比干墓[23]，式商容闾[24]。散鹿台之财[25]，发巨桥之粟[26]。大赉[27]于四海，而万姓悦服。

注　释

㉒释箕子囚：释放被囚禁的箕子（商贤人）。㉓封比干墓：在被纣王杀死的比干的坟墓上添土，增高增大，以示崇敬。㉔式商容闾：式，敬礼。在殷贤人商容所住的闾巷处致敬。㉕鹿台：纣王游乐的地方，也是聚集财富之地。㉖巨桥：地名，纣王储存粮食之处。㉗赉：赏赐。

解　说

这一段述说战后周王收拾人心的措施。

把纣王搅乱了的政治措施完全扭转过来，重建商国原有的政治制度。释放原被纣王囚禁的箕子，为被纣王杀死的比干的坟墓重修增大，在商族贤人商容所居住的街道致敬。把纣王聚敛在鹿台的钱财和积存在巨桥的粮食散发给老百姓。四海之内所有地方都受到赏赐。所有老百姓都欢喜地服从了。

厥四月，哉生明㉘，王来自商，至于丰㉙。乃偃武修文㉚。归马于华山之阳，放牛于桃林之野，示天下弗服㉛。既生魄㉜，庶邦冢君㉝，暨百工受命于周㉞。丁未，祀于周庙㉟。邦、甸、侯、卫，骏奔走，执豆笾㊱。越三日，庚戌，柴望㊲，大告武成㊳。

注　释

㉘哉生明：哉，始。哉生明是一个月的第三天，即四月初三。月亮开始有光了。　㉙丰：地名，文王都丰。　㉚偃武修文：放倒武器，兴修文教，表示不再打仗。　㉛弗服：不再使用。　㉜既生魄：下半月。旧注：望后。　㉝庶邦冢君：诸国的主君。旧注：四方诸侯。　㉞受命于周：接受周王的任命。　㉟周庙：周代祖先的庙。犹如后代帝王的太庙，都是帝王祭祀祖宗的地方。　㊱骏奔走，执豆笾：众诸侯都为祭祀典礼服务，来回传递各种祭祀用礼品，参与典礼。　㊲柴望：祭天的专用典礼。旧注：燔柴祭天，望祀山川。　㊳大告武成：隆重地向天地百神报告武王的成功。

解　说

庆祝赏功。

四月初，月光始见，武王从商邑回到文王的旧都——丰。于是解散武装，提倡文治。把战马放回华山的南边，把军用负载的牛放到桃林一带郊野，向天下表示不再有战争。月中，各邦国的君主以及他们的官员，都接受周王的封命。丁未这天，隆重祭祀周王的祖先庙。大小诸侯都来忙碌，传递祭礼、祭品。三天后，庚戌日，柴望祭天，隆重地向上天报告武王的成功。

王若曰："呜呼，群后㊴！惟先王建邦启土㊵，公刘克笃前烈。至于大王，肇基王迹[41]。王季其勤王家。我文考文王克成厥勋，诞膺天命，以抚方夏[42]。大邦畏其力，小邦怀其德[43]。惟九年，大统未集[44]。予小子其承厥志。"

"恭天成命，肆予东征[45]。绥厥士女[46]。惟其士女，篚厥玄黄，昭我周王[47]。天休震动[48]，用附我大邑周[49]。"

列爵惟五，分土惟三[50]。建官惟贤，位事惟能[51]。重民五教，惟食丧祭[52]。惇信明义[53]，崇德报功[54]。垂拱而天下治。

注　释

㊴群后：即庶邦冢君或四方诸侯。　㊵建邦启土：建立国家，开辟疆土。　㊶肇基王迹：肇，开始。基，基础。开始了王国的基础。　㊷诞膺天命：诞，语助词，亦可作大解，即大膺天命。膺，接受。受天命也。以抚方夏，方夏即诸夏。　㊸大邦畏其力，小邦怀其德：强大的邦国也估量自己的力量，不敢放纵欺人。小邦因此而感谢文王的威力保护。　㊹大统未集：统一诸夏的事业尚未完成。　㊺肆予东征：商地在周之东，故伐商曰东征。　㊻绥：安抚。　㊼昭：明也。商之士女以篚筐玄黄来欢迎，就证明周是仁义之师。　㊽天休震动：商人转而拥护周师，说明天佑周王。天命震动了商之百姓，转而拥护周王。　㊾大邑周：古代社会聚族而居，一族聚居就成为邑。有的族发展成为大邑，就因而称为邦、国或大邑。周在称王之前也不过是一个大邑。　㊿列爵惟五：公、侯、伯、子、男。分土惟三，公侯百里，伯七十里，子男五十里。　51建官惟贤，位事惟能：选用百官以贤德为尚，治理庶事，以才能胜任为准。　52五教：有多种解释，但主要是教导人民重视亲属伦理关系，如父子、母子、兄弟、夫妇、长幼等关系及食、丧、祭三件大事。　53惇信明义：重诚信，明是非。　54崇德报功：尊崇德行，报偿功劳。

解　说

在祭天大典上，武王发表了讲话。

武王说："喂，诸位邦君！周的历代先王建立国家，开拓疆土，到了公刘更能切实维护先王的成就。到了太王，就开始为王业奠定基础了。王季能勤劳继承太王的基业。到了我伟大的父亲文王，已能够去完成太王开始建立的王业了。他开始接受天命来统治和安定诸夏。大的国家也畏惧他的威力，小的国家则感谢他的恩惠。但到了文王九年，还没有正式完成大一统的功业，只能由我来完成他的遗愿了。"

"恭奉上天已有的任命，我大举东征，去安抚那里的男男女女。正是这些男男女女，用筐子装着各色礼品来欢迎我周王。他们都受到上天休命的感动，来拥护我伟大的周邦。"

规定五种等级的爵位，这些爵位拥有的土地则分为三等。各级官品要选用品德高尚的人，具体职务应交给能够胜任的人。要重视对人民的伦理关系的教育，主要是养生、送死和祭祀。要诚信，明是非。尊崇品德高贵者，回报有功劳的人。这样，君王只消穿着冕服，拱着手，就能把天下管好。

石芝父评：商纣暴虐，武王顺天应人，灭纣以有天下。此篇详述史实，文笔发皇光大，由简古而趋于闳肆，已不似夏殷文之诘屈聱牙矣。

周书·洪范[1]

尚　书

周武王既克殷，访于纣之诸父箕子，问治天下之道。箕子乃述夏禹所传政治之大规范。分疏九种，故谓九畴。畴，图案也。吾国四千年来政治均以此为标准焉。

惟十有三祀[2]，王访于箕子[3]。王乃言曰："呜呼！箕子，惟天阴骘下民[4]，相协厥居[5]，我不知其彝伦攸叙[6]。"箕子乃言曰：我闻在昔，鲧陻洪水[7]，汩陈其五行[8]。帝乃震怒，不畀洪范九畴[9]，彝伦攸斁[10]。鲧则殛死[11]，禹乃嗣兴[12]，天乃锡禹洪范九畴，彝伦攸叙。初一，曰五行；次二，曰敬用五事；次三，曰农用八政；次四，曰协用五纪；次五，曰建用皇极；次六，曰乂用三德；次七，曰明用稽疑；次八，曰念用庶征；次九，曰向用五福，威用六极。

注　释

①洪范：按蔡注："《汉书·五行志》说：'禹治洪水，锡洛书，法而陈之，洪范是也。'"则洪范即洛书。武王问的是天道，箕子答之以洪范，则洪范即天道，也就是君王实行统治的根本规范。洪，大。范，规范。②十有三祀：祀是殷王朝的纪年，殷代的一祀，即后世所谓的一年。十有三祀为十三年。　③箕子：殷纣王的叔父。殷亡，不肯降周，武王封之于朝鲜，为今朝鲜族始祖。　④阴骘下民：阴，冥冥中；骘，安定。即老天

冥冥中有保佑老百姓安定的方法。实即寻求建立一种稳定的统治秩序。⑤相协厥居：相，引导，保佑。协，和协。厥，其。即引导和保佑人民安定居住。⑥彝伦攸叙：彝，常；伦，理，关系，秩序；攸叙，犹言一般的人际关系应如何安排。⑦鲧陻洪水：鲧是禹的父亲。鲧治洪水用堵的办法，称为陻。⑧汩陈其五行：汩，音骨，紊乱。陈，摆。全句意为，搅乱了五行应有的秩序。⑨畀：给予。九畴，九个范畴。⑩彝伦攸斁：斁，败坏，混乱、无秩序。⑪殛死：诛戮死。⑫嗣：继承。

解　说

“洪范”这个名称，按传统的解释：洪，大也；范，法，规范，秩序。意思是治理天下的大规范。即今天通常说的“基本纲领”。从历史发展看，越是往古，神话与现实越是混淆不分，所以从来认为《洪范》就是上天赐下的《洛书》。也就是说，人类最早的社会规范是上天所规定的。遵照它，社会就会顺利发展；违背它，社会就会产生混乱，因此称之为洪范。意思就是治理社会的最大权威。周灭殷之前，殷族是天下的统治者，这洪范由殷掌握。而箕子的地位是殷王的父师，《洪范》由他掌握和解释。所以武王灭殷后，要屈尊向掌握《洪范》解释权的箕子请教，目的是要取得《洪范》的解释权。

按殷人纪年的十三年，武王去访问箕子。武王说：“箕子啊！上天在冥冥中保佑安定天下的人民，使他们和谐安定。我还不知道要怎样才能使他们之间的日常关系和谐而有秩序。”箕子回答说：据我所知，在早先，鲧到处去堵塞洪水，使五行乱了套。上天就发怒了，不把《洪范·九畴》传给鲧，使得社会关系乱了套，所以鲧最后被杀死。大禹继承了治洪水的事业，上天才把《洪范·九畴》赐给禹，这才使社会重新恢复了合理秩序。

《洪范·九畴》的内容是：第一是五行；第二是敬用五事；第三是农用八政；第四是协用五纪；第五是建用皇极；第六是治理用三德；第七是明用稽疑；第八是念用庶征；第九是赏赐用五福，惩戒用六极。这只是目录，不作解释。

一，五行[13]：一曰水，二曰火，三曰木，四曰金，五曰土。水曰润下，火曰炎上，木曰曲直，金曰从革[14]，土爰稼穑。润下作咸，炎上作苦，曲直作酸，从革作辛，稼穑作甘。

二，五事：一曰貌，二曰言，三曰视，四曰听，五曰思。貌曰恭，言曰从，视曰明，听曰聪，思曰睿[15]。恭作肃，从作乂[16]，明作哲[17]，聪作谋，睿作圣[18]。

三，八政：一曰食，二曰货，三曰祀，四曰司空[19]，五曰司徒[20]，六曰司寇[21]，七曰宾[22]，八曰师[23]。

四，五纪：一曰岁，二曰月，三曰日，四曰星辰，五曰历数[24]。

注　释

⑬五行：这是中国古代对于世界构成的认识，犹如古印度认为世界是由地、水、火、风构成的。五行是指五种基本物质：水、火、木、金、土。认为世界都是由这五种物质构成的。这五种物质相生相克，造成种种不同形态。　⑭从革：指金的性质，既可以加以改变形象，表现顺从，又坚固反弹，拒绝改变。　⑮睿：音锐。旧解作通乎微也。犹今言能分析入微。　⑯从作乂：乂音亦，条理化。言语使思想条理化。　⑰明作哲：此处哲旧作智慧解，实际是指能理解。　⑱睿作圣：旧解作：圣者，无不通也。　⑲司空：官名。旧解，司空掌土，即负责管土地。　⑳司徒：官名。掌教育、教化。　㉑司寇：官名。掌邦禁，治作奸犯科者。　㉒宾：官名。掌诸侯、远人，往来交际。　㉓师：官名。掌兵，所以除残禁暴。即掌管武装、军队，抵御外来侵略与内部暴力行为。　㉔历数：指测算天体运行速度与轨道。古称为占步之法。

解　说

五行为《洪范·九畴》之首，这是世界的根或原质。传统的说法，水火木金土是五行生成的次序。唐代孔颖达认为“万物成形，以微著为渐”（即由隐微到明显）。所以五行中水为第一，火第二，木第三，金第四，土为第五。从五行的性质来说，水性润下，火性炎上，木性能直能弯，金的性质既柔顺又能变革，而土的性质则是能生长庄稼。与五味相配而言，则按次序各相当于咸、苦、酸、辛、甘。

（九畴的）第二是五事，指的是人的体貌、言语、视觉、听觉和思想。体貌要端正恭敬，说话要有条理，看事情要周到明晰，接收外来的声音要不漏过细微，思想要通达明晰周到。态度恭敬，表现对事严肃，言语有条理；有条理才能看，才能听，最后才能开动思想加以考虑。能看，无所不见，能听，无所不闻；然后思虑才能通达，无所不知。

（九畴的）第三是八政。民以食为天，所以八政的首要是食。其次是衣住行等需要，统称为货，食与货都是关系到人民生活必需的事情，所以列在首次。祭祀列在第三，是要人民牢记自己生命的根本。司空掌土地，使人民居处安定。司徒掌教育，司寇掌禁令，制止一切为非作歹的行为。宾，是对外来者的往来接待交际。师，指军队，目的在于消除残暴行为，亦即制止暴力。这八种都是治理社会必不可少的事务。

（九畴的）第四是五纪。是对季节时间以及天文历数的管理。第一是岁（年），第二是月，第三是日，第四是星辰，第五是历数。在早期的农业社会，以农耕种植为主要食物来源，所以季节变化受到从上到下的普遍重视，是最重要的政务。星辰出没及其轨迹如有不正常，往往被视为严重的灾异。

五，皇极[25]：皇建其有极，敛时五福[26]，用敷锡厥庶民[27]。惟时厥庶民于汝极，锡汝保极[28]。

凡厥庶民，无有淫朋[29]，人无有比德[30]，惟皇作极[31]。凡厥庶民，有猷，有为，有守[32]，汝则念之。不协于极，不罹于咎[33]，皇则受之。而康而色[34]，曰：“予攸好德。”汝则锡之福。时人斯其惟皇之极。无虐茕独[35]，而畏高明。

人之有能有为，使羞其行而邦其昌[36]。凡厥正人，既富方谷[37]，汝弗能使有好于尔家，时人斯其辜[38]。于其无好德，汝虽锡之福，其作汝用咎[39]。

无偏无陂[40]，遵王之义，无有作好，遵王之道；无有作恶，遵王之路。无偏无党[41]，王道荡荡[42]；无党无偏，王道平平[43]；无反无侧，王道正直。会其有极[44]，归其有极。

曰：皇极之敷言，是彝是训[45]，于帝其训。

凡厥庶民，极之敷言，是训是行，以近天子之光。曰：天子作民父母，以为天下王。

注 释

㉕皇极：皇，君，统治者。极，极点，中心。旧解为标准，中立而四方取正。以今天的话说，皇极就是政权。 ㉖敛时五福：旧解："人君集福于上"，"极之所建，福之所集也"。集，聚集。实际即聚集天下的财富。敛，聚敛。时，是，这。把这些财富敛聚起来。 ㉗敷锡厥庶民：把聚敛的财富又分散给庶民。 ㉘锡汝保极：锡汝，庶民对君王。保极，保卫政权。 ㉙淫朋：旧解，邪党也。 ㉚人无有比德：指臣僚不许互相依附结党。 ㉛惟皇作极：只有君王才能建极。一个中心。 ㉜有猷，有为，有守：老百姓中有谋略，有作为，有操守者。即人民中的优秀分子。 ㉝不协于极，不罹于咎：不合作，不犯错。 ㉞而康而色：旧注，见于外而有安和之色。 ㉟无虐茕独：茕独，庶民孤独而无依靠者。茕，音穷。 ㊱羞其行：旧注，羞，进也。增进其善行。 ㊲既富方谷：旧注，富，禄之也。谷，善也。生活有保障才能全心做好事。 ㊳时人斯其辜：在《尚书》中时字多作是字解。时人，即此人，是人。斯其辜，可能成为罪人。即可能犯罪。 ㊴咎：过错，过失。 ㊵无偏无陂：陂，水边坡岸。意为倾斜不正。 ㊶无偏无党：没偏向，没有袒护。 ㊷荡荡：宽大平坦。 ㊸平平：叶韵，读若便便，意思不变。 ㊹会其有极：最后达到皇极的最高标准。 ㊺是彝是训：彝，通常，平常。训，教训。

解说

这一段位列第五，正处在九畴的中心，也正是全文中心思想之所在。所要讨论的是如何建立君主的最高权威。所谓极，即顶点、极端，犹如今天称地球的顶端为南极北极，也可释为中心，如今言权力中心。这是这篇论文的主要思想，也是几千年中国社会制度所遵循的唯一信条——封建专制制度的信条。它的思想影响是极为深远的。称之为洪范，名实相副。

第五是皇极。皇权的建立应当有一个最高的标准点。皇，君王，应当使自己的行为，成为天下四方庶民的学习榜样。这样，皇权的建立就有了最高标准。皇的极点建立了，五福都会向这里集中。五福的集中并非为了君王自己，而是为了一切庶民。这样所有的庶民都拥护皇权，保卫皇权。

所有的庶民都不要和坏人伙在一起。做官的呢，不要搞朋党，只有君王是你们一切行为的标准。只是庶民中的那些有作为、有见识、有操守的人，君王要记住他们。凡是那些人的行为不同于君王，但还不至犯罪犯错，君王就也应接受他们并成就他们。如果他们中有人能够发出好的言论，就应赐福给他们。

不要使那些孤独无靠的人生活艰难，要警惕那些地位高显的人。

所有的人如果他有能力、有作为，就应引进他。这样，邦家就会兴旺发达。所有的好人、正人，总得要生活富裕才能做好事。要是他衣食不周，你就无法得到他的拥护，他就要犯错误了。你不能这样做。如果他不做好事，虽然你赐给他很高的待遇，却只会成为你的错误。

不要偏离，不要倾斜，应该严格遵守君王应该履行的准则。不要依从自己一时的喜好，要严守君王行事的道理；也不要由于自己不喜欢，要谨守做君王的规矩。如果你能没有偏向，没有朋党，那么，君王的前途就是越走越宽。如果你不亲朋党，不存偏向，那么皇极的大路就宽阔平坦。没有私心，不掺杂念，王道就会端端正正向前发展，一直到最高的极点。

以上这些话，是对皇极内含的推演，是上天的常理与训诫，是对君王的训诫。

所有的庶民，一定要遵守这些训诫，作为行为的准则，以使自己接近上天的儿子的光泽。要记住，天子是庶民的父母，是天下的王。

六，三德[46]：一曰正直，二曰刚克，三曰柔克。平康正直，强弗友刚克[47]，燮友柔克[48]；沈潜刚克[49]，高明柔克[50]。

惟辟作福[51]，惟辟作威[52]，惟辟玉食[53]。臣无有作福、作威、玉食[54]。臣之有作福、作威、玉食，其害于而家，凶于尔国。人用侧颇僻，民用僭忒[55]。

注　释

㊻三德：三种方式或三种手段。驭臣之术。　㊼平康正直，强弗友刚克：一般情况，君王应用正直方式对待。如臣下刚强不肯顺从，则应用强硬手段对待。　㊽燮友柔克：如臣下态度和顺，则应用柔和的手段来对待。　㊾沈潜刚克：深沉、潜退，不愿表态者，则应用强硬手段使之表态。　㊿高明柔克：臣下态度明朗、见解高超的则应对以温和的态度。　51惟辟作福：辟指君王。作福，对臣下赏赐。这类赏赐行为只许君王独自使用。　52作威：实行惩罚。　53玉食：进食使用礼器。　54臣无有作福、作威、玉食：对下属进行奖、惩，或用特殊礼器进食，这是统治者君王独享的特权。这种特权不许侵犯，不得擅自实行奖惩，也在生活上不得逾越等级。这是封建专制社会的一项极为重要的制度。　55人用侧颇僻，民用僭忒：侧，不正；颇，偏颇，不平；僻，邪僻。人，指官吏。官吏们都会养成不正当、不公平以及歪门邪道的习惯，庶民也会超越自己的本分胡作非为。忒，音 tè；僻，音 pì；僭，音 jiàn。

解　说

上一段是专讲统治者与庶民之间的关系应如何正确处理，并告诫为君者要严格遵守这些原则，然后统治才能得到巩固。

这一段讲的是九畴的第六种，即平康正直、刚克、柔克，是君王专用以对待臣僚的“术”。告诉为君者应如何采用不同的态度来对待群僚，尤其是大臣。

在通常的和平安定的情况下，君王的行为要正直，不偏不倚，光明正大。但对那些逞强不逊的大臣，则要用强硬手段来制服他，不要让他看低了君王的威权。对那些顺从听话者，则宜对他们有所宽勉。这就是以刚克刚，以柔治柔。对那些深沉不露、思想隐晦者，则要直接指名让他说出他的见解；对那些态度明朗而见解高超者，则应适当鼓励。这就是以刚克柔，以柔克刚的统治技术。

紧接着指出作为一个统治者应有的特权：只有君王才能对臣民造福、赐福；也只有君王才能对人民行使威权，即惩治臣民；也只有君王才有权力享受特殊礼器进食。这是严格君臣之礼，不得逾越。并严厉警告，一切臣僚不得擅用君王的特权，不许对下作福作威，更不许僭越礼仪限度，在生活中擅用自己无权使用的礼器。

任何臣僚都不许擅自违犯。违犯者将使你的家族招祸，使你的国邑遭灾。因为，你这种做法就会使你的下属做坏事，搞歪门邪道，而你的庶民也会照你的样子越礼妄为。

七，稽疑[56]：择建立卜筮人[57]，乃命卜筮。曰雨、曰霁、曰蒙、曰驿、曰克，曰贞、曰悔，凡七[58]。卜五，占用二，衍忒[59]。

立时人作卜筮。三人占，则从二人之言。汝则有大疑，谋及乃心，谋及卿士，谋及庶人，谋及卜筮。汝则从，龟从，筮从，卿士从，庶民从，是之谓大同。身其康强，子孙其逢，吉。汝则从，龟从，筮从，卿士逆，庶民逆，吉[60]。卿士从，龟从，筮从，汝则逆，庶民逆，吉。庶民从，龟从，筮从，汝则逆，卿士逆，吉。汝则从，龟从，筮逆，卿士逆，庶民逆，作内吉，作外凶[61]。龟筮共违于人[62]，用静吉，用作凶[63]。

注 释

56稽：考查，复查。 57卜筮：古代相信卜筮，并依靠它来做出决定，所以卜筮是很慎重的，由专门选定的人来进行，称为卜筮人。《楚辞》中有太卜官名。 ㊳雨、霁、蒙、驿、克、贞、悔，都是卜筮专用术语。前五者是卜兆用术语，后二者为占卦用语。如：雨，其兆为水；霁，其兆为火等。蒙，蒙昧；驿，同绎，络绎不绝。克，其兆为土。内卦为贞，外卦为悔。又有以遇卦为贞，之卦为悔。 ㊴衍忒：衍，推演。忒，过分。 ㊵从、逆、吉、凶：从，同意。逆，反对。吉，可行。凶，不可行。 ㊶作内吉，作外凶：作，有所行动。对内可以，对外则不可。内、外，指国内外。 ㊷龟筮共违于人：指占与卜的兆示，都与人的意见相反。人，指君、卿士、庶民。 ㊸用静吉，用作凶：即不可有所行动。

解　说

稽，有所怀疑再加考查的意思。

这一段专说面对疑难，如何作决定的问题。卜筮是中国古代流行的一种用来决定行动以解决疑难的方式。卜，是用龟甲来卜，以定吉凶，筮是用一种特殊的筮草，把草摘取一定数目，在两手间按一定程序倒来倒去最后按右手留存的数量来定吉凶。卜用象，指以灼出的裂纹的形象来定吉凶。最后从龟象或筮数上认为吉的，即表示同意，叫从，否则叫违，即不同意。在出土的甲骨中，殷代人非常重视卜，甲骨数量很大。周以后多用筮，尤多用于影响收成的天象。所以首先提出六种天象：雨，下雨；霁，雨停；蒙，天气不晴朗；驿，断续有雨；克，冲突，相胜。筮与卜不同，只有贞悔二兆，即吉与凶。

一般来说，卜筮不专信一人，所以说“三人占，则从二人之言”。

如果你有重大疑难问题，首先要自己仔细研究，然后与卿士，即大臣商量，再难还要同庶人商量，最后请教卜筮。如果都认为是好事，这就叫大同，行动没问题，身体会健康，子孙会成长。自己和卜筮都认为吉，而卿士庶民不同意，这也算吉。龟筮卿士都认为吉，自己和庶民都认为不好，这还算是好。三者说吉，自己和卿士认为不好，这也算吉。三者吉，而卿士、庶民反对，那么，内部行为吉，而对外行为则凶。龟筮都不吉，那么最好别动。

实际上，这种愚蠢的决策方式，只是撞大运而已，后世王朝早已不再使用了。

八，庶征[64]：曰雨、曰旸、曰燠、曰寒、曰风、曰时[65]，五者来备，各以其叙，庶草蕃庑[66]。一极备，凶；一极无，凶[67]。

曰休征[68]：曰肃，时雨若；曰乂，时旸若；曰哲，时燠若；曰谋，时寒若；曰圣，时风若。

曰咎征[69]：曰狂，恒雨若；曰僭，恒旸若；曰豫，恒燠若；曰急，恒寒若；曰蒙，恒风若。

注 释

㉞庶征：庶，众，各种。征，验证。 ㉟雨、旸、燠、寒、风：各种征候的名称。时：指征候之来不是时候。 ㊱五者来备，各以其叙，庶草蕃庑：五者，指各种庶征。备，指完备，即各种庶征都有。叙，次序。 ㊲一极备，凶；一极无，凶：备，在这里指过多。无，指没有。过多或缺少都不是好事。 ㊳休征：庶征中良好的征兆叫休征，不好的征兆叫咎征。肃、乂、哲、谋、圣，五种好征兆，休征的名称。休征是指各种气候来得正当时。时雨、时旸等都指符合需要的时候。 ㊴咎征：不好的征兆。与休征相同的五种气候，但区别在于休征用"时"字，即有时有会儿。而咎征都有"恒"字，即老是下雨或老是大晴天，老是刮风等，即前面所说的"一极备，凶；一极无，凶"。

解 说

庶征：庶，众；征，征验。即各种季节气象对人事反应的征验。古代对变化无常的天气不能理解，相信总是对人事，尤其对统治者的是非得失的反应，甚至以五种天气配应于五行，如雨属水，旸属火，燠属木，寒属金，风属土。五类不同气候，依人的需要应时而来，那么，各种畜草就能生长茂盛。如果一极备，即某一种气候过多，就会出现凶年。反之，哪一种气候过少，同样会出现凶年。

所以庶征可分为休征与咎征两种，即正常或良好的征候，反常或不良的征候。古代认为：雨下得及时，就叫肃，太阳出得及时叫乂。适当时候湿度增高，天气闷热叫哲，天气偏冷叫谋，天气多风叫圣。都是好征候。反之，则是咎征，出现不良气候。总下雨就叫狂，总出太阳就叫僭，闷热不解就叫豫，寒冷不断就叫急，天天刮风就叫蒙，等等。

曰王省惟岁，卿士惟月，师尹惟日⑳。

岁月日时无易，百谷用成，乂用明，俊民用章，家用平康㉑。

日月岁时既易，百谷用不成，乂用昏不明，俊民用微，家用不宁。

庶民惟星㉒。星有好风，星有好雨㉓。日月之行，则有冬有夏。月之从星，则以风雨㉔。

注　释

⑳王省惟岁，卿士惟月，师尹惟日：遇上咎征的气象，表明上天发怒，王和卿士、师尹等就应反省自己的过失。全年不好，王应反省；一月以上小灾，卿士应反省；短时灾象，则师尹应反省。　㉑俊民用章：俊民指有才能的人。章，显。即表扬，提拔。家用平康，平康，安宁富足。　㉒庶民惟星：古代常常把天象与人事相联系，如一年收成好坏就是君王的责任，较小的灾害就是卿士的责任等。但庶民是最低等级的，他们的是非责任只能由天上最微小的星来反映。　㉓星有好风，星有好雨：古代以二十八宿来分隶天上的群星，箕宿就喜好风，毕宿好雨。　㉔月之从星，则以风雨：月亮如走进了箕宿、毕宿的分野，就会刮风下雨。这是古人对天象的认识。

解　说

既然天时有正常与反常，因而庶征有休征与咎征。休征表示老天爷心情好，一切正常。反之，出现种种咎征，就说明老天爷发出警告。既然世界是有等级的，那么，天降的咎征也各有对象。若是年岁出现咎征，君主就该反省自己施政的得失。以此类推，月内出现咎征，卿士们就该反省，咎征只有几天，就该师尹反省。

年岁、月日都没有什么变象或异常，那么，各种粮食都应长得好。治理清明不昏乱，有才能的人都受到表彰，家家都和睦而富足。

日、月、岁既然都出现不正常，庄稼就长不好，治理就昏乱不明，有才能者不受重视，家庭内也会出现不和睦、不安宁。

庶民们的是非，则反映在星象上。譬如箕宿喜刮风，毕宿喜雨。日月的运行则有冬有夏，日行中道，月有九行。月行东北，入箕宿，就会起风，西南入毕宿则多雨。

九，五福：一曰寿，二曰富，三曰康宁，四曰攸好德，五曰考终命。

六极：一曰凶短折，二曰疾，三曰忧，四曰贫，五曰恶，六曰弱[75]。

注　释

[75]凶、短、折、恶、弱：凶者，不会有正常死亡。短，短命；折，横夭；恶，过刚；弱，过柔。

解　说

九畴的最后一个范畴是五福和六极。五福之首是寿，活得长久。第二是富，丰衣足食。第三是健康平安，即通常所说的“福寿康宁”。第四是好心情。第五是正常死亡，寿终，而不遇恶疾、凶灾。

六极之首是遇见凶灾、短命、横死。二是多病，三是愁苦，四是穷，五是过分刚强，六是过分柔弱。

周书·无逸

尚　书

武王崩，成王幼，周公为相。恐成王不知稼穑之艰难，故作《无逸》告之。

周公曰："呜呼！君子所其无逸①。先知稼穑之艰难②，乃逸，则知小人之依③。相小人，厥父母勤劳稼穑，厥子乃不知稼穑之艰难，乃逸，乃谚④。既诞⑤，否⑥，则侮厥父母曰：'昔之人无闻知⑦。'"

注　释

①无逸：不要贪图享乐、安逸。　②稼穑之艰难：稼，耕种；穑，收获。农民的耕种和收获的劳动非常劳累艰苦。　③乃逸，则知小人之依：小人，小民、下民，都指老百姓。依，指依靠，生活来源。全句意思是：先知道农业生产，耕种收获劳动的艰苦，再过安逸的日子，就懂得老百姓靠什么生活。　④乃逸，乃谚：谓习惯了不劳动的游荡生活，学了些俚言浪语。　⑤既诞：发展到说瞎话。　⑥否：批评他。　⑦昔之人无闻知：昔之人，指老一辈人。无闻知，什么也不懂。

解　说

周公说，唉，君子所作所为，一定不要追求安逸享受。如果先懂得耕种收获的劳动是多么艰苦困难，那么，到了你处在不需要劳累受苦的地位，你就会懂得老百姓在依靠什么生活。即便是老百姓也一样，做父母的勤俭劳苦种庄稼，当儿子的习惯了游荡生活，倒学了些街巷的俚言浪语，甚至说瞎话。父母批评几句，他反说，这些老一辈的人什么也不懂。

周公曰："呜呼！我闻曰：昔在殷王中宗⑧，严恭寅畏⑨，天命自度⑩，治民祗惧⑪，不敢荒宁⑫。肆中宗之享国七十有五年⑬。其在高宗时，旧劳于外，爰暨小人⑭。作其即位，乃或亮阴⑮，三年不言⑯。其惟不言，言乃雍⑰。不敢荒宁，嘉靖殷邦⑱。至于小大，无时或怨⑲。肆高宗之享国五十有九年。

"其在祖甲⑳，不义惟王㉑，旧为小人。作其即位，爰知小人之依，能保惠于庶民，不敢侮鳏寡㉒。肆祖甲之享国三十有三年。

"自时厥后，立王生则逸㉓，生则逸，不知稼穑之艰难。不闻小人之劳，惟耽乐之从㉔。自时厥后，亦罔或克寿㉕。或十年，或七八年，或五六年，或三四年。"

注释

⑧殷王中宗：名太戊。⑨严恭寅畏：严，庄重。恭，谦和。寅，敬肃。畏，戒惧。总言之，谨慎、小心。⑩天命自度：用天命来约束自己。⑪祗惧：小心、恐惧。⑫荒宁：偷懒、马虎。⑬肆：有故、因此等含义。⑭旧劳于外，爰暨小人：殷高宗在即位前，其父小乙使他在外，和老百姓一起劳动多年。旧，久。⑮亮阴：亦作谅暗，旧说多有歧见，无定论，可作守父丧解。⑯三年不言：与上注相联，也有歧见。一种说法是高宗有病，哑了。一说是守礼，悲伤。可以解释为三年不过问政事，谓之无言。⑰雍：和气。⑱嘉靖殷邦：使殷邦团结、安定。⑲至于小大，无时或怨：所有人民都没什么可抱怨的。⑳祖甲：据《史记》高宗崩，子祖庚立；祖庚崩，弟祖甲立，则祖甲乃高宗之子。

㉑不义惟王：据传说，祖庚时，高宗欲废祖庚，改传祖甲，祖甲以为不义，逃往民间，故云“不义惟王”。 ㉒能保惠于庶民，不敢侮鳏寡：使老百姓得到保护、照顾，使那些无依无靠的孤独老人，无人敢欺负。㉓自时厥后，立王：自此以后在位的殷王。 ㉔惟耽乐之从：只沉湎于逸乐。耽，沉湎。 ㉕罔或克寿：寿命短。

解　说

周公说：唉！我听说，早在殷中宗时候，他庄重谦和，小心谨慎，治理人民的事小心翼翼，一点不敢马虎偷懒。他当了七十五年的殷王。殷高宗时，原来早就和老百姓在一起劳动，当上殷王以后，曾守丧三年不说话，一说话却很有条理。他一点不肯偷懒，把殷邦治得很安定，甚至不论大人、小人都没有怨言。他当了五十九年的殷王。

在祖甲时代，他曾认为，那样当了王也不合理。他原来就当一个老百姓。当上王以后，就理解老百姓生活的艰难，尽量地多给老百姓一些照顾，甚至鳏寡无靠的穷苦人也不许欺侮。祖甲当了三十三年的殷王。

从此以后的殷王们，生来就不劳动。不劳动，就不知道种庄稼收庄稼的劳累，也不知道老百姓的劳苦，只知道寻欢作乐。从此以后的殷王，也就没有活长久的。有的十年，七八年，五六年，三四年就完了。

周公曰：“呜呼！厥亦惟我周太王、王季，克自抑畏㉖。文王卑服，即康功田功㉗。徽柔懿恭㉘，怀保小民，惠鲜鳏寡㉙。自朝至于日中昃，不遑暇食㉚，用咸和万民㉛。文王不敢盘于游田，以庶邦惟正之供㉜。文王受命惟中身㉝，厥享国五十年。”

周公曰：“呜呼！继自今嗣王，则其无淫于观、于逸、于游、于田，以万民惟正之供。无皇曰：‘今日耽乐。’㉞乃非民攸训，非天攸若，时人丕则有愆㉟。无若殷王受之迷乱，酗于酒德哉㊱！”

周公曰：“呜呼！我闻曰：‘古之人犹胥训告，胥保惠，胥教诲[37]，民无或胥诪张为幻[38]。此厥不听，人乃训之，乃变乱先王之正刑，至于小大[39]。民否则厥心违怨，否则厥口诅祝[40]。”

注 释

㉖克自抑畏：克，能。自抑，自制。畏，畏天命。 ㉗康功田功：康功，安民之功；田功，养民之功。即亲自过问人民的生产与生活。 ㉘徽柔懿恭：徽、懿二者都是美好之意。柔，平易近人。恭，谦和有礼。文王之美德。 ㉙惠鲜鳏寡：对穷苦无依之人（老而无妇曰鳏，老而无夫曰寡）给予照顾周济。 ㉚日中昃，不遑暇食：正午为日中，下午为日昃，日偏了也没功夫吃饭。 ㉛用咸和万民：咸，皆。和，和睦。即让老百姓和平相处，安居乐业。 ㉜以庶邦惟正之供：文王为西伯，属下有许多邦国，按礼应向周交纳岁贡，这是正供。西伯如有需要，也可另外征收。但西伯不逸乐，生活俭朴，所以只收正供也就够了。这是西伯文王对庶邦的仁爱。 ㉝中身：即中年。文王四十七岁登位，所以说受命惟中身。㉞皇：同遑。匆忙之貌。耽乐，沉溺于玩乐。 ㉟非民攸训，非天攸若，时人丕则有愆：这不是人民的榜样，也不符合上帝的愿望。这人这样说就有了罪过。 ㊱酗于酒德：即酗酒，沉醉于酒。 ㊲胥：可释为皆，即相互。如胥教诲，即都相互教诲。 ㊳诪张：欺诈；为幻：弄虚作假，要鬼骗人。 ㊴变乱先王之正刑，至于小大：若不听劝告，必至于改变，混乱先王留下的好典型，无论大小事都弄得混乱了。 ㊵民否则厥心违怨，否则厥口诅祝：人民不同意就在心里恨怨，再不，就口中诅咒。

解 说

周公说，唉！我们周邦的太王、王季也是这样能自我约束，敬畏上帝。我们的文王穿着普通老百姓的服装，亲自处理人民的生活安定和生产状况（田功）。他平易近人又谦和有礼，关怀老百姓，周济帮助那些无依无靠的老人。从早上到晌午，甚至太阳偏西都没功夫吃饭。为了老百姓能安居乐业，文王从来不过度地去游乐田猎。对统治下的所有邦国，只收取每年正常的贡赋。文王是在中年才登上帝位的，他还在位了五十年。

周公说，唉，继承了王位的当今嗣王，就应当学习文王那种不过多地沉湎于观赏、游玩、安逸和田猎，也只收取老百姓正常的贡赋。不要随便就说："今天玩它一天。"这不是人民的好榜样，也不是老天喜欢的。这样就是罪过。不要像殷纣王那样迷乱、酗酒。

周公说，唉，我听说，从前的人还互相训告，互相照顾，互相教诲。大家不要在一起胡闹，弄虚作假。你要是不以这话为然，人人都以你为榜样，跟你学，就会搞乱先王留下的好规矩，不管那是大事小事。这样，老百姓或是心里不同意，甚至出口诅咒你。

周公曰："呜呼！自殷王中宗及高宗及祖甲及我周文王，兹四人迪哲㊶。厥或告之曰：'小人怨汝詈汝㊷。'则皇自敬德㊸。厥愆㊹，曰：'朕之愆允若时。'不啻不敢含怒。此厥不听，人乃或诪张为幻，曰，小人怨汝詈汝，则信之。则若时，不永念厥辟，不宽绰厥心㊺，乱罚无罪，杀无辜。怨有同，是丛于厥身㊻。"

周公曰："呜呼！嗣王其监于兹㊼。"

注　释

㊶迪哲：真正有见识的人。　㊷詈：音厉，骂。　㊸皇自敬德：意为虚心检查自己。　㊹愆：过错。　㊺不宽绰厥心：意谓心怀放不开，心胸狭窄，容不下批评。　㊻怨有同，是丛于厥身：意思是怨恨会集中，都堆在你身上。　㊼其监于兹：监，同鉴，镜子。监于兹，就是把这当作镜子自己照照。

解　说

周公说，唉，从殷王中宗、高宗、祖甲到我周邦的文王，这四个人是真正有智慧的人。假如有人告诉他说，有些民众恨你、骂你，他立即自我反省。他们有了过错呢，就说，是我的过错，不迁怒于人。如果你对此不肯相信，那么，有人就可能编造假话说，那个人恨你骂你，你就会相信。是这样的话，就不好好想想自己是君王的地位，不把心胸开阔些，就会乱罚无罪的人，杀死无辜的人，这样就会使真正的怨恨都集中到你的身上。

周公说：唉，继位的王呀，应该把这个故事当成自己的镜子。

石芝父评：有国有家者，自天子至于庶人，勤劳罔不兴，骄逸罔不败。千古同辙。周公反复告诫成王，垂诫深矣。

卫风·硕人

诗　经

卫庄公娶于齐东宫得臣之妹，曰庄姜。美而无子，卫人为赋硕人。

硕人其颀①，衣锦褧②衣。齐侯之子，卫侯之妻。东宫③之妹，邢侯之姨④，谭公维私⑤。

注　释

①颀：音其。意为人体高长。　②褧衣：褧，音窘。单衣。　③东宫：太子所居为东宫。此指庄姜为太子得臣同母妹。　④姨：妻之姊妹称姨。　⑤私：姊妹之夫曰私。

解　说

朱注引《春秋》传曰：庄姜美而无子，卫人为之赋硕人。硕人全篇是对庄姜的赞美和同情。庄姜很美丽，却没有儿子。这是由于卫庄公有嬖妾而不爱庄姜，以致他死后引起卫国内乱，因此卫人同情庄姜。

首段详细表述庄姜出身门第的高贵，理应受到尊宠，以反衬庄公之无德。

硕人意即高个子。不直呼庄姜却用高个子来代替，是有所避讳。说硕人高高的个子，穿着鲜艳的锦衣，还用薄麻单衫作罩衣。她是齐侯的姑娘，卫侯的正妻，齐太子的亲妹妹，还是邢侯和谭公妻子的姊妹——何等高贵显赫的出身门第啊！

手如柔荑[6]，肤如凝脂[7]。领如蝤蛴[8]，齿如瓠犀[9]，螓首蛾眉[10]。巧笑倩兮[11]！美目盼兮[12]！

注 释

⑥柔荑：荑，音啼。旧注为初生的茅茸之芽。有如后人赞美美女的手为“十指尖尖如春笋”一样的含义。 ⑦凝脂：指女性皮肤白嫩，如刚凝固的脂肪。 ⑧领如蝤蛴：指颈部白嫩而修长，如蝤蛴。 ⑨齿如瓠犀：牙齿洁白整齐，如瓠子瓜中的瓜籽。 ⑩螓首蛾眉：螓是一种似蝉而小的昆虫，其前额方正。蛾，飞蛾，头前有两条弯弯的须，很像美女细而弯长的眉毛。赞美庄姜眉毛的美丽。后世常称女人为蛾眉。 ⑪巧笑倩兮：笑起来笑得那么靓。 ⑫美目盼兮：美丽的眼睛那么水灵。

解 说

这一段集中赞美庄姜的美丽。从她的手，到她的皮肤，再往上赞她的脖颈、她的牙齿到她的眼和眉，甚至那又光泽又方正的额头。总之，无处不美。十指尖尖，细长而柔软，洁白的皮肤像是刚凝结的油脂。颈项柔和而细长，那一口又白又整齐的牙齿，还有那脑门下又细又弯的眉毛，还有那水灵灵的转着看人的一双眼睛，笑起来，那么靓！

硕人敖敖[13]，说于农郊[14]。四牡有骄[15]，朱帻镳镳[16]，翟茀以朝[17]。大夫夙退[18]，无使君劳！

注 释

⑬敖敖：高贵貌。 ⑭说于农郊：此处的说，读为税。意为暂歇。农

郊，指卫都附近的郊区。 ⑮四牡有骄：四匹拉车的马，也显得雄壮而高贵。 ⑯朱帻镳镳：马嘴两侧，马口铁两端红绸结成的结子，作装饰用。 ⑰翟茀以朝：以雉尾翎羽，并在车前后装有车帘的大车，以接受卫大夫的朝见。 ⑱大夫夙退：本诗的作者在此希望大夫们速速退下，以免君夫人劳累了。旧注谓，要在朝堂上议事的大夫们退去，以让君王早些与君夫人相见，似欠妥。新嫁来的夫人已到了郊外，而君王和大夫们还在办公，未免有失礼仪。其实君夫人亦可称君，何况齐还是大国。

解　说

这一段是赞美庄姜自齐来嫁时的车骑之美，昂首挺胸的四匹牡马，拉着饰满了雉羽的车厢，马口铁两端结着鲜艳的红绸。暂时休止在卫邑附近的农郊，等候君王前来迎接。在朝的大夫们早早散去吧，君王还要去迎接新娘，别让他太劳累了。

河水洋洋[19]，北流活活。施罛涉涉[20]，鳣鲔发发[21]，葭菼揭揭[22]。庶姜孽孽[23]，庶士有朅[24]！

注　释

⑲洋洋：形容水流浩大。 ⑳施罛涉涉：罛即鱼罟。涉涉，鱼网入水声。 ㉑鳣鲔发发：鳣鲔，泛指各种鱼。发发，音拨拨，鱼在网中拍打声。 ㉒葭菼揭揭：葭，芦苇；菼，音毯，荻草。揭揭，高高地挑起。㉓庶姜孽孽：古代贵族出嫁，都有大批随嫁女性。庶姜，即指众随嫁者。庶，众也。孽孽，指盛妆的女子。 ㉔庶士有朅：庶士，陪嫁男性。朅，强壮有力貌。

解　说

这段是描述从嫁者之盛。

浩浩荡荡的河水，哗哗地向北流。打鱼的在河上下网，搅起一阵轻轻的入水声。入网的大鱼小鱼，拍打出拨拨的音响。河边的芦荻高高挑起。伴着那随嫁的花枝招展的姑娘们，还有那陪送的年青而又强壮的男人。这真是一派生机勃勃的景象。诗人的言外之意，他们将遇上横暴无知的庄公，他们将有什么命运呢？

石芝父评：此篇为形容美人情态之鼻祖。后世宋玉、司马相如、曹子建，《美人》、《洛神》诸赋，咸脱胎于此。

郑风·将仲子

诗　经

将仲子兮①！无逾我里②，无折我树杞③！岂敢爱之？畏我父母。仲可怀也④，父母之言，亦可畏也！

注　释

①将仲子：将，意为请。仲子，青年男子的一般称谓，不一定是排行第二。　②无逾我里：逾，越过，跨越。里，古代对居民点的称谓。古代有氏族社会的遗风，一般是聚族而居，一个里的居民大抵都有血缘关系。里有门，出入皆由门。此外为围墙。故凡想不由里门出入的，必需翻越里墙。越墙是非礼的行为，是不应该的，所以青年女子劝阻她的心上人不要逾里。　③杞：杞柳。矮小的灌木，用以固堤。墙边堤岸常见。　④仲可怀也：怀字，有多种含义，如胸怀、心怀、怀念等。此处释作“在心中”，较合当时情景。

解　说

这是一首民歌中的情歌的典型。

仲子，是古代对年轻男子的一般称谓，犹如今天天津人见面招呼二哥，他不一定是家里的老二。里，是一种古代居民点的称谓。这种称谓今天还在使用，但与古代的里的内容不同。古代是聚族而居，一个里是一个族的聚居点。同里的人都是父母、叔伯、兄弟、姊妹。也可视为一个大家庭。

诗中的这个仲子显然是本诗的主人，一个少女的亲密男友。当这位仲子想爬过墙来与这位少女相会时，这少女一时又爱又怕的矛盾心理，就充分暴露无遗。她急急忙忙地要劝阻他不要翻过墙来，什么怕踩坏了树木等等，其实是无力的借口，她主要还是怕被人发觉，而心里是希望他投向自己怀里。诗的描述，把少女这种矛盾心理暴露无遗——又爱又怕的心理。

仲子哥啊，请——请别翻进我的里，别弄折了那棵杞柳。不是舍不得那棵树哎，是怕我的父母。仲子哥啊，你已在我心里，可我父母骂起来啊，可也经受不起。

将仲子兮！无逾我墙[5]，无折我树桑。岂敢爱之？畏我诸兄[6]。仲可怀也，诸兄之言，亦可畏也！

注　释

⑤我墙：这里指少女家的墙，或垣墙。　⑥诸兄：古代大家庭特有的称谓。在大家庭中成年男子都是兄弟关系。如《诗·斯干》："兄及弟矣，式相好矣。"他们不是同父同母或同父异母。年长者则为诸父，年相近则为诸兄，总之是一个大家庭（或宗族）成员。

解　说

第二章是第一章的反复，就像音乐的旋律，但反复中又前进了一步。一章是阻止他跳过里墙，这是全里的边缘。而本章则已打算翻过自家的垣墙来了。

仲子哥啊，请——请别翻进我家的垣墙，别碰折了我家那棵桑。哎，不是舍不得那棵桑，是害怕遇上我诸位兄长。仲子哥啊，你已在我心里，兄长们惹火了可也经受不起。

将仲子兮！无逾我园[7]，无折我树檀。岂敢爱之？畏人之多言[8]。仲可怀也，人之多言，亦可畏也！

注　释

⑦园：不是后世的庭园、花园，一般应是菜圃之类。　⑧人之多言：指多嘴多舌，流言蜚语，不负责任地乱说。

解　说

第三章，仲子这个小青年，可什么也不怕，少女的防线已退到自家的菜园了。

仲子哥啊，请——请别跨过我的菜园，不要折断那树檀。不是舍不得它，实在怕闲人的嘴多话。仲子哥啊，你已在我心里，可是闲言闲语也真经受不起。

显然，爱意已压倒了畏惧，拒绝几乎变成了邀请。三章中每一次拒绝后，马上来一个不是声明的声明，畏惧已逐渐退去了。

本诗在描写爱情中的少男少女的心理，是宛转而深刻的。无怪乎历来的说诗者，都说郑声淫。要不是这已经过孔夫子删定，恐怕早已成了禁书。今天能读到它，还应该感谢孔老夫子的思想开放。

秦风·蒹葭

诗经

蒹葭苍苍[1]，白露为霜。所谓伊人，在水一方。溯洄从之[2]，道阻且长。溯游从之[3]，宛在水中央。

蒹葭萋萋，白露未晞[4]。所谓伊人，在水之湄[5]。溯洄从之，道阻且跻[6]。溯游从之，宛在水中坻[7]。

蒹葭采采[8]，白露未已。所谓伊人，在水之涘[9]。溯洄从之，道阻且右[10]。溯游从之，宛在水中沚[11]。

注释

①蒹葭：即常见的芦苇。苍苍，绿色。 ②溯洄：逆流而上。 ③溯游：顺流而下。 ④萋萋：草木茂盛的样子。晞：音希，晒干。 ⑤湄：音眉。岸边有水草处。 ⑥跻：音基，义为上升，指道路升高，如陡坡、坎之类。 ⑦坻：音迟。水中小渚、浅滩。 ⑧采采：秋后芦苇开花，穗状花序，有光泽，故曰采采。朱注以为芦苇可采。亦通。 ⑨涘：音俟(sì)。水边。 ⑩右：拐弯，岔道。 ⑪沚：音止。水中小滩。

解说

这是《诗经》一篇十分独特的诗。

《诗经》本是一部搜集的民歌。民歌一般是“劳者”歌其事，如《伐檀》、《桑中》等，随处可见，都是歌咏具体的事物，唯有《蒹葭》一诗例外。这诗可以简单译成口语：

（秋凉了）丛丛的芦苇很绿，露水快凝成霜了。我思念的那人，就在水的那一方。顺着水流去找他（她）吧，道又不通路又长。戗着流水去见他吧，她好像就在水中央。——这是第一段。以下两段只不过变了几个字，为的是变韵，就像音乐旋律的往复。

诗的画面也极简单，几丛芦苇，一泓秋水，空空荡荡什么也没有。只有一个不露面的诗人在那里反复吟唱，吟唱他所想念的伊人。但这个伊人却不知是谁，也不知她在哪里。

就这么几十个字，还多半是重复，然而读起来却使人生出丰富的想象。仿佛诗人的低唱就在你耳边，那固执而愁苦的痴情就呈现在你面前，而那个看不见的伊人，仿佛也焕发着迷人的光彩……

这是一篇三千年前的无名作者留下的一首真正的"朦胧诗"。

如果把《蒹葭》和前边的《硕人》对比起来读，你将会发现这个什么也没有描述的"伊人"，比那位有浓墨重彩歌颂的"硕人"更具有魅力。

豳风·东山

诗　经

我徂东山[1]，慆慆不归[2]。我来自东，零雨其濛。我东曰归，我心西悲：制彼裳衣，勿士行枚[3]。蜎蜎者蠋[4]，烝在桑野[5]；敦彼独宿[6]，亦在车下。

注　释

①我徂东山：徂，音cú，作“到”解。即我来到东山。东山，即此次东征的战地。　②慆慆不归：慆慆意为长久。全句意为久久没有归去。　③勿士行枚：行枚是军队行进中为避免发出声音，而让每个兵士衔在嘴里的木棍。这次是回家，不再有战争，所以在士兵的衣服上就不再装备那根木棍。　④蜎蜎者蠋：蜎蜎，昆虫的幼虫行动貌。蠋，野蚕之类。或以为似蚕的桑虫。　⑤烝在桑野：烝，发语词，无意义。野，音墅。全句意为，野蚕们都爬在野外的桑叶上。　⑥敦彼独宿，亦在车下：正像那野蚕在桑叶上一样，这些独宿的兵士，也都一个个蜷曲着身子睡在车下。

解　说

《东山》一诗从来认为是周公东归后慰劳兵士之作。管、蔡之乱，周公东征，三年乃定。归后，周公作此诗。全诗四章。第一章叙述将归的准备，遂及士卒离家独居三年之苦。第二章叙述征人对离开了三年的家的思念。第三章叙述家中人对出征者的思念与痛苦，及征人归来时所见。第四章叙述征人归来后的欢庆、新婚与团圆。而每章均以“我徂东山……零雨其濛”起兴。叙述其行役之劳苦，而以最后的新婚喜庆来给他们以安慰。

我滞留在东山，久久没回家。我从东方回来，却又是这样的细雨濛濛。刚在东方说回，心却早已引起对西方的伤悲。给战士们作的衣裳，别再带上那堵嘴的衔枚。那些蜎蜎蠕动的野蚕，已各自爬到桑叶上；那些孤单单卧在车下的士卒们，也像它们那样，蜷缩着藏在车下。

我徂东山，慆慆不归。我来自东，零雨其濛。果臝之实⑦，亦施于宇⑧。伊威在室⑨，蠨蛸在户⑩？町畽鹿场⑪，熠耀宵行⑫？亦可畏也，伊可怀也⑬！

注释

⑦果臝之实：没有壳皮的果实。全句意为，所有的田地收成。 ⑧亦施于宇：施音 yí。宇，可作房盖解。施于宇，即指把收成晾晒在屋顶上或挂在房檐下。今北方秋季亦习惯这样处理。 ⑨伊威在室：伊威或称白鱼，即今所说的潮虫，多生长于旧式平房内的潮湿处。在室者，指屋内无人居住，故潮湿而孳生了潮虫。 ⑩蠨蛸在户：蠨蛸，今称喜蛛儿。小蜘蛛的一种，喜在门户上结网。 ⑪町畽鹿场，町畽，农家房侧闲地。由于经常无人而成了鹿群常来之地。 ⑫熠耀宵行：萤火虫之类，在暗夜中会飞进房来——显示征人在外，家中冷清。 ⑬亦可畏也，伊可怀也：这样的冷清使人觉得害怕，但更使人想念它。

解说

第二章描述士兵的思家。

我滞留在东山，久久没回家。我从东方回来，却又是这样的细雨濛濛。各种各样的收成，该已晾晒在房上了吧？那些潮虫恐怕会在空房里乱爬，而喜蛛儿也该在门角窗上挂起网了吧？那些房前屋后没人料理的空地，怕也该成为麋鹿自由来往的场地了。暗夜里萤火虫飞来飞去的闪闪亮光，有点让人害怕，更叫人思念它。

我徂东山，慆慆不归。我来自东，零雨其濛。鹳鸣于垤[14]，妇叹于室："洒埽穹窒[15]，我征聿至[16]！有敦瓜苦[17]，烝在栗薪[18]。自我不见，于今三年！"

注 释

⑭鹳鸣于垤：鹳是一种水鸟。垤，蚁穴。水鸟跑到蚁穴上来叫，说明因为天将雨，蚂蚁要向外搬土，出出进进。鹳鸟得以饱吃一顿蚁餐，故而长鸣。 ⑮洒埽穹窒：穹，墙上有窟窿，窒，堵住。洒埽，室内搞卫生。 ⑯我征聿至：聿，语助词，无意义。我的出征在外的人到家了。 ⑰有敦瓜苦：敦，屯也。瓜苦，即苦瓜。 ⑱烝在栗薪：二句连贯，意为我曾将囤积的一堆苦瓜，放在栗柴堆的高处。

解 说

第三章描述家中对出征者的期盼与怀念，以及出征初归时所见。

我滞留在东山，久久不回家。如今我从东方来，却又是细雨濛濛。那鹳鸟在那里呼叫，该是在蚁穴上吃饱了。妻子在屋里声声叹息。出征者已回来了，快去把屋子收拾洒扫，把墙上的破洞堵好。看，那柴垛上，柴垛高处还放有一堆苦瓜。这景象，我已有三年没见过了。

我徂东山，慆慆不归。我来自东，零雨其濛。鸧鹒于飞[19]，熠耀其羽[20]？之子于归[21]，皇驳其马[22]。亲结其缡[23]，九十其仪[24]。其新孔嘉[25]，其旧如之何[26]！

注　释

⑲鸧鹒于飞：黄莺儿成对地飞。　⑳熠耀其羽：展示着它们美丽的羽毛。　㉑之子于归：那个姑娘正出嫁。　㉒皇驳其马：皇驳，彩色鲜艳。马，音母。　㉓亲结其缡：古代结婚礼仪之一。由出嫁姑娘的母亲亲手把佩巾结在姑娘身上，礼成。　㉔九十其仪：言礼仪隆重，程序繁多。㉕其新孔嘉：犹言新结婚的是这样的好。　㉖其旧如之何：那些已婚的夫妇又如何呢？

解　说

第四章叙述归家后的欢庆、新婚与团圆。

我滞留在东山，久久没回家。我从东方回来，却又是细雨濛濛。黄莺儿成对地飞，展示着它们美丽的羽毛。那个姑娘正在出嫁，把车和马都打扮得这么漂亮。她妈妈亲自把她的佩巾结在她身上，要去行那隆重的、没完没了的婚礼。结婚当新娘真让人羡慕，那些已结婚的媳妇又该如何？

小雅·斯干

诗　经

秩秩斯干[①]，幽幽南山。如竹苞矣[②]，如松茂矣。兄及弟矣，式相好矣，无相犹矣[③]！

注　释

①秩秩斯干：秩秩，整齐茂盛貌。干，水边平地。　②苞：竹子丛生。　③相犹：互相埋怨。

解　说

斯干一诗，是描述古代的、淳朴而和谐的氏族家庭的生活。这个家庭是以男性为主的家庭，却没有家长，而是以兄弟和睦共处的方式来共同管理的。这里没有阶级与剥削。一切是全体成员共有，连孩子也是全家共同抚育。这是一首对远古氏族生活的回忆的歌，充满淳朴和谐的气息。

整整齐齐的一块小平原，背后是青幽幽的南山。像竹子那样一丛丛越长越密，又像松树那样又旺又茂。兄长和弟弟，要互相友爱，不要互相埋怨。

似续妣祖[④]，筑室百堵[⑤]，西南其户。爱居爱处[⑥]，爱笑爱语。

约之阁阁[⑦]，椓之橐橐[⑧]。风雨攸除[⑨]，鸟鼠攸去[⑩]，君子攸芋[⑪]！

如跂斯翼[⑫]，如矢斯棘[⑬]，如鸟斯革[⑭]，如翚斯飞[⑮]，君子攸跻[⑯]！

殖殖其庭[⑰]，有觉其楹[⑱]。哙哙其正，哕哕其冥，君子攸宁[⑲]！

注　释

④似续妣祖：在此继承和祭祀祖先。　⑤筑室百堵：堵，土墙，墙垣。五版为堵，一堵长六尺。百堵共长六十丈。春秋时，国之都城，不过百雉，为三百堵。可见此室规模不小。　⑥爰居爰处：在此居住休息。⑦约之阁阁：阁阁扎紧筑墙版的声音。　⑧椓之橐橐：用木夯夯实板内泥土之声。　⑨风雨攸除：免去风吹雨打。　⑩鸟鼠攸去：免去小鸟偷吃和老鼠打洞。　⑪君子攸芋：君子们可以安稳休眠了。　⑫如跂斯翼：形容当中殿堂的漂亮，像一只张开翅膀、单足鹤立的鸟。　⑬如矢斯棘：赞美檐边的草尾其齐如箭。　⑭如鸟斯革：如鸟张开翅膀般宏阔。　⑮如翚斯飞：屋脊两头翘起如雉鸡将飞。　⑯君子攸跻：正该是君子会聚行礼的地方。　⑰殖殖其庭：院庭平整而结实。　⑱有觉其楹：两廊的高大圆柱。　⑲哕哕其冥，君子攸宁：屋内宽大而幽深，君子可以安寝。

解　说

全诗的首章，是赞美这块他们自己选定的建立家室的地方，并祝愿弟兄们在此和谐居住。

以下四章是赞美他们新建的家室。首先是用来祭祀祖先和兄弟们行礼聚会的庙堂，然后是储存食物的地方，最后才是兄弟们安息的地方。显示出这是一个以男性当家作主的家庭，他们的配偶则主要是管饮食。甚至还没有男耕女织这种简单的分工，表明了这种家庭的古老。

这种家庭的内部是完全公有的、平等的、和睦的。从“爰居爰处，爰笑爰语”这两句，可以看到他们平等和睦的生活形态。旧注说这是什么天子之宫，祀姜嫄、后稷等说法，恐怕是难以成立的。这只是一个普通氏族的居室。

首先是祭祀和继承祖先，筑起六十丈长的垣墙，门开在西南面，大家都住在这里，休息在这里，说说笑笑也在这里。

把筑墙板捆得结结实实，把筑墙土夯得橐橐响。让风雨吹不动，老鼠打不了洞。让君子们安安稳稳。

把当中的庙堂建筑得好，有如张开羽翼的一只大鸟。柱子立得箭一样直，房檐斜得像俯冲的鸟，又像一只刚飞起的野鸡。让君子们到这里登高行礼，会聚。

庭院踩着噔噔的，廊柱排得正正的。宽大的居室幽幽的，君子们休息得静静的。

下莞上簟[20]，乃安斯寝。乃寝乃兴，乃占我梦[21]。吉梦维何？维熊维罴[22]，维虺维蛇[23]。

大人占之，维熊维罴？男子之祥！维虺维蛇？女子之祥！

注　释

⑳下莞上簟：莞，苇席；簟，竹席。　㉑乃占我梦：占卜我梦的吉凶。　㉒熊罴：猛兽。强壮而勇猛。　㉓虺蛇：虺，毒蛇的一种。

解　说

下边铺上苇席，上边加上竹簟，这样睡得安稳。一觉醒来，来占卜一下我昨晚的梦。做了什么梦？又是熊又是罴，又是虺又是蛇。

大人占了说，是熊是罴，要生男子，是虺和蛇，女孩之兆。

在氏族社会，地旷人稀。氏族的最大愿望就是人丁兴旺，这表示氏族在繁荣发展。反之则会人口凋零氏族衰败，是最不祥的先兆。这种愿望在

《诗经》中有多处表现。占梦成为氏族中老人的普遍职责。

乃生男子：载寝之床，载衣之裳[24]，载弄之璋[25]。其泣喤喤，朱芾斯煌，室家君王[26]！

乃生女子：载寝之地，载衣之裼[27]，载弄之瓦[28]。无非无仪[29]，唯酒食是议，无父母贻罹[30]！

注　释

㉔载衣之裳：衣，作动词。给他穿上下衣。　㉕载弄之璋：用玉石之类作男孩的玩具。　㉖其泣喤喤：他的哭声响亮。室家君王：将来会成为我家的君王。　㉗载衣之裼：用襁褓将她包起。　㉘载弄之瓦：拿一块纺坠子给她作玩具。　㉙无非无仪：没有什么是非，也不用讲礼仪。　㉚无父母贻罹：别让父母操心。

解　说

这段是全诗压尾的几章，寄托着全氏族成员的共同梦想，这就是人口繁衍。增加人口是当时最重要的大事，因为人口多就可以扩大占有土地，可以扩大氏族力量。这时，氏族之间已有了战争，而男子是战争的主力，因而重男轻女的思想已越来越浓厚。

但诗中同时也表现了当时氏族成员间的完全平等。不论是谁的孩子，都由氏族共同哺育一体待遇。这是古老的氏族公有制的体现。

生下的是男孩，就把他放在床上，给他穿上上衣下裳，手上拿个玉石玩具。啊，哭起来声音洪亮，将来能作室家的君王。

生下的是个女孩，就把她放在地上，用襁褓包裹起来，手里拿个瓦坠儿作玩具。用不着讲是非，也用不着说礼仪，主要是能做饭，不要受到挑剔。不要给父母亲找麻烦。

周易·系辞上传（节录四、五、六章）

孔　子

《易》之为书，伏羲画卦，文王作彖辞（即每卦之“彖曰”），周公作象辞（即每爻之“象曰”）。孔子作《系辞》上下传及《序卦》、《文言》等十翼，经四圣人而后成，通天地万物之变，定人事吉凶悔吝之原。治乱祸福见于几先，其旨微乎微矣。

易与天地准[①]，故能弥纶天地之道[②]。仰以观于天文，俯以察于地理，是故知幽明之故[③]。原始反终[④]，故知死生之说。精气为物，游魂为变，是故知鬼神之情状[⑤]。与天地相似，故不违[⑥]。知周乎万物而道济天下，故不过[⑦]。旁行而不流，乐天知命，故不忧[⑧]。安土敦乎仁，故能爱[⑨]。范围天地之化而不过，曲成万物而不遗，通乎昼夜之道而知，故神无方而易无体[⑩]。

注　释

①准：齐准、同等。犹今言等价。　②弥纶：弥，充满。纶，条理。犹今言规律化。　③幽明：黑暗与光明。　④原始反终：朱注，原者，推之于前；反者，要之于后。　⑤精气为物，游魂为变：古人相信宇宙中有一种精气，宇宙万物皆精气变化而成，故言精气为物。人生是精气的结合，人死是精气的消散、分解，变化成另外的形式，如神与鬼。朱注云：“阴精阳气，聚而成物，神之神也。魂存魄降，散而为变，鬼之归也。”所以知鬼神。　⑥与天地相似，故不违：既与天地准，当然不会违反天地

的客观规律。 ⑦不过：易道与天地之道相傍而行故不会分流，也不会超越到天道之前，故不过。 ⑧乐天知命，故不忧：既已知天道的运行是不断发展完善的，又何来忧虑呢？ ⑨安土敦乎仁，故能爱：上句不忧，是对己而言；此句能爱则是对人而言，心中无忧，安于所居，习于仁知，故能爱人。 ⑩神无方而易无体：神之存在既无固定不移之方式，则易之存在亦无一成不变之形体，故曰神无方而易无体。

按：此处朱注认为："天地之变化无穷，而圣人为之范围不使过于中道。"我以为此说正是宋儒理学背离易道的关键地方。如果天道运行自己会背离中道，那么这个中道是由圣人意志左右而不是客观标准了。圣人而能去范围天道之运行，则圣人将立身何处？能在天地之外吗？否则，自身亦在天道之中，又何以能范围天道呢？这正是易道与宋儒理学根本分歧处。易道主张乐天知命，而宋儒主张存天理，灭人欲，把天命与人欲对立起来，二者完全相反。

解说

易和天地是一致的，所以它能够使天地之道的所有方面都满足和条理化。通过易道来仰观天文，俯察地理，就可以知道幽明存在的缘故。用它来从始到终观察生命的运动，就可以了解生和死。知道了精气为物而游魂为变的原理，就可以懂得鬼神的情况。（由于易）与天地相似，所以没有矛盾；它能认识了解所有的万事万物，而它的道是用以帮助天下发展的，所以不会过分。它与天地之道相傍而行不会分离；使人乐天知命，所以没有忧虑；安于现实又敦行仁义，所以能够爱他人。它规范天地的运行又不过分，它依万物本性来成全万物，不抛下任何一个。它理解阴阳昼夜变化规律而充满智慧。所以说，神无方而易无体。

一阴一阳之谓道⑪。继之者善也，成之者性也⑫。仁者见之谓之仁，知者见之谓之知⑬，百姓日用而不知，故君子之道鲜矣⑭。

注 释

⑪一阴一阳之谓道：道就是阴阳二气相互消长，相互渗透，交迭发展的运动。 ⑫继之者善也：阴阳交迭发展，使得天地万物日臻完善。成之者性也，交迭发展的动力来自事物本身，是万事万物本来的性格（或本能）。 ⑬仁者见之……谓之知：万事万物越来越趋于完善的现象，在仁者看来，这就是天地仁慈的体现。而在智者看来，这就是天地智慧的体现。 ⑭百姓日用而不知：百姓，普通人，他们天天生活在这种阴阳交迭发展、万事万物日益完善的运动之中，但自己却不知道，所以，认识道的人就很少了。

解 说

什么是道？道的实质不外乎一个阴一个阳的作用。万事万物都是如此。一阴一阳交迭运动的发展，就会使世间万事万物日臻完善、美好。推动这阴阳交迭运动的动力，却是来自它们自身的本性。对于这种一阴一阳的运动——发展——完善的现象，对于一个思想倾向于仁的人来说，这就是仁；对于一个思想倾向于智的人来说，这就是智。对一般人来说，虽然他每天都处于运动、发展、完善的过程中，但自己却一点也不知道，所以，真正了解的人就很少了。

显诸仁，藏诸用⑮。鼓万物而不与圣人同忧⑯。盛德大业至矣哉，富有之谓大业，日新之谓盛德⑰。生生之谓易⑱，成象之谓乾，效法之谓坤，极数知来之谓占⑲，通变之谓事，阴阳不测之谓神⑳。

注 释

⑮显诸仁，藏诸用：易道所显示的事物不断完善的现象，表现为易道

的仁，但使万物日益完善的背后的推动力量却是隐藏着的。 ⑯鼓万物而不与圣人同忧：鼓，鼓动。推动事物发展变化的易道，并不像圣人那样有无穷忧虑，它是顺其自然而发展。 ⑰盛德大业至矣哉：但易道的盛德大业却达到了极点。什么是大业？就是富有。什么叫盛德？就是不断发展，每天有新的进步。 ⑱生生之谓易：什么是易道？易道的主要特征，就是生生不已。出生，生长，创新，完善，永无休止。 ⑲极数知来之谓占：古人相信，事物的发展有一定数量的关系，只要你能完全掌握这些数量关系，你就会知道事物发展的未来。其情况有如今天的市场预测，只要你能掌握影响市场的所有因素，你便能测知市场未来发展。这就是极数知来。掌握这种技术的是占卜。 ⑳阴阳不测之谓神：但事物的内在关系极其复杂，人不可能完全掌握，也就不可能完全准确测定，完全掌握，只有神才可能。

解　说

道的作用，明显地表现在事物的不断发展完善上，人人都知道这是天地的仁慈，但推动事物不断完善发展的作用却是隐藏着不为人知的。它鼓动万物发展，但却不像圣人们那样满怀忧虑。道的盛德大业真可说是达到极点了。天地间万事万物无比丰富，这就是大业；万事万物每天都会有新的发展，这就是盛德。总是生生不已，这便是易道。在天成象的是乾，效法乾的便是坤。极其深入地了解阴阳消长变化的关系就可以知道未来，这是占卜的作用。懂得变化的规律才能实际行事。然而，人所能知的究竟有限，许多难以预测的阴阳变化，就只能归之于神了。

夫易，广矣，大矣。以言乎远则不御[21]，以言乎迩则静而正[22]，以言乎天地之间则备矣。夫乾，其静也专，其动也直，是以大生焉。夫坤，其静也翕，其动也辟[23]，是以广生焉。广大配天地，变通配四时，阴阳之义配日月，易简之善配至德。

注 释

㉑不御：无限。 ㉒静而正：朱注："即物而理存。" ㉓其静也翕，其动也辟：翕，收敛，聚合。辟，张开，扩大。

解 说

说到易，是非常广大的。从远来说，它无边无际，没有阻挡。从近来说，却是宁静而端正。从天地之间来说，易道则是完备的。说到乾，它静止的时候显得专一，而起动起来却直往无前。从其质而言，它是大的。说到坤，静时它是合拢的，一动就张开，这就显出它的广大的性格。坤与乾一动时，它所产生的广大，可以与天地的广大相配；乾坤的变化，犹如四时的交迭，阴阳运行则犹如日月的交替。易简的品格，正相当于至德一样美与善。

石芝父评：天地以盈虚消长，阴阳动静，演成造化。人生其中，千奇百变。唯圣人效法天地，足以彰往而察来，可见易道之博大精深。

周易·系辞下传（节录四、五章）

孔　子

阳卦多阴，阴卦多阳①，其故何也？阳卦奇，阴卦耦②。其德行何也？阳一君而二民，君子之道也；阴二君而一民，小人之道也。

注　释

①阳卦多阴，阴卦多阳：句首阳阴二字，是说的阳卦阴卦。句尾的阴阳二字，是说的阴爻阳爻。　②阳卦奇，阴卦耦：奇是单数，耦是双数。

解　说

《易》卦的六十四卦中，又分为阴卦和阳卦。但阳卦中偏多阴爻，阴卦中却偏多阳爻。例如八卦中，乾、坎、艮、震为阳卦，其中除乾为纯阳外，其余三卦均为二阴爻，一阳爻。其余四卦，巽、离、坤、兑正相反。除坤卦纯阴以外，其余三卦均为二阳而一阴。所以说，是阳卦多阴，而阴卦多阳。孔子解说其原因是阳卦奇，奇是单数。阴卦耦，耦是双数。其所以如此，是因为阳爻代表君，阴爻代表民。这样，阳卦就是一君而二民。这是正常秩序，是君子之道，反之则是二君而一民。这不是正常的统治秩序，就是小人之道。

《易》曰："憧憧往来，朋从尔思③。"子曰："天下何思何虑？天下同归而殊途，一致而百虑④。天下何思何虑⑤？"

注 释

③憧憧往来，朋从尔思：憧憧，光影未明，往来未完，从之者惟朋，显示其思想尚未光大的形象。 ④天下同归而殊途，一致而百虑：这是孔子对“憧憧往来，朋从尔思”这种忧况下的判语。即他们的目标是相同的，但思想方法各不相同，奔向同一目标，而所行经的道路不同。 ⑤天下何思何虑：这是孔子在断语后提出的反诘，以进一步肯定自己的判断。

解 说

“憧憧往来，朋从尔思”本是咸卦九四的象辞。象辞说：“憧憧往来，未光大也。”意思是说，虽然有一群人在追随你的思想，但你的思想毕竟没有光大，所以只有一小群信从的人。孔子进一步阐释说，天下都在思考些什么呢？天下都在走向同一的目标，不过其思考的角度、方法不同罢了。思想方法不同，所采取的路线也就不同。此外，天下还能思考别的什么呢？

日往则月来，月往则日来，日月相推而明生焉[⑥]。寒往则暑来，暑往则寒来，寒暑相推而岁成焉[⑦]。往者屈也，来者信也[⑧]，屈信相感而利生焉。尺蠖之屈，以求信也[⑨]。龙蛇之蛰[⑩]，以存身也。精义入神，以致用也[⑪]。利用安身，以崇德也。过此以往，未之或知也。穷神知化，德之盛也。

注 释

⑥日月相推而明生焉：日月相互推移，天下就有了光明。古人能见到的是日月的运动，当然不可能有今天的科学知识。 ⑦寒暑相推而岁成

焉：古人当然不明白寒暑的成因，但他们已认识到正由于寒暑循环，人们才会产生“年”的概念。 ⑧往者屈也，来者信也：信，读若伸，往来就是屈伸。 ⑨尺蠖之屈，以求信也：尺蠖，一种昆虫名。其行动先是前半身固定，后半身前曲，然后后部固定，全身向前弹出前进，所以它的曲是为了伸。 ⑩龙蛇之蛰：蛰，伏着不动。指动物冬眠。 ⑪精义入神：人的学习，努力钻研，力求达到出神入化的地步，其目的是为了致用。

解　说

太阳落下了，月亮上来了，太阳和月亮互相推移，世界才有了光明。冷天过去了，夏天就来了。夏天过去，冷天又来了。寒暑冷热这样互相推动就构成了年岁。往就是屈，来就是信（信字读为伸）。屈伸相感应、互动，就会有收获、进步。尺蠖之所以要把身体弯曲起来，是为了前进；龙和蛇要冬眠，是为了保存自己。人深入地研究种种学问，以致达到神化的境界，是为了能更好地利用所学的知识。利用知识就能安身立命，以提高自己的德行，更高的目标就没人知道了。神化的境界，已是人的品德修养的最高境界了。

以上这一段都是由咸卦九四的象义引申出来，而阐释了往来、屈伸之间的关系。

《易》曰：“困于石⑫，据于蒺藜⑬；入于其宫⑭，不见其妻，凶。”子曰：“非所困而困焉，名必辱；非所据而据焉，身必危。既辱且危，死期将至⑮，妻其可得见邪？”

注　释

⑫困于石：石头光秃秃的，根本不能困陷人，所以后面才说“非所困而困”。 ⑬据于蒺藜：蒺藜，一种蔓生野草。其果实全身披刺，能伤人。据，用手抓。用手去抓蒺藜，必然要受到伤害，所以是非所据而据。 ⑭宫：贵族的住所。 ⑮既辱且危，死期将至：古代贵族，很重视

自己的名誉和地位。名誉受到侮辱，地位被贬低，是他所不能接受的。他只有死亡的前途。

解　说

这是孔子释困卦六三爻义，不应受困的地方而受了困，你的名声就不光彩了。不该依据的东西，你去依据，你的身体就危险了。名辱身危的人恐怕离死不远了，还能见到自己的妻子吗？

《易》曰："公用射隼于高墉之上[16]，获之无不利。"子曰："隼者禽也。弓矢者器也。射之者人也。君子藏器于身，待时而动[17]，何不利之有，动而不括[18]，是以出而有获，语成器而动者也。"

注　释

⑯公用射隼于高墉之上：公，贵族通称。隼，猛禽，鹰类。墉，墙。　⑰君子藏器于身，待时而动：此释解卦上六爻辞含义而引申之，把弓矢射隼具体事物一般化为藏器于身。君子人只要身上有本领，就可以等待机会施展。　⑱动而不括：括，旧注：障碍也。意即妨碍。高墉之上，意示无阻碍之地。

解　说

这是孔子对《易经》解卦上六爻的解释。

《易经》解卦上六爻的解释象辞说，公站在高墙上射隼，得到了它，无不利。孔子将此爻辞引申扩大到一切方面，这是正确理解《易经》的方法。他说，隼是禽，弓矢是器，射它的是人。好比一个人有一身本事，机会到来时就使用它，不让它受牵制。那么本事一拿出来，肯定就会有收获。这是说，要有充分准备而后动。

子曰："小人不耻不仁[19]，不畏不义[20]，不见利不劝[21]，不威不惩[22]，小惩而大诫[23]，此小人之福也[24]。《易》曰：'屦校灭趾[25]，无咎[26]，此之谓也。'"

注 释

⑲不耻不仁：做坏事不以为耻。 ⑳不畏不义：做不该做的事也不害怕。 ㉑不见利不劝：看不见利益不肯上前。 ㉒不威不惩：俗语说，不给点厉害的，不肯低头。 ㉓小惩而大诫：一次轻微惩戒能使人从此改过。 ㉔小人之福也：小惩而大诫，这是给小人的福气，因为他从此改过了。 ㉕屦校灭趾：校，即枷。屦校即脚枷。趾，脚趾。脚上戴枷，可能磨伤脚趾。屦，即鞋。 ㉖无咎：《易》经常用术语。意为没坏处。

解 说

孔子说："小人们（没有知识）不做好事不感到羞耻，做坏事也不感到害怕。见不到有利的事就不肯奋勇上前，不见到厉害的就不会改过。小的惩罚能使小人改过，这是小人的福气。《易经》说："带上脚枷，伤了脚趾，没有坏处。" 正是说的小惩而大诫的意思。

善不积，不足以成名；恶不积，不足以灭身。小人以小善为无益而弗为也，以小恶为无伤而弗去也。故恶积而不可掩，罪大而不可解。《易》曰："何校灭耳凶[27]。"

注 释

㉗何校灭耳凶：何，即荷，负荷。校，枷。意为，肩上扛枷，伤耳朵，是凶兆。

解 说

好行为如果不积累到许多，不足以得到好名声。恶行如不是积累了很多，也不致招致灭亡。小人总以为小善行没什么好处不肯去做，以为小小恶行不要紧而不肯改正，终至于恶行积累到不可原谅的地步，罪过积累到不可解脱的地步。《易经》说："何校灭耳，凶。"这是说带上大枷，弄坏耳朵，到了死罪程度，是凶兆。这里的"何"即"荷"，负荷之义。

子曰："危者，安其位者也㉘。亡者，保其存者也㉙。乱者，有其治者也㉚。是故君子安而不忘危，存而不忘亡，治而不忘乱，是以身安而国家可保也。《易》曰：'其亡其亡，系于苞桑㉛。'"

注 释

㉘危者，安其位者也：危险总是落在那些总以为自己地位巩固的人身上。 ㉙亡者，保其存者也：亡国的君主，总是那些自以为国家很安全的人。 ㉚乱者，有其治者也：出乱子的地方，总是统治者以为治理得很好的地方。 ㉛其亡其亡，系于苞桑：苞桑，丛生的桑树。程颐《易传》曰：桑之为物，其根深固。苞谓丛生者，其固尤甚。通句意为：别跑丢了，在苞桑上拴牢。

解 说

孔子说："凡是出现危险的邦家，都是那些为君为主者觉得自己地位很安稳的地方。凡是国家灭亡者，都是那些自以为力量很强，是可以保卫国家的君王。出乱子的，都是那些自以为统治得很好的地方。所以，作为统治者，应当在安全时别忘了危险，国家还存在时，别忘了覆亡的可能，在没有出乱子时，想到有出乱子的危险。这样，才能做到自己地位安全和国家的稳固。《易经》说：‘要丢了，要丢了，把它在苞桑上拴好。’”

子曰：“德薄而位尊，知小而谋大，力小而任重，鲜不及矣[32]。《易》曰：‘鼎折足，覆公餗[33]，其形渥，凶[34]，’言不胜其任也。”

注 释

㉜鲜不及矣：鲜，少。句意：不遭事的很少。 ㉝鼎折足，覆公餗：鼎，贵族食器。餗，和米的肉羹。意为：鼎足折断，打翻了老爷的肉羹。 ㉞其形渥，凶：弄得遍地污秽，凶兆。

解 说

孔子说：“你的品德不足，没有得到百姓的足够拥护，却占据着高位；知识面很窄，却要决定大事；力量不足而任务很重。这样，很少能不出乱子的。《易经》说：‘鼎折足，覆公餗，其形渥，凶。’不能胜任，因而摔断了鼎足，把主人的肉羹洒了，到处弄得很脏，这是恶兆。”

子曰：“知几其神乎[35]，君子上交不谄，下交不渎[36]，其知几乎？几者动之微，吉之先见者也。君子见几而作，不俟终日[37]。易曰‘介于石[38]，不终日，贞吉。’介如石焉，宁用终日，断可识矣。君子知微知彰，知柔知刚，万夫之望。”

注 释

㉟知几其神乎：事物在未显露之前的极其微小的征兆为几。这种

几乎难以察觉的先兆而能及时发现它的含义，这就近于神人了。㊱上交不谄，下交不渎：与比自己地位高的人相交而不谄媚，与地位低的人交往也不轻慢。㊲见几而作，不俟终日：见到事物的先兆，马上采取对策，不等今天过去。㊳介于石：介，耿介、独特。耿介如石，个性刚正貌。

解 说

孔子说："能知几，就差不多是神人了。君子们与高一级的君子交往而能不谄媚，与低级的人交往能够不渎（过分亲密），这算得上知几了吧？几，这是极微细的动静，吉凶降临的事前先兆。君子发现了这种先兆，立即采取行动，不能错过当天。《易经·豫卦》九二爻义说：'介于石，不终日，贞吉。'正是说君子见几而作，不俟终日的爻象。君子要能够知道隐微的和明显的，知道如何应该柔顺，如何应该刚强。因为，作为一个君子，是万人的希望所在啊。"

子曰："颜氏之子，其庶几乎㊴，有不善，未尝不知，知之未尝复行也。《易》曰：'不远复，无祇悔。元吉㊵。'"

注 释

㊴其庶几乎：差不多了罢。㊵无祇悔。元吉：祇，音其。有错，立即改正，不到后悔的程度，所以大吉。复卦初九爻辞。

解 说

孔子说的颜氏之子，指颜渊。颜渊好学笃行。孔子认为他可能离道很近了。因为他能做到知过即改，而且决不再犯。《易经》说的不远复，无祇悔，元吉。颜渊正是这样的人。

天地絪缊[41]，万物化醇[42]。男女媾精，万物化生[43]。《易》曰：“三人行则损一人[44]，一人行则得其友。”言致一也。

注　释

㊶絪缊：阴阳二气相互缠绕、交流、渗透融合之状，就如炉中香烟升起，缠绕、浮动之貌。　㊷万物化醇：天地絪缊的结果是凝聚而成万物。　㊸男女媾精，万物化生：絪缊化醇是凝聚而成物，而男女媾精则孕育出新的生命。　㊹三人行则损一人：此为《易·损卦》六三爻辞。朱注：下卦本乾，而损上爻以益坤。是三人行则损一人，阳爻入坤上得其友也，正是絪缊化生的本义。

解　说

此释损卦六三爻义。天地间，阴阳二气，缠绕交密之状是为絪缊。由于缠绕交密而致化醇凝聚。男女媾精，则万物由此而生生不已。《易经》说：“三人行则损一人，一人行则得其友”是损卦六三爻义。《象》曰，一人行，三则疑。所以损上爻以益坤，正是絪缊之象。一人行得其友也。

子曰：“君子安其身而后动[45]，易其心而后语[46]，定其交而后求[47]。君子修此三者，故全也[48]。危以动，则民不与也；惧以语，则民不应也；无交而求，则民不与也[49]。莫之与，则伤之者至矣。《易》曰：‘莫益之，或击之，立心勿恒，凶[50]。’”

注　释

㊺安其身而后动：先使自身地位安定，然后才行动。　㊻易其心而后语：易，平易，交易。把心放公平了，或是换成老百姓的心，才发表观点。　㊼定其交而后求：统治者要先同老百姓建立起相互信任的友好关

系，才能向老百姓提出要求。 ㊽君子修此三者，故全也：统治者必须先处理好以上三点，自己才能得到安全保障。 ㊾民不与：即民不拥护。用惩罚、威胁的手段，是不会得到老百姓拥护的。 ㊿莫益之，或击之，立心勿恒，凶：无人帮助你，有人就要伤害你、攻击你，凶兆。

解　说

《易经》一书，主要是为统治者——君主立言，即为贵族统治者立言。那个时代认为小人没有知识只需劳力。而贵族则是万夫之望，是人民命运的决定者。《系辞》上下传也具有这样的观点。所以在《系辞》上下传的末了，也谆谆致意地向君子们提出三点告诫。三点都集中涉及统治者与被统治者，君子与小人间的关系。

第一，君子要做任何事情，都必须首先实现社会安定，也就是自己地位的安定。第二是易其心而后语。易字可作平易讲，也可作交换讲。平易是要心地公平，交易则要设身处地为小人着想。第三，则是和小人之间建立友好关系，取得人民的拥护。君子要做到这三点才能保障起码的安全。镇压与吓唬是不行的，老百姓不会拥护你。老百姓不拥护，那么，阴谋者和敌人就会见机而动来伤害你了。《易经》说：“没人帮助你，但有人伤害你，你总三心二意，凶！”

石芝父评：太极始于一，而生阴阳二气。二气之变谓之易。人受天地之中以生。凡一切吉凶休咎，善恶祸福，君子小人，屈伸消长，皆为阴阳自然之变化。圣人穷神达化，告诫万世，教人知来藏往，其道莫大于易。此章取彖、象、卦、爻文辞，阐明人生得丧之由，读者可知惕厉矣。

大学[1]（经一章）

曾　参

大学之道，在明明德[2]，在亲民[3]，在止于至善[4]。

知止而后有定[5]，定而后能静[6]，静而后能安[7]，安而后能虑[8]，虑而后能得[9]。物有本末，事有终始。知所先后，则近道矣。

古之欲明明德于天下者[10]，先治其国[11]，欲治其国者先齐其家[12]，欲齐其家者先修其身[13]，欲修其身者先正其心[14]，欲正其心者先诚其意[15]，欲诚其意者先致其知[16]。致知在格物[17]。

物格而后知至，知至而后意诚，意诚而后心正，心正而后身修，身修而后家齐，家齐而后国治，国治而后天下平。

自天子以至于庶人，壹是皆以修身为本，其本乱而末治者否矣。其所厚者薄而其所薄者厚，未之有也。

注　释

①大学：朱注说："大学者，大人之学也。"这个解释可以有两方面的理解：一是与童蒙之学相对而言，意为成年人之学。另一是指君子之学，即贵族成员的学习目标。中国在先秦以前是贵族社会。凡贵族成员都称为君子，非贵族的庶民都是小人。事实上，庶人力于农穑，他们是不学习的。学校庠序是为君子设立的，所学的是治国平天下的道理。《大学》所讲的恰恰就是如何能去治国平天下，所以是君子之学。　②

明明德：儒家，尤其宋儒，主张人性是善的。人之性善是先天具有的本能，是天赋。这种天赋的善良本能就称为明德。人长大后之所以有恶，是由于天赋的明德被欲望蒙蔽了，所以，学习就在于恢复原有的光明，故称为明明德。 ③亲民：意指使百姓亲睦、和睦，即是治国的意思。宋儒以为应作“新民”，其意为使老百姓不断进步以达到国治。两种解释含义不同，但总是贵族领导者自己不断提高，百姓随之前进。 ④至善：至，极点，最高境界。按宋儒的说法，至善，而“尽夫天理之极而无一毫人欲之私”。 ⑤有定：定，安定，不再动摇、改变。 ⑥能静：旧注，指心不妄动。用今天的话来说，能静，即指有坚定信仰。 ⑦能安：指一切行动，久之而自然合乎信仰，亦即从心所欲不逾矩。 ⑧能虑：虑，指处理事物，洞察事物。 ⑨能得：心止于至善，动无私念，故能得万事万物之理。 ⑩明明德于天下者：指社会最高统治者，使天下人的天赋的善良本性都能得到恢复。这样的天下，当然就太平了。这是君子们（贵族）的最高理想。人人都被改造完善，这当然是天下的统治者所追求的理想境界。 ⑪先治其国：儒家的理想世界是天下太平，而不是征服。其方法是“化民成俗”，即使用典型的影响。要先自我改造，即修身，来影响自己所在的家族，家族和睦兴旺，来影响一国，一国的成功来影响天下，达到天下太平，即所谓诚意正心，修齐治平的功夫。功夫要从自身先作出榜样逐步扩大，以至于治国平天下。这是一种在贵族逐级统治的社会中产生的理想，而达到这一理想的途径则在自身先有坚定的对这种理想的信仰，然后才能逐步扩大影响。信仰是本，治平是末，格致诚正修齐治平是程序。但是，应注意的是这个理想和程序的前提是当时的现实社会。当时的社会基本组织是家族，个人属于家庭。若干家庭组成一国，若干国并存于天下，所以产生修齐治平这个程序。社会变了，这个程序就会无效，中国两千多年历史已证实这一点。

⑫齐其家：使自身所属的家族，达到同一水平。 ⑬修其身：努力使自身完善，达到明明德。自身不断保持完善，才能达到齐家、治国、平天下。这是对一个合格统治者的要求，是根本。 ⑭正其心：指坚定维护信仰，排除各种个人私意的干扰。 ⑮诚其意：树立信仰。旧注：诚其意，毋自欺也。 ⑯致其知：朱注：即物穷其理。实即要通晓人情物

理。所谓即物穷理，并非当今科学对客观事物、客观规律的探索。
⑰格物：对客物事物的研究。

解　说

《大学》本是《礼记》中的一篇。自宋儒讲理学而将它从《礼记》中移出来独立成篇，认为它是“初学入德之门”的根本学问。通过宋、明、清历代王朝的推崇，成为科举八股取士的必修课，因而与《论语》、《孟子》、《中庸》并列而称为《四书》。其在儒学中的地位，甚至超过《六经》之上。

《大学》的作者，宋儒考定为曾子，但也有人认为是秦汉间儒者所作。这属于考据学范围，这里不作讨论。

《大学》的本义是大人之学或成人之学。它的目标与方法是“明明德”。“明德”是天赋于人的善良本性。是人天生就有，并用以应付一切事物的。只不过由“气禀所拘，人欲所蔽”而昏暗不明。大学的目的就在于拨去昏暗的遮蔽而恢复本来的明朗。而由于“明德”的恢复，就能使所有的人互相亲睦，以至发展到“至善”的最高境界。

懂得了“至善”的最高境界，人就不再游移而守定了“至善”。然后，由于努力方向的确定，你的心就会静下来，安下来。然后就能分辨是非，得到正确的理解。

一切万物，都有个根本和枝梢，一切事情都有个开始与终了。如果懂得了学习的先后次序，先学根本而后枝梢，你离圣人之道就近了。

古来要想使天下的人都能恢复天赋的禀性，都必须先在自己一国中做到这点。要使全国做到，先要使自己的家族做到；要使家族都做到，那么，就先要自己本身的品德达到这一标准。要提高自身的品德，必先摆正自己的良心。要想自己的心保持中正，必须先具有一个至诚不移的意志。要使自己保有这至诚不移的意志，就先要努力学习多方面的知识。知识的得来，在于对万事万物之理的研究。

研究了万事万物，你就有了知识。有了知识，你才能有向前发展的意志。有了意志，你的心就不会动摇。不因干扰而动摇的心，就能常保你品德的完美。在你完美品格的榜样影响下，你的家庭成员都会努力向你看齐，而成为全国的榜样。这样，国家也就会治理得很好，进而使天下都达到你的国家的同等水平。

所以说，上至天子，下至老百姓，都应该以修身为本（从修身开始去追求更高境界）。

任何事物，都不会有从根上就乱七八糟，而枝叶秩序井然的。这样的事物不会有。该下大力气的地方不用力，却把力气用在不该用的地方，却能收到好成果的事，这从来没有过（譬如自身不正，却能治国平天下的事，那是不会有的）。

石芝父评：此是中国儒家政治哲学，大经大法。由本以及末，由体以达用，由圣功以成王道。霸术无本，异端无末。后世只言治国平天下，不先诚意正心，所以盗贼起而天下大乱。

中庸（第一章）

孔　伋

子思名伋，孔子之孙，伯鱼之子。受学于曾子。独尊孔门心法，作《中庸》①。其书始言一理，中散为万事，末复合为一理，发明内圣功夫。

天命之谓性②，率性之谓道③，修道之谓教④。道也者，不可须臾离也。可离非道也。是故君子戒慎乎其所不睹，恐惧乎其所不闻。莫见乎隐，莫显乎微⑤，故君子慎其独也。

喜怒哀乐之未发谓之中⑥，发而皆中节谓之和⑦。中也者天下之大本也⑧，和也者天下之达道也⑨。致中和⑩，天地位焉，万物育焉⑪。

注　释

①中庸：宋程颐对此作了标准解释。说："不偏之谓中，不易之谓庸。"也就是说，中就是中正、正道；庸就是平常的公理，通行天下，不可改变。　②天命之谓性：人性是人的天赋的本性，是人生而具有的。③率性之谓道：率性，依照天生本性的指导而行动，就是人生的正道。④修道之谓教：修，就是通俗讲的修理。人在依照人的善良本性行动时，虽是正道，但难免有时会偏离，所以要随时纠正。这种纠正偏差的做法，就是教育。　⑤莫见乎隐，莫显乎微：隐，没人看见。微，细微小事。他人可能看不见，不在意，而对自己则是非常明白，甚至重大的。　⑥喜怒哀乐之未发谓之中：喜怒哀乐，指人的各种情感，它源于人的本性。没表

现出来时就是人的本性，当发泄出来时就是人的情感。由此而言，中即人性。 ⑦发而皆中节谓之和：中节，中音仲。中节，指合乎音乐的节奏。人的七情发出来，都能合乎音律节奏，这就是和谐的声音。反之，不合乎音律节拍的声音，就是不和谐的噪音。 ⑧大本：是人性，是一切行动的根本。 ⑨天下之达道：达道，指到处可以通行无阻。意即天下之公理。用今天的话说就是“有理走遍天下”。 ⑩致中和：致，到达。或曰极点。到了中和的顶点。 ⑪天地位焉，万物育焉：按照儒家传统的理论，天地人是互相感应的。如果行政不当，社会不和，天就会降生灾异。如果行为得当（主要指统治者的行为），天就会降下祥瑞，丰年。有灾异，就表现天也不安定。有祥瑞、丰年，就表现天地都安全。这就是“天地位焉”。这一来，万物都可以正常繁育发展，人也可丰衣足食了，也就是“万物育焉”了。

解　说

中庸一篇，宋以后的理学家尊之为“孔门传授心法”。“心法”二字是从佛教禅宗的语言中摘来的。禅宗宣称，自己的佛法是佛祖的不立语言文字的心法，是最高深最玄妙的。理学家借以说明“理学”是孔门的心法别传。这个心法始传于子思，子思传于孟子，是孔门最精深的理论。朱熹在《中庸章句序》中说：“异端之说，日新月盛，以至于老佛之徒出，则弥近理而大乱真系。然而幸此书之不泯……以续千载不传之绪，盖子思之功，于是为大。”这就把《中庸》一书提高到极尊的地位。这里只选辑了《中庸》书中的第一章，也就是全书的纲领。

（人一生来就有善良的秉性）人性是由上天赋予的。天赋的本能就叫作性。跟着这天赋本能来行动，这就是道——人生的正确道路。对由这一善良本性指出的道路加以规范，以免误解。使所有人有一个共同的准则，这就是教育。这个人生的道路，道，是离不开的，一会儿也不能离开。要是能离开，就不是道了。所以说，君子要警惕自己没人看见的行为，畏惧那没人听见的自己的语言。最隐秘的思想行为，其实对自己十分明显；最细微的思想动态，对自己也十分明白。所以，君子要特别警惕那只有自己一个人知道的思想言行。

人的情感——喜怒哀乐，在未发泄出来时，是隐藏在心中的本性，就叫“中”。要是发泄出来而又都合乎共同的节律要求，合乎正常的情感，就叫作“和”。人的本性善良，这个中，就是普天下一切行为的总的根本。这个和就是天下所有人共同的行为准则，普天之下，到处可以通行。如果达到中与和的极点，也就是天地在那里安居的地方，万物都从那里蕴育生长，繁育成长。

石芝父评：《中庸》一书，发明人性本善。循善而行，可以参天地，育万物。总之，退藏于密，放之则弥六合。修持善性，则自慎独功夫下手。屋漏不愧，即是至诚。至诚不息，即是天地之性。儒家以天地人为三才。《学》《庸》两篇，宋程明道从《礼记》取出。

左传·郑伯克段于鄢[1]

左丘明

《左传》作者历来异说纷纭。自司马迁论《春秋》，称鲁君子左丘明，班固从而述之，始以《左传》为左丘明所作。后人虽多有非难，但终未能动摇左氏作者地位。左丘明为鲁太史，亲见孔子。孔子周游列国，归而居鲁授徒，作《春秋》。《春秋》述二百四十二年间行事，褒善贬恶，而左丘明为之作传，世称《春秋左氏传》。

初，郑武公娶于申[2]，曰武姜[3]。生庄公及共叔段。庄公寤生[4]，惊姜氏，故名曰寤生，遂恶之。爱共叔段，欲立之。亟请于武公[5]，公弗许[6]。

及庄公即位，为之请制[7]。公曰："制，岩邑也[8]，虢叔死焉[9]，他邑唯命。"请京[10]，使居之，谓之京城大叔。

注释

①鄢：郑属邑名。②郑武公娶于申：申，诸侯国名。春秋时代还沿袭古代氏族社会的习惯，同姓不婚，贵族与异姓同等贵族通婚。各国国君的夫人，都为他国国君之女。③武姜：春秋时，妇女无名字，都以自己原族的姓，如申国为姜姓，即以姜为名字中后一字，在前面加上丈夫的谥号。她的丈夫号为武公，她的名字就叫武姜。其余依此类推。④寤生：生育时不顺，逆生。⑤亟请：多次请求。⑥弗许：不允许，不同意。⑦请制：制，邑名。武姜向庄公要求，封他的弟弟以制邑。贵族社会

中，贵族们以其社会地位高低，都应有封地，称为采邑或食邑。 ⑧岩邑也：是多山的地区。 ⑨虢叔死焉：虢叔，旧东虢国君，恃其险为郑所灭。 ⑩京：郑邑名。

解　说

这是发生在公元前722年郑国的一件事。这件事表现出同父同母的亲兄弟之间，为争权夺利而钩心斗角的故事。母亲的偏心，宠弟段的贪得无厌和兄长处事的阴狠，如闻其声。

当初，郑武公娶了申国的姑娘做夫人，称为武姜。她生了两个儿子，就是后来的郑庄公和共叔段。庄公生时不顺遂，使产妇受了惊吓，因此就给他起个小名叫寤生。武姜很讨厌他。偏爱第二个儿子，想要让他继承郑国的君位，多次向郑武公请求，但武公不同意。到了后来庄公长大即位当了国君，姜氏就要求把一个名叫制的邑作为弟弟段的采邑。庄公说："制是个多山的地方，从前虢叔就死在那里，别要制邑，别的邑都行。"又要求京邑，庄公答应了，于是，称弟弟为京城大叔。

祭仲[11]曰："都城过百雉[12]，国之害也。先王之制，大都不过参国之一[13]，中五之一，小九之一。今京不度，非制也[14]。君将不堪。"公曰："姜氏欲之，焉辟害[15]？"对曰："姜氏何厌之有[16]？不如早为之所，无使滋蔓，蔓难图也[17]。蔓草犹不可除，况君之宠弟乎？"公曰："多行不义必自毙[18]，子姑[19]待之。"

注　释

⑪祭仲：郑大夫。 ⑫都城过百雉：雉，城墙上的垛，守城设施，当时用以计城墙的长度。旧注，方丈曰堵，三堵曰雉，即一雉之墙长三丈。当时诸侯之城按制度应为三百雉，诸侯以下贵族大夫，城不得超过国家都城的三分之一，即百雉。 ⑬大都不过参国之一：参，即三。大都不能超

过国都的三分之一。⑭非制也：不合制度规定。意是京过大。⑮姜氏欲之，焉辟害：姜氏想要这个邑只能给她，明知有害也不能逃避。⑯何厌之有：是指姜氏偏向段，贪心永远不能满足。⑰无使滋蔓，蔓难图也：不要使他无限制地扩大，像蔓草一样往外扩展，那就难办了。⑱多行不义必自毙：坏事做多了必然会自取灭亡。⑲姑：此处作姑且、且讲。

解　说

这是一段郑庄公与他的朝臣关于京城大叔的讨论。姜氏要使自己的小儿子成为国君的野心已经公开化了，而郑庄公的阴鸷心思也暴露无遗。

大夫祭仲说："都城过百雉，将是国家的祸害。祖先留下的规矩，一等的大都不能超过国家都城的三分之一，中等的五分之一，下等的九分之一。现在，京城已破坏了这个制度，作为国君，你将难以忍受。"这里需要说明的是，春秋时代是贵族统治时代，国君的子孙，理所当然地是贵族。贵族的生活来源是国家给他封地，一般的是一个城市和这个城市所属的郊野地区。城市大小，视所属地域大小而不同。所以，城大表示领地大，实力大，可能成为国君地位的威胁，所以有了祭仲这一番话。

庄公对他的话的回答是，"姜氏想要这块封地，我明知这样不好，但我无法推辞。"

祭仲说："姜氏哪有满足的时候？不如及早把他（大叔）安顿好，别让他无限制地发展。蔓草长多了还不容易锄尽，何况还是受到宠爱的弟弟呢？"

庄公说："坏事做多了就会自己找死，你暂且等着瞧吧。"

对话中，祭仲还以为是庄公过于宠爱大叔，所以提出警告，而庄公的答话则显然已决心除掉京城大叔。对同一事件，思想的出发点不同，所以处理的办法也就会有根本差异。

既而大叔命西鄙、北鄙贰于己⑳。公子吕曰："国不堪贰㉑，君将若之何？欲与大叔，臣请事之；若弗与，则请除之。无生民心。"公曰："无庸㉒，将自及。"大叔又收贰以为己邑，至于廪延。子封曰："可矣，厚将得众。"公曰："不义不昵，厚将崩㉓。"大叔完聚㉔，缮甲兵㉕，具卒乘㉖，将袭郑。夫人将启之㉗。公闻其期，曰："可矣！"命子封帅车二百乘以伐京。京叛大叔段，段入于鄢㉘，公伐诸鄢。五月辛丑，大叔出奔共。

注 释

⑳贰于己：西鄙、北鄙本属国君，今大叔使之同时属于自己，这是对国君的轻视，也是增加人民的贡赋负担。 ㉑公子吕：郑大夫。国不堪贰，一国不能有二君。 ㉒无庸：用不着这样。 ㉓不义不昵，厚将崩：行为不义，指大叔增加二鄙人民的负担。不昵，指没有亲人。庄公是他唯一的兄长，他都反对他。崩，崩溃。 ㉔完聚：集合军队。 ㉕缮甲兵：缮，修理衣甲武器。 ㉖具卒乘：编组车乘和各车所属步卒。春秋旧制，一乘士三人，步卒七十二人。 ㉗夫人将启之：夫人，姜氏。启，开城门。 ㉘段入于鄢：段逃入鄢邑。

解 说

显然，大叔并不以能得到京邑这个大都为满足，他还要努力扩充自己的实力，毫不顾忌庄公的不满。这是个典型的贪夫嘴脸。所以他下命令要西、北鄙贰于自己。所谓贰是指这两地原来直属于国君，现在大叔要把它们同时属于国君和自己。这显然是个过渡的策略，目的是使西、北鄙为自己所有。

公子吕说："这成了一国有二君，国家会受不了，君如果还要纵容他，我干脆去做他的臣子算了。如果君不准许，干脆把他除掉算了，别让老百姓以为他要成国君了。"庄公说："用不着这样，他会自己找死。"

果然，大叔已把这个两属的地区，干脆收归自己独有。他的领地一直扩展到了廪延。

另一位大夫子封说："到时候了，再扩大他的领地，他能征集的军队就更多了。”庄公说：“他没有正义，没有亲近的人的支持，再扩大就会崩溃。”

大叔已集合好军队，修缮铠甲和武器，编制好了车队和各车所属的兵卒，打算偷袭郑国。武姜夫人将为他打开城门。庄公知道了他行动的时间后，说：“可以了！”命令子封为统帅，率领二百乘战车的兵力去伐京。京人叛变了大叔段。段躲到了鄢地。庄公亲自去进攻鄢。五月辛丑那天，段逃到邻近小国——共国去了。

书曰[29]：“郑伯克段于鄢。”段不弟，故不言弟；如二君，故曰克；称郑伯，讥失教也；谓之郑志[30]，不言出奔，难之也[31]。

注　释

㉙书曰：书指经，《春秋》经上写道。　㉚谓之郑志：经上写成“郑伯克段于鄢”这种写法，表明郑庄公的目的本来就是想杀死段，才故意纵容他，所以说这是“郑志”。　㉛不言出奔，难之也：难，责难郑庄公，所以不写段是出奔。

解　说

这一段专门阐释《春秋》经书法的寓褒贬、别善恶的含义。经文上为什么用“郑伯克段于鄢”六个字？首先是“段不弟”，先失去了弟兄的资格，所以不书弟；其次是，他们事实上成了两个对立的国君，所以称为克；再次是，不言兄弟，却称郑伯，是因为他本该管教自己的兄弟，却故意放任不管，失去了做兄长的道义。段的反叛，是郑伯故意放任出来的，其目是要他灭亡，这是郑伯的真实意图，所以也不写出段的出奔，这是对庄公道义上的责难。这就是对这一事件在书法中所包含的微言大义。

遂置姜氏于城颍，而誓之曰：“不及黄泉，无相见也[32]。”既而悔之。颍考叔为颍谷封人[33]，闻之，有献于公。公赐之食，食舍肉。公问之，对曰："小人有母，皆尝小人之食矣，未尝君之羹，请以遗之[34]。"公曰："尔有母遗，繄我独无[35]！"颍考叔曰："敢问何谓也？"公语之故，且告之悔。对曰："君何患焉！若阙地及泉[36]，隧而相见，其谁曰不然？"公从之。公入而赋："大隧之中，其乐也融融！"姜出而赋："大隧之外，其乐也洩洩[37]！"遂为母子如初。

君子曰："颍考叔，纯孝也。爱其母，施及庄公。诗曰：'孝子不匮，永锡尔类。'其是之谓乎。"

注 释

㉜遂置姜氏于城颍，而誓之曰："不及黄泉，无相见也"：置，安置。城颍，郑边邑。黄泉，地下水。一般指人死埋地下，为入黄泉。誓词的意思是永远不再见你，除非死了。 ㉝颍考叔为颍谷封人：颍考叔，人名。颍谷，郑地名。封人，管疆界的有司。说明城颍这个地方，已是郑国的边界。 ㉞请遗之：请允许我留给她。 ㉟尔有母遗，繄我独无：这是郑庄公吟唱《诗经》中的诗句，表示对母亲的思念。 ㊱阙地及泉：阙，同掘。掘到看见地下水。 ㊲融融、洩洩：皆快乐的样子。

解 说

由于共叔段谋叛事件而引出的庄公母子关系的破裂及恢复的经过，作为整个事件的最终结束。

庄公在赶走了段之后，就把他母亲迁移安置在城颍，并发誓说，不到黄泉，我不愿再见到你。但不久他就懊悔了。

颍谷的封人颍考叔知道了这件事，就假借有礼贡献给庄公的方式见到庄公。庄公赐他吃饭，吃饭时，他不喝肉汤。庄公问他这是为什么？他说，我还有母亲在，她倒是吃过了我做的食物，但还没吃过国君赐的肉羹，请允许我把这留给她吃。庄公叹息说：“你倒有母亲在，可以留给她吃，唯独我却没有。”颍考叔曰：“这是为什么？”庄公就告诉了颍考叔事情的经过，也说出自己的后悔。颍考叔说：“这有什么难的。你挖个大洞，挖到看见黄泉，你再从挖出的隧洞中走去和她相见。这样，谁能说不？”庄公同意了他的办法。庄公走进隧道，就赋诗道：“大隧之中，其乐也融融。”武姜走出来时，也赋诗道：“大隧之外，其乐也泄泄。”他们俩就和好了，和以前一样。

君子们说，颍考叔的孝心真纯正，爱自己的母亲，就捎带着让庄公母子也和好了。

《诗》曰：“孝子不匮，永锡尔类”，说的就是这样的事情吧。

左传·吕相绝秦之辞

左丘明

鲁成公十一年，秦晋盟于令狐。秦桓公归而背盟，故晋厉公使吕相为辞绝之。吕相，魏锜之子，晋之大夫。

晋侯使吕相绝秦①，曰："昔逮我献公，及穆公相好，戮力同心②，申之以盟誓，重之以婚姻。天祸晋国，文公如齐，惠公如秦③。无禄，献公即世④，穆公不忘旧德，俾我惠公，用能奉祀于晋⑤。又不能成大勋，而为韩之师⑥。亦悔于厥心，用集我文公⑦，是穆之成也⑧。

注释

①吕相绝秦：事在《左传》成公十三年。 ②戮力同心：戮力，并力。力量联合，思想一致。 ③天祸晋国，文公如齐，惠公如秦：指晋国骊姬之祸，晋国内乱。太子申生死，公子重耳（后来的晋文公）、夷吾（后来的晋惠公）都出奔他国。 ④无禄：意为不幸。即世，即死亡。 ⑤俾我惠公，用能奉祀于晋：俾，使。意为使晋惠公能成为晋君。古代，奉祀是国君的职责。 ⑥韩之师：指秦晋战于韩原，秦掳晋惠公一役。见于《左传》僖公十五年。 ⑦厥：其。悔于厥心，心里感到后悔。集：支持，帮助。 ⑧穆之成也：成，成功、成全。

解　说

绝秦，是晋国要断绝同秦国的邦交，相当于今天的“断绝外交关系”、“进入战争状态”。

为了说明为什么要断绝同秦国的邦交的理由，本篇详细历数了两国关系的历史过程，严厉谴责了秦国历次背信弃义的行为，从而表明晋国不得不断绝与秦国的邦交的充足理由。全篇文章就从秦晋交好的秦穆公和晋献公时代开始说起。

在从前，晋献公和秦穆公相好的时候，两国并力同心，不但用盟誓方式向上天申明了我们两国联盟的意图，并且又建立两国间的婚姻关系来进一步加重这种关系的分量。老天给晋国降下灾祸，使晋文公跑到齐国去，晋惠公跑到秦国去。不幸，晋献公死了。秦穆公没有忘掉过去的友好，使晋惠公能够回国去继承晋国的香火（指秦国派兵护送晋惠公归国）。但又没有成全到底，反而引发了秦晋韩原之战。秦穆公也为此感到后悔，才又一次送晋文公回国当晋君，这是秦穆公对晋国的成全。

这一次是叙述秦晋邦交的第一次波澜，诱发了韩原之战，但终归还是友好占了上风。

“文公躬擐甲胄，跋履山川⑨，逾越险阻，征东之诸侯虞、夏、商、周之胤，而朝诸秦，则亦既报旧德矣。郑人怒君之疆埸⑩，我文公帅诸侯及秦围郑。秦大夫不询⑪于我寡君，擅及郑盟。诸侯疾之，将致命于秦⑫。文公恐惧，绥靖诸侯⑬，秦师克还，无害⑭，则是我有大造于西也⑮。

注　释

⑨文公躬擐甲胄，跋履山川：躬，亲自。擐，音贯，穿上。甲胄，战斗服装。指晋文公多次参加战斗，到处奔走，去征服东方那些家世辉煌的

国君，使之到秦国来朝见（秦本小国，爵位又卑，能使虞、夏、商、周后代的这些正统国君来朝见，应认为是很大光荣）。 ⑩郑人怒君之疆埸：秦郑边疆地带惹出了纠纷。实际郑、秦地域不相接，并无纠纷。⑪不询：不打招呼，不征求意见。 ⑫致命于秦：与秦拼命。 ⑬绥靖：抚慰，安抚。 ⑭秦师克还，无害：秦国的军队才能不受损失地回国。⑮大造于西：秦在晋西。大造，大功德，即言晋文公对秦作出了巨大贡献。

解 说

此段叙述晋文公即位之后，两国友好的恢复，及秦郑联军围郑之役引发的第二次波澜。

晋文公亲自套上铠甲，戴上面胄，爬山过河去征讨东方的诸侯——虞、夏、商、周这些有悠久历史的贵族，使他们来朝见秦穆公。这也可以说是对秦穆公过去的恩惠的回报了（这个说法当然有很大的水分。晋文公在东方的多次作战主要是为了自己的霸业，说它是对秦穆公恩惠的回报，就未免过于夸大了）。至于围郑之役是出于文公逃亡时，郑国没有给他礼遇的旧怨，而不是由于秦郑有什么争端。这里说是“怒君疆埸”，就全是托词。围郑秦师夜退而没有告知盟国，使盟国出现军事上的困难，确是秦的不该。但其他小国想要“致命”于秦却是夸大，把它看作对秦的贡献更是一种外交辞令。于此可见，这篇外交文献中，确有大量水分。其事详见《左传·烛之武退秦师》一文。

“无禄，文公即世，穆为不吊，蔑死我君，寡我襄公⑯，迭我殽地，奸绝我好，伐我保城，殄灭我费滑，散离我兄弟，挠乱我同盟，倾覆我国家。我襄公未忘君之旧勋，而惧社稷之殒，是以有殽之师⑰。犹愿赦罪于穆公，穆公弗听，而即楚谋我。天诱其衷，成王殒命⑱，穆公是以不克逞志于我。

注释

⑯穆为不吊，蔑我死君，寡我襄公……：指晋文公去世，秦穆公竟不履行吊唁的礼仪，既不尊重死者，又轻视新即位的襄公，还作出种种侵犯捣乱的行为。 ⑰是以有殽之师：秦晋殽之战，晋俘秦三帅。 ⑱天诱其衷，成王殒命：天诱其衷，一般指上天使他悔悟，但此处则谓天使他走向坟墓。殒命，死。成王之死是为太子商臣所杀。事见《左传》文公元年。

解说

以下是叙述晋文公去世之后，秦晋之间的大小冲突与摩擦。

晋文公去世，秦穆公连吊唁的礼仪也不遵守，这是侮蔑我去世的国君，瞧不起我即位的君王。又多次侵犯我国教地，阻断我的友好国家，在我的同盟国家间挑拨离间，捣乱，还无故灭掉我同盟国滑国等敌对行为。我襄公因为未能忘记秦国原先的好处，但又恐惧国家的陨灭，所以才有了殽地的一战。虽然打了仗，却还愿意取得穆公的谅解。但秦穆公不肯听从，却与楚国密谋侵害晋国，只不过楚成王短命（被公子围所杀），穆公的愿望才未能实现。

“穆、襄即世[19]，康、灵即位[20]。康公，我之自出[21]，又欲阙剪我公室[22]，倾覆我社稷，帅我蝥贼，以来荡摇我边疆[23]。我是以有令狐之役。康犹不悛，入我河曲，伐我涑川，俘我王官，剪我羁马。我是以有河曲之战。东道之不通[24]，则是康公绝我好也。

注释

⑲穆、襄即世：秦穆公、晋襄公死。 ⑳康、灵即位：秦康公、晋灵

公继为国君。 ㉑我之自出：秦康公母亲是晋女伯姬，所以称为自出。即有晋君的血统。 ㉒又欲阙剪我公室：阙，同掘。剪，截断。 ㉓蝥贼：害虫，借指暗藏的败类。此处指晋公子雍。事见《左传》文公六年。 ㉔东道：秦在晋西。秦欲交往东方诸国的道路都需通过晋国。秦与晋为敌，东道当然不通。

解　说

穆公、襄公都去世了，秦康公和晋灵公继位为国君，而康公还是晋国的外甥，又想把我公室所有剪去一块，要不就干脆把晋国的公室推翻了。领着我晋国的蝥贼（指公子雍即位问题），以来荡摇我边疆，我是以有令狐之役。康犹不悛，虽然接连失败，但其心不死，接二连三向晋国侵犯，才引发了河曲之战。秦国走向东方诸国的通道被堵死了，就是由于康公坚决要断绝同晋国友好的缘故。

"及君之嗣也，我君景公引领西望曰：'庶抚我乎㉕！'君亦不惠称盟，利吾有狄难，入我河县，焚我箕、郜，芟夷我农功，虔刘我边陲。我是以有辅氏之聚㉖。君亦悔祸之延㉗，而欲徼福于先君献、穆，使伯车来，命我景公曰：'吾与汝同好去恶，复修旧德，以追念前勋。'言誓未就，景公即世。我寡君是以有令狐之会。君又不祥，背弃盟誓。白狄及君同州，君之仇雠，而我之昏姻也。君来赐命曰：'吾与女伐狄。'寡君不敢顾昏姻，畏君之威而受命于吏。君有二心于狄，曰：'晋将伐女。'狄应且憎，是用告我。楚人恶君之二三其德也㉘，亦来告我曰：'秦背令狐之盟，而来求盟于我，昭告昊天上帝、秦三公、楚三王曰，余虽与晋出入，余唯利是视。不谷恶其无成德，是用宣之，以惩不一。'诸侯备闻此言，斯是用痛心疾首，暱就寡人㉙。寡人帅以听命，惟好是求。君若惠顾诸侯，矜哀寡人，而赐之盟㉚，则寡人之愿也。其承宁诸侯以退，岂敢徼乱。君若不施大惠，寡人不佞[31]，其不能以诸侯退矣。敢尽布之执事[32]，俾执事实图利之！”

注 释

㉕庶抚我乎：晋人希望秦或能与我友好。 ㉖我是以有辅氏之聚：辅氏之聚事，似应在《左传》宣公十五年。此年经书“秦人伐晋”，但无传，只能存疑。 ㉗君亦悔祸之延：后悔与晋为敌招致的灾祸不断。 ㉘二三其德：谓说话无信用，表里不一。 ㉙暱就寡人：向我表示亲密友好。 ㉚君若惠顾诸侯，矜哀寡人，而赐之盟：这是一种表面的客套话，表示希望罢战结盟。 ㉛不佞：佞，谄媚。不佞，是当时自称常用的客套话，表示笨拙、无才等意思。 ㉜布之执事，常用客套话，表示不敢直接向对方表示，而谦卑地只向你下属办事人员对话。布，宣布。

解 说

以上几段，还都只是历史的追溯，引起绝秦之辞的出现，其决定因素还应在于当前的局势和当今在位的执政者。所以全文的真正重点还在于下面这一大段。这一段就是从“穆、襄即世，康、灵即位”开始。

从康公一登位，我们景公就殷切盼望能够同秦和好，但康公并不接受这个好意，而且利用晋与狄人间正有麻烦时，侵入我河县，把箕、郜两城都烧了，收割了我百姓种的庄稼，还在边境地区任意杀戮。晋国这才有辅氏之聚。这时，康公也感到灾祸延续得太久了，希望借死去的献公、穆公的福荫有所改变，派伯车来向景公说：“我和你一起同好去恶，修补好从前那种旧有的友好关系。”但盟誓还没有完成，景公就去世了。因此，我君灵公和康公才举行了令狐之会，但秦君又背弃了盟誓。白狄国本来与秦同在一州，是秦君的仇敌而又是晋的婚姻之邦。秦君来命令我说：“我和你一同去伐狄。”我君畏惧秦公的威力，不敢因为是婚姻之国而拒绝君的命令。谁知秦君却有两种心肠，偷偷向狄国说：“晋国要攻打你。”狄国讨厌这种两面派，反而把秦公的话告诉了我。楚王也来向我说：“秦背令狐之盟，转而向楚国求盟说：‘昭告昊天上帝，秦三公、楚三王说，我虽同晋国来往，但我只看重是否有利。’”楚王还说：“我厌恶这种不讲道义的人，所以把它公开，以惩罚这种心口不一的人。”这些话，各国诸侯都听见了，而且对这样的话感到痛心。这才都聚集到我身边。我现在领导着他们在等待你的回答。我只希望能和好。你若是愿意和我们结盟，那是我所愿意的。那样，我就将劝慰诸侯退兵，不再打仗。假如你依然不肯结盟，我这人是不会拐弯的，那就不能请诸侯退兵了。”我把以上意见公布，请你朝中管事的人好好盘算一下怎样更有利。

石芝父评：攻人之短则义正辞严，饰己之长则以小为大。外交圆滑、狡猾的口吻，千古如生。此种说客，已开纵横捭阖之风矣！

国语·周厉王止谤

左丘明

厉王虐，国人谤王①。邵公告曰②：“民不堪命矣!”王怒，得卫巫③，使监谤者，以告，则杀之。国人莫敢言，道路以目④。

王喜，告邵公曰：“吾能弭谤矣⑤，乃不敢言。”邵公曰：“是障之也⑥。防民之口，甚于防川。川壅而溃，伤人必多，民亦如之。是故为川者决之使导，为民者宣之使言⑦。故天子听政，使公卿至于列士献诗⑧，瞽献曲⑨，史献书⑩，师箴⑪，瞍赋⑫，蒙诵⑬，百工谏⑭，庶人传语，近臣尽规，亲戚补察⑮，瞽史教诲⑯，耆艾修之⑰，而后王斟酌焉，是以事行而不悖⑱。

注　释

①厉王虐，国人谤王：周厉王，名胡。周王之子。谤，背后批评。②邵公告曰：召公，召穆公姬虎，为王卿士（大臣）。　③卫巫：卫国的一个巫人。在商代，巫教盛行。卫国地域原为商奄之地，巫教流行，巫人也多。主要是装神弄鬼，妄言祸福。　④道路以目：朋友在路上相遇也不敢交谈，只能以目示意。　⑤弭谤：消除谤言。　⑥障：堵住。　⑦宣之使言：宣，通也，宣泄使流通之意。宣之使言，即开放禁令，让老百姓说话。　⑧献诗：使公卿及一般官吏发表意见。古代的诗有风、雅、颂之分。其中雅即为士大夫等发表言论的诗，故称“小雅怨诽而不乱”。　⑨瞽献曲：瞽指乐官，曲指乐曲。　⑩史献书：史，史官。书，指史官记入史册所书写的文字。　⑪师箴：师，少师。

箴，箴戒之言。⑫瞍赋：瞍，盲者。赋，赋诗。⑬蒙诵：蒙，半盲者。诵，诵读。⑭百工谏：百工执艺事以谏。⑮亲戚：亲，宗族亲属。戚，姻亲关系。⑯瞽史教诲：除献曲、献书之外，还要进行口头教诲。⑰耆艾修之：年长之人为耆艾，为其补充。⑱悖：逆，悖离。

解说

周厉王行为暴虐，国人在背后批评他，非议他。邵公报告厉王说："民不堪命矣！"老百姓受不了啦。厉王听了大为震怒，找到一个卫巫，叫他去监察是谁在背后诽谤他。卫巫一报告，他就把这个诽谤者杀了。国中的人都再也不敢说话了，就是朋友在路上相见，也只敢互相注目一下，不敢开口。

厉王高兴了，向邵公说："我能够制止这些诽谤我的流言蜚语了。他们都不敢说了。"邵公说："你这是在堵人的嘴。堵人的嘴，比堵塞一条大河还要危险。堵一条河，一下子溃败了，就会造成更大的伤亡。老百姓也是这样。所以说，治河的方法是挖开个口子，引导河水流走；统治老百姓，就要想法让他们说话。所以，天子处理政务时，要使大小官员以及士人们献诗；瞽者（瞎子）献出所保管的前王的典册，管史的献所掌管的历史；少师掌乐，以音乐来劝谏；瞍（盲人）赋诗；蒙目半盲者，背诵；百工以各掌的工作来规谏；普通百姓也托人传话；亲近的臣子尽力规劝；亲属和有婚姻关系的人来补充调查。瞽与史这两个职官对王进行教育，再让几位高龄的老者来劝告，然后才由王自己斟酌接受并改正，所以政事推行起来才会顺利。"（要经过如此多层次的向王劝诫、建言，显然露出雕饰痕迹而非现实。这里有汉儒的手脚。）

"民之有口也，犹土之有山川也，财用于是乎出；犹其有原隰衍沃也[19]，衣食于是乎生。口之宣言也，善政于是乎兴[20]，行善而备败[21]，所以阜财用、衣食者也。夫民虑之于心而宣之于口，成而行之[22]，胡可壅也？若壅其口，其与能几何[23]？”

王弗听，于是国人莫敢出言。三年，乃流王于彘[24]。

注 释

⑲原隰衍沃：原，平原。隰，低地，湿地。衍，有灌溉设施。沃，肥沃。 ⑳善政于是乎兴：意为让百姓说话，就会出现良好的政治局面。 ㉑行善而备败：推行好政策，防备失误。 ㉒夫民虑之于心……成而行之：指按人民的意愿来推行政治措施。 ㉓其与能几何：有多少人能拥护你？ ㉔彘：古地名。据考在山西霍县。

解 说

邵公说：“人民有嘴，就像大地上有山川一样，钱财和所有使用的东西都从这里出来。也像大地有平原、肥沃的田地一样，衣食就从这里生出来。正由于有嘴说话，好的政治就从这里兴旺起来。实行善政而对失误又有所准备，这是丰富人民的财用衣食的。人民在心里反复思虑才用嘴说出来，经采纳而后实行，这怎么能堵上呢？要是把老百姓的嘴都堵上，还能有几个人拥护你呢？”

厉王听不进去。于是国人、老百姓谁也不敢再说话。三年之后，就把厉王放逐到彘那个地方去。

石芝父评：盛明之世，每岁孟春，遒人以木铎徇于路，官师相规，工执艺事以谏。庶民情意，无不上达。厉王监谤，亡也忽焉。

论语·季氏将伐颛臾

孔子门人

季氏将伐颛臾[①]，冉有[②]、季路[③]见于孔子曰："季氏将有事于颛臾[④]。"孔子曰："求，无乃尔是过欤[⑤]？夫颛臾，昔者先王以为东蒙主[⑥]，且在邦域之中矣，是社稷之臣也[⑦]，何以伐为？"

注　释

①季氏将伐颛臾：季氏，即季孙氏。当时鲁国三大家族之首，实际上的鲁国执政者。此时已经四分公室，季孙氏取其二，而叔孙氏、孟孙氏各取其一。鲁国政权已归季孙氏。颛臾，古国名。周初封建诸侯时曾封它为东蒙山的主祭者，后为鲁国附庸，即属国。三家四分公室时，颛臾仍属于鲁公未分。此时季孙氏贪得无厌，又想吞并它，所以派兵征伐。　②冉有：名求，孔子弟子，季孙氏家臣。　③季路：即子路，孔子弟子，季孙氏家臣。　④季氏将有事于颛臾：即季氏将征伐颛臾。古时认为"国之大事，惟祀与戎"。戎即战争。所以冉有以"有事"来代表打仗。　⑤无乃尔是过欤：孔子认为，要伐颛臾这件事应当是冉有的过错。因为不应征伐颛臾。　⑥东蒙主：东蒙山的主祭者。　⑦社稷之臣：社稷，土谷神。古代诸侯每年必祭祀社稷，以求福佑。社稷之臣，国家重要的大臣。

解　说

季氏将要兴兵去进攻颛臾，孔子门下的两个学生冉有和子路（即季路）在季氏手下为臣，他们来告诉孔子说："季氏将要征伐（有事）颛臾。"孔子说："求（冉有名），这是你的过错吧？早先（周代的）先王封他为东蒙山的主祭者，而且又在鲁国的疆内，算是鲁国的社稷之臣子，何以还用得着去征伐它？"

冉有曰："夫子欲之⑧。吾二臣者，皆不欲也。"孔子曰："求，周任有言曰⑨：'陈力就列⑩，不能者止。'危而不持⑪，颠而不扶⑫，则将焉用彼相矣⑬？且尔言过矣！虎兕出于柙，龟玉毁于椟中⑭，是谁之过欤？"

注　释

⑧夫子欲之：指季孙想得到它。　⑨周任：古贤人。　⑩陈力就列：陈，陈列，表现。力，能力。就列，站到班次位上。意思是你占据着地位，就应表现出你的能力。不行，就别占这位子。　⑪危而不持：遇见危险，不去拉他一把。　⑫颠而不扶：见他跌倒，不去扶他一下。　⑬焉用彼相：相，原意指引导瞎子走路的人，后来引申为统治者的大臣，应能引导国君不犯错误。此处指冉有而言，因为他是季氏的家宰，有责任来劝阻伐颛臾这种不应做的事。你该劝阻而不劝阻，用你干什么？　⑭虎兕出于柙，龟玉毁于椟中：虎兕，指猛兽。原意为老虎和野牛。柙，关猛兽的木笼。龟玉，龟为古代占卜用的工具，很受统治者爱重，称为神龟。玉，为古代帝王专用的礼器，称为宝玉，指贵重的东西。椟，是收藏龟玉的匣子或柜子。这个成语后面还有一句话："典守者不得辞其责。"典守者即主管者应负这个责任。猛兽跑出笼子，神龟和美玉在柜子里被毁坏了，出了这种事谁该负责？孔子在这里指责冉有不该推卸自己的责任。

解　说

冉有看到因这件事挨了老师的批评，就想把责任往他主人季氏身上推，却受到了孔子更严厉的批评。

冉有说："主人想得到那地方（所以要去征伐），我们两人都不想去。"孔子说："冉求，从前有个叫周任的人说过：'你有这个能力，就去占住这个位子；没这个能力，你就别去。'看见了危险，你不去拉他一把；看见他要摔倒，你不去扶他一把，那还要你这个引路人干什么？而且你说错了，'猛虎、野牛冲出了兽笼，神龟和美玉被弄毁在锁着的箱子里'，那应是谁的过失呀？"（古代有个成语，叫作"典守者不得辞其责"）这里孔子引用这个成语来责备他们，因为他们都是季氏的家臣，阻止他去做不该做的事是他们应有的责任，而他们没有尽到自己的责任。

冉有曰："今夫颛臾，固而近于费⑮。今不取，后世必为子孙忧⑯。"孔子曰："求，君子疾夫舍曰欲之，而必为之辞⑰。丘也闻有国有家者，不患寡而患不均⑱，不患贫而患不安⑲。盖均无贫，和无寡，安无倾⑳。夫如是，故远人不服，则修文德以来之㉑。既来之，则安之。今由与求也，相夫子，远人不服而不能来也，邦分崩离析而不能守也㉒，而谋动干戈于邦内㉓。吾恐季孙之忧不在颛臾，而在萧墙之内也㉔。"

注　释

⑮费：季孙氏的居邑。　⑯后世必为子孙忧：这是冉有捏造出来的征伐颛臾的理由，以掩饰季氏的贪欲。他说颛臾城墙很坚固，不易攻打，现在不拿掉它，以后会成为子孙的威胁。　⑰为之辞：说假话，以掩盖真实。　⑱不患寡而患不均：寡，少。意思是，不怕财富少，但怕分配不平均。　⑲不患贫而患不安：不怕穷但怕内部不安定。　⑳均无贫，和无

寡，安无倾：分配平均就没有穷人，团结和睦就不怕人少，安定内部国家就不会倾覆。 ㉑修文德以来之：提高文化和道德水平以吸引远人来臣服。 ㉒邦分崩离析而不能守也：这是指当时鲁国的混乱。季氏等三家四分公室以后，鲁国实际已分裂成几个国家，像土崩坍了或木头劈成几片，已无力抵御外力的侵犯。 ㉓而谋动干戈于邦内：面对眼前危险，你们却还想打内战。 ㉔萧墙之内：萧墙，住宅堂上的屏风。意指季孙家族的内部将会出乱子。

解　说

关于季氏将伐颛臾这件事，师徒之间的辩论越来越激烈，也越来越深刻，不但暴露了季孙氏贪得无厌的嘴脸，也暴露了冉求这个人的人格的卑下。在辩论中，孔子的追击是很猛烈的，层层深入，逻辑清楚。首先是颛臾有三层理由不该被征伐。当冉求把责任全推给季孙时，孔子转而责备他们是干什么的？不应推卸责任。最后冉求搬出了貌似堂皇的“为子孙忧”的大道理，却引出孔子关于治国安邦的真正大道理：“不患寡而患不均。”这个道理在两千多年后的今天仍然有效。

冉有（再次申辩）说：“今天的颛臾，那城池很坚固，而又离费邑（季孙的采邑）很近，今天不把颛臾拿过来，将来必定会给子孙留下忧患。”孔子（他可真火了）说：“求，真正的君子瞧不起那种绕开那真正的思想（真正是想要那块地方），而去找些不相干的理由来辩解的人。我也曾听说过，占有一个国家或占有一个家族的人，不害怕所统治的人太少，而是害怕贫富不均；不害怕贫穷，而害怕不安定。这是因为，财富要是平均占有，就不会有穷人；全国人都团结和睦，就不怕人少；社会团结安定，国家就不会倾覆。要是做到这些，即使有远方的人还不佩服，那就用提高社会的文化、道德水平去吸引他们来臣服。他来了，就帮助他做到社会安定。今天可好，你们二人去做季孙的领路人，人家不服，你们没有办法使他们服。我们鲁邦搞得分崩离析都无法防守，却还要在鲁邦内部阴谋大动干戈。唉！我恐怕季孙的真正忧患不是在颛臾，而是在他家里啊！”（孔子的意思，所谓萧墙之内，是泛指季孙统治集团的内部。)

本书选这一篇，正值抗战中期，蒋介石发动反共高潮之际。外敌未除，萧墙祸起。选者独取此篇，亦有深意存焉。

石芝父评：孔子政治眼光贯彻千秋万世。世法百变，其言卒不可移。国家之患，莫大于贫富悬绝，苛扰不安。平均则人民虽贫亦富，和合则虽寡亦众，相安则国与民不倾危。共产主义，世界最新之政治学说，所主张亦不外此。

论语·子张问于孔子

孔子门人

子张才高志广，曾子称其堂堂自大。其来问政，必有轻视治国平天下之意。孔子示以五美四恶，明示以仁则美，不仁则恶，其旨深矣。

子张问于孔子曰：“何如斯可以从政矣①？”子曰：“尊五美，屏四恶②，斯可以从政矣。”子张曰：“何谓五美？”子曰：“君子惠而不费③，劳而不怨④，欲而不贪⑤，泰而不骄⑥，威而不猛⑦。”

注　释

①从政：字面意义为从事政治工作，实际上的意义是成为人民的统治者。子张问时显然已跃跃欲试。而孔子欲告诉他尊五美、屏四恶，以仁心来从政，利民而不害民。　②屏四恶：屏，抛弃。四恶，四种恶劣行径。③惠而不费：惠，恩惠。此处指给人民带来好处。不费，不过分花费。④劳而不怨：劳，劳动、劳苦。怨，怨恨。要使人民虽然受苦受累却不抱怨。　⑤欲而不贪：有个人欲望却不贪婪。　⑥泰而不骄：泰，安稳，自信，但不骄傲。　⑦威而不猛：有威仪但不盛气凌人。

解　说

子张问孔子道：“怎样才可以从事政治领导呢？”孔子说：“尊重五

美，抛弃四恶，那就可以从事政治领导了。”子张说：“什么叫五美?”孔子说：“君子应该使人民得到好处，却又不过多花费；使人民劳苦而又不抱怨；自己有欲望而不贪心；处事泰然却不骄傲；有威仪却又使人不感到厉害。”

子张曰：“何谓惠而不费?”子曰：“因民之所利而利之，斯不亦惠而不费乎?择可劳而劳之，又谁怨?欲仁而得仁，又焉贪?君子无众寡，无小大，无敢慢⑧，斯不亦泰而不骄乎?君子正其衣冠，尊其瞻视⑨，俨然人望而畏之，斯不亦威而不猛乎?”

注　释

⑧慢：欺慢，不尊重人。　⑨尊其瞻视：瞻视，看法。即通常所说的印象。要使别人对自己有个尊严、尊重的印象。

解　说

孔子答复了子张的何谓五美的问题，但子张感到还不够具体，因而想进一步弄明白五美的具体内容，所以进一步提问，什么叫惠而不费。虽然他提出的只是五美之一的惠而不费的问题，但孔子已了解到他其实想要知道的是五美的全部具体内容。所以在答复时，就不只回答一个问题，而是五方面的问题全回答了。

子张问：“什么叫惠而不费呢?”孔子说：“人民认为有利的事你就去做，并使人民得到好处，这不就让人民既得到好处而又不过多花费吗?选择那些有劳动力的人，组织他们去做对他们有利的劳动，这样还有谁会抱怨呢?你的欲望是做个仁人君子，你追求的是仁，从而就得到了仁，还要贪什么呢?一个君子，他对许多人或是几个人，对小人或是大人，都不敢有一点轻慢，这不就是处事泰然而又不骄傲了吗?一个君子，衣服、帽子都穿戴得端端正正，很注意别人对自己的观感，态度要庄严，使人感到不能侵犯，这不就是威仪堂堂又不使人感到严厉或厉害吗?”

子张曰：“何谓四恶?”子曰：“不教而诛谓之虐⑩，不戒视成谓之暴⑪，慢令致期谓之贼⑫。犹之与人也，出纳之吝，谓之有司⑬。”

注　释

⑩不教而诛谓之虐：教，教育。不教是指事前应使人民知道什么是犯罪，却不去教育人民，随便诛杀，这就是酷虐。　⑪不戒视成谓之暴：戒，告诫，告诉。视成，视察，检查。事前不告诉，搞突然袭击，这是横暴的行为。　⑫慢令致期谓之贼：慢，松懈。致期，到期。事情开始时故意拖拉，未能按期完成，却要在下者负误期责任，这是有意陷害。　⑬出纳之吝，谓之有司：有司，指专门事务的负责者。例如，允许给予的东西，在真要付出时或兑现时却故意推脱刁难，把责任推给下级，这是一种借官僚主义来掩盖其上下其手从中渔利的恶劣行为。

解　说

子张继续问孔子，什么是四恶。孔子回答说（作为一个为政者），事前对人民不进行教育，事后却因犯禁而随意杀人，这是对人民的酷虐。事前不加告诫，不使有思想准备就突然进行检查，这种突然袭击的方式，就是横暴。下命令时故意松懈，使他们无法按期完成任务而陷于罪，这是有意识地陷人于罪，是对人民有预谋的贼害行为。该给下级或人民的东西，待真要执行时却找种种借口推三阻四，反把责任推卸给下级官吏，说是有司的事，其实就是官僚主义作风。

孔子提出的应去除的四恶，其实都是为政者把自己置于人民的对立面。一方面草菅人命，暴虐嗜杀；另一方面阴狠者故意陷人于罪；而对人民的福利则采取官僚主义态度，上下其手，从中渔利，这一切在几千年专制制度下愈演愈烈。朱注对最后一项官僚主义行为，反而以项羽“刻印刑，忍弗能予”（《史记·项羽本纪》）来举例说明，可以说是与孔子本意不相干了。

其实，孔子所说的五美、四恶问题，就是一个领导者把自己摆在与人民命运相共，还是摆在对立面的问题。与人民共命运就是五美，与人民相对立就是四恶。惠而不费，劳而不怨，就因为他因民之所利而利之，所以他们的感情是相通的、相同的。反之，不教而诛，故意陷人于罪，残酷好杀等等，则是互相仇视的。孔子要求为政者与人民共命运，而反对那些残虐贼杀的行为。

石芝父评：圣贤论政，只是循天理人情，处处不离“仁”字。霸者刍狗万民，事事不离“力”字。王霸之心，治乱之源也。

孟子·梁惠王章

孟　轲

孟子，名轲，字子舆。战国时邹人。子思再传弟子。作《孟子》七篇。其学尊王、贱霸、重仁义、轻功利、主性善。后世称之为亚圣。

孟子见梁惠王①。王曰："叟②，不远千里而来，亦将有以利吾国乎？"孟子对曰："王何必曰利，亦有仁义而已矣③。王曰何以利吾国，大夫曰何以利吾家，士庶人曰何以利吾身。上下交征利④，而国危矣。"

注　释

①梁惠王：姓魏名罂。毕万之后。因封于魏，故姓魏。国名也是魏。惠王是谥号。因都于大梁，故又称梁惠王。　②叟：对年长者的尊称。③王何必曰利，亦有仁义而已矣：意思是，你何必一心只想着利呢？治国，有仁义就够了。　④上下交征利：上上下下都各自追求各自的利益。交征，即互相争夺利益。

解　说

读战国时诸子的言论、主张，首先应了解当时的社会背景，不然就会感到突兀。战国时，当时全国是七个强国争霸，都想成为惟我独尊的王，因此战争不断，百姓苦不堪言，民生凋敝，社会混乱。梁惠王一见面便问何以利吾国，他不是关心国家人民的痛苦，而是把国家视为自己的私产，利国就是利他自己。这和今天的爱国完全是两回事。所以孟子一上来就提出仁义来。仁义，就是关心百姓疾苦，不要搜刮、镇压老百姓。这是从老百姓利益出发，而不是从帝王的私利出发。二者是针锋相对的。

孟子又进一步指出追求私利这种思想的危险。你当王的说“何以利吾国”，那么，当大夫的就只会想到“何以利吾家”，因为国不是他的。而老百姓，无家无业，就只考虑如何对自己有利。这样一来，全国的人，各人只顾各人的利益，那还会团结吗？这样，国家就危险了。

“万乘之国弑其君者⑤，必千乘之家⑥；千乘之国弑其君者，必百乘之家。万取千焉，千取百焉，不为不多矣。苟为后义而先利⑦，不夺不餍⑧。”

注　释

⑤万乘之国弑其君者：乘，指车乘。四匹马拉一辆兵车为一乘。乘，音剩。弑，古代君主被臣下杀死称为弑。音式。　⑥千乘之家：先秦时期的贵族国家，其兵队都分散在各家贵族手中。握有兵车千乘的，是万乘之国中的头等大贵族了，称为千乘之家。　⑦后义而先利：把个人利益摆在头里，把仁义道德摆在后边。　⑧不夺不餍：餍，吃饱。引申为满足。全句意为，只要对自己有利，不夺到手不满足。

解　说

孟子针对梁惠王的私利心理来进一步启发他，用春秋以来不断出现弑君夺国的现象来警醒他。他说，有万辆兵车的大国国君被杀死，是谁干的呢？必然是那些有千乘兵车的大家。而千乘之国，能杀死君王的，必然是有百乘兵车的家族。国家一万，他就占有一千，国家一千，他就占有一百，他占有的还少吗？但是，只要各人都把个人利益摆在第一位，把义字放在脑后，那么，他就要抢夺得越多越好，不到手决不甘心。

未有仁而遗其亲者也[9]，未有义而后其君者也[10]。王亦曰，仁义而已矣，何必曰利？

注 释

⑨未有仁而遗其亲者也：仁，仁爱。没有一个对人仁爱的人会抛下自己的父母不去爱。 ⑩未有义而后其君者也：义，讲正义。没有一个讲义气的人会把个人利益放在前头，而把自己的君主放在后面的。

解 说

然后，孟子反回来说到讲仁义的好处。他说，从没有一个有仁心的人会丢下他的父母不管的，也没有讲义气的人会把自己的国君搁在脑后的。也就是说，只要上上下下都讲仁义，对你做君王的就只会有好处，何必口口声声讲私利呢？

石芝父评：自古及今，求仁讲让则天下太平，争权夺利则天下大乱。国家成败兴亡之故，未有不由此者。当时苏秦、张仪之徒，专言功利，征战不息，故孟子以仁义救之。

孟子·不忍人之心章

孟　轲

孟子曰："人皆有不忍人之心[①]。先王有不忍人之心，斯有不忍人之政矣[②]。以不忍人之心，行不忍人之政，治天下可运之掌上[③]。

注　释

①不忍人之心：即恻隐之心。这是一种与生俱来的朴素的同情心。②不忍人之政：即对人民的困苦抱有同情的政治态度。　③运之掌上：极言其容易。因为治天下者已有了个对人民苦难同情的心理在支配，所以治天下也就不难了。

解　说

孟子说，不忍人之心是每个人都生来就有的。先王——指历史上的尧、舜、禹、汤、文、武这些有名的帝王，正因为有这个不忍人之心，才会推行这种不忍人的政治，从不忍人之心出发，来推行不忍人的政治，那么，治理天下的大事，简直可以在手掌上运行了。

"所以谓人皆有不忍人之心者，今人乍见孺子将入于井[④]，皆有怵惕恻隐之心[⑤]，非所以内交[⑥]于孺子之父母也，非所以要誉[⑦]于乡党朋友也，非恶其声而然也。由是观之，无恻隐之心非人也，无羞恶之心非人也，无辞让之心非人也，无是非之心非人也。

“恻隐之心，仁之端也⑧；羞恶之心，义之端也⑨；辞让之心，礼之端也⑩；是非之心，智之端也⑪。人之有是四端也，犹其有四体也⑫。有是四端而自谓不能者，自贼者也⑬，谓其君不能者，贼其君者也。

注 释

④孺子将入于井：小孩将要掉进井里去。 ⑤怵惕恻隐之心：怵，即通常说的心里发怵，有害怕之意。惕，警惕。即常说的心里发紧。恻隐，即同情心。 ⑥内交：内，读纳。纳交，即想同对方交朋友。 ⑦要誉：捞个好名声。 ⑧恻隐之心，仁之端也：同情心就是仁心的开头。 ⑨羞恶之心，义之端也：恶，音误。害羞与厌恶的心理，就使你知道什么应该，什么不应该，这就是义的开始。 ⑩辞让之心，礼之端也：推辞，谦让，这就是礼貌，是有礼的开始。 ⑪是非之心，智之端也：能懂得分清是非那就是义。 ⑫四体：指两手两足。如说四体不勤。 ⑬自贼：犹自残。

解 说

在上一段，孟子只提出了人皆有不忍人之心这个命题。这一段才进一步说明，什么叫不忍人之心和人人都有这个心的道理。从“所以谓”这三个字开始，孟子先举出一个极常见的例子来作说明。他说，有个人突然看见一个小孩子快掉到井里去了，他马上就会产生一种紧张、害怕，对小孩子的同情心，而且要动手将他拉住。他产生这种冲动，不是怀有任何别的目的，不是想同这孩子的父母套交情，也不是想在自己的朋友跟前落个好名声，更不是不爱听那孩子掉下去的哭声，仅是自发的同情、冲动，什么目的都没有，就是想救那孩子。由此看来，这是出于人的原始本能。没有这种同情心的人可说不算是个人，没羞没臊的人也不是人，不懂得互相谦让的人也不是人，不会分清是非的人也不算是个人。

这种恻隐心，同情心，就是仁心的开始；羞恶之心，就是义心的开始；辞让之心，就是懂礼节的开始；是非之心，就是有知识的开始。人有这四个开始，就好像人有四肢一样，是天生的。仁义礼智这四端人人都有，谁若说自己没有这四端，就好比自己砍去四肢是残疾人一样。若说自己的君王没有这四端，就是把自己的君主也当作残疾人。

“凡有四端于我者，知皆扩而充之矣⑭。若火之始然⑮，泉之始达⑯。苟能充之，足以保四海；苟不充之，不足以事父母。”

注 释

⑭都知道把自己这些本能加以充实，再加以扩充。 ⑮若火之始然：就好似刚在心中燃起的火苗，还很小，燃得不旺。然，即燃。 ⑯泉之始达：又好似刚从地里冒出来的泉水，还不很多，流得不远。

解 说

凡是认识到自己已具有这仁义礼智四端，就应努力把这四端扩大、充实。就好像火苗刚开始点燃，泉水刚开始冒出来。假如能不断地扩而充之，就可以保有四海，让四海之内的人都得到你的保护；如果你不去不断扩大充实呢，你就连养活自己的父母也做不到。

石芝父评：人为万物之灵。天之生人莫不付之以良心，良心即仁心，即不忍人之心也。人人本此良心以做事，以治民，则平天下不难。只是物欲蒙蔽，知有己不知有人。充其所至，身家不保，可不畏哉！

孟子·天时章

孟　轲

孟子曰："天时不如地利，地利不如人和①。三里之城②，七里之郭③，环而攻之而不胜。夫环④而攻之，必有得天时者矣。然而不胜者，是天时不如地利也。

"城非不高也，池非不深也⑤，兵革非不坚利也，米粟非不多也。委而去之⑥，是地利不如人和也。

"故曰，域民不以封疆之界⑦，固国不以山谿之险⑧，威天下不以兵革之利。得道者多助，失道者寡助⑨。寡助之至，亲戚畔之；多助之至，天下顺之。以天下之所顺，攻亲戚之所畔，故君子有不战，战必胜矣。"

注　释

①天时、地利、人和：古代兵法家认为决定战争胜负的三个条件。古代出兵要选择吉日，就是选择天时条件适合。天时指气候、节令和方位。地利是指有利于攻或防的地形、地貌等。修筑城墙就是为了防守需要的地形。古代的居住集中点都要修城墙，挖护城河，就是为了地利。人和则是指人心所向。所以孟子认为，人心所向，是决定战争胜负的最重要条件。　②城：城墙、防守工事。　③郭：外城。专为防御而修建的第二城墙。　④环而攻之：包围进攻。　⑤池：护城河。　⑥委而去之：丢下跑开。　⑦域民不以封疆之界：战国时，各国经常打仗，人民生活痛苦，常有逃亡。君主们由于兵源不足，搞出封锁边界等限制逃亡的法

令，但收效甚微。梁惠王就慨叹："寡人之民不加多，而邻国之民不加少。"孟子指出，靠用边界、法令等来限制人民外逃是不行的。⑧固国不以山谿之险：国家的巩固不能靠山川地形的险要。战国时吴起就说过，"在德不在险。"孟子也提出得道多助的命题。⑨得道多助：所谓得道，即取得人民的拥护。

解　说

古时兵法家讲究天时、地利、人和，想取得胜利必须依靠这三个条件。天时不但指时令、气候，也指方位，如东方甲乙木，南方丙丁火之类。孟子则以为，三者之中，人和是决定性的。天时不如地利，地利不如人和。以方位而言，围攻者各个方位都占有，当然也就有符合条件的方位。但依旧没占领这个城，显然是城池坚固易守难攻之故，即天时不如地利了。但是，也有城池很坚固，兵甲粮草都足够，却守不住，丢下城跑的，这就是地利不如人和了。尽管条件很好，但人心不想打仗，也只好逃跑，这就是地利不如人和了。

所以孟子说，靠封疆、边界等设施，是圈不住老百姓的；要国家巩固，靠地形险要，山陡水深，也是不够的。要威慑天下也完全不靠军队武器的精良，而在于得道与否。所谓道，就是人民的拥护。得道，就是多数人民拥护，失道，就只有很少的人民拥护。最失道的人，就连至亲好友也会背叛他。最得道的人，所有的人都会追随他。用所有人都拥护的，去打击那连亲戚都背叛的人，那还用说谁胜谁败吗？所以，有道的君子可以不打仗，如果真要作战，那么，肯定会取得战争的胜利。

石芝父评：有天下者在得民心。得民心在所恶勿施，所欲与聚。苟好恶拂人之性，则一切险阻器械均不足恃。人心失则天心去也，理固然也。

孟子·鱼我所欲也章

孟　轲

孟子曰："鱼我所欲也，熊掌亦我所欲也①。二者不可得兼，舍鱼而取熊掌者也②。生亦我所欲也，义亦我所欲也③。二者不可得兼，舍生而取义者也④。

"生亦我所欲，所欲有甚于生者，故不为苟得也⑤。死亦我所恶，所恶有甚于死者，故患有所不辟也⑥。

注　释

①熊掌：熊的掌，由于熊经常舔它，故认为营养价值很高，在古代列为八珍之一。　②舍鱼而取熊掌：因为熊掌价值比鱼的价值高出许多，所以不要鱼而要熊掌。　③义：正义，公正，道义。是一种可贵的高贵品格。　④舍生而取义：因为正义、道义是一种比生命价值更高的品格，所以宁可抛弃生命也要保持正义、道义。　⑤苟得：对于不管在道义上应不应得到的东西，不问是非地接受下来，这叫作苟得。　⑥患有所不辟：辟，同避。患，患难。患难临头，不肯躲避。

解　说

活着，是每个生物的本能。大至狮虎，小至昆虫都具有这个本能。但人与其他任何生物有所不同的是，他追求一种比活着更高的价值。人认为，如果单纯为活着而活着，那是与任何野兽虫蚁都没有区别的，这没有价值。人们通常瞧不起某人，便说，这人不值价。可见，没有比活着而没有价值的人，更为众人所鄙视。

孟子的这一章正是对生命的价值的讨论。孟子说：鱼是我所愿要的，熊掌也是我所愿要的。有时候，人不能同时两样都得到，只能要一种，舍一种。孟子说，我宁愿要熊掌而舍鱼。与这一情况相同，活着是我愿意的，正义也是我所愿要的。我只能要一种。于是，我宁愿舍去生命而维护正义。因为正义比生命的价值更高，就好像熊掌比鱼更贵重一样。

为什么这样呢？孟子回答说，我愿意活着，但我更愿意得到的是那个比活着更有价值的东西。所以我宁死也不肯马马虎虎去接受那我不该要的东西。我也不希望死，厌恶死。但我所厌恶的有比死更坏的，也是我更厌恶的东西。所以，面对患难我也不肯躲避。

“如使人之所欲莫甚于生，则凡可以得生者，何不用也？使人之所恶莫甚于死者，则凡可以辟患者，何不为也？由是则生而有不用也，由是则可以辟患而有不为也⑦。是故所欲有甚于生者，所恶有甚于死者，非独贤者有是心也。人皆有之⑧，贤者能勿丧耳⑨。

注　释

⑦由是则生而有不用，由是则可以辟患而有不为：有些人并不认为死亡是最可怕的。所以有些人在利益面前不肯苟得，在死亡面前，不肯逃避。　⑧（是心也）人皆有之：这种把道义看得重于生命的思想，本来是人人都有的，　⑨贤者能勿丧耳：把道义、正义看得高于生命的思想，本来是人人都有的，但在威胁利诱面前，却只有贤者才能坚持道义，不丢掉自己的良心。

解　说

如果一个人没有比活着更大的愿望，那么，凡可以活下来的办法，哪样不可采用呢？如果人最不愿意的就是死，那么只要能逃避死亡的事，什么不可干呢？但是，用这个办法可以活下去，也有人坚决不用；干这件事就可以不死，也有人偏不肯干。所以，所欲有甚于生，所恶有甚于死这种心理，并非很有修养的人才有。其实，所有的人都有这种心理，不过只有贤人才能坚持下去罢了。

“一箪食[10]，一豆羹[11]，得之则生，弗得则死。嘑尔而与之[12]，行道之人弗受；蹴尔而与之[13]，乞人弗屑也。万钟则不辨礼义而受之，万钟于我何加焉[14]？为宫室之美[15]，妻妾之奉[16]，所识穷乏者得我欤[17]？乡为身死而不受[18]，今为宫室之美为之；乡为身死而不受，今为妻妾之奉为之；乡为身死而不受，今为所识穷乏者得我而为之，是亦不可以已乎？此之谓失其本心[19]。”

注释

⑩一箪食：箪，古代盛食物的篮子。一箪食，就是一篮子食物。⑪一豆羹：羹是汤，豆是盛汤的食具。⑫嘑尔而与之：就是很不礼貌地吆喝来吃。嘑尔，犹如今天说“喂！”⑬蹴尔而与之，乞人弗屑也：蹴，踹一脚。这是更加不礼貌的行为。正常人当然不接受，就是乞丐也不肯接受。弗屑，瞧不起。⑭万钟于我何加焉：万钟（相当于今天万担的粮食）是不少了，但对于自己究竟又多出了什么呢？⑮为宫室之美：为了可以换得一座高级住房。⑯妻妾之奉：为了换得老婆丫鬟的伺候。⑰所识穷乏者得我欤：得，同德。即感谢。让相识的穷朋友感谢我吗？⑱乡：同向。⑲此之谓失其本心：这就叫在物质诱惑下丧失了自己原有的良心。

解说

一提篮食物，一碗羹汤，有了它就能活下去，没有它就只能等死。这就是生死关头了。但是，吆喝着叫人去吃，行路的人是不肯接受的，认为这是侮辱。要是踹他一脚叫他吃，那么，乞丐都不愿吃。但是，当这一篮子食物变成了万石的粮食，就不顾礼义了，赶快接受下来。其实，万石粮食比一提篮食物对你自己来说，又多出了什么呢？无非使你活下去罢了。为什么就改变态度了呢？为了住上好房子吗？为了享受妻妾的伺候吗？还是为了你认识的穷朋友会感谢你吗？唉，从前你宁死不受的东西，现在为了住上好房子而接受（你生命的价值就等于一所房子了）。从前你宁死不受，现在为了有妻妾伺奉而接受（你生命价值也就相当于一个妻妾了）。从前你宁死不受，现在为了得到朋友的感谢而接受（你生命的价值就相当于几声感谢了）。这算什么呢？这只能说是你丢失了良心。

石芝父评：饮食身外物，不敬虽死不受。富贵亦身外物，不敬乃甘受之，义心为利所迷失故也。君亲大义，仁义本心，一遇变端，不求生以害仁，有舍生以成仁，如文天祥、史可法辈，实为中国不死之国魂。能与异族争存亡，孔孟之教也。

孟子·舜发畎亩章

孟　轲

孟子曰："舜发于畎亩之中[①]，傅说举于版筑之间[②]，胶鬲举于鱼盐之中[③]。管夷吾举于士[④]，孙叔敖举于海[⑤]，百里奚举于市[⑥]。

"故天将降大任于斯人也[⑦]，必先苦其心志，劳其筋骨，饿其体肤，空乏其身，行拂乱其所为。所以动心忍性[⑧]，曾益其所不能[⑨]。人恒过，然后能改。困于心，衡于虑，然后作[⑩]。征于色，发于声，而后喻[⑪]。入则无法家、拂士[⑫]，出则无敌国外患者，国恒亡[⑬]，然后知生于忧患而死于安乐也[⑭]。"

注　释

①舜发于畎亩之中：舜是中国早期的一个好君主。在他被推荐去接受帝尧的帝位之前，他"耕于历山，渔于雷泽"，是一个农夫，辛勤从事劳动。畎，垅沟；亩，耕地。　②傅说举于版筑之间：傅说，殷王武丁的宰相。《尚书》中还留有《说命》三篇。在他被武丁选中为相之前，他正在傅岩地方筑墙，是个地道的劳工。说，音悦。版筑，古代修造墙的方式，用木版盛土再夯实，即今天说的"干打垒"。　③胶鬲举于鱼盐之中：胶鬲，殷末贤人，曾是一个卖鱼盐的小摊贩，后被周文王发现，用为大臣。　④管夷吾举于士：管夷吾即管仲。在成为齐桓公的仲父之前他是一个士师。士师，管刑法的下级小吏。　⑤孙叔敖举于海：孙叔敖，楚庄王手下的有名贤相，成就了庄王的霸业。他原来隐居在海

滨，是楚庄王发现了他。 ⑥百里奚举于市：百里奚，春秋时秦穆公的名臣。初为虞国臣，虞灭，被晋俘，以媵臣被遣入秦，后又成为楚俘，为秦穆公用五张羊皮赎回，称五羖大夫。 ⑦天将降大任于斯人：古代相信人的命决定于天。降大任，是指天要使他将来肩负重大责任。斯人，这个人。 ⑧动心忍性：是指能强行抑制内心的冲动。 ⑨曾益其所不能：曾，同增，增加。指动心忍性，以增加他原来没有的能力。 ⑩困于心，衡于虑，然后作：事情为难，搁在心里放不下，然后反复考虑，衡量利害，最后才决定如何做。 ⑪征于色，发于声，而后喻：还要注意对方的脸色、声音，才最后对他有所理解。 ⑫法家、拂士：法家，是指通晓朝廷事务的大臣，或指有丰富经验的大臣。拂士指敢直言不同意见的臣子。 ⑬国恒亡：恒，同常。是指这样的国家通常是要亡国的。 ⑭生于忧患而死于安乐：忧患反而能使人在奋斗中活下去，而安乐无忧往往导致亡国。

解　说

舜这个人被发现的时候，他还在地里干活；傅说这个人是从筑墙的工地上选拔出来的；胶鬲这个人被推举出来时，是个卖鱼卖盐的小贩。管仲是从一个管刑法的小吏提拔上来时；孙叔敖被楚庄王发现时在海边上谋生；百里奚则是被秦穆公从市场上找出来的（他们都有过艰难困苦的日子）。

所以说，上天打算把一项重要的任务交给某一个人，就必然要使他体验到困难的心情，体会到肉体的疲劳和困苦，还要经历饥饿，经受空乏，还要使他做一切事都不顺利，都干不好，这是要使他处事要能够忍耐。心里快要发火时，要能耐得住自己的性子，这是要增加他自我控制的能力。因为，人往往是犯了错误才知道该悔改。知道把一切困扰自己的难事藏在心里，再冷静地考虑它，研究、权衡问题的大小轻重，最后才决定该如何做。还要认真观察与此相关的人脸上表现的气色，说话的声音，然后才有真正的理解（一个身上负有重大责任的人，就应该具有这些能力和品质）。

那些在朝廷里没有处理政事的丰富经验的大臣，没有敢于有不同意见的贤士；而在外面而又没有什么威胁自己的敌国，也没有外患，这样的国君总会走向亡国的末路。然后人们才会懂得，有忧患存在，倒使你生存下去。而那些只知道安逸享乐者，必然会在安乐中死亡。

石芝父评：大凡英雄豪杰，帝王卿相，当其创世之时，往往艰难困苦，乃克底于有成。其成也莫不以忧患，其败也莫不以安乐，千古不爽。

道德经

老　子

老子姓李名耳，又名聃，字伯阳父。生于楚之苦县。为周柱下史，与孔子同时。孔子曾经问礼。道书谓：黄帝时为广成子，商时为籛籛铿，其说不经。老子见周之衰，去洛。西入函谷关。关令尹喜先见东来紫气，知有真人至。候三曰，见老子骑青牛至。遂传尹喜道德经五千言。

大道废[①]，有仁义；智慧出，有大伪[②]；六亲不和，有孝慈；国家昏乱，有忠臣[③]。

（以上第十八章）

绝圣去智[④]，民利百倍；绝仁去义，民复孝慈；绝巧去利，盗贼无有。此三者以为文，不足，故令有所属；见素抱朴，少思寡欲[⑤]。

（以上第十九章）

绝学，无忧[⑤]。

唯之与阿[⑥]，相去几何？善之与恶，相去何若？人之所畏，不敢不畏，荒兮其未央哉！

众人熙熙，如享太牢[⑦]，如登春台；我独泊兮其未兆，如婴儿之未孩[⑧]，乘乘兮若无所归[⑨]。众人皆有余，而我独若遗[⑩]。我愚人之心也哉！沌沌兮[⑪]！俗人昭昭，我独昏昏；众人察察，我独闷闷。忽兮其若晦，寂兮若无所止；众人皆有以，我独顽似鄙；我独异于人，而贵食母⑫。

（以上第二十章）

注　释

①大道废：老子《道德经》所讲的道德，不同于通常所讲的仁义道德的道德，而是他所称的道或大道。他认为真正的大道被人们毁坏而抛弃了，才出现在所说的仁义道德。　②智慧出，有大伪：即人的智慧引出了虚伪，如同市场上出了一种优质产品，立刻就会引出一大批假冒伪劣的产品一样。有智慧的地方就有诈伪。　③国家昏乱，有忠臣：忠臣总出现在国家昏乱破灭的时期。　④绝圣弃智：抛掉那些圣贤、仁义的说教，不要那引出大伪和大盗的巧智，这是对人民大有好处的。　⑤见素抱朴，少思寡欲，绝学，无忧：三句疑是错简。或是绝圣弃智、绝仁去义、绝巧去利三句中错置。存疑。　⑥唯之与阿：唯，应答辞：是，同意。指正常的问答。阿，阿谀，谄佞之人。二者间的区别，是很难辨别的。与此相同，善与恶的区别也是很难分清的。事实上谄佞之人或恶人往往是以一种假面具出现的。　⑦如享太牢，如登春台：太牢，古时天子、诸侯等祭祀最高级祭品，三牲全备。享太牢，太牢的祭品最后当然要给人吃，这就是享太牢。台，古代游观处所，亦曰春台，通指有美丽风景的地方。太牢、春台一起享受当然很快乐。　⑧泊兮其未兆，若婴儿之未孩：泊，淡泊；未兆，没感觉，没反应；未孩，初生婴儿还不能对外界有反应。别人都很高兴，我却没有反应。　⑨乘乘兮若无所归：四处漂泊，无所归宿。　⑩我独若遗：我觉得像丢失了什么。　⑪沌沌兮：不明白，恍惚。释上句若遗。　⑫食母：郭注；食乳也。宋·苏辙曰："譬如婴儿，无所杂食，食于母而已。"见中华书局版《老子校释》。

解　说

《老子》一书，从来不大容易读。这是由于老子的思想本来就深奥得不好理解，转换成文字就更加难懂。再加上时间悠久，传写讹误，断简错编掺杂其间，又以讹传讹，更无法读懂。直至如今，不少地方还只得存疑。

本篇摘选《老子》上章《道经》（十八至二十章）及下章《德经》（四十三至四十七章）。

老子说：本来的大道被废弃以后才出现关于仁义的说教，人的智慧被发掘出来立即就有了虚伪和欺诈，父母、夫妇、子女之间有了矛盾，才会出现需要孝慈的教导，而国家则只有在昏乱时候才会出现忠臣。

老子说：抛弃那些圣贤与智者，不去学他们，就不会有忧愁，这对人民有很大好处；丢下什么仁和义，才看得见事情朴素的本来面貌，才能有真的孝慈；断绝思想中的机巧、利害与盘算，盗贼自然也就没有了。

老子说：顺从和谄媚之间，究竟有多大的距离？善与恶之间又隔着多远？人们都害怕的事你敢不怕吗？这类事将来还会没完没了。

大伙儿来来往往，如同刚吃饱了山珍海味，又走进春天的大花园。唯独我淡漠得好像什么都没有感觉，像个刚生的还不会笑的婴孩，更像是疲倦的漂泊者，不知向何处归去。众人都感到满足，只有我总像少了点什么。我是个蠢货的心理吗？那样茫然。一般人都明明白白，只有我恍恍惚惚；大家都清清楚楚，只有我糊里糊涂。我像是在黑暗中，又像是在不休止地漂流。众人好像都有本事，只有我又顽固又无知无识。我不同于所有的人，只渴望着吃到从母亲身体里流出的乳汁。

天下之至柔[13]，驰骋天下之至坚。

无有入于无间[14]。吾是以知无为之有益。

不言之教，无为之益，天下希及之。

（以上第四十三章）

名与身孰亲？身与货孰多？得与亡孰病？是故甚爱必大费，多藏必厚亡[15]。故知足不辱，知止不殆[16]，可以长久。

（以上第四十四章）

大成若缺，其用不弊[17]；大盈若冲，其用不穷[18]。大直若屈，大巧若拙，大辩若讷[19]。躁胜寒[20]，静胜热，清静为天下正[21]。

（以上第四十五章）

天下有道，却走马以粪。天下无道，戎马生于郊[22]。

祸莫大于不知足，咎莫大于欲得，故知足之足，常足矣。

（以上第四十六章）

不出户，知天下；不窥牖[23]，见天道。其出弥远，其知弥少。是以圣人：不行而知，不见而名，不为而成[24]。

（以上第四十七章）

注　释

⑬至柔，至坚：至柔能驰骋至坚。驰骋意即支配，至柔能支配至坚，柔能克刚。以阐明无为之益，天下希及之的道理。　⑭无间、无有：据校释本，无有前应有“出于”二字，则全句意为“出于无有，入于无间”，以进一步阐释至柔驰骋至坚的道理，从而肯定无为之有益。　⑮甚爱必大费，多藏必厚亡：任何事和人你如果非常喜爱，你就得花大的代价；如果你占有多，你将丢失的也就会多。一切事物都有两面性，对待任何事都应该知足知止。　⑯知足不辱，知止不殆：懂得爱与费、藏与亡的关系，就应该知足，应该知道停止。只要知足，就不会受辱；能知止，就不会招祸。　⑰大成若缺，其用不弊：任何事都可能成功，但任何事都不会完美无缺。宇宙就是大成，但也不够完善。正因为不完美，所以它永远不会坏，也不会停止发展。　⑱大盈若冲，其用不穷：若冲即若虚。意即装得很满，倒似空的一样。俗语说，满瓶不响，半罐子叮当，就是这个意思。若虚的用处很多。　⑲大直若屈，大巧若拙，大辩若讷：与大成若缺同样意思。大直倒像是弯的，大巧的人倒像很笨，真正的辩论家倒像很木讷。⑳躁胜寒，静胜热：躁，同燥，指炉火。即通常所说烤火可以避寒，静可以抗暑热。俗语所谓心静自然凉。另一说静，即瀞字。指身旁放一盆凉水，凉气可以避热。　㉑清静为天下正：河上注云：“能清能静，为天下正。”《史记·老子传》作：“李耳无为自化，清净自正。”其真实含义应是“不扰民”。两千多年的封建社会中，问题往往出在扰民上。历朝历代，因扰民而败亡者多矣。秦、隋二代可为殷鉴。　㉒却走马以粪与戎马

生于郊：这两句话表面看似与政治毫不相干，实际却是侧面的有力反映。《周书·武成》归马华山之阳，正说明天下有道，战马无用，故尔可以粪田。天下无道，干戈四起，战马不足，使骒马上阵，故而戎马生于郊，即小马驹生产在野地里。 ㉓牖：窗户。 ㉔不为而成：老子所谓圣人实际上是当政者。老子认为，只要统治者推行无为之治，人民就会清静自正，各安其业，什么事都不需统治者自己动手。不须他动手，事已办成了。

解　说

第四十三章“无有入于无间”句前应加上“出于”二字，并紧接于“驰骋天下之至坚”句后，使各自独立的三句论断互相联结，构成一个完成的体系。即：天下最柔软之物能支配最坚强之物，至柔之物，以至不具形体，却能无所不出，无所不入，出于无有，入于无间。

明显的例子，无过于今天所知道的各种射线。宇宙间充满各种射线，不知从何而来，又能穿透各种物体，这是入于无间了。它又能从放射性物质中放射出来，却又几乎看不见物质因放射而受的损失，这就出于无有了。它出入往来于各种物质中，这又是驰骋天下之至坚了。由此不难理解老子所说的至柔、至坚和无间、有间的道理，发现无为的至大甚至不可替代的作用。

就思想教育而言，常说的：“身教重于言教”，这不就是“不言之教，无为之益”吗？

名声、财产，是许多人所追逐的，但于自己的身体或生命而言，哪个更重要呢？由此而生出许多得与失。是哪一个，得还是失使你感受痛苦呢？这里有一个常为人所忽视的道理。大凡太爱某个东西而想得到，你必然将为它付出很大代价。而且，占有越多，付出越大，终有一天你会失去它。占有越多，丢失越大，亦即所得越多，所失亦将越多。占有时的喜悦和失去时的痛苦总是等量的。由此而言，懂得知足是明智的，懂得知足，你就会经常感到满足，是之谓“知足之足，常足矣。”

天地间没有尽善尽美的东西。天地宇宙自身就不是尽善尽美的。天地是“大成”，却也感到有缺陷；太直的东西总也有弯曲，宇宙间没有全直的东西。光线也会弯曲，时间也会弯曲，这已是今天物理学家们证实了的道理。巧的东西，看起来却是笨拙的。好的书法不是也讲究稚拙之美吗？机器人可说极巧了，但看起来，哪个机器人又不是笨拙可笑呢？不需一一类举。

清静为天下正，这是本章论辩的总结。

《史记》论老子之教说："无为自化，清静自正。"这是老子《道德经》的核心。清静无为。

天下有道，人民都甘食、美俗，不打仗，马都没用了，只有马粪还可作肥料。天下无道的时候，把母马、怀驹的马都拉去打仗。小马驹都生在旷野荒郊，无法养活。

有道无道，治与乱，那个祸根子就在于不知足。而不知足的根子却是占有欲。小民的占有欲表现为抢夺，大人物的占有欲就表现为权力争夺。如果人人，尤其是大人物，都懂得知足的道理，那么，世界上所有的人都会感到满足了。

天道是可知的，其实就在人们心中。不用出门在外奔波劳碌去找，再不须向窗户外瞧一眼也能知道。你到外边去找，倒找不到了。你迷失在世界上各种学说里，你的眼就更近视了。所以真懂天道的圣人，不用往外跑，不为而成——不用辛辛苦苦去干涉世界上的每一件事，而世界上的事依旧在运行、在完成。

墨子·非攻（上）

墨　翟

墨翟，宋人。与孟子同时。与鲁人公输班均善技巧。班以九计攻宋，墨子九拒之。其学主兼爱，颇近耶、佛之旨。孟子辟之甚力，其道因以不显。然其博爱、尚同、崇俭，则固近世所乐道也。

今有一人，入人园圃，窃其桃李，众闻则非之①，上为政者得②则罚之。此何也？以亏人自利也。至攘③人犬豕鸡豚者，其不义，又甚入人园圃窃桃李。是何故也？以亏人愈多，其不仁兹甚④，罪益厚⑤。至入人栏厩⑥，取人马牛者，其不义，又甚攘人犬豕鸡豚。此何故也？以其亏人愈多。苟亏人愈多，其不仁兹甚，罪益厚。至杀不辜人也⑦，扡⑧其衣裘、取戈剑者，其不义，又甚入人栏厩，取人马牛。此何故也？以其亏人愈多。苟亏人愈多，其不仁兹甚矣！罪益厚。当此天下之君子皆知而非之⑨，谓之不义。今至大为攻国⑩，则弗知非，从而誉之，谓之义。此可谓知义与不义之别乎？

注　释

①非之：批评他，认为他做得不对。　②上为政者得：即上级官府逮着。　③攘：偷窃。攘犬豕鸡豚，即偷鸡摸狗。　④不仁兹甚：更是不仁。　⑤罪益厚：益，增加；厚，重。罪更加重。　⑥栏厩：牛栏、马厩。　⑦杀不辜人：辜，罪；无辜，无罪。　⑧扡：古拖字。脱人衣服，

取人戈剑。 ⑨当此天下之君子皆知而非之：君子，是当时对贵族和一般士的称谓。显然此处所称君子是带有讥讽味道的。他们对这些盗窃、杀人者的罪行倒是很清楚的，但对更大罪行却未必能分别清楚了。 ⑩今至大为攻国句：罪行加大到攻人国家、争城以战、杀人盈城的罪行，不说是罪，反说是义。则这些君子是干什么的就无须再说了。

解　说

墨子主张兼爱，非攻。是一个身体力行、苦行的救世者。他的《非攻》一篇，言浅意明，逻辑严谨，显示墨子朴素的思辨特色。他说：假设今天有这样一个人，跑到别人果园里，偷别人的桃李吃，那么，大家都会批评反对他。上面的政府知道就会处罚他。因为他亏损别人而使自己获利。至于偷鸡摸狗的罪过应该更大，因为这样让别人吃亏更大，他的不仁不义更甚，他的罪就更大。由此而言，那些偷人马牛的人，罪就比偷鸡摸狗的人更大，因为他亏损人更多。那么，那些杀死平民、抢人的衣裘戈剑的人的罪就更大了。今天，普天下明白是非的君子，都知道应该反对这种人，认为这种人不仁不义。可是如今，对那些罪果大以致攻别人的国家的人，却不知道那是不对的，反而要夸奖他，说他仁义。对有这种思想者难道能认为他懂得区别义与非义吗？

杀一人，谓之不义，必有一死罪矣；如以此说往[11]，杀十人，十重不义，必有十死罪矣；杀百人，百重不义，必有百死罪矣。当此天下之君子皆知而非之，谓之不义。今至大为不义攻国，则弗知非，从而誉之，谓之义[12]。情不知其不义也，故书其言以遗后世[13]；若知其不义也，夫奚说书其不义以遗后世哉[14]？

注　释

⑪以此说往：即引申开来说。 ⑫谓之义：即把攻国行为称为仁义行

为。 ⑬情不知其不义也：恐怕真的是不知那是不义，所以才把这些事（攻国）写下来留传后代。 ⑭夫奚说：奚，何以。夫奚说，又何以说。

解　说

杀死一人的，就应有一重死罪。按照这个理由引申开来，杀十个人，杀一百人的，就应有十重百重的死罪。当今这些天下的君子们都知道那是不义，因而给予批评，批评他们不义。可是，今天那种最大的不义——攻打人的国家，倒没有人知道应该批评，反倒跟在后面捧他，还说他们仁义，这些人可能真的不知道那是不义，所以还写成书来留给后世。如果他们要真懂得那是不义的，他们为什么还要写成书来流传后世呢？

今有人于此，少见黑曰黑，多见黑曰白，则以此人不知白黑之辩矣⑮；少尝苦曰苦，多尝苦曰甘，则必以此人为不知甘苦之辩矣。今小为非，则知而非之；大为非攻国，则不知非，从而誉之，谓之义。此可谓知义与不义之辩乎？是以知天下之君子也，辩义与不义之乱也⑯。

注　释

⑮不知黑白之辩：辩，此处作区别讲。 ⑯是以知天下之君子也，辩义与不义之乱也：这是对那些“天下君子”的批评，也是全篇的结论。这些天下君子们，在分别义与不义的问题上表现出思想混乱。当时的兵法家、纵横家，以及诸如此类的君子们，都热衷于对那些诸侯进言献策，远交近攻，合纵连横。实际是在帮助那些贪得无厌的诸侯，到处打仗，并以能打胜为荣，著书立说以传后世。墨子说他们实际上分不清是非，看不清黑白，是在助人犯罪。

解　说

现在，这里有这么个人，看见一点黑颜色，他说是黑，看见许多黑颜色倒说是白，那只能说这个人不懂得分别白与黑。尝一丁点苦味，他说是苦，多尝些苦味他倒说是甜，那只能认为这个人真不懂苦和甜的分别。如今，对那些犯小罪的，倒知道他错了，并且还因此批评他。对那些犯大罪、进攻别的国家的人，却不知道他们错了，犯了罪，反倒因此而称赞他，说他是义。这算得上是知道义与不义的区别吗？由此可以知道今天那些天下的君子，在区别义与不义的思想上的混乱。

石芝父评：墨子为文，单刀破阵，层层鞭辟入里，使人无可遁逃。自是空前绝后之笔。至于非攻厌战，老、墨、孟、荀皆同主张。民族性和平，诸子学说造成之也。《非攻》有上、中、下三篇。

庄子·逍遥游[1]

庄　周

北冥有鱼[2]，其名为鲲[3]。鲲之大，不知其几千里也；化而为鸟，其名为鹏。鹏之背，不知其几千里也；怒而飞，其翼若垂天之云。是鸟也，海运则将徙于南冥[4]。南冥者，天池也。

《齐谐》者[5]，志怪者也。《谐》之言曰："鹏之徙于南冥也，水击三千里，抟扶摇而上者九万里[6]，去以六月息者也[7]。"

注　释

①逍遥游：这是《庄子》内篇第一篇的命名。历来解说者很多，但均未能使人满意。唐释湛然引用王瞀夜的话说：消摇者，调畅逸豫之意。夫至理内足，无时不适；止怀应物，何往不通。以斯而游天下，故曰消摇。似较通顺。"消摇"即"逍遥"。　②北冥：冥，同溟。即北海。　③鲲：鱼名。或释为鱼卵，不好。　④南冥：南海。　⑤齐谐：古代的记述种种奇异事物的书名。旧解或以为人名，不很合理。　⑥扶摇：指大旋风。旋风内的物体会被旋转上升，故曰抟扶摇而上。　⑦六月息：息，休止。鹏南飞要飞行六个月才停下来休息。

解　说

庄子是中国两千年前百家争鸣中一颗最耀眼的彗星。他的文章中，充满了远古的传说与神话，生动活泼，引人入胜。《逍遥游》是他最有代表性的一篇文章。他说：

北海有一种大鱼，叫作鲲。鲲有多大呢？它的身宽就数不清有几千里（一般说鱼的大小，都是说有多长，而他偏说鱼的身宽，那身长就不消说得了，这是极力夸张鱼的长），长成了就变成了鸟，叫作鹏。鹏更大了，别说飞起来有多大，光它的背宽就有好几千里。它生气一飞，翅膀张开，就像挂在天上的黑云（好像把天都遮住了，好大！）这个鸟呀，随着海水的流变将迁徙到南冥去。南冥，那是天池！

《齐谐》这书是专门记载奇奇怪怪的事的书。《齐谐》上说："大鹏鸟南迁的时候，先要在海面上用翅膀拍打水，要拍出三千里远。然后才迎着大旋风往上拔高，要高到九万里。这一飞，就一直要飞六个月才歇下来。"

野马也⑧，尘埃也，生物之以息相吹也⑨。天之苍苍，其正色邪？其远而无所至极邪？其视下也，亦若是则已矣。

且夫水之积也不厚，则其负大舟也无力。覆杯水于坳堂之上⑩，则芥为之舟；置杯焉则胶⑪，水浅而舟大也。风之积也不厚，则其负大翼也无力，故九万里则风斯在下矣。而后乃今培风，背负青天⑫而莫之夭阏者⑬，而后乃今将图南⑭。

注　释

⑧野马、尘埃：野马，太阳光照下奔突不定的尘埃。旧说野马为游气，未为准确。　⑨生物以息相吹：指造物者在吹气推动。　⑩坳堂：坑洼不平的土堂屋。　⑪置杯则胶：胶，粘住不动。指堂上水少浮不起一个水杯。　⑫培风，背负青天：在旋风的背上拍打。而在鹏背上好像直接驮着青天。　⑬夭阏：夭，同扰，干扰。阏，阻挡。　⑭今将图南：准备向南飞。

解　说

这一段是对上一段鹏鸟南飞为什么要飞那么高、那么远的解释。

（在太阳光下能看到）那大大小小的尘土飞灰狂奔乱舞，不过是造物者一口气吹的罢了。天看起来黑蓝黑蓝的，难道那就是天本来的颜色吗？（这是庄子丰富的想象力，今天已被上天的卫星所证实了。从大气外的天来看地，也同样是蓝的，不过是光的折射罢了。）天与地的距离就真的是无穷远吗？恐怕从天上看地下，也会有相同或相似的感觉吧！

况且拿水来说，它如果不够深，就承载不起大船。把一杯水扣在坑坑洼洼的堂屋地上，那么，就可以放上一截芥子草来当船。如果把那个杯子扣在水上，它就会搁浅而浮不起来了。（道理很简单）水太浅，船太大了。（同样）风如果积得不够厚，就托不起鹏这样的大鸟。所以，要厚度达到九万里，那么，所有的风都积在翅膀下面了。然后才可以浮在风背上，身上只有青天，再没有什么东西可以阻拦它，这才可以顺利向南飞了。

蜩与学鸠笑之曰⑮："我决起而飞⑯，抢榆枋⑰，时则不至，而控于地而已矣⑱；奚以之九万里而南为？"适莽苍者⑲，三飡而反，腹犹果然⑳；适百里者，宿舂粮㉑；适千里者，三月聚粮㉒。之二虫又何知㉓？

注　释

⑮蜩与学鸠：蜩，蝉；学鸠，小斑鸠。　⑯决起：冲起。　⑰抢榆枋：榆、枋均木名；抢，冲飞到树上。　⑱控于地：撞到地上。　⑲莽苍：近居住地的郊野。指草木丛生状。　⑳果然：鼓鼓地，指吃得很饱。　㉑宿舂粮：在启行前晚上，要把应带的粮食舂好。　㉒适千里者，三月聚粮：路途越远，要准备的粮食越多，越要早早准备。　㉓之二虫又

何知：这两个小东西懂得什么。语气有轻视之意。意味它们什么也不懂，所知太少。

解　说

古人曾说："《南华庄子》，寓言十九。"寓言的意思，就是一种假设出来的故事，用以说明一种道理，而非真有其事。这一段就是一个例子。在这里，庄子假设出蜩与学鸠这两个小鸟的话来反对鹏鸟这种飞的方式说："我一蹦就飞起来冲到榆枋这些树上，有时没有飞到，也不过掉下来蹲在地上罢了，用得着要冲到九万里之高才往南飞去吗？"庄子反驳了小鸟的这种意见。他说：要到郊野近处，只要三顿饭的时光，回来时肚子还是鼓鼓的。如果要出门到百里之外，那么，头天晚上就得把要带的粮食舂好。要是出门到千里之外，那就该在三个月之前，早早把该带的食粮存积起来（出门远近不同，该准备的粮食也多少不同，那是普通的道理），这两个小傢伙懂得什么？

小知不及大知，小年不及大年㉔。奚以知其然也？朝菌不知晦朔㉕，蟪蛄不知春秋㉖，此小年也。楚之南有冥灵者㉗，以五百岁为春，五百岁为秋；上古有大椿者㉘，以八千岁为春，八千岁为秋。而彭祖乃今以久特闻㉙，众人匹之㉚，不亦悲乎？

注　释

㉔小知、大知、小年、大年：小知，就是知识少，知识范围小。大知，就是知道得多，知识范围大。小年是生命时间短促，大年是生命活得长久。生命时间越长，知道的事就越多。　㉕朝菌不知晦朔：朝菌，朝生暮死的菌类植物。它只有一天的生命，所以不知月初月末。　㉖蟪蛄：虫名。春生夏死，故不知春秋。　㉗冥灵：传说中的一种树木名。　㉘大椿：远古传说中的树木名。　㉙彭祖：传说中人物。由夏至殷，活八百

岁。姓籛名铿。以长寿出名。 ㉚众人匹之：匹，比也。以之为榜样。八百岁比八千岁差远了，但一般人知道太少，把八百岁就看成了不起，这太可怜了。

解 说

狭小的知识不如阔大的知识所蕴含的多，短促的年岁不如相对长久的年岁所知道得多。怎么知道是这样呢？（举个例说吧）朝生暮死的菌类，就不懂得初一、十五（因为它的生命短促，根本没看见过什么是初一、十五）。夏天的蝉，天冷就死，它就无法知道什么是春，什么是秋。这就叫作短促的生命——小年。

楚国的南方有种叫冥灵的树，五百年生长一次树叶，五百年才落一次叶。这是拿一千年当一年。上古时有一种树叫大椿，八千年才是它的一个春季，又八千年才是它的一个秋季。这是拿一万六千年当一年——这才是真正的大年。但今天人们却把活了八百岁的彭祖当作了不起的长寿，大家还拿他作为长寿的榜样来学习，这不太可怜了吗？

这一段是进一步申说，用年龄的长短来解释知识大小的差别，以证明小知不及大知之理。

汤之问棘也是已[31]：穷发之北[32]有冥海者，天池也[33]。有鱼焉，其广数千里，未有知其修者[34]，其名为鲲。有鸟焉，其名为鹏，背若太山[35]，翼若垂天之云；抟扶摇、羊角而上者九万里[36]，绝云气，负青天，然后图南，且适南冥也。斥鴳笑[37]之曰："彼且奚适也[38]？我腾跃而上，不过数仞[39]而下，翱翔蓬蒿之间，此亦飞之至也。而彼且奚适也？'"此小大之辩也。

注 释

㉛汤问棘：棘，汤时贤人。《列子》引此事称其为夏革。 ㉜穷发之

北：北方草木不生之地。地不长草，犹人无发，故称穷发。极言其荒远。
㉝冥海者，天池也：北极之海，应是北海。北海亦称天池。此与前称南冥为天池有异。或者二者都是天池，传说不同也。 ㉞修：即长。 ㉟太山：旧解为嵩华，极言鹏背高大。太亦可解为大。太山，即大山也。
㊱扶摇、羊角：皆指大旋风。扶摇为其动态迅速旋转，羊角为其形态。下细上粗并弯曲旋转上升，状如羊角。 ㊲斥鴳：小雀。 ㊳奚适也：要到哪儿去呀。 ㊴仞：古代长度单位，周制八尺，汉制七尺为仞。

解　说

这一段皆庄子摘引自《列子·汤问篇》，段前已注明是“汤之问棘也是已”。《列子·汤问篇》中“棘”字作“夏革”。革、棘二字古音相通。连同前边各段中“冥灵”、“大椿”等，亦均见于《列子》书中。可见庄子寓言十九之说未必是真。在古代，流传有大量远古的传说、神话故事等。庄子和列子都大量吸收了远古传说、神话故事，所以认为庄子自编寓言是不大符合实际的。

远古传说与神话故事中，往往包含了许多真实历史，一概将其视为荒诞是不对的。例如，当今许多考古学者根据希腊神话传说，就发现了许多埋没多年的远古城市便是证明。

由于这段文字前面各段都有，只不过大同小异，就不须再作解说了。

故夫知效一官㊵，行比一乡㊶，德合一君，而征一国者㊷，其自视也亦若此矣。而宋荣子犹然笑之㊸。且举世而誉之而不加劝㊹，举世而非之而不加沮㊺，定乎内外之分，辩乎荣辱之境，斯已矣。彼其于世，未数数然也㊻。虽然，犹有未树也㊼。夫列子御风而行，泠然善也㊽，旬有五日而后返。彼于致福者，未数数然也。此虽免乎行，犹有所待者也。若夫乘天地之正，而御六气之辩㊾，以游无穷者㊿，彼且恶乎待哉？故曰：至人无己[51]，神人无功[52]，圣人无名[53]。

注 释

㊵知效一官：知识能力可以主管一个部门。知，音智。 ㊶行比一乡：比，作庇解，庇护一乡或亲和一乡。 ㊷而征一国者：在一国之内有突出表现。 ㊸宋荣子：姓荣，宋国人。犹然笑之，指对这种人犹有所不满。 ㊹举世誉之而不加劝：不因受到所有人的称誉而更加努力。 ㊺举世非之而不加沮：也不因为所有人都反对他而感到沮丧。这是不为毁誉所动的人。 ㊻数数然：谓不是很多。指那些不为毁誉所动的人，能做到这种程度已是少见的了。 ㊼有未树：指还有修养不到的地方。 ㊽列子御风而行，泠然善也：列子，郑人，思想家。泠音伶。传说他能驭风而行半个月才回家。这种修养也是少有的了。 ㊾乘天地之正，御六气之辩：乘，依照客观自然规律，去驾驭阴阳风雨晦明等六气相互间的发展变化，那还用等待什么呢？ ㊿以游无穷：在天地之间任意遨游。 51至人无己：旧注，无己故能顺物，顺物则至矣。至者，能至大道，所以称至人。 52神人无功：至人、神人、圣人，其实三位是一体。以本质而言称至人，以用而言称神人。神人顺自然之理而动，故无功。 53圣人无名：圣人也同是循物理而动，并无新创造，故无名。

解 说

所以说，那些知识能管理一个部门，行为足以做一个乡区的表率，品德能得到一个国君的信任，而对国家做出实际贡献的人们，他们对自己的评价，也就是和（蜩与学鸠）这样了（觉得自己很不错）。但宋国的荣子这个人还是不以为然。进一步说，有那种人，即使大家都称赞他，他也不会因此更积极；所有人都反对他，他也不会因而感到失望。这种人懂得什么是自己的，什么是外在的，也懂得真正的光荣与耻辱。这种人已经够可以的了，这种人在世上已是少见的了。但还是有不足之处。说到列子，他能驾起风走路，可说是少见的高人了。他能驾起风走半个月才回来，但是，他还不能随意地想走就走，还得等到有风来时才能走。他虽然免却了用腿走路，却还得等待风来。要是一种人，能顺应自然规律而行，符合自然规律的变化而动，那么，他还要等待什么呢？所以说，得到了大道的人，他与自然融成一体，就失去了自己与自然的区别，无论阴、阳、风、雨、晦、明都能通达无阻。完全符合自然的神人，是不会在自然之外另作建树的。而圣人呢，也不会在自然之外来标榜自己，去建立名声。

庄子在这里透露出他的哲学思想的本质——反对一切违背自然客观规律的主张和行为。

尧让天下于许由，曰："日月出矣，而爝火不息[54]；其于光也，不亦难乎？时雨降矣，而犹浸灌；其于泽也，不亦劳乎？夫子立而天下治，而我犹尸之[55]；吾自视缺然[56]，请致天下[57]。"

许由曰："子治天下，天下既已治也；而我犹代子，吾将为名乎？名者，实之宾也；吾将为宾乎？鹪鹩巢于深林[58]，不过一枝；偃鼠饮河[59]，不过满腹。归休乎君，予无所用天下为！庖人虽不治庖，尸祝不越樽俎而代之矣[60]！"

注　释

⑭爝火：人工做的小火把。太阳月亮出来了，还燃着你的小火把，有什么用？　⑮尸之：我还占着这个位子。尸本意是祭礼时代表受祭的死者，故不言不动。后来引申为空占着位子，不起作用的人为尸位。　⑯自视缺然：我自己看着也不对劲。　⑰致天下：把天下交给你来管理。⑱鹪鹩：一种小鸟，又名工雀、巧妇鸟。　⑲偃鼠：即今言田鼠、土拨鼠之类。　⑳庖人：厨师。与尸（受祭者代表）、祝均祭礼中的执事，但各有专执事，不能乱动。

解　说

这一段引用古代禅让的传说，来阐明无为而治的原理，并用以解释

“至人无己，神人无功，圣人无名”的理论。

帝尧是传说中的古代禅让时期的帝王，许由是当时的隐士。传说中，尧想把帝位让给许由，就向他说：“太阳月亮都出来了，我还点燃一支火把，想用这点微弱的光来照亮世界，这不是太难了吗？庄稼需要的好雨已降下来了，我却还在一瓢瓢地舀水灌田，庄稼需要我这丁点儿水吗？这也太劳累了。实际上只消你站出来天下就治理好了，我却还占据着帝位。我自己都觉得没意思，请你接受这个帝位吧！”

许由说：“你现在管理着这个天下，这天下已经管得很好了，还要我来替代你，难道要我来占有虚名吗？实际才是主人，虚名只是客人。这是叫我来作客吗？看那小鸟鹪鹩在树林里作巢，其实只需一根树枝就够了。那鼹鼠在河里喝水，它其实并不想要整河的水，只不过要灌满它的肚子而已。歇歇罢，老兄，我用不着你的这个天下。况且，在祭祀中是各有职责的。即使厨师的工作没做好，也用不着代表神的尸或诵祝词请神的祝，离开自己的位置去代替他。”

这一段的意思是，天下本应该无为而治，人们该各干各的事，有没有帝王都不要紧，只不过是个虚名位罢了。

肩吾问于连叔曰：“吾闻言于接舆[61]，大而无当，往而不返。吾惊怖其言。犹河汉而无极也[62]；大有迳庭[63]，不近人情焉。”

连叔曰：“其言谓何哉？”

曰：“藐姑射之山[64]，有神人居焉。肌肤若冰雪，绰约若处子，不食五谷，吸风饮露，乘云气，御飞龙，而游乎四海之外；其神凝，使物不疵疠而年谷熟[65]。吾以是狂而不信也。”

注　释

㉛肩吾、连叔、接舆：均为古之贤人。　㉜犹河汉而无极：像天上的银河没头没尾。　㉝迳庭：犹今天说的太离谱了，过分了。　㉞藐姑射之山：射音业。神山名。一说在北海，一说在山西，汾水之阳。藐，遥远之

意。 ⑥⑤使物不疵疠而年谷熟：不疵疠，犹言不长痱子不长疮，庄稼无灾无病，粮食收成好。

解　说

从来解《庄子》的人，大多把这一段和以下几段都归纳为庄子的寓言，不以为是事实。其实，这几段文字中的主人公肩吾、连叔、接舆、惠施等都是实有其人。这些人或早于庄子，或与庄子同时。庄子岂有把自己的话强加在别人头上，来宣传自己主张的道理。按今天的说法，这起码是侵犯名誉罪。庄子不会这样干。而且争鸣的其他各家，也不会允许他这样胡编乱造。可见这些论辩都是实有其事。

肩吾这位贤人有些事弄不清楚，来向连叔请教。他说，我听了接舆的话，觉得它没边没沿，前言不搭后语，吓了我一跳。好像天上的银河没头没尾，有点太荒唐，不近人情。我以为他是胡说，不应该相信。

连叔反问道，他说的是什么？

肩吾答，他说："遥远的姑射山上住了一个神仙。她的皮肤像冰雪那样洁白细腻，举动轻柔，身材窈窕，像个未出嫁的姑娘。她呼吸风，不食五谷，喝清凉的露水，乘在云上面，驾驭着飞龙拉的车，遨游在四海之外遥远的地方。她神态安详，所过的地方，人畜都不生痱子长疮，庄稼却都长得好。"我看这些话是狂言乱语，不肯相信。

连叔曰："然。瞽者无以与乎文章之观[66]，聋者无以与乎钟鼓之声。岂唯形骸有聋盲哉[67]？夫知亦有之[68]。是其言也，犹时女也。之人也，之德也，将旁礴万物以为一[69]，世蕲乎乱[70]，孰弊弊焉以天下为事[71]！之人也，物莫之伤：大浸稽天而不溺[72]，大旱金石流土山焦而不热[73]。是其尘垢秕糠将犹陶铸尧舜者也[74]，孰肯以物为事？

"宋人资章甫而适诸越，越人断发文身，无所用之。尧治天下之民，平海内之政，往见四子藐姑射之山，汾水之阳，窅然丧其天下焉[75]。”

注　释

⑥⑥瞽者无以与乎文章之观：瞽者，盲人。不能让他去看颜色和文彩。 ⑥⑦岂惟形骸有聋盲哉：不是只在形体上有聋人和盲人。 ⑥⑧知亦有之：知识上也有聋和盲的人。 ⑥⑨旁礴：犹混同之意。万物混同为一。 ⑦⓪世蕲乎乱：蕲，祈求。世人为天下大乱而有求于我。 ⑦①孰弊弊焉以天下为事：弊弊焉，犹言劳心苦思，去解决天下的事（意为无为而治）。 ⑦②大浸稽天而不溺：大洪水涨顶天，也不会淹着他。 ⑦③大旱金石流土山焦而不热：大旱到了金石都熔化了，土山都烧焦了，也不会热着他。 ⑦④是其尘垢秕糠将犹陶铸尧舜：（这个神人身上）随便摸出点陈年油泥、秕子糠皮，都可以铸出一个尧或舜来。 ⑦⑤窅然：窅，音咬。窅然，深远貌。丧其天下，指尧到了藐姑射之山，见到这四位圣人，就茫然自失地把天下都忘了。

解　说

这段是连叔对肩吾疑问的回答。肩吾不能理解接舆的话，而连叔是理解的，故他说：“是的。一个瞎子是无法看懂彩绣图案的，聋子是听不见钟鼓奏出的音乐的。岂止肉体上有聋子、瞎子，人的知识上也同样有聋子、瞎子。他（接舆）所说的（那姑射山的神人）好像一个待嫁的处女。这个人呀，她的德行呀，将能够涵盖一切，并将之融为一体。世道正在渴望着太平，但她不会去辛辛苦苦，一件又一件地去解决世上的问题（她以无为而无不为的思想去解决天下的事情）。这样的人呀，任何外在事物都不能伤害她。哪怕大旱的天时，旱到金石都熔化流动了，土山都烧焦了，她都不会感觉到太热。洪水上涨碰到了天，也不会淹着她。她身上的，哪怕一点尘土油泥，一点糠皮、瘪籽，都足以团成一个尧舜来。她怎么会辛辛苦苦地去弄那些琐碎的事！”

"宋国有人买了一批高帽子运到越国去卖。可是越人不留头发，身上刻画着花纹，根本用不着这样的帽子。

帝尧统治着天下的老百姓，使四海之内的政治公平合理，然后他到藐姑射之山去见那里的四位先生。走到那汾水的南边幽深的地方，就几乎连他曾统治过的天下都忘记了（可见那姑射之山上的神人们令人惊叹的高明）。"

惠子谓庄子曰[76]："魏王贻我大瓠之种[77]，我树之成，而实五石[78]。以盛水浆，其坚不能自举也[79]。剖之以为瓢，则瓠落无所容[80]。非不呺然大也[81]，吾为其无用而掊之[82]。"

庄子曰："夫子固拙于用大矣！宋人有善为不龟手之药者[83]，世世以洴澼絖为事[84]。客闻之，请买其方百金。聚族而谋曰：'我世世为洴澼絖，不过数金；今一朝而鬻技百金，请与之。'客得之，以说吴王。越有难[85]，吴王使之将，冬与越人水战，大败越人，裂地而封之[86]。能不龟手一也，或以封，或不免于洴澼絖，则所用之异也。今子有五石之瓠，何不虑以为大樽，而浮于江湖[87]，而忧其瓠落无所容[88]？则夫子犹有蓬之心也乎[89]！"

注　释

⑯惠子：姓惠名施，宋人。为魏相。　⑰大瓠之种：大葫芦的优良种子。　⑱实五石：长成后结的葫芦可装五石水之多。　⑲其坚不能自举：它不够坚实，装上水就不能举起来。因为不坚实，就会自行破裂。　⑳瓠落无所容：所盛物不多。　㉑呺然大也：呺然，虚大貌。呺，与枵字义同。音嚣。㉒掊：打碎。　㉓不龟手之药：龟手，龟音军。即皲字。因冷冻而手上皮肤开裂，称为龟手。可用药避免龟裂。　㉔洴澼絖：洴澼，漂洗击水声（音平辟）。絖，丝棉之类物件。为人漂洗旧丝絮的劳动。㉕越有难：越人侵犯吴国。　㉖裂地而封之：封，是对臣下有功者的奖赏。

使有功者拥有领地，成为贵族。但贵族必须有封地，就得从吴王占有的封地中分出一块，就叫作裂地而封。 ㊇大樽：樽是酒杯。用葫芦当酒杯就是大樽了。 ㊈瓠落无所容：瓠落，大而无当之意。无所容，没地方放它，也没东西给它盛。 ㊉蓬之心：蓬草之心，狭仄而弯曲，不通畅。喻人之心不通，见识浅。

解　说

惠子名惠施，是九流中名家学派的主将之一。他是庄子的好友，又是庄子经常的辩论对手。在《逍遥游》一篇中，庄子经常提到“小大之辩”，并且直截了当提到“小知不及大知，小年不及大年”的论题。惠子在本段提出的反驳论点就是：虽然小知不及大知，但也有“大而无用”的另一面。这一段辩论，就围绕这点展开。

惠子告诉庄子说，魏王曾经给了我一些大葫芦种子。我种下了它，长大后结了个能盛五石水的大葫芦。葫芦虽大，却不结实，盛上水后都拿不起来，一使劲拿起，它自己就破了。剖开当瓢使吧，却实在太大，没地方搁，也没合适东西给它装。我感到这东西没用，就干脆打碎它后扔了。大倒是大，却没用。

庄子回答说：老夫子，你就惯于使点小家伙，不会使大家伙。听我给你讲个故事：宋国有家人，祖传有个冬天手不皲裂的药方，他家世世代代给别人漂洗丝棉。有个外来人听到这消息，就出一百金来买他这方子。他们把一大家子人聚起来商量说：“我们祖祖辈辈搞这漂洗丝棉的工作，每年才收入几个金。现在，一下子就卖它一百金。这不过是个方子，我看卖给他吧。这个人得了这方子去向吴王游说。吴越间发生了战争，吴王让他当将军。冬天里，与越人水上作战，取得大胜利。吴王封他为领主。使手不皲裂就是得胜的因素之一。同样一个方子，有人用来就能得到土地，成为贵族；有的就只能洗丝棉，差别就在使用的方法不同。今天，你有了那么大的葫芦瓢，你为何不把它当作大的酒罐子，把它拴住漂在江湖水面上，随处有得酒喝，却反而把它看成累赘。看来，你的心眼还不够，像野外的蓬草一样傻大而缺点心眼。”

惠子谓庄子曰："吾有大树，人谓之樗[90]。其大本臃肿而不中绳墨，其小枝卷曲而不中规矩，立之途，匠人不顾。今子之言大而无用，众所同去也。"

庄子曰："子独不见狸狌乎[91]？卑身而伏，以候敖者[92]；东西跳梁，不辟高下[93]；中于机辟[94]，死于网罟[95]。今夫斄牛[96]，其大若垂天之云。此能为大矣，而不能执鼠。今子有大树，患其无用，何不树之于无何有之乡，广莫之野[97]，彷徨乎无为其侧[98]，逍遥乎寝卧其下。不夭斤斧[99]，物无害者，无所可用，安所困苦哉！"

注 释

⑩樗：音书。树名，又叫臭椿。劣等木材。 ⑪狸狌：俗谓野猫，又叫狸子。 ⑫敖者：指不警惕的小动物。 ⑬东西跳梁，不辟高下：跳梁，亦作跳踉。指恣意妄为，肆无忌惮。 ⑭中于机辟：机辟，人所设置的逮捕小兽的机关，如鼠夹之类。 ⑮死于网罟：网，捕鱼或兽的工具，用绳线织成。罟，网之总名。与网字连用，亦指法网。 ⑯斄牛：牦牛。其形壮大。 ⑰广莫之野：莫同漠，沙漠。旷广无人处。 ⑱彷徨乎无为其侧：彷徨，逍遥放任状。与樗木同处于广漠无人之野，放荡无为有何不好。 ⑲不夭斤斧：不为斤斧利器夭折生命。

解 说

庄子为惠子的大葫芦问题找到了出路，轻易地否定了惠子"大而无用"的问题。

惠子顺着这个思路，又举一个完全无用的东西，看看庄子究竟能怎样否定"大而无用"。

惠子对庄子说："我有大树，人谓之樗。其大木臃肿而不中绳墨，其小枝卷曲而不中规矩。搁在大路边，木匠师傅走过，看都不看它一眼。现在，你的这些论点，大而无用，简直是所有人都会同样扔掉的”。

庄子说：“你怎么就没见过野猫呢？野猫把身子紧贴地上，专等那些大大咧咧的耗子出来。东也跳，西也跳；高也跳，矮也跳。中了人安的机括，掉进人安置的捕网中死掉。你再看那斄牛，个头大得像遮天遮地的黑云。这够大的了，却逮不着老鼠。现在你有大树，却愁它没用。你何不如把它移栽到什么都没有的地方，那旷大荒凉的旷野。你可以在它旁边随意遛遛，无忧无虑地睡在它身旁。又不怕斧头会砍掉它，也没什么东西伤害它，有什么不好呢?”（这是比喻说有用的、机灵的倒不得好死，而没用的、蠢笨的，倒逍遥自在地活着，有何不好呢?）

庄子·马蹄

庄　周

马，蹄可以践霜雪，毛可以御风寒，龁草饮水[①]，翘足而陆，此马之真性也[②]。虽有义台、路寝[③]，无所用之。及至伯乐，曰："我善治马。"烧之，剔之，刻之、雒之，连之以羁馽，编之以皁栈[④]，马之死者十二三矣。饥之，渴之，驰之，骤之，整之，齐之，前有橛饰之患，而后有鞭筴之威[⑤]，而马之死者已过半矣。陶者曰："我善治埴，圆者中规，方者中矩[⑥]。"匠人曰："我善治木，曲者中钩，直者应绳[⑦]。"夫埴木之性，岂欲中规矩钩绳哉？然且世世称之曰"伯乐善治马"，而陶、匠善治埴、木，此亦治天下者之过也。

注　释

①龁草饮水：龁，音核，啮。　②马之真性：马所本来具有的性格。　③义台、路寝：台，本指古代游观的建筑，或释义为仪。仪台，为官员习礼之所，意亦为美好建筑。路寝，古代国君的宫室。此处借喻马之本性习于山野，用不着这些高级建筑。　④烧、别、刻、雒、羁、馽、皁、栈：指伯乐治马的手段。烧，烙也。剔，剔马毛。刻，削马蹄。雒，马笼头。羁，马绊。馽，音治，绊前蹄。皁，马槽。栈，马棚。　⑤饥、渴、驰、骤、整、齐：均为对马训练的手段。橛饰，马头的装饰和口铁。鞭筴，马鞭。用以驱马前进。　⑥陶、埴：陶，做陶器者。埴，陶土。规，圆规；矩，方尺。　⑦匠人治木：匠人，木匠。制木器，使之弯曲到需要的角度为中钩，直的可用拉紧的绳来检查。

解 说

马，它的蹄可以踩在霜雪上而不怕冷，它的毛可以抵御冬天的寒风。这是马本来的真正性格。虽然有华丽的亭台、宏伟的宫殿，但对马来说，这些都是没用的。到了伯乐出现，他说："我善于治马。"于是，他就烧它，剔它，刻它，烙它，用马勒、嚼铁、绊绳来规范它，把它编排在马厩、枥槽里。这一治，马就死了十之二三了。再加上饿它、渴它，骑上它快跑、慢跑，让它站队，让它排列整齐。在前边有马勒和各种装饰品使它不自在，而后边又有马鞭。于是，马就被整治死多一半了。

治陶器的人说："我善于摆弄这些陶土，把它做成圆的能符合圆规的要求，做成方的要合乎矩尺的检验。"木匠则说："我善于摆弄这些木料，能使它弯曲到合乎要求的弧度，也能使它像拉紧的绳一样直。"其实，陶土和树木的本性，难道愿意符合这些规、矩、钩、绳的要求吗？然而，世世代代的人都在称赞说，伯乐善于治马，而陶匠、木匠善于治陶土和木材，这也就是那些治天下的人所犯的同样错误。

吾意善治天下者不然。彼民有常性，织而衣，耕而食，是谓同德⑧；一而不党，命曰天放⑨，故至德之世，其行填填，其视颠颠⑩。当是时也，山无蹊隧，泽无舟梁⑪，万物群生，连属其乡⑫，禽兽成群，草木遂长⑬。是故禽兽可系羁而游⑭，鸟鹊之巢可攀援而窥。

注 释

⑧同德：共同性。 ⑨天放：不去管它，它也是一致的，故曰"天放"。 ⑩其行填填，其视颠颠：填填，满足状。颠颠，平直远视。无所求，无所虑。 ⑪山无蹊隧，泽无舟梁：山间没有道路，水泽中既无舟船

可通，也没有桥梁可穿过。 ⑫万物群生，连属其乡：一切生物都在这里旺盛地、成堆地生长，甚至与人民居处连成一片。 ⑬草木遂长：草木旺盛地生长。 ⑭禽兽可系羁而游：禽兽与人之间和睦相处，互无疑畏之心，所以可用一根绳子牵着一同走。

解　说

我的意见是，善于治理天下的人不是这样的。人是有常性的，那就是织布做衣服穿，耕地产粮食吃，这叫作人的共同性。每个人都独立存在，不拉帮结党，这叫作天生的自由。所以，在理想的世界里，人们行走时是一副满足的样子，看东西时，眼光也是平直随意的。那个时候，山里没有道路，水面上没有船和桥，万物都成群地生长，乡与乡之间根本没有疆界。各种鸟和兽各自成群，草木也是随性生长。人和鸟兽互无伤害之心，可以拿根草绳牵着到处走，而树上的鸟巢人也可以爬上去看（因为它们不懂得害怕）。

夫至德之世⑮，同与禽兽居，族与万物并⑯，恶乎知君子小人哉⑰！同乎无知，其德不离；同乎无欲，是谓素朴⑱。素朴而民性得矣。及至圣人，蹩躠为仁⑲，踶跂为义⑳，而天下始疑矣；澶漫为乐㉑，摘僻为礼㉒，而天下始分矣㉓。故纯朴不残，孰为牺尊㉔！白玉不毁，孰为圭璋㉕！道德不废，安取仁义！性情不离，安用礼乐㉗！五色不乱，孰为文采㉘！五声不乱，孰应六律㉙！夫残朴以为器，工匠之罪也；毁道德以为仁义，圣人之过也！

注　释

⑮至德之世：道家所假想的古代理想社会。 ⑯同与禽兽居，族与万物并：人类和禽兽居住在一起，与万物并存。 ⑰恶乎知君子小人哉：怎

么可能分辨出君子和小人呢？ ⑱其德不离，是谓素朴：人的知识和品格同禽兽一样，这就叫素朴。这才是真正的人性。 ⑲蹩躠为仁：以小恩小惠讨好于人。现在天津方言中还有“卖蹩躠”一语，意为卖好，卖乖。音读若辟薛。《庄子集释》注：“夸偏爱之仁。” ⑳踶跂为义：故作矜持之貌。今俗语谓“端起架子”为踶跂。音缇伎。有以装腔作势之意。㉑澶漫为乐：澶，音毯。《庄子集释》注：“澶漫是纵逸之心。” ㉒摘僻为礼：《集注》：摘僻尚浮华之礼。 ㉓天下始分矣：《集释》：于是宇内分离，苍生疑惑。实际就是出现了对立的阶级：君子与小人，统治者和被统治者。 ㉔纯朴不残，孰为牺尊：如果不把树木毁掉，拿什么来作牺尊这类礼器呢？牺尊，精雕的酒杯。 ㉕白玉不毁，孰为圭璋：如果不毁坏天生的白玉，拿什么来作圭璋？圭璋，白玉作的礼器。圭，下方上锐；璋，半圭为璋。 ㉖道德不废，安取仁义：老子《道德经》：“大道废，有仁义。” ㉗性情不离，安用礼乐：道家所憧憬的至德之世，人都是一样的，没有不同。而礼乐却正是用以区别尊卑上下的，那就是人群已经分裂了。所以在人群还未分化时，礼乐是没用的。 ㉘五色不乱：孰为文采：五色不被错乱，谁能够雕出文彩。 ㉙五声不乱，孰应六律：《集注》：凡此皆变朴为华，弃本崇末，于其天素，有残废矣。

解　说

在理想的世界里，人与禽兽共居，人类与万物同等，哪里还去区别什么君子、小人？都同样的没有知识，就没有离开本来的道德；都同样的没有多余的欲望，这就叫作“素朴”。生活在这种无知无欲的素朴世界里，才是真正地得到了人的本性。待到圣人出来可就变了。他们做出努力的样子弄点小恩小惠来讨好别人（今天天津方言还有“卖蹩躠”一语来指责以小恩小惠拉拢人的行为，恐怕还是这种古语的流传）。他们端起一副行仁义的架子，这样，天下的人才开始互相猜疑了。他们还用音乐来满足自己放纵安逸的心理，还又弯腰拱手相互行礼，天下这才出现君子小人的分别（人类就不再是互相平等了）。

所以说，纯朴的木材若不被摧残，哪来的雕刻精美的礼器？譬如刻着牛头的酒杯。白玉，如果不被毁坏，又哪来的显示身份的圭和璋呢？自然存在的道德如果不被废弃，谁要这些仁义呢？人如果不脱离自己的本性，要礼乐做什么？自然的色彩如不被淆乱，谁需要去作出那些文彩来？五音如果不破坏，要那六律的规定做什么？那种残毁木材来做器具的，是工匠的罪过，破坏道德去制造仁义的，就是圣人们的罪过了。

夫马，陆居则食草饮水，喜则交颈相靡，怒则分背相踶[30]。马知已此矣。夫加之以衡扼[31]，齐之以月题[32]，而马知介倪、闉扼、鸷曼、诡衔、窃辔[33]。故马之知而能至盗者[34]，伯乐之罪也。

注　释

㉚踶：踢。　㉛衡扼：衡，车辕横木。扼，马套。　㉜月题：马络头。　㉝介倪、闉扼、鸷曼、诡衔、窃辔：均为马抗拒骑乘的各种动作，显示马已学得刁钻狡猾了。这都是伯乐治马的后果。　㉞马之知而能至盗者：马的知识增加，甚至学会了狡猾。

解　说

马类，住在陆地上，吃草，喝水。高兴起来，两匹马的脖子互相摩擦，表示好感；发起脾气来就转过身去互相踢打。马的知识也就是这些。但伯乐来了，给它加上了种种驾具，前有络头（月题），颈有夹板，久而久之，马就学会许多知识与诡诈以对抗人的控制。马懂得这许多几乎盗贼般诡诈的知识，那是伯乐的罪过了。

夫赫胥氏之时[35]，民居不知所为，行不知所之，含哺而熙[36]，鼓腹而游[37]，民能以此矣。及至圣人，屈折礼乐以匡天下之形[38]，县跂仁义以慰天下之心[39]，而民乃始踶跂好知，争归于利[40]，不可止也。此亦圣人之过也。

注　释

㉟赫胥氏之时：传说中古代的理想社会。㊱含哺而熙：嘴里含着食物走来走去。㊲鼓腹而游：肚子撑得鼓鼓地在游玩。㊳屈折礼乐以匡天下之形：弄些繁文缛礼来制约天下人的形体。㊴县跂仁义以慰天下之心：高悬起仁义的标帜，令人民企慕，来安慰天下人的心。实际是以仁义的幌子来欺骗人民。㊵而民乃始踶跂好智，争归于利：人民开始脱离淳朴，喜好智巧，不是归于仁义而是归于利了。归于利，自然天下大乱。所以说这是圣人之过。

解　说

当从前赫胥氏时候，人民不知道自己该干些什么，出外不知道该去哪里。肚子吃得鼓鼓地，嘴里还含着食物。这时人民的能耐也就到此为止了。待到圣人们一出来，搞些七弯八拐的礼乐来规范人们身体的形态，高悬一个可望不可即的仁义目标来安稳人们的内心。因此，人民也学会了装腔作势，而且想得到知识，争取有利于自己，这种趋势已无法遏止了，这就是圣人们造成的罪过了。

石芝父评：庄子博学雄才，不得用于当时，退而著书。于腐鼠涸鲋之喻，可以想见其生平。其为文灏渺瑰奇，穷幽显之情，极小大之辩，纯本自然主义，一以伯阳父为归。哲学大师，儒佛无不具也。

列子·商丘开信伪

列御寇

列子，战国时人，有书八卷传世。唐天宝中，尊之为《冲虚真经》。其所言皆哲学思想，本为道家者流。然其辨析死生幻化，灭妄归真，又入大乘法界，故近人多以佛理解之。

范氏有子曰子华，善养私名①，举国服之。有宠于晋君，不仕而居三卿之右。目所偏视，晋国爵之②；口所偏肥，晋国黜之③。游其庭者侔于朝④。子华使其侠客，以智鄙相攻，强弱相凌，虽破伤于前，不用介意，终日夜以此为戏乐。国殆成俗⑤。

禾生、子伯，范氏之上客。出行经坰外⑥，宿于田更商丘开之舍⑦。中夜，禾生、子伯二人，相与言子华之名势，能使存者亡，亡者存；富者贫，贫者富。商丘开先窘于饥寒，潜于牖北听之。因假粮荷畚之子华之门。子华之门徒，皆世族也。缟衣乘轩⑧，缓步阔视。顾见商丘开年老力弱，面目黎黑，衣冠不检，莫不眲之⑨。继而狎侮欺诒⑩，挡挾挨抌⑪，亡所不为。商丘开常无愠容。而诸客之技单，惫于戏笑⑫。

注 释

①善养私名：善于培植个人的声誉。 ②目所偏视，晋国爵之：极言子华的权势。他对某人多看几眼，群臣就以为他喜爱此人，从而阿谀地

给他加官晋爵。③口所偏肥，晋国黜之：他所不喜的，朝廷就把他撤了。④游其庭者侔于朝：侔，相若，相等。是说，与他家来往的人，和朝堂上的官员一样多。⑤国殆成俗：别人都仿效他家这种生活方式，快变成全国的时尚了。⑥坰：音窘，远郊野外。⑦宿于田更商丘开之舍：宿，住宿。田更，守田者，亦曰护秋。秋熟时雇穷人守庄稼，防人偷割。⑧缟衣乘轩：缟，白色。轩，车。缟衣乘轩，当时贵族子弟服装。犹今之穿西服，坐汽车，显示富有，高级。⑨眲：对人轻视之貌。音劣。⑩⑪狎、侮、欺、诒，谠、挞、挨、抌：都是轻侮人的行动。狎，不尊重，套近乎；诒，说瞎话；谠，同挡。挞，音批，推击；挨，挤；抌，故意拿他当枕头。⑫单惫于戏笑：单，同殚，穷尽也。大家拿商丘开开心，各种方式都玩腻了。

解　说

《列子》一书，皆寓言也。“商丘开信伪”乃《列子·黄帝篇》中的一则故事，用以说明至诚可以通神的故事。

范氏是晋末六卿之一（范氏、中行氏、智氏、韩氏、赵氏、魏氏），有权势的世家。他得到晋君的宠信，又善于培植自己的名声，得到全国人的信服。他不管实际的政务，但地位很高，差不多可以决定晋国群臣的升迁。他养了许多门客，差不多与晋国在朝的官吏一般多。每天就让门客们互相斗智、斗勇来消遣，这种生活方式快成了晋国的风俗。这一段以范氏子华的权势来阐明商丘开这人所面对的环境和形势，然后引出商丘开的行动。

禾生、子伯这两个范氏的客人出行，夜宿田更商丘开之家。因夜间夸谈子华权势而引动商丘开去上子华家门。在子华门下，由于贫穷寒酸而受到鄙视、讥笑和侮辱。但商丘开本是贫穷，受惯欺侮，对这些全不在乎，而这些欺侮人的人们都感到没意思了。

遂与商丘开俱乘高台[13]，于众中谩言曰[14]：“有能自投下者，赏百金。”众皆竞应。商丘开以为信然，遂先投下，形若飞鸟，扬于地，肌骨无砀[15]。范氏之党以为偶然，未讵怪也[16]。因复指河曲之淫隈曰[17]："彼中有宝珠，泳可得也。"商丘开复从而泳之，既出，果得珠焉。众昉同疑[18]。子华昉令豫肉食、衣帛之次[19]。俄而范氏之藏大火[20]。子华曰："若能入火取锦者，从所得多少赏若。"商丘开往，无难色。入火往还，埃不漫，身不焦。

注 释

⑬乘：登上。 ⑭谩言：欺骗，欺谩，赚人。 ⑮砀：同毁。毁坏。 ⑯讵：音巨。岂、便之意。 ⑰河曲之淫隈：河湾处水洄深处。 ⑱昉同疑：大家开始怀疑有点怪了。 ⑲子华昉令豫肉食、衣帛之次：子华开始下令把商丘开的待遇排在吃肉、穿丝衣的这个等次里。豫，参与，加入。次，等级。 ⑳范氏之藏大火：藏，贮存处，仓库之类。即范家库房失火。

解 说

各种欺侮取笑的方式都玩腻了，又想出新招，和商丘开一起登上高台。有人在人群中故意放话："有人能从这里跳下去的，赏百金。"大家故意争着要去跳。商丘开信以为真，就先跳下去。人像飞鸟一样扬着翅膀站在地上，肌肉、骨骼都没一点损伤。范家这一帮人以为是偶然碰上的，还不当作怪事。又再指那河湾水深处说："那里面有宝珠，可以游泳取得。"商丘开就当真游到那里，还真的得到宝珠。众人都开始怀疑了。子华也开始令把商丘开的待遇放到那些吃肉穿丝织品的门客的等次内。没多久，子华家的仓库起了大火。子华说："有能钻进火里把锦缎抢出来的，按抢出多少有赏。"商丘开毫不迟疑地去了，在火里钻进钻出，身上不沾一点尘土，也一点没有烧坏烧焦的。

范氏之党以为有道，乃共谢之曰[21]："吾不知子之有道而诞子[22]，吾不知子之神人而辱子。子其愚我也，子其聋我也，子其盲我也。敢问其道。"商丘开曰："吾亡道[23]，虽吾之心亦不知所以。虽然，有一于此，试与子言之。曩[24]子二客之宿吾舍也，闻誉范氏之势，能使存者亡，亡者存；富者贫，贫者富。吾诚之无二心，故不远而来。及来，以子党之言皆实也，唯恐诚之之不至，行之之不及，不知形体之所措，利害之所存也[25]，心一而已。物无忤者[26]，如斯而已。今昉知子党之诞我，我内藏猜虑，外矜观听[27]，追幸昔日之不焦溺也。怛然内热，惕然震悸矣[28]。水火岂复可近哉?"自此之后，范氏门徒路遇乞儿马医，弗敢辱也，必下车而揖之。

宰我闻之，以告仲尼。仲尼曰："汝弗知乎?夫至信之人，可以感物也。动天地，感鬼神，横六合而无逆者[29]。岂但履危险、入水火而已哉?商丘开信伪物犹不逆，况彼我皆诚哉。小子识之[30]!"

注　释

㉑乃共谢之：一起向商丘开道歉，赔不是。　㉒诞子：诳你。　㉓吾亡道：亡，音无。我没有道术。　㉔曩：过去。　㉕不知形体之所措，利害之所存：形体，身体。所措，在何处。利害之所存，都有些什么好处和危险，好处和危险在哪里，一概不知。　㉖物无忤者：没什么东西阻挡我。　㉗内藏猜虑，外矜观听：心里暗自猜测、忧虑，外表还要绷住自己的形象。　㉘怛然内热，惕然震惧：心跳得出汗，紧张得颤抖。㉙而无逆者：没有阻拦。　㉚识之：记下来。

解　说

范氏家的那些缟衣乘轩的门客们，看见了商丘开所制造的奇迹，认为他是真正的有道之士，都一起向他赔不是。说："我们不知道你是有道真人而欺哄你，侮辱你。你是在愚弄我们，你把我们当作聋子、瞎子。我们诚恳请问你有的究竟是什么道术。"商丘开说："我真的没有道术。即便我自己的心，也不明其所以然。虽然如此说，也有一件事，我可尝试着向你们说一说。过去，禾生、子伯二位在我舍下住宿，我听到他们说范氏的权势，能使穷变富，富变穷；能叫活着的人死，或叫该死的人活。我诚心诚意相信了，所以不怕路远赶了来。来了之后，相信你们这些人的话都是实话，唯恐自己不够诚恳。所以听了你们的话就去做，生怕赶不上。我不知道自己的身体在哪里，也不知有什么利与害。我只是一心地照你们的话去做，没有什么阻拦，按时完成。今天才知道你们是在欺哄我。这样，我心里就有了猜忌、忧虑，外表还要考虑我给你们的印象。现在我感到我过去的侥幸，没被烧死淹死。心在狂跳，身体在颤抖。那水和火我哪里还敢去靠近它呢？"这件事以后，范氏的那些门徒在道路上遇见乞丐、马医，都不敢轻辱他们，都会自动下车作揖。

宰我（孔门弟子）听到这件事，就告诉孔子。孔子说你不知道吗？至诚的人，可以感动外物，感动天地，感动鬼神。整个天地间没有阻挡他的，岂止是冒危险、入水火而已。商丘开相信了瞎话都没有遇到阻挡，何况他、你与我都是志诚的呢。孩子们，记住这件事。

石芝父评：古人有言：精诚之至，金石为开。一诚不二，可以动天地，感鬼神。人以伪来，商丘开以诚往，故能入水不溺，入火不爇。一破其伪，则神漓而物碍，不可能矣。人之与人，不昭示大诚大信，相率而为大伪，何往而不败哉！

荀子·劝学

荀 况

姓荀名况，战国时人。时人尊之为卿。汉人或称孙卿。曾为楚兰陵令。其学以孔子为宗，但倡性恶之说。谓人生性恶，必以礼义矫正之，始可为善。与孟子道性善相反。

君子曰：学不可以已[①]。青，取之于蓝，而青于蓝[②]；冰，水为之，而寒于水。木直中绳，輮以为轮[③]，其曲中规[④]。虽有槁暴，不复挺者[⑤]，輮使之然也。故木受绳则直，金就砺则利[⑥]。君子博学而日参省乎己[⑦]，则知明而行无过矣[⑧]。

故不登高山，不知天之高也；不临深谿[⑨]，不知地之厚也；不闻先王之遗言，不知学问之大也[⑩]。干、越、夷、貉之子[⑪]，生而同声，长而异俗[⑫]，教使之然也[⑬]。

《诗》曰："嗟尔君子，无恒安息[⑭]。靖共尔位，好是正直。神之听之，介尔景福[⑮]。"神莫大于化道，福莫长于无祸。

吾尝终日而思矣，不如须臾之所学也[⑯]；吾尝跂而望矣[⑰]，不如登高之博见也。登高而招，臂非加长也，而见者远；顺风而呼，声非加疾也，而闻者彰[⑱]。假舆马者[⑲]，非利足也，而致千里；假舟楫者，非能水也，而绝江河[⑳]。君子生非异也，善假于物也[㉑]。

注 释

①已：停止。 ②取之于蓝，而青于蓝：青，青色染料。蓝，一种

草名。它的液汁可提炼作青色染料，但染料染出的颜色比蓝草的颜色更青。　③𫐓：同煣，也就是揉。烘烤木材使弯曲。　④曲中规：其弯曲的弧度合乎规的要求。　⑤槁暴不复挺：即使把它晾干、暴晒，它也不能再直了。挺，使它直起来。如挺腰。⑥木受绳则直，金就砺则利：木材接受绳的矫正就能变直，金属物在砺石上磨，就能变得锋利。　⑦博学而日参省乎已：广泛学习，用以参照反省自己。　⑧知明而行无过：知，知识。知明，犹今天说"头脑清楚"。这样，做事就不易有过失。　⑨深豁：即深谷，山中洼地。　⑩先王之遗言：已故的圣者留下的教训。即书籍。⑪干、越、夷、貉：都是少数民族的名称。干、越在南方，夷、貉在北方。干，本居江南，后来灭于吴国，也就以干指吴。　⑫生而同声，长而异俗：初生的孩子的声音都是一样的，待长大了，习惯语言都不同了。⑬教使之然也：是教育使他变成这样。用以说明教育和学习可以改变一个人。　⑭嗟尔君子，无恒安息：招呼你们这些君子们，别总贪图安逸。⑮靖恭尔位，好是正直：谨慎重视你所拥有的社会地位，应该爱好正直的行为。旧解位字为"职位"，我以为在贵族统治时代，每个贵族都是统治者，这就是贵族拥有的社会地位。有地位就有责任，荀子的教育对象就是这些"君子"。所谓职位，仅指在朝者而言，是少数人。荀子并非为这类人立言。神之听之，介尔景福：神会听见你的一切，将赐给你大的幸福。　⑯须臾：一会儿。　⑰跂：抬起脚跟站立，想看到更多的表现。　⑱彰：明白，清楚。　⑲假舆马者，以致千里：假，借，凭借。舆，车。坐车乘马可以走到千里之外。　⑳假舟楫者……而绝江河：坐船的人，能横过江河，不必一定会游泳。　㉑善假于物也：即今天所说，善于利用工具。

解　说

荀子与孟子相反，是主张人性恶的。他认为人虽天生性恶，但是可以改造的，即通过学习来改变恶的天性而使之向善。因此，他特别强调学习的重要意义。《劝学篇》是他性恶论的重要理论基础之一。

荀子说，学习是不能停止的。他用青与冰的比喻、木与金的变化来说明学习的作用。青是蓝草产生的，却比蓝更青；冰是水变的，却比水更凉；木头本来是直的，但用火烘烤之后可以使它弯曲起来作车轮。把木头按拉直的绳的样式来炮制，它就是直的，铁放在砺石上磨就会锋利。君子们广泛多学而又反省、检查自己，就会明智而不犯过失。所以，不登上高山，就不知天有多高；不下到深深的谷底，就不知地有多厚。不学习，听不见过去圣王智者的话，就不知道学问到底有多广阔。干、越、夷、貉这些少数民族的孩子声音都是一样的，但长大了，生活、习惯和语言却大不一样。这就是教育他们所起的作用（反过来说，也即学习的作用）。

《诗经》说叫你们这些君子们，不要总偷懒休息。要谨慎小心地对待自己的地位，要爱好正直的东西，天神在听着你，会赐给你很好的幸福。神的作用就在于使你改变上正道，而最大的幸福就是没有灾祸。我曾经整天地思索，其效果还不如学习一阵子。我曾经踮起脚尖来望远处，还不如爬到高山去看得又远又宽。爬上高山顶去招手，并非手臂长长了，却使很远地方都能看到。顺风呼叫，不是声音变大了，却听得更清楚。乘车骑马的人，并非他的腿快，却能走千里之远。坐船的人，不一定会水，却可以超越许多大江大河。君子们并非生来体力与人不同，是他能够利用客观事物的力量（用今天的话说，就是善于使用工具）。

南方有鸟焉，名曰蒙鸠㉒，以羽为巢，而编之以发，系之苇苕㉓，风至苕折，卵破子死。巢非不完也，所系者然也㉔。西方有木焉，名曰射干㉕，茎长四寸，生于高山之上，而临百仞之渊。木茎非能长也，所立者然也。蓬生麻中，不扶而直；白沙在涅㉖，与之俱黑。兰槐之根是为芷，其渐之滫㉗，君子不近，庶人不服，其质非不美也，所渐者然也㉘。故君子居必择乡，游必就士㉙，所以防邪僻而近中正也。

注　释

㉒蒙鸠：即鹪鹩。小鸟。　㉓以羽为巢，而编之以发……卵破子死：

这一段文字强调选择客观环境。蒙鸠的巢制作很精美，但不该把巢系在嫩苇梢上。苕，苇子的嫩梢。苕是很娇嫩的，经不住风的摇动，所以才风过苕折，卵破子死。错在所系的东西。 ㉔所系者然也：指蒙鸠巢破的悲剧，推之而至于一切人也是如此。你所依靠者是否靠得住？必须选择可靠的对象。 ㉕射干：木名，生于高山。可入药。射，音叶。 ㉖白沙在涅：涅，黑泥。白沙放在泥中，只能也变成黑泥。 ㉗兰槐之根是为芷，其渐之滫：兰槐，香草名。其根是芷，当然也是香的。滫，音修，上声。读若朽，臭水也。渐，意为浸润。即把芷放在臭水中浸泡，当然也成臭的。 ㉘所渐者然也：意思是浸泡臭的。推而引申到一切人和物，要远离坏人，不受不良影响。 ㉙居必择乡，游必就士：居住要选择风俗好的地方，出门在外，要选择有知识人家投宿。

解　说

南方有一种鸟，名叫蒙鸠，用它自己的羽毛来做窝，用毛发编起来，又把它拴在嫩苇梢上。风一吹过，嫩苇梢折了，孵的卵也破了，幼鸟也死了。不是它的窝编得不结实，而是它所拴的地方不对，造成了悲剧。西方有一种木，叫作射干。这种木的高度只有四寸，但它生在高山顶上，而前面是百丈的深渊。并非它长得很长，而是它所站的地方使它显得那么高。蓬草如果生长在麻田中，它也自然像麻秆那样直，不需人去扶它。雪白的沙粒，如果将它放在黑稀泥里，它就会同黑泥一般黑。兰槐这种香草的根叫作芷，当然也是香的。但是，如将它浸泡在臭水沟里，那么，老爷们会躲得远远的，连小百姓也不肯把它挂在身上。那是因为臭水把它浸臭了，虽然它的本质很好。所以，君子们要选择居住地方，必定要看这个乡风俗如何；在外旅行投宿，必然要找个文士的家去求宿。这是因为要防止邪僻风俗的侵蚀，而要靠近中正的地方。

物类之起，必有所始㉚；荣辱之来，必象其德㉛。肉腐出虫，鱼枯生蠹㉜。怠慢忘身，祸灾乃作㉝。强自取柱，弱自取束㉞。邪秽在身，怨之所构㉟。施薪若一，火就燥也㊱；平地若一，水就湿也[37]。草木畴生，禽兽群居，物各从其类也[38]。是故质的张而弓矢至焉[39]，林木茂而斧斤至焉[40]，树成荫而众鸟息焉，醯酸而蜹聚焉[41]。故言有召祸也，行有招辱也[42]，君子慎其所立乎[43]！

积土成山，风雨兴焉[44]；积水成渊，蛟龙生焉[45]；积善成德，而神明自得，圣心备焉[46]。故不积跬步[47]，无以至千里；不积小流，无以成江海。骐骥一跃，不能十步；驽马十驾[48]，功在不舍。锲而舍之，朽木不折[49]；锲而不舍，金石可镂[50]。螾[51]无爪牙之利、筋骨之强，上食埃土，下饮黄泉，用心一也。蟹六跪而二螯，非蛇蟺之穴无可寄托者[52]，用心躁也。是故无冥冥之志者，无昭昭之明[53]；无惛惛之事者，无赫赫之功[54]。行衢道者不至[55]，事两君者不容[56]。目不能两视而明，耳不能两听而聪[57]。螣蛇无足而飞，鼫鼠五技而穷[58]。《诗》曰："尸鸠在桑，其子七兮；淑人君子，其仪一兮；其仪一兮，心如结兮[59]。"故君子结于一也。

注　释

㉚物类之起，必有所始：古人说，方以类聚，物以群分。各种物体大多是同类群处，但总会有一个使它们共处在一起的原因。　㉛荣辱之来，必象其德：光荣和耻辱之来，必然与其品质相关。　㉜肉腐生虫，鱼枯生蠹：肉腐烂了生蛆虫，鱼干枯了就生出蠹鱼。都包含必然的因果关系。㉝怠慢忘身，祸灾乃作：怠慢者易有失礼，忘身者不注意自己的地位与各方的关系。这正是招祸的起因。　㉞强自取柱，弱自取束：柱字不易理解。清王念孙认为柱当读若祝，作断解，取太刚则折之义。近人多从之。我以为，这一解释似觉牵强。柱当作拄。拄为动词，如"天欲堕，赖以拄其间"。拄，正是对顶之义。刚强者往往易采取硬顶的态度，而柔弱者往往自愿接受束缚，如此乃与上下文义相合。拄成为柱，二字或形近而讹。　㉟邪秽在身，怨之所构：人之行为不正曰邪，污浊曰秽。人自身行为不正不洁，往往是构怨的原因。　㊱施薪若一，火就燥也：地上到处都

一样布满柴薪，火总是在干燥柴薪处燃起。㊲平地若一，水就湿也：地面都同样平，而水流总是先奔向潮湿地方。㊳草木畴生，禽兽群居，物各从其类也：同类草木，大多成群，一片片地生长；禽兽也是同样，同类的兽大多成群居住。㊴质的张而弓矢至：质，箭靶。的，靶心。你把箭靶摆在那里，自然就有人用弓箭去射。㊵林木茂而斧斤至焉：林木茂盛之地，自然会招引樵采之人。㊶醯酸而蜹聚焉：醯，音希。即醋。蜹，音芮，蚊类小虫，喜酸。故醋酸了，就会招来蚊蜹之类的虫子。㊷言有召祸也，行有招辱也：言多语失，行事未必都周全。有失语就易招飞来之祸；事不周全，易招致流言之侮。㊸君子慎其所立乎：由于以上种种，君子们在选择自己如何立身处世的原则时，应该是慎之又慎。因为它是祸福之门。㊹积土成山，风雨兴焉：古语说："天降时雨，山川出云。"古人认为云和雨都是由山产生的。所以，用土积成高山，是高山就会有风雨。㊺积水成渊，蛟龙生焉：水积多了，自成深渊，有深渊就会有蛟龙。㊻积善成德，而神明自得，圣心备焉：善积之不已，逐渐成为君子固有的德行。德行使人产生深刻的智慧。德高智深，就开始具备了圣人之心。㊼不积跬步：跬步，半步。跬，同跬。千里之地是一步一步走过来的，也是许多半步的积累。不积累这些跬步，就走不到千里。㊽骐骥一跃，驽马十驾：骐骥，千里马。驽马，走得慢的笨马。骐骥跳一次，顶多超不过十步，而驽马走十天，也将超过千里。其功夫就在于它绝不中途放弃。㊾锲而舍之，朽木不折：用刀子刻两下就丢开，那么，你连一段朽木都刻不断。㊿金石可镂：锲而不舍的人，虽是金属和石头那么坚硬，也可雕刻出你所想要的图形来。(51)螾，蚯蚓。全句指蚯蚓虽无爪牙，但用心专一。(52)蟹……非蛇蟺之穴无可寄托者：螃蟹虽有六跪二螯，锋利的工具不少，却不能给自己挖个洞来住，就因为它心浮气躁。(53)无冥冥之志者，无昭昭之明：没有潜心深入研究的决心，你就不会获得超人的智慧。(54)无惛惛之事者，无赫赫之功：惛惛与冥冥义相近。在成就赫赫之功的后面，往往要不声不响地做许多细致的工作，最后才能完成大功伟业。(55)衢道：即歧路。不至，达不到目的地。(56)事两君者不容：同时忠于两君者，不可能被容忍。(57)目不能两视而明，耳不能两听而聪：你不能同时看清两件东西，必须集中目力看一样，才能看清楚。听声音也同样，你不能同时听两个人说话。 ㊿腾蛇、鼫鼠：螣蛇无足可以乘雾而飞，而鼫鼠虽有五技而不精，往往被人捉住。 ㊾尸鸠在桑，其子七兮；淑人君子，其仪一兮，其仪一兮，心如结兮：这是《国风·曹风》中的《尸鸠篇》的文字。尸鸠，即布谷鸟。它要同时养大七个孩子，谁也不能少一口。这是由于它把七个孩子都牢记在心，决不会出错。淑人君子们的威仪也应始终如一，那就需要君子们的心上也要打个结。这个结就能使淑人君子们始终如一。

解　说

物以类聚，这物、类的形成必然有个开头。一个人的光荣和耻辱，也总与他自己的品格有关。就像肉腐了会生虫，鱼干了会生蠹一样。生活懈怠到忘了自己是干什么的，灾祸也就快要来了。刚强的会碰到钉子，软弱的人就只好受压迫（拘束），这就是灾祸的降临是随自己的品格而不同。如果你身上再有些歪门邪道、不敢见人的东西，就更会结成仇怨。肉腐烂了就会生虫，鱼搁干了就会生蠹鱼。同样的地上铺上柴薪，火是从干燥的木柴上燃起。看来平坦的土地，但水流总首先流向潮湿的地方。草木一片片旺盛地生长的地方，自然会鸟兽成群。世上万物，同类的自然会走到一起。正是这个缘故，你在那里摆了箭靶，就会有人带了弓矢来射；树林长得茂盛了，拿着长把短把的斧子的人，自然会前来砍伐。树林子有了阴凉，各种各样的鸟类就会来做巢；醋一酸了，蚊蝻之类的小虫就会来产卵。所以说，说话会招来灾祸，动作可以招来耻辱。君子们，要注意慎重选择自己立身的根本态度。

可以把土堆成高山，有了山，风雨就会从这里兴起。可以把水引来积聚成一个深渊，有了深渊，蛟龙就可以在这里生活。积累良好行为，久而久之，就会自然得到人生的崇高境界，而圣人之心也就在此中逐渐完备了。所以说，千里的距离总是从脚下开始，一步一步走完的是一步一步积累成的。江海之大，也是许许多多大大小小的水流积累而成的。最快的千里马，一步也跳不出十步的距离。最笨的驽马跑十天，也会跑出千里。刚雕刻几下就丢开了，连根糟朽木头也刻不断。如果你不肯中途丢弃，连续雕刻下去，就是金属和石头也能刻出心中的图画来。一条蚯蚓，既没有利爪和牙齿，也没有强壮的筋骨，它却可以从上面的干土，吃到下面的黄泉，这是由于它用心专一。而螃蟹有六只爪和两只大螯，但是它只能以蛇鳝的洞来安生，是由于它总是心浮气躁。所以说，如果没有对一切事物都视而不见的刻苦功夫，你就不会达到豁然贯通的一天；如没有不顾一切坚持下去的意志，就不会有声威赫赫的辉煌事业。在歧路上徘徊不进的人，始终走不到目的地。效忠于两个君主的人，决不会得到容许。眼睛不能同时看两个地方而都能看清楚，耳朵不能同时听两处的声音而都听清楚。螣蛇没有脚却能飞，鼫鼠有五种技能，样样都知道一点，却什么也不行，往往走投无路。

《诗经》说："尸鸠在桑，其子七兮。"头绪虽多，它却坚持不懈，把七个孩子都养大。好人们，君子们，也是像尸鸠那样专心致志地来完成自己的学业。

韩非子·说难[1]

韩　非

韩非，韩之诸公子。与李斯俱师事荀卿，终成法家学说集大成者。秦始皇见其书，大为倾倒。曰："嗟乎！寡人得见此人，与之游，死不恨矣。"乃以兵加韩而求韩非。其后，非至秦，秦王说之。李斯之流害其能，谮之，下狱。非自杀。

凡说之难：非吾知之有以说之之难也[2]；又非吾辩之能明吾意之难也；又非吾敢横失而能尽之难也[3]。凡说之难：在知所说之心，可以吾说当之[4]。

所说出于为名高者也[5]，而说之以厚利，则见下节而遇卑贱，必弃远矣。所说出于厚利者也，而说之以名高，则见无心而远事情[6]，必不收矣[7]。所说阴为厚利而显为名高者也，而说之以名高，则阳收其身而实疏之[8]；说之以厚利，则阴用其言，显弃其身矣。此不可不察也。

注　释

①说难：说，当读若税。战国时，有游说风气。许多知识分子，以各种不同政见去见各国国君，或重要政治人物，以辩说方式取得政治地位，称为游说之士。难，辩难。　②非吾知之有以说之之难：知，智识。意指：不是由于说者的知识不够充分难以说动他的困难。　③又非吾敢横失而能尽之难：失，同佚。横失而能尽，意指可以纵横放佚，可以充分表达

自己意见。④当：挡。对抗，针对。⑤所说出于为名高：指名声，声誉。所说，指说者要说的对象。⑥见无心而远事情：无心，没有认识。远事情，远离事实的实际。⑦不收：不肯使用，不肯接受。⑧阳收其身而实疏之：表面接受而实际上却把你撂在一边。

解　说

战国时期，游说之风盛行。各国国君，为求在七雄角逐中取胜，亦竞相招士，以猎取人才。但并非所有游说之士都能取得成功。韩非《说难》一篇即为此而作。他从分析游说对象的思想，游说者的禁忌，游说者自身所处的地位，进言的方式，言的深浅，以及各种成功与失败的经验教训等各个侧面深入分析，鞭辟入里。其逻辑思维，环环相扣，完整严密，足称辩论文的典范。

首先点明说之难在于知道所说者之心。不但要知道他表现在外的心，还要知道他深一层的真实的心，然后才能用你的言词去打动他。

如果对方的目的是猎取高名，你却用获取利益去打动他，他会以为你见解卑下，见识不高而抛弃你。如果对方的目的是在获取大利，你却用高名声去说他，他会觉得你并非实心实意而且对事情不了解，就不会用你。如果他真实心意是在谋取大利，却装着自己只重视高名，你就真的用如何取得高名的说法去接近他，那就会表面上信用而实际疏远你。若你以获厚利去说他，他就会表面抛弃你，背后却采纳你的意见。这些都是游说者所不可不知的。

夫事以密成，语以泄败[⑨]。未必其身泄之也，而语及所匿之事，如此者身危。贵人有过端[⑩]，而说者明言善议以推其恶者[⑪]，则身危。周泽未渥也，而语极知[⑫]，说行而有功则德亡，说不行而有败则见疑，如是者身危。夫贵人得计而欲自以为功，说者与知焉，则身危。彼显有所出事，乃自以为他故[⑬]，说者与知焉，则身危。强之以其所必不为，止之以其所不能已者[⑭]，身危。故曰与之论大人，则以为间己；与之论细人，则以为鬻权[15]。论其所爱，则以为藉资[16]；论其所憎，则以为尝己[17]。径省其辞，则不知而屈之[18]；泛滥博文，则多而久之[19]。顺事陈意，则曰怯懦而不尽；虑事广肆，则曰草野而倨侮[20]。此说之难，不可不知也。

注 释

⑨事以密成，语以泄败：这是一句成语。要想成功，在事情进行中必须保密，如果在言语中泄漏了机密，事情一定会失败。 ⑩贵人有过端：贵人，指所说的对象。要说的对象都是有权势、地位高贵的人。过端，指想隐瞒的过失。 ⑪推其恶：推，推论。恶，过失。即夸张地批评其所要隐瞒的过失。 ⑫周泽未渥也，而语极知：周，亲密；泽，恩泽，恩惠。渥，沾润，浸润。周泽未渥，指相交还浅，还未受到对方恩惠的浸润。语极知，指说显得过于亲密。即交浅而言深。 ⑬乃自以为他故：是自己有意作出的。 ⑭强之以其所必不为，止之以其所不能已者：勉强所说者去做那他绝不愿做的事；阻止所说者去做某件事，而那是他已无法停止了的事。说者这样做会给自己带来危险。 ⑮鬻权：玩弄权术。 ⑯藉资：拉关系，搭梯子往上爬。 ⑰尝己：试探。 ⑱径省其辞，则不知而屈之：直截了当，说得简略，会认为你没多少知识。其实是没有听懂而误解了。 ⑲泛滥博文，则多而久之：说者无边无际地旁征博引，卖弄见识，则会认为废话多而浪费时间。 ⑳草野而倨侮：行为粗野而态度傲慢。

解 说

一件事情，往往由于能保守秘密而取得成功，却又往往由于言语的泄露而遭到失败。未必是某人有意泄露，但在言语中涉及了所要保密的事。要是有这样的情况，那么，这个游说者自身就危险了。贵人有不愿人知的过失，而说者却公开谈及，并公开谴责这种行为，那他就危险了。彼此关系还远不是那么亲密，还远没有取得信任，却在说话间表现出过度亲近，好像什么都了解。在这种情况下，如你说的实行起来有了成绩，却没人感谢你；万一照你说的做却失败了就会受到怀疑。这样，你就危险了。一个大人物有了一个好计谋，想拿来作为自己的功劳，而你这个说者却知道了，那就有危险。那里显然要出事，是出于他自己主观的原因，却被说者知道了，说者自己就危险了。用他所绝不肯做的事来勉强他，对他不得不做的事加以劝阻，那就会自己陷入危险。所以说，与你说话的对象议论大人物，会被认为你想离间他们；与他议论小人物呢，会认为你想搞权力交易。你论及他所爱的人，会以为你在拿这个来与他套近乎。论及他所憎恶的人，会以为你故意试探。你直截了当，言语简洁，他就可能由于不理解而委屈你；要是旁征博引，言词泛滥，他却又嫌话太多，时间太长。你顺着他说，则会嫌你怯懦而不敢尽言。若你思虑广泛而言语没遮拦，又会认为你草野粗俗而倨傲侮慢。这些都是游说的难处，不可不知。

凡说之务㉑，在知饰所说之所敬，而灭其所丑㉒。彼自知其计㉓，则毋以其失穷之；自勇其断，则毋以其敌怒之；自多其力，则毋以其难概之㉔。规异事与同计，誉异人与同行者㉕，则以饰之无伤也。有与同失者，则明饰其无失也。大忠无所拂悟㉖，辞言无所击排㉗，乃后申其辩智焉。此所以亲近不疑，知尽之难也。得旷日弥久，而周泽既渥㉘，深计而不疑，交争而不罪，乃明计利害以致其功，直指是非以饰其身㉙。以此相持，此说之成也㉚。

注　释

㉑务：要点，重点。　㉒饰所说者之所敬，而灭其所丑：饰，美化。所敬，所敬仰、信服的人或理论。灭，不提或丑化他所反对或瞧不起的人或事。　㉓自知其计：知，同智。把自己的谋略看成是高智慧的产物，很得意。　㉔自勇其断或自多其力：与自知其计一样都是所说者的自满情

绪，不能当面去反对。 ㉕规异事与同计，誉异人与同行者：规，规划。异事，别的事。异人，别的人。同行，类似的行为。可以举出一些别的，与所说者的计谋相类似的事；称赞一些与所说者相类似行为的人。这样来恭维一下所说者没有坏处。 ㉖怫悟：怫，反对，违背。全句意思是：真正的忠心，不一定非表示反对来使对方觉悟。 ㉗辞言无所击排：辞言，即言词。击排，抨击，排斥。善辩者不一定要直接攻击。 ㉘周泽既渥：周，亲密。泽，恩惠。渥，深，浸润。意指相处既久，互有恩情，互相了解，信任。 ㉙乃明计利害以致其功，直指是非以饰其身：周泽既渥，互相信任之后，然后才可以坦白陈述事情的利害，使办事成功；直接指明是非得失来表明自己的忠直坦白。 ㉚以此相持，此说之成也：用这种态度来互相对待，这是说者的成功。

解　说

上一段主要说“危险”、“险滩”。这一段则主要是指出绕过险滩的弄舟诀窍。“凡说之难”是提出困难问题，而“凡说之务”则是寻求解决问题的诀窍。

说之“务”何在呢？在于会包装，也就是粉饰所说对象所敬重的人或原则。宣扬他或它的崇高之处，不妨添加点成色，但绝对不要涉及他或它的缺陷，最好把不足也说成优点。他如果认为自己构思的谋计很有水平，就别用他的漏洞来堵他的嘴；如果他自己以为作出的判断是勇敢的，就别用敌方的能耐刺激他上火；如果他自认很强大，那就不要过分指出会有的困难，找些别的计谋与他相同的事，来证明他的正确，称誉一些与他有类似行为的人。说些这种类型的话，没有坏处，找些与他有同样错误的例子，显然就表示他没什么失误。大忠并非一定要有对立的意见，也不一定要有抨击的言辞。在以后才申诉自己的思辨能力与智力。这就是能使自己亲近不疑，能伸展自己的智慧，充分发挥自己才干的难能可贵的方式。这样有了相当时间，关系亲近而融洽了；有了信任，即使你的计谋非常隐晦，他也不会怀疑，直接和他争论他也不会怪罪。这才能无顾忌地坦白陈说利与害，来成功实现计划，径直指出事情的是是非非，来显示自己的心地。用这种方法来互相对待，这是善说者的成功。

伊尹为庖[31]，百里奚为虏[32]，皆所由干其上也[33]。故此二子者，皆圣人也，犹不能无役身而涉世，如此其污也[34]，则非能仕之所设也[35]。

宋有富人，天雨墙坏，其子曰："不筑且有盗。"其邻人之父亦云。暮而果大亡其财[36]。其家甚知其子，而疑邻人之父[37]。昔者郑武公欲伐胡，乃以其子妻之[38]。因问群臣："吾欲用兵，谁可伐者?"关其思曰："胡可伐。"乃戮关其思，曰："胡，兄弟国也，子言伐之，何也?"胡君闻之，以郑为亲己而不备郑，郑人袭胡[39]取之。此二说者，皆知其当矣，然而甚者为戮，薄者见疑，非知之难也，处知则难矣[40]。

注　释

㉛伊尹为庖：传说中伊尹为庖负鼎以干汤，从而取得汤的信任，成功建立商王朝。庖，厨师。　㉜百里奚为虏：《左传》载，百里奚成为楚俘，秦穆公用五张羊皮把他买下来，后为穆公名臣。　㉝所由干其上：当厨伕或当俘虏，都是用这种方式来接近君主并取得信任的。　㉞涉世，如此其污也：他们二人都经过如此卑贱、污浊的道路。　㉟则非能仕之所设也：倒并非人人都必须这样才能进入统治者的圈子。　㊱暮而果大亡其财：暮，夜，晚上。果，果然。大亡其财，丢失大量财物。　㊲知其子：智，智慧，见识。认为儿子很有智识、有预见。　㊳以其子妻之：把女儿嫁给他。古代妇女也可称子。如《诗经》"迨及公子同归"等。　㊴郑人袭胡：袭，偷袭。不是光明地进攻。　㊵处知则难矣：有时知道将发生什么事并不很难，但对自己所知道的如何处理却很难，如邻人之父之类。

解　说

这一段正是上一段"凡说之务"的饰说，也就是以已有的实例来证实上段理论判断的正确。伊尹是商汤的宰相，百里奚是秦穆公的名臣。为庖、为虏都是卑贱的地位，却也是由此得以接近其国君以施展自己才能的方式。这二位都是古代圣人，还不能不使自己身为贱役、处于卑贱的地位，这就是由于不如此便不能博得信任、取得决策地位。这是环境决定的。

宋国有个富人，天下雨把家的垣墙冲坏了。他儿子说："不筑好会有盗窃进来。"他邻居的老头也这样说。到晚上，果然被大大偷了一票。他家的人，都佩服儿子有见识，而怀疑邻居老头。从前，郑武公想攻打胡国，就故意把女儿嫁给他。他问群臣说："我想用兵，谁可以被征伐？"关其思说："胡国可以。"他就把关其思杀了，还说："胡是兄弟之国，你倒要去征伐，岂有此理！"胡君听见这消息，以为郑国真的亲近自己，便不设防。郑人就偷袭胡国，把它灭了。这两个出主意的人，说的都很正确。但是，一个被杀了，另一个也受到怀疑。不是他们的认识有什么不对，而是由于要恰当地对待自己所认识的，这是很难的。

昔者弥子瑕[41]见爱于卫君，卫国之法：窃驾君车者罪至刖[42]。既而弥子之母病，人闻，往夜告之，弥子矫驾君车而出[43]。君闻之而贤之，曰："为母之故，而犯刖罪。"与君游果园，弥子食桃而甘，不尽，而奉君。君曰："爱我哉！忘其口而念我。"及弥子色衰而爱弛[44]，得罪于君，君曰："是尝矫驾吾车，又尝食我以其余桃。"故弥子之行未变于初也，前见贤而后获罪者，爱憎之至变也。故有爱于主，则知当而加亲；见憎于主，则罪当而加疏[45]。故谏说之士不可不察爱憎之主而后说之矣。

注　释

㊶弥子瑕：人名。　㊷刖：古代的一种酷刑，断足。　㊸矫驾君车：假传君主的命令驾车。　㊹色衰而爱弛：美色逐渐失去，君主也不再那么爱了。弛，松弛。　㊺知当而加亲，罪当而加疏：同一件行为，因为爱，因而更好；因为憎恶，都变成了罪行。

解 说

本段的例子，是进一步申说说者与被说者之间的信任与否，即“处知之难”的问题的重要性。例子生动而有充分说服力。

从前，有个叫弥子瑕的人受到卫君的宠爱。卫国的法律：凡偷着去驾驶君车的要砍去两足。有天，弥子的母亲病了，有人在晚上跑去告诉弥子。弥子就假称卫君的命令，把君车驾出去了。卫君知道后不但不降罪反而称赞说：“为母亲病了而冒犯砍脚之罪，贤哉。”和卫君一道游果园，弥子摘了一个桃子吃，觉得很甜，就把没吃完的半个给卫君吃。君说：“弥子真爱我，爱到了吃点好东西都想到我。”可是，等到弥子年岁大了、不那么漂亮了，卫君的爱也冷下来了。他得罪于卫君。君说：“这家伙曾经假传圣旨驾过我的专车，又把吃剩的桃子给我吃。”可见，弥子的行为并没有改变，但从前被称赞而现在却成了罪过。这是爱憎的感情发生了变化。所以，凡打算对国君有所谏说的人，就不可以不把人君的爱憎弄清楚之后再去进说了。

夫龙之为虫也[46]，可扰狎而骑也[47]，然其喉下有逆鳞[48]径尺，人有撄之[49]，则必杀人。人主亦有逆鳞，说者能勿撄人主之逆鳞，则几矣[50]！

注 释

㊻龙之为虫也：意即龙这种动物。古代把一切动物都可称为虫。龙为鳞虫，人为倮虫。 ㊼可扰狎而骑也：扰，驯养。狎，亲近。古代认为，龙是可以饲养的，并设有职官专司养龙，并可将龙作为人的坐骑。 ㊽逆鳞：龙是鳞虫之首，一般鱼类的麟都是一个方向顺生的。古人认为龙的鳞有一部分是反向生长的，称为逆鳞。 ㊾撄之：撄，触摸，靠近。 ㊿则几矣：就差不多（成功）了。几，微。

解　说

对于君主对说者的信任与不信任，君主的爱憎的变化，韩非在这里也拿不出灵丹妙药来改变他，只能退而求其次，争取别说那些惹这些人君不高兴的话来避免取祸。

他说，龙这东西，和它混熟了是可以骑着玩的，但它脖子上有逆鳞，有一尺多宽。人要是去碰了它，它就会杀人。做君主的也有逆鳞，进言的说者，能够不去碰那点逆鳞就差不多了。

然而，这事很难说，既要想靠近他，又千万不能惹恼他，这是很难办到的。韩非自己就是碰了，或李斯之流害他碰了逆鳞，才落得自杀的下场。可见，在君主专制制度下，人的安全是没有保障的。后人说，伴君如伴虎，韩非说是伴龙，其实都是一样的——吃人的猛兽。

鲁共公择言

战国策

梁王魏婴[①]觞诸侯于范台[②]。酒酣，请鲁君举觞[③]。鲁君兴[④]，避席择言曰[⑤]：“昔者，帝女令仪狄[⑥]作酒而美，进之禹，禹饮而甘之[⑦]，遂疏仪狄[⑧]，绝旨酒，曰：‘后世必有以酒亡其国者。’齐桓公夜半不嗛[⑨]，易牙乃煎、敖、燔、炙，和调五味而进之，桓公食之而饱，至旦不觉，曰：‘后世必有以味亡其国者。’晋文公得南之威[⑩]，三日不听朝[⑪]，遂推南之威而远之，曰：‘后世必有以色亡其国者。’楚王登强台[⑫]而望崩山[⑬]，左江而右湖，以临彷徨[⑭]，其乐忘死，遂盟强台而弗登，曰：‘后世必有以高台、陂池亡其国者。’今主君之尊[⑮]，仪狄之酒也；主君之味，易牙之调也；左白台而右闾须[⑯]，南威之美也；前夹林而后兰台，强台之乐也。有一于此，足以亡其国。今君王兼此四者，可无戒欤？”梁王称善相属[⑰]。

注　释

①梁王魏婴：即梁惠王。魏婴是他的名字。梁国又称魏国，战国七雄之一。　②觞诸侯于范台：觞，本义为酒杯。引申作动词，即宴请。诸侯，此指来魏朝见的鲁、卫、宋等诸小国国君。　③请……举觞：这是当时流行的礼仪。有如今天的国际宴席上的“请……干杯”。　④鲁君兴：鲁君在座席上站起来。　⑤避席择言：离开自己座位发言。　⑥帝女令仪

狄：帝指禹，帝女即禹的女儿。仪狄，禹臣。相传为中国古代第一个造酒之人。 ⑦甘：香甜。 ⑧疏：疏远。 ⑨不嗛：不饱，不足。 ⑩南之威：美女之名，亦作南威。 ⑪三日不听朝：朝，国君会群臣，处理政事之处。一般每日有朝会。三日不参与朝会，则政事有阙。 ⑫强台：即楚庄王之章华宫。 ⑬崩山：即荆山。 ⑭以临彷徨：达到一种逍遥的境界。《庄子·大宗师》："茫然彷徨乎尘垢之外。" ⑮尊：此处借用为樽。酒杯。 ⑯白台、间须：均美女之名。 ⑰相属：相连、接连之意。

解　说

梁惠王魏婴宴请诸侯在范台上喝酒，喝到高兴时，请鲁君举杯。鲁君站起身来，离开座席发言。这是春秋战国时期的一种诸侯、大夫等贵族人物之间的通常礼仪。春秋时讲究赋诗，战国时代之以即兴发言。

鲁共公说："从前，帝禹的女儿命令仪狄造酒，造的酒味道很好，献给大禹。大禹喝时感觉非常香甜，因而把仪狄疏远了，从此不再喝酒。他说：'后代必定有因喝酒而亡国的君主。'齐桓公半夜醒来想吃东西，于是易牙为他煎炒烹炸，搞出许多好吃的献给他。桓公吃得很饱，一直睡到大天亮还没醒。他说：'后世必然有因为贪美味而亡国的人。'晋文公弄到一个叫南威的美人，三天都没上朝讨论处理国家大事，就把南威推得远远地说：'后世必然有因为贪女色而亡其国的人。'楚庄王有一次登上强台，远远望见美丽的荆山，回头看见左边浩荡的江水，和右边汪洋浩瀚的洞庭湖，快活得认为看到这样壮美的山川，就是死了也值了。他因此而下定决心，宣布从此不再登上强台。说：'后世必然会有因为亭台楼阁的修建这类事而亡国的。'"

"如今，主君的酒盅里装满的是与仪狄造的同样的美酒；主君席上的美味，都是与易牙所制相同的美味；大王左右的美人白台和闾须，都是与南威同样的美人；眼前的范台，前边是夹林，后边是兰池，与强台同样的美景赏心悦目。这些东西，有一样就足以亡国，而主君四样都具备了，可真应该警惕啊！"梁惠王听了，连连称好。

赵威后问齐使

战国策

齐王使使者问赵威后[①]。书未发[②]，威后问使者曰："岁亦无恙耶[③]？民亦无恙耶？王亦无恙耶？"使者不说[④]，曰："臣奉使使威后，今不问王，而先问岁与民，岂先贱而后尊贵者乎？"威后曰："不然。苟无岁，何以有民？苟无民，何以有君？故有问舍本而问末者耶[⑤]？"

注　释

①齐王使使者问赵威后：赵威后，赵孝成王之母。由于赵孝成王新即位，年幼，故母后临时执政。此时已属战国末年，秦已强大，故齐、赵力求通好，以保独立。以此，齐王派遣使臣来赵通好，问威后起居。此时，赵威后也关心齐国内政治状况。故当着齐使臣对齐国政治提出一些善意的批评，希望齐王有所改进，振兴齐国。这是盟友的批评，而非敌国的攻击。　②书未发：齐王的来信还没有启封。　③岁亦无恙耶：译成今天口语，就是：年成还好吗？　④说：此处应音悦。亦作喜悦之意解。　⑤舍本而问末者耶：由使臣的不悦而引出威后的反问：难道叫我不从根本上问起，倒要从细枝末叶上问起吗？

解　说

齐王派了一个使者来向赵威后问安好。书信还没有开封，威后就问使者道："年成好吗？人民好吗？大王也好吗？"使者不高兴了。说："我奉了大王的命令来向威后请安问好，你不先问我王而先问我年成与人民。这不是把贱的放在前头，把尊贵的倒放在后头了？"威后说："不对。假若没有年成收成，哪来的人民？假使没有人民，哪来的君王呢？所以才这样问。难道有不先问根本倒先问末尾的吗？"

乃进而问之曰："齐有处士曰钟离子⑥，无恙耶？是其为人也，有粮者亦食⑦，无粮者亦食；有衣者亦衣，无衣者亦衣。是助王养其民也，何以至今不业也？叶阳子无恙耶⑧？是其为人，哀鳏寡，恤孤独，振困穷，补不足。是助王息其民者也⑨，何以至今不业也？北宫之女婴儿子⑩无恙耶？彻其环瑱⑪，至老不嫁，以养父母。是皆率民而出于孝情者也，胡为至今不朝⑫也？此二士弗业⑬，一女不朝，何以王齐国、子万民乎？於陵子仲尚存乎⑭？是其为人也，上不臣⑮于王，下不治其家，中不索交诸侯⑯。此率民而出于无用者⑰，何为至今不杀乎？"

注　释

⑥钟离子：齐贤人。隐居无官职，故称处士。　⑦有粮者亦食……亦衣：此处衣、食二字均作动词使用。意即不论人有无粮与衣，都让他们有粮食吃，有衣服穿。　⑧叶阳子：亦齐贤人。无官职，为处士。　⑨哀鳏寡……：意思是，他哀恤同情孤苦无依的人，帮助穷困和过不了日子的人。是帮助国王使人民生活安定的人。　⑩北宫之女婴儿子：北宫，姓氏。由于古代女子无正式名讳，或只有家人称呼的小名，故在姓氏与名之间加"之女"二字以示其性别。婴儿子不是其女的正式名字，而是日常称呼。　⑪环瑱：泛指女子饰物。彻其环瑱，是说把一切女性的饰物都撤下来，表示不嫁决心。　⑫不朝：意指没有受到召见，未能入朝。亦即意味着没有得到应有的表彰。　⑬二士弗业：指钟离子和叶阳子，没有得到应有的爵禄之赏。业，产业。当时是指占有土地才算有业，所以

必须有爵禄才能有产业。⑭於陵子仲尚存乎：於，音乌。於陵，地名。当时贵族往往以自己封地为姓氏，故称於陵子仲。例如，晋封毕万于魏，他的孙子魏惠王就叫魏婴。魏既是国名又是姓。⑮不臣于王：不做齐王的臣。⑯不索交诸侯：即不与国内外的贵族们交往。⑰率民而出于无用者：引导人民都去做没用的人。这在帝王们看来，都是该死的。

解　说

于是赵威后进一步向他说："齐国有个没有当官的士人叫钟离子的还好吗？这个人做人的原则是：有食粮的人让他吃，没食粮的人也让他吃；自己还有衣裳的，也给他衣裳穿，没有衣裳的，也给他衣裳穿。这是帮助齐王养活他的人民的人，为什么现在还不让他有爵禄？叶阳子也好吗？这个人做人的方式是周济那些孤苦伶仃的人，帮助贫困的人摆脱贫困，资助那些生活困乏的人，这是帮助齐王去安定他的人民的人，为什么到今天还没得到应有的社会地位？北宫的女儿还好吗？她一生不嫁，以奉养父母，这是为民众树立孝敬父母的榜样，为何至今未得到表彰？这两个处士没得到应有的地位，一个女子没得到应有的地位与封赠，齐王怎么能做好齐国的国王？於陵的子仲还活着吗？这个人做人，对上来说，不肯做王的臣子；对下而言，又不治理自己的家业；对平辈的来说，又不与诸侯卿大夫交往。这是要使人民都变成他那样无用的人，为何到今天还不把他杀掉？"

石芝父评：国以民为本，无民何以有国？治国者贵兴贤举孝，以为民倡。除纯盗虚声之士，以去民蠹。威后之言，所见大矣。

礼记·礼运

子游弟子

昔者，仲尼与于蜡宾[①]。事毕，出游于观之上[②]，喟然而叹。仲尼之叹，盖叹鲁也。言偃在侧，曰[③]：“君子何叹？”孔子曰：“大道之行也，与三代之英[④]，丘未之逮也，而有志焉[⑤]。大道之行也，天下为公[⑥]。选贤与能，讲信修睦[⑦]。故人不独亲其亲，不独子其子[⑧]，使老有所终，壮有所用，幼有所长[⑨]。鳏寡孤独废疾者，皆有所养[⑩]。男有分，女有归[⑪]。货，恶其弃于地也，不必藏于己[⑫]；力，恶其不出于身也，不必为己[⑬]。是故谋闭而不兴[⑭]，盗窃乱贼而不作[⑮]，故外户而不闭。是谓大同[⑯]。

注　释

①蜡宾：蜡，一作腊。一种重要的祭礼，于每年十二月举行，故阴历十二月又称腊月。宾，宾客。参与腊祭，故曰“仲尼与于腊宾”。②出游于观之上：观，门阙。行礼所在地的门阙两旁，悬有国家重要典章，供观览。③言偃在侧，曰：言偃，孔子弟子子游。④大道之行也，与三代之英：大道之行也，指下文中的大同世界。三代指夏、商、周。之英，指三代盛世时期。孔子生于其后，故曰未逮。⑤而有志焉：有志，指向往。虽生晚未能赶上那个时代，但心里非常向往。⑥大道之行也，天下为公：实行大道的时候，天下是公有的。⑦选贤与能，讲信修睦：选贤与能，即贤者在位，能者在职；重视信义并保持和睦。⑧不独亲其亲，不独子其子：对待别人的亲戚也像对待自己的亲戚一样，对待别人的儿子

也像对待自己的儿子一样。 ⑨老有所终，壮有所用，幼有所长：对年老的养老送终，对精力正旺的壮年人提供施展他才能的地方，孩子有人管教，助其成长。 ⑩……皆有所养：老而无妻曰鳏，老而无夫曰寡，幼而无父曰孤，老而无子曰独。以及一切丧失劳动力的，都有生活保障。 ⑪男有分，女有归：在那个时代，人们主要从事农业生产，所以凡成年男子都能分得一定数量的土地以从事劳动。而女子则要出嫁。 ⑫货，恶其弃于地也，不必藏于己：一切公有的社会，财富任意丢弃是可惜的，但不必作为私有物藏起来。 ⑬不必为己：人不必为自己而劳动。劳动也是为公的。 ⑭谋闭而不兴：一切公有，人与人间无斗争，所以一切谋略算计都用不着。 ⑮盗贼乱窃而不作：既然没有私有财产，也就不会产生盗贼这种人。 ⑯是谓大同：这世界大家都同样，所以称为大同。

解　说

大同世界，几千年来一直是中国人无限向往的理想社会。这个社会里，一切都是公有的。人与人之间没有私利的争斗，因此也没有战争。没有穷富的对立，因此也没有盗贼。这个社会是共同管理的、公正的、和平的。因此，它是中国人的最高理想。这个理想社会的首先提出，就在这篇文章中。

从前，孔子受到邀请，作为宾客参与了一次蜡祭典礼。典礼完毕后，他走出来，随意游览，登上门阙的楼观，很惋惜地一声长叹。大概是由于参与了典礼而有所感，叹息鲁国的衰落吧。弟子言偃在旁边，问道：“君子为何长叹?”孔子说：“大道在得到实行的时候，与夏、商、周三代鼎盛时期，我都未能赶上。然而，对那种社会，我却是无限向往的。大道得以实行的那个时代，天下是公有的。选举公认的贤人与能者来管理社会，讲究信义与和睦相处。那时的人，不只对自己的亲人才亲近关切，也不单关爱自己的孩子。他们对所有人都是亲切的，对所有的孩子都是关爱的。那时的社会，使年老的人能够受到应有的奉养直到死亡；成年人都有他劳动的地方；而孩子们都能有人关心他们的成长；那些孤苦无依的老头子、寡妇、孤儿、没家的光棍，以及所有失去劳动力的残疾人，都有生活来源。货物遗弃在地上是可惜的，但不必捡来归自己所有。劳动所费的力气，希望都是出自自身，却不是为自己个人而劳动。所以，计谋、打算这些现象都不时兴，偷窃、抢掠、捣乱等都没人愿去做。所以，睡觉都用不着关大门。这叫作大同社会。”

“今大道既隐⑰，天下为家⑱。各亲其亲，各子其子。货力为己。大人世及以为礼⑲，城郭沟池以为固，礼义以为纪⑳。以正君臣㉑，以笃父子㉒，以睦兄弟，以和夫妇，以设制度，以立田里㉓，以贤勇知㉔，以功为己㉕。故谋用是作，而兵由此起㉖。禹、汤、文、武、成王、周公，由此其选也。此六君子者，未有不谨于礼者也。以著其义，以考其信㉗。著有过㉘，刑仁讲让㉙，示民有常㉚。如有不由此者，在埶者去㉛，众以为殃㉜。是谓小康㉝。”

注 释

⑰隐：消失。 ⑱天下为家：天下为许多独立家庭组成，各家有各自的亲属子女财产，劳力都属于自己。 ⑲大人世及以为礼：大人，指贵族、诸侯、天子，都是世代相传的。这是制度。 ⑳礼义以为纪：纪，法度，秩序。以礼义作为社会秩序的准则。 ㉑正君臣：摆正君臣关系。 ㉒笃父子：强化父子关系。 ㉓立田里：田里是小康社会基本组织。 ㉔贤勇知：以勇敢、有智谋者为贤。 ㉕功为己：有功劳归于个人。 ㉖谋用是作，而兵由此起：由于以上种种，于是诡计诈谋兴起了，军队和战争也出现了。 ㉗以著其义，以考其信：以礼义为纪来考察鉴别其信、义等品德。 ㉘著有过：有过失的也突出出来。 ㉙刑仁讲让：以仁为行为典范，以互让为讲求目标。 ㉚示民有常：向人民显示这是必须遵守的行为规范。常，指固定不移的行为准则。 ㉛在埶者去：埶，同势，指统治者或有权位者。去，去掉，抛弃，推翻。 ㉜众以为殃：旧解为，大家以他为殃民之君而推翻他。依此，则礼义五常与老百姓无关。事实上，老

百姓违背五常也是不许可的。因此，众以为殃似应作以下理解：众，众人，老百姓。众人犯了五常，就应把他作为坏的典型而给于刑罚。㉝是谓小康：这种社会就是小康社会。

解　说

如今，大道已经消失，天下为公变成了天下为家。人们都各有自己的亲人，各有自己的子女。货财和劳力都是自己的。统治者都是父传子、子传孙，这被称为礼。这就导致用城郭、沟池的坚固来保护自己，用礼义来维系社会秩序。用这些来调整君臣之间的关系，增加父子之间的亲密、兄弟的和睦与夫妇的和谐。并且按照礼义来设立制度和田里、尊敬勇敢和智慧。把功劳归于自己。这一来，人与人间阴谋诈伪就流行开了，战争也由此出现。禹、汤、文、武、成王、周公这些圣贤，都是这种世道中的拔尖人物，他们都是很谨慎地奉行礼的原则的。基于礼的作用，使义和信表现得更明显。以仁为典范，以让为表率，而使有过错的人更为突出。这一切都向人民显示，应有合乎常规的行为。假如有谁的行为不合乎这些常规，那么，居于掌权地位的人，就应剥夺他的权位，大家把他看作人民的祸害。

这样的社会，就称为小康社会。

石芝父评：世界由部落而成国家，视天下为一姓私有物。相争相夺。有圣人者出，政治修明，天下或数十年、数百年一易姓，至于今日。皆小康之为殃也。世界将来，无国界、无种界，天下归于大一统。是谓大同。然不知何时矣。

九歌·少司命[①]

屈　原

屈原，名平，字灵均，楚之同姓也。仕楚怀王为三闾大夫。上官大夫与之同列争宠，谮之于王。王信谗而疏原，原乃忧愁忧思而作《离骚》，冀主之或悟也。然王终不寤。客死于秦。及顷襄王立，谗人益高张。屈原乃自沉于汨罗江而死。

秋兰兮蘼芜[②]，罗生兮堂下[③]。绿叶兮素华[④]，芳菲菲兮袭予[⑤]。夫人自有兮美子，荪[⑥]何以兮愁苦？

秋兰兮青青，绿叶兮紫茎。满堂兮美人，忽独与予兮目成[⑦]。

入不言兮出不辞，乘回风兮载云旗[⑧]。悲莫悲兮生别离，乐莫乐兮新相知。

荷衣兮蕙带[⑨]，儵而来兮忽而逝[⑩]。夕宿兮帝郊，君谁须兮云之际[⑪]？与女游兮九河[⑫]，冲风起兮水扬波[⑬]。与女沐兮咸池[⑭]，晞女发兮阳之阿[⑮]。望美人兮未来，临风怳兮浩歌[⑯]。

孔盖兮翠旍[⑰]，登九天兮抚彗星[⑱]，竦长剑兮拥幼艾[⑲]，荪独宜兮为民正[⑳]。

注　释

①少司命：神名。一说星名。主人间灾祥。另一说，主人的子嗣。但

《九歌》中，以《少司命》名篇的，对少司命神的祭祀歌，与此并不相干，却是一位到处留情的男性青年神。颇似古希腊早期那种具有七情六欲的神祇。并没有一个管神的主神，也没有专门的分管任务。这与早期楚人的巫术盛行，神鬼人混居同处的、更为原始的信仰有关。在希腊，宙斯是后起的神；在中国，皇权专制制度建立以后才有玉皇大帝。 ②秋兰兮蘼芜：秋兰，是兰的一种。兰为王者香，是中国人最喜爱的香草之一。秋兰这种兰，秋季开花。蘼芜，一作蘪芜，秋季开白色小花。 ③罗生兮堂下：罗生，一排排地生长。堂，指祭祀歌舞的庙堂。堂下，堂基台阶下。下，古音户。 ④素华：华，即花。素华，白色的花。 ⑤芳菲菲兮袭予：芳气，香气。芳菲菲，香气弥散之状，犹言，香喷喷。袭予，予，唱歌的神自谓。他被香草的香气弥漫所打动。 ⑥荪：同荃，一种香草。在《楚辞》中常用以专指君王或尊贵的神祇。此处指少司命。 ⑦目成：指两个相爱的人用眼神互相表示爱意，这就称为“目成”。单是一方表示爱意不能叫目成。 ⑧乘回风兮载云旗：回风，旋风。云旗，以飞流的云彩做他的旗，用飞速的旋风作他的车。 ⑨荷衣兮蕙带：以荷叶为衣，蕙草为带，取其香味馥郁而经久。 ⑩儵而来兮忽而逝：儵，即倏。犬疾行状。意为忽然间来到，又忽然间消失。 ⑪君谁须兮云之际：须，等待。全句意为，你停在云彩边上是在等待谁呀？ ⑫与女游兮九河：女，即汝。九河指黄河。 ⑬冲风起兮水扬波：冲风，阵风。风急浪高，波浪扬起。 ⑭与女沐兮咸池：咸池，神话中的地名。《淮南子》：“日出于旸谷，浴于咸池。”借指为神人沐浴的地方。沐，洗头。浴，洗澡。 ⑮晞汝发兮阳之阿：晞，晒干。洗完头发，再找个向阳的山洼把它晒干。其实指的是男女谈情幽会。这是指少司命既升九天之后，又在云际逗留不去。领唱的女巫问他等待谁？他是在招呼那个目成的女巫去与他同游。 ⑯临风怳兮浩歌：怳，即恍。恍忽之意。指所等待的人没有来，只能无奈地对着天风大声歌唱。 ⑰孔盖兮翠旌：古时贵族乘车，车上有盖，用以遮蔽日光。当然作为天神的少司命，也应有此类设备，而且是用华丽的孔雀毛织成。古代车上有旌旗，用以标志官衔名号，上有各种装饰物，如牛尾、羽毛之类。《周礼·春官》：“全羽为旞，析羽为旌。”翠旌，即用翠鸟羽毛装饰的旌。孔盖，就是孔雀羽毛编织的车盖。 ⑱登九天兮抚彗星：天空中偶尔出现的、带有长光尾的星，称为彗星。俗称扫帚星。相传可以扫除污秽。九天，俗传天有九重。全句意为，升到九天之上，手抚着彗星，似乎要为人间扫除污秽。 ⑲竦长剑兮拥幼艾：肩后竦立着长剑，手拥着他的姑娘。幼艾，年轻美丽的女人。 ⑳荃独宜兮为民正：荃，荪。在《楚辞》中经常用以指君王或神灵。此处指少司命。为民正。为人民作主。古时正、政、征常通用。为民正，即为民之主，掌握政权，征讨不服之类。

解　说

为《楚辞》，尤其是《楚辞》中的《九歌》来作解说，困难很大。首先是两千年来没有一个权威的注解可以作为解说的依据。其次，《九歌》是楚人的祀神歌曲。那时，楚人巫风很盛，祀神时都是载歌载舞。既有独唱，也有轮唱，还有合唱，甚至还有神在唱。这些歌词因此就是跳跃的，没有逻辑联系的，分不清哪一句是谁的，只能凭读者自己的意会。这就无法达成统一了。最后，语言的隔阂。秦统一以前，各国语言极不相同，往往互相听不懂，都似外国话，要翻译才能懂。有一个关于“越人歌”的故事便是铁证。楚国的鄂君在长江上坐船航行，划船的是个越国姑娘。她一边划一边唱。鄂君听到满耳朵的叽希、希叽，一点也不懂。经过随从替他翻译，才知道那个姑娘是爱上他了。“山有木兮木有枝，心悦君兮君不知。”翻出来的全是楚味。孟子还留下“一齐人傅之，众楚人咻之”的话，说明齐语对楚人就是外国语。

我们今天所见到的《楚辞》，已经是中原译本。在汉代能读《楚辞》的，已经是有很大学问的了，何况千年后的今天。

但这样也有一个好处就是，既然没有权威确解，那么，大家都有权按自己的理解来猜，倒给我作解说者留下了自己去理解的空间。

神下降唱：秋兰啊蘼芜，争绕着生长在祭堂的台阶下。嫩绿的长叶夹着素白的花，那香气一阵阵地包围着我。

女巫领唱：人们都觉得自己的孩子是美丽的孩子，君主啊，你何必为此愁苦？

女巫甲：（边舞边自吟）像秋兰那样幽幽地青，是绿叶裹着的艳丽的紫茎。啊！满堂上那么多的美人，那多情的目光怎么竟射进了我的心！呀，来了也没同我说句话，走了也没道个别，乘着旋风，载着云旗……

女巫群唱：（调侃）伤心吧，伤心！一个人就那么走了。开心呀，开心，又遇上个新相好。

女巫领唱送神：荷叶做成的衣裳，蕙草做成的带。忽然间来了，忽然间又消失。夜里宿在上帝的郊野，徘徊在那彩云的边上，你在为谁等待？

神的声音从远处传来：我和你到九河上去游嬉，冲风吹来波浪起；我带你到咸池洗洗你的秀发，我们把它晾干在向阳的山洼里。我的姑娘为何还没来，我对着天风大声地独自唱歌。

女巫群唱送神：孔雀羽翎的伞蓝，翠鸟羽的旌旗，在高高的九天上抚摸彗星，竦立起长剑，拥着你的姑娘，你才是真正的下民的主人。

九歌·云中君[1]

屈　原

浴兰汤兮沐芳[2]，华采衣兮若英[3]。灵连绻兮既留[4]，烂昭昭兮未央[5]。

蹇将憺兮寿宫[6]，与日月兮齐光。龙驾兮帝服[7]，聊翱游兮周章[8]。

灵皇皇兮既降[9]，猋远举兮云中[10]。览冀州兮有馀[11]。横四海兮焉穷[12]？思夫君兮太息，极劳心兮忡忡[13]。

注　释

①云中君：云梦泽之神。云梦泽是楚国最有名的风景区和神话发源地。至今家喻户晓的高唐神女故事，就发生在云梦泽中。《周礼》，诸侯祀其山川，云梦泽理所当然地应是楚人祭祀的对象。因此，列入祀神之乐的《九歌》中，是恰当的。王逸的《楚辞》注，把云中君释为云神，历来多有非议。闻一多释为月神，还有释为雷神、雨神的，都有惟以通解之处。释为云梦泽之神，第一与《九歌》辞意吻合；第二，符合古代人民祈福禳灾的心理；第三，符合诸侯祀其山川的传统。　②浴兰汤兮沐芳：后人把在热水中加入香料或香水，称为香汤或兰汤，用以洗澡。但在《楚辞》时代还没有这些讲究，都是沐浴在自然水池中，如“与女沐兮咸池”。此处所谓兰汤，应即云梦泽中水。云梦泽是兰、蕙、芷……等香草茂生之地。在四周茂密兰蕙中沐浴，称之为兰汤是很恰当的。　③华采衣兮若英：英，读为央。华采衣，对神的色彩斑斓的衣饰的赞美。若英，

意为就像一丛鲜花一样。 ④灵连蜷兮既留：灵，即神。连蜷，方升出水面的云气，舒卷摇荡伸缩之状。留，停驻。 ⑤烂昭昭兮未央：早晨的阳光照射着水面正在升起的云气而形成的虹彩，光华绚艳。未央，还没完了。 ⑥蹇将憺兮寿宫：蹇，缓行。憺，安居。寿宫，神居处。⑦龙驾兮帝服：龙拉的车驾好，华贵的帝王服装穿上。 ⑧聊翱游兮周章：翱，翱翔，上下翻飞。游，游览。周章，周游流览。 ⑨灵皇皇兮既降：皇皇，光彩夺目。降，音洪，降临之意。 ⑩猋远举兮云中：猋，音标，迅捷状。从云梦泽中倏然远去。 ⑪冀州：今河北省地区，概指中国北方。对于楚人来说，这就是极远之处了。指云中君的游程，甚至要跨过冀州。 ⑫横四海兮焉穷：中国习称四海之内。横四海，即已遍览和超过了中国四方，无穷无尽。 ⑬思夫君兮叹息，极劳心兮忡忡。夫，语助词。想念神的远游，不由得不太息。心中忧烦，忡忡不安。

解　说

云中君是云梦泽之神。这是我个人的见解。因为，整首歌的内容，只有这样的解释才能合理。

首句“浴兰汤兮沐芳”，“兰汤”指的就是云梦泽。两千多年前还不可能有那种加香水的温泉来供沐浴专用。所谓兰汤就是云梦泽水。因为云梦泽地带，生长很多兰蕙等各种香草，湖水为蕙兰香气所染而馥郁芳馨，这是《楚辞》中最常见的，称之为兰汤可以当之无愧。一大早起身就在浩瀚的云梦泽中沐浴的神是谁呢？只有云梦泽之神最恰当。

沐浴之后穿上了他的用鲜花和香草做成的服装，把自己打扮得像在鲜花丛中。“华采衣兮若英”，这又是地道的楚人装束。这在《楚辞》中是屡见不鲜的。诸如《山鬼》中的“披薜荔兮，带女萝”，《少司命》中的“荷衣兮翠带”，《离骚》中的“扈江蓠与辟芷兮，纫秋兰以为佩”，可说俯拾即是。云中君完全是楚地装束，这最符合云梦泽之神这种楚地特征。所以称他为云中君，恰恰因为他就居住在云梦泽中。

水泽地带湿度是很高的。“天降时雨，山川出云”，正是云梦泽这种地区的特征。太阳一出，温度上升，水汽蒸发形成水面上飘浮的云层。这种云层随水蒸气的随风流动而舒卷升降，形成变幻无定的虹彩。这是云中君即将出台的先兆。歌中第三四句，正是描述的这种太阳即将升起时，云梦泽中的光怪陆离的景象。“灵连绻兮既留，烂昭昭兮未央”，然后，云中君在虹彩中慢慢升起，进入他的寿宫，光辉灿烂，与日月同光了。

云中君从云梦泽中升起进入他的寿宫后，只不过小作逗留，随之，他将驾起他的龙车，去翱游四方了。须知，在远古时代，“民生老死而不相往来”，这无边无际的大地，对他们是有很大吸引力的。一部《山海经》中所有奇奇怪怪的山川人物，都是远古人们想象的世界，仅这些人物就够刺激的了，但他们没有遨游远方的资格。翱游周章那是神的权力的显示。所以，云中君要驾起他的龙拉的车去远方遨游了，“聊翱游兮周章”了。

云中君既已来到寿宫，待一切准备好，他就要北上冀州，纵览四海了。充满艳羡的下民，只留下长长的叹息，和忡忡不安的对神的期待。

“猋远举兮云中”这一句值得注意。并非神在白云中忽然高速飞起，而是离开寿宫飞去。前此，神在云梦泽中沐浴后进入寿宫是慢腾腾的。这表明寿宫离开梦泽沐浴处不远，即在云梦泽的上空。到了这时才忽然猋举。那么，这突然的猋举就不是从天上的云彩中，而是从云梦泽上的寿宫中猋举了。这末了的云中二字就只应解释为从云梦泽中猋举。

整个歌词和祀神者的目光，都集中在云梦泽中。只是到了末章“猋远举”才离开了云梦泽，而给云梦泽中的下民留下无穷思念。

卜居[1]

屈原

屈原既放，三年不得复见。竭知尽忠，而蔽鄣于谗[2]；心烦意乱，不知所从。乃往见太卜郑詹尹[3]，曰："余有所疑，愿因先生决之[4]。"詹尹乃端策拂龟，曰[5]："君将何以教之[6]？"

屈原曰："吾宁悃悃款款、朴以忠乎[7]？将送往迎来[8]，斯无穷乎？宁诛锄草茅，以力耕乎[9]？将游大人以成名乎[10]？宁正言不讳以危身乎[11]？将从俗富贵以媮生乎[12]？宁超然高举以保真乎[13]？将哫訾栗斯，喔咿儒儿以事妇人乎[14]？宁廉洁正直以自清乎？将突梯滑稽，如脂如韦，以洁楹乎[15]？宁昂昂若千里之驹乎[16]？将泛泛若水中之凫乎？[17]，与波上下、偷以全吾躯乎？宁与骐骥抗轭乎[18]？将随驽马之迹乎？宁与黄鹄比翼乎[19]？将与鸡鹜争食乎？此孰吉孰凶，何去何从？世溷浊而不清：蝉翼为重[20]，千钧为轻；黄钟毁弃[21]，瓦缶雷鸣[22]；谗人高张[23]；贤士无名。吁嗟默默兮，谁知吾之廉贞[24]！"

詹尹乃释策而谢曰[25]："夫尺有所短，寸有所长；物有所不足，智有所不明；数有所不逮[26]，神有所不通。用君之心，行君之意[27]。龟策诚不能知此事[28]。"

注　释

①卜居：不是现在的卜阴宅、阳宅，是卜自己该做什么样的人。即今

天所说的“人生取向”。 ②蔽鄣于谗：蔽，蒙蔽。鄣，同障，阻碍。谗，背后向领导说人坏话。均指为小人蒙蔽。 ③太卜郑詹尹：太卜，官名。郑詹尹，人名。古代相信卜筮能预告吉凶，故设专司。 ④因……决：通过……来作决定。 ⑤端策、拂龟：古时占卜的方法是灼龟。即用火烧加温的金属来钻刺龟甲，看裂纹位置、走向以定吉凶。另一种方法是筮。是用蓍草反复取数，以最后馀数成卦，定吉凶。所以，太卜郑重对待屈原的问题，把蓍草盒子拿在手中，把准备作卜的龟甲清扫干净。策，即筮用的草。 ⑥君将何以教之：即你打算卜问什么？ ⑦悃悃款款、朴以忠：悃款，诚恳之意。朴，朴实；忠，诚心。 ⑧送往迎来：指交际应酬，世俗往来。 ⑨诛锄草茅，以力耕：锄去杂草，努力耕种。亦可理解为除去坏人，使政治修明。 ⑩游大人以成名：大人，指执政者。游，指常去当权者门下走动，以寻求当官的机会。 ⑪正言不讳：正言，直说。不讳，不顾忌。 ⑫媮生：媮，即偷。媮生，窝囊地活着。 ⑬超然高举以保真：超然高举，脱离政治。保真，保存真正的自我。 ⑭哫訾栗斯：小心翼翼。喔咿儒儿，说话吞吞吐吐。妇人，指国君的女宠，也包括宦寺。 ⑮突梯滑稽，如脂如韦：突梯滑稽，圆滑随俗。如脂如韦，脂，油脂；韦，柔软皮革。油脂可油滑车轴，柔革可任意揉搓。泛指机灵乖巧，讨人喜欢。 ⑯昂昂：昂首挺胸的姿态。好马总是昂首挺胸，驽马常是低头耷脑。 ⑰凫：鸭子，野鸭。 ⑱与骐骥抗轭，轭，驾车时套在马脖上的挽具。抗轭，意即比肩同行。与骐骥等名马有同等能力。宁与快马比赛，也不肯跟在驽马后边走。 ⑲与黄鹄比翼：鹄，即天鹅，飞行很高。比翼，排在一起飞。 ⑳蝉翼为重：借指轻重颠倒。 ㉑黄钟毁弃：黄钟、大吕均为宝贵乐器，而瓦缶（瓦罐子）却不值钱。黄钟毁弃，瓦缶雷鸣，借指贵贱颠倒。 ㉒缶：缶子。瓦缶，陶器罐子。缶，音否。 ㉓谗人高张：谗人，指那些专在背后向领导说人坏话的坏蛋。高张，趾高气扬，张狂。 ㉔廉贞：廉，方正；贞，坚定。 ㉕释策而谢：策，蓍草，一根为一策。谢，道歉。 ㉖逮：到。不逮，达不到，计算不到。 ㉗用君之心，行君之意：心，良心。意，愿望。即请按你良心的指示去行使你的意志。 ㉘龟策诚不能知此事：无论龟和蓍，都无法知道你的问题，也无力回答。

解　说

《卜居》一篇，《文选》题为屈原所作。后人考证其为后人假托，但不得其人。是屈原本人所作，还是伪托，无关紧要，要紧的是这篇文章中提出的问题及其答案倾向的价值如何。我认为，这篇文章中实际提出的问题，是一个地地道道而且旗帜鲜明的人生价值取向问题。当前世界纷纷扰扰，甚至硝烟弥漫。各方所提出的堂皇口号形形色色，实际上也只是一个价值取向问题。由此可见，价值取向问题，实是一个非常重要的问题。

这篇文章成于两千年前，又只是关于个人自己如何生活的价值取向，与今天全不相干。但就一切个人而言，任何人都无法摆脱这个价值取向问题的缠绕。既然是人，就会有个是什么人的问题，这是无法回避的。

这篇文章是以提问的方式提出问题，虽然太卜郑詹尹回避了回答，把问题驳回。但仅从提问者的态度，其答案已经清楚了。这对于两千多年来的所有人来说，问题却依然存在。尽管时间已很久远，但文章依然值得一读。

第一小段是简述屈原被那些搞他的黑材料的人所害，被放逐了三年，使他百思不解：这是为什么？于是去向太卜郑詹尹寻求答案。太卜是掌卜筮的官。他能知过去未来，洞晓一切，他应该知道答案。这位郑詹尹也郑重其事地想倾听屈原提出的问题。

于是，屈原开始倾诉："我究竟应该老老实实地效忠于君主呢，还是该学些交际应酬，忙忙碌碌混一辈子呢？我该老老实实当个农民在地里刨食呢，还是该找个靠山混点小名气呢？我该仗义执言不管受不受听，给自己找病呢，还是该跟着大伙升官发财呢？要不要跳出这个世界以保持自己的真实自我，还是扭扭捏捏、低三下四，跟着上级太太屁股后边转呢？要不宁可廉洁正直地保持自己一身干净，还是权当小丑，插科打诨，油滑逢迎，随方就圆呢？要活得扬眉吐气像只千里马呢，还是随波逐流像水中的鸭子，马马虎虎混碗饭吃呢？要和那些了不起的千里马比比高低呢，还是跟在那些疲疲蹋蹋的家伙后面一步一个脚印呢？该同天鹅那样高飞呢，还是和鸡鸭们去争口吃的呢？究竟该怎么才好啊？该朝哪方面走啊？唉！这个世界混浊得一点也不清楚。一只小蝉的翅膀，倒比千钧还重。高尚的乐器扔在一边，倒把瓦罐子敲得震天响。坏蛋们趾高气扬，好人们却默默无闻！唉，这样的默默啊，谁知道我的方正与坚贞？詹尹丢开手拿的蓍草，说了声对不起："常言道，尺有所短，寸有所长；一切东西都有缺点，不能十全十美；多高的智慧，也有他弄不懂的问题。蓍草神奇的推算，总也有达不到的地方；神龟的能力，也有解答不了的问题。我看，只有用你自己的心，去做你自己愿做的事。龟和策确实回答不了你的问题。"

问题又被詹尹踢回给屈原。其实，屈原是知道自己的答案的。答案就在汨罗江。后来的人呢，还得各自作出自己的答案。比如，屈原的弟子宋玉，就选择了突梯滑稽、如脂如韦的道路，作出了《神女赋》、《登徒子好色赋》等也很有名的文章。

九辩（节录首章）[1]

宋　玉

宋玉，战国时楚人，为楚大夫，屈原弟子。闻其师被放逐，作《九辩》、《招魂》等篇述其事以哀之，并托讽时事。

悲哉秋之为气也，萧瑟兮草木摇落而变衰。憭栗兮若在远行[2]，登山临水兮送将归。泬寥兮[3]天高而气清，宋漻兮收潦而水清[4]。憯悽增欷兮[5]薄寒之中人[6]，怆怳圹悢兮去故而就新[7]。坎廪兮[8]贫士失职而志不平，廓落兮羁旅而无友生[9]，惆怅兮而私自怜[10]。

燕翩翩其辞归兮，蝉宋漠而无声[11]；雁嗈嗈而南游兮[12]，鹍鸡啁哳而悲鸣[13]。独申旦而不寐兮[14]，哀蟋蟀之宵征[15]。时亹亹而过中兮[16]，蹇淹留而无成[17]。

注　释

①九辩：应是一种古乐曲名。王逸注《楚辞》，谓“辩”，变也。《周礼》郑注：“变，犹更也。乐成则更奏之。”这是说，是一种曲调，九种变奏。那么，这与文字内容无关。宋玉之作《九辩》，犹如后代的填词。　②憭栗兮若在远行：憭栗，凄凉，悲苦。如一人孤身远行。指秋天这个客观环境引起的个人思绪。　③泬寥：空旷清朗貌。　④宋漻兮收潦而水清：宋，即寂，寂静，寂寞。潦，夏天雨大，山水乱流，没有河床，谓之潦或行潦，水中挟带泥沙。秋天，雨水过去，潦水也渐次消失，行潦既消，水

也变清。⑤憯悽增欷：憯，同惨。悽，即凄惨。欷，叹息。收潦水清，四周倒变得寂寞而冷清，增加了人的叹息。⑥薄寒之中人：去夏入秋，人会感到轻微的寒冷，是谓薄寒。但由于往往初冷时夏衣还未更换，而有季节性的不适应而受寒，故曰中人。中音仲。中暑，中寒之类。⑦怆怳忙悢：怆，凄怆。怳，恍。恍惚。忙悢，惆怅。四字连用，意为失意无奈而离开乡土，来到陌生的地方。⑧坎廪：坎坷，困顿。⑨廓落：空空荡荡。羁旅，在外作客。全句意为：空空荡荡一个人在外作客，又无朋友。⑩惆怅兮而私自怜：这种孤单而无人理解的心情只有自己知道，自己可怜自己罢了。⑪蝉宋漠而无声：蝉，一种用翅摩擦而鸣的常见小虫。宋漠，即寂寞。秋天到来，连蝉鸣也消失了。⑫雁噰噰而南游：噰噰，雁在飞行中鸣声。⑬鹍鸡啁哳而悲鸣：鹍鸡，一种近似鹤的大鸟，有时亦指凤凰。它的鸣声细碎，故曰啁哳。⑭申旦：终夜。⑮蟋蟀宵征：到了秋天，蟋蟀开始交配繁殖，整夜都在这里那里鸣叫，好似整夜在行动，故曰宵征。宵征，即夜行。⑯时亹亹而过中：亹亹，急促貌。过中，指一年过去多一半。秋天是下半年。⑰蹇淹留而无成：蹇，跛足，不良于行。亦指《易经》的“蹇卦”。王弼注：“山上有水蹇难之象。”意即处在困难中。淹留，停滞。无成，无所成就。

解　说

《九辩》共分九章，每章一层意思。这是《九辩》中的首章，以悲秋起兴。从外在时令的变化，而诱导起内心的共鸣。从节令变化到个人遭遇，社会不平，政治衰败，国家危亡……由于本篇意在广泛介绍各种文体，而又要节约读者时间以便初学，故仅节录首章。

秋天这个季节，真容易引起悲伤的情怀。只消听那秋风吹过草木的萧萧瑟瑟的声音，就知道草木在动摇，在衰落，在枯萎。风吹过贫士的身上，会感到寒冷的威胁。尤其是当他孤独地身处他乡，而又恰逢在山边水涯要送他人回故乡去。这时，秋天显得多么空旷而寥廓，天气又是那样清冷。夏天那喧闹的山溪这时也寂寞了，只留下点清澈而微小的涓涓细流。一种潜在的凄凉，像是一缕缕寒意在向人袭来，不由你不发出微弱的叹息。心情恍惚而旷荡，一个贫穷士者郁结难解，遭遇坎坷不平，孤单单地又离开故土而来到新的环境、像一个无所依托、孤独的旅人，心中的苦痛没有一个可告诉的人，只有穷苦孤独，自己对自己的哀怜。燕子翩跹，该告别回南方去了，连蝉也好像因寂寞而停止了嘶鸣。天上的大雁嗢嗢地叫着向南飞去，连大如凤凰的鹍鸡也在丝丝拉拉地悲鸣。一个人整夜难以入眠，只有倾听那蟋蟀彻夜地低鸣。时间过得好快啊，多半年又这样过去了，而自己却淹留着一事无成！

上秦始皇谏逐客书[1]

李　斯

李斯，楚上蔡人。从荀卿授学，后为秦始皇丞相。下焚书令，挟书律，定郡县制。废先王之法，变仓颉文为小篆。泰山、峄山碑即其手笔。秦二世时赵高用事，诬其子李由与盗通，腰斩咸阳市中。

臣闻吏议逐客，窃以为过矣[2]。

昔穆公求士[3]，西取由余于戎[4]，东得百里奚于宛[5]，迎蹇叔于宋[6]，求丕豹、公孙支于晋[7]。此五子者，不产于秦，而穆公用之，并国二十，遂霸西戎。孝公用商鞅之法[8]，移风易俗，民以殷盛，国以富强，百姓乐用，诸侯亲服，获楚魏之师[9]，举地千里，至今治强。惠王用张仪之计[10]，拔三川之地，西并巴蜀，北收上郡，南取汉中，包九夷，制鄢、郢，东据成皋之险，割膏腴之壤，遂散六国之纵[11]，使之西面事秦，功施到今。昭王得范雎，废穰侯，逐华阳，强公室，杜私门，蚕食诸侯，使秦成帝业[12]。此四君者，皆以客之功。由此观之，客何负于秦哉？向使四君却客而不内，疏士而不用，是使国无富利之实，而秦无强大之名也。

注　释

①谏逐客书：李斯上书的根本原因，是在秦的外来客卿与秦国的贵族

集团的利害冲突，直接原因却是水利工程郑国渠的兴建。水工郑国为秦修建水利工程，负有韩国政府委托的“把秦国当动力拖在工程上，使之无法向外扩张”的使命。郑国为韩间的事暴露了，贵族集团就借机进谗，要求一切逐客。李斯此书是为所有客卿辩护，也是为自己辩护。李斯由此而崭露头角。 ②吏议逐客，窃以为过矣：开门见山，提出上书主旨，以便以下层层分析。但把秦始皇的决策，说成是“吏议”是种委婉的措辞，避免直接批评触怒皇帝。 ③穆公求士：秦穆公，春秋时五霸之一。他成功的原因之一是善于网罗人才。秦国由西戎小国发展成中原大国由他开始。 ④西取由余于戎：由余，本晋人，后入西戎，为戎王使秦。穆公用计留下了他。 ⑤东得百里奚于宛：百里奚初为虞国大夫。由于谏虞君不要让晋假道，不听。虞为晋灭后被俘。为媵臣入秦。后来逃到楚，为楚人所俘。穆公知其才，以五羊皮从楚人手中赎回，被称为五羖大夫。 ⑥迎蹇叔于宋：经百里奚推荐，蹇叔入秦。 ⑦丕豹、公孙枝：丕豹，晋人。父为晋惠公所杀，入秦。公孙枝，岐州人。游于晋，由晋入秦。 ⑧孝公用商鞅之法：秦孝公，公元前361—前338在位。用商鞅之法，历史上称为商鞅变法。商鞅，即公孙鞅，本卫国公族，不见重。入秦，助孝公变法，秦由此富强。封商君，故名商鞅。 ⑨获楚魏之师：前340年商鞅攻魏，掳魏主将公子卬；又攻楚，败之。 ⑩惠王用张仪之计：惠王，即秦惠文王。张仪，纵横家，主张连横。以连横为手段，削弱山东六国，使秦向外扩展。此时，秦国司马错计取巴蜀，再次败魏，使献上郡十五县地。又败韩，取三川之地，使六国合纵制秦之计完全失败。 ⑪散六国之纵：由于以上六国一连串的失败，合纵制秦的策略因失败而宣告解散。 ⑫昭王得范雎……使秦成帝业：范雎，魏人，因谗被刑，逃往秦国。范雎主要功绩是削弱秦国内贵族势力，巩固国君权位，可以无内顾之忧，奋力向东发展，奠定统一中国的基础。

解　说

自孔子周游列国不见用，归而讲学，弟子从他学习的多到三千人。孔子教学，有教无类，培养了大批知识分子，当时称为士。开创了一代新的学术风气。此后，学术无国界。这些新兴的知识分子思想上也无国界，到处游说求仕。战国时，这一风气更盛。凡在自己出生国以外的国家得仕的都称为客卿，或简称“客”。这些客卿往往以自己的知识取得所在国君主的信任，取得很大权力，这就与所在国本国贵族之间产生了严重矛盾和利害冲突。他们指责客卿不会忠于所在国国君为理由，来排斥这些外来者。秦始皇正是因为信任这种谗言而下了逐客令。李斯本是楚上蔡人，当然也在被驱逐之列。为此，李斯才写了这封为客卿辩护的《谏逐客书》。

这封书被采纳，说明在君主们心中的国界也动摇了。这是中国能实现统一的一个重要条件。在这封信中，李斯用大量事实，驳斥了客卿不忠的谎言，从而为秦始皇的统一事业作出了贡献。

李斯说，我听说官吏们商议要逐客，我以为这个意见错了。

从前，秦穆公寻求士，从西戎那里得到由余，从宛地得到了百里奚，从宋国迎来了蹇叔，又向晋国求来丕豹和公孙支。以上这五位都不是秦国人，而穆公却重用他们。其成果是吞并了西戎二十国，成为西戎地区的霸主。到秦孝公用了商鞅的法治，改变了社会风俗，人口也增加了，国也富强了，百姓也高兴，诸侯也亲服，打败了楚、魏的军队，获得千里之广的土地。直到今天，国家治理很好，国力也强大起来。惠文王用了张仪的策略，得到三川地方，吞并巴蜀，北边取得上郡，南边取得汉中，使九夷地方都被包围了。威慑到楚国国都，东边夺取了成皋和大片肥沃的土地，使六国合纵的反秦盟约被解散，让他们都来拥护秦国。这些成就延续到了今天。

昭王得到范雎，废除穰侯，赶走华阳君，公室强大，杜绝私门干政，吞食诸侯，使秦有成为帝王的基础。这四代国君，都是使用了客的能力。可见，客们什么地方对不起秦国呢?

要是这四代国君都拒绝使用客卿，不要这些知识分子，那秦就不会有今天的富强。

今陛下致昆山之玉[13]，有随、和之宝[14]，垂明月之珠[15]，服太阿之剑[16]，乘纤离之马[17]，建翠凤之旗[18]，树灵鼍之鼓[19]。此数宝者，秦不生一焉，而陛下说之，何也？必秦国之所生然后可，则是夜光之璧不饰朝廷[20]，犀、象之器不为玩好[21]，郑魏之女不充后宫[22]，而骏马駃騠不实外厩[23]，江南金锡不为用，西蜀丹青不为采[24]。所以饰后宫[25]、充下陈[26]、娱心意、悦耳目者，必出于秦然后可，则是宛珠之簪[27]、傅玑之珥[28]、阿缟之衣[29]、锦绣之饰，不进于前。而随俗雅化，佳冶窈窕[30]，赵女不立于侧也。夫击瓮叩缶，弹筝搏髀[31]，而歌呼呜呜，快耳目者，真秦之声也；郑卫桑间，韶虞舞象者[32]，异国之乐也。今弃击缶而就郑卫，退弹筝而取韶虞，若是者何也？快意当前，适观而已矣。今取人则不然，不问可否，不论曲直，非秦者去，为客者逐。然则是所重者在乎色乐珠玉，而所轻者在乎人民也。此非所以跨海内、制诸侯之术也[33]。

注　释

⑬昆山之玉：昆山，古代著名产美玉之地，在新疆和田一带。　⑭有随、和之宝：随，指随侯的夜明珠；和，指卞和，发现了当时著名的和氏璧。　⑮⑯明月之珠，太阿之剑：明月之珠，即随珠，传说其光如月；太阿，当时宝剑名，是干将所铸造的名剑。　⑰纤离之马：骏马名。　⑱翠凤之旗：翠凤，鸟名，以其羽毛作旗帜的装饰。　⑲灵鼍之鼓：灵鼍，即扬子鳄。据说以其皮做鼓，其声洪亮远闻。　⑳夜光之璧不饰朝廷：夜光之璧，美玉名。据说在暗夜有光。饰朝廷，做朝廷的装饰品。　㉑犀、象之器：犀角、象牙，均可用以雕刻宝贵的艺术品供玩赏。　㉒郑魏之女：赵、郑、魏等国，出美女的地方。下面还有“赵女不立于侧”之说。㉓駃騠不实外厩：駃騠，一种著名良马。厩，马圈。　㉔江南金锡，西蜀丹青：均为各该地特产，金锡用以制美丽用具或饰物。丹、青是两种颜料，绘画用的重要颜料。至今还习称绘画为“丹青”。㉕饰后宫：后宫，君王妻妾等住处称后宫。　㉖充下陈：君王随侍排列殿上下侍女之类，谓之下陈。　㉗宛珠之簪：簪，头上饰品，饰以宛地出产的明珠。　㉘傅玑之珥：珥，妇女耳上的玉类装饰品。玑，小珠，或不正圆的珠，用为耳

饰。 ㉙阿缟之衣：产于齐东阿地方白色丝织品裁成的衣服。这是当时漂亮的时装。 ㉚随俗雅化，佳冶窈窕：指善于穿着，精于打扮，身材优美的女子。 ㉛击瓮、叩缶、弹筝、搏髀：筝，一种秦地乐器。击瓮、叩缶，犹言敲盆、打罐；搏髀，拍大腿。秦国土产的乐器和粗野的娱乐。㉜郑卫桑间，韶虞舞象：这是中原文化较高地区的音乐、歌舞。郑卫桑间，指男女情歌之类；韶虞舞象，指庙堂音乐。 ㉝此非所以跨海内、制诸侯之术也：这是本文的最终结论。指出逐客措施不利于实现历代秦王，尤其是当代秦王的伟大抱负——跨海内，制诸侯，因此是错误的。又回到书开头的论断：窃以为过矣！这是首尾相顾的作文章法。

解 说

今天，陛下已经得到了昆仑山的美玉，有随侯的宝珠和卞和的稀世宝玉。身上垂着光如明月的珍珠，腰间挂着太阿的名剑，坐下是纤离名马，头前是翠凤灵旗，高架上是灵鼍皮的大鼓。这种种宝物，没一种是秦地的出产。但陛下您却很喜欢，这是何缘故呢？要是一定要用秦国自己生产的东西，那么，夜光之璧就不应装饰在朝堂上；犀角、象牙等珍贵的制品就不应成为您的玩物；郑魏这些外来的美女就不应充斥您的后宫；而那些千里名马就不应养在您的外厩里。江南产的金锡不应使用，宫殿上的彩画也不该是西蜀产的丹青。假若所有这些装饰后宫，充当摆设，使您快意，增加美感的东西，都必须是秦地生产的才许用，那么，嵌有宛珠的发簪，镶珍珠的耳塞，雪白的山东缟衣以及一切美丽的锦绣都不应呈放在您面前，而那些入时的服装和善于打扮的赵女，也不应站在您的身边了。那些敲缸打罐，弹筝拍腿，唱起来呜呜哇哇的才是真正秦地的声音。而郑卫的桑间调儿和韶虞、舞象这些歌舞都是外国的。可是，如今您却丢弃敲缸去听那郑卫的音乐，不听弹筝而去听韶虞。这是为什么？不过是为了眼前的痛快，听来对胃口而已。如今，选用人才却不这样，不问行不行，不问有理无理，不是秦国的人都炒鱿鱼。那么，您所看重的是色、乐、珠、玉，而所轻的是人民了。这不是横跨海内、控制诸侯的好方法。

臣闻地广者粟多，国大者人众，兵强者士勇。是以泰山不让土壤，故能成其大；河海不择细流，故能就其深；王者不却众庶，故能明其德[34]。是以地无四方，民无异国，四时充美，鬼神降福，此五帝三王之所以无敌也[35]。今乃弃黔首以资敌国[36]，却宾客以业诸侯[37]，使天下之士退而不敢西向，裹足不入秦[38]。此所谓“藉寇兵而赍盗粮[39]”者也。

夫物不产于秦，可宝者多；士不产于秦，而愿忠者众。今逐客以资敌国，损民以益仇[40]，内自虚而外树怨于诸侯，求国之无危，不可得也。

注 释

㉞王者不却众庶，故能明其德：作为领袖的王者，应不拒绝群众的意见，才能使他的品德更彰明于天下。 ㉟地无四方，民无异国……此五帝三王之所以无敌也：这里用所有的土地都属于您，而所有的人都是您的人民这种博大胸怀来打动秦王，以反衬逐客错误的严重。 ㊱弃黔首以资敌国：黔，黑色；黔首，黑脑袋，后来正式用以称呼人民。意为，抛弃自己的人民去资助敌国。 ㊲却宾客以业诸侯：推开在秦的宾客，让他们去敌国建立功业。 ㊳使天下之士……裹足不入秦：使天下的知识分子再也不肯到秦国来。裹足，捆上双足不再去秦国。 ㊴藉寇兵而赍盗粮：藉，同借。借兵给敌人。赍，资助。把粮食送给强盗。 ㊵逐客以资敌国，损民以益仇：逐客，就是把这些人送去帮助敌国，也就是减少自己的人民，增加仇敌的人民。

解 说

我听说地方大的产粮食就多，国家大的人口就众，军队强的战士就勇敢。所以，泰山不拒绝一小块土壤，因此它能那么高大；河海不挑拣那细小的水流，因此它能那么深；一个王者不拒绝老百姓，因此能显明他的德行。所以说，地不分东南西北，人民不分这国那国，春夏秋冬一样地充实富裕，鬼神也会给他降福。这正是五帝三王们之所以天下无敌的原因。如今，却把人民抛给敌国，拒绝宾客以增强敌国诸侯的力量。使天下的士人都退缩，再不敢向西方来，把脚捆起来不敢踏进秦国大门。这就是所谓"把兵器交给敌人，而用粮食援助强盗"的人了。

许多东西都不是产于秦国，但可宝贵的很多；不是秦国的士，也有很多人愿效忠秦国。而今却驱逐客卿去充实敌国，损失人民以使敌国国力增强，使自身内部空虚而且在外部又和诸侯结成仇怨，用这种办法来追求国家安全，是得不到安全的。

石芝父评：唐虞三代，文字简古，佶屈聱牙，不可卒读。至于东周，洋溢灏满，如海之波涛，春之草木，竞秀争雄。然求其结构精严，谋篇布局入时者，则以此书为鼻祖。所以古人称之为第一篇大文章，洵不诬也。

过秦论（上）

贾　谊

贾谊，汉代洛阳人。少有异才，十八岁知名。廷尉吴公荐之于汉文帝，征为博士，不久，超迁为大中大夫。大臣忌之。出为长沙王太傅。后迁梁王太傅。梁王堕马死，以忧伤卒。年三十三。

秦孝公据殽函之固①，拥雍州之地②，君臣固守，以窥周室③，有席卷天下④，包举宇内⑤，囊括四海之意⑥，并吞八荒之心⑦。当是时也，商君佐之⑧，内立法度，务耕织，修守战之具；外连衡而斗诸侯⑨。于是，秦人拱手而取西河之外⑩。

注　释

①秦孝公据殽函之固：孝公姓嬴，名渠良。秦国君。殽，殽山。函，函谷关。秦国东面的险要地方。　②拥雍州之地：雍州，秦国领土，相当于今天陕西省地区。　③窥：偷看。引申为窥测。此处指秦国君在秘密观测周王朝统治衰亡的可能性。　④⑤⑥⑦四句其实是同一个意思。席卷天下，意指把天下卷起扛走。包举宇内，宇宙之内，也就是天下。包起来托走。四海，即四海之内，即天下，都装到口袋（囊）里。八荒，指中国之外的四面八方，也与天下同义。重复言之，意在加重这个野心的分量。　⑧商君佐之：商君做他的辅佐。商君即商鞅，本魏国公子，入秦为孝公相，封于商，称商君。　⑨连衡而斗诸侯：当时政治术语称南北结盟为合纵，东西联合为连衡，亦曰连横。连衡即与秦联合。斗诸侯，即

让东方各国自相争斗。 ⑩西河之外：黄河在晋陕交界处转而南流，当时习称西河。因其在魏国西边南流之故。河西有部分地区本属魏，魏被秦战败，割让与秦。

解　说

《过秦论》是一篇千古驰名的政论文章，至今读来，仍能使人深思。题名“过秦”，过，即过失、批评之意。全文是分析秦帝国之兴起与迅速灭亡的根本原因。逻辑严整，分析透辟。

文章首先叙述秦国由一个西陲小国逐渐发展强大的过程。从秦孝公的变法成功谈起。秦孝当秦的国君是在公元前4世纪中叶，就已经有了统一中国的雄心。那时，又得到商鞅的辅助，对内实行法制，奖励发展农业生产，努力准备进行战争的武器；对外则实行连衡政策，使东方各国相互斗争，则使秦国取得机会，轻易打败魏国，取得了黄河西岸的广大领土。

孝公既没，惠文、武、昭蒙故业，因遗策[11]，南取汉中，西举巴蜀，东割膏腴之地，收要害之郡[12]。诸侯恐惧，会盟而谋弱秦，不爱珍器、重宝、肥饶之地，以致天下之士[13]，合纵缔交，相与为一[14]。当此之时，齐有孟尝，赵有平原，楚有春申，魏有信陵[15]。此四君者，皆明智而忠信，宽厚而爱人，尊贤而重士，约纵离横[16]，兼韩、魏、燕、赵、宋、卫、中山之众[17]。于是六国之士，有宁越、徐尚、苏秦、杜赫之属为之谋[18]，齐明、周最、陈轸、召滑、楼缓、翟景、苏厉、乐毅之徒通其意[19]，吴起、孙膑、带佗、兒良、王廖、田忌、廉颇、赵奢之伦制其兵[20]。尝以十倍之地，百万之众，叩关而攻秦。秦人开关而延敌[21]，九国之师遁逃而不敢进。秦无亡矢遗镞之费[22]，而天下诸侯已困矣。于是纵散约解，争割地而赂秦。秦有馀力而制其弊[23]，追亡逐北[24]，伏尸百万，流血漂橹[25]。因利乘便，宰割天下，分裂河山。强国请服，弱国入朝。

注　释

⑪蒙故业，因遗策：孝公死后，几个继位的秦君，都继续执行孝公遗留的政策。　⑫要害之郡：要害，兵家所说的作战胜败的关键地方。⑬以致天下之士：致，招致。招徕天下有才能之人来为六国服务。　⑭合纵缔交：即南北联合共同抗秦。　⑮齐有孟尝，赵有平原，楚有春申，魏有信陵：这四个人是当时天下有名的四公子。亦称君。　⑯约纵离横：即加强合纵，解散连横。　⑰兼韩、魏、宋、卫、中山之众：此处兼作聚集解。　⑱宁越……苏秦……为之谋：此处列举的俱为当时驰名的政治活动家。苏秦曾为六国纵约长。　⑲通其意：指合纵策略的参与者。　⑳吴起、孙膑……廉颇、赵奢：都是当时著名的兵法家和名将。　㉑延敌：延，邀请。引申为开关约战。　㉒无亡矢遗镞之费：矢，箭。镞，箭头。极言此役秦军毫发未损。　㉓秦有馀力而制其弊：六国之军败散逃命，疲惫不堪，而秦军士气正旺，足可以追击败军。　㉔追亡逐北：亡，逃亡者。北，败。追逐败军。　㉕流血漂橹：漂，漂浮。橹，盾牌。言流血之多，足可把盾牌漂浮起来。

解　说

秦孝公死后，几个后继的君主，都承继了秦孝公留下的基业，执行他的政策，继续发展扩大秦的领土。南面占领了汉中，西下吞并了巴蜀，东向夺取了大片肥美的土地，还把一些军事上很重要的郡也占领了。秦国的强大使诸侯都感到害怕了，大家联合起来商议如何使秦不能继续强大，或使它变得弱小的对策。用种种重奖来招致天下有才能的人，并实行合纵政策，联合对付秦国。这时候，六国拥有孟尝君、平原君、春申君、信陵君等四大公子。他们都是有见识、有道德而又宽厚爱护人材，尊重贤士的人。建立起合纵的同盟，离散各国同秦国的关系，集合起韩、魏、燕、赵等七八个国家的军队。还有了宁越、苏秦……这些人做他们的主谋；齐明、周最……这些人共同参与；还有吴起、孙膑……廉颇、赵奢这些大名鼎鼎的兵法家和战功卓著的将军们来做统帅将领。曾经用十倍于秦的领土、百万的兵力来进攻秦国。秦国干脆打开函谷关邀请他们进来，而他们却赶快逃跑。秦国没有损失一支箭，丢掉一个箭头，而所有这些诸侯都陷入了巨大困难。于是合纵解散了，互相争着割地来贿赂秦国。而秦国却有富余的力量来制服这些疲惫不堪的诸侯国，派出兵去，到处攻打，杀死成百万敌军，血流之多能把盾牌都漂起来。乘着胜利的方便，秦国已有力量把天下分解了。强国请求降服，弱国便已实际成为秦的臣仆了。

施及孝文王、庄襄王㉖，享国之日浅㉗，国家无事。

及至始皇，奋六世之馀烈㉘，振长策而御宇内㉙，吞二周而亡诸侯㉚，履至尊而制六合㉛，执敲朴以鞭笞天下㉜，威振四海。南取百越之地，以为桂林、象郡；百越之君㉝，俛首系颈，委命下吏㉞。乃使蒙恬北筑长城而守藩篱㉟，却匈奴七百馀里。胡人不敢南下而牧马，士不敢弯弓而报怨。于是废先王之道，燔百家之言，以愚黔首㊱；隳名城㊲，杀豪俊，收天下之兵聚之咸阳，销锋鍉㊳，铸以为金人十二，以弱天下之民。然后践华为城㊴，因河为池㊵，据亿丈之城，临不测之溪以为固。良将劲弩，守要害之处；信臣精卒，陈利兵而谁何㊶。天下已定，始皇之心，自以为关中之固，金城千里㊷，子孙帝王万世之业也㊸。

注　释

㉖孝文王：昭王之子庄襄王的父亲；庄襄王，秦始皇的父亲。　㉗享国之日浅：孝文王只做了三天王就死了，庄襄王做了三年王。日浅，日子不多。　㉘奋六世之馀烈：由秦孝公至秦始皇，中间隔了五代秦王，故曰六世馀烈。　㉙振长策而御宇内：策，马鞭，驾驭马用。长马鞭则是用来驾驭宇内（指天下）这辆车的。　㉚吞二周而亡诸侯：二周，东周和西周。诸侯，战国时代的其他国家。　㉛履至尊：秦始皇统一中国，称始皇帝，这是尊贵到顶的称号，故曰至尊。　㉜执敲朴以鞭笞天下：敲，短

棍；朴，长棍。用来镇压全天下的人。 ㉝百越之君：越人本是江南少数民族的通称。仍处于部落社会阶段，首领很多，故称百越。秦始皇派兵征服后，把首领们都逮起来。 ㉞俯首系颈，委命下吏：低头受缚，把生命都交给下级小吏手中。 ㉟守藩篱：指镇守边疆。 ㊱士不敢弯弓而报怨：指民间纠纷不许私下暴力解决，以禁止游侠之流的存在。 ㊲以愚黔首：秦始皇规定称人民为黔首。焚书坑儒是为了使人民愚昧。 ㊳销锋鍉：鍉，一作镝。鍉音敌，泛指销毁武器。 ㊴践华为城：以华山为城墙。 ㊵因河为池：用黄河为护城河。 ㊶谁何：指那些盘查过往行人者的口吻。谁何，干什么的？ ㊷金城千里：秦始皇认为，他的这些措施将使雍州这地方成为攻不破的金属城堡。 ㊸万世之业：秦始皇公开宣布：我为始皇帝，以后为二世皇帝，子子孙孙往下传，至千万世，传之无穷。他的措施，就是为千万世子孙打下的基业。

解　说

到孝文王、庄襄王时，由于他们执政时间太短，国家没发生什么大事。

待到秦始皇一即位，立即振奋起六代皇帝积累起来的威烈，拿起长长的驾驭整个天下的马鞭奋起前进了。把东西周和所有的诸侯国都灭亡了。登上最尊贵的、至高无上的皇帝宝座，来统治天下，拿起棍棒来敲打所有的一切。四海都为他的威风所震动。到南方把百越原来统治的地方都拿过来改成郡县。那些原来百越族的首领们，只能老老实实地接受捆绑，把自己的命都交给始皇帝的低级官吏处理。又让蒙恬到北边去筑长城，保卫皇帝的边疆，把匈奴人赶出了七百多里。他们想到南边来放牧马都不敢。武士们也都归依服法，再不敢拿起弓箭来寻仇生事。把先王留下的治平之道全抛开，把诸子百家的书都烧了，让老百姓愚蠢些。原来的、有名的城池给填平了，那些出人头地的豪杰们都给杀掉。把天下所有的武器都集中起来销毁，铸造成十二个金人像，让老百姓手无寸铁，变得软弱。然后才把华山当作城墙，黄河当作护城河。城墙高到亿丈，护城河深不可测。要害地区派出精锐军队和武器去防守，信得过的爪牙们到处盘查过往行人，以作威慑。这样，始皇之心才真正得到安定。在千里金城的保卫之下，雍州之地可说是绝对稳固了，足可以留给子子孙孙作千秋万代的基业了。

始皇既没，馀威震于殊俗㊹。

然而，陈涉，瓮牖绳枢之子㊺，氓隶之人㊻，而迁徙之徒也㊼。材能不及中庸，非有仲尼、墨翟之贤，陶朱、猗顿之富㊽；蹑足行伍之间，俛起阡陌之中㊾，率罢弊之卒，将数百之众，转而攻秦。斩木为兵，揭竿为旗㊿，天下云集而响应[51]，赢粮而景从[52]，山东豪俊遂并起而亡秦族矣。

且夫天下非小弱也[53]，雍州之地，殽函之固，自若也；陈涉之位不尊于齐、楚、燕、赵、韩、魏、宋、卫、中山之君也；锄、櫌、棘矜，不铦于钩、戟、长铩也[54]；谪戍之众，非抗于九国之师也；深谋远虑，行军用兵之道，非及曩时之士也。然而成败异变，功业相反。试使山东之国，与陈涉度长絜大，比权量力[55]，则不可同年而语矣。

然秦以区区之地，致万乘之权，招八州而朝同列，百有馀年矣[56]。然后以六合为家，殽函为宫[57]。一夫作难而七庙隳[58]，身死人手，为天下笑者，何也？仁义不施，而攻守之势异也！

注　释

㊹殊俗：指不同生活习惯的地方，亦即中国之外的远方异族。　㊺瓮牖绳枢：在墙上挖个洞，拿个没底破瓮塞在那里当窗户。大门连门闩都没有，拿根绳子拴住。极言陈涉出身的穷苦。　㊻氓隶之人：指没有土地的雇农，靠为别人佣耕、打工过日子的人。陈涉早年为人佣耕。　㊼迁徙之徒：秦始皇大兴土木，筑长城，修阿房宫，劳力不足，下令发闾左。闾左就是乡闾中的穷人。陈涉也被征发。史称陈涉为“闾左戍卒”。他正是因为率领几百刑徒误期而决意造反。所以，作者称他为“迁徙之徒”。　㊽猗顿、陶朱：大富豪

的代表人物。陶朱本名范蠡，为越王勾践臣。灭吴后，弃官从商发了大财。定居在定陶，改名陶朱公。猗顿以经营盬盐起家，与王者埒富。 ㊾俛起阡陌之中：阡陌意指田埂。在阡陌之间弯腰直腰，即从事农业劳动。俛，同俯。低头弯腰。 ㊿斩木为兵，揭竿为旗：斩，砍下；兵，兵器、武器。揭，挑起。没有武器砍下一根木头做武器，折一根竹竿当旗帜。 51云集而响应：云集，指将雨天气，乌云四面飞来。形容四面八方都在响应。响，音响；应，回声。 52赢粮而景从：赢，扛起。看见一点队伍影子，就自带粮食来参加了。 53天下非小弱也：天下并没有变小变弱了。指陈涉造反的胜利，并不因为天下变小了，几百囚徒竟能打败秦国。 54锄、耰、棘矜，不铦于钩、戟、长铩也：锄耰等均为农具，钩戟等均为兵器。并不是农器比兵器更锋利。铦，锋利。 55度长絜大，比权量力：比较六国与陈涉的长短、大小、权力和兵力都不成比例。 56招八州而朝同列：禹贡九州，雍州为秦，其他诸侯在八州。同列，平等地位的伙伴。 57六合为家，殽函为宫：天下成为自己私产，殽函作为自己的居处。极言权力之大。 58七庙隳：隳，毁坏。古代天子七庙，祭祖宗。这说天下失去了，祖宗也倒了霉。

解　说

始皇死后，他留下的声威还能叫远方异国都恐惧。

但是，陈涉这个穷家小子，指着当长短工混日子的人，又是流戍的罪犯。他的本事，连一个中下等人都算不上，并非什么孔子、墨子那样的圣贤，也不是陶朱、猗顿那样富有；只能在行伍之间规规矩矩站着，只能在田地里弯腰直腰地干活。带领着几百个精疲力竭的小兵，居然转身就要向秦王朝进攻。砍几棵小树做兵器，扛起几根竹竿做旗帜。居然天下之人就像乌云一样聚集一起，都响应他的召唤。华山以东的豪杰、好样的，都一同站出来，要灭亡秦族了。

想想看，这天下并没有突然变得又小又弱，雍州、函谷关、殽山还依旧那么雄伟坚固。陈涉的地位并不比过去那些诸侯王更尊贵，那大小锄头、棍棍棒棒并不比刀枪剑戟更锋利，充军的罪犯难道还比九国之师更强，讲行军作战的智谋韬略也远不及过去的兵法家和大将军们。但结果却是与过去完全相反。假设拿山东诸国和陈涉来比比大小长短、权威和力量，简直就不能放在同一水平上来比了。

然而，秦国从区区的一个附庸小国发展到万乘兵车的大国，和雍州之外的八州同等的诸侯互相朝聘来往已一百多年了。到最后才达到以天下为自己的家业，殽函雍州做自己的宫室。怎么就因一个囚徒的发难反抗而把祖宗的庙都崩溃坍塌了，而且自己被人杀死，成为天下人的笑料。这是什么缘故啊？唉，就一句话：没有实行对老百姓仁义的政策，而从向别人进攻到自己防止别人的进攻，这攻与守的形势是完全不同的啊！

石芝父评： 贾长沙年少气盛，不容于绛灌。读其文如见其人。此篇由秦之极盛说到极衰，如大海潮汐，有千军万马之势。结果喷出“仁义”二字，如神龙掉尾，天骄不群。韩退之所谓气盛言宜，从此得来。

史记·秦楚之际月表序

司马迁

司马迁，字子长，汉龙门人，继父谈为太史。武帝时，李陵败降匈奴。帝怒囚陵母、妻子，迁上书极言陵忠，遂下蚕室，受宫刑。乃作《史记》，述自黄帝至于汉初事凡百三十篇，为我国通史体裁之首创者。

太史公读秦楚之际[①]，曰：初作难[②]，发于陈涉；虐戾灭秦，自项氏[③]；拨乱诛暴[④]，平定海内[⑤]，卒践帝祚[⑥]，成于汉家。五年之间，号令三嬗[⑦]，自生民以来，未始有受命若斯之亟也[⑧]。

注　释

①读秦楚之际：古文没有标点。秦楚之际是一个时段，时间是无法读的。此处秦楚之际应是“秦楚之际月表”的省称。这篇序文应是月表的读后感。　②初作难：难，读若患难的难。作难，即发难。第一个起来抗秦的。　③虐戾灭秦，自项氏：虐戾即暴戾，采取横暴方式，如杀降王子婴，火烧阿房宫等。项氏，即项羽。　④拨乱诛暴：扫除混乱局面，恢复正常秩序，除掉强暴反抗势力。　⑤平定海内：使全国恢复和平安定。⑥卒践帝祚：卒，终。践，实现。帝祚，皇位。　⑦号令三嬗：嬗，演化，变化，传递。发号施令的人改变了三次。指由陈涉、项羽到刘邦。⑧亟：频繁，急促。

解　说

太史公（司马迁自称）读到秦、楚之际这些年的历史资料，说：对秦的统治开始发难的是陈涉，而以暴力的手段终于灭掉秦王朝的是项羽。而把混乱的历史进程拨向正道，剪除一个个暴乱的称王称霸者，使四海之内归于和平安定，并实际登上皇帝位子的成功者，却是汉家。在短短五年时间内，发号施令者连续改变了三次。如果说这是上天的授命，但自从有天生的人民以来，却从未有过像这样紧迫地连续改变授命的事。

昔虞、夏之兴⑨，积善累功数十年⑩，德洽百姓⑪，摄行政事，考之于天，然后在位⑫。汤、武之王⑬，乃由契、后稷修仁行义十馀世⑭，不期而会孟津八百诸侯⑮，犹以为未可⑯，其后乃放、弑⑰。秦起襄公⑱，章于文、穆、献、孝之后，稍以蚕食六国⑲，百有馀载，至始皇乃能并冠带之伦⑳。以德若彼，用力如此㉑，盖一统若斯之难也㉒。

注　释

⑨虞、夏之兴：指尧禅位于舜，舜禅位于禹之事。舜为有虞氏，禹国号夏，故称虞、夏之兴。　⑩积善累功数十年：积累善行和功劳几十年。如禹治水在外十三年，三过其门不入等。　⑪德洽百姓：洽，滋润，融洽。　⑫考之于天，然后在位：经上天考验，然后受帝位。　⑬汤、武之王：汤，成汤，殷王朝第一个开国之王；武，周武王，周朝开国之王。⑭契、后稷，修仁行义：契，殷始祖，由简狄吞玄鸟卵而生。后稷，周始祖，由姜嫄履大人迹而生。故殷人姓子，周人姓姬。修仁行义，指对人民有贡献，如后稷教民稼穑。　⑮不期而会孟津八百诸侯：事见《史记·周本纪》。　⑯犹以为未可：《史记》"诸侯皆曰，纣可伐矣。"武王曰："女未知天命，未可也。"乃还师归。　⑰放、弑：放，汤放桀于南巢。

放，逐也。弑，以臣弑君曰弑。牧野之战，纣败自焚，武王以黄钺斩纣头。事见《史记·周本纪》。 ⑱秦起襄公：犬戎叛周，杀幽王，平王东迁，襄公以兵送之。平王封襄公为诸侯，襄公始立秦国。 ⑲稍以蚕食六国：献孝之后，秦渐强大，逐渐东向扩张。蚕食者，如蚕食桑叶，由小及大，而渐成长。 ⑳并冠带之伦：并，吞并。冠带之伦，指诸侯国。 ㉑以德若彼，用力如此：以德，指汤武之修仁行义十馀世。用力，指秦之东向蚕食百馀年。 ㉒一统若斯之难也：使天下皆由一姓统治，是非常困难的事。

解　说

从前，虞、夏两国的兴起，是经过了几十年积累的善行和功劳，他们善行的恩泽已深入百姓的心中，取得百姓的衷心拥护，这才开始代理帝尧和帝舜执行统治任务。又经过上天的考验，然后才正式登上帝位。商代的汤王和周代的武王能够称王，乃是由于他们的祖先弃和后稷开始实行仁义的统治，还经过了十几代帝王的继续发扬，到武王时，在孟津未经事前约定，就聚会了八百诸侯，他还认为不到时候。这以后才放逐了夏桀王，杀死了殷纣王。秦国最初开始于秦襄王，逐渐显名于文、穆、献、孝以及以后的国君，才渐渐开始对东方六国进行蚕食。经过一百多年，到始皇帝才能够兼并所有各国贵族统治者。像商、周的修德行仁，用仁政来统一天下，是用了那么长的时间；像秦国的以武力来统一天下，又用了这么久的时间。可见，要使天下归于一统是何等的困难啊！

秦既称帝[23]，患兵革不休，以有诸侯也[24]，于是无尺土之封[25]，隳坏名城[26]，销锋镝，钼豪杰[27]，维万世之安[28]。然王迹之兴，起于闾巷[29]，合从讨伐，轶于三代[30]，乡秦之禁，适足以资贤者为驱除难耳[31]。故愤发其所为天下雄，安在无土不王[32]。此乃传之所谓大圣乎[33]？岂非天哉，岂非天哉[34]！非大圣孰能当此受命而帝者乎[35]？

注　释

㉓秦既称帝：秦王灭六国后，使群臣议尊号。群臣拟称秦皇。秦王曰：去秦著帝，称皇帝，朕为始皇帝。以后二世、三世，传之无穷。　㉔兵革不休，以有诸侯：事见《史记·秦始皇本纪》，废封建，立郡县议中。认为，由于诸侯的互相争夺，是战争不止的根源，不宜再封建侯王。　㉕无尺土之封：极言停止封建的彻底。　㉖隳坏名城：统一以前，由于战争需要，许多有名的城池，都修建得非常坚固，可以固守。为此，下令把名城都毁掉。　㉗销锋镝，钼豪杰：锋镝，兵器。豪杰，各个地方有名望、有号召力的人，称为豪杰。这些人都很容易成为反抗统治的罪魁祸首。为了巩固统治，得把这类人杀掉，把可以用于作战的兵器都销毁。㉘维万世之安：为了维持子子孙孙永远的统治。　㉙王迹之兴，起于闾巷：闾巷，一般百姓和穷苦人家的居住处。新统治者却从这里出来。㉚合纵讨伐，轶于三代：这些新兴的王者，他们集合起来向秦讨伐的能力，超过夏商周三代。　㉛乡秦之禁，适足以资贤者为驱除难耳：乡，通向。乡秦之禁，以前秦国规定的种种措施，倒为新兴的王者减去困难，如隳坏名城，使造反者更易于进攻，所以说是为他们减少困难。　㉜安在无土不王：王，在此读若旺，即称王。过去贵族诸侯统治时期，都相信只有贵族才能成为统治者，现在却把它推翻了。　㉝此乃传之所谓大圣乎？这就是经传上所称的大圣吗？　㉞岂非天哉：这不是天意吗？　㉟非大圣孰能当此受命而帝者乎：若不是圣者，谁能这样快受天命称帝呢？以上三句话是司马迁的满腹牢骚的倾泻。接连三个提问，看似对汉高祖成功当上皇帝的称赞，实际上是有所不满。好像他的成功，不过由于命运的照顾而已，谈不上什么贤圣。

解　说

秦始皇既已登上皇帝宝座，认为几百年来战争不断，是由于有诸侯存在的缘故。所以，他不封给任何人哪怕一尺大的土地。把过去战争时期著名的城市的防守设施都破坏、废除了；销毁武器，诛杀有号召力的豪杰，这是为了秦帝国统治地位的长久稳固。怎知道，那真正的帝王，却在百姓居住的闾巷中开始生长。新崛起的王者，联合起来对秦国进行讨伐。那成功的迅速，远远超过从前夏商周三代所耗用的时间。原来秦国所使用来巩固自己统治的禁令，恰恰为这些新兴的统治者去掉成功路上的障碍。这才激发起天下的英雄豪杰去争取使自己成为统治者，岂肯还用那“无土不王”的陈旧观念来束缚自己，这难道不正是过去的历史上所说的大圣的行为吗？这岂不是老天的意旨作成的吗？这岂不是老天安排的吗？要不是真正的大圣人，怎么能担当起老天爷的命令而当上皇帝呢？

史记·屈原列传

司马迁

屈原者，名平，楚之同姓也[①]。为楚怀王左徒[②]。博文强志[③]，明于治乱，娴于辞令[④]。入则与王图议国事，以出号令；出则接遇宾客，应对诸侯。王甚任之[⑤]。

上官大夫与之同列，争宠，而心害其能[⑥]。怀王使屈原造为宪令，屈平属草稿未定。上官大夫见而欲夺之，屈平不与，因谗之曰[⑦]："王使屈平为令，众莫不知，每一令出，平伐其功，曰：以为'非我莫能为'也。"王怒而疏屈平[⑧]。

注　释

①楚之同姓：春秋时代，贵族子弟往往由于得到封地，遂以所在地为自己的姓氏。楚王族本姓芈（mǐ）。楚武王封他的儿子瑕于屈地，其子孙就以屈为姓。其他王族也有类似情况，故昭、屈、景三姓，均为楚之同姓。同姓的本意，即承认他们都是王族。　②左徒：楚国官职名，为令尹之下高位。　③博文强志：指读书广泛，记忆力强。　④娴：音闲，熟练。　⑤任之：信任他。　⑥心害其能：心里妒忌他的才干。　⑦谗言：说他的坏话。尤指在上级（此处指君王）面前捏造是非，攻击某人，是为谗。　⑧疏：疏远。此处疑指罢去左徒官位。

解　说

屈原是中国历史上第一个伟大诗人。他创立了"楚辞"这种诗体，写出了千古绝唱的《离骚》。中国还没有任何一个文人，甚至任何帝王将相享有他这样的崇高荣誉：人民为他的死，专门成立一个纪念节日——端午，和纪念方式——龙舟竞渡。然而，他的短暂一生，却是一部壮烈的悲剧。

屈原，名字叫屈平，是楚国王族的同姓（昭、屈、景三姓均为同姓）。他读书很多，记忆力也很强，懂得国家治和乱的规律，口才又好，做楚怀王手下的左徒。经常到宫里和怀王讨论国家大事，以决定政策、制度的施行。到了外面，就负责接待当时各国的使者、宾客，并且答复各个诸侯提出的问题。怀王很信任他。

他的同僚中有一位上官大夫，与屈原的地位相同，却想争取得到怀王的更多宠信，心里很嫉妒屈原的才干。有一次怀王让屈原制定一通宪令。屈原正在打草稿，还没有完成，上官大夫看见了，就想把屈原这个差使抢过去。屈原却不肯交给他，他因此就到怀王跟前说屈原的坏话。他说："大王常叫屈原起草宪令，这谁都知道。每公布一项宪令，屈平就要夸耀一番自己，说'这宪令，除了我谁也写不出来'"。怀王相信了他的话，从此就疏远了屈原，调他去干别的事。

屈平疾王听之不聪也，谗谄之蔽明也[9]，邪曲之害公也，方正之不容也[10]，故忧愁幽思而作《离骚》。"离骚"者，犹离忧也[11]。夫天者，人之始也；父母者，人之本也。人穷则反本，故劳苦倦极，未尝不呼天也；疾痛惨怛，未尝不呼父母也。屈平正道直行，竭忠尽智以事其君，谗人间之，可谓穷矣。信而见疑，忠而被谤[12]，能无怨乎？屈平之作《离骚》，盖自怨生也。《国风》好色而不淫，《小雅》怨诽而不乱[13]，若《离骚》者，可谓兼之矣。上称帝喾[14]，下道齐桓[15]，中述汤武[16]，以刺世事[17]。明道德之广崇，治乱之条贯[18]，靡不毕见[19]。其文约，其辞微[20]，其志洁，其行廉，其称文小而其指极大，举类迩而见义远；其志洁，故其称物芳[22]。其行廉，故死而不容自疏[23]。濯淖污泥之中，蝉蜕于浊秽[24]，以浮游尘埃之外[25]，不获世之滋垢[26]，皭然泥而不滓者也[27]。推此志也，虽与日月争光可也。

注释

⑨谗谄之蔽明：谗，挑拨离间；谄，媚惑，哄骗。蔽，蒙蔽。指用挑拨蛊惑等方式来蒙蔽君王，作出错误判断。 ⑩方正之不容：规矩、正直的人不被容许。 ⑪"离骚"者，犹离忧也：即《离骚》这个篇名的含意就是遭遇忧患。离，即罹、遭遇。 ⑫信而见疑，忠而被谤：诚实正直者反被怀疑，尽忠职守者反遭毁谤。 ⑬《国风》好色而不淫，《小雅》怨诽而不乱：《诗经》中的诗分为三大类，即风、雅、颂。其中，雅又分为《大雅》和《小雅》。《小雅》是低层贵族的作品，内容多表达对现实政治的不满，但并没有反抗的思想，故古人说它"怨诽而不乱"。《国风》中有许多描述男女爱情的民歌，但大多表现比较含蓄，不太过分渲染。所以古代评为"好色不淫"。淫，指过分、过度。 ⑭帝喾：传说中的古代帝王。 ⑮齐桓：齐桓公，春秋时期五霸之首，他使齐国变为强大。 ⑯汤武：指商汤王和周武王，都是开国之君。 ⑰刺：批评，指责。 ⑱治乱之条贯：指社会治乱变化的规律。 ⑲靡不毕见：没有看不见的，都能表现出来。 ⑳其文约，其辞微：文字简练，点到为止。 ㉑举类迩而见义远：所举的事例都是近在眼前的事，但所内含的意义却非常远大、深远。 ㉒其志洁，故其称物芳：由于其思想高尚纯洁，所以往往用芳香的物品来比喻、称道。 ㉓死而不容自疏：至死也不肯让自己远离王室。 ㉔蝉蜕于浊秽：蝉在成长中要多次脱壳，称为蜕。用以比喻人要干净地脱离污浊的环境。 ㉕浮游尘埃之外：使自己超脱于尘世之外。 ㉖不获世之滋垢：不去沾上那些脏东西。 ㉗皭然泥而不滓：皭，洁白耀眼，遇上泥也沾染不上。

解说

这一大段，是司马迁这篇彪炳千古传记的菁华。全段集中阐述了《离骚》产生的经过、太史公本人对《离骚》的评价，以及对作者屈原人格的崇高赞美。太史公这一评价，成了千古的定评，得到了两千多年以来史学家、文学家的完全认可。使两千年来的龙舟竞渡，成了屈原的特殊荣誉。

屈原无缘无故被小人谗言陷害，失去了自己的政治前途，他的心里能没有怨恨吗？他怨恨怀王的听觉那样不辨是非，他恼恨那些谗人佞人的伎俩，能遮断了怀王的聪明，他恨那些歪门邪道能坑害正道直行的人，他叹息这个世道居然容不下一个方方正正的人。他满怀对国家前途的忧愁，满心的治国匡君的深远理想，都郁结不解而化成了《离骚》。《离骚》就是屈原整个忧愁、痛苦、理想、失望的凝结。要知道，天是人的本原，父母是人的本体。人到无路可走的时候，就会想回到本原和本体。所以，人在极度劳苦难以忍受时就会呼天，在有了疾病伤痛时就会喊爹叫娘。屈平这个正道直行的人，这个尽心尽力来为君王服务的人，却遭到坏蛋们的离间，可说已到了无路可走的时候了。诚信无欺的人，却无端遭到怀疑；忠心耿耿，却遭到无中生有的毁谤。他能没有怨恨吗？他所以要作《离骚》，就是从怨恨中产生的。前人评说，《国风》好色而不淫，《小雅》怨诽而不乱。若是用这个标准来评“离骚”，可以说，它兼有了二者的优点。

《离骚》，在上古称道了帝喾，近世称道了齐桓公，中古时称道了商汤和周武，用来对比以讥刺眼前的世道。证明圣人道德的广大和崇高，证明国家的政治修明或混乱，没有哪一样不是鲜明地摆在你的眼前。它的文字简练，它的辞句很含蓄，它的目标很高尚，它的行为很方正。它举的事例也许微小，但它涉及的理想非常远大。他的心是纯洁的，所举的物品都是芳香的。他的行为是方正的，故到死也不肯自动远离国家和君王。他处在污泥浊水环境中，却努力保持自身的干净，像蝉一样蜕去它外壳上的污浊脏秽，以使自己能干净地浮游在尘埃之外，不沾染浊世的污垢。他闪光的形象，真是出淤泥而不染。他心灵的光辉与纯洁，简直可以同太阳和月亮同样的辉煌。

屈原既绌[28]……，乃作《怀沙》之赋[29]。于是怀石，遂自投汨罗以死。

屈原既死之后，楚有宋玉、唐勒、景差之徒者，皆好辞而以赋见称。然皆祖屈原之从容辞令，终莫敢直谏㉚。其后楚日以削，数十年竟为秦所灭。

自屈原沉汨罗后百有馀年，汉有贾生㉛，为长沙王太傅，过湘水，投书以吊屈原㉜。

太史公曰：余读《离骚》、《天问》、《招魂》、《哀郢》，悲其志。适长沙，观屈原所自沉渊㉝，未尝不垂涕㉞，想见其为人。及见贾生吊之，又怪屈原以彼其材游诸侯，何国不容，而自令若是㉟！读《鹏鸟赋》，同死生，轻去就㊱，又爽然自失矣㊲。

注　释

㉘绌：通黜。贬退。　㉙《怀沙》之赋：屈原最后一篇作品，今在《九章》中。辞中有句“知死不可让兮，愿勿爱兮”，已表明了决心一死的意志。　㉚皆祖屈原之从容辞令，终莫敢直谏：这句话不应理解为宋玉等人不敢直谏是受了屈原影响。而是由于屈原作品中的辞令美好，这些人都一心在辞句美好上下功夫，而不敢面对现实。这开了六朝文风的但求形式而忽略思想内容的不良倾向，也是他们忽略屈原思想品质的恶果。㉛贾生：即贾谊。　㉜投书以吊屈原：指贾谊所作《吊屈原赋》。　㉝屈原所自沉渊：即汨罗江。　㉞垂涕：即流泪。　㉟自令若是：让自己这样，指屈原自杀。　㊱同死生，轻去就：贾谊《鹏鸟赋》中有“其生若浮兮，其死若休”、“乘流则逝兮，得坻则止”等句，把死生去就看得很轻。　㊲爽然自失：一下子觉得身上清爽，丢掉了心上压着的石头，倒觉得少了点什么。

解　说

司马迁的《屈原列传》，既可说是为屈原立传，也可认为是为《离骚》立传。全传开头一段是《离骚》出现的引子。第二段则全是说的

《离骚》，《离骚》产生的原因，对于《离骚》的评价，《离骚》所反映的屈原的思想和崇高品格，并作出了可“与日月争光”的极度歌颂。这是全传的核心与高潮。此后几个小段，可以看作屈原身后留下的馀波，或《离骚》这颗彗星横过天空之后的彗尾。

屈原被放逐后，忧愁幽思而无可奈何，终于在作了最后一篇作品《怀沙》之后，抱着石头投入汨罗江自杀。

其后，还有宋玉、唐勒、景差这样一些人，都喜欢楚辞，而以能作赋出名。但都恪守着屈原的从容辞令的作风，却不敢在政治上直言极谏。这以后，楚国的力量越来越小，国土疆域逐渐缩小，终于为秦国所灭亡。

百多年后，汉朝有个贾谊，作了长沙王的太傅。他经过湘水时，往湘水中投下一篇作品以表示他对屈原的吊唁。

然后司马迁直接谈了自己对屈原的认识。他说，“我读了《离骚》、《天问》、《招魂》、《哀郢》……为作者的心而感到悲痛。我经过长沙时，看了屈原自杀的地方，我都流下了眼泪，在想象中见到了这个人的品格。后来见到贾生对他的吊唁，又怪他，以自己的才干，到哪里不受欢迎，却偏要这样死去！读了《鹏鸟赋》关于死生、去就的观点，又觉得自己这样想也是有点多余。”

全传就在这轻轻的哀婉中结束了。

石芝父评：文章发自唐虞，历夏殷至周初，语句皆古聱不可卒读。逮春秋战国，诸子百家，争奇竞艳，如大海之波澜，中天之日月，浑灏光明，无美不备。后有作者，不过呴濡其瀺灂耳。独汉司马子长出，能以雄富之笔，使单行之气，为后世散文家别辟畦町，永为不祧之祢祖，宜乎其与日月争光也。

史记·货殖列传序[1]

司马迁

《老子》曰："至治之极，邻国相望，鸡狗之声相闻，民各甘其食，美其服，安其俗，乐其业，至老死不相往来[2]。"必用此为务[3]，輓近世涂民耳目[4]，则几无行矣[5]。太史公曰："夫神农以前[6]，吾不知已。至若《诗》、《书》所述，虞、夏以来[7]，耳目欲极声色之好，口欲穷刍豢之味[8]，身安逸乐，而心夸矜势能之荣，使俗之渐民久矣[9]。虽户说以眇论[10]，终不能化。故善者因之，其次利道之[11]，其次教诲之，其次整齐之[12]，最下者与之争[13]。"

注 释

①货殖：货，存积货物。殖，生殖，繁殖财富。以此称呼那些经济活动的从业者。或指工商业者。 ②《老子》曰"至治之极……"这段话见于《道德经》，是作为老子心中的理想社会提出来的，但世界上不可能有这种社会。 ③务：目标，目的。 ④輓近世涂民耳目：輓，同挽、晚。涂，堵塞。即把老百姓的眼睛、耳朵都堵死。 ⑤则几无行矣：几，几乎。没人会这样干。 ⑥神农：传说中古代君王，因教民稼穑而被尊为帝。 ⑦虞、夏以来：传说中的禅让时代的君主，虞舜和夏禹。 ⑧刍豢之味：刍豢，家畜肉。《孟子》朱熹注："草食曰刍，牛羊是也；谷食曰豢，犬豖是也。"古代生活水平低下，吃肉就是特殊享受。 ⑨使俗之渐民久矣：风俗逐渐改变了人民。 ⑩眇论：即妙论。眇、妙通用。 ⑪利

道：道，通导。意为因势利导。 ⑫整齐之：建立管理规章。 ⑬与之争：即与民争利。如汉武帝之专卖均输政策。

解　说

《史记·货殖列传》是中国历史中仅有的一篇离开正统观念而为社会上的工商业者立传的文章。自班固批评他“是非颇缪于圣人”，“退处士而进奸雄”，“崇势利而羞贫贱”以来，在圣人的大帽子下，为工商业者立传就成了中国史中仅存的硕果。这与中国经济两千年来发展迟滞实有很大关系。在《货殖传》的序中，论述了商品经济的出现，至今还闪耀着司马迁的远见卓识的风采，对当前的改革开放还具有很深刻的理论意义，实在值得一读。

《老子》说：“最好的社会是无为之治。那时候相邻近的国家互相都能远远看得见，鸡狗的声音互相能听到，各国的人民各自喜欢吃自己生产的食物，喜欢自己穿的服装，喜欢按自己的生活方式生活，喜欢自己的工作，他们从小到老甚至死去，也和邻国人民互相不来往。”司马迁说：神农氏以前我不知道，至于有书可查的虞舜、夏禹以来，耳朵和眼睛想要尽量听到好音乐，看到绚丽的色彩，嘴巴想吃到所有的好味道；身体愿意安逸，而心里做着夸耀权势地位的美梦，这种发展趋势深入人心很久了。即使挨门连户地去用高深理论教育他们，也无法改变这种现实。最好是顺着这种趋势，其次是教导他们，或限制他们别越轨，最糟的是政府和人民争利。

夫山西饶材⑭、竹、榖、纑、旄⑮、玉石；山东多鱼、盐、漆、丝、声色；江南出楠、梓、姜、桂、金、锡、连、丹砂、犀、瑇瑁、珠玑、齿革⑯；龙门、碣石北多马、牛羊、旃裘⑰、筋、角；铜、铁则千里往往山出棋置⑱：此其大较也。皆中国人民所喜好，谣俗被服饮食养生送死之具也。故待农而食之，虞而出之⑲，工而成之，商而通之。此宁有政教发征期会哉⑳？人各任其能，竭其力，以得所欲。故物贱之征贵，贵之征贱，各劝其业，乐其事，若水之趋下，日夜无休时，不召而自来，不求而民出之。岂非道之所符，而自然之验邪㉑？

注　释

⑭饶材：饶，富余，多；材，材木。　⑮纑、旄：纑，麻缕、麻线。音卢。旄，音毛。古代旗帜竿顶装饰的牛尾巴。　⑯齿革：牙齿和皮革。　⑰旃裘：旃，古代西北畜牧民族用兽毛织成的衣服。音同毡。裘，皮衣。　⑱山出棋置：铜铁等矿物藏在山里一处一堆，就象棋盘上摆的棋子。　⑲虞而出之：虞，古代掌管山泽的人称为虞人，后来通用于开山取矿的人。即矿工。各种矿产要等虞人来取出。　⑳政教发征期会：政教，君主命令。发征，发动、征集。期会，集合。　㉑道之所符，自然之验：这种自然的行为，岂不是符合大道的思想与道法自然的证据。

解　说

（不同的地区各有不同的出产。互相交流，有无相通，这样就会互相有利，提高人民的生活。这是必然的发展趋势，也是符合于道的。）

山以西的地区有富余的木材、竹、榖、麻线、牛尾毛、玉石；山东则多产鱼、盐、漆、丝、歌舞；江南地区则有楠木、梓木、姜桂等辛香食物，及金、锡、连、丹砂、水牛、瑇瑁、珍珠、齿革；龙门、碣石以北有马、牛、羊、皮衣、筋、角；铜与铁总在山里，像摆好的棋子式地埋着。这是一个大概，都是中国人民喜好的、一般生活需要的东西。所以要等着农民来给吃的，矿工来采出矿石，工人来制造和商人来流通。这不是什么政府的命令、征发、规定会聚形成的，人们各尽各的能耐，尽力换取自己需要的东西。所以，物价贱了就会涨价，贵了就会落价。各人都努力干好自己一份工作，也乐于干好工作，就像水往低处流一样，昼夜不停，这难道不是符合道的原则的自然规律吗？

《周书》曰："农不出则乏其食，工不出则乏其事，商不出则三宝绝[22]，虞不出则财匮少[23]。"财匮少则山泽不辟矣[24]。此四者，民所衣食之原也。原大则饶，原小则鲜。上则富国，下则富家。贫富之道，莫之夺予[25]，而巧者有馀，而拙者不足。故太公望封于营丘，地舄卤[26]，人民寡[27]，于是太公劝其女功，极技巧，通鱼盐，则人物归之，繈至而辐辏[28]。故齐冠带衣履天下[29]，海岱之间敛袂而往朝焉[30]。其后齐中衰，管子修之，设轻重九府，则桓公以霸，九合诸侯，一匡天下；而管氏亦有三归，位在陪臣，而富于列国之君。是以齐富强至于威、宣也[31]。

注　释

㉒三宝：此处三宝，诸家未注，可能是指吃、穿、用三者。没有商人，这三者无法流通，故曰三宝绝。　㉓财匮少：财应指当时使用的金属货币。没人去开山取铜则货币不足，故曰匮少。　㉔山泽不辟：指山泽矿产地区无人开发。　㉕莫之夺予：意是贫富由自己造成，没人去抢他的。　㉖地舄卤：盐碱地，时常反碱使地面发潮，故称舄卤。　㉗寡：少。碱地不养人，所以少有人肯去。　㉘繈至而辐辏：繈，包裹婴儿的布。繈至，即带着吃奶孩子奔来。辐，车条。凑，像车条一样向轴心凑拢。指人从四面八方凑来。　㉙冠带衣履天下：指普天下人都使用齐国的纺织产品，从头到脚都靠齐人来包装。　㉚海岱之间敛袂而往朝：海指渤海、东海，岱指泰山。敛袂而往朝，都来归服齐国。　㉛富强至于威、宣：从太公望开始，齐国一直到威王、宣王时代都很富强。

解　说

《周书》上记载，如果农民不出来劳动，人民食物就会缺少；工人不出来做工，各种用品就供应不足；商人不出来，则（对城市而言）吃穿用都会断绝了；虞人不出来，货币就会短缺；货币短缺，山泽地区就不能开辟了。所以，农、工、商、虞这四种人都是人民衣食的本原。就像水有源头一样，源头水大，江河就宽裕，源头水小，江河的水就稀少。因此，这四种人，从大处说，可以富国，从小处说，也可以富家。贫与富的产生，不是谁给他或不给他，而是由于巧拙不同。巧者有富余而拙者不但没富余，却还会不够（这里司马迁已触到企业管理问题了）。

所以姜太公被封到营丘为齐太公时，这地方是盐碱地，不长庄稼，因而人口也稀少。太公努力发展妇女纺织技术，同时大力流通鱼盐买卖，于是人也多了，东西也多了。人们带着孩子拉着车，都往那里跑。齐国成了天下的衣、帽、带、鞋的供应者。从东海到泰山的许多独立的小国，都到齐国来朝贡。后来，齐有点衰落了，管仲又重新把太公的政策整治起来，设立了轻重、九府等许多管理部门。在这个基础上齐桓公成为霸主，九次把诸侯都会集在一起，天下都来尊护周天子。管仲因此也成了富翁，自家就拥有三归，作为一个陪臣，比各国诸侯还更富有。这才造成齐国一直富强到威王、宣王的时代。

在这段里，司马迁以齐国的发展为例，说明发展工商业对富强的作用。

故曰："仓廪实而知礼节，衣食足而知荣辱[32]。"礼生于有而废于无[33]。故君子富，好行其德；小人富，以适其力。渊深而鱼生之，山深而兽往之，人富而仁义附焉[34]。富者得势益彰，失势则客无所之，以而不乐，夷狄益甚。谚曰："千金之子，不死于市[35]。"此非空言也。故曰："天下熙熙，皆为利来；天下攘攘，皆为利往[36]。"夫千乘之王，万家之侯，百室之君，尚犹患贫，而况匹夫编户之民乎[37]！

注　释

㉜仓廪实而知礼节，衣食足而知荣辱：这是《管子》书中的话。意指经济发展、人民富裕才会有礼义。　㉝礼生于有而废于无：礼是建立在

富足上。有物质基础才会有礼，物质基础没有礼也废了。 ㉞人富而仁义附焉：仁义道德依附于经济条件而存在，仁义不过是富足的依附物。㉟千金之子，不死于市：一是有钱人的孩子讲仁义，不会在市上与人斗争；一是有钱人的孩子总随时有人保护，故不死于市。 ㊱天下熙熙，皆为利来；天下攘攘，皆为利往：这是老子《道德经》的一句话。来来往往都是为了利。 ㊲匹夫编户之民：匹夫，光棍汉子；编户之民，普通老百姓。

解　说

司马迁在这一段里，进一步引申了不但国家依赖商品经济而富强，而且人民也依赖商品经济而致富。不但如此，只要人民富了，孟子所说的仁义礼智四端，也会因富裕而得到发展。首先，他引用了管子的话“仓廪实而知礼节，衣食足而知荣辱”来证明礼是依附于经济而发展的。然后说“君子富，好行其德；小人富，以适其力。”从而得出“人富而仁义附焉”的结论。至于智这一端，前文的“巧者有馀而拙者不足”就已经回答了。太史公由此而得出仁义道德（亦即意识形态）是由经济基础决定的这一现代人的共识。而他却生活在两千多年前！这是个很了不起的见解。

班固批评司马迁“崇势利而羞贫贱”是谬于圣人，正好反过来说明司马迁的不羁之才的创造性思维，和鄙儒小家俯伏在圣人光环下，不敢有自己的见解之间的深刻差异。这个差异却正是中国经济发展长期停滞的根本原因。

报任安书[①]

司马迁

太史公牛马走[②]司马迁再拜言，少卿足下：

曩者辱赐书，教以慎于接物，推贤进士为务[③]。意气勤勤恳恳，若望仆不相师，而用流俗人之言。仆非敢如此也。仆虽罢驽[④]，亦尝侧闻[⑤]长者之遗风矣。顾自以为身残处秽[⑥]，动而见尤[⑦]，欲益反损，是以独抑郁而谁与语。谚曰："谁为为之？孰令听之？"盖钟子期死[⑧]，伯牙终身不复鼓琴。何则？士为知己者用，女为悦己者容。若仆大质已亏缺矣[⑨]，虽才怀随和，行若由夷[⑩]，终不可以为荣，适足以见笑而自点耳[⑪]。书辞宜答，会东从上来，又迫贱事，相见日浅，卒卒[⑫]无须臾之闲，得竭志意。今少卿抱不测之罪[⑬]，涉旬月，迫季冬，仆又薄从上雍[⑭]，恐卒然不可为讳，是仆终已不得舒愤懑以晓左右，则长逝者魂魄，私恨无穷。请略陈固陋。阙然久不报，幸勿为过。

注　释

①任安：字少卿。汉武帝时，初为大将军卫青舍人，后为武帝召见，称旨，后为北军使者护军。逢巫蛊之祸，以受太子符节触怒武帝，诛死。安与司马迁是朋友。安致迁书在安为益州刺史时，在巫蛊事前。迁复书在巫蛊事后。　②太史公牛马走：太史公是司马迁的官号。牛马走，是当时习用谦词，有如西方人在书信中常用的"您的忠实的仆人"之类的谦词。

③推贤进士：推，推举，推荐。进士，向朝廷贡献有才干的人。④罢驽：罢，音疲，疲蹋。驽，下等马，跑不快。借指不敏捷、反应慢等。⑤侧闻：别人谈话时在旁边听见。⑥身残处秽：指受宫刑后，身体残缺，处境污秽。⑦动而见尤：尤，怪罪。指一行一动都错。⑧钟子期：相传春秋时人，与音乐家俞伯牙友善，能听出俞所弹琴声中的含义。后来钟子期早死，伯牙就再也不弹琴，因为没有了知音。⑨大质已亏缺：指受了宫刑，身体残缺。⑩才怀随和，行若由夷：随，随珠，最有名的珍珠；和，和氏璧，最有名的美玉。由，许由；夷，伯夷，都是品行最高尚的人。⑪自点：点，通玷，玷污。自玷，自找难看。⑫卒卒：卒，音猝，忙迫之意。⑬抱不测之罪：意为不知有多大的罪。实际是回避用语。他已知道少卿犯了死罪。⑭薄从上雍：薄，迫。忙着到雍州，跟随武帝去举行祭典。上，即皇帝。

解说

太史公，你的仆人司马迁，再拜少卿足下：

过去承蒙您赐给书信，教导我慎于接人待物，多为朝廷荐举贤能，意思很殷勤，也很诚恳。似乎有点埋怨我不大肯接受意见，却听信那些一般俗人的见解。我并不是这样。我虽然笨拙迟钝，却是见识过品格高尚的人的风度。只不过自己认为身体已残废，处境更是污秽，一动就会被责备，想做好事，反而受到损害。所以，总是孤独抑郁找不到人说话。俗语说："这是为了谁？谁叫我这样做？"这就是钟子期死了，伯牙就一辈子不再弹琴了的道理。为什么呢？是个有骨气的人，就应为知己朋友出力，女人总是为爱自己的人打扮。像我这样，人格的大的方面已经有了缺陷，即使身怀奇才，品德高尚，再也不会使自己感到光荣。只不过倒让人见笑，增加自身的污点而已。您的来信，应该答复。恰碰上跟着皇上从东方回来，又要处理些紧迫的私人事务，和您相见的机会不多。整日忙得没有一刻闲功夫，可以向您诉说一下我的心意。如今，少卿您身上带着难以预测的罪过，已经快过十月了，说话就到年底。而我又忙忙地要跟随皇帝到雍州行礼。恐怕忙碌中突然出现难以避讳的事，那我就终于难以向您抒发我心中的愤懑，使死者的魂魄也永远怀着遗憾。请您让我向您表述一下我心里难解的疙瘩。很久都没有回信，希望能不见怪。

仆闻之：修身者，智之符也；爱施者，仁之端也；取予者，义之表也；耻辱者，勇之决也；立名者，行之极也。士有此五者，然后可以托于世，而列于君子之林矣。故祸莫憯于欲利⑮，悲莫痛于伤心，行莫丑于辱先，诟莫大于宫刑⑯。刑馀之人，无所比数，非一世也，所从来远矣。昔卫灵公与雍渠同载，孔子适陈⑰；商鞅因景监见，赵良寒心⑱；同子参乘，袁丝变色⑲：自古而耻之。夫中材之人，事有关于宦竖⑳，莫不伤气，而况于慷慨之士乎？如今朝廷虽乏人，奈何令刀锯之馀荐天下之豪俊哉！仆赖先人绪业，得待罪辇毂下㉑，二十馀年矣。所以自惟㉒，上之不能纳忠效信，有奇策材力之誉，自结明主；次之又不能拾遗补阙㉓，招贤进能，显岩穴之士；外之又不能备行伍，攻城野战，有斩将搴旗之功㉔；下之不能积日累劳，取尊官厚禄，以为宗族交游光宠。四者无一遂，苟合取容，无所短长之效，可见于此矣。向者仆亦尝侧下大夫之列，陪奉外廷末议㉕，不以此时引纲维，尽思虑㉖，今已亏形为扫除之隶，在阘茸之中㉗，乃欲仰首伸眉，论列是非，不亦轻朝廷、羞当世之士耶？嗟呼！嗟呼！如仆尚何言哉！尚何言哉！

注　释

⑮祸莫憯于欲利：憯，即惨。这里引用老子的格言而略加变易。⑯诟莫大于宫刑：诟，耻辱。刑法中最重的耻辱就是宫刑了。　⑰雍渠同载，孔子适陈：卫灵宫与夫人同车出游，而以雍渠这个宦者为御，让孔子为后车。孔子认为是耻辱，因而离卫去陈。　⑱赵良寒心：商鞅由秦孝公的宦者景监引荐给孝公。赵良为此曾劝商鞅引退。　⑲同子参乘，袁丝变

色：袁丝，即袁盎。他谏汉文帝不应与宦者同车。 ⑳宦竖：宦官，都是受过宫刑之人。 ㉑待罪辇毂下：即指在皇帝身边任职。古时，凡是当官的，往往谦称为待罪。辇毂，指皇帝的车马。 ㉒自惟：自我评价。 ㉓拾遗补阙：拾遗，皇帝有忘记的事就告诉他；补阙，皇帝有漏掉的事给补上。实际是纠正皇帝的过失的委婉说法。 ㉔斩将搴旗：都是一种军功的名称。搴，夺取。 ㉕陪奉外廷末议：外廷，指朝廷。意指在朝廷对一些事公开讨论时，自己也有发言权。 ㉖引纲维，尽思虑：引纲维，指引用一些国家现行的重大规章制度。尽思虑，多考虑。 ㉗阘茸：卑贱者群。软弱无用者。

解　说

我听说，修身如何，是对一个人知识水平的测验；喜欢施舍，是仁心的开头；取或予，表现一个人对义的理解；面对耻辱，决定一个人是否勇敢；树立起好名声，是行为的最高表现。一个士，有这五个条件，然后可以挺立在世界上，毫无愧色地是君子们中的一个。所以灾祸之惨，没有比因贪心更惨的；悲伤痛苦，没有比伤在心上更痛苦的；行为的丑恶，最丑的莫过于辱及先人；而最被人瞧不起的，莫过于宫刑！受了宫刑的人，不配和任何人比。这不是今天才这样，很久以来就是这样了。早先，卫灵公与雍渠同坐一辆车，孔子就离卫国去了陈国；商鞅是由景监介绍给秦孝公的，赵良就为他寒心，怕他因此而被歧视。同子做了皇帝的参乘，袁丝的脸都变成愤怒的颜色。从古以来，就把宫刑看作耻辱的标记。连那些中不溜儿的人们，只要事情涉及宦官、阉人，都会觉得自己受了侮辱。更何况那些豪杰们呢。您怎么还要让我这种在刀锯底下拣了一条命的人，去推荐天下的豪俊之人呢？我依赖先人留传的职业，在这天子脚下供职二十多年了。自我掂量一下，往上说，不能表现出忠信，有超人的智谋和本事，靠自己取得信任；其次呢，又不能为皇帝偶尔出现的遗漏有所弥补；对外来说，又不能加入行伍，做出些斩将、夺旗、攻城、野战的功劳；再往下说，又不能逐年累月积累一些苦劳以取得高官厚禄，向亲戚朋友们炫耀。这四者没占有一样，可见也就是混碗饭吃，什么都谈不上。从前，我也曾算是班位在下大夫的级别，也有资格参与外朝的议论。我不在这时根据制度法令努力去思索作出贡献，却已经形体亏缺、位置卑下，在卑贱人群里，却想抬头，伸眉来说三道四，岂不把朝廷也看轻了，把当世这些人物都愧死了。唉，唉！像我这样的人，还能说什么呢？能说什么呢！

且事本末未易明也。仆少负不羁之才㉘，长无乡曲之誉。主上幸以先人之故，使得奏薄伎，出入周卫之中㉙。仆以为戴盆何以望天㉚，故绝宾客之知，亡室家之业，日夜思竭其不肖之才力，务一心营职，以求亲媚于主上。而事乃有大谬不然者㉛！

注　释

㉘不羁之才：才，即材。意为秉性。不羁，不听拘束，独行任意之意。不羁之才，即为特立独行，不愿受世俗的拘管。乡曲之誉：乡曲，即乡里邻舍。　㉙周卫：指四周均有守卫之地。即指宫廷。　㉚戴盆何以望天：这是当时一句俗语。头上顶个大盆，就别想看见天了。意指要想亲近皇帝，必须除去中介层的隔离直接对话，心无旁骛。所以不事交游，也不顾家。　㉛大谬不然者：谬，错误。意为与自己所想的完全相反。

解　说

从开头直到前面两大段文字，大文豪司马迁用了近一千字的反复倾吐，都只说明了自己所受的奇耻大辱以及心灵上的深刻创伤和生活中的痛苦。但造成如此深重痛苦的原因和具体过程却还一字未提。虽然读者已感到沉云满纸，黑风刺骨，有一种铺天盖地的压力存在，却还不知其所以然，引起读者更为急迫地想要知道究竟为什么。在这一小段中才开始揭开这层帷幕，却还只提到他的主观愿望与客观环境的巨大差异。越是一颗炽热的红心，却偏偏碰到一座阴深的冰窖，其后果已可想而知了。

他用“少负不羁之才，长无乡曲之誉”这两句话概括了一个天纵聪明、不肯随俗浮沉的特立独行的性格，其遇到打击已是不可避免的了。而这个打击，他只说了一句话："而事乃有大谬不然者"来加以沉痛地概括。主观性格与客观条件的反差之大，造成的悲剧之深，已自不待言了。幕已拉开，于是，倾诉自然像潮水一般涌出。

夫仆与李陵，俱居门下，素非能相善也。趋舍异路[32]，未尝衔杯酒、接殷勤之馀欢。然仆观其为人，自守奇士，事亲孝，与士信，临财廉，取与义，分别有让，恭俭下人，常思奋不顾身，以殉国家之急。其素所蓄积也，仆以为有国士之风[33]。夫人臣出万死不顾一生之计，赴公家之难，斯已奇矣。今举事一不当，而全躯保妻子之臣，随而媒孽其短，仆诚私心痛之。且李陵提步卒不满五千，深践戎马之地，足历王庭[34]，垂饵虎口[35]，横挑强胡[36]，仰亿万之师[37]，与单于连战十有馀日，所杀过当，虏救死扶伤不给[38]。旃裘之君长咸震怖[39]，乃悉征其左右贤王，举引弓之人，一国共攻而围之。转斗千里，矢尽道穷，救兵不至，士卒死伤如积。然陵一呼劳军，士无不起，躬自流涕，沫血饮泣，更张空卷，冒白刃，北向争死敌者[40]。陵未没时，使有来报，汉公卿王侯皆奉觞上寿。后数日，陵败书闻，主上为之食不甘味，听朝不怡，大臣忧惧，不知所出。仆窃不自料其卑贱，见主上惨怆怛悼[41]，诚欲效其款款之愚。以为李陵素与士大夫绝甘分少[42]，能得人之死力，虽古之名将，不能过也。身虽陷败，彼观其意，且欲得其当而报于汉。事已无可奈何，其所摧败，功亦足以暴于天下矣。仆怀欲陈之，而未有路，适会召问，即以此指[43]，推言陵之功，欲以广主上之意，塞睚眦之[44]辞。未能尽明，明主不晓，以为仆沮贰师[45]，而为李陵游说，遂下于理[46]。拳拳之忠，终不能自列，因为诬上，卒从吏议[47]。家贫，货赂不足以自赎；交游莫救视，左右亲近不为一言。身非木石，独与法吏为伍，深幽囹圄之中[48]，谁可告诉者！此真少卿所亲见，仆行事岂不然乎？李陵即生降，颓其家声[49]，而仆又佴之蚕室[50]，重为天下观笑。悲夫！悲夫！事未易一二为俗人言也。

注 释

㉜趋舍异路：趋，取向。舍，抛弃。意指李陵是武将，所注意的是征战用兵；而自己是文人、学者，两人的取向是不同路的。 ㉝国士之风：不同一般的风格。《史记·刺客列传》有“众人遇我，我故众人报之；国士遇我，我故国士报之”之语。故国士指非同一般，高出众人之人。 ㉞足历王庭：王庭，匈奴的政治中心，祭祀之处。历，踏过。 ㉟垂饵虎口，饵，钓鱼用的鱼食，诱鱼上钩。指李陵以步卒五千，深入匈奴王庭，好似在虎口边故意安放的诱饵。 ㊱横挑强胡：这是对强大的匈奴的蛮横挑战。 ㊲仰亿万之师：仰，向上望。中国传统以北为上，故北向为仰。亿万之师，言匈奴兵多。 ㊳所杀过当，虏救死扶伤不给：使敌人伤亡超过己方伤亡为过当，因而使匈奴救死扶伤都忙不过来。 ㊴旃裘之君长咸震怖：指匈奴的大小头目都感到震惊与恐怖。旃裘，指匈奴服装。 ㊵北向争死敌者：死敌，与敌同死，拼命。北向，匈奴军在北。此时李陵已矢尽道穷，赤手空拳。拳，即弩，弓。空拳即没有箭的弓。 ㊶惨怆怛悼：悲伤、哀悼之意。 ㊷与士大夫绝甘分少：此处士大夫指军士和下级。绝甘，自己不吃好食物。分少，食物不足，自己少吃，让士兵多吃。 ㊸即以此指：此指，指上文所述自己对李陵为人的认识来回答。 ㊹塞睚眦之辞：睚眦，本指不友好的目光。此处指平日有小过节的人借机报怨的毁谤。 ㊺沮贰师：李陵的统帅李广利称贰师将军。沮，说他的坏话。 ㊻理：大理院，主掌刑罚之事。 ㊼卒从吏议：卒，终。最后依从了大理院官吏们的意见。实际这是不便直斥武帝之言。 ㊽深幽囹圄之中：幽，囚禁。囹圄，监狱。音铃予。 ㊾颓其家声：李陵是李广的孙子。李广是当时名将，匈奴怕他，称他为飞将军，所以他一家都是有名的将才。李陵投降，败坏了家声。 ㊿佴之蚕室：佴，音尔。作其次解。蚕室，执行宫刑之地。意为李陵失败了，我又随后进了蚕室受宫刑。

解 说

（关于司马迁的得罪原委，任少卿应是了解的，是因为在武帝前为李陵辩冤，然而这并非出于私人交情。）

我与李陵都在宫门下出入，但各有不同的取舍。平素没有交往，从没有在一块儿喝过酒，谈过心。但我看这人，是个很严谨的奇人。他事母孝顺，对朋友有信用，对财富从不苟且，接受和给与都有分寸。与人谦让，而且生活俭朴，对人谦和礼让。常常表示出想不顾自己的生死，甚至愿以生命来保护国家的安危。这是他早就有所准备的。我以为他具有堪称国士的风格。作为臣下愿意以生命来挽救国家于灾难，这已很不容易了。而今做事稍有一点失误，那些顾自己、保妻子的，就趁机无中生有说他的坏话，我私下里为他感到心痛。况且李陵所统领的不过五千步兵，深入战区，走进匈奴的王庭，像是在虎口边安放的食饵，明摆着向匈奴挑战。面对着几万强敌，和匈奴单于连续作战十多天，杀死敌人的数量超过了自己队伍的人数，使匈奴忙于救死扶伤，让他们的这些大小君长都感到了恐怖。这才把左右贤王、全国军队一齐召来向李陵围攻，辗转搏斗一千多里地。箭都射光了，退路也堵死了。盼着的救兵总不见到来，手下死伤的兵士成堆。就这样，李陵举手一喊，没有一个士兵不立即挺身站起。他亲自流着泪，把眼泪和身上流出的血一起吞下去。大家都拿起已没有箭的弓，冲着白刃，争着去和敌人同归于尽。在李陵还未投降前，前线使者来报时，公卿、王侯都举杯向皇帝庆贺。过几天，李陵战败消息送来，皇上因此吃不下饭，上朝时候也不高兴。大臣们因此忧虑恐惧拿不出办法来。我没有顾虑自己的地位卑贱，不忍看见皇上那悲痛的状况，想用自己这一丁点儿的诚心，来宽解一下主上的悲伤。我以为李陵平常和士卒们互相关系很好，能够换得别人为之出死力，现在虽然败了，陷入匈奴手中，但看那意思，依旧还是愿意寻找机会报答国家。事已如此，无可改变，但他所杀伤的敌人，所建的功劳，也可以向天下公布了。我有这种意思，还没找到机会呈诉，恰遇皇上召问，就用这个想法，表明李陵的功劳。是想以此来宽解主上的心意，也堵住那些借机报复的人的嘴。话还没说完，皇上不理解我的意思，以为我是在诽谤贰师将军，而为李陵说好话，就把我送交大理院。我这点儿忠心，始终不能表明。把我定为诬妄大臣，同意了大理院官吏们商议的罪刑。我家穷，连卖带借也凑不足赎身的费用；平时所交的朋友，也没人来帮助，皇上身边也没有人为我说一句半句话。人啦，不是木头石块，却只能单独面对那些执法者，被深深幽囚在监牢深处。谁是我能可以告诉的人啊！这是少卿你所亲自看见的，我的事不就是这样吗？李陵既然活着投降了，李家三代的声誉也就完了。紧接着我又下了蚕室，成为大家看笑话的资料。可悲啊！这些事是难以对几个俗人说的。

仆之先非有剖符丹书之功[51]，文史星历[52]，近乎卜祝之间，固主上所戏弄，倡优所畜[53]，流俗之所轻也。假令仆伏法受诛，若九牛亡一毛，与蝼蚁何以异？而世俗又不能与死节者次比，特以为智穷罪极，不能自免，卒就死耳。何也？素所自树立使然也。人固有一死，死或重于泰山，或轻于鸿毛，用之所趣异也[54]。太上不辱先，其次不辱身，其次不辱理色，其次不辱辞令；诎体受辱，其次易服受辱，其次关木索、被棰楚受辱，其次剔毛发、婴金铁受辱，其次毁肌肤、断肢体受辱，最下腐刑极矣[55]！传曰："刑不上大夫。"此言士节不可不勉励也[56]。猛虎在深山，百兽震恐，及在槛阱之中，摇尾而求食，积威约之渐也[57]。故士有画地为牢，势不可入，削木为吏，议不可对，定计于鲜也[58]。今交手足，受木索，暴肌肤，受榜棰，幽于圜墙之中。当此之时，见狱吏则头抢地，视徒隶则心惕息。何者？积威约之势也。及已至是，言不辱者，所谓强颜耳[59]，曷足贵乎？且西伯，伯也[60]，拘于羑里；李斯，相也[61]，具于五刑；淮阴[62]，王也，受械于陈；彭越、张敖，南面称孤[63]，系狱抵罪；绛侯诛诸吕[64]，权倾五伯，囚于请室；魏其，大将也，衣赭衣，关三木[65]；季布为朱家钳奴[66]；灌夫受辱于居室[67]。此人皆身至王侯将相，声闻邻国，及罪至罔加[68]，不能引决自裁，在尘埃之中。

古今一体，安在其不辱也？由此言之，勇怯，势也；强弱，形也。审矣，何足怪乎？夫人不能早自裁绳墨之外，以稍陵迟，至于鞭棰之间，乃欲引节[69]，斯不亦远乎！古人所以重施刑于大夫者，殆为此也。夫人情莫不贪生恶死，念父母，顾妻子。至激于义理者不然，乃有所不得已也。今仆不幸，早失父母，无兄弟之亲，独身孤立，少卿视仆于妻子何如哉？且勇者不必死节[70]，怯夫慕义，何处不勉焉[71]？仆虽怯懦欲苟活，亦颇识去就之分矣，何至自沉溺缧绁之辱哉[72]！且夫臧获婢妾[73]，犹能引决，况仆之不得已乎？所以隐忍苟活，幽于粪土之中而不辞者，恨私心有所不尽，鄙陋没世，而文采不表于后世也[74]。

注　释

51剖符丹书：古代对为国立有大功者，一般都封赏为侯王，给以符，分剖成二，皇家留一半，受封者留一半，以为证据，称为剖符。有时还给以朱砂写的证明，称为丹书，上面写明因有功，子孙犯罪可以凭此减免。为长久保存，丹书用铁铸成，故又称铁券。　52文史星历：文学、历史、天文和历书。　53倡优所畜：所畜，豢养的。倡，歌者；优，俳优，歌舞者。指自己地位卑贱，如同歌儿舞女。　54用之所趣异也：同是一死，所为不同。　55最下腐刑：腐刑即宫刑，刑罚的最下等。　56士节不可不勉励：刑不上大夫的规定，是要用来勉励士大夫这一阶层的人保持节操。　57积威约之渐：长期威胁拘管所逐渐形成。　58定计于鲜：决心要下得早，要在受到侮辱之前。所以说："削木为吏，义不可对。"待到已遭法网就来不及了。《尚书》孔传"鸟兽新杀曰鲜。"决心要下在开始腐刑之前。受刑之后再下决心，犹如鲜鱼已开始腐烂，就来不及了。　59强颜：犹今天说"硬绷着"，实际是脸厚。　60西伯，伯也，拘于羑里：指周文王。他在纣时为西伯，即西方诸侯之长。他因比干死而长叹，被纣王拘囚于羑里。羑里，纣时地名。　61李斯，相也。李斯为秦始皇和二世之相。　62淮阴，王也，受械于陈：有人告楚王韩信谋反，高祖伪游云梦，韩信来迎，即时擒捉捆绑，降为淮阴侯。 ⑥③彭越、张敖，南面称孤：彭越封常山王，张敖继其父张耳为赵王，所以南面称孤。 ⑥④绛侯诛诸吕，权倾五伯：绛侯，周勃。刘邦死，吕后执政，封诸吕姓者为王。吕后死，周勃与陈平定计，诛诸吕，立代王为汉文帝。春秋时五霸尊王，绛侯尊王行为超过五霸。 ⑥⑤魏其：汉景帝时七国反，窦婴为大将军平七国乱，封魏其侯。后与田蚡争权，被冤杀。衣赭衣，关三木，犹今天说“五花大绑”。 ⑥⑥季布为朱家钳奴：季布初为项羽将，多次追杀汉王刘邦，及称帝，乃千金购季布头。季布变姓名藏大侠朱家，髡钳为奴。髡钳，即剃发烙印。 ⑥⑦灌夫受辱于居室：灌夫亦当时勇将，以单骑二人入吴军壁垒，天下称之。 ⑥⑧罪至罔加：罔，法网。犯罪受法刑。 ⑥⑨鞭棰之间，乃欲引节：谓已经受到鞭棰打击，才想要为名节自杀就太晚了。 ⑦⓪勇者不必死节：不一定要为惜名节而死才能称勇。 ⑦①怯夫慕义，何处不勉：即使一个怯懦者只要倾向于好义理，处处都可能勉励他去死。 ⑦②自沉溺缧绁之辱：沉溺，陷入。缧绁，音 léi xiè 之辱，指绳捆索绑。⑦③臧获婢妾：臧获，奴隶别称。皆下等人。 ⑦④私心有所不尽，鄙陋没世而文采不表：所不尽者，心愿未了。委屈死去，而身怀文采，未能为天下所知晓。

解　说

前一大段，司马迁叙述了自己获罪蒙冤的经过。在这一段，司马迁不惜浓墨重抹，反复引古证今，以说明自己宁可忍受极大的侮辱与痛苦，仍然要坚忍地活下去的道理。这一段可说是字字滴血，不但是向自己的朋友诉说自己的冤屈，更是袒露自己痛苦的思想斗争的艰难过程。

须知，在汉代，尤其是西汉前期，士人最重视的是气节。所谓士可杀而不可辱的风气，仍然洋溢在社会风气中。这是与此后两千年的知识分子的软弱屈服、品格卑下是大有不同的。那时的士人是宁可去死，也要保护自己的名誉的。苟且偷生是为社会所耻笑的。所以司马迁要不惜笔墨来说明自己所以决不肯轻易就死的唯一理由，是为了彪炳千古的这一部书——《史记》。的确，从今天看来，如果司马迁不忍耻辱而慷慨就死，那将是中国文化的无可弥补的损失。这是两千年中所有的史学家都无力弥补的损失。司马迁是中国史学的千古一人。

司马迁是这样说的：

我的祖先并没有为朝廷立过什么大功，享受王侯受封的荣誉，也没有朝廷赐给的丹书，有救免的特权。不过是知道一点文字、史料、星辰运转规律和岁月推移的知识。这和管卜卦和祭祀的小官差不多。固然只是皇帝豢养的小臣，随便用来玩玩，像歌儿舞女一样，连一般流俗都瞧不起的人罢了。假设我被定罪杀死，也不过好比九条牛身上掉了一根毛，和死个蚂蚁一样没什么。世俗见解看来，还不能与死节相比。只不过视为罪大了，没办法逃脱，只能被砍头一样。为什么？自己平常树立的形象就是这样。人总是要死的。但有的人死得有价值，比泰山还重；有的人却死得比鸿毛还轻。这是死的意义不同。最高的死得不辱没祖先，其次不辱没自己，再其次在事理上、体面上不受侮辱，其次至少在语言上不受辱，再其次被剥掉官服受侮辱，其次披枷带锁挨板子，其次剔去须发，戴镣铐受辱，再其次损肌肤，砍掉肢体，最下等的是受宫刑。经传上说“刑不上大夫”，这是说一个士，他的节操不可不勉励。猛虎在深山里，一切野兽见它都恐惧；等到掉到了兽槛或陷阱里时，也只能向人摇尾巴，请求点吃的。这是长时间的威胁和约束造成的。所以，有这样的士人：“画地为牢，势不可入，弄个木头人来象征官吏，也不肯接受它的审讯。”决心要下得早。今天已绑手绑足，脱衣挨打，幽囚在监狱的围墙里。这时，看见一个卑微的狱吏也要趴在地上磕头，见到狱吏手下的隶役心中都会紧张。为什么？也是长期的威胁和拘束造成的。到了这时候，还谈什么不受侮辱，这不过是厚脸皮罢了。有什么价值？而且，周文王是西伯，伯爵贵族，但被拘囚在羑里；李斯，宰相，身上挂满刑具；淮阴侯，当过王的，在陈国戴上手铐；彭越、张敖，南面而坐，称孤道寡，捆在监狱里待罪；绛侯周勃，杀掉许多姓吕的人，权力超过五霸，在请室里关起来；魏其侯，曾是一员大将，穿上赭色囚衣，绑在三根木头刑具上。季布这样的英雄，却愿为朱家当奴隶；灌夫这样的硬汉子，在居堂受到侮辱。以上这些人的地位都相当于王侯将相，连外国也知道他们的威名。等到犯了罪，受到法律制裁，却不肯自杀，宁可在尘埃中苦捱。如今都一样，哪说得上什么不辱！从这点看来，勇与怯是形势逼成的，强与弱是形势决定的，没什么可奇怪的。一个人，不能早早地自杀，等到刑法相加、等到刑法上身，挨打受罪，再谈什么“引节”（自杀）那不是太晚了吗？古来所以要慎重对大夫使用刑法，就是这个缘故罢。谁都希望活着，害怕死亡，这是人之常情。难舍父母，难舍妻子。至于为义理所激就不同了，这是出于不得已的原因。对我来说，很不幸，我过早失去父母，没有兄弟，孤身一人。少卿，你看我对妻子的表现是怎样？勇敢者不一定就非得去死，一个懦弱的人，由于重视义理，哪里不可以激励自己？我虽然懦弱想活，也总知道一点该舍什么不该舍什么的区别，何至于自己沉沦到绳捆索绑的侮辱之中去呢？何况下贱的奴仆婢妾们，有时都会自杀，而我却还有那么多难以忍受的，难道……我之所要想求得一条活命，甚至关在黑暗，不见天日，像畜圈一样的囚牢中却还要竭力忍下耻辱，但求活下去，是恨自己心灵深处还有一点舍不下的东西，是我恨自己就这样卑鄙冤抑地离开人世，而我内心固守多年的文采不能让后代看见，我是死不甘心的啊！

古者富贵而名磨灭[75]，不可胜记；唯倜傥非常之人称焉[76]。盖文王拘而演《周易》[77]；仲尼厄而作《春秋》[78]；屈原放逐，乃赋《离骚》[79]；左丘失明，厥有《国语》[80]；孙子膑脚[81]，兵法修列；不韦迁蜀[82]，世传《吕览》；韩非囚秦[83]，《说难》、《孤愤》；《诗》三百篇，大抵圣贤发奋之所为作也。此人皆意有所郁结，不得通其道，故述往事，思来者。乃如左丘无目，孙子断足，终不可用，退而论书策，以舒其愤，思垂空文以自见。仆窃不逊，近自托于无能之辞[84]，网罗天下放矢旧闻[85]，略考其事，综其终始，稽其成败兴坏之纪，上计轩辕，下至于兹，为十表、本纪十二、书八章、世家三十、列传七十，凡百三十篇。亦欲以究天人之际[86]，通古今之变[87]，成一家之言[88]。草创未就，会遭此祸[89]。惜其不成，是以就极刑而无愠色。仆诚已著此书，藏之名山，传之其人，通邑大都，则仆偿前辱之责，虽万被戮[90]，岂有悔哉！然此可为智者道，难为俗人言也。

注释

⑮富贵而名磨灭：生前有钱有势，一死去，渐渐就没人知道他是谁了。名声随时间而湮灭。 ⑯唯倜傥非常之人称焉：倜傥，卓立不群。非常，超出一般。只有这种人才能永为人称道。 ⑰文王拘而演《周易》：相传伏羲画卦，八卦是伏羲画的，文王重卦，两卦相叠成六十四卦，这是文王所创造，成了今天所见的《周易》。 ⑱仲尼厄而作《春秋》：孔子周游列国，不遇，归鲁而作《春秋》。厄，厄运。 ⑲屈原放逐，乃赋《离骚》：《离骚》是屈原放逐后的作品。 ⑳左丘失明，厥有《国语》：左丘明为孔子《春秋》作《左氏传》，后又作《国语》。 ㉑孙子膑脚，兵法修列：兵法家孙子，与魏庞涓同师鬼谷子。庞嫉孙膑之能，谮之于魏王，刖其双膝。后孙膑入齐，斩庞涓，作兵法。 ㉒不韦迁蜀，世传《吕览》：《吕览》即《吕氏春秋》，吕不韦门人集体创作。 ㉓韩非囚秦，《说难》、《孤愤》：韩非为韩诸公子之一，囚死于秦。著作有《说难》、《孤愤》等。 ㉔无能之辞：对当前无现实作用的文辞。 ㉕网罗天下放矢旧闻：到处收集天下的历史资料。放失，失读逸。旧闻，历史事件。 ㉖究天人之际：研究客观自然现象与人类社会的关系。当时天命论、谶纬之说、五行终始等都还在人们心目中相当牢固。 ㉗通古今之变：弄通社会历史发展规律性。 ㉘成一家之言：汉初，百家争鸣的影响还很浓厚，许多学者都追求能自成一家。而司马迁的《史记》确是中国史学的一大开创，足可成为一家之言。 ㉙会遭此祸：指因李陵事件而遭祸。 ㉚虽万被戮，岂有悔哉：只要书完成了，流传后世，即使再死一万次我也认了，绝不后悔。

解说

从古以来，那些有钱有势的人，它的名字为时间所消磨而湮灭了。只有那些性行卓越、远超越世俗、非同寻常的人的名字才留了下来。像文王拘而演《周易》，仲尼厄而作《春秋》；屈原被放逐了，才赋成了《离骚》；左丘先生失去了双目，才留下一部《国语》；孙子剜去了两个膝盖骨，才写成了他的《兵法》；吕不韦被充军到四川，后世才流传下来他的《吕氏春秋》；韩非被秦王囚禁起来，才有了《说难》、《孤愤》；《诗》三百篇，大抵都是圣贤之流，被激发起愤怒才写成的吧。这些人都是思想上由于某些事而形成难以解开的疙瘩，而又没法公开他们的道理，这才去思索往事，想为未来留下一点影响。就像左丘失去了双眼，孙子丢掉了双足，已不可能对眼前的现实发挥什么作用了。这才退一步研究以往留下的书策资料，来抒发自身的愤懑，想留下点对现实没有具体作用的文章来表露自己。我有点不自量力，近来也这样把自己的思想托付给这些没有现实作用的文辞，网罗、收集天下散落、遗失的各种过去时代的种种资料、传说，考查一下它所描述的事实，从开头到结尾把它综合一下，考查它的成功、失败、兴盛、衰亡的原因。上起轩辕黄帝，下到今天，作出十表、本纪十二、书八章、世家三十、列传七十，共计一百三十篇。也想研究一下上天和人事之间关系的变化，以及古代和现在之间的发展，形成我自己一家的理论。可惜草创还没有完成，就横遭了这场祸事，我实在可惜它还没有完成，所以坦然接受极刑。现在，如果这书确实已经写成了，藏在名山中，传给能接受此书的人，以及流传到通都、大邑，这就可以使我补偿了以前所受过的一切侮辱和痛苦。现在，就是再把我杀死一万次，我也没有后悔了。但是，这话只能对有真正知识的智者说，很难向那些庸俗的世人说清的。

且负下未易居[91]，下流多谤议[92]。仆以口语遇遭此祸，重为乡党所戮笑，以污辱先人，亦何面目复上父母之丘墓乎？虽累百世，垢弥甚耳！是以肠一日而九回，居则忽忽若有所亡，出则不知其所往。每念斯耻，汗未尝不发背沾衣也[93]。身直为闺阁之臣，宁得自隐深藏岩穴邪？故且从俗浮沉，与时俯仰，以通其狂惑。今少卿乃教以推贤进士，无乃与仆私心剌谬乎[94]？今虽欲自雕琢，曼词以自饰[95]，无益，于俗不信，适足取辱耳。要之[96]，死日然后是非乃定。书不能悉意，略陈固陋。谨再拜。

注　释

⑪负下未易居：背着丑恶的名声，活下来并不容易。　⑫下流多谤议：负有恶名的人是身处下流的，而下流的人往往会遭受许多流言蜚语。　⑬汗未尝不发背沾衣：一想到自己所受耻辱，那汗就自然从背上出来沾湿了内衣。指深刻的、受侮辱的痛苦。　⑭刺谬：刺音辣。刺谬，相反。　⑮曼词以自饰：曼词，漂亮的言辞自我装饰，但也没有人肯相信。　⑯要之：要，读腰。要之，总的说来。

解　说

而且，在背负着一个恶名声之下，活着很不容易，处在卑微下流的位置上，更容易引来无中生有的诽谤。我因言语惹来这场灾祸，被周围邻里笑话和戳脊梁骨。像这样连死去的祖先也遭到侮辱，连到父母坟上去祭扫都感到没脸。即使百代之后，恐怕这耻辱也难以洗净。所以，自己的肚肠子每天都要打无数次结。在家里坐着，总觉得像丢了什么东西；出得门来，却又恍恍惚惚不知该上哪儿去。每一次忽然想起这个耻辱，身上都汗流浃背，连衣裳都为之湿透。我简直就是一个侍候女人的宦寺，连想自己深深地藏在偏远的山谷里都不可能。只好苟且地随俗浮沉，跟着大流走，以勉强缓解一下心底的狂乱与迷惑。而今天足下却教我去推贤进士，这不太和我的心情走向两岔道上了吗？今天，我虽然想把自己打扮得好一点，用好话来装饰自己，也没有益处。别人不相信你呀！只不过自讨没趣罢了。总起来说，只有到死后，对我的是非才会有定论。一封信说不完心头的话。只不过大概说明一下我顽固的思想。谨再次向您致敬。

喻巴蜀檄[1]

司马相如

司马相如，字长卿，汉蜀郡成都人。武帝时为郎，不得意，游梁。为梁孝王客，著《子虚赋》。后还乡，娶临邛卓王孙女文君。以其嫁赀，遂饶于财，复游京师。因狗监杨得意介而为武帝所知，遂天下知名。为帝作《喻巴蜀檄》，通西南夷有功，拜孝文园令，献赋多种，武帝善之。不久，病消渴，卒。

告巴、蜀太守：蛮夷自擅[2]，不讨[3]之日久矣。时侵犯边境，劳士大夫[4]。陛下即位，存抚天下，安集中国[5]。然后兴师出兵，北征匈奴。单于怖骇，交臂受事，屈膝请和[6]。康居西域，重译纳贡，稽颡来享[7]。移师东指，闽越相诛[8]。右吊番禺，太子入朝[9]。南夷之君[10]，西僰之长[11]，常效贡职，不敢惰怠[12]。延颈举踵喁喁然，皆向风慕义[13]，欲为臣妾。道里辽远，山川阻深，不能自致。夫不顺者已诛，而为善者未赏，故遣中郎将往宾之[14]。发巴、蜀之士各五百人，以奉币帛[15]，卫使者不然[16]。靡有兵革之事[17]，战斗之患。今闻其乃发军兴制[18]，惊惧子弟，忧患长老；郡又擅为转粟运输[19]，皆非陛下之意也。当行者或亡逃自贼杀[20]，亦非人臣之节也[21]。

注　释

①喻巴蜀檄：喻，晓喻，告诉。今四川省与重庆市地区，汉代分别为

蜀郡和巴郡。檄，一种文书名称。如今天称为“通告”的文件。②蛮夷自擅：蛮夷，古代对中国边境地区少数民族的通称。自擅，不遵守皇帝命令，擅自行动。③不讨：没有实行武力征讨。④劳士大夫：士大夫在此指军队官兵。劳，劳动。劳士大夫，即指出动军队。⑤存抚天下，安集中国：天下指包括少数民族在内的所有人。存抚，指生存并加保护。安集，即安定。中国，在这里指中原地区。⑥交臂受事，屈膝请和：交臂，拱手。受事，接受条件。屈膝，下跪。请和，请求和平。⑦康居西域……稽颡来享：康居，当时西域远国名。西域，泛指今新疆及中亚地区。当时此地有许多大小国家，康居为其中之一。重译，指语言不通，要经过多次翻译才能通晓。纳贡，向汉王朝进贡，表示服从。稽颡，磕头。来享，参与祭献，即进贡，表示臣服。⑧闽越相诛：指当时闽越内争及闽越南越间争斗诸事。见《史记·东越列传》。⑨右吊番禺，太子入朝：闽越王进攻南越，汉发兵救之。闽越人杀王而降，南越太子入朝。⑩南夷之君：指南越王尉佗后裔。⑪西僰之长：僰，古四川长江以南少数民族，称为僰人。音薄。⑫常效贡职，不敢惰怠：按时纳贡。惰怠，懒惰、怠慢。⑬向风慕义：倾向汉王朝的文化、风俗、道德。⑭宾之：用宾客之礼去迎请。⑮以奉币帛：率领五百人不是为打仗，而是为了护送礼品。币，钱；帛，丝织品。⑯卫使者不然：保卫使者不发生意外。⑰靡有：即没有。⑱发军兴制：动员兵卒按军队编制。⑲郡又擅为转粟运输：地方官自作主张，按军队方式征发民伕，输送供给。⑳自贼杀：自残和自杀。㉑非人臣之节：不是为人臣下者应有行为。

解　说

《喻巴蜀檄》，这是一篇类似今天通告性的文章，是为了当时西南少数民族地区出现骚乱而作的安民告示。

事情的起因是由于番阳令康蒙在出使南越时吃到了蜀枸酱，发现了从蜀郡有商道可通南越，遂上书汉武帝，主张开通牂柯江通道以控制南越。汉武帝本来是个好大喜功的皇帝，便不犹豫地批准了这个建议。岂知，从僰道到牂柯口都是高山地区，开辟能行军的通道岂是简单容易，死了许多人，开辟了好几年，道还是没开通，却引起了少数民地区的骚乱。派兵征讨也没有用。这才让司马相如写了这篇文告，并让他到现场去处理。

这篇檄文当然不能承认皇帝处置失当，但也不能恐吓。所以他的檄文只能以怪罪下级来转圜。他是这样说的：

告巴、蜀二郡的太守：蛮夷们擅自行动，不听命令，是由来已久的了。时常来侵犯边境，只得劳动军队去征讨。当今皇上即位，先要和这些蛮夷们和平共处，然后要安定内部，之后，才首先北征匈奴。军威就把匈奴吓住了，只好屈膝求和，西域地区也愿意进贡入朝。把军队移到东方，福建闽越地区也来投降。南夷之君，西僰之长马上都规规矩矩按时进贡，并且愿意接受汉朝的统治。这是好的表现。表现坏的已经镇压了，表现好的还应该有嘉奖。所以我派中郎将去接他们来朝。征发巴、蜀二郡各五百人是为了运送嘉奖的物品，以及保护使者不出意外，并不是要打仗。但听说这些地方却征发兵丁，编组队伍，使老百姓感到不安，两郡又擅自为之运送粮食，这一切都不是皇上的意思。那些被征者又有逃亡或自残的事，这也不合乎一个做臣民的应有的道理。

夫边郡之士，闻烽举燧燔[22]，皆摄弓而驰[23]，荷兵而走[24]，流汗相属，唯恐居后。触白刃，冒流矢，义不反顾，计不旋踵[25]。人怀怒心，如报私仇[26]。彼岂乐死恶生，非编列之民[27]，而与巴蜀异主哉？计深虑远，急国家之难，而乐尽人臣之道也。故有剖符之封[28]，析珪而爵[29]，位为通侯[30]，处列东第[31]，终则遗显号于后世，传土地于子孙。行事甚忠敬，居处甚安逸。名声施于无穷，功烈著而不灭。是以贤人君子肝脑涂中原[32]，膏液润野草而不辞也[33]。今奉币役至南夷[34]，即自贼杀，或亡逃抵诛。身死亡名，谥为至愚；耻及父母，为天下笑。人之度量相越，岂不远哉[35]！然此非独行者之罪也。父兄之教不先，子弟之率不谨，寡廉鲜耻而俗不长厚也。其被刑戮[36]，不亦宜乎？

注　释

㉒烽举燧燔：古代在边境置烽燧，昼则燔燧，使冒烟；夜则举烽，使燃火，以为报警。用烟火者，取其可于远处望见。　㉓摄弓而驰：抓起弓箭就跑。　㉔荷兵而走：荷，音贺，负荷。兵，兵器。二句皆积极参与防御战斗之意。　㉕议不反顾，计不旋踵：反顾，向后看；旋踵，向后转。二句指舍生忘死积极参战。　㉖如报私仇：把打击入侵看作为己报仇。　㉗非编列之民：意为他们不是普通老百姓吗？　㉘剖符之封：古代贵族受封，都要郑重给予符契，调兵遣将也如此。符多为金属制成，上刊文字。铸成后分成两半，一半由皇帝保存，一半由受封者保存，以示信用，谓之剖符。　㉙析珪而爵：珪，古代礼器。凡贵族相见均执圭璧，所以在封赐贵族爵位时，都要给以珪，以显示其贵族身份。　㉚通侯：秦设，为二十等爵的最高一级。汉代沿用，亦称列侯。　㉛东第：高级住宅称为第。如宅第、府第，封建时代往往对功臣或高官有赐第。赐第分甲乙等级，亦可分东西南北。东第应是位列在前。　㉜肝脑涂中原：指死在战场上。　㉝膏液润野草：与上同。亦指死在野外。　㉞奉币役至南夷：指开通牂柯道只不过为了运送币帛，并非战争。　㉟度量相越，岂不远哉：越，超越。指人的度量差别太大了。度量，指算计轻重取舍。　㊱被刑戮：指因自贼杀或逃亡而被诛死。

解　说

在第一段，分别谴责了地方官吏对皇帝政策的误解之后，也指责了这些不积极服从皇帝命令的老百姓。在第二段就以“边郡之民”的表现为例来指责了老百姓的逃亡、反抗的行为，以为即将采取的镇压措施寻找借口。

那些北方边郡地区的居民，一看见晚间报警的烽火、白天的狼烟，马上挟着弓，扛着武器向发出警号的地方跑去，争先恐后，汗流浃背去冲犯刀和箭，不论多么危险也不肯回头。难道他们不愿活，愿意死吗？难道他们不同样是皇上的百姓吗？这是由于他们考虑事情从深处远处去想，关心国家的危难，尽力去尽一个臣民应有的义务。正因为如此，所以对他们才有官爵的封赏。他们当上侯爷，住上高房大屋，死后留下好名声、大量的土地。他们的行为很高尚，他们的生活很安逸，他们的名誉长久流传，他们的功劳永远存在。所以，一切贤人君子就不怕战死沙场而尽力忠于国家。今天，你们不过是运送一些礼物到南夷，就吓得自杀，或是逃跑，或是跑不掉被诛死，死了也只算是死得极蠢。连父母也跟着没脸见人，成为众人讪笑的对象。一个人的思想见解的距离有多大啊！但这也不仅是这些逃亡受诛的人的罪行。做父兄的平时没教育，自己作为子弟表率的行为不慎重，养成不懂廉耻的坏风俗，也应负有责任，所以对你们施行处罚也是应该的。

陛下患使者、有司之若彼，悼不肖愚民之如此，故遣信使，晓谕百姓以发卒之事㊲，因数之以不忠死亡之罪，让三老、孝悌以不教诲之过㊳。方今田时，重烦百姓。已亲见近县，恐远所溪谷山泽之民不遍闻檄到，亟下县道㊴，使晓喻陛下之意。无忽。

注 释

㊲晓谕百姓以发卒之事：晓谕，明白告诉。发卒，征发伕役。 ㊳三老、孝悌：掌教化的乡官。 ㊴亟下县道：尽快转发县以下各级。

解 说

皇帝陛下一方面考虑到使者、地方官们有那么一些误解，另一方面又哀怜不懂事的愚民又有这样一些不应有的恐惧，所以特派了带信的使者来晓谕百姓，使他们知道为什么征发人伕兵丁。顺便指出那种死亡是不忠的、有罪的。也责备乡间那些基层管事的平时没有教育。现在正是农忙时节，还要劳烦百姓，已经在附近县向百姓亲自说明，恐怕边远山谷的百姓没有普遍知道，应尽快把文告发到各县，使所有的人都能明白陛下的旨意。各级官吏不得玩忽！

封燕然山铭① 并序

班　固

班固字孟坚，东汉人。父彪，字叔皮。著《汉书》未成，固为续成之，又未成。其妹曹大家，为续成之。固弟超，字仲升。封定远侯，开通西域三十六国。一门文武，均为传人，史各有传。

惟永元元年秋七月②，有汉元舅曰车骑将军窦宪，寅亮圣明③，登翼王室④，纳于大麓⑤，维清缉熙⑥。乃与执金吾耿秉⑦，述职巡御⑧，理兵于朔方⑨。鹰扬之校⑩，螭虎之士⑪，爰该六师⑫；暨南单于、东乌桓、西戎氐羌侯王君长之群，骁骑三万⑬。元戎轻武⑭，长毂四分⑮，云辎蔽路⑯，万有三千馀乘。勒以八阵⑰，莅以威神⑱；玄甲耀日⑲，朱旗绛天⑳。

注　释

①封燕然山铭：封，古代帝王要登上最高的山顶祭天，以表示自己承受天命为皇帝。这种礼仪就称为封。如秦皇、汉武都曾登泰山举行封禅大典。燕然山，即今蒙古人民共和国的杭爱山。这是汉代与匈奴作战的兵力所达到的最北的地方。铭，记载，镂刻，以记载重大事件。封燕然山铭，即登燕然山顶祭天，立石雕刻，记下汉征讨匈奴取得彻底胜利的经过，以作永远纪念。　②永元元年：永元为东汉和帝年号，相当于公元89年。　③寅亮圣明：寅，敬畏；亮，诚信。　④登翼王室：登，升也；翼，羽翼辅佐。　⑤纳于大麓：本是《尚书·虞书》中对帝舜的颂

辞："纳于大麓，烈风雷雨弗迷。"但孔安国注《尚书》以为："麓，录也。纳之使大录万几也。"疑过于牵强。须知，尧舜之时，政务简明，没有什么万几。释麓为录亦不经。《尚书》原文即应是对纳于大麓的准确解释。烈风雷雨弗迷，表现舜的镇静、勇敢与智略。 ⑥维清缉熙：本《诗·周颂·维清》的首句。朱注"清，清明也。缉，续。熙，明。所当清明而缉熙者，文王之典也。"四字实即继承文王典型之意。用在这里，意为继承先帝传统。 ⑦执金吾：官名。耿秉，人名。 ⑧述职巡御：视察各地巡查防御情况。 ⑨理兵于朔方：理，治，整顿。兵，边防军。朔方，即北方边郡。 ⑩鹰扬之校：校，指一般军官。鹰扬，勇武貌。⑪螭虎之士：螭虎，泛指猛兽。士，兵士。螭虎之士，指强壮勇猛的兵士。⑫爰该六师：古代军队组织，天子有六师。爰，语助词。该，总管。即统帅天子的军队。 ⑬暨南单于……君长之群：南单于，早时匈奴统治集团分裂为南北二单于，内乱，南单于降汉。东乌桓，另一居于东北地方少数民族。西戎、氐、羌都是居于中国西北部少数民族，各有首领，不相统率。共有骑兵三万。 ⑭元戎轻武：元戎、兵车。轻武，迅捷貌。⑮长毂四分：长毂亦指兵车。 ⑯云辎蔽路：辎，辎车，军队行进中的供应物资车辆。云辎者，谓其车多如云遮满道路。 ⑰八阵：指军队战斗组织形式。 ⑱莅以威神：加以威风和勇气。 ⑲玄甲：即铁甲。耀日，铁甲对阳光反射。 ⑳朱旗绛天：汉军旗帜红色，故称朱旗，亦称赤旗。绛，红色。绛天，把天映红了。

解 说

这是中国古代公元一世纪时期的一篇有非常重大的历史价值的铭文。记录了从春秋末期，历经战国、秦、西汉、东汉五百多年间，北方匈奴与汉族之间的长期战争的最后一战。以东汉王朝最后胜利，匈奴族远徙中亚而告终。其历史影响远及欧洲。

上面这一段，是这篇铭文的序文中的第一部分，主要描述征讨匈奴的汉军的军威之盛。

时间是东汉和帝永元元年，即公元 89 年。领兵主将是国舅、车骑将军窦宪。他恭谨、诚信，居于汉帝的辅佐地位，总揽王朝大政而又光明磊落。他和执金吾耿秉到北方巡边治兵。他属下有英武昂扬的将校，如龙如虎的士兵，编成直属天子的六师。还有南单于、东乌桓、西戎、氐、羌，连同他们的大小君主所属的三万骁勇的骑兵。领先是轻捷的元戎兵车、战车和辎重军一万三千多乘，编成八阵的作战队形，组成他们无敌的神威。真个是，深黑的铠甲在日光中闪耀，大汉的红色旗帜多得把天都映得通红。

遂凌高阙[21]，下鸡鹿[22]，经碛卤[23]，绝大漠[24]，斩温禺以衅鼓[25]，血尸逐以染锷[26]。然后四校横徂[27]，星流彗扫[28]，萧条万里，野无遗寇[29]。于是，域灭区单[30]，反旆而旋[31]。考传验图[32]，穷览其山川。遂逾涿邪，跨安侯，乘燕然[33]。蹑冒顿之区落[34]，焚老上之龙庭[35]。上以摅高、文之宿愤[36]，光祖宗之玄灵；下以安固后嗣，恢拓境宇[37]，振大汉之天声。兹所谓一劳而久逸，暂费而永宁者也[38]。乃遂封山刊石[39]，昭铭上德[40]。

注　释

㉑高阙：地名。今内蒙古自治区杭锦后旗东北，阴山山脉一个缺口，为去漠北通道。　㉒鸡鹿：即鸡鹿塞。今内蒙古磴口北，哈隆格乃峡谷口，为古代阴山南北交通要冲。　㉓碛卤：碛，通指沙漠，亦称沙碛。卤，指盐碱地。　㉔绝大漠：绝，断。指穿过大沙漠。　㉕斩温禺以衅鼓：温禺，匈奴小王名。衅鼓，古代杀人或宰牲，用其血涂在钟或鼓上以取吉利，谓之衅。　㉖血尸逐以染锷：尸逐，亦匈奴小王名。用他的血来染红刀锋剑刃。即诛杀。　㉗四校横徂：徂，往、到。意即四支军队横向扫荡。　㉘星流彗扫：像流星彗星那样迅速流扫过天空。极言其扫荡的迅疾有力。　㉙萧条万里，野无遗寇：在万里之大的战区中，没有遗留一个敌人。　㉚域灭区单：即整个地区已消灭干净。单，作尽解。　㉛反旆而旋：旆，大旗。旋，同还。全句意为班师回还。　㉜考传验图：传，指文

字资料；图，地图。 ㉝逾涿邪，跨安侯，乘燕然：涿邪、安侯、燕然，均匈奴境内山名。参见注①。 ㉞蹑冒顿之区落：蹑，踩。冒顿，音 mò dú。西汉初年匈奴单于名，曾将汉高帝围在平城七天。是匈奴最强盛时期的首领。区落，即区脱，匈奴语的边界地区。全句意即踏上了冒顿的土地。 ㉟焚老上之龙庭：老上，匈奴单于名，冒顿之子。龙庭，匈奴每年五月大会龙庭，祭天。是匈奴的政治中心地。 ㊱上以摅高、文之宿愤：摅，抒散。高、文，汉高祖、汉文帝。高祖曾被匈奴围困，文帝时匈奴多次掳掠侵扰，只能屈辱和亲，所以称为“宿愤”。即长期累积的愤怒。㊲恢拓境宇：扩大疆土。恢，大；拓，开拓。 ㊳一劳而久逸，暂费而永宁：一次性费财费力而得到长久的安宁。 ㊴封山刊石：登最高山顶祭天谓之封。刊，刻。记载功绩，并刻在石头碑碣上。 ㊵昭铭上德：上德，最高的功德。铭，记。

解　说

这一段叙述战功。

窦宪与耿秉及南匈奴左谷蠡王共一万八千骑兵作主力出鸡鹿塞，南单于万骑出满夷谷，左贤王万骑出稒阳塞。三路兵马在涿邪山会师，与北匈奴单于会战于稽落山，大胜北单于。北单于逃走，投降的有二十多万。然后分兵扫荡，消灭馀敌。这就是本段铭文中所说：“凌高阙，下鸡鹿，经碛卤，绝大漠”、“四校横徂，野无遗寇”的战功。这一战决定了北匈奴远逃向中亚地区并继续向西发展的历史。

战后，继续扫荡向北，从涿邪山翻山到燕然山，进入当年冒顿单于的生长地区，和当年老上单于的政治中心——龙庭。这一来，足可以洗雪前汉高帝、文帝失败的耻辱，更可以令后世帝王不再受威胁，扩大疆土，弘扬大汉的声威。这是一次劳费而取得长久的安稳。为此，就封山刻石，铭记功德。

其辞曰：

铄王师兮征荒裔[41]，剿凶虐兮截海外[42]，夐其邈兮亘地界[43]。

封神丘兮建隆嵑[44]，熙帝载兮振万世[45]。

注　释

㊶铄王师兮征荒裔：《诗经》有“于铄王师，遵养时晦”之句。铄，闪烁有光貌。荒裔，指中国之外的远方少数民族。　㊷截：古体的截字。　㊸复其邈兮亘地界：夐、邈，都指遥远。亘，竟，谓到了大地最远的边界。　㊹封神丘兮建隆嵑：封，见注①。神丘，指燕然山。隆嵑，高大的石碣。嵑，即碣。　㊺熙帝载兮振万世：熙，广也，开拓。《书经》“熙帝之载”，即开疆拓土。

解　说

这最后一段，才是歌颂天汉威德的《封燕然山铭》的正文。

铭文的辞这样说：

光芒铄耀的王师——远征四荒，
剿除凶横暴虐，整饬海外地方。
快要到大地的尽头，辽远渺茫。
把宏伟的碑碣，立到神山顶上，
开拓圣皇疆土，留作万世榜样。

石芝父评：西汉文尚单行，东汉文尚俳偶。班孟坚实为首倡。其文汪洋宏博，不易终篇。此文独简劲入古，有龙门气味。

前出师表①

诸葛亮

诸葛亮，字孔明，汉末南阳人。志在管、乐。刘先主三顾草庐。隆中一对，已定三分之局。出佐先主，据荆州，取益州；东和孙权，九伐中原。卒于五丈原军中。此表乃出师北伐时所上于后主者。

臣亮言：先帝创业未半而中道崩殂②，今天下三分，益州疲敝③，此诚危急存亡之秋也。然侍卫之臣不懈于内，忠志之士忘身于外者，盖追先帝之殊遇，欲报之于陛下也。诚宜开张圣听④，以光先帝遗德⑤，恢弘志士之气⑥，不宜妄自菲薄，引喻失义，以塞忠谏之路也。宫中府中俱为一体，陟罚臧否⑦，不宜异同。若有作奸犯科及为忠善者，宜付有司论其刑赏⑧，以昭陛下平明之治⑨，不宜偏私，使内外异法也。

注　释

①出师表：这是诸葛亮在公元227年决定出师伐魏时，写给后主的一篇报告。历来各朝代凡有关征战大事，总是由皇帝决定派遣大将领兵。唯独这次蜀汉的北伐，却是由诸葛亮自己决定，甚至没有经过后主的同意，可见蜀汉政治大权在诸葛亮手中。然而，历史证明，他虽有如此大权，却全无个人打算，甚至没人怀疑他会有非分之想。这是诸葛亮的品格千古无双的地方。　②崩殂：二字都是古代对帝王之死的特殊用语。称皇帝死为驾崩，是常见语。殂，与崩同义。如《虞书·舜典》“二十有八载，帝乃

殂落”。 ③益州疲敝：益州，指蜀国。疲敝，疲劳和困难。指先帝兵败，损失很大，加以南征几年，兵士困乏，所以称为疲敝。 ④开张圣听：请后主注意倾听下面的意见。因为是皇帝，所以称为圣听。凡皇帝都是圣人。 ⑤以光先帝遗德：以光，发扬光大。先帝，刘备。遗德，指死后留下的榜样。 ⑥恢弘志士之气：恢复和加强那些有志于恢复统一大业的有志之士的豪气。 ⑦陟罚臧否：提升，处罚，表扬和批评。 ⑧宜付有司，论其刑赏：对做坏事和做好事的人，应交给主管部门来决定处罚或奖赏。 ⑨以昭陛下平明之治：昭，显示。平明之治，指公平而光明的统治方式。

解　说

一部《三国演义》，使诸葛亮成为一千多年来中国妇孺皆知的人物，是中国人智慧的化身。不单在中国，他的声名远及印度支那。至今在那里，民间还传留着许多关于诸葛亮的传闻轶事。现实中的诸葛亮，不但是智慧化身，更是中国儒家道德的典范。历来传说，读他的《出师表》而不流泪的人，一定不是好人。由此可以看出诸葛亮人格的高大，也可以看出《出师表》这篇文章的感人之深。

文章首段指出当前形势的特点，和提请后主应该注意的问题。第二段是在出师之后，给后主留下几个靠得住的助手。第三段说到自己，并表示了北伐的决心，目标是要完成统一大业，“兴复汉室，还于旧都”。最后是向后主再表决心，承担全部北伐责任；同时也希望后主能够“咨诹善道，察纳雅言”，牢记父亲未尽志愿。

诸葛亮说：先帝要重建统一的汉朝江山的伟大事业还没有一半，就半道死去了。而从当前的三分天下形势来看，益州是最困难的，可说已到了危急的、死活关键的时候。但从人事来看，皇上周围的文臣并没有懈怠的地方，武将们依旧那样舍生忘死，这都是先帝过去对他们的那种特殊信任，使他们想要向陛下回报的缘故。在这种时候，真该放开陛下的胸怀和耳目，更加光大先帝留下的基业，鼓励这些为统一而尽力的志士们的勇气。不要总以为自己不行，说话不检点，堵塞了那些想对您建议或劝告的人的嘴。要知道您的宫中和相府，本来就是一致的。提拔，处分，表扬，批评，都应有同一标准。凡有做坏事、触犯刑律的，或是做好事的，都应交给主管部门处置，决定对他的处罚和奖励，用以表示您的公平、开明的统治，不要有所偏向或讲情面，使法律因对象而不同。

侍中、侍郎郭攸之、费祎、董允等⑩，此皆良实，志虑忠纯⑪，是以先帝简拔以遗陛下⑫。愚以为宫中之事，事无大小，悉以咨之，然后施行，必能裨补阙漏，有所广益也⑬。将军向宠，性行淑均，晓畅军事⑭，试用于昔日，先帝称之曰能，是以众举宠以为督。愚以为营中之事，事无大小，悉以咨之，必能使行阵和穆，优劣得所也⑮。亲贤臣，远小人，此先汉之所以兴隆也；亲小人，远贤臣，此后汉之所以倾颓也⑯。先帝在时，每与臣论此事，未尝不叹息痛恨于桓、灵也。侍中、尚书、长史、参军，此悉贞亮死节之臣也⑰，愿陛下亲之信之，则汉室之隆，可计日而待也。

注 释

⑩侍中、侍郎郭攸之、费祎、董允等：侍中、侍郎，都是皇帝身边的近臣，且主管一些重要部门。所列举的三人都是现任或曾任此职。 ⑪此皆良实，志虑忠纯：品格可靠，思想纯正。 ⑫先帝简拔以遗陛下：是先帝挑选出来留给您的。 ⑬有所广益：指经这几人补充的措施，会使措施的好处扩大。 ⑭晓畅军事：指将军向宠对军事的各个方面都明白、通晓。 ⑮行阵和穆，优劣得所：行，音杭。兵士的编组。阵，兵士的战斗组织。和穆，有秩序。优劣得所，能力大小的都能有合适的位置。 ⑯倾颓：倾，不正；颓，崩颓。意为亲小人，远贤臣，是后汉政权崩溃的主要原因。 ⑰贞亮死节之臣：贞，正。亮，耿直。死节，关键时能豁出性命的忠臣。

解说

在您宫中任侍中、侍郎的郭攸之、费祎、董允这些人，都是端正忠实的人，思想纯正，所以先帝才挑选来留给您用。愚意以为，凡宫中所有的事都听取他们的意见之后再实行，一定会有效地弥补一些遗漏、缺失，而事情办得更完善。将军向宠这个人，秉性端正、公道，通晓有关军事的一切事务，早年曾试用过，先帝表扬过他，说他行。我以为，有关军事的事都交给他，和他商量，必定会使军队的行伍、战阵都井井有条，好的和差的都能各得其所。

亲近品德高尚的臣僚，远离那些品质不好的人，这是前汉能够兴旺发达的原因。反过来，亲信小人而把贤人远远抛开，这正是后汉各代所以政事越搞越糟，以至于被颠覆的主要原因。先帝活着的时候，每每和我谈起这些事，没一次不叹息痛恨桓帝、灵帝时代的种种错误措施。侍中、尚书、长史、参军这几个人，都是坚贞的辅佐，能够舍身赴死的人。我希望陛下能亲近、信任他们，那么，我们汉室的兴旺发达的日子，是可以掰着指头数着等的。

臣本布衣[18]，躬耕于南阳[19]，苟全性命于乱世，不求闻达于诸侯。先帝不以臣卑鄙[20]，猥自枉曲[21]，三顾臣于草庐之中，咨臣以当世之事，由是感激，遂许先帝以驱驰[22]。后值倾复，受任于败军之际，奉命于危难之间，迩来二十有一年矣。先帝知臣谨慎，故临崩寄臣以大事也[23]。受命以来，夙夜忧惧，恐托付不效，以伤先帝之明，故五月渡泸，深入不毛。今南方已定，兵甲已足，当奖帅三军，北定中原，庶竭驽顿，攘除奸凶[25]，兴复汉室，还于旧都。此臣之所以报先帝，而忠于陛下之职分也。

至于斟酌损益，进尽忠言，则攸之、祎、允之任也。愿陛下托臣以讨贼兴复之效；不效，则治臣之罪，以告先帝之灵。若无兴德之言[26]，则责攸之、祎、允之咎，以彰其慢[27]。陛下亦宜自谋，以咨诹善道[28]，察纳雅言，深追先帝遗诏，臣不胜受恩感激。今当远离，临表涕泣，不知所云。

注　释

⑱布衣：古代服装有严格等级，老百姓只能穿粗布衣服，故以布衣代指一般老百姓。　⑲躬耕：指亲自从事农业生产劳动。　⑳卑鄙：这与今天通常说的卑鄙含义不同。卑，是指社会地位低；鄙，是指缺乏知识。㉑猥自枉曲句：不惜降低自己身份下顾草庐。　㉒许……以驱驰：即承诺接受领导之意。　㉓临崩寄臣以大事：大事，即恢复汉家的一统江山。㉔深入不毛：这句话通常解释为不长庄稼甚至不长草的地方，如沙漠，称为不毛之地。但诸葛亮南征，在今云贵地区，是植物生长茂盛的地方，不能称为不毛之地。而且原文也没有"之地"二字。有人认为"不毛"乃译音，即今缅甸边界的八莫，但也只是猜想。当时南征似乎走不了那么远。与此相关，"五月渡泸"一语通常指向金沙江。但当时作战地区，似乎离金沙江很远。这些都有待进一步探讨。　㉕庶竭驽顿，攘除奸凶：庶，庶几，或许可能。竭，尽力。驽顿，谦辞，指自己才能低劣。全句意为：希望通过自己全力奋斗，终于能消除凶恶的敌人。　㉖兴德之言：指加强统治力量的建议。　㉗以彰其慢：慢，指不积极；彰，公开。　㉘咨诹善道，察纳雅言：诹，音 zōu。咨诹，征询，听取。察纳，采纳。即征求好方法，采纳好意见。

解　说

表的最后一段，是诸葛亮向后主表明自己之所以要北伐的决心。须知，诸葛亮此时在蜀汉的政治舞台中，他的地位是相当尴尬的。从本表前文可见，他的北伐并非出于后主的主意，而是他一意决定的，一些重要臣僚是他安排的，军队是他统领的，一切权力都在他一人手中。不但后主，即使臣僚中，难道没有一点疑忌吗？小人奸佞不会挑拨离间吗？周公还恐惧流言，亲兄弟之间还你死我活，可见诸葛亮的地位并不安稳。所以，他这《出师表》的最后一段的表明决心，不但是向后主，也是向蜀汉所有的人表明心迹。不但为表明自己，也是消除隐患。所以这一段成了本文的核心，也是最感动人的抒情文字。

他说：我本来是一个布衣，即普通老百姓，自己亲自从事生产劳动。为了在这乱世中谋求活命而已，并不曾想要在这各派纷争中显露什么能耐，谋取什么地位。只是由于先帝没有轻视我，甚至不惜委屈自己，三次来草庐中访问我，向我询问当前的天下大事。这一点使我深为感激，并因此而接受了先帝的托付，为之奔走效命。随后，面对被消灭的危险，我正在打了败仗时接受了任务，在危险时刻肩负起重任。这到现在已经二十一年了。先帝知道我办事谨慎，所以在生命最后时刻把兴复汉室的大事托付给我。我接受了这一重任，白天黑夜都在忧虑，恐怕完不成这一任务，使先帝的聪明睿智受到伤害。所以才不惜冒犯五月份这个最不相宜的时刻渡过泸水，深入到不毛的地方——这是为了尽快解决南方的叛乱。如今，南方已安定下来，兵队的装备已经充足，正该奖励士卒、北向平定中原地区。也许就可以竭尽我这点愚蠢迟钝的能力，一举排除了盘踞北方的奸凶，恢复大汉王朝的统治，回到过去的首都。这就是我对先帝的报答，也是对陛下所给我的职位的忠实履行。

至于在后方协助陛下，竭尽忠心，则应是攸之、祎、允几位的责任。我希望陛下把讨贼的任务全部交托给我，做到恢复汉室天下。如果没有完成，那就应治我的罪，向先帝之灵报告。如果后方没有治好，就应是攸之、祎、允几个人的责任，应该处分他们未能尽职。陛下也应该自己有所打算，经常征求意见，分析和采纳好的意见，深深地记住先帝遗诏中所说的话，那为臣的就受恩感激不尽了。如今，正当要远远离开陛下去北征的时候，面对正在写的这张《出师表》，我的涕泪都流下来了，简直不知道我说了些什么。

石芝父评：孔明为三代以下纯臣。一生事业，在前后《出师》两表中，“鞠躬尽瘁，死而后已”，卒践其言。文亦苍莽入古。

与朝歌令吴质书[①]

曹　丕

魏文帝曹丕，为魏武帝曹操长子。曹丕篡汉后，改国号为魏，称文帝，迁都洛阳。追谥父操为武帝。操、丕及丕弟植俱擅文学，史称三曹。

五月十八日，丕白[②]：季重无恙。

涂路虽局，官守有限[③]。愿言之怀，良不可任[④]。足下所治僻左[⑤]，书问致简，益用增劳。每念昔日南皮之游[⑥]，诚不可忘。

既妙思六经，逍遥百氏[⑦]；弹棋闲设[⑧]，终以六博[⑨]；高谈娱心，哀筝顺耳[⑩]。驰骋北场，旅食南馆[⑪]；浮甘瓜于清泉，沉朱李于寒水[⑫]。白日既匿，继以朗月，同乘并载，以游后园。舆轮徐动，参从无声；清风夜起，悲笳微吟。乐往哀来，怆然伤怀[⑬]。余顾而言，斯乐难常。足下之徒，咸以为然。今果分别，各在一方。元瑜长逝，化为异物[⑭]，每一念至，何时可言。

注　释

①朝歌令吴质：吴质，字季重，三国时魏文学家，受知于魏文帝曹丕。时为朝歌令。　②五月十八日，丕白：古今书信习惯格式有所不同。汉魏时期习惯把写信人名字放在前面，今人则都放在后面。所以曹丕的信，先写年月日丕白，吴质复信则先写质白。　③涂路虽局，官守有限：涂路，即道路。局，近。官守，指职责。有限，有限制。即不得擅离职守。全句意为，住处相距虽不远，但职责所限，不能常见面。　④愿言之

怀，良不可任：《诗·卫风·伯兮》“愿言思伯，甘心首疾。”表明朋友别离后的思念。此处说“愿言之怀”即指此。良不可任，指这种思念的情怀，到了难以承受的地步。 ⑤僻左：偏僻的意思。 ⑥南皮之游：南皮在今河北省东南部，临运河。距魏时许都不远，多贵胄园林。有名的晋石崇金谷园即在此处，故魏晋时常为贵介子弟游观之处。 ⑦妙思六经，逍遥百氏：指互相随意讨论经典和诸子百家的理论。 ⑧弹棋：古代棋类游戏的一种，分黑白棋，二人对弹。今已失传。 ⑨六博：古代博戏，今已失传。 ⑩高谈娱心，哀筝顺耳：高品位的漫谈，可以使人感到一种心智的享受。筝，一种乐器，使人听来感到舒适。 ⑪驰骋北场，旅食南馆：到北边广场去跑马射箭，到南边馆舍去休息散步。 ⑫浮甘瓜于清泉，沉朱李于寒水：古时贵宦人家夏季的一种享受方式。把甜瓜放在园林内的流水上，把熟透的李子沉到水底，目的是使瓜果更为凉爽适口。 ⑬乐往哀来，怆然伤怀：即所谓乐极生悲，感到欢乐不能长久，人生过于短促。 ⑭元瑜长逝，化为异物：阮瑀字元瑜，文学家，建安七子之一。化为异物，古人认为人死了就不再是人，而变化成别的东西。

解　说

这是一篇优美的抒情文，为以后六朝时期的抒情散文开拓了先路。

曹操、丕、植三人，都擅长而且喜欢文学。当时成为文学史上有名的建安时期。在他们的周围，聚集了一批文人学士，其中较突出的称为建安七子。文中所怀念的逝者阮瑀字元瑜，即为其中之一。

这是曹丕当了皇帝后写给朝歌令吴质的信。吴质也是参与这一群体的文人学士之一。信中回忆了他们年轻时一同去南皮游赏园林的快乐：既有各人对六经的妙解，又有对战国百家争鸣时期的各家的随意评论，还有可供娱乐的弹棋、六博等种种设施。既有使人心智开阔的各种妙语趣谈，又有随风入耳的音乐；北场上去驰马，南馆里餐饮和休息。让解暑的甜瓜浮荡在流水中，把熟透的李子放到寒水中冰镇，真是畅快开心的旅游！白天过去，月夜到来，又一起到后园去夜游。车轮缓缓行进，随从的人都悄静无声。清凉的晚风吹来，声音悲切的胡笳在轻轻漫奏，这使我产生轻微的哀思。我回头向你说，这样的快乐恐怕难以常有，你们大家都有同感。到今天可真是天各一方了，而且元瑜已故去了。每每想到这些，真不知从何说起。

方今蕤宾纪时，景风扇物[15]，天气和暖，众果具繁。时驾而游，北遵河曲[16]。从者鸣笳以启路，文学托乘于后车[17]。节同时异，物是人非[18]，我劳如何[19]！今遣骑到邺[20]，故使枉道相过[21]。行矣自爱[22]。丕白。

注　释

⑮蕤宾纪时，景风扇物：蕤宾，十二律之一的名称。用以配十二月，相当于五月（夏历）。古时称南方来的风为景风。南风暖和，好似在煽动各种植物快速生长。　⑯北遵河曲：出游到黄河南岸，循着河水的弯曲游览。　⑰鸣笳启路，托乘后车：鸣笳，吹动胡笳，告诉前边行人让路。启，即开。启路，开路。托乘后车，指随从的文学士们，都在后面的车队上。　⑱节同时异，物是人非：指联想到当时的南皮之游。以季节来说，都是相同的五月，但时代却已变更了。依旧是甘瓜、朱李这些果品，但同游的人已不是原来那些人了，不由使人产生对已经逝去的岁月和友人的怀念。　⑲我劳如何：劳，指沉重的思念。《诗·陈风·月出》“劳心悄兮”，朱注：“安得见之而舒窈纠之情乎？是以为之劳心而悄然也。”此处“劳”，应为劳心之省称。　⑳邺：邺城。公元213年曹操为魏王，定都于此。曹丕称帝，移都洛阳。　㉑枉道相过：枉道，即绕道。相过，即经过你这里。　㉒行矣自爱：关怀问候语。犹如今天说“再见了，多保重！”同样的含义。

解　说

前一段是对过去美好时光的怀念，这一段则是寄书时的情怀。

今天又是律中蕤宾的五月，暖和的南风，在催着万物快快成长。天气暖和了，各种应时的瓜果都成熟了。有时也驾车出游，北行到大河弯处。随从吹响胡笳在前开路，文学士们也列坐在后面车中，好像依然当时景象。但是，季节虽然相同，年代却完全异样了；景色似乎依旧，但同游的人却全换了。抚今思昔，我是何等的心情呵！今天，因为遣使到邱城，特意让他绕道到你那里。再见了，请珍重。丕白。

石芝父评：自古及今，以父子、弟兄姊妹能文章者，东汉之班彪，魏之曹操，晋之左思，梁之萧衍，宋之苏老泉数十人耳。此文字句妍练，情思绵绵，已开六朝人清新缓逸一派。老于文者自知。

上孙皓言时政书

贺　邵

贺邵，字兴伯，山阴人。仕吴。孙皓即位，迁中书令太子太傅。皓凶暴骄矜，邵上书谏之，不听。数年吴竟亡。

臣闻兴国之君，乐闻其过；荒乱之主，乐闻其誉。闻其过者，过日消而福臻①；闻其誉者，誉日损而祸至。是以古之人君，揖让以进贤，虚己以求过。譬天位于乘犇②，以虎尾为警戒③。

注　释

①臻：达到。　②譬天位于乘犇：《夏书·五子之歌》："予临兆民，懔乎若朽索之驭六马。"天位，指皇帝的位子。犇，音奔。义同。　③虎尾：《易·履卦》："六三，履虎尾，咥人凶。"俗语说："老虎尾巴，摸不得。"咥，咬。音迭。履，脚踩。

解　说

孙皓是三国时吴国的最后一个君主，是一个典型的亡国之君。聚敛自恣，暴虐人民，以杀戮立威。于是，人心离散，晋军乘虚而入，出现了"王浚楼船下益州，金陵王气黯然收"的后果。贺邵上书劝谏，直言指责政治措施的失当。然而不被采纳，其后果来得很快，不过几年光景便致亡国之惨。

这是上书的开头一段，提出“闻过”与“闻誉”两种不同态度，立起一个是与非的客观标准，以为自己提出意见的依据。

我听说那些开创国家和使国家兴旺发达的君主，乐于听到臣下说出他的过失；而那些搞乱国家的君主，都乐于听到下面的赞誉。常听见自己的过失的君主，他的过失就会逐渐减少，而好事就日渐多起来。爱听赞誉的，他的好名声就会减少而失败就会跟随而来。所以古代的好君主，谦虚多礼招徕贤人，虚心征求对自己的批评。把当君主这个位子，看作驾驭一群奔马的车子，很危险，并且用好似踩着老虎尾巴的情况来警诫自己。

至于陛下，严刑法以禁直辞，黜善士以逆谏臣。炫耀毁誉之实，沉沦近习之言④。昔高宗思佐，梦寐得贤⑤；而陛下求之如忌⑥，忽之如遗⑦。杀戮公辅，毒害旧臣；宠恃佞嬖⑧，威福自擅。上亏日月之明，下塞君子之路。役发戍兵，以驱麋鹿。兵士罢于运送，人力竭于驱逐。老弱冻饥，大小怨叹。

注 释

④近习：身边亲信之人。《礼记·月令》：“虽有贵戚近习，毋有不禁。” ⑤高宗梦寐得贤：殷高宗“恭默思道，梦帝赉予良弼，其代予言……旁求天下”。（《尚书·说命》）的传说。 ⑥忌：忌讳。指不肯求贤。 ⑦忽之如遗：忽，轻视。遗，抛弃。 ⑧佞嬖：佞，花言巧语以求宠幸之人。嬖，宠幸之人。

解 说

到了陛下您，向以严刑峻法来不许人说真话，驱逐好人来恫吓理应负责提意见的谏臣，反而沉溺于自己身边那些小人的耳边风。从前殷高宗做梦也在访求贤人，终于得到贤人。而陛下也在求贤人，却是怀着忌恨的心情，忽视和抛弃他们，随意杀戮一些重要的辅佐，毒害一些多年的老臣。宠信而且依靠这些哄骗您的坏蛋，任意地作威作福。往上说，亏损了您的日月一般的光明，往下说，阻断了好人上进的道路。又调发长江一带边防的戍兵去为您驱兽逐鹿，弄得边防军士们因为替您运送猎物而疲惫不堪，老百姓的人力都为驱赶这些野兽耗尽了。老百姓中的老弱受饿受冻，大人小孩都抱怨和叹息。

臣窃观天变，比年以来，阴阳错缪⑨，四时逆节⑩，日食地震，中夏霣霜⑪。参之典籍，皆阴气凌阳，小人弄权之所致也。昔高宗修己，以消鼎雉之异⑫；宋景崇德，以退荧惑之灾⑬。愿陛下上惧皇天谴告之诫，下追二君禳灾之道⑭，远览前代任贤之功，近寤今日谬授之失。清澄朝位，旌叙俊乂⑮；放退佞邪⑯，抑夺奸势；广延淹滞，容受直辞；祗承乾指，敬奉先业，则大化光敷⑰，天人望塞也。

注 释

⑨错缪：谬误，错误。 ⑩逆节：四时节气倒转。指冷热颠倒。 ⑪霣霜：霣，音殒，下霜也。 ⑫鼎雉之异：殷高宗肜祭时，有雉登鼎耳而鸣。高宗以为异，祖己作“高宗肜日”以训之。高宗修己正德以消此异。见《尚书·高宗肜日》。肜，音融。 ⑬荧惑之灾：未详。或曰荧惑，星名，即火星。以肉眼观察，火星运行，时进时退，其光赤色，故称荧惑。古人以为灾异。 ⑭禳灾：祈祷消灾。禳，音 ráng。 ⑮旌叙俊乂：旌叙，表扬。俊乂，有才德之人。 ⑯放退佞邪：驱除奸佞不正之人。 ⑰大化光敷：大化，本指生命的自然变化，此处应是指君主的教化。光敷，光辉普照。

解 说

在古代学说中，总是把天象视为与国家治乱密切相关。天象若有异常变化，总是预示着将发生某种灾祸。故天象的变异，往往被认为是对统治者的警告。所以，作者贺邵首先对孙皓提出天象异常的警告。

我个人私自观察了天象的变化，这些年来，阴阳的位置变得混乱了，一年四季的节气物候都颠倒了，发生了日食和地震，正当夏天都降了霜。从古代典籍来参照，这都是阴气压过阳气，小人弄权所致。从前，殷高宗肜祭那天，发现了野鸡飞到鼎上叫的异常现象，就努力改正自己的错误来消弭灾祸。宋景公看到荧惑星不正常的天象，就努力修德行善以阻止可能出现的灾殃。我希望陛下要畏惧上天的谴告，学习殷高宗、宋景公消弭灾殃的方法，观察古代贤君任用贤人的成功经验，觉悟到错误用人的过失。清理一下当前朝廷上的官位，表彰公正的、有才能的官吏，黜退奸幸，压抑或褫夺奸邪的势力，接受正确意见，启用被压抑的正人。遵守上天的旨意，敬谨地承继好祖先给留下的基业。这样就能使您的教化普及，从而满足上天和人民对您的期望。

传曰：国之兴也，视民如赤子；其亡也，以民为草芥⑱。陛下昔韬神光，潜德东夏，龙飞应天，四海延颈。以成康之化必应于今日也⑲。自登位以来，法禁转苛，赋调益繁。中宫、内竖⑳，分布州郡；横兴事役，竞进奸利。百姓罹杼轴之困㉑，黎民罢无已之求㉒。老幼饥寒，家户菜色㉓。而所在长吏，迫畏罪负，严法峻刑，苦民求办。是以人力不堪，家户离散，呼嗟之声，感伤和气㉔。

又江边戍兵，远当以拓土广境，近当以守界备难。宜时优育，以待有事。而征发赋调，烟至云集。衣不全裋褐㉕，食不赡朝夕㉖。出当锋镝之危，入抱无聊之感。是以父子相弃，叛者成行。愿陛下宽赋除烦，振恤穷乏，省诸不急，荡禁约法，则海内乐业，大化普洽矣㉗。

注释

⑱国之兴也……视民如草芥：语见《左传》哀公元年："逢滑曰：闻

国之兴也，视民如伤，是其福也。其亡也，以民为土芥，是其祸也。”草芥，土芥，一钱不值之意。⑲成康之化：指周成王与周康王时期，是周代治理最好的时期。⑳中宫、内竖：中宫，宫内执事。内竖，小太监。㉑罹杼轴之困：《诗·小雅·大东》：“大东小东，杼轴其空。”杼轴，织机。指赋税之苛，连织机上未完成的布都敛走了。㉒罢无已之求：罢，音疲。疲于统治者没完没了的苛求。㉓菜色：面黄肌瘦，营养不良的脸色。㉔感伤和气：古人相信天地间有一种“和气”。在人民安居乐业时，到处弥漫着这种和气。人民痛苦悲哀时，和气就消失了。人民心中不满，就会伤害这种和气。㉕衣不全裋褐：裋褐，《汉书·贡禹传》颜师古注：“裋者，僮裋所著布长襦也。褐，毛布之衣也。”一般指贫穷人家的布衣。竖，音树。㉖食不赡朝夕：即今语“吃了上顿没下顿”。㉗大化普洽：与上注⑰同义。光敷，指大化似光，此处则指大化如雨露的滋润。

解　说

从天上预兆的灾异，说到具体的时政得失。首先就是科役繁重，民不聊生，尤其是对长江边防军的乱调杂役使边防军心溃散。

经传上说，国家兴旺发达时，君主把人民看成自己的子女；国之将亡时，把人民看得一文不值。陛下早年在东光韬光养晦，行为很好。当您应天命登帝位时，四海人民都伸长脖子，期待您的恩惠，都认为周成王、周康王那种太平盛世就要在今天再现了。但从您登位以来，法禁反倒更苛酷了，租税、赋调更繁重了。宫里的管事人以及专供差遣的小人都分布到各州各郡，横不讲理地科派劳役，并且从中捞取好处。老百姓的织布机上都没有布了，实在应付不了那些没完没了的苛求。家家户户吃不饱、穿不暖，老老少少饿得面黄肌瘦。而那些地方官，由于怕被处罪，只得严刑恐吓、苦苦地强迫老百姓去办。所以，弄得全国人力不堪，许多人逃亡，家庭分散了。人民痛苦叹息，呼儿唤女的声音，已经伤了上天的和气。

还有，江边戍守边防的兵士，说远点，应当用来开拓疆界；说近点，应当用来防守边界，应付危险。本应该对他们优厚抚育，以准备发生意外，却对他们大量征发，出钱出力。使他们穿不上一套完整的衣裳，吃了上顿没下顿。他们对外要面对死亡的威胁，而内心却抱着无可奈何的心情。所以他们连自己的父亲或儿子都不顾了，叛逃者成串成行。我希望陛下宽免他们的赋税和劳役，对生活困难者予以救济，把许多不关紧要的事都省了，废除那些约法。这样，所有人民都能安居乐业，您的恩德将普及每个老百姓。

夫民者国之本，食者民之命也。今国无一年之储，家无经月之畜。而后宫坐食，至万余人。内多离旷之怨[28]，外有损耗之费。使库廪空于粉腻[29]，士民饥于糟糠。又北敌注目[30]，伺国盛衰。陛下不恃己之威德，而怙敌之不来[31]。忽四海之困穷，而轻虏之不为难，诚非长策庙胜之要也[32]。先帝勤身苦体，割据江山。虽承天赞，实由人力。遗祚至于陛下，宜勉崇德器[33]，以光前烈。爱民养士，保全先轨[34]。何可忽显祖之功勋，轻难得之大业，忌天下之不振，替兴衰之巨变哉[35]！

注　释

㉘离旷之怨：指被迫分离的怨女旷夫。　㉙库廪空于粉腻：仓库的积蓄，都来买化妆品花光了。　㉚北敌注目：北敌，指北方的晋。此时，蜀汉已亡。　㉛怙：依仗。　㉜长策庙胜：长策，指可靠的政策；庙胜，《孙子兵法》认为，作战双方的胜负，决定于双方的庙算的胜负。即今天说的战略决策。庙胜，即指战略决策。　㉝勉崇德器：勉，努力。努力使继承的祖宗基业，继续发扬光大。德器犹神器。　㉞保全先轨：轨，规范、典范，法制等。意为应保护遵守先帝订立的各种制度、规范。　㉟替兴衰之巨变：替，改变，更，代。把兴旺发达的基业，变成衰退的国家。

解　说

在谈到了老百姓的苦难、中宫阉宦的横行所造成的人民痛苦之后，更谈到边界上的危险等具体问题。这时不能不把所有这些问题的根源——孙皓这个皇帝的错误直接提出来了。

人民是国家的根本。食物关系到人民的生命。而今天国家的存粮不够一年的消耗，老百姓家中存粮更维持不了一个月（这是多么危险!）但是，你的后宫里坐着吃饭的，有一万多人。这些人中，许多是旷夫怨女，还要由此增加种种消耗，使得钱库和粮仓都耗空了，就为这后宫所需的粉腻，而兵士和人民却连吃糠糟也吃不饱，何况还有北方的敌人在窥伺我国的盛衰。陛下你不依仗自己的军威和给予老百姓的恩德，却依仗幻想中的敌人不会来；忽略全国人民的穷困，而轻信敌人不会进攻，这怎能是维持国家的长久政策和对抗敌人的重要庙算呢？先前几代皇帝的勤苦创业，割据江山，虽说是老天爷的赞许，实际还是由于人的努力，才把这基业传留给陛下您。只应勉励自己提高品德，为先帝们增添光辉。爱人民，抚养士兵，以保全先帝留下的轨范，怎么可以轻视祖先创业的功勋，和这一片留给你的基业呢？怎能不许人谈论天下的走向衰退，可能发生的兴衰交替的巨大变化呢？

臣闻否泰无常[36]，吉凶由人；长江天堑[37]，不可久恃。苟我不守，一苇可航也[38]。昔秦建皇帝之号，据殽函之固[39]。德化不修，法政苛酷，毒流生民，忠臣杜口。一夫大呼，社稷倾覆。近刘氏据险三川，重关四塞。金城石室，万世之安。任授失贤，一朝丧没。君臣系颈，共为羁仆[40]。此当世之明鉴，目前之炯戒也[41]。远考前世，近观世变，惟陛下察之。

注　释

㊱否泰，《易经》中对立的两卦。坤上乾下为泰；乾上坤下为否。泰，安全；否，动乱。　㊲天堑：古来称长江为天造的壕沟，用以隔断南北，故称长江为天堑。　㊳一苇可航：苇，芦苇。传说：达摩祖师，一苇渡江。实际所谓一苇指小船。小船长而两头尖，形似苇叶，故称扁舟一

叶。故一苇可航，指，你如不守备，那么一支小船也可过江。 ㊴殽函：指殽山和函谷关，均为秦国通往中原必经的险峻之处，称为“一夫当关，万夫莫开”。 ㊵羁仆：被捆起来的奴仆。 ㊶炯戒：炯，明亮。炯戒，昭明显著的告诫。

解　说

这篇上书的对象——亡国之君孙皓的几大罪状，实际上就是两点：对人民痛苦视而不见，对敌人可能的进攻麻痹糊涂。只顾眼前享受，不关心明天会如何。这篇上书，可谓是苦口婆心。但古今亡国暴君，都是同一毛病，这些话是绝对听不进去的。这最后一段就是针对这两点而发的，但毫无用处，却惹恼暴君而被杀。

我听说危难与安定并没有一定，吉与凶全在人为。长江这个天险并不是永久的依靠，假如我不防守，一只小船也可以渡过。从前，秦王开始建立皇帝这个尊号，据守殽函这样险峻的要塞。但是，没有恩泽到老百姓，法令既烦苛又残酷，其毒害达到所有的老百姓，忠臣都只能把嘴巴堵起来。然而，一个赤手空拳的人愤怒地吼叫了，他把天下就翻了个个儿。近来的西蜀刘氏据守着三川之险，四面有重重关隘，住在金城石室之中，可说万世也是安全的。但是，一朝用错了人，就全盘都输掉。君臣们同样地颈上系着绳子，成为被押解的奴仆。这是眼前明白的镜子，是对我们的刺眼的警告。看看前代，看看当前，只有请陛下你来考察了。

石芝父评：孙氏割据江东，乃后魏蜀而亡。使无孙皓之凶残暴虐，或可再延国祚。不纳忠谏，亡也宜矣。行文多用偶语，后世奏疏，尽属此种体式。

陈情表

李　密

李密，字令伯，蜀武阳人。少失父，母改嫁适人，依祖母刘氏为生。先仕蜀，蜀亡后，晋武帝诏征为太子洗马，不就。

臣密言：臣以险衅①，夙遭闵凶②。生孩六月，慈父见背。行年四岁，舅夺母志③。祖母刘，愍臣④孤弱，躬亲抚养。臣少多疾病，九岁不行⑤，零丁孤苦，至于成立。既无叔伯，终鲜兄弟⑥。门衰祚薄⑦，晚有儿息⑧。外无期功强近之亲⑨，内无应门五尺之童⑩，茕茕孑立，形影相吊⑪。而刘夙婴疾病⑫，常在床蓐⑬。臣侍汤药，未尝废离⑭。

注　释

①险衅：多灾多难，命运不好。　②闵凶：危险的灾祸。很早就遇到不幸。　③舅夺母志：指自己舅父强迫母亲改嫁。　④愍：音悯。同情，怜惜。　⑤九岁不行：不行，指行走不便。　⑥鲜：少，没有。　⑦门衰祚薄：门，家门。祚，福。犹今言命小福薄。　⑧晚有儿息：即常言“晚得子”。　⑨期功强近：古代重礼，尤重丧礼。丧礼中丧服更有严格的等级区分以表示亲戚的亲密程度。丧服分五等，称为五服，有斩衰、齐衰、缌麻、大功、小功等区别。五服之内为近亲，五服之外为远亲。服丧一年为期服，九月为大功服，五月为小功服等。所谓“期功强近之亲”，就是指亲属不同等级而言。　⑩应门五尺之童：应门，照应门户。负责接

待、通禀。五尺之童，指未成年人。 ⑪形影相吊：指孤立无亲。 ⑫夙婴疾病：很早以来就有病。 ⑬常在床蓐：经常卧床不起。蓐，草垫。⑭废离：抛下离开。

解　说

上一篇论时政书，这一篇是陈情表，凡疏、表一类文章，都是指臣下对皇帝陈述意见的专称。《陈情表》就是李密被晋武帝征聘为太子洗马这个官职而不肯接受，特地上表，把自己的情况向晋武帝直接陈述，请求准许的文章。

李密是三国时蜀人，曾在蜀汉朝做过官。现在晋武帝要将他征用，表面看是礼聘贤才，骨子里有对亡蜀遗臣加以监视的意思。如果执意坚拒，很可能给自己招来大祸。因为晋武帝是个内心猜忌的人。所以上这个表，措辞是很不容易的。一方面必须按照实际，详细陈述自己与祖母相依为命的特殊关系；另一方面还必须表明自己并无眷恋亡蜀之心，以打消对方的怀疑。作者对此是很费心思的，终于写成这一篇动人的陈述。不但使晋武帝打消怀疑、同情他的遭遇，更引起后来许多读者的同情。古时曾有人说："读《陈情表》而不下涕者，必非孝子。"可见此文引起的共鸣很深远。他说：

我的命运是多灾多难的，很早就遭遇到凶恶灾祸。我才生下六个月，父亲就死了。刚满四岁，母亲就被舅父强迫改嫁了。只有我的祖母刘氏可怜我这无依无靠的孩子，亲自来抚育我。而我自己却又身体不好，九岁了，还走路不稳当。我就这样在孤苦零丁中长大成人，既没有叔伯，也没有弟兄。门户衰落，祖宗也没留下多少恩泽。我很晚才得了个儿子。家庭内，没有一个可以照应门庭的半大小子，家庭外也没有什么远亲近戚。就只孤孤单单一个人，让身体和自己的影子来作伴。而祖母早就有了病，经常卧床不起。我侍奉她喝汤吃药，也从没有丢下她离开过。

逮奉圣朝[15]，沐浴清化[16]。前太守臣逵，察臣孝廉；后刺史臣荣，举臣秀才[17]。臣以供养无主，辞不赴命。诏书特下，拜臣郎中，寻蒙国恩，除臣洗马⑱。猥从微贱，当侍东宫⑲，非臣陨首所能上报⑳。臣具以表闻，辞不就职。诏书切峻，责臣逋慢㉑，郡县逼迫，催臣上道。州司临门，急于星火。臣欲奉诏奔驰，则以刘病日笃，欲苟顺私情，则告诉不许。臣之进退，实为狼狈。

注 释

⑮奉圣朝：圣朝指晋朝。奉，归顺。 ⑯沐浴清化：指接受晋王朝的良好教化。 ⑰察臣孝廉，举臣秀才：由汉到魏实行九品中正制度以前，使用人才实行选举制度，由各地地方政府察举，有孝廉、茂才（即秀才）等名称。 ⑱除臣洗马：除，即授予。洗马，官职名，属于太子的属官。 ⑲当侍东宫：东宫，太子居处。表示他是未来皇位继承人。太子的属官当然随侍东宫。 ⑳非臣殒首所能上报：殒首指磕头，亦指死亡。此处指叩头谢恩。上报，报答。 ㉑责臣逋慢：逋慢，指对圣旨的怠慢，不重视。这是不小的罪名。

解 说

前一段，李密委婉叙述了自己的身世，和自己同祖母之间的特殊关系。表面上看，只说到了自己形影相吊的孤苦，骨子里却以自己同外部社会完全没有联系，没有亲戚，没有朋友往来，以消除晋武帝对他的猜忌。到第二段才涉及当前的现实矛盾，强调自己的两难处境。

到了圣朝一统天下，全国都沐浴在陛下的文明教化中。前任太守逵察举我为孝廉，后任的刺史荣又举我为秀才。我都由于要供养祖母，推辞了对我的任命。后来，陛下的诏书特地下来，任命我为郎中，随即又受国恩，任命我为太子洗马。以我这样一个卑微贫贱的人，叫我做东宫太子的侍从，这使我即使舍了性命也无法报答的恩惠。但是我仍然上表辞谢，没有到职。接着诏书又下来，责备我推三阻四，疲沓不恭。郡县的主管又来催逼，催促我赶快动身。州司官吏上门，更是急于星火。我想要接受诏令奔驰向前，但祖母的病，眼看一天重似一天；如想要苟且地顺从情感的要求呢，却又诉求无门。我真是进退两难，狼狈不堪。

伏维圣朝以孝治天下，凡在故老，犹蒙矜育㉒。况臣孤苦，特为尤甚。且臣少事伪朝，历职郎署㉓，本图宦达，不矜名节㉔。今臣亡国贱俘，至微至陋㉕，过蒙拔擢，岂敢盘桓，有所希冀㉖？但以刘日薄西山，气息奄奄，人命危浅，朝不虑夕㉗。臣无祖母，无以至今日，祖母无臣，无以终馀年。母孙二人，更相为命，是以区区不能废远。

注　释

㉒矜育：矜，怜悯。育，哺育，养活。　㉓少事伪朝，历职郎署：伪朝，指蜀汉。郎署，指各种官职。　㉔名节：名声、气节。　㉕亡国贱俘，至微至陋：灭亡国家下贱的俘虏，最卑微，最丑陋的人。　㉖有所希冀：有什么非分之想。表示并非为了嫌官位低。　㉗朝不虑夕：早晨活着，不敢说晚上仍活着。

解　说

如果说上一段文字是揭出了矛盾所在，那么，这一段就是背水一战，亮明自己的态度——“是以区区，不能废远”。说虽柔和，但决心已下定。他说：

我认为圣朝是以“孝”来作为治天下的最高准则，凡属老年人，都会受到怜惜、赡养。何况我的孤苦比一般更甚，况且，我早年出仕伪朝(指已灭亡的蜀汉)，在一些郎署做过官。本来就一心追求升官，并不讲究什么名节。而今已成为亡国的卑贱的俘虏，是最卑微、最下贱的地位。受到如此过分的提拔，难道我还敢故意拖拉，敢有什么非分的妄想吗？实际仅仅是由于祖母刘氏的生命已好似到了西边山头上的太阳，生命的气息已经很微弱，性命已到了早晨保不住晚上那样危险的边缘。我若不是因为有祖母的抚养，我早已活不到今天；祖母若是没有了我，也无法延续这点剩余的生命。我们祖孙二人的生命是互相依存的，所以我这点卑微的心思，是决不能抛下她单独远行的。

臣密今年四十有四，祖母刘今年九十有六，是臣尽节于陛下之日长，报刘之日短也。乌鸟私情㉘，愿乞终养。臣之辛苦，非独蜀之人士及二州牧伯所见明知，皇天后土，实所共鉴。愿陛下矜愍愚诚，听臣微志。庶刘侥幸，卒保馀年，则生当陨首，死当结草㉙。臣不胜犬马怖惧之情㉚，谨拜表以闻。

注　释

㉘乌鸟私情：古人认为老乌鸦飞不动了，小乌鸦会寻食喂它，这是孝。用以比喻自己。　㉙死当结草：《左传》一个鬼魂报恩的故事。㉚犬马怖惧：表示自己惶恐不安的谦辞。

解　说

我今年四十四岁，祖母今年已经九十六岁了。显然，我能以向陛下效忠的日子还很多，而回报祖母对我的抚育之恩的时间已很短了。我这点乌鸦反哺的私情，希望陛下允许我对祖母的赡养侍奉能一直到她的寿终。我这一生的坎坷辛苦，不仅是本地人和两州首长的亲眼所见和完全知道，天地良心，也都完全照见。希望陛下可怜我愚蠢的诚心，听取我卑微的心愿，使我祖母能够侥幸地安静地度过她生命中仅剩的这段时间。那么，不但活着的人愿向您磕头，死去的人也会结个草圈来报答您。我怀着像犬马一般的恐惧，向您呈上这篇文表。

这最后一段是李密出自内心深处的呼喊，若掺杂有半点虚假的感情都无法写出如此深刻的文字。尤其那九十六与四十四的对比，已经可说是字字见血了。只要稍具普通人的同情心的，都无法拒绝这种最低的请求。凡是这类发自内心深处的真挚感情的文章，都自然能够流传千古，而一切虚情假意，都只能是过眼的烟云。

石芝父评：至文生于至性，可以动天地而泣鬼神。六一之《泷冈阡表》，熙有之《先妣事略》，均脱胎于此。

归去来辞

陶　潜

陶潜，字渊明，又字元亮。晋八州都督陶侃之曾孙。宋篡晋后，不仕。尝为彭泽令，八十日即去，不为五斗米折腰。此文即此时所作。世称靖节先生。其诗文冲漠淡远，别开一派。

归去来兮①，田园将芜，胡不归②！既自以心为形役③，奚惆怅而独悲！悟已往之不谏，知来者之可追④。实迷途其未远，觉今是而昨非⑤。

注　释

①归去来兮：旧解多以来为语助词，无意义。但句尾已有兮字，又加一来字未免重复。审其语气，颇似一种高兴的呼叫："回家啰，来呀！"的意味。如此，则来字是有意义的。　②田园将芜，胡不归：芜，荒芜。全句意为田园都要荒芜了，为何不回来？此处的田园，很可能指的是心灵的园地。由于几年来忙于与混浊世界往来，心灵都快变得荒芜了。③以心为形役：正常的人生，应是心灵指挥肉体，如今颠倒过来，肉体反倒役使心灵。指违背自己心愿去为生活而奔走。　④悟已往之不谏，知来者之可追：句意为觉悟到以往没有听从心灵的劝告，未来还可以改正。语出《论语》："往者不可谏，来者犹可追。"　⑤觉今是而昨非：觉，觉悟。今天对而昨天错。

解 说

渊明先生《归去来辞》作于为彭泽令八十日后，决心弃职归隐之际。后人往往误以为他是忠于晋朝，不肯仕宋。或以为他不肯为五斗米折腰而归隐，是高尚其志，都未必然。其实从他在文中所说“迷途未远”、“今是昨非”的话来看，所谓归去来，应是指他对当时的腐朽社会生活的决裂，而去重新归属于与自然和谐的人生。过去他对当时腐朽社会生活一直不能合拍，但总还有千丝万缕的联系。到此时，他才下定决裂的决心，弃官归隐。别人归隐是去享受闲适生活，而他的归隐却是去从事农业生产劳动。这又是他与当时那些“隐逸派”截然不同的地方。从本文看，他认为那种与自然和谐，融入自然的生活，才是真实的生活。而当时社会种种，却全是虚伪的人生。因此，所谓归去，应是回到自然、真实的人生中去。这才是此文的主旨。他说：

归去来啊，田园都要抛荒了，为什么还不肯归来？既然你自己把心已交给你的身体去役使以求活下去，那又为何这样惆怅而独自悲伤？既已觉悟到过去错了，则如今改过还不算晚。虽然过去你迷了路，但还没走太远。也已看到今天走对了不再犯错，那就走下去吧。

舟摇摇以轻飏[⑥]，风飘飘而吹衣。问征夫以前路，恨晨光之熹微[⑦]。乃瞻衡宇，载欣载奔[⑧]。僮仆欢迎，稚子候门。三径就荒[⑨]，松菊犹存。携幼入室，有酒盈樽。引壶觞以自酌[⑩]，眄庭柯以怡颜[⑪]。倚南窗以寄傲，审容膝之易安。园日涉以成趣，门虽设而常关。策扶老以流憩[⑫]，时矫首而遐观[⑬]。云无心以出岫，鸟倦飞而知还[⑭]。景翳翳以将入[⑮]，抚孤松而盘桓。

注 释

⑥轻飏：飏，同扬。此处形容小舟之轻，似在水面漂扬。 ⑦熹微：

幽暗不明貌。 ⑧载欣载奔：一边高兴一边跑。 ⑨三径就荒：借用汉蒋诩归隐故事。蒋归隐后在园中开三径，只与两个好友往来。就荒，已快荒废了。指自己离开田园生活太久了。 ⑩引壶觞以自酌：拿起酒壶酒杯自斟自饮。 ⑪眄庭柯以怡颜：眄，扫视。庭柯，庭中树木。怡颜，使面部感到宽慰。 ⑫策扶老以流憩：策，作动词用，即拄。扶老，拄着拐杖。流憩，随处活动休息。 ⑬时矫首而遐观：时，有时；矫首，昂头。遐观，远望。 ⑭云无心以出岫，鸟倦飞而知还：这两句是神来之笔，使得物我交融，客观事物也浓浓染上主观的色彩，常有与作者由于归来而有的欢愉的情怀相同的随意与舒适。出山的云好像也随意而无目的，天上的飞鸟似乎也和作者同样正在欢快归去。 ⑮翳翳：逐渐暗下来。太阳快落山了。

解　说

这一段是抒发归去时的愉悦心情，与已归去后生活中的闲适自安。

小船轻轻摇动着在水面漂飞，清风阵阵吹得我的衣袂飘起。问摇船人前路还有多远，却恨那过于微弱的晨光使我什么也看不见。啊，看见了，那就是家，我一面高兴一面快跑。有一两个佣人在门前欢迎，还有年幼的小儿子在等待中倚着家门。呀，门里的小径简直就要荒芜了，幸好，松树和菊花还活得很好。我手牵着小儿子走进屋里，啧，还有满满一杯酒等候着我。我提起酒壶自饮自斟，看着庭前的老树感到欢欣。我倚着朝南的窗户安放我的傲骨，才感觉到只要一个搁腿的地方还真容易满足。每天到屋前屋后的小园走走也自兴味盎然，大门虽然有，却常不是开而是关。拄着拐杖随处休息，有时也抬头向远方流览。看！那无目的的白云从山窝里冉冉升起，那高飞的鸟儿飞倦了也自动回到巢里。光影渐渐曚昽，白天要入夜了，我还抚摸着这棵孤独的松树而徘徊流连。

归去来兮，请息交以绝游。世与我而相遗[16]，复驾言兮焉求[17]！悦亲戚之情话，乐琴书以消忧。农人告余以春及，将有事于西畴[18]。或命巾车[19]，或棹孤舟[20]。既窈窕以寻壑[21]，亦崎岖而经丘[22]。木欣欣以向荣[23]，泉涓涓而始流[24]。羡万物之得时，感吾生之行休[25]。

已矣乎！寓形宇内复几时[26]，曷不委心任去留[27]，胡为遑遑欲何之[28]？富贵非吾愿，帝乡不可期[29]。怀良辰以孤往[30]，或植杖而耘耔[31]。登东皋以舒啸[32]，临清流而赋诗。聊乘化以归尽[33]，乐夫天命复奚疑！

注　释

⑯世与我而相遗：遗，读音违。捐弃也。意思是，世俗与我已经相互遗弃，互不需要。　⑰复驾言兮焉求：言，语气助词。复驾言，犹言忙着出门。既已与世相遗，为何还为俗事忙碌。　⑱将有事于西畴：有事，有农活。西畴，西边那块地。　⑲或命巾车：巾车，人拉车，车前绊绳为巾。唐诗“若非巾柴车”，巾作拉字解。命，作准备。　⑳或棹孤舟：棹，作动词用，指撑或划船。孤舟，指小船。　㉑窈窕以寻壑：窈窕，幽深状。壑，山洼。　㉒崎岖而经丘：崎岖，山路坎坷不平。丘，小山坡。　㉓木欣欣以向荣：指树木茁壮生长状。　㉔泉涓涓而始流：涓涓，小水流貌。冬季山上高寒，水皆成冰。春暖化冻，遂成细流。　㉕行休：即将终止。休息。　㉖寓形宇内复几时：寓，寄住。古代老庄学派认为人生不过肉体暂寄于宇宙之内，生命是短暂的。“复几时”，能有多长时间？　㉗曷不委心任去留：曷不，即为何不。委心，让心灵自己去决定去或留。　㉘胡为遑遑欲何之：遑遑，急急忙忙，无所适从之状。为何如此匆忙，你要上哪里去呢？　㉙帝乡不可期：帝乡，神仙的住地。期，期待。即成为神仙，长生不老的指望是靠不住的。　㉚怀良辰以孤往：喜欢这美好的日子，一个人出去游逛。　㉛植杖而耘耔：耘，锄草；耔，培土。植杖，把拐杖戳在地上。即随意干点农活。　㉜登东皋以舒啸：古人喜爱大声啸歌，当然在高山之顶最好。东皋，即东边高处。㉝乘化以归尽：《易经》认为宇宙一切是不断变化的。乘化就是顺从这变化规律，最后到达生命的终止、尽头。

解　说

归去来啊，断绝已往的一切交游和奔走吧。世道和我已经相互抛弃了，还急急忙忙地去奔走些什么？还是愉悦地倾听亲戚们多情关怀的絮语，弹琴和读书可以消除寂寞的忧虑（听，不会有什么寂寞和忧虑）。邻居的农友正告诉我春天就要到了，该去料理西边那块耕地了。或是拉着车，或是驾着船；既要绕过幽深的山谷，也要翻过那崎岖难走的山坡。春天到了，树木开始浓绿了，山泉已开始有了涓涓的细流。我羡慕万物都到了好时光，也感到自己已步入老年。

算了吧，这暂住在宇宙之间的生命，本来就没有多长时间，为什么不听从自己心灵的召唤而离开或留下呢？为什么总那样忙忙碌碌地想要干什么去呢？富贵不是我所向往的，而神仙世界又靠不住。赶上个天气好的日子一个人走出去，或是把手杖插在一边，去地里锄草培土。登上东边向阳的山顶放声长啸，下到清澈的溪流边去酝酿我心中的诗。慢慢地随着自然的规律以走向生命的终点——快乐地接受天帝赐给我的一切，还有什么可犹豫的呢？

石芝父评：元亮性情高尚，不事二姓。其为诗文，声希味淡，妙造自然。后无有能及者。

登大雷岸与妹书①

鲍　照

鲍照，字明远，东海人。仕南朝宋为临海王参军。娴辞令，工诗。临海王刘子顼兵败，照为乱军所杀。妹名令晖。

吾自发寒雨[2]，全行日少。加秋潦浩汗[3]，山豁猥至[4]。渡溯无边[5]，险径游历，栈石星饭[6]，结荷水宿[7]。旅客贫辛，波路壮阔[8]。始以今日食时，仅及大雷。涂登千里，日逾十晨。严霜惨节，悲风断肌[9]。去亲为客，如何如何！

注　释

①登大雷岸与妹书：大雷岸是当时长江上的一个通商口岸，在今安徽省安庆市长江北岸一带。鲍照妹名令晖，是有名才女。他曾向当时宋孝武帝说："臣妹才自亚左芬，臣才不及太冲耳。"　②自发寒雨：自秋雨中开始出发。　③秋潦浩汗：秋天雨多，在山区往往形成到处乱流的小水流，称为"秋潦"。浩汗，形容其多。　④山豁猥至：平时无水的山上小溪，往往会因水潦集中而形成短时的激流。猥，水一下子集中貌。　⑤渡溯无边：横过水流为渡，逆水上行为溯。渡溯往往拣水稍缓的地方行进。水流是中间急，边上缓。但水涨宽了，找不到边。渡或溯都相当困难。有时只好登陆前进。　⑥栈石星饭：山上陡岩无路，只好凿成岩洞，插进木柱，再以木板联结，使人通过，谓之栈道。星饭，指天黑了，就在栈道岩石边吃饭，顶着星星。　⑦结荷水宿：在水边或船上过夜，把荷叶拉到一

起遮雨。 ⑧旅客贫辛，波路壮阔：穷人的旅途是辛苦的，但水路在波涛中行进却是非常壮阔的。 ⑨严霜惨节，悲风断肌：已开始降霜的使人凄惨的时节，冷风吹来，肌肤都会开裂。

解　说

鲍照是南朝刘宋时期著名文学家，诗赋都很有名。唐诗人很推崇他。杜甫有“清新庾开府，俊逸鲍参军”之句。在六朝众多文学家中，独推许庾鲍二人，其文学地位可见。

这篇文章是他在旅途中写给自己同样有才华的妹妹令晖的家书，叙述旅途中所闻所见。更显得无拘无束，清新自然；而且视野开阔，笔端恣肆，引人入胜。开了以后游记文学的先河。

我在连绵寒雨中出发，因此，时走时停，很少有全天都在行进的时候。加上到处都是没完没了的秋潦，有时又是突然暴涨的山溪水一下子涌来，想渡过或逆流而上都找不到岸边。有时又在山间危险小路上步行。甚至在栈道的危岩边顶着星星吃晚饭；又有时把荷叶拉到一起遮雨过夜。确实穷旅客会有许多辛苦，但眼前的波浪连天的道路却显得雄伟而开阔。到今天吃饭时才仅走到了大雷。用了十天多的时间，走出了约有一千里路。已到霜降节气了，冷风吹来，皮肤都要开裂。丢下亲人而去做个孤独的旅客，这种心情怎么说呢？

向因涉顿⑩，凭观川陆。遨神清渚⑪，流睇方曛⑫。东顾五洲之隔，西眺九派之分。窥地门之绝景⑬，望天际之孤云。长图大念，隐心者久矣。

南则积山万状，争气负高，含霞饮景⑭，参差代雄⑮。凌跨长陇，前后相属，带天有匝，横地无穷⑯。

东则砥原远隰，亡端靡际。寒蓬夕卷⑰，古树云平。旋风四起，思鸟群归。静听无闻，极视不见。

北则陂池潜演⑱，湖脉通连。苎蒿攸积，菰芦所繁。栖波之鸟，水化之虫[19]，智吞愚，强捕小；号噪惊聒，纷牣其中[20]。

西则回江永指，长波天合[21]。滔滔何穷，漫漫安竭。创古迄今，舳舻相接[22]，思尽波涛，悲满潭壑[23]。烟归八表，终为野尘[24]，而是注集，长写不测[25]。修灵浩荡，知其何故哉？

注释

⑩涉顿：顿，顿丘。东晋置的侨郡，在今安徽滁县附近。涉，逗留或经过。 ⑪遨神清渚：去江中小洲上游览。 ⑫流睇方曛：流睇，随意观赏。方曛，傍晚时。 ⑬地门绝景：《河图括地象》："武关山为地门，上与天齐。" ⑭含霞饮景：吞吐烟霞，内藏美景。 ⑮参差代雄：高高低低，一个比一个更为雄伟。 ⑯带天有匝，横地无穷：把天绕上一圈还有余，排成长陇可到无穷远。 ⑰寒蓬夕卷：已经枯萎的蓬棵，随风在地上乱滚。极力形容水泽地带的荒旷弥远。 ⑱陂池潜演：众多池沼其实都有地下水道相通连。 ⑲水化之虫：指水生动物。 ⑳牣：充满。 ㉑回江永指，长波天合：弯曲回环的江流长长指向西方。永，长也。江水的长波在远处与天溶合在一起。 ㉒舳舻相接：船与船头尾相连，极言水上交通之繁荣。 ㉓悲满潭壑：水深处为潭，山洼处为壑。此处借指江水特深处。这类地方常有回沱暗礁极易发生危险，故云悲满。 ㉔野尘：野马尘埃。《庄子》："野马也，尘埃也，生物之以息相吹也。"指微细物质。 ㉕长写不测：写，同泻。满天烟云，终归消失。而长江的江水却永远向下泻，没有休止。

解说

前一段主要叙述旅途辛苦。而这一段却集中描述所见所闻的山川风景，广阔的天地，惊心动魄的奇景。以及由此而涌出的主观感受，进而情景交融，构成一篇绝妙的山水游记。

过去，由于经过顿丘，在那里看到广阔的川陆。到江心的小洲上去随意游览，在太阳将落时流览那一天的彩霞。东边是江中相连相隔的五洲，西方远处，可以望见江水分成九派。也到过被称为地门绝景去探索。在那高处抬头看那天边一堆堆游荡的孤云。这些印象引起我想要去游览更多更新的风景奇观的愿望。这在我心中已经很久了。

在这里向南望去，堆积着各种各样的山，它们似乎在竞争着究竟谁比谁高，谁藏着更多的云霞，谁拥有更多的奇景。高高低低，时而这个更为雄奇，时而那个又突兀峻伟。它们首尾相接，好似地里的一条长垅。长得来好似可以绕天一周。要是放在地上，可以到无穷远。

向东望去，则是无边无际的平原。在冷风中满地翻滚的蓬棵，天边的古树和云彩溶在一起。晚凉引起一阵阵旋风，大大小小的鸟群都在飞回自己的巢去。归鸟群越飞越远，噪声渐渐听不见了，鸟群的影子渐淡，极力睁大眼睛也看不见了。

向北看却又是一番景象。成串的小池治，它们暗地互相通连。那里苎麻和蓬蒿成堆，雕菰和芦苇任意繁殖；栖息在波浪中的水鸟，生活在流水中的生物。它们中聪明的吞吃愚蠢的，有力的去捕食弱小的。不断号噪惊叫，使草丛中充满了声音。

往西看呢，那弯转回环的江水指向遥远的西方，江中的横波大浪似乎要飞上天去了。永远是那么滔滔不尽，永远也那么漫漫浩浩流不完。从古到今，那里都是无尽的船只首尾衔接。那波涛中藏有多少无穷的思念，那深潭之下又沉积着多少凄怆啊！那天空的烟云向八方飘散，最终变成野马尘埃而消失；而这江流却永远东注长泻，汇成不测的深渊。神灵的威力浩荡，谁能说清是什么缘故呢！

西南望庐山，又特惊异。基献江潮[26]，峰与辰汉连接[27]。上常积云霞、雕锦缛[28]；若华夕曜[29]，岩泽气通；傅明散彩，赫似绛天[30]；左右青霭，表里紫霄[31]。从岭而上，气尽金光，半山以下，纯为黛色[32]，信可以神居帝郊[33]，镇控湘汉者也。

注　释

㉖基献江潮：一作基压江潮。均指山根伸入波涛之下。　㉗峰与辰汉连接：指庐山之高。其山根虽在深不可测的江涛之下，但山的峰顶却连接着天上的星辰。辰，星。汉，河汉，银河。　㉘雕锦缛：雕，绣。锦缛，锦缎上雕绣繁密的彩饰。形容山上云霞的五光十色。　㉙若华夕曜：若华，若木之花。夕曜，落日的反照。意为落日反照形成彩霞，有如太阳栖息的若木之花的光彩。　㉚赫似绛天：火红的夕照，使天空变成绛红的颜色。　㉛左右青霭，表里紫霄：山头天空的绛红，配上远处左右的青色天空。好似紫霄的表里。极言夕照天空的艳丽。紫霄，指天空最高处。㉜黛色：暗绿色。与山高处的金光相对。　㉝神居帝郊：神仙居处，天帝的郊野。

解　说

这一段是庐山风景的特写。

向西南方看庐山，又将特别使人感到惊异。它的基脚山根，压在汹涌波涛下面，而它的峰顶，却仿佛与银河星辰相连接了。峰顶上常常是堆积的云霞，像是精工雕绣的锦缎褥子。傍晚阳光的反照，使得山岩与下边的水气相通，传送光明，散布霞彩，把满天都染成鲜红。它两边远处的青色的云烟与当中绛红的天空互相辉映，互为表里。从岭头以上尽是一片金色光耀，而半山以下，却纯然是一片青黛。真够得上是神仙的居处，上帝的郊野。真能够镇控这湘汉地区的神山。

若潨洞所积[34]，豀壑所射[35]，鼓怒之所豗击[36]，涌澓之所荡涤[37]，则上穷荻浦，下至狶洲。南薄燕爪，北极雷淀[38]。削长埤短[39]，可数百里。其中腾波触天，高浪灌日。吞吐百川，写泄万壑[40]。轻烟不流，华鼎振涾。弱草平靡，洪涟陇蹙[41]。散涣长惊，

电透箭疾。穹溘崩聚，坻飞岭覆㊷。回沫冠山，奔涛空谷。砧石为之摧碎，埼岸为之𩑶落㊸。仰视大火，俯听波声，愁魄胁息，心惊慓矣㊹。

注 释

㉞濛洞：小水入大水曰濛，冲刷而成深洞。㉟豁壑所射：山溪行潦的激流冲射。㊱鼓怒之所豗击：鼓怒，急流冲撞涌起，豗击，激流冲击。豗，音灰。㊲涌澓之所荡涤：涌，水涌集上冒。澓，回水。荡涤，冲刷。㊳荻浦、浠州、燕爪和雷淀，均为江岸地名。㊴削长埤短：犹今言截长补短。埤，音皮。㊵腾波触天，……写泄万壑四句：全是描述长江波浪之汹涌壮阔。腾起的波浪可以碰到天，可以灌进太阳里，可以吞吐百川，可以一下子泻空所有的溪壑。㊶轻烟不流，……洪涟陇蹙四句：描绘那翻腾跳跃的波涛，时有瞬间的静止，却更显得可怕。静止得连总是飘浮的烟雾也都似凝固不流了，重叠的波浪堆起很高，整株的草平趴在地上，连续翻腾的洪水都停止滚动，成为静卧的地垄。㊷散涣长惊，……坻飞岭覆四句：描述那瞬间静止的爆炸式的崩溃。那崩的瞬间，像电，像箭，向原来流空的凹处突然冲积，把水中的坻地冲得飞起，盖住原来的山岭。㊸回沫冠山，……埼岸为之𩑶落四句：继续描述这浪涛崩溃的威力。仅波涛冲积而成的泡沫，可以为小山岭戴上一顶帽子，迅奔的波涛可以把山谷的存水带走，可以把水边的洗衣石摧毁，可以把突出的江岸击得粉碎。㊹愁魄胁息，心惊慓矣：胁息，喘大气。慓，音票，迅捷貌。此处指心跳加快。

解 说

上一段是写庐山，而这一段则是专绘大江的波涛。而波涛却是画工为之束手，最难表现的动态之美。

若是大水会流冲积的溶洞，山水下泻所冲刷，大风与急流所激荡，涌浪回流所撞洗的所有地方，那么，从上流到荻浦，下游到浠州，南边到燕瓜，北边到雷淀。截长补短，可达几百里。在这中间，腾空飞射的波涛，简直像要撞进天堂；有时高高翻卷的浪花，一直要灌进太阳里去。一切大小河流都在这里吞吐，成千上万条谿壑都往这里倾泻。有时恍若一切静止，连轻烟都不再流动，巨浪一层层叠起老高，小苇只能平铺不动，连绵的大波也像地里的长陇一下子凝住了。待到它们忽地散开像是吃了一惊，像闪电，像飞箭，一下子覆盖了山领，冲毁土坡。激起的泡沫覆盖了山顶，飞奔的波涛使低处成了空谷。坚硬的砧石一下子被粉碎，江边埼岸都在瞬间塌落。仰看天上的火星，低头听波涛的轰鸣，让人呼吸都为之停止。只有心脏因惊吓而狂跳。

至于繁化殊育[45]，诡质怪章[46]，则有江鹅、海鸭、鱼鲛、水虎之类；豚首、象鼻、芒须、针尾之族；石蟹、土蚌、燕箕、雀蛤之俦，折甲、曲牙、逆鳞、反舌之属。掩沙涨，被草渚[47]，浴雨排风，吹涝弄翮。

夕景欲沉，晓雾将合[48]。孤鹤寒啸，游鸿远吟。樵苏一叹，舟子再泣。诚足悲忧，不可说也！风吹雷飙，夜戒前路[49]，下弦内外[50]，望达所居。寒暑难适，汝专自慎。夙夜戒护，勿我为念。恐欲知之，聊书所睹。临涂草蹙，辞意不周。

注 释

㊺繁化殊育：复杂的变化规律与不同的生活条件。 ㊻诡质怪章：千奇百怪的形体。怪，同怪。质，体质；章，体形，色彩。 ㊼掩沙涨，被草渚：藏在涨起的沙堆里，掩在水草堆里。 ㊽夕景欲沉，晓雾将合：夕照的光影快要消失，早晨的大雾即将形成。江流与沼泽地带，潮湿空气随日出温度上升而增加，所以晴天早晨多有大雾。而且大雾总在日出之后形成。 ㊾夜戒前路：长途旅客往往每天出发之前，要对天气变化有所准备，谓之戒路。而且要在天亮前就做好准备，以免耽误路程。 ㊿下弦：阴历以月亮形状来分别时间。如朔日、望日、上弦、下弦等。下弦为每月

22、23日前后。

解　说

这是本文的最后一段。鲍明远与妹书主要是向她介绍所闻所见的山川风物。而这最后一段，不过是顺便介绍远方异物，以满足在家人的好奇心而已。可说是本文附带谈及的家常絮语，无须考较它的实际。因为作者本来就是道听途说，未加考究。而历代注者也多是考查典故出于何书。翻弄书本，以讹传讹。例如，反舌就是常见的青蛙，何须引经据典乱说一气呢？鱼鲛、水虎、豚首、象鼻之类更是如此。至于像“雀蛤”这种名称，是从古代传说“雀入大水为蛤”引出来的，就更荒唐了。听之而已。

古代长江上的旅行，都认为是风涛险恶，生死难测的。所以江上的旅行者都是为生活所迫。一早一晚，很容易引起对故乡或家人的怀念。这种情感和今天的旅游者是完全不同的。所以作者发出了“樵苏一叹，舟子再泣”这种悲伤的语句。这在今人是隔了一层的。

起风了，听到雷声，不等天亮，摸黑就准备上路。希望能在下弦月前后可以到达目的地。时冷时热的天气很难适应，希望你慎重保护自己。一早一晚，不用为我担心。你可能很想知道旅途情况，所以把我见到的告诉你。又快启程了，仓促之间，可能不周全。

石芝父评：炼词琢句，别具机构。六朝人雅擅胜场。此文已极峭折俊逸之致，梁陈人更加妍丽耳。苶弱自所不免。

祭夫徐敬业文

刘令娴

刘令娴，刘孝标、孝绰之妹也。兄弟及妹，俱能文章。令娴尤擅清才。适徐敬业，早寡。徐敬业，名俳，徐勉之子。为晋安王内史，卒。丧还建业，勉欲作哀文。见此文，遂搁笔。

惟梁大同五年，新妇[①]谨荐少牢[②]于徐府君之灵曰[③]：

惟君德爰礼智，才兼文雅[④]。学比山成，辩同河泻[⑤]。明经擢秀，光朝振野[⑥]。调逸许中，声高洛下[⑦]。含潘度陆，超终迈贾[⑧]。二仪既肇，判合始分[⑨]。简贤依德，乃隶夫君[⑩]。外治徒奉，内佐无闻[⑪]。幸移蓬性，颇习兰薰[⑫]。式传琴瑟，相酬典坟[⑬]。

注 释

①新妇：古代已婚妇女的自称。 ②少牢：古代祭礼中，用猪、羊两种家畜作祭礼的牺牲者为少牢；用牛、羊、猪三牲者称为太牢。 ③府君：古时对地方官府尹尊称为府君，后来，一般官吏或一家之主已故者，都可称为府君。此处是妻子用以称已故的丈夫。 ④德爰礼智，才兼文雅：称赞死者的品德与才能。守礼而有智，能文又能诗。 ⑤学比山成，辩同河泻：古语“为山九仞，功亏一篑。”此处称赞死者学问如山之高，辩才之锋利，如黄河之倾泻，滔滔不绝。 ⑥明经擢秀，光朝振野：古代选拔人才，在隋唐以前都用选举制，魏晋时更实行九品中正制度。明经是

选拔科目之一种。擢秀，即被选拔推荐。死者被推荐认可后，为朝廷增光，同时也就全国知名。 ⑦调逸许中，声高洛下：许中，即许都，曹操当权时建都于此。洛下，即洛阳，曹丕称帝后迁都于此。都是人文荟萃的地方。此处称赞死者才调在许都诸人之上，在洛阳声望也高。 ⑧含潘度陆，超终迈贾：潘：潘岳；陆，陆机；终，终军；贾，贾谊。都是汉以来文人的尖子，而死者都超过他们。六朝文夸大的习惯。 ⑨二仪既肇：即两仪已开始产生。两仪。《易大传》"太极生两仪"即所谓阴阳始分。 ⑩简贤依德，乃隶夫君：夫读作扶，作语助词用。简，简选。即从贤良有德的标准来挑选，而确定使我属于你。(即夫妇关系) ⑪外治徒奉，内佐无闻：古代家庭，男治外，女治内；男为主，女为佐。此句是祭者自谦之词。 ⑫蓬性、兰薰：蓬，蓬蒿。蓬性，草野之性。兰，香草。薰，熏染。二句意为，嫁来之后，受到死者品德的熏染，使草野之性也变高雅了。 ⑬式传琴瑟，相酬典坟：古代以琴瑟和谐来比喻夫妇的和好。如《诗·关雎》"窈窕淑女，琴瑟友之。"典坟，即三坟、五典，引申为一切书籍。相酬，即互相探讨。

解　说

开篇的第一句是一切祭文的惯例。写上年月日，祭者与被祭者的姓名及关系。

您有守礼而又多智的品德，兼有文学与诗的才能；您的学术有如积土而成的高山，您的辩才有如黄河的倾泻。您以明经的科目拔擢为秀才，为朝廷增了光，使全国为之震动。您的才调高出许中诸人，您的名誉传遍洛下。您的才气包容着潘岳，超过了陆机、终军和贾谊。

太极开始分出了两仪，阴阳就有了分合。拣选和依附您的德行，于是我属于您。家庭中丈夫治外，妇人治内，在治外上我确受到了照应，而治内方面我惭愧没有什么成就可言。但是，我却有幸使一些粗陋的习性得到改变，渐渐接受了兰蕙的香气的熏陶。在生活中我们琴瑟和谐，在学问上我们能互相往来探讨。

辅仁难验[14]，神情易促。雹碎春红，霜雕夏绿[15]。躬奉正衾，亲观启足[16]。一见无期，百身何赎[17]？

呜呼哀哉！生死虽殊，情亲犹一[18]。敢遵先好，手调姜橘[19]；素俎空干，奠觞徒溢[20]！昔奉齐眉，异于今日[21]。从军暂别，且思楼中[22]。薄游未反，尚比飞蓬[23]。如当此诀，永痛无穷[24]！百年何几，泉穴方同[25]。

注　释

⑭辅仁难验：曾子曾说："君子以文会友，以友辅仁。"这本是赞美朋友关系的一句话。但刘令娴在此提出质疑，恐是别有所指。　⑮雹碎春红，霜雕夏绿：雹，冰雹。北方春天常有，雹打春光之意。雕，即凋，秋至，霜殒，树叶黄落。致使夏天的绿色凋谢。　⑯躬奉正衾，亲观启足：古代丧礼规矩是很烦琐的。要盖上大被，死者手足要摆正。这叫大殓。即使今天，有些规矩在民间仍然流行。正衾，即大被。启足，即摆正手足。　⑰一见无期，百身何赎，《诗·黄鸟》："如可赎兮，人百其身。"人死，没有再见的日子，虽然愿意替死者去死，却也没有可能。　⑱生死虽殊，情亲犹一：活着和死去，虽则完全不同，但亲切的感情依然没变。　⑲手调姜橘：亲手调制一碗你爱吃的，放有姜橘的浓汤。　⑳素俎空干，奠觞徒溢：俎，古代祭祀用的礼器之一，切肉的砧板。素俎空干句意为，空荡的砧板上依旧干干净净，没人切肉来吃。觞，酒杯的一种。也是礼器，用以为受祭者盛酒。奠觞徒溢，空自把酒杯斟得满满的，却没有人去喝。　㉑昔奉齐眉，异于今日：齐眉，用梁鸿、孟光夫妇故事。孟光为梁鸿作好饭菜送给梁鸿吃时，把食案（即托盘）高举过眉，表示对丈夫的尊重。因此，"举案齐眉"成为表示夫妻互相尊敬的习用语。此处意为今天丈夫死去和生前时的亲爱尊重已经大不同了。㉒从军暂别，且思楼中：曹植《七哀》诗："明月照高楼，流光正徘徊，上有愁思妇，悲叹有馀哀。"写的正是征人的妻子。此处意为，军人的妻子，还能够在楼中思念他，有一天会回来，此处以喻自己还不如思妇。　㉓薄

游未反，尚此飞蓬：《诗经》“自伯之东，首如飞蓬。”丈夫外出，久久不归，无心打扮，头发像一堆乱草。使用此语意为，即使首如飞蓬，也总还抱有回来的希望。都比自己强。 ㉔如当此诀，永痛无穷：我们的这次诀别，却没有留下任何希望，只有永无终止的痛苦。诀，诀别，永别。 ㉕泉穴方同：泉，黄泉。穴，墓穴，埋葬死者的地方。《诗经》“死则同穴”。指夫妇合葬。

解 说

曾子说，“以文会友，以友辅仁”，这句话真是难于验证啊！怎么就一下子这么仓促呢？像春天降下冰雹，打碎了开得正红的花；又像是秋天忽然殒落的霜，一下子凋谢了夏天树荫的浓绿。我亲手给您盖上大被，亲自摆好您的双足。要想再见一面，已是遥遥无期。就是让我死一百次，也赎不回您的生命了。

呜呼哀哉！生和死固然已走上不同的路，但我们的感情，我们的亲切还依然存在啊。我遵从你从前的爱好，亲手为你调制了姜橘浓汤。但是，那俎里的祭肉空自干放着没有人吃，那祭奠的酒徒然斟得那么满却没人喝啊！从前，我举案齐眉，和今天是多么不同啊！即使你从军远去，我还可以在楼中日夜思念盼望；即使你旅游外出，我还可有个“首如飞蓬”的女子相比。今天这样的分别，却只给我留下无穷的痛苦啊！人生百年还须等待多久，我们才能同居在黄泉下的窀穴里。

石芝父评：词句新妍，极烹练之能事。深情绵绵无限，自是才人本色。

禁浮华诏

高　洋

高洋，即北齐文宣帝，高欢长子。初封齐王，后代东魏孝静帝自立，国号齐，世称北齐。洋为太子时，父令诸子治乱丝，洋曰："乱即当斩。"

顷者风俗流宕[①]，浮竞日滋[②]。家有吉凶，务求胜异[③]。婚姻丧葬之费，车服饮食之华，动竭岁资，以营日富[④]。

又奴仆带金玉，婢妾衣罗绮。始以创出为奇[⑤]，后以过前为丽。上下贵贱，无复等差。

今运属维新，思蠲往弊[⑥]。返朴还淳，纳民轨物[⑦]。可量事具立条式，使俭而获中[⑧]。

注　释

①顷者风俗流宕：顷者，近来。流宕，流于放荡。宕，音荡。　②浮竞日滋：浮华，竞相攀比的坏风气日渐发展。　③家有吉凶，务求胜异：吉，喜事，如结婚、生子；凶，一般指丧事。在这类事上，都竞争着相比。你求新，我更新；你出奇，我比你更奇。争着比赛。　④动竭岁资，以营日富：竭，尽；岁资，一年的收入。营，安排，显示。日富，一天的豪富。即，拿一年的收入，在一天中显示自己家的富有。　⑤创出，即创新。　⑥蠲：音捐。除去，抛弃。　⑦纳民轨物：使一切事都有一定秩序，按规定的轨道进行。有法可依，有章可循。　⑧俭而获中：俭朴而又不过分。

解　说

自晋八王之乱以后，中原地区经过少数民族军阀的反复争夺、屠杀和掠夺之后，人口锐减，已快到“千里无鸡鸣”的程度。而在那些军阀统治下的政治中心，军阀以及他们的僚属们，却生活奢侈，竞尚浮华，挥霍他们掠来的财富。这篇诏书，既反映了当时社会颓败风气，也表现了高洋刚当上皇帝，还有点求治的心理。但不久，他自己却成了中国历史上有名的淫乱、狂暴的君主。权力改变人，是十分可怕的。但这篇诏书还是六朝中少见的阳刚之气的文告。前人对此有较高的评价。

诏书批评当时的社会风气说：

近来风俗流于放荡，越来越倾向于表面、虚浮的攀比。家里有点喜事、丧事，一定要力求超过别人，或追求和别人有所不同的新奇。结婚酬客，丧礼、葬礼的花费，平时吃的、穿的、坐的高车等的费用，几乎动不动就要竭尽一年的收入来争取这一天的豪华。

还有：家奴、仆人，都要穿金戴玉；丫鬟、小老婆都要穿绫罗绸缎。你家的很华贵，我家一定要比你更华贵。开头的以标新立异为奇，后来者则以超过前者才能表示自己的富丽。上下贵贱全没了差别。

如今天运属于该维新的时代，我想应该废除那些过去的毛病了。要回到朴素纯正的风俗的时代了，应该使所有老百姓都回到有秩序、有规矩的轨道上来。可以根据实际，具体立出条式来，要使得风俗回归俭朴，但也要适当，不过分。

石芝父评：北齐文宣帝，君德多疵。此诏严禁浮华，力崇俭德，则颇足为后世法。

与阳休之书

祖鸿勋

祖鸿勋，范阳人。初为临淮王荐，累迁济北太守。城阳王闻其才，就征为参军。入洛，不就。归里。与阳休之有旧，故与书休之。阳休之，右北平无终人。初仕魏，历齐，及周，隋开皇二年去官。

阳生大弟[①]：吾比以家贫亲老，时还故郡。在本县之西界，有雕山焉。其处闲远，水石清丽，高岩四匝，良田数顷。家先有埜舍于斯[②]，而遭乱荒废，今复经始[③]。即石成基，凭林起栋[④]。萝生映宇，泉流绕阶。月松、风草，缘庭绮合[⑤]。日华、云实，旁沼星罗[⑥]。檐下流烟，共霄气而舒卷；园中桃李，杂松柏而葱茜。时一牵裳涉涧，负杖登峰。心悠悠以孤上，身飘飘而将逝[⑦]。杳然不复自知在天地间矣。若此者久之，乃还所住。孤坐危石，抚琴对水；独咏山阿[⑧]，举酒望月。听风声以兴思，闻鹤唳以动怀。企庄生之逍遥[⑨]，慕尚子之清旷[⑩]。首戴萌蒲[⑪]，身衣缊袯[⑫]，出藾粱稻[⑬]，归奉慈亲。缓步当车，无事为贵。斯已适矣，岂必抚麈哉[⑭]？

注　释

①大弟：当时对年轻朋友的尊称。　②埜舍：埜，古野字。本文指野外简陋的小房。今天，豪华别墅亦有自称埜舍者。　③经始：重建也。

《诗》云："经始灵台，经之营之。" ④即石成基，凭林起栋：将就用山岩作房基，靠树林架房梁。栋，房屋正梁。 ⑤月松、风草，缘庭绮合：月下的松树与风中的野草，缘着院墙形成美丽的图案。 ⑥日华、云实，旁沼星罗：日华，太阳光华；云实，草名，初夏开黄花。日光照着云实的黄色小花，围绕着水塘，像满天的星星。 ⑦身飘飘而将逝：逝，离去。飘飘将逝，形容身体势将随风飘去，"如羽化而登仙。" ⑧独咏山阿：独咏，一个人歌唱。阿，山凹进处，一个人高兴地在石洼里大声歌咏。⑨企庄生之逍遥：庄生，庄子。他有一篇文章叫"逍遥游"认为，生活应当逍遥自适。 ⑩慕尚子之清旷：尚子，尚子平有道术，为县吏。休假日入山自担柴卖以供饮食。过着清高旷达的生活。 ⑪首戴萌蒲：头戴自编草帽。 ⑫身衣缊袯：身穿粗麻布围裙（蔽膝）。 ⑬蓺：音艺，干庄稼活。俗语："侍弄庄稼。" ⑭麈：音主。似鹿而稍大，相传其尾能辟尘。魏晋以来，名士尚清谈，谈时常摆动麈尾，以显示自己清高，不染尘俗。今所谓"拂尘"。此处"岂必抚麈哉。"意为，何必一定要手执麈尾才算清高呢？

解　说

魏晋以来崇尚清淡与隐逸，标榜自己的孤高、玄远。这种风气对中国当时长期混乱局面的形成不无关系。这是这种风气有害的一面。但对当时的隐逸派而言也未可一概而论。其中，最下者是假隐逸。如《北山移文》中所斥责的周子一流的人。冒充隐逸是为了骗取虚名，作为升官的阶梯。一些豪门世家，拥有大量地产，庄园、部曲。以隐逸为名，过着豪奢的生活，甚至操持政治。这是又一类。也有因嫉恨当时政治污浊，愤而与官场决裂，宁可过清贫生活，不肯同流合污。这是真正高尚的隐，如陶渊明这等人，这是些真正高尚的人。

本文的祖鸿勋，应当属于这一类。他之归隐不是追求优雅闲适，享受生活；而是由于家贫亲老（其实也包含有对官场的憎恶）。所以，书中言语往往饱含真情，文辞相对朴素而真切。对那些刻意雕琢的文字，明白地说："吾无取焉。"所以这封书中，自有一种清新之气，不同于其他骈丽文章。

阳生老弟：我近来由于家境贫穷，又有老母需要奉养，所以回了老家。在本县西边与其地县交界地方，有座雕山。它的位置偏远，又不是往来要道。它处在四面高山之中，为群岩包围。其间也有几顷良田。我家早先在这里建有几间野舍。世局动乱而遭荒废。我今天重新加以修整，就在山岩上，树林边。现在藤萝长得遮住房顶，泉水就在庭阶下流过。月下松影，风中草色，把庭园镶嵌成美丽的图案。野草花像星星一样丛生在小池沼旁。屋檐下都可以流出烟云，和早晨的雾舒卷在一起。园子里，桃李和松柏夹杂着生长，显得那么青绿。有时，撩起长衫涉水过涧，或是拄着手杖登山心情那么悠然，好像整个身子都将飞起来了。杳杳茫茫的，都不知道自己还生活在这个天地里！这种心情要过很长时间，才能再回到住房去。一个人孤坐岩石上，或是对水抚琴，或是在山窝里放声歌咏，或是举酒对月，让清风来引导我的情思，让鹤鸣来抒发我的心境。幻想着庄周那样的逍遥；体会尚子平那样的清高旷达。头戴笋壳编的草帽，身穿粗麻的围裙。出去侍弄一下庄稼，回家伺奉一下慈母。缓步当车，无事为贵。这也就很舒适了，何必一定要手执拂尘才算是高雅？

而吾子既系名声之缰锁⑮，就良工之剞劂⑯，振佩紫台之上⑰，鼓袖丹墀之下⑱。采金匮之漏简⑲，访玉山之遗文⑳，敝精神于丘坟㉑，尽心力于河汉㉒。摘藻期之鞶绣㉓，发议必在芬芳。兹自美耳，吾无取焉，尝试论之。夫昆峰积玉㉔，光泽者前毁；瑶山丛桂㉕，芳茂者先折。是以东都有挂冕之臣㉖，南国见捐情之士㉗。斯岂恶粱锦好蔬布哉？盖欲保其七尺，终其百年耳。

注释

⑮系名声之缰锁：缰，同韁。马缰绳。名声如同缰或锁，把自己捆锁住。 ⑯良工之剞劂：《淮南子》“敧劂、销、锯，非良工不能以制木”。应劭注：“剞劂”音“基决。”曲刀为剞，曲凿为劂。意为：好工具。意

指当官不过是作帝王的工具。再好也是工具。 ⑰紫台：泛指宫廷。帝王宫殿的宫墙和地面都涂成紫红色。 ⑱丹墀：见上注，宫廷地面称丹墀。⑲金匮之漏简：《史记》“高帝与功臣剖符作誓，丹书铁券，金匮石室，藏之宗庙。”故金匮是重要文献收藏之处，犹今之档案库。漏简，指金匮遗漏未收的重要历史资料。 ⑳玉山之遗文：《穆天子传》：“群玉之山，四彻中绳，先王之所谓策府。”也类似档案库。玉山遗文，其性质相似于金匮漏简。 ㉑丘坟：即“三坟、五典、八索、九丘”之代称，泛指古籍书简。 ㉒尽心力于河汉：王充《论衡》曰：“汉诸儒作书者以司马长卿、扬子云为河汉，其余泾、渭也。”河汉，指黄河汉水。当时北方人所见的最大的河。泾渭，则是京城长安附近较小的河。“尽心力于河汉”，是想要成就最高水平，或得到最高荣誉。 ㉓摛藻期之鞶绣：摛藻，铺陈辞藻，即作文章。鞶，束腰皮带。鞶绣，指烦琐的，不必要的装饰。全句意指作文章力求华美，反而显得烦琐。扬雄《法言》：“今之学也，非独为之华藻也，又从而绣其鞶帨。”比喻文章烦琐。 ㉔昆峰积玉：古代认为玉石以昆仑山产为最好。所以美玉出自昆仑。人们在挖掘时，总是尽先选那光泽最好的去雕琢，所以光泽者先毁。 ㉕瑶山丛桂：桂树多产南方。秦始皇首置桂林郡。居民多为瑶族，故称瑶山。 ㉖东都有挂冕之臣：东汉逢萌，王莽时见天下将乱，即解冠挂东都（洛阳）城门而归。 ㉗南国见捐情之士：楚为南国。屈原为楚大夫被放逐。因不愿同流合污，投汨罗江自杀。

解　说

而你既已受到“名誉”这根缰绳的牢固束缚，又成为高等工匠手中的精美工具，振动着身上的佩玉来往于宫廷，又鼓着宽袖行礼于丹墀之下。搜求金柜的藏书所遗漏的简册，寻访群玉之山所未见的文章；尽心竭力于三坟五典的学问，要努力使自己成为文学界的泰山北斗、黄河长江。写文章要力求处处精美，不放过一字一句，发议论要做到一言一语都能够芳香满口。这自然很好，但我并不愿这样做。这道理可以试作讨论。昆仑山堆积了许多美玉，最先毁坏的是光泽最好的。瑶山上的桂树成林成丛，最香的、最茂盛的，最先被摘掉。正由于这样，所以洛阳才出了个把官帽丢在城门上的逄萌，不当官了，楚国出了个愿保持清白而自杀的屈原。难道这些人都不喜欢好饭好菜漂亮衣服吗？难道他们都愿意吃野菜穿粗布吗？恐怕他们只不过是想保住自己这七尺之躯，活满自己这一百年的寿命罢。

今弟官位已达，声华已远㉘。象由齿毙㉙，膏用明煎㉚。既览老氏谷神之谈㉛，应体留侯止足之逸㉜。若能翻然清尚，解佩捐簪㉝，则吾于兹山庄，可办一得。把臂入林，挂巾垂枝；携酒登巘，舒席平山㉞。道素志，论旧款；访丹法，语玄书㉟。斯亦乐矣，何必富贵乎？

去矣阳子！途乖趣别。缅寻此旨，杳若天汉㊱。已矣哉，书不尽言。

注　释

㉘官位已达，声华已远：达，显达，官位很高。声，名声。美好的声誉已传得很远。　㉙象由齿毙：《左传》："象有齿以焚其身，贿也。"因为象牙值钱。　㉚膏用明煎：阮籍《咏怀诗》沈约注："膏以明自煎。"因为膏煎可以照明，故煎干自己。　㉛老氏谷神之谈：老氏，指老子。《道德经》："谷神不死，是谓玄牝。玄牝之门，是谓天地根。"　㉜留侯止足之逸：留侯，汉高祖平定天下，以功封张良为留侯。张良说："今以三寸舌为帝者师，封万户，位列侯。此布衣之极，于良足矣。愿弃人间事，从赤松子游。"这是他知止知足的高超见解。　㉞解佩捐簪：解下身佩的官印，丢开头上戴冠的长簪。意即不再作官。　㉞携酒登巘，舒席平山：巘，小山头。平山，较平坦的山地，展开带来的坐席，喝酒。　㉟访丹法，语玄书：寻访修丹炼汞的方法，讨论玄妙的道经。古代山林隐士，往往相信道教的修丹炼汞、白日飞升等种种迷信之说。　㊱缅寻此旨，杳若天汉：旨，指宗旨。意为我和你人生道路不同，价值取向不同。要探讨这一高远的宗旨，就如同杳茫的天河那样遥远，说不到一处。

解　说

如今，老弟您的官位已经显达了，声誉也已传得很远。大象正由于它的牙齿可贵，所以才被烧死；膏油正因为可以照明才被煎熬。既然已读过老子“谷神不死”的理论，就应该体会到留侯张良知止知足的思想的高明。若是你能够一下子改变态度，崇尚清净，能脱却身边的佩玉，取下头上的长簪（表示不再作官）。那么，在我这个山庄里，可以向你贡献点一得之愚。我们可以手拉手地进入山林，把头巾随意挂在下垂的树枝上。我们带着酒，爬上那小山头；打开随身携带的草席，使山坡变得平坦。谈谈心头的理想，说说相识的故旧。寻访炼丹成道的秘方，讨论玄之又玄的哲理。这也够快乐了吧，何必要什么富贵呢？

再见吧，阳子！我们的道路分歧，价值取向也各不相同。要想循着这个道路去追寻人生的目的，那简直像在追寻远天上的银河。打住吧，书信是写不尽心头想要说的话的。

石芝父评：衰乱之世，能勘破名利，息心岩谷，自是不可多得。文亦幽峭玲珑，颇有晋人风味。

与王贞书

杨　暕

杨暕，字世朏[1]，隋文帝子。少博通经史，为高祖所爱。初封豫章王，仁寿中拜扬州总管，主管江淮以南诸军事。炀帝即位进封齐王。王贞善属文，举秀才。暕闻其名，以书召之。

夫山藏美玉，光照廊庑之间[2]；地蕴神剑，气浮星汉之表[3]。是知毛遂颖脱，义感平原[4]；孙惠文词，来迁东海[5]。顾循寡薄[6]，有怀髦彦。藉甚清风[7]，为日久矣；未获披觌[8]，良深伫迟[9]。比高天流火，早应凉飙[10]；凌云仙掌，方承清露[11]。想摄卫攸宜[12]，与时休适。前园后圃，从容丘壑之情；左琴右书，萧散烟霞之外。茂陵谢病[13]，非无封禅之文；彭泽遗荣，先有"归来"之作[14]。优游儒雅，乐何如之？

注　释

①杨暕，字世朏：暕，音简。为重阴积雨后初见日出之意。朏，音匪，又音配。天初晓，微明。　②光照廊庑之间：庑，两廊侧室，亦作大屋解。廊，走廊。通常指帝王宫庭建筑。故称人有才干者为"廊庙才"。光照廊庑之间，意为应为朝廷所用。　③地蕴神剑，气浮星汉之表：用张华故事。张华与雷焕夜观天象，见星汉间有紫气浮动。雷焕说是剑气，应在江西丰城一带。华因荐雷为丰城令。雷掘丰城狱基，得双剑龙泉、太阿。　④毛遂颖脱：战国时毛遂自荐故事。毛遂为赵相平原君门

客。秦国攻邯郸，赵国危急。平原君奉命使楚求救并结盟。想在自己门下挑二十名随从，但只选出十九人，毛遂乃自荐愿去。平原君认为他不行。说，你在我这里几年没有表现。“士处众人中，如锥处囊中，其末立现。”毛遂说，我要是处在囊中当颖脱而出（连锥子整个都会钻出来）。这里指王贞似毛遂式的人物。 ⑤孙惠文词，来迁东海：孙惠晋朝吴人。初随齐王讨赵王伦，后辗转归于东海王越，任参军。 ⑥顾循寡薄：《十六国春秋》载慕容德曾说：“朕虽寡薄，恭己南面，在上不骄。”杨暕借此以比喻自己的品格。 ⑦藉甚清风：《诗经》有句：“穆如清风。”藉甚，累积之意。即仰慕已久。 ⑧披觌：觌，音敌，相见之意 披觌，开诚相见之意。 ⑨伫迟：伫，站立。迟，等待。 ⑩高天流火，早应凉飙：意为已到秋凉。诗：“七月流火”，到七月，天上火星向西漂移，称为流火。飙，疾风。即秋天已到，天凉了。 ⑪凌云仙掌，方承清露：汉武帝想长生不老，迷信方士的话作仙人承露盘，接取天上甘露。而秋天正是能接到甘露的时候。 ⑫摄卫攸宜：保养得好。问候语。 ⑬茂陵谢病：司马相如故事。相如家居长安茂陵，因病告假在家，死。武帝派人求其遗书，得封禅书。 ⑭彭泽遗荣：陶渊明为彭泽令八十日弃官归隐，作《归去来辞》。遗荣，弃官也。

解　说

杨暕此书，虽仍为六朝骈文，但已有所改变。疏畅磊落，另具一种风格。开端直言，有才华应为朝廷所用。既具有帝王身份的威严，又不失对对方人格的尊重。惇惇问候，情意拳拳，已超出六朝只追求辞藻艳丽的陋习。

应该说，美玉藏在深山，最终还要在高门宏殿的廊庙中才能显出它的光辉；地下埋藏的神剑，它的剑气总会飞扬到天上银河群星上。所以说，正是毛遂脱颖而出才感动了平原君；孙惠正是由于自己的文辞，才辗转归属于东海王司马越。我愿意追寻慕容德的风标，思念爱惜有过人才能的士者。你的穆如春风的名声，我感受到已很久了，没有机会和你开诚相见，实在令我期待。

现在，高天上的大火西流，已到秋凉时候，凌云殿前仙人的掌上，正开始有了甘露了。想来饮食保养，起居作息都安排得适宜。前边的园林，房后的畦圃，应该是很有点丘壑的情趣；左琴右书，生活潇洒得超出烟霞之外了。我想，像司马相如那样多病的他，也还著有关于封禅的文章；陶渊明那样超脱荣华的人，也留有《归去来辞》的作品。这样优哉游哉而又儒雅的生活，是真的比不了的快乐。

余属当藩屏⑮，宣条扬越⑯。坐棠听讼，事绝咏歌⑰；攀桂摛词，眷言高遁⑱。至于扬旌北渚，飞盖西园⑲，托乘乏应、刘，置醴阙申、穆⑳。背淮之宾，徒闻其语㉑；趋燕之客，罕值其人㉒。

注　释

⑮余属当藩屏：古代封土建国，以屏藩周室，巩固周的统治。《诗·大雅·板》：“价人维藩，大师维垣，大邦维屏，大宗维翰”……杨暕当然是隋王朝宗室的大宗。因此说，“余属当藩屏。”　⑯宣条扬越：宣条，出政令。暕为扬州都督，总管淮南江南诸军事，正是扬州、越国地方。　⑰坐棠听讼，事绝咏歌：周初，召公坐甘棠下听讼。死后，百姓思念，为赋甘棠之诗。杨暕自比召公，却没有相应的咏歌。　⑱攀桂摛词，眷言高遁：而有才华的人却流连隐逸生活，反复歌咏隐遁的高风。《文选·招隐士》：“攀援桂枝兮聊奄留。”　⑲扬旌北渚，飞盖西园：曹丕“与吴质书”有：“时驾而游，北遵河曲”之语。曹植诗曰：“清夜游西园，飞盖相追逐”。　⑳托乘乏应、刘，置醴阙申、穆：应，应玚；刘，刘桢。均属建安七子，文学之士；申，申公；穆，穆生，均楚之尊礼之人。穆生不嗜酒，楚元王设宴常为置醴。　㉑背淮之宾，徒闻其语：邹阳上梁王书有：“背淮千里而自致者，非恶臣国而乐吴民也。”　㉒趋燕之客，罕值其人：战国时，燕昭王千金市骏马之骨，筑黄金台以招徕谋士，天下士争趋燕。此处言，虽有此说，但没见过斯人。

解　说

在对王贞的隐居生活赞美一番之后，委婉地说到自己的需要。

我属于承担国家藩屏、捍卫国家的重任的人，负责宣布法令并贯彻执行，统治着扬州、淮南以至江南越国一带。我像周代的召公一样，坐在甘棠下听讼，却没人加以咏歌。而那些攀桂流连的词章之客，却总喜欢歌唱那清高的隐遁生活。至于像往昔曹氏兄弟那样扬起旌旗北游，领着文士在西园夜游，虽则向往，却又后车没有应玚、刘桢这班文士；想尊礼贤者，却又没有申公、穆生这等人物。背淮千里而来作客，只不过听说而已。天下之士急趋燕国这样的事，却没真正遇到过。

这一席话，表示对王贞这等有才之士的渴望。

卿道冠鹰扬[23]，声高凤举[24]，儒墨泉海[25]，词章苑囿[26]。栖迟衡泌[27]，怀宝迷邦[28]。徇兹独善，良以於邑[29]。今遣行人，具宣往意。侧望起予[30]，甚于饥渴。想便轻举，副此虚心。无信投石之谈[31]，空慕凿坏之逸[32]。书不尽言，更惭词费。

注　释

㉓道冠鹰扬：《诗・大雅・大明》“维师尚父，时维鹰扬。”本意在歌颂太公望的韬略深广，高瞻远瞩。此处用以称誉王贞有安邦治国之才。㉔声高凤举：凤鸟高飞，鸣声远传。此处借誉王贞的名声远播。　㉕儒墨泉海：儒家墨家都是百家争鸣中的显学。此处借赞王贞学兼儒墨，为二家之泉海。　㉖词章苑囿：苑囿本为古代帝王养畜花草、树木、禽兽的总汇之地。此处以喻王贞文章、词藻的丰富多采。　㉗栖迟衡泌：栖迟，居住。衡，衡门，穷苦之家，平民之家，大门只一根横木支撑，更无雕饰。泌，《诗》“泌之洋洋，可以乐饥。”平民游憩之小河，即指乡野之地。㉘怀宝迷邦：原话出于《论语》。指身怀宝物，却不知该向何处贡献。以

指王贞有高才而未能有用武之地。 ㉙徇兹独善，良以於邑：就这样独善其身地过下去，使人为之难过。於邑，音呜邑，即呜咽，抽噎状。 ㉚侧望起予：侧身而望，焦急期待状。起予，启发我，帮助我。孔子曰：“起予者商也。” ㉛无信投石之谈：晋·李康著《运命论》中说：“张良说群雄，如以水投石，莫之受也。及遭汉祖，如以石投水，莫之逆也。”此劝王贞勿信此言。不要因此而动摇受召之心。 ㉜凿坏之逸：颜阖故事，见“北山移文”。

解　说

至此，杨暕具体提出相召的目的。

你的学问智略超过了太公的鹰扬，你的声望高于天上的凤鸣。你的学识是汇集儒墨诸家的泉海，文章的大花园。但你独居在一个普通百姓的地位，只做个独善其身的人，我对此感到难过。如今，我派出一个使者，具体地向你宣告我的意思。我这里侧身遥望，希望能得到你的启发和帮助，超过了如饥如渴的程度。希望你能就此动身，回答我这点诚恳虚心。不要相信那种以水投石的说法，也不要羡慕颜阖那种逃避的方式。书信不能完全表达我要说的话。再多写，将使我感到话太多的惭愧。

石芝父评：南北朝文，至隋而辞采与气韵俱稍靡弱，亦世运使然。此书疏朗圆畅，已开宋四六之宗风。

北山移文[1]

孔稚珪

孔稚珪，山阴人，字德璋。风韵清疏。初为南朝宋安成王车骑法曹，仕至都官尚书。庭草不除，中有蛙鸣。曰："吾以当两部鼓吹。"时有周彦伦，隐居钟山。后应召，出为海盐令。秩满归朝，过此山下。孔稚珪假北山之灵，作此移文以讽之。

钟山之英[2]，草堂之灵[3]；驰烟驿路[4]，勒移山庭[5]。

夫以耿介拔俗之标[6]，潇洒出尘之想[7]；度白雪以方洁[8]，干青云而直上[9]。吾方知之矣。若其亭亭物表[10]，皎皎霞外[11]；芥千金而不盼[12]，屣万乘其如脱[13]。闻凤吹于洛浦[14]，值薪歌于延濑[15]，固亦有焉。岂期终始参差[16]，苍黄翻复[17]。泪翟子之悲[18]，恸朱公之哭[19]。乍回迹以心染[20]，或先贞而后黩[21]，何其谬哉！呜呼，尚生不存[22]，仲氏既往[23]，山阿寂寥，千载谁赏？

注　释

①北山移文：旧时，对无上下级关系的部门之间行文书称移。犹今之"通知"之类。　②钟山之英：钟山，即今南京市紫金山。英，即英灵，指山之神。　③草堂之灵：当时有草堂寺在钟山，为周颙所建。　④驰烟驿路：通过驿路传递。　⑤勒移山庭：下达通知各山的主管神。　⑥耿介拔俗之标：耿介，正直。拔俗，超出寻常。标，风格，标格。　⑦潇洒出尘之想：有不同于一般的思想。　⑧度白雪以方洁：与白雪可以相比的清

洁。方，比较。 ⑨干青云而直上：其品格之高甚至高出天上最高的青云。古人认为青云是最高的云彩。 ⑩物表：指超出万物之上。 ⑪皎皎霞外：其光华绚丽还在云霞之上。 ⑫芥千金而不盼：把千金财富视同尘土。指鲁仲连义不帝秦，邯郸围解，平原君谢以千金辞而不受的故事。芥，草芥，无价值。 ⑬屣万乘其如脱：万乘，指君王或帝王。《淮南子》说："尧以天下授舜，如倒行而脱屣也。"表示尧把天下的大事，看得如同脱下一双鞋那样全无所谓。表示毫无留恋的高尚品格。 ⑭凤吹洛浦：用王子乔故事。见《列仙传》。王子乔善吹笙作凤鸣，游于伊洛间。 ⑮薪歌延濑：吕向谓："苏门先生游于延濑，见一人采薪，谓之曰：'子以终此乎？'采薪人曰：'吾闻圣人无怀，以道德为心。何怪乎而为哀也'？遂为歌而去。"⑯终始参差：开始和结局不相同。 ⑰苍黄反复：一时是黑色，一时又变黄色。 ⑱翟子之悲：翟子，墨子也，墨子名翟。墨子见素丝而悲，谓其染于苍则苍，染于黄则黄。命运是无定的。 ⑲朱公之哭：与前注墨子类似，杨朱哭歧路的故事。在歧路上可南可北，结局完全相反。 ⑳乍回迹以心染：受外界的影响，心灵受到熏染而改变自己心灵的轨迹。 ㉑或先贞而后黩。本来干净的良心是洁白的，受了污染就变丑恶了。 ㉒尚生不存：尚生，指尚子平，隐居不仕。 ㉓仲氏既往：汉仲长统隐居不仕。或州郡命召（推荐）均称病不受。

解　说

钟山草堂诗的神灵，通过尘土飞扬的驿路，下令通知各山的主管。

那些正直廉方超出尘俗的风格，那些潇洒超脱凡俗的思想。这种人和白雪一般地洁白，超出青云的高度。这些我是知道的。还有的独立亭亭在万物之上，他的光彩是天上云霞之外的另一种光彩。这些人把千金之重看得如同草芥，把让出帝王的权位，只当作脱下一双草鞋。还有的愿意随便在洛水上下任意吹凤鸣一样的笙管；还有那在延濑上不嫌劳苦的樵夫。这样的人也是有的。却没有想到有这种开头与末了不一致，像杨朱所为之恸哭的歧路一样可南可北；又像墨子所为之落泪的素丝一样，时而变成苍色，时而又变成黄色，反复不定的人。这种人的心灵会轻易被污染，原先还算贞亮，而后来却变得那么污浊。这是何等可恶的人！唉，尚子平这样的人不存在了，仲长统这样的人也没有了。这些寂寞高洁的山林，在近一千年中还有谁来欣赏!?

世有周子，俊俗之士㉔。既文既博，亦元亦史㉕。然而学遁东鲁㉖，习隐南郭㉗，偶吹草堂㉘，滥巾北岳㉙。诱我松桂，欺我云壑。虽假容于江皋，乃缨情于好爵㉚。其始至也，将欲排巢父，拉许由㉛，傲百氏，蔑王侯。风情张日，霜气横秋㉜。或叹幽人长往，或怨王孙不游㉝。谈空空于释部㉞，覈玄玄于道流㉟。务光何足比，涓子不能俦㊱。

注　释

㉔俊俗之士：俗士中的佼佼者。　㉕既文既博，亦元亦史：既能文章，又多博学。即通常所说的博学能文。元，即玄，玄学。道家的理论。史，史学。这是说，这位周子的学问广博，无所不通。　㉖㉗学遁东鲁，习隐南郭：《庄子》中的故事。鲁君听说颜阖是得道之人，想见他，就使人先送币、礼物去寻访。到了颜家，正好颜阖在家，问知颜阖本人，就把币礼送上。颜阖说，你先访问实在了，别送错了人。使者就到别家去查对。颜阖趁此机会，穿墙跑了。《庄子》中还说：有个叫南郭子綦的人是得道之人。他“隐几而坐，嗒然若丧其偶”，意思是：这个人像木头一样坐在那里，好像失去了知觉。这是得道的一种表现。　㉘㉙偶吹草堂，滥巾北岳：指这位周子就像昔日的南郭先生一样，到草堂寺来滥竽充数。戴上隐士的头巾在北山上摇摆。北岳即北山。——假设的本移文的作者。㉚乃缨情于好爵：他表面装作隐居，内心的真实思想却是盼望着做官。爵，官爵，爵禄。　㉛排巢父，拉许由：巢父、许由，均为尧时隐者，不接受尧的让位的高士。意为周子把己看作巢许一流人物。　㉜风情张日，霜气横秋：那狂傲的态度，简直能遮住太阳，那冷峻的脸色像挂满一层霜。　㉝幽人长往，王孙不游：长往，死去。王孙，指出身高贵、气度高

华之人。意指，真正的隐士幽人已经死去，真正够格的隐士却又不来。意是当前的隐士们都不够格。——狂傲之态。 ㉞谈空空于释部：释部即佛教。佛教教义讲究“色空空色”，常为佛学论辩的主题。 ㉟覈玄玄于道流：“玄之又玄，众妙之门”是老子《道德经》的重要论题，故道家称之为玄学。道家最初属于九流百家中的一流。故又称为道流。覈，考覈，深入探讨之意。 ㊱务光、涓子：古时著名隐者。汤得天下，以让务光，光不受。涓子，齐人，隐于岩山。

解　说

世上有个周子，是俗士中的佼佼者。既有文彩而又博学。能谈玄学，又能评古今。但他像鲁国的颜阖一样逃避征聘，想同南郭子綦一样隐几高坐（均为庄子书中隐士人物）。他混到草堂寺中假充隐士之一，戴上隐士的头巾住到北山。欺骗我山的松桂与云壑，以他为高尚的隐士。虽然他戴着隐居的假面，其真正的感情却是想追求有个好爵位。他初来之时，那气派简直就要排斥巢父、并肩许由了。百代以来的人他都看不上眼，对王侯之辈更瞧不起。那张狂的态度能挡住太阳，脸上的颜色，似挂满了秋霜。不是叹息真正的隐者都已死去了，就是抱怨可以让人想念的王孙还没有来。在佛门僧众中畅论色空之学，与道流高士们又共同探讨玄之又玄的理论。商汤时那个让天下的务光都不能和他相比，那个隐于岩山的涓子也要矮他一头。

及其鸣驺入谷[37]，鹤书赴陇[38]。形驰魄散，志变神动。尔乃眉轩席次[39]，袂耸筵上[40]。焚芰制而裂荷衣[41]，抗尘容而走俗状。风云凄其带愤，石泉咽而下怆[42]。望林峦而有失，顾草木而如丧。至其钮金章[43]，绾墨绶[44]，跨属城之雄[45]，冠百里之首[46]。张英风于海甸，驰妙誉于浙右[47]。道帙长摈[48]，法筵久埋[49]。敲扑喧嚣犯其虑[50]，牒诉倥偬装其怀[51]。琴歌既断，酒赋无续，常绸缪于结课[52]，每纷纭于折狱[53]。笼张赵于往图[54]，架卓鲁于前录[55]。希踪三辅豪[56]，驰声九州牧[57]。

注释

㊲鸣驺入谷：鸣驺，犹今言公用车。其马由公家喂养。入谷，指政府以公车传信来征召人才。 ㊳鹤书赴陇：赴陇与入谷同一含义，即来人征召。古时，这种征召文书又称鹤头书，因书版形如鹤头而得名。 ㊴眉轩席次：在多官聚会的宴筵上，眉毛挑得老高。得意的神气。 ㊵袂耸筵上：与上注同一含义。大袖子在筵席上耸起老高。 ㊶焚芰制而裂荷衣：《楚辞》“制芰荷以衣兮，集芙蓉以为裳。”表现被放逐的屈原的高洁。后世遂以此为代表隐者的服饰。 ㊷石泉咽而下怆：山泉和涧石流出凄怆。 ㊸纽金章：当官的铜印，纽是印后的环。 ㊹绾墨绶：绶是官印后的钮带。汉制，官六百石以上皆铜印墨绶。绾，挂在身上。 ㊺跨属城之雄：跨，踞也，一城都属于他。 ㊻冠百里之首：古代称县为百里。而为县令者为百里中的第一人。 ㊼海甸、浙右：周彦伦应召为海盐令。海盐县在海边，故称海甸。又在浙江之北（即今钱塘江）故称浙右。 ㊽道帙长摈：帙，包书布。一套书为一帙。摈，抛弃。用不着这类空谈的道经了。 ㊾法筵久埋：佛家讲经说法的会聚称法筵。埋，埋葬。即永不再用了。 ㊿敲扑喧嚣犯其虑：敲扑，行刑。喧嚣，呼喊、喧哗。这些事件进入了他的思虑。 51牒诉倥偬装其怀：牒，上级下达的公文。诉，下面的陈诉。这类事务充满他的胸怀。 52常绸缪于结课：每年向上级报告，上级的岁课考察，经常萦绕在心头。 53每纷纭于折狱：折狱，打官司，犯刑罚，审判，定罪。这些事经常头绪纷繁，不易清理。 54笼张赵于往图：张赵，张敞和赵广汉，都是汉代名吏。希望超过他们。 55架卓鲁于前录：卓茂、鲁恭，汉代名令。 56希踪三辅豪：三辅、汉代，京兆、冯翊、扶风，称为三辅。居此者多富贵豪奢之家。希望能取得他们那样的权势。 57驰声九州牧：汉代州牧，相当于今天的省长。如果在他们中取得称誉，升官不成问题。

解说

待到朝廷的信使进山，征召的文书送来，那心神早就跑了，魂魄都不守舍了。志向也变了，心也动了。到了官们的筵席上，眉毛也扬起来了，大衣袖也在筵席上高耸。原来隐士们穿的芰荷之衣也烧了撕了，摆出那尘俗可憎的形状。连风云也感到悲哀和愤怒，山间的流泉也为之呜咽悲怆。远望那山林峰峦，也像是少了什么，看那满山的草木也都垂头丧气。待他掌起了大铜印，带那墨色的印绶，跨踞着自己的属城，为百里之中的第一人。在海边的县中抖起威风，在浙右一带传开了自己的名声。道经是抛弃了，佛经说法是埋葬了。他思虑中充满喧哗、争吵，上级公文有些什么要求和期限，自己应如何陈述，等等。琴歌不再唱了，诗酒也不继续了。心里经常盘算着如何上报，岁课会有什么样的成绩。还要去判断那些纠缠不清的官司。还要想取得张敞、赵广汉那样的成绩，卓茂、鲁公那样的名声。还想取得三辅豪雄那样的权势，而且赢得天下郡国的称誉。

使我高霞孤映，明月独举。青松落阴，白云谁侣？涧户摧绝无与归，石径荒凉徒延伫。至于还飙入幕，写雾出楹[58]；蕙帐空兮夜鹤怨，山人去兮晓猿惊[59]。昔闻投簪逸海岸[60]，今见解兰缚尘缨[61]。于是，南领献嘲，北陇腾笑，列壑争讥，攒峰竦诮。慨游子之我欺，悲无人以赴吊。故其林惭无尽，涧愧不歇，秋桂遣风[62]，春萝罢月[63]。骋西山之逸议[64]，驰东皋之素谒[65]。

注　释

⑤⑧还飙入幕，写雾出楹：无人居住的山区，风可以自由吹卷屋中的帷幕，早晨可以有雾从屋中流泻出来。写，即泻。　⑤⑨蕙帐、夜鹤、晓猿：古人书房多设有帏帐，以免互相干扰，故有“下帏苦读”之语。此处蕙帐，即指书房帏帐。读书人已去，故夜鹤再不能听见读书声。猿猴早晨出林，也再看不见隐士的踪迹。所以一怨一惊。　⑥⓪投簪逸海岸：汉疏广、疏受叔侄故事。二人为太子太傅，认为应功成身退。故退休回籍。原籍近海。不当官就不需戴冠，所以不再用簪。历史对二人评价很高。　⑥①今见解兰缚尘缨：《离骚》“纫秋兰以为佩”。从此，这些以香草之类为装饰的

服饰就成为高尚隐士的特征。今天见抛弃兰佩而缚上尘俗的簪缨，时代在庸俗化了。 ㊷秋桂遣风：桂子飘香，全凭风送。今将风遣去，是因为隐士已还俗了，无人需此香气。 ㊸春萝罢月：春夜藤萝在月光下摇曳多姿。如今隐士已去，无人欣赏，月光可罢去不用。 ㊹骋西山之逸议：西山群峰有许多议论。 ㊺驰东皋之素谒：谒，书面意见。迅速传观。

解　说

使我（北山自称）朝夕的云霞也失去欣赏者，晚间的明月，也只能孤单单上升。青松的佳荫也因无人而低垂，白云也失去伴侣。隐者昔日在涧边的居室的大门，因无人再需归去而破败了。过去石砌的小路也荒凉了，空自逗留等待。甚至旋风吹进室中的帷幕，晨雾会从楹柱间流泻出来。隐者读书的蕙帐空空，连夜晚的仙鹤也因没有了读书声而感到孤独；早晨的猿猴也因失去了山人而惊异。从前听说过扔掉冠带用的长簪而到海边享受自由生活，今天却看到有抛弃了佩兰蕙带去接受那尘俗的簪缨。于是，南岳抛来嘲笑，北陇腾起笑声，山谷中争着讥讽，而尖削的群峰更投来尖利的冷嘲。慨叹受到那游子的欺骗，却没有地方可以投告。所以，山林感到无尽的羞惭，涧水有无穷的惭愧。秋桂再不需要风来吹送它的香气，春天的藤萝也不再要明月来照出它的倩影。西山的逸议到处传播，东皋的书面意见也争相传阅。

今又促装下邑，浪栧上京[66]。虽情殷于魏阙[67]，或假步于山扃[68]。岂可使芳杜厚颜，薜荔蒙耻[69]，碧岭再辱，丹崖重滓[70]！尘游躅于蕙路，污渌池以洗耳[71]。宜扃岫幌[72]、掩云关，敛轻雾、藏鸣湍。截来辕于谷口，杜妄辔于郊端[73]。于是，丛条瞋胆[74]，叠颖怒魄。或飞柯以折轮，乍低枝而埽迹[75]。请回俗士驾，为君谢逋客[76]。

注　释

㊻浪栧上京：栧，同楫。划船到京城去。 ㊼魏阙：指京城。古代都

城官门外有对立的两个高耸的观，这称为魏阙。后世以此代指朝廷。故有“身在江湖，心存魏阙”的成语。既可解释为关心国家大事，也可释为贪恋权势。 ⑱山扃：山居的外户。亦作动词“关闭”解。 ⑲芳杜，薜荔：均山林芳草名。 ⑳滓：污染：《史记·屈原列传》“皭然泥而不滓者也。” ㉑尘游躅于蕙路，污渌池以洗耳：躅，足迹。使生满香草的山路留下尘污的足迹，使山间清澈的池水也会由于听到那些污浊声音要去洗耳，而受到污染。 ㉒扃岫幌：扃字见⑱注，卷起各岫的幌子。 ㉓来辕、妄辔：均指入山车马。 ㉔嗔胆：即嗔怒。人怒则肝胆皆张。 ㉕埽：同扫。 ㉖逋客：逃亡者。周子逃出山林故称逋客。

解　说

如今，他又要整理行装，在那偏远小地方向京城出发了，抄起船楫，悠然自得。他当然殷切希望的是那能给升官的京城，但也许会绕道上自己住过的地方看看。怎么可以让这山中的杜若薜荔们再度受侮辱？使这里美丽的碧岭丹岩再次受到污染？让他那俗不可耐的脚印踩到兰蕙芬芳的路上？还有那清澈的池水，听到他那些听了需要洗耳朵的谰言？这不让清澈的水也受到污染了吗？

各山的主管之神，应该：把山岭的秀色掩起来，把轻雾和云霞都收敛起，把潺湲流水藏起来。把来车在入谷口时就挡住，最好在更远的郊端就把路堵死。

于是，各山林都动员起来了，成丛的灌木枝条都发怒了，高树重重枝梢都奋起了。或是飞出枝柯打断他的车轮，或是让低处的树把道路的痕迹掩藏起来，请俗士们回吧，更请转告那悄悄溜出山林的逃亡者趁早别来。

石芝父评：此六朝中极雕绘之作，字字妍炼，语语精练。唐初四六，多胎息于此。

小园赋

庾　信

庾信，字子山，庾肩吾之子。少博览群书，文章闳博。梁元帝时，以右卫将军使西魏，被留，不遣。北周明帝、武帝皆恩礼之。迁骠骑大将军，开府仪同三司。世称庾开府以此。为文擅长骈偶，集六朝之大成，且多乡关之感。

若夫一枝之上，巢父得安巢之所①；一壶之中，壶公有容身之地②。况乎管宁藜床，虽穿而可坐③；嵇康锻灶，既烦而堪眠④。岂必连闼洞房，南阳樊重之第⑤；赤墀青琐，西汉王根之宅⑥。

注　释

①巢父："许由，夏常居巢，故一号巢父。"（见谯周《古史考》）巢，树上的鸟巢。　②壶公：《神仙传》中的人物。据说他在屋顶挂上一把壶，晚上就跳到壶里睡觉。　③管宁藜床：管宁，东汉时隐士，常坐一木榻。坐了五十年，搁膝盖的地方都磨穿了。魏文帝、明帝多次用高官聘他，都不肯去。藜，藜芦。其地下根茎质坚，可作杖。此处作藜床，指简陋的坐榻。　④嵇康锻灶：晋名士，竹林七贤之一，与阮籍齐名。性巧思，喜欢自己锻铁，自有锻铁炉。烦，暖的异体字。　⑤连闼洞房，南阳樊重之第：闼，小门，内室间的通道，故称连闼。樊重，东汉樊宏的父亲，豪富。后汉书说他"重堂高阁，陂池灌注。"极其奢华。第，高大宽

阔的住宅。 ⑥赤墀青琐，西汉王根之宅：王根是西汉后期的贵戚。赤墀，以赤色粉涂地，按制度应为皇帝专用。青琐，以青色涂户边，当中镂空为图案，然后涂青色。也是皇帝专用。而王根也用以装饰他家私宅。表现其骄奢豪富。

解　说

庾信这个人，是六朝文学中的一颗巨星。六朝文学的主体，是骈体文，追求形式的华美。但过于追求形式，有时就失之于内容思想上的浅薄。犹如今天的时装，当它初设计出来，使人感到新颖而优美，但一旦流行开来，就变成庸俗了。人人都穿这一套，就没了个性。所以，庾子山之突出，就在于他既有形式上的美，又富于个性——思想内容。这就成了夜空繁星万点中的一颗彗星，光芒竟天，群星为之黯淡。所以后来大诗人杜甫谈到六朝文时，就只提“清新庾开府，俊逸鲍参军”两人，这是有深度的。

庾信，就他的社会地位而言，是令当时许多人羡慕的。年轻时在梁，“父子东宫，出入禁闼，恩礼莫与比隆”。后来，使魏被留，官又升至“骠骑大将军开府仪同三司”。可说是官运亨通。然而，在他心中却留有无法治愈的伤痕：乡国之思与亡国之痛。在“小园赋”与“哀江南赋”中不难看出这点。这正是他的文章在思想深度上高出流俗的原因所在。

只消有一根树枝，巢父就有了放他的巢的地方；有一把壶，壶公就有了足够藏身的地方。何况，管宁的那张藜床，虽然都被膝盖磨穿了，但还是可再坐的；嵇康的那座锻铁炉，只要生了火，还是可以睡觉的。何必要那成套成堆的房屋，像南阳樊重的府第那样阔绰；或是像西汉的王根那样装饰上赤墀青琐那样的奢华。

余有数亩敝庐，寂寞人外。聊以拟伏腊[⑦]，聊以避风霜。虽复晏婴近市，不求朝夕之利[⑧]；潘岳面城，且适闲居之乐[⑨]。况乃黄鹤戒露，非有意于轮轩[⑩]；爰居避风，本无情于钟鼓[⑪]。陆机则兄弟同居，韩康则舅甥不别⑫。蜗角蚊睫⑬，又足相容者也。

注 释

⑦拟伏腊：权作冬夏祭祀祖先的地方。 ⑧晏婴近市，不求朝夕之利：晏婴，春秋时人，齐景公的首相，有名政治家。景公嫌他的住宅太狭仄，又靠近市场，太吵，想给他另换大宅。晏婴辞谢说："小人近市，朝夕得所求，小人之利也。"此处意思是：我这个破草房虽然也靠近市场，却并不为买东西方便。 ⑨潘岳面城，且适闲居之乐：潘岳，晋文学家，著有"闲居赋"说："面郊后市"面城即面郊。古文中，面字有两种解释：面对和背对。《史记》"吕马童面之"即转身背对他。 ⑩黄鹤戒露，非有意于轮轩：黄鹤晚上要找个躲开露水的地方，却不喜欢高房大屋、轩车驷马。《左传》卫灵公好鹤，鹤有乘轩者。 ⑪爰居避风，本无情于钟鼓：爰居，海鸟名。海上大风，爰居避风而到鲁郊，鲁人祀之。祭祀当然有鼓乐，但爰居与鼓乐毫无关系。 ⑫陆机则兄弟同居，韩康则舅甥不别：不别亦即同住一起。陆机、陆云兄弟，三国时东吴名文学家。吴灭后，奉命到洛阳。兄弟同住一起。韩康伯是殷浩的外甥。殷浩贬徙，康伯随往。这里虽说敝庐的狭小，实则以陆机、殷浩的遭遇来比喻自己。 ⑬蜗角蚊睫：蜗角，蜗牛的角。蚊睫，蚊子的睫毛。极言其小。虽然极狭小，却可相容。

解 说

既赋小园，当然要铺叙其园之小。如是一个独立存在的亭园，游观之所，那就小不了。它只能是附着于居室的庭园之类。如果居室是高宅大第，它附的园必也不小。要说园小，居室也必不大。因此，它从室小叙起。

我有几亩大的旧房子，坐落在人不常到的冷僻地方。不过为了冬夏祭日，有个祭祀祖先的地方，有个可以躲避风霜侵袭的藏身之所。像晏婴那样，虽然挨近市场，却并不想谋取什么方便生活的利益；而是有如潘岳，想享受闲居的乐趣。况且，看那黄鹤，想躲开霜露，却并非为了乘上高车驷马；那海鸟爰居来到鲁国，也并非为了享受鲁人敲钟擂鼓的祭祀。看那从前的陆机，他们是兄弟同住；那谪徙的殷浩，他同韩康则是舅甥共居。虽说只有蜗牛角、蚊子眼眉那一丁点儿地方，却也能容下他们二人。

尔乃窟室徘徊，聊同凿坏[14]。桐间露落，柳下风来。琴号珠柱，书名玉杯[15]。有棠梨而无馆[16]，足酸枣而非台[17]。犹得敧侧八九丈[18]，纵横数十步，榆柳两三行，梨桃百余树。拨蒙密兮见窗，行敧斜兮得路。蝉有翳兮不惊，雉无罗兮何惧[19]。草树混淆，枝格相交；山为篑覆[20]，地有堂坳[21]。藏狸并窟，乳鹊重巢[22]。连珠细菌[23]，长柄寒匏[24]。可以疗饥，可以栖迟[25]。

注　释

⑭凿坏：鲁颜阖事。见“北山移文”注㉖。　⑮琴号珠柱，书名玉杯：古琴弦下有小柱以张弦。以珠饰之，号为珠柱琴。董仲舒的著作中，有《玉杯》《繁露》等名称。　⑯有棠梨而无馆：汉武帝有甘泉宫。扬雄作赋云：“度三峦兮偈棠梨。”注云，“度三峦山，息棠梨馆。”可知棠梨馆是甘泉宫中馆名。此句用以表小园虽有棠梨树，却实在没有馆。　⑰足酸枣而非台：此句与上句对应。酸枣树倒是够多，可没什么亭台的建筑。⑱敧侧：歪歪斜斜。指园路不宽不正。　⑲雉无罗兮何惧：雉，野鸡。罗，捕鸟的网罗。泛指园内鸟雀不惊。　⑳山为篑覆：篑，盛土的簸箕。音 kuì，意思是：小园内也有山，但所谓的山，不过几簸箕土大。　㉑地有堂坳：庄子：“覆杯水于坳堂之上。”堂坳即坳堂，指坑洼不平，未经修整的地面。　㉒藏狸并窟，乳鹊重巢：狸，野猫，鹊，喜鹊。泛指园内荒凉，无人惊扰，小动物得以安居，生儿育女。再挖一个洞，再筑一个巢。　㉓连珠细菌：菌，今天叫蘑菇。小菌丛生一起，如同连珠。　㉔长柄寒匏：匏即匏瓜。《世说》中有“东吴有长柄葫芦。”应即此处所说的长柄匏。　㉕可以疗饥，可以栖迟：这句是本段所描述的小园风物的总

结：可以居住，也可以有吃的。但这句同时又是诗经的诗句："衡门之下，可以栖迟；泌之洋洋，可以乐饥。"的改写。是对恬淡自适的隐逸生活的歌颂。

解 说

这样，在像洞穴一样的屋里走来走去，就把它想象成凿墙而遁的鲁国的颜阖一样的生活吧。在梧桐之间，有零落的露水，在柳林之下，有习习的凉风；有高雅的、珠柱为饰的瑶琴；有董仲舒的名叫《玉杯》的古书。虽没有棠梨馆，却还有棠梨树；酸枣树很多，却没有韩王的高台。但总还算有歪歪斜斜的八九丈，纵横的几十步，有两三行榆柳，有一百多株梨桃树。把密实遮盖的枝叶拨开可以看见窗户，也可以找到歪斜弯曲的小路。鸣蝉有了荫庇，就不会惊怕，这里没有网罗，野鸡也无须畏惧。草与树，混杂在一起，大大小小的树枝交叉密布。也有山，也不过就几筐堆在一起的土；也有平地，但都免不了坑坑洼洼。这里有狸子挖的、并排的藏身洞，也有为养活小喜鹊而编成的重叠的鸟巢。这里有成串的珍珠一样的小蘑菇，还有长把的葫芦瓢。真可以让您忘掉饥饿，也可以让您有安稳的睡眠。

敧岖（崎岖）兮狭室，穿漏兮茅茨，檐直倚而妨帽，户平行而碍眉。坐帐无鹤，支床有龟[26]，鸟多闲暇，花随四时。心则历陵枯木[27]，发则睢阳乱丝[28]。非夏日而可畏[29]，异秋天而可悲[30]。一寸二寸之鱼，三竿两竿之竹。云气荫于丛蓍[31]，金精养于秋菊[32]。枣酸梨酢，桃榹李薁[33]。落叶半床，狂花满屋。名为野人之家，是谓愚公之谷[34]。

注 释

㉖坐帐无鹤，支床有龟：《神仙传》故事。三国时有介象，有仙术，

隐居不仕，吴王尊礼他，想从他学道术。他伪死遁去，葬建业。吴王为立庙、祭祀。每祭时有白鹤飞来座上。这里寄托着自己愿回南方乡土的愿望。《史记·龟策列传》说，江淮间人以龟支床，后来老死，儿女移床，龟还是活的，说明龟能长寿。 ㉗心则历陵枯木：历陵，地名，汉时属豫章郡（约为今江西）。有老樟树，中心已枯死。 ㉘发则睢阳乱丝：睢阳，古宋国地。战国时墨子是宋人。曾见染丝者而悲叹，以其可苍可黄。此处借言自己头发已花白了，乱丝一般。 ㉙非夏日而可畏：《左传·文七年》贾季曰："赵衰冬日之日也。赵盾，夏日之日也。"意思是，冬天的太阳，使人觉得可爱；夏天的太阳，让人感到害怕。庾信是梁臣使魏被拘留的，虽然官大，但对这个皇帝却总感到害怕。 ㉚异秋天而可悲：《宋玉·九辩》"悲哉秋之为气也。"认为秋天是悲哀的季节。此处"异秋天而可悲"，则是，不是秋天也同样可悲。在这里生活，失去了欢乐。 ㉛云气荫于丛蓍：《史记·龟策传》"闻蓍生满百者，其下必有神龟。其上必有云气。"蓍草与龟都是用于占卜吉凶，故有如此神化的传说。 ㉜金精养于秋菊：传说：甘菊，九月上寅日采，名曰金精。古人以五行配四季，秋为金，故称金秋。附会为金气之精藏在秋菊里。 ㉝枣酸梨酢，桃榹李薁：酢，同醋。即酸枣酸梨。榹，音雌。山桃或盘桃。薁李，或称粤李，野生山李。说明小园内果木都是自然生长，未经人工栽培。 ㉞愚公之谷：《说苑》齐桓公猎鹿入山谷见一老公，问他这是什么谷。老公说："叫愚公之谷。"说明这位老公是隐者。

解 说

这坎坷不平的小灰屋，这会漏雨的茅草房！要想在屋檐下直腰站一站，会碰掉你的帽子；要想随便走过房门，会蹭伤你的眉毛。书房的帐，已不会再有归来的仙鹤；凉床腿下，倒还活着不死的神龟。鸟儿生活多么悠闲，花儿随着节令四时开放。而我的心却如同历陵的老樟树那样枯干了，我的头发却像墨子为之悲伤的、待染的乱丝了。即使并非夏日，也同样让人感到可怕；即使不是秋天，也同样让人悲伤。

小园里也有一寸二寸的小鱼，也有三竿两竿的翠竹。有云气浓郁的丛生的蓍草，也有孕育着金精的九月菊。这里小枣是酸的，梨酸得像醋；桃是山桃，李是郁李（显示它们未经过人工培植）。风吹来的落叶，堆满了半张床；吹来的乱糟糟的落花，满屋里乱飞。这里可以被称为野人之家，实际上也就有如当年愚公隐居的山谷。

试偃息于茂林，乃久羡于抽簪㉟。虽有门而常闭，实无水而恒沉㊱。三春负锄相识，五月披裘见寻㊲。问葛洪之药性，访京房之卜林㊳。草无忘忧之意，花无长乐之心㊴。鸟何事而逐酒，鱼何情而听琴㊵？加以寒暑易令，乖违德性，崔骃以不乐损年，吴质以长愁养病㊶。镇宅神以薶石㊷，厌山精而照镜㊸。屡动庄舄之吟㊹，几行魏颗之命㊺。

注　释

㉟久羡于抽簪：抽簪，表示不再作官。事见本书《北山移文》注㊿。㊱无水而恒沉：无水而沉，即陆沉。《庄子》："与世违而心不屑与之俱，是陆沉者也。"恒，即常。　㊲负锄相识，披裘见寻：《高士传》林类者，魏人。底春披裘，拾遗穗于故畦。（即麦收后拾麦穗）又曰，披裘公者吴人也，……曰："五月披裘而负薪，岂取金者哉?"这是说，往来者隐士。㊳葛洪、京房：葛洪，号抱朴子。著书多种，言神仙方药、养生延年等，道家。京房，汉代人，研究《易经》创立"京房易"一派。当时有名的占卜家。　㊴草无忘忧之意，花无长乐之心：嵇康《养生论》："萱草忘忧"。傅玄《紫华赋序》："紫华一名长乐花"。此处反用原意，草既不能忘忧，花也不能使人长乐。　㊵鸟何事而逐酒，鱼何情而听琴：鸟逐酒事指爰居，又前注⑪故事，伯牙鼓琴，游鱼出听。此处意为，我是潜藏深渊的鱼，有什么情绪去听琴。　㊶崔骃损年，吴质养病：崔骃，东汉人，为大将军窦宪属吏。因窦行为不法，多次谏劝不听，遭贬斥，卒于家。吴质，魏人，为曹丕友。后因友人多早故，与曹丕书云："白发生鬓，所虑日深……但欲保身敕行，不蹈有过之地。"　㊷镇宅神以薶石：薶，即

埋。于住宅四角埋石，上刻“石敢当”字，以镇邪鬼。 ㊸厌山精而照镜：古代迷信，用铜镜可镇压山精野鬼，以免为害。厌，即压，镇压之意。 ㊹屡动庄舄之吟：庄舄，越人，在楚国作官。生病时思乡，乃作越吟（即唱故乡的歌）。 ㊺几行魏颗之命：指春秋时魏颗之父将死时，命令魏颗一定要把他的小妾嫁了。后来病重昏乱，又命令魏颗将她用来殉葬。死后，魏颗依照第一次命令把她嫁了。说第一次命令时思想正常，后来的命令是思想混乱，不应服从。庾信用以说明自己心情几乎到了不正常的状况。

解 说

以上两段，叙说了屋之狭，房之陋与园之小。为什么要这样一个狭小的茅屋与小园呢？是什么动机驱使他逃避朝市，过这样鄙陋的、孤独的生活呢？在这段里，作者作了回答。

我尝试着想在一个有山桃野枣的地方让我坐卧休息，我早就羡慕着能抽掉长簪、脱下官帽的德居生活。虽然也有门，但总是关着；其实并没有水，但总感觉自己已经沉溺下去了。我想和林间这样的高隐者作朋友，春天扛着锄头互相认识，五月里却披着皮袄前来相访。随便谈谈葛洪的药方，或是说说京房的占卜。这里既不需要忘忧草，也用不着长乐花。鸟本来是自由的，何苦去追逐那几杯醴酒？鱼本来悠然游于深渊，又是什么感情的驱使，要浮出水面来听弹琴？更加上这里的寒暑不同于故乡，处处都不同于自己习惯的生活环境。当时崔骃曾因为诸事不顺心而损折了寿命，吴质由于忧愁过多而长期养病。在居宅的四角各埋一块“石敢当”以抵御妖魔鬼怪，在房上竖起镜子来驱走山精。多次像越人庄舄那样吟唱故乡歌曲，甚至弄得快要发出昏愦的命令。

薄晚闲闺，老幼相携㊻。蓬头王霸之子㊼，椎髻梁鸿之妻㊽。燋麦两瓮㊾，寒菜一畦㊿。风骚骚而树急，天惨惨而云低。聚空仓而雀噪，惊懒妇而蝉嘶[51]。

注　释

㊻薄晚闲闺，老幼相携：这句话说明庾信在魏并非孤独一人，而是全家在此。可见他一再抒发的乡情，其中包含了更多的亡国之痛。㊼蓬头王霸之子：东汉隐士王霸。他的朋友令狐子伯已为高官。一次伯已作官的儿子送信给王霸，穿着很阔气有礼。而自己的儿子“蓬头历齿，未知礼则”，见生人害羞。相形之下，王霸产生思想游动。㊽椎髻梁鸿之妻：梁鸿，东汉有名隐者。因过洛阳作“五噫歌”惹祸，变姓名隐于东海边，为人佣工。他的妻子孟光椎髻布衣，而对他恭敬如友。留下了相敬如宾的佳话。㊾燋麦两瓮：燋麦，陈年干焦的麦子有两瓮的存储。㊿寒菜一畦：寒菜，过冬的菜。北地天寒，一般贫家都要准备储菜过冬。51惊懒妇而蝉嘶：懒妇，蝉的方言俗名。旧注以懒妇为蟋蟀，恐误。蟋蟀鸣于秋后，蝉鸣于夏天。二者不能同时出现。

解　说

庾信虽然思念乡国，不乐北地，但他也不是孤身羁旅，而是与老少眷属同居的。苦闷之中亦时有天伦之乐。所以他说：

傍晚时候，家里的事都闲下来了，老的小的互相搀扶着。有像汉代隐士王霸那样的蓬着头发又不戴帽子的儿子，也有梁鸿式的不作打扮的老婆。屋里有两大瓮放干了的陈年麦子，院里种有一畦过冬的蔬菜。风骚骚地吹得树木哗哗响，阴惨惨的天空挂着低矮的暗云。鸟雀在空洞的粮仓里叽喳噪叫，知了在树荫里一声声嘶鸣。

这是一段“小园”中的朴素生活的速写。没有一丝富贵的装点。老婆孩子没有绫罗绸缎，粮仓是空的，吃的冬菜还在地里。即将到来的是北方的冬季。风渐渐大起来，天上浓云欲雪，是一个让人感到凄冷的季节。——正是他当时的心情。为什么总是这种惨怛不乐的心情呢？这和他痛苦的生命历程是密切相关的。

昔早滥于吹嘘[52]，藉《文言》之庆馀[53]。门有通德，家承赐书[54]。或陪玄武之观[55]，时参凤凰之墟[56]。观受禧于宣室[57]，赋长杨于直庐[58]。

遂乃山崩川竭，冰碎瓦裂。大盗潜移，长离永灭[59]。摧直辔于三危，碎平途于九折[60]。荆轲有寒水之悲[61]，苏武有秋风之别[62]。关山则风月凄怆，陇水则肝肠断绝[63]。龟言此地之寒[64]，鹤讶今年之雪[65]。

百令兮儵忽[66]，菁华兮已晚[67]。不雪雁门之踦[68]。先念鸿陆之远[69]。非淮海兮可变[70]，非金丹兮能转[71]。不暴骨于龙门[72]，终低头于马坂[73]。

谅天造兮昧昧，嗟生民兮浑浑[74]。

注释

㊾昔早滥于吹嘘：过去，早年就滥竽充数。 ㊿藉《文言》之庆馀：是凭借祖宗的恩泽。《易经·文言》“积善之家，必有馀庆。” 门有通德，家承赐书：《后汉书》载：郑玄受到当时国相孔融赏识，告高密县为郑玄专立一乡，曰郑公乡，为作广大门衢，曰通德门。《汉书·叙传》言班彪“家有赐书，内足于财”。庾信用此典来比喻自己家世。庾信伯父、父亲，庾於陵和庾肩吾都是当时宫廷学士。 或陪玄武之观：玄武湖在建业（今南京），本名桑泊，宋元嘉中改名玄武湖。梁时建园亭，供游观。 时参凤凰之墟：《韩非子》“文王伐崇，至凤凰墟。”此处指自己不时陪宫廷外出游观。 观受禧于宣室：宣室，汉代未央宫前正室。禧，祭馀肉。受禧，与祭者祭后分食祭馀肉。祭祀与受禧都是宫廷重要大典。当然只有高官近臣才能见到。禧，音僖。此处隐示汉代文帝与贾谊故事。 赋长杨于直庐：汉扬雄作《长杨赋》。长杨，汉宫名之一。直庐，朝臣轮值夜班的宿处。这是庾信在炫耀自己年轻时的生活。能像扬雄那样，在宫廷创作文学作品。他认为这是自己极其辉煌的过去。 大盗潜移，长离永灭：这是指侯景之乱，造成梁国的灭亡。庾信：《哀江南

赋》说："大盗移国，金陵瓦解。"即指此事。长离，指他永远离开了这里，永灭，指梁国灭亡了。 ⑥⓪摧直辔于三危，碎平途于九折：三危，西极的山名；九折，九折坂，极其危险的山路。汉王阳为益州刺史，走到这里连刺史都不想当了。作者在此前的生活道路是平坦而直达的，经此一变而成的崎岖危险的险路。青年时的梦完全碎了。 ⑥①荆轲有寒水之悲：荆轲受燕太子丹之命刺秦王。他们在易水饯别。荆轲作歌有："风萧萧兮易水寒"之句。 ⑥②苏武有秋风之别：苏武留匈奴二十年，与李陵为友。苏武归汉，李陵送别，互相有词意怆恨之赠答诗，为古诗名篇。 ⑥③陇水则肝肠断绝：古民歌："陇头流水，鸣声呜咽。遥望秦关，肝肠断绝。"
⑥④龟言此地之寒：《水经注》引车频《秦书》曰，苻坚建元十二年，穿井得一大龟。后十六年死。太卜佐高梦龟言，我将归江南，不遇，死于秦。太卜以为亡国之兆。作者以此喻己不能归江南。龟也觉得此地冬天太冷。
⑥⑤鹤讶今年之雪：小说《异苑》载，太康二年，大雪。南州有人见二白鹤语于桥下，说今年冷不亚于尧帝死那一年。遂飞去。这则故事影射梁元帝这一年死。上一则故事影射不能归江南。 ⑥⑥百令兮儵忽：儵，同倏。音 shū。倏忽，迅疾状。言百年不过一霎眼。 ⑥⑦菁华兮已晚：生命的最好时期已过去了。《尚书大传》："菁华已竭，褰裳去之。" ⑥⑧不雪雁门之踦：踦，音基。不利，倒霉运。雁门之踦，指段会宗故事。段在雁门时坐法免官，故称雁门之踦。雪，洗雪，雪耻。 ⑥⑨先念鸿陆之远：鸿陆，《易》渐卦九三爻辞："鸿渐于陆，夫征不复。"指丈夫远行，不能还家。用以比喻自己无法回江南。 ⑦⓪非淮海兮可变：《国语》："雀入于海为蛤，雉入于淮为蜃。"雀鸟可以变化，人却不能，不能变成雀鸟飞回故乡。 ⑦①非金丹兮能转：旧时，道家有丹鼎一派，认为炼金丹有一转至九转。九转丹成，可以成仙。 ⑦②不暴骨于龙门：禹疏九河，凿龙门，使黄河水流入海。后世有鲤鱼跳龙门之传说。认为鲤鱼游到龙门，就拼全力上跳。跳上龙门，就可成龙，跳不上去则仍然是鱼，或甚至摔死。此处作者叹息，自己没有跳上龙门或死去，只能忍辱偷生。 ⑦③终低头于马坂：《战国策》说骐骥拉盐车上吴坂，迁延而不进。见伯乐，仰而鸣之。因为伯乐识马。这里，作者叹自己，不能拼死去一跃，只能在马坂低头受辱。
⑦④天造昧昧，生民浑浑：天造，天是制造万物者，它却是糊里糊涂的。而

天生的这些庶民也就只好糊里糊涂活下去算了。

解　说

从前，很早我就已在文学界滥竽充数了。凭借着《易经·文言》所说的祖宗的恩泽，门上有通德门的匾额，家中有钦赐的古书。不时地可去玄武湖游观；有时也可去参拜当初王朝兴建的圣迹。或是去参加受禧的典礼，或是大臣值宿的直庐去写文章（这是叙说自己少年时的辉煌）。

正在这大好时光，却遇到了山崩了，河干了，冰开了，瓦裂了。大盗偷偷地把国家移归他所有了！从此我就永远失去了我的国家，它被消灭了。我的平坦的生命道路，从此变成西极的三危山，或邛僰的九折坂。生命的梦破碎了。好像听到了“风萧萧兮易水寒”的歌，和苏武“秋风远别”的诗篇。看到北国关山的风月，只能导致一阵阵凄怆的情感，听到陇头流水的呜咽，几乎连肝肠都快痛断了。将归江南的神龟也说这里太寒冷，行年千岁的白鹤，也诧异这里今年的雪太深。

百年的生命好像是一刹那，现在回想青春的岁月已经太晚了！别想弥补雁门太守的蹉跎，且先想想“鸿渐于陆，夫征不复”时还乡之路的遥远。人不是鸟，不会变成蛤与蜃，也不是仙，无法炼金丹去改变。由于没有因跃龙门而死去，便只能低头拉着盐车去登大坂。想来老天爷也是双眼曚昽，可叹天生的人啊，就只能这样糊里糊涂地生活！

石芝父评：子山为文，汪洋浩瀚，集排偶之大成。后世骈俪之文，莫不胎息于此。唐宋四六，受其熏陶而无其壮阔。有清诸骈文家，亦无能跨而上之也。

玉台新咏序[1]

徐　陵

徐陵，字孝穆，南朝徐摛之子。八岁能文，十二通老庄。为太子东宫学士。陈受禅，迁散骑常侍。一时制诰诏令皆出其手。与庾子山齐名，时称徐庾体。官至左光禄大夫。年七十七卒。

凌云概日[2]，由余之所未窥[3]；万户千门[4]，张衡之所曾赋。周王璧台之上[5]，汉帝金屋之中[6]，玉树以珊瑚作枝，珠帘以玳瑁为柙[7]。其中有丽人焉。其人也，五陵豪族[8]，充选掖庭[9]；四姓良家[10]，驰名永巷[11]。亦有颍川、新市，河间、观津[12]，本号娇娥，曾名巧笑[13]。楚王宫内，无不推其细腰；魏国佳人，俱言讶其纤手。阅诗敦礼，非直东邻之自媒[14]，婉约风流，无异西施之被教[15]。弟兄协律，自小学歌[16]，少长河阳，由来能舞[17]。琵琶新曲，无待石崇[18]；箜篌杂引，非因曹植[19]。传鼓瑟于杨家[20]，得吹箫于秦女[21]。

注　释

①玉台：泛指宫廷，陆机《乐府十七首·塘上行》：“发藻玉台下，垂影沧浪泉”，以喻女子进入宫廷受宠。以玉台借指宫廷。　②凌云概日：《周书》武帝既灭北齐，诏数其罪。有“或层台累构，概日凌云”指其宫廷建筑奢侈，高出云外，遮住太阳。　③由余之所未窥：由余，戎王臣。受王命使秦，秦穆公故意向他显示宫廷建筑的宏伟。秦汉以后，宫廷

更为宏丽，是由余也没见过的。 ④万户千门：东汉张衡作《西京赋》，赞美宫室之弘丽，有“门千户万，重闺幽闼”之句。 ⑤周正璧台：《穆天子传》：周穆王宠盛姬为之建台，是为重璧之台。 ⑥汉帝金屋：汉武帝少时，长公主问他：“欲得阿娇否?”他说：“若得阿娇，当以金屋贮之。” ⑦珊瑚作枝，玳瑁为柙：武帝求神仙，在宫中起神屋，前庭植玉树，玉树以珊瑚作枝；以白珠为帘，玳瑁柙之。柙，同匣，用以压帘。⑧五陵：汉高帝、惠帝、景帝、武帝、昭帝，五个皇帝的坟都在长安郊外，贵戚、富豪多居于此。成为长安繁华地区。 ⑨充选掖庭：掖庭，宫中长巷，借指内宫。汉制，每年由专官去良家挑选少女，充后宫。 ⑩四姓良家：东汉明帝时，外戚攀氏、郭氏、阴氏、马氏，为四姓小侯。⑪永巷：宫中长巷。 ⑫颍川、新市、河间、观津：这几个地方都出过皇后。 ⑬娇娥、巧笑：都是女性名字。 ⑭东邻之自媒：指宋玉《登徒子好色赋》中“登墙而窥臣者三年”的东家之子。自媒，指自已为自已介绍，愿同宋玉相好。 ⑮西施之被教：《越绝书》：“美人宫，勾践所习教美女西施郑旦宫台也。” ⑯弟兄协律，自小学歌：汉武帝李夫人，本倡也。兄延年为协律都尉。故自小习音律。 ⑰少长河阳，由来能舞：《汉书》成帝微行出游，过河阳公主家，见主家舞者赵飞燕而幸之，后为皇后。 ⑱琵琶新曲，无待石崇：晋·石崇作《明妃辞序》云：“昔公主嫁乌孙，令琵琶马上作乐，以慰其道路之思。其送明君亦尔也。” ⑲箜篌杂引，非因曹植：曹植曾作《箜篌引》，但箜篌作为乐器，却不是从曹植开始。 ⑳传鼓瑟于杨家：汉杨恽“报孙会宗书”有“妇赵女也，雅善鼓瑟”。但杨家并非以鼓瑟名家。不过是文人附会而已。 ㉑得吹箫于秦女：秦穆公女弄玉。夫箫史善吹箫。后来夫妇俱随凤仙去。

解　说

徐陵的玉台新咏，可以说是宫体诗的代表。玉台，即指宫廷。源于《穆天子传》，周穆王为其所宠盛姬建造的，供游观用的璧台。璧台即玉台。泛言之，即所有的宫廷。新咏即新诗。《玉台新咏》就是这些宫廷中人所创作的诗篇。本文就是这个选集的序文。

这些作品的作者既然都是宫廷女性，所以被后世称作宫体诗。文学界对其评价是不高的。赞美者说它“绮丽”，鄙薄者说它“艳薄”。甚至徐陵自己也认为不过是“聊同弃日”而已。到了今天，文学界许多人认为它“是有罪的”。但若从历史观点看，我以为宫体诗却是对那些专为皇帝歌功颂德的汉赋的反弹。相对于汉赋那些八股式的颂歌而言，玉台新咏中的宫体诗，多少还渗入了些弱小的女性的呻吟，却又是对汉赋传统的突破。

这篇序文是徐庾体的典范。一句一典，排比行进。先颂宫廷之侈美为第一段，然后叙宫廷中的女性，再次说她们的丰姿打扮与她们的情怀，转而夸饰她们的才情、生活，再转而说到她们的诗。最末说到辑结经过及选辑目的，为了这些可爱女性消遣寂寞岁月。

高过云彩，挡住日光，这些宏丽的宫殿，是由余所没见过的；万户千门的建章宫，是张衡赋中有的。周穆王宠盛姬的璧台，汉武帝藏阿娇的金屋，那个侈丽啊，造一棵玉树，还要用珊瑚作树枝；挂一个珍珠帘幕，还要用玳瑁作玉帘的匣子。这里面藏着美丽的人儿。五陵豪家的贵女选进了掖庭，还有四姓贵戚入选的姑娘。还有此外颍川、新市、河间、观津这些产生后妃的城市。叫娇娥的，叫巧笑的，楚王宫中腰最细的，魏国宫里手最美的。……知书识礼，决非宋玉所描写的那种东邻女。但她们那么娇柔，那么轻倩，好似受过淑女教育的西施。有弟兄懂音律，自小就学过歌的；也有出自河阳，从来会跳舞的。会弹琵琶，不须石崇来教的；会弹箜篌，不用曹植来引的。有从杨恽家传来的鼓瑟，从弄玉公主传授的吹箫。

至若宠闻长乐，陈后知而不平[22]，画出天仙，阏氏览而遥妒[23]。且如东邻巧笑，来侍寝于更衣[24]；西子微颦，将横陈于甲帐[25]。陪游馺娑，骋纤腰于结风[26]，长乐鸳鸯，奏新声于度曲[27]。妆鸣蝉之薄鬓[28]，照堕马之垂鬟[29]。反插金钿，横抽宝树[30]。南都石黛，最发双娥[31]；北地燕脂，偏开两靥[32]。亦有岭上仙童，分丸魏帝[33]，腰中宝凤，授历轩辕[34]。金星与婺女争华[35]，麝月共嫦娥竞爽[36]。惊鸾冶袖，时飘韩掾之香[37]，飞燕长裾，宜结陈王之佩[38]。虽非图画，入甘泉而不分[39]；言异神仙，戏阳台而无别[40]。真可谓倾国倾城，无对无双者也。

注　释

㉒陈后知而不平：《汉书》“卫子夫为平阳主讴者。武帝过平阳主家……帝起更衣，子夫待尚衣轩中，得幸。陈皇后闻子夫得幸，几死者数焉。”不平，即气得要死。　㉓阏氏览而遥妒：汉桓谭《新论》，陈平为高祖解平城之围，言汉有好丽美女，为道其容貌天下无双。急以进单于，单于见此必大爱之，爱之，则阏氏日以远疏。不如及其未到，令汉得脱去，去亦不持女来矣。后果解围，汉得脱去。　㉔来侍寝于更衣：见前注㉒。　㉕将横陈于甲帐：司马相如《好色赋》：“花容自献，玉体横陈。”甲帐，《汉武故事》以琉璃、珠玉、明月、夜光，杂错天下珍宝为甲帐。㉖陪游驭娑，骋纤腰于结风：驭，音飒。驭娑，殿名，在建章宫。赵飞燕善舞，身轻腰细，每轻风至，辄欲随风入水。帝以翠缨结飞燕之裾。见《拾遗记》。　㉗长乐鸳鸯，奏新声于度曲：《飞燕外传》“帝居鸳鸯殿便房，……薄嫄因进言飞燕女弟合德”，遂并入宫。　㉘鸣蝉之薄鬓：《中华古今注》魏文帝宫人莫琼树始制为蝉鬓，望之缥缈如蝉翼。　㉙堕马之垂鬟：后汉梁冀妻孙寿善为妖态，作愁眉啼妆，堕马髻，折腰步，龋齿笑以为媚惑。　㉚反插金钿，横抽宝树：魏文帝宫人陈巧笑挽髻别无首饰，唯以圆顶金钗一枚插入。《后汉书》：皇后步摇以黄金为山，题贯白珠，与桂枝相攀，一爵九华。步摇串珠垂琉，随步摇动。题，前额。㉛南都石黛，最发双蛾：石黛，用以画眉，双蛾，蛾眉也。　㉜北地燕脂，偏开两靥：燕脂，红色，妇女用以搽脸。两靥，两颊。　㉝岭上仙童，分丸魏帝：魏文帝诗：“西山一何高……上有两仙童，与我一丸药。……服药四五日，身轻生羽翼。”魏晋六朝，道家流行，有许多派别。其中服食丹药可以成仙的一派，尤在世俗流行。士大夫多有服药求仙者。㉞腰中宝凤，授历轩辕：《汉书注》：凤鸟氏为历正。黄帝受河图作甲子。岁纪甲寅，日纪甲子。　㉟金星与婺女争华：金星、婺女，俱星名。《史

记》注：婺女四星，天少府也。争华，争为光华也。 ㊱麝月共嫦娥竞爽：麝月，亦星名。《酉阳杂俎》：近代妆尚靥。如射月曰黄星靥。嫦娥，月也，竞爽，谓争辉也。 ㊲惊鸾冶袖，时飘韩掾之香：《世说》韩寿，美姿容。贾充辟以为掾。充女与之通。充闻寿有异香之气（实为贾女所赠。故俗言称私通为窃玉偷香）以女妻之。 ㊳飞燕长裾，宜结陈王之佩：曹植封陈思王。诗才盖世。赵飞燕美貌无双，他们二人才是郎才女貌该配成对的。佩，玉佩，古时常用以为男女间结交的信物。不过，这只是文人的狂想。 ㊴虽非图画，入甘泉而不分：前文所说的这些丽者，虽然还不是图画中人那样美丽，但只要让她们进入甘泉宫，恐怕也难分高下了。 ㊵言异神仙，戏阳台而无别：虽说神仙与凡人不同，但到了阳台上也就没有区别了。阳台是巫山神女居住的地方，楚襄王入梦之处。故事见宋玉《高唐赋》。

解 说

甚至卫子夫受宠的消息刚传到长乐宫，陈皇后就气得要死要活；刚画成一张美人的画像就已使匈奴的阏氏嫉妒得发狂。更何况宋玉笔下那个东邻的巧笑姑娘，来到更衣轩中伴你睡觉，那个一副轻愁会让人着迷的西施，就那么横陈在你面前。当她陪着你漫游在驳娑宫前，那纤细的腰肢，软得像要随风而去，须要用一根丝带来拴住她；在长乐宫的鸳鸯殿里，为你一人轻唱那新编的艳歌。看那打扮，蝉翼一般似有似无的鬓花，对称着松松的，似要从马上掉下来的发式；一抹青云半遮住闪烁金星一般的金钿，那额前黄金宝树横挂着几排摇曳的珍珠。还有，南都特产，画眉最好看的黛石；北地特有，最宜轻匀两颊的胭脂。还有，那仙山上的仙童，分给魏文帝的一丸药；藏在腰间的凤凰，轩辕黄帝创造的历书就从那里得来（以上数句包含着古代男女关系的一些隐语）。金星与婺女星，争着显示她们的光华；麝月与嫦娥共同挥舞她们的潇洒。舞蹈中的长袖里，不时飘出韩寿袖中的香风，实在说来，赵飞燕的长裙上，更宜挂着陈思王的玉佩。虽说并非图画，可是一进入甘泉宫就难以分辨了；说是与人不同的神仙，但游戏在阳台上时，却并没有两样。真说得上是倾国倾城，而且是唯一的一个的呀！

加以，天情开朗，逸思雕华[41]；妙解文章，尤工诗赋。琉璃砚匣，终日随身；翡翠笔床，无时离手。清文满箧，非惟芍药之花[42]；新制连篇，宁止葡萄之树[43]。九日登高，时有缘情之作；万年公主，非无诔德之辞[44]。其佳丽也如彼，其才情也如此。

既而椒房宛转，柘馆阴岑[45]。绛鹤晨严，铜蠡昼静[46]。三星未夕，不事怀衾[47]，五日犹赊，谁能理曲[48]？优游少托，寂寞多闲。厌长乐之疏钟，劳宫中之缓箭[49]。轻身无力，怯南阳之捣衣[50]；生长深宫，笑扶风之织锦[51]。虽复投壶玉女，为欢尽于百骁[52]；争博齐姬，心赏穷于六箸[53]。无怡神于暇景，惟属意于新诗。可得代彼萱苏，微蠲愁疾[54]。但往世名篇，当今巧制。分诸麟阁，散在鸿都[55]。不藉篇章，无由披览。于是，然脂暝写，弄墨晨书[56]；撰录艳歌，聊为十卷。曾无参于雅颂，亦靡滥于风人[57]。泾渭之间[58]，若斯而已。

注 释

㊶逸思雕华：高逸出群的思想能雕绘出华丽的文章。 ㊷非惟芍药之花：指这些宫廷女性的作品很多。能装满一箱子，不止《芍药花颂》一篇。《芍药花颂》为傅统妻所作。 ㊸新制连篇，宁止蒲萄之树：旧注无考。猜想仍当如芍药花颂之类的作品。 ㊹万年公主，非无诔德之辞：晋武帝女万年公主死后，帝命左芬（武帝贵嫔）为作诔辞。 ㊺椒房宛转，柘馆阴岑：椒房，用花椒和泥涂墙壁，使居室温暖而香，兼取花椒多子之义。是古代皇后所居宫殿的特殊待遇。宛转，曲折幽深之状。柘馆，皇帝苑囿中的游观景点题名。阴岑，树荫浓重。 ㊻绛鹤晨严，铜蠡昼静：绛鹤，宫门锁钥的代称。江总在一篇谢表中有"鹤钥晨启"之句，可见鹤是钥匙的形状，绛是颜色。晨严，指早上宫门未开。铜蠡，即宫中报时的钟。 ㊼三星未夕，不事怀衾：《诗·召南》"嘒彼小星，三五在东……肃

肃霄征，抱衾与裯。”指宫廷妇女，每晚要为君王住宿做准备。怀，抱也。衾，即被子，亦泛指卧具。三星未夕，即还未到夜晚，三星还未出现。⑱五日犹赊，谁能理曲：汉制，五日一休沐。即每五天休息一天。赊，谓到休息日还早。理曲。指练习歌舞曲调。即不用练习，闲着无事。⑲长乐疏钟，宫中缓箭：汉代有钟室，在长乐宫中。疏钟，很久才敲一次。缓箭，指报时的漏。箭为标志时间的指标。缓，指时间过得很慢。⑳怯南阳之捣衣：古诗：“闺中有一妇，捣衣寄远人。”宫中女性无人可寄，也无须捣衣。强调宫人的孤独与寂寞。㉑笑扶风之织锦：《晋书》窦滔妻苏蕙，因窦徙谪流沙，苏作回文织锦寄之。回文，指诗句可以正反吟诵。宫人当然不懂夫妻情，故笑。㉒投壶玉女，欢尽百骁：《神异经》：东王公与玉女投壶。天为之笑。骁，左投壶戏术语。以箭投壶，返回百次为骁。以多少为胜负。㉓争博齐姬，心赏穷于六箸：博，古代赌博性游戏之一，今已失传。《楚辞》“琨蔽象棋，有六博兮。”王逸注云：“投六箸，行六棋，故云六博。”㉔代彼萱苏，微蠲愁疾：古人认为，萱草可以忘忧，罣苏可以释劳。蠲，音捐，除去。言读诗、作诗可以消愁解闷。㉕分诸麟阁，散在鸿都：汉代建立麟阁，以藏秘书。后汉元和元年置鸿都门学士。此指各种书籍分散在麟阁中或鸿都学士手中。此处借指这些名篇巧制，分散流传，不好找。㉖然脂暝写，弄墨晨书：然，即燃。然脂，点烛。意为不分早晚地抄写。㉗无参于雅颂，靡滥于风人：即与正统的国风、雅、颂诗体不相干，只用于消愁解闷。㉘泾渭之间，若斯而已：泾渭是两条河。泾水浊，渭水清。泾渭之间，指亦清亦浊，或说不上清或浊。意为：解闷的诗，说不上高雅与否。

解　说

上一段尽力铺叙了宫廷丽人们仪容风采。似乎每一个都是倾国倾城、无对无双的美丽。本段则转而赞美她们的才思、文采。然后转笔描述她们的日常生活。表面是那么悠闲自在，实际上却是“优游少托，寂寞多闲。”透露出她们精神上的空虚与寂寞。而她们当中却有不少是妙解文章、思才高逸的文学佳选。积存有相当数量的清丽诗篇。由此而引出了作者选辑《玉台新咏》的动机。使她们得以用来打发空闲的岁月。并且标出选辑的意图，既然是用以打发空闲，就不关乎庙堂的雅颂，也不是正经八百的国风。只不过是一些艳歌。要评说它们的品位，可说是亦清亦浊，在泾渭之间而已。

不只是有美好的风姿与仪容，她们还有广阔的情感世界与高逸的思想。对文章有独到的妙解，更善于写作诗赋。琉璃作的砚匣，翡翠碾成的笔床，经常带在她们身边。有自己创作的塞满箱箧的清文，不止于歌咏一下葡萄与花草而已。在重九的登高会上，不少抒情诗篇，在宫廷正式的礼仪中也不少堂皇、悲悼的辞赋。她们仪表是如此佳丽，而才情又是如此飘逸。

而又是幽深的椒房里，那宛转曲折的回廊，通向那浓荫密复的柘馆。那宫门还紧闭的早晨，静悄悄地，报时钟声也不响的白昼；三星还没出来的黄昏，离那五天一次的休息日还远；既不用轮流待夜，也不必去练习歌舞。正是逍遥自在却也无所寄托的时候，真是又闲暇而又寂寞的岁月！长乐宫里，那很久才敲一下，听厌了的钟声；和那慢得恼人的漏箭。轻软无力的身体，连捣洗衣衫都嫌劳累。生长在深宫里，不懂得苏氏为何要弄那回文织锦。虽然可以像投壶玉女那样找点娱乐，但这最多也就是投到百次往复；像齐姬那样去掷骰子玩，也就是到六箸就罢了。连庭苑中的景观也难以解开心头的郁闷。心里只想着作点新诗，也许可以代替忘忧萱草、罣苏可以消除劳倦和忧愁。但是，过去留下的有名篇章或当今精巧的制著，都分散在收藏秘书的麟阁和各地的大都里，无法拿到手边来阅读。所以这才点起蜡烛白天黑夜抄写，一大早就磨好墨。选录了各种艳歌，分成十卷。这却与雅颂无关，也不是国风的传流。只不过介于泾渭之间，有清有浊而已。

于是，丽以金箱，装之宝轴。三台妙迹，龙伸蠖屈之书[59]。五色花笺，河北胶东之纸。高楼红粉，仍定鲁鱼之文[60]，辟恶生香，聊防羽陵之蠹[61]。灵飞六甲，高擅玉函[62]；鸿烈仙方，长推丹枕[63]。

至如青牛帐里[64]，馀曲未终；朱鸟窗前[65]，新妆已竟。方当开兹缥帙，散此绍绳[66]。永对玩于书帷，长循环于纤手。岂如邓学春秋[67]，儒者之功难习；窦传黄老[68]，金丹之术不成。固胜西蜀豪家，托情穷于鲁殿[69]，东储甲观，流咏止于洞箫[70]。娈彼诸姬，聊同弃日[71]。猗欤彤管，丽矣香奁[72]。

注　释

⑤⁹三台妙迹，龙伸蠖屈之书：三合《汉官仪》：尚书、谒者、御史，称为三台，是官吏的三大系统。这里的书法是书法的典范，故称妙迹。龙伸蠖曲，指书法的美丽形态。《易·系传》："尺蠖之曲，所以求伸也。" ⑥⁰仍定鲁鱼之文：鲁鱼，指抄写中的错别字。如鱼鲁二字，常因形近而误。 ⑥¹羽陵之蠹：《穆天子传》："天子东游，……因蠹书于羽陵。"因以羽陵二字，代指书籍蠹害。 ⑥²灵飞六甲，高擅玉函：《汉武内传》：武帝受王母真形、六甲、灵飞十二事，封以白玉函。 ⑥³鸿烈仙方，长推丹枕：《博物志》刘德治淮南王狱，得"枕中鸿宝秘书"。按，淮南鸿烈，亦称"淮南子"。今存。 ⑥⁴青牛帐里：青牛帐，亦作青牛障，障上画梓牛神，常为贵介游乐之处。 ⑥⁵朱鸟窗前：《博物志》：王母降于九华殿。时东方朔窃从殿南厢朱鸟牖中窥母。 ⑥⁶开此缥帙，散些绍绳：缥，音飘；绍，即绦，音滔。缥帙，包书布或丝巾。绍，即捆书用绳。 ⑥⁷邓学春秋：东汉邓皇后好《春秋》，召中官近臣于东观受读，以教授官人习诵。 ⑥⁸窦传黄老：汉景帝母窦太后好黄老之言，景帝及诸窦皆不得不读黄老之书。但终未能把丹砂炼成黄金。 ⑥⁹讬情穷于鲁殿：《蜀志》刘琰为车骑将军，侈靡，侍婢悉教诵《鲁灵光殿赋》。 ⑦⁰东储甲观，流咏止于洞箫：《汉书·王褒传》元帝为太子喜欢王褒的《洞箫颂》。令后宫左右贵人皆诵读之。 ⑦¹娈彼诸姬，聊同弃日：娈，音 luan，美好貌。姬，泛指宫廷中女子。她们闲极无聊，就当作消磨时间，来读这些诗篇吧。 ⑦²猗欤彤管，丽矣香奁：就把它（指《玉台新咏》当作赠给你的一支漂亮的彤管，拿来和你的胭脂花粉放在一起。猗音依。猗欤，好呀！丽矣与

猗欤对举，亦可作照耀解。为她们的装饰增添光彩。

解 说

于是，把每卷都用宝石装饰的卷轴把它们卷好，放在金箱里。请三台中的书法家们，用有力多姿的字体来抄写；请住在高楼的女士们为之校对；用有香味、能辟秽气的香料来预防蠹鱼的生长。像灵飞、六甲这些书，只能用玉函来装配；淮南王的神仙方术，只应用装仙丹的丹枕来收藏。

要在青牛帐里，歌舞将歇未歇的时候，或是在九华殿里的朱鸟窗前晨妆已了时，才掀开它的丝巾，散掉彩丝的绍绳，在读书帷帐里深入把玩、研讨。在秀丽的手掌中循环传递。读它，不会像邓皇后强使大家去学习《春秋》那样枯燥无味；也不会像窦皇后那样强迫大家读老子的《道德经》，结果谁也没把仙丹炼成。再说，起码也比西蜀豪家刘琰那些只会读一篇《鲁灵光殿赋》要高；也比汉元帝只会命令宫女死读一篇《洞箫赋》要强。让那些美丽的佳人用这本书来消磨时间；让它就像情人赠给的一支漂亮的彤管，放进她们存放胭脂花粉的香奁里，更为她增添光彩。

石芝父评：玉台新咏所选，皆梁以前诗，尽为闺阁之作。故被目为香奁艳体。此序缠绵宏丽，未可尽以淫艳目之。与昭明文选同为总集部之滥觞。骈体至徐庾而极尽能事矣。

为徐敬业讨武曌檄[1]

骆宾王

骆宾王，初唐义乌人。七岁能诗文，为初唐四杰之一。——四杰即王勃、杨炯、卢照邻、骆宾王也。初为临海丞。武则天称制后，徐敬业起兵讨之。骆宾王为作檄文。事败遁去，不知所终。

伪临朝武氏者[2]，性非和顺，地实寒微[3]。昔充太宗下陈[4]，曾以更衣入侍[5]。洎乎晚节[6]，秽乱春宫[7]。潜隐先帝之私，阴图后房之嬖[8]。入门见嫉[9]，蛾眉不肯让人[10]；掩袖工谗[11]，狐媚偏能惑主。践元后于翚翟[12]，陷吾君于聚麀[13]。加以虺蜴为心[14]，豺狼成性；近狎邪僻[15]，残害忠良[16]。杀子屠兄，弑君鸩母[17]。人神之所同嫉，天地之所不容。犹复包藏祸心，窥窃神器[18]。君之爱子，幽之于别宫[19]；贼之宗盟，委之以重任[20]。呜呼！霍子孟之不作[21]，朱虚侯之已亡[22]。燕啄皇孙[23]，知汉祚之将尽[24]；龙漦帝后[25]，识夏庭之遽衰。

注 释

①武曌：武则天给自己取的名字。曌，是明空二字的合成，自定音照。她本名武媚。当皇帝以后，自名武曌。老年被迫归政后，新皇帝中宗为她上尊号称“则天大圣皇帝”。后人因之称她为武则天。其实尊号并非名字。 ②伪临朝武氏：徐敬业起兵时，武则天名义上是代儿子管理朝政。中国古代有因儿子年幼，母亲实际掌握政权的都叫“临朝称制”。秦

始皇最初规定，只有皇帝才能够“命曰制，令曰诏”，代管朝政，就叫作“称制”。徐敬业不承认她的称制地位，所以称之为“伪临朝”。 ③地实寒微：魏晋六朝时期，非常重视氏族门第的高低。高的为名门望族，低的为寒门庶族。武则天的家庭不是名门，所以说她出生寒微。地，代指门第。 ④下陈：古代宾主会见在台上，礼品及随从诸人均应列在台下，称为下陈。此处指武则天为低等妾侍。 ⑤曾以更衣入侍：这里借用汉武帝卫皇后故事隐喻武则天。《史记》“卫皇后字子夫……为平阳主（公主）讴者。……讴者进，上望见，独悦子夫。……子夫侍尚衣轩中得幸”。后立为皇后。影射武则天出身寒微。 ⑥洎乎晚节：洎，即“至”。晚节，后来。 ⑦春宫：太子宫。 ⑧嬖：宠幸，宠爱。 ⑨入门见嫉：《史记·外戚世家》褚先生曰：“传曰：‘女无美恶，入门见妒；士无贤不肖，入朝见嫉’。” ⑩蛾眉：指女性双眉秀美。《诗》“螓首蛾眉。” ⑪掩袖工谗：楚怀王妃郑袖的故事。怀王得一美女，十分爱宠。郑袖告诉美女，王不喜欢你的鼻子。再见王时，宜用衣袖掩鼻。美女相信了。再见王时，乃掩鼻。怀王问郑袖，她何故掩鼻？郑袖说，她可能不喜你的口臭。怀王听了大怒，就把美女的鼻子割了。说明郑袖嫉妒阴险。武则天与此相同。 ⑫践元后于翚翟：翚翟，雉尾彩羽。为皇后礼服的装饰。 ⑬聚麀：麀，母鹿。老鹿小鹿同配一母鹿古时称为聚麀。 ⑭虺蜴：虺，音灰，毒蛇的一种。蜴，蜥蜴，俗称四脚蛇。 ⑮近狎邪僻：近，亲近。狎，亲密。邪僻，坏人。 ⑯残害忠良：指反对她的好人。如：长孙无忌、褚遂良等人。 ⑰弑君鸩母：虚构的罪名。鸩，毒药。 ⑱窥窃神器：指阴谋篡夺皇帝的权位。 ⑲君之爱子，幽之于别宫：唐高宗的儿子李显、李旦被废以后，都软禁在宫中。他们其实也是武则天的儿子。 ⑳贼之宗盟，委之以重任：武则天信赖姓武的，封武承嗣等多人为王，以及信用李义府等。 ㉑霍子孟：即霍光。汉武帝死时，受托辅佐年幼的汉昭帝，以大司马大将军辅政。昭帝死，昌邑王贺入继帝位，行为荒乱。霍光带头禀明太后，废昌邑王贺，另立刘询。是为汉宣帝。保护了汉家天下的安全。 ㉒朱虚侯：西汉吕后专权时，封诸吕为王。朱虚侯刘章在吕后当面反对。作歌云：“深耕易耨，立苗欲疏。非其种者，锄而去之。”要把所有不姓刘的王都锄掉。 ㉓燕啄皇孙：赵飞燕为汉成帝皇后，姊妹均无子。后宫中有产子者辄杀之。童谣歌曰："燕飞来，啄皇孙。皇孙死，燕啄矢。"此处把武则天比作赵飞燕。㉔知汉祚之将尽：祚，福祚，亦指皇位的传统，福祚将尽指汉代将终。㉕龙漦帝后：传说，周幽王后褒姒为龙漦所成。后来果然使西周灭亡。

解　说

武则天是中国历史上一位最伟大的女性。她原是唐太宗后宫的才人（才人是皇帝后宫一种低品级的妾侍的名称）。太宗死后，高宗即位。经过复杂的宫廷斗争，她终于成为高宗正式的皇后。高宗死，她的儿子中宗即位，她临朝称制。后废中宗，立睿宗，又废，自己称帝，改国号为周。一个女性成为中国最高统治者，是前所未有的，当然会引起男性中心社会的多种不满。这种不满当然会引发一些政治野心家的阴谋觊觎。徐敬业就是在她临朝称制时起兵反抗的，徐是唐朝开国勋贵的继承人，如他自谓的："皇唐旧臣，公侯冢子。"有一定的号召力。但此人野心大于韬略，弄了一个假太子来作幌子，就暴露出他别有用心。这一来，既得不到失势的宗室贵族的响应，也得不到功臣勋贵的赞同，很快归于失败。但这篇檄文却写得漂亮，连被攻击的武则天本人，也称作者是一个人才。

这篇檄文分成三部分。第一部分是声讨武则天的罪行；第二部分是炫耀自己的武力；第三部分，则是号召宗室、勋贵、掌握权力的高级官吏的合作响应。从檄文的构想可以看出，这一切与老百姓全不相干。而檄文所号召的社会上层，也理所当然地心存观望，这就注定了他必然失败。武则天虽然欣赏檄文作者的才华，却并未把徐敬业的造反真正放在心上。

檄文的第一段全是对武则天的攻击：

这个临朝称制的姓武的女人，她天性一点也不温柔和顺，出身门第也低下卑微。曾做过太宗的低级姬妾，曾经像汉代的卫子夫那样，在更衣轩中接受过太宗的恩幸。在后来，她却把太子宫搞得污秽不堪。她隐瞒了和先帝的私下关系，却暗中要争夺到新皇帝的宠幸。一踏进宫门本来就会遭到嫉恨，但她一点也不后退。使出了像当年楚宫的郑袖那般的阴谋诡计来迷惑她寄希望的君王。再加上她本来就和虺和四脚蛇一样毒的心，和豺狼一般凶残的秉性，亲昵坏人，残害忠正的好人。她登上皇后的宝座，却使我们的君王犯下聚麀一样的大错。她杀死自己的兄姊，还要想杀死皇帝，毒死母亲。真是人和神都同样恼恨她，天和地都不能容忍她。而她还进一步包藏着制造灾祸的坏心，想要找机会夺到皇帝的宝座。她把皇帝喜欢的儿子软禁起来，同时到处栽培姓武的和她的爪牙、死党。唉，汉代霍光那样的人不再有了，朱虚侯刘章那样的人也已死了。从赵飞燕害死无权的皇子皇孙这件事，就可以预见到汉王朝的气数将近完了。而从龙吐的沫会变成皇后，也就知道夏王朝已在衰落。

敬业，皇唐旧臣，公侯冢子[26]，奉先君之成业，荷本朝之厚恩。宋微子之兴悲[27]，良有以也；袁君山之流涕[28]，岂徒然哉？是用气愤风云，志安社稷。因天下之失望，顺宇内之推心[29]。爰举义旗，以清妖孽。南连百越[30]，北尽山河[31]，铁骑成群，玉轴相接[32]。海陵红粟[33]，仓储之积靡穷；江浦黄旗[34]，匡复之功何远[35]？班声动而北风起[36]，剑气冲而南斗平[37]。喑呜则山岳崩颓[38]。叱咤则风云变色。以此制敌，何敌不摧？以此图功[39]，何功不克？

注　释

㉖公侯冢子：冢子，嫡长子，拥有家传爵位的继承权。　㉗宋微子之兴悲：宋微子，殷贤人。殷纣亡国，微子降周，封于宋。后微子朝周，过殷郊，不由想起亡国的悲哀，作《麦秀》歌。　㉘袁君山之流涕：据考证，袁字应为桓字之误。东汉桓谭，字君山，思想家，著有《新论》。为光武帝朝议郎。因对当时一些政策如谶纬之说等，有所不满，上书议论，被贬。　㉙推心：人心所向。　㉚百越：古代东南沿海一带少数民族有瓯越、闽越等，各自独立，故称百越。　㉛北尽山河：一说，山河指泰山黄河，即中原地区。一说，山河，应为三河，即汉代的河内、河南、河东三郡。王朝的腹心之地。　㉜玉轴相接：玉轴，指车轴。指兵车众多，密

集，致使车轴都连接到一起。 ㉝海陵红粟：海陵，今江苏泰县，唐为扬州属县。红粟，指这地区存粮过多，致使粟米红变质。 ㉞江浦：地名，与南京隔江相对。 ㉟匡复之功：匡，匡正。复，恢复。徐敬业起兵的口号是恢复唐王朝的正统，故称匡复。 ㊱班声：指成队的战马嘶鸣。 ㊲剑气冲而南斗平：《晋书·张华传》："初，斗牛之间，常有紫气。问雷焕。焕曰：'宝剑之精，上彻于天耳。'"因得龙泉、太阿二剑。 ㊳喑鸣：犹言哼哈。怒气郁积发出之音。 ㊴图功：谋求成功。

解 说

檄文的首段是痛斥自己的敌人——武则天的罪行和险恶用心，意在说明自己要举起义旗的原因。而这一段则意在说明自己举起义旗必能实现正义目的的能力。如果说前一段是充满愤怒；那么，这一段就是充满了信心。行文的气势转换非常鲜明。

我，——徐敬业，是大唐皇帝的旧臣，是公侯世家当然的继承者。我既承受了祖和父的功业，又接受了本朝的恩遇。就像宋微子看见地里的麦穗而从心底涌出了悲哀一样，是有实在原因的。也像桓君山一样，为当前痛苦现实而哭泣。但就止于哭泣吗？应该由气愤而掀动风云，下定安定社稷的决心。顺应当前所有人都对现实的失望，以及所有人对我的归心，所以我要举起义旗，肃清占据着朝廷的妖孽。南边，我已联合了百越地区，北边，将进到泰山黄河所有的地界。我的军队的铁骑一群群，战车的轴挨着轴。我的粮食多，海陵仓里的粮食多得发了红，多得吃不尽。现在，江浦地区已举起了义旗，看来，匡复社稷的成功不会远了。我的战马齐声嘶鸣能够唤起北风，我的刀剑的光华能够冲平南斗。我的军队一鼓作气，能够开山裂石；我的战士齐声一吼，能让天上的风云也改变颜色。用这个力量来攻击敌人，有哪个敌人能不被摧垮？用这个军队来建功立业，有什么功业建立不起来？

公等或居汉地[40]，或协周亲[41]，或膺重寄于话言[42]，或受顾命于宣室[43]。言犹在耳，忠岂忘心？一抔之土未干，六尺之孤何托[44]？倘能转祸为福，送往事居[45]。共立勤王之勋[46]，无废大君之命。凡诸爵赏，同指山河[47]。若其眷恋穷城，徘徊歧路[48]，坐昧先机之兆，必贻后至之诛[49]。请看今日之域中，竟是谁家之天下！

注 释

⑩或居汉地：指享有国家的封地。指祖先以有功封为侯王的继承人。 ㊶或协周亲：协，协和。周亲，关系亲密的亲戚。指与唐王朝有血统关系或姻亲关系的人。 ㊷或膺重寄于话言：膺，肩负，承担。曾经承担了已故皇帝的重要口头的托付。 ㊸或受顾命于宣室：宣室，未央宫前正室。皇宫中重要议事地方。顾命，《尚书·周书》有《顾命》篇。是周成王死前召集重臣，宣布传位于康王，并要求他们尽心辅佐的记录。等于让重臣们为遗嘱执行人。此后，凡听取皇帝遗嘱并执行者，称为受顾命或顾命大臣。 ㊹一抔之土，六尺之孤：抔，音 póu，土丘。借指坟头。六尺之孤，指未成年的孤儿。或未成年的继位之君。《论语·泰伯》“可以托六尺之孤。”此处借用成语。 ㊺送往事居：往，指已去世的皇帝；居，指现在的皇帝。事居，即效忠现在的皇帝。 ㊻勤王之勋：古代，天子有难，诸侯发兵相救，称为勤王。勋，功勋。徐敬业把自己起兵，称为勤王。 ㊼同指山河：意为大家可一同指山河为誓保证实现爵赏诺言。 ㊽眷恋穷城，徘徊歧路：指留恋已有的地位或权力，不能及时决定自己的态度。犹如在岔道口徘徊，不知该去哪条路。 ㊾后至之诛：禹令诸侯于涂山，执玉帛而朝者万国。防风氏后至，诛之。意指不肯响应檄文号召，不能明确表态的，将会失去机会，有被诛的危险。

解 说

这一段本应是努力争取同盟，是这篇檄文的主要目的。要不，搞这篇檄文是为了什么呢？然而这却是这篇檄文中最失败的一段，本来徐敬业眼中就从没有人民，所以他所呼吁的只是社会上层的权贵。而对这些上层人物，他却是恐吓多于说理。这样就只能增加反对者而不会增加同盟者。所以这一段檄文就是败笔。

公等（对有权位的上等人物的称谓），或是拥有封地的王侯，或是与皇室有亲密的血缘关系。或是身负着已故先帝的嘱托，或是接受过先帝的临终遗命。这些话还在耳边响，难道作一个大臣的忠心就忘掉了吗？先皇坟上的土还没干，活着的孤儿该谁来保护呢？倘若能够把坏事变成好事，送走过去着眼现在，和我一起来建立起勤王的功勋，不抛弃已故皇上的命令，那么，依照功劳大小会得到应有的爵禄奖赏，我们可以指着泰山和黄河为誓，决不会食言。但是，如果你们依然眷恋着那没有前途的地位，在这歧路的岔口上徘徊不定，那么你们就会失去送给你们的机会，而会像古代防风氏那样，因落后而被诛死。你们不妨睁眼看看，今天的中国这块土地，究竟会归谁家所有！

石芝父评：唐初承六朝遗风，四杰为文，均尚排偶。稍变靡丽为雄隽，自是新兴气象。

送孟东野序①

韩　愈

韩愈，字退之，唐南阳人。德宗时由进士官吏部侍郎。宪宗时，迎佛骨于凤翔，上书谏之，坐贬潮州，有惠政。工古文、诗，因谥曰文。其先世居昌黎，宋元丰中追封为昌黎伯。欧阳修称其文起八代之衰，始显于世。

大凡物不得其平则鸣②。草木之无声，风挠之鸣③。水之无声，风荡之鸣。其跃也，或激之④；其趋也，或梗之⑤；其沸也，或炙之。金石之无声，或击之鸣。人之于言也亦然，有不得已者而后言。其歌也有思，其哭也有怀⑥。凡出乎口而为声者，其皆有弗平者乎？

注　释

①孟东野：名郊。唐诗人，与贾岛齐名，有“郊寒岛瘦”的评价。②物不得其平则鸣：鸣，本来指声音。用于人身上，则指他的说话或著作、文章。不得其平则鸣，是本文的中心命题。通常，人的内心是平衡的，因而也是安静的。一旦由于某种原因，内在或外在的扰动，而使内心失去平衡。人就有话要说或写成文章，以抒发内心的感受，在本文中通称为“鸣”。　③挠：扰动。　④其跃也，或激之：水本来是平静的，但有时成为波浪，跳珠溅玉，那是外在有什么东西激动了它。如风、潮或岩石的阻挡。　⑤梗：梗阻。　⑥其歌也有思，其哭也有怀：人的喜乐与悲

哀，总有他内在的感情冲动，不得不乐，不得不哭。他唱歌，有他所向往思念的东西；他哭泣，也有他怀念的、失去的东西。情不能自已。

解　说

这是一篇很有名的送别序文。中国古代，朋友离别都有赠言的习惯。或以诗，或以文。这篇序文，就是以文送别的形式。但这篇序文是很有特色的。不谈友谊，不谈别情，不谈一般的祝愿，而是别开生面，提出一个理论题目："大凡物不得其平则鸣"。自这篇序文之后，"不平则鸣"四个字成了千年来家喻户晓的成语。于此可见，精炼的文学语言的魅力。

作者从广泛的客观世界的现象说到人，以说明一切声音总是出于有所不平。草木本来无声，是风扰动它们才鸣。水没有声音，也是风荡动它才鸣。水波跳跃发声，是有什么游动了它；慢流忽然变快，是有什么梗阻了它；它沸腾了，是由于有什么在烧它。金石本来也无声，出声总是由于什么打击了它。人的说话也同样，总由于什么不得已的原因才说话。唱歌，那是有所思念，哭泣，总是有所怀想。凡是从嘴里发出的声音来，看来都是有所不平的吧？

乐也者，郁于中而泄于外者也⑦，择其善鸣者而假之鸣。金、石、丝、竹、匏、土、革、木八者⑧。物之善鸣者也。维天之于时也亦然，择其善鸣者而假之鸣。是故以鸟鸣春，以雷鸣夏，以虫鸣秋，以风鸣冬。四时之相推夺⑨，其必有不得其平者乎？其于人也亦然。人声之精者为言，文辞之于言，又其精也。尤择其善鸣者而假之鸣⑩。

注　释

⑦郁于中而泄于外：这是说音乐。凡是音乐，总是由于有一种郁结于内的情绪，而有不得不往外发泄的冲动，这才能产生音乐。　⑧金、石、

丝、竹、匏、土、革、木，古代称为八音。金指金属乐器，钟、锣之类。石，石制乐器，古代有之。《尚书》“拊石击石”。丝，弦乐器。竹，管乐器，如箫、笛。匏，笙类吹奏乐器。土，陶土乐器，如埙等。革，如鼓。木，如梆，木铎。 ⑨推夺：一年四季的变化，虽然粗看是自然推移的常理，但是否有某种强迫性在内呢？因也包含有某种强力的争夺，也可说是四时的互相推夺。自然界中也会有不得其平者存在。 ⑩假之鸣：假，通借。借善鸣者的文辞来宣泄自己心中的不平。

解 说

音乐，这是郁结于心中的情感，无法消解而宣泄于外的感情，也要选择一种善鸣的东西，通过它来鸣。金、石、丝、竹、匏、土、革、木，这八种东西是鸣得最好的（金石丝竹匏土革木，是古代的八音，八种乐器）。即使是天和时令也是这样，是选择善鸣的东西来表达天时的鸣。所以，用鸟在春天鸣，用雷在夏天鸣，用虫在秋天鸣，用风在冬天鸣。（这样看来）四时的交替推移，其中必然也有什么不得其平的因素罢！对人而言，也是一样。人的声音多种，但其精华是语言。文辞又是语言中的精华，更需要选择鸣得最好的方式，通过这种方式来鸣。

其在唐虞，咎陶、禹[11]，其善鸣者也，而假以鸣。夔弗能以文辞鸣，又自假于韶以鸣[12]。夏之时，五子以其歌鸣[13]。伊尹鸣殷[14]。周公鸣周[15]。凡载于《诗》、《书》六艺，皆鸣之善者也。周之衰，孔子之徒鸣之，其声大而远。传曰：“天将以夫子为木铎[16]”，其弗信矣乎？其末也，庄周以其荒唐之辞鸣[17]。楚，大国也，其亡也，以屈原鸣[18]。臧孙辰、孟轲、荀卿，以道鸣者也[19]。杨朱、墨翟、管夷吾、晏婴、老聃、申不害、韩非、慎到、田骈、邹衍、尸佼、孙武、张仪、苏秦之属，皆以其术鸣[20]。秦之兴，李斯鸣之[21]。汉之时，司马迁、相如、扬雄，最其善鸣者也[22]。其下魏、晋氏，鸣者不及于古，然亦未尝绝也。

就其善者，其声清以浮，其节数以急[23]，其辞淫以哀，其志弛以肆[24]。其为言也，乱杂而无章。将天丑其德莫之顾耶？何为乎不鸣其善鸣者也？

注　释

⑪咎陶、禹：禹，初为舜臣，后受舜禅为夏君。咎陶，《书》作“皋陶”，亦舜臣。《尚书》有“大禹谟”“皋陶谟”。记其言，故曰善鸣。⑫夔：舜臣。帝曰：“命汝典乐。”夔曰：“於，予击石拊石，百兽率舞。庶尹允谐。”舜之乐名韶，故曰：“假于韶以鸣。”　⑬五子以其歌鸣：夏，太康失政，其弟作“五子之歌”。　⑭伊尹鸣殷：《尚书》有《伊训》一篇。　⑮周公鸣周：《周书》有《金縢》诸篇。　⑯传曰“天将以夫子为木铎”：语出《论语》。　⑰庄周：著有《庄子·内外篇》。　⑱屈原：楚大夫，著有《离骚》、《天问》等楚辞多篇。　⑲臧孙辰、孟轲、荀卿，都是孔子学说的继承发扬者，故称为以道鸣者。道，孔子之道。⑳杨朱、墨翟……张仪、苏秦之属，皆以其术鸣。作者所举诸人都是战国时期，百家争鸣中各流派学术的佼佼者，皆有不同于儒家的治国之术。故称：“皆以其术鸣。”　㉑李斯：楚上蔡人。与韩非同为荀卿弟子，但均主张法家学术。后为秦始皇宰相。力主废封建，行郡县制度。中国君主专制制度的早期设计者之一。　㉒司马迁、相如、扬雄：司马迁，汉代中国伟大史学家，《史记》的作者。相如，司马相如，成都人。武帝时以赋受知，著有《上林赋》、《羽林赋》等，为汉赋名家。扬雄，西汉思想家、哲学家，著有《太玄》、《法言》等。　㉓其节数以急：数，频繁，短促。急，急切。节，音节，节拍。文章节奏急快不舒畅。　㉔其志弛以肆：弛，松弛，弛缓。肆，放肆。文章逻辑不严密，松松垮垮。

解　说

虽则万事万物都能鸣，但作者心中主要想说明的，仍然是人，是人的善鸣者。这段以下，才是作者所要着重阐发的“不得其平则鸣”的重点。

唐虞以下，历朝历代都累出不穷地有一批批善鸣者。唐虞时代，要数咎陶、禹是最善鸣的了。夔虽然不能以文辞鸣，但他能以《韶乐》代鸣。夏时，五子用他们的歌来鸣。殷时有伊尹在鸣，周时有周公鸣（以上诸人的文辞，古籍都有记载。符合于作者提出的，文辞是人的语言的精者的原则）。凡记载在《六经》上的，都是善鸣者之鸣。周朝衰微的时期，要数孔子和他的诸门徒，是时代的鸣声。那声音又洪大，传得又久远。《论语》中说："天将以夫子为木铎"这话不可信吗？到了周末，庄周用他的荒唐的说法来鸣。楚国是个大国，它灭亡时用屈原来鸣。臧孙辰、孟轲、荀卿，是用儒家之道来鸣的。杨、墨、管、晏、老聃、申不害、韩非、慎到、田骈、邹衍、尸佼、孙武、张仪、苏秦这些人是各以自己某些学术来鸣的。秦王朝早期，是李斯在鸣。到汉代，司马迁、相如、扬雄，是鸣得最好的。往后，到了魏代、晋代，这时的鸣者已赶不上古人的水平，但鸣声也还从未断绝。这时期一些鸣得较好的，他的声音清亮，但有些浮浅；它的节奏短促而急切；它的文辞散漫而悲哀，它的心志懒漫而不集中，说出的话有些杂乱无章。难道是老天不喜欢这两代人的品格而不愿照顾他们吗？为什么不让那些真正善鸣的人出来鸣呢？

唐之有天下，陈子昂、苏源明、元结、李白、杜甫、李观㉕，皆以其所能鸣。其存而在下者㉖，孟郊东野始以其诗鸣。其高出魏、晋，不懈而及于古，其他浸淫乎汉世矣㉗。从吾游者，李翱、张籍其尤也㉘。三子者之鸣信善矣。抑不知天将和其声而使鸣国家之盛邪㉙？抑将穷饿其身，思愁其心肠，而使自鸣其不幸邪㉚？三子者之命，则悬乎天矣。其在上也，奚以喜？其在下也，奚以悲？东野之役于江南也，有若不释然者，故吾道其命于天者以解之。

注　释

㉕陈子昂：初唐诗人，有名篇及诗集流传。苏源明：唐诗人，与杜甫

同时并友善。原集已佚，有少数篇什流传。元结：字次山，唐诗人。著有《次山集》。李白：著名诗人，被称为诗仙。杜甫：著名诗人，与李白齐名，世称李杜，又被尊为诗圣。李观：唐文学家，陇西人，字元宾。有文名于当时。 ㉖其存而在下者：现在还活着而处于下僚的低下地位。这是对孟郊潦倒不得意的处境的简介。 ㉗浸淫乎汉世：浸淫，渐进浸入汉代水平或汉代风格。 ㉘李翱、张籍：均为唐代著名诗人。与本文作者友善。 ㉙和其声：使他们诗的声音变得平和。鸣国家之盛者，歌颂太平。颂歌文体当然宜平和。 ㉚穷饿其身，思愁其心肠：愁思是由穷饿引起，当然只能自鸣其不幸。这里作者曲折地表达了对这些怀才不遇、身处下位的人的同情。

解　说

唐王朝统一天下后，陈子昂，苏源明、元结、李白、杜甫、李观，都各自用他们自己擅长的方式来鸣。那现在正存在着而且在下位的，孟郊东野开始用诗来鸣。他那水平高出魏晋两代那些人，努力要达到古人的水平。其他的也和汉代的差不多了。跟我常在一起的，要数李翱、张籍是拔尖的了。这三位的鸣，可以认为已经相当好了。但不知道老天爷想要把他们的声音弄得平和一点，使他们来歌颂国家的鼎盛呢，还是要使他们又穷又饿，使他们身心愁苦，来使他们只好自己鸣自己的不幸的命运呢？这三个人的命，那就悬在老天爷的身上了。他们如顺利登上高位也用不着喜欢，如不幸而在下位也不须悲哀。东野这次到江南去做事，好像心里有点想不开，所以我说人的命运都是老天安排的，用这话来解开他心上的疙瘩。

石芝父评：文章之道，秦以前骈散不分。西汉史迁、贾（谊），董（仲舒），均尚散行。东汉班氏改尚俳偶。至于六朝，骈俪极矣。唐初犹存其风。至退之独用散行。六一称其文起八代之衰，以此。

圬者王承福传

韩　愈

圬之为技[①]，贱且劳者也。有业之，其色若自得者。听其言，约而尽[②]。问之，王其姓，承福其名。世为京兆长安农夫[③]。天宝之乱，发人为兵[④]，持弓矢十三年。有官勋，弃之来归[⑤]。丧其土田，手镘衣食[⑥]。馀三十年，舍于市之主人，而归其屋食之当焉[⑦]。视屋食之贵贱而上下其圬之佣以偿之。有馀，则以与道路之废疾饿者焉[⑧]。

注　释

①圬：音乌。泥瓦活。圬者，泥瓦工。　②约而尽：简练而透彻。③京兆长安农夫：唐时长安为首都，分为三郡治理。即京兆、冯翊、扶风，称为三辅。　④天宝之乱，发人为兵：天宝十四年，安禄山及其部将史思明叛变，攻破长安。唐玄宗及中央政府西逃。史称安史之乱，即天宝之乱。发人为兵，即强制征调农民当兵。有如蒋政权时代的拉壮丁。⑤官勋：封建时代作战勇敢并立功者予以奖励，称为授勋。勋位有多种等级，积累到一定量功勋，即可受官爵，称为勋官或官勋。有官勋就有资格当官了。弃之来归，即弃掉当官的资格而回家。　⑥手镘衣食：镘，泥瓦工工具，一般指抹子或瓦刀。手镘衣食，即指着抹子要吃穿。　⑦归其屋食之当：租住房，代管伙食，用挣的工资来偿还房费和伙食费。　⑧废疾，饿者：废疾，残疾人。饿者，没饭吃的人。

解 说

圬，音污，即泥瓦工。这个工作的地位卑贱而又十分劳累，如作者所声明。大文学家韩愈为什么要为这样一个人作传呢？其目的何在，价值何在？这是每一个读者都可能提出的问题。

作者认为，这人是个贤者，是学杨朱的，是个独善其身的人。说他连妻子都认为是累赘，宁可打光棍。可说自顾自到极端了。不肯去兼善天下。作者这个演绎未必是客观公正的。王承福不要妻子，是因为他养不活，而不是不要。他为这样一个自食其力的劳动者作传是颇有深一层的价值观的意义。一个自食其力的劳动者活得问心无愧；而一个治人的劳心者，即当官的，当中有多少人敢说自己问心无愧呢？作者借王承福的嘴说，这些人必有天殃。这是一种微弱无力的谴责，聊以自慰而已。在帝王专制制度之下，当官的只能看皇帝眼色行事，哪会考虑害人和利人的问题。但这是时代的局限，就不能苛责于一千多年前的作者了。

当泥瓦匠，社会地位低，劳动强度大，收入少。在作者这样一个当官的劳心者眼中，他应当是卑躬屈膝、甘于自卑的样子才是正常的。然而王承福这个泥瓦匠却洋洋自得，这就引起作者的诧异。他自报家门，姓王叫王承福。本地的农夫，当过兵，立过功。退伍下来回到家却失去了土地。只能租间房住，靠作泥瓦工得的工资来付房租饭费。剩余的就周济一些穷苦的人。就这样过了三十多年。

又曰，粟，稼而生者[⑨]。若布与帛，必蚕绩而后成者也[⑩]。其他所以养生之具，皆待人力而后成也[⑪]。吾皆赖之[⑫]。然人不可遍为，宜乎各致其能以相生也[⑬]。故君者理我所以生者也，而百官者，承君之化者也[⑭]。任有大小，惟其所能，若器皿焉。食焉而怠其事，必有天殃[⑮]。故吾不敢一日舍镘以嬉[⑯]。夫镘，易能，可力焉[⑰]。又诚有功。取其直，虽劳无愧，吾心安焉。夫力，易强而有功也；心，难强而有志也。用力者使于人，用心者使人[18]，亦其宜也。吾特择其易为而无愧者取焉。

注　释

⑨粟，稼而生者：粟，泛指粮食。稼而生，需要耕种才能生长。⑩蚕绩而后完：作衣服的布帛要经过养蚕、织布才能成。⑪养生之具，皆待人力而后成：一切生活资料都要通过人的劳动才能成就。⑫赖之：依靠它。⑬各致其能以相生：各尽所能以相互满足生活需要。⑭承君之化：秉承君主意志以教化万民。⑮食焉而怠其事，必有天殃：靠这个吃饭而不好好干，老天会降祸殃给你。⑯舍镘以嬉：撂下抹子去玩去。⑰可力：用抹子这技术容易，有力量就行。⑱用力者使于人，用心者使人：这是孟子的"劳心者治人，劳力者治于人"一语的转化。

解　说

这一段谈到了经济学的范畴。生产、分工、交换等等。又谈到了需求与分配。虽然依据的是千年前孟子的学说，却把孟子的"劳心者治人，劳力者治于人"的理论加以引申而涉及皇帝、官僚集团等的社会作用问题。这却是一千多年前所仅见的。因为，按照儒家理论，谈这些关于"利"的事，是小人之事，是君子所不齿的。尤其涉及皇帝的社会作用，更有点犯上与妄议。其实要追溯到社会分工与合作，这些问题是不能不涉及的。其实不论你承认不承认，你的工作必须是社会所需要，你才能存在，否则，就将被社会取消、抛弃。千军万马也挡不住。中国的皇帝，就是这样消失的。

他又说：粮食，是庄稼人种出来的；布和丝绸，那得养蚕吐丝，纺织后才能成。一切生活离不开的东西都要等人的劳动来完成，都是我需要的。但一个人不能什么都自己干；这才有各尽所能来互相满足。所以，皇帝是来管理我用以生活的一切方面的。官僚们则是听从皇帝指示来管理的。各人责任有大小不同，好比是器具。你承担了你的分工却不好好干，老天会降祸给你。我随便哪一天都不敢丢开瓦刀去玩。泥瓦匠这工作容易会，可以用力就完成，又的确有需要。用这个来换取价值，虽然累点，但良心上不会羞愧。这样就心安了。这力气活的事，容易学会，也确实有用；用心计的事，难学而且要坚持，有志气。用力气的人被人家支使，用心计的人去指使别人，这也是恰当的。我特愿意选择这种容易干而心中无愧的职业。

嘻！吾择镘以入富贵之家有年矣。有一至者焉，又往过之，则为墟矣⑲。有再至、三至者焉，而往过之，则为墟矣。问之其邻，或曰：噫！刑戮也。或曰，身既死而其子孙不能有也。或曰，死而归之官也。吾以是观之，非所谓食焉而怠其事而得天殃者邪？非强心以智而不足，不择其才之称否而冒之者邪？非多行可愧、知其不可而强为之者邪？将富贵难守，薄功而厚飨之者邪⑳？抑丰悴有时㉑，一去一来而不可常者邪？吾之心悯焉。是故择其力之可能者行焉。乐富贵而悲贫贱，我岂异于人哉？又曰：功大者，其所以自奉也博。妻与子，皆养于我者也，我能薄而功小，不有之可也。一身而二任焉，虽圣者不可为也。

注　释

⑲墟：废墟。　⑳薄功而厚飨：做得少，花得多。　㉑丰悴有时：丰，丰盛。悴，憔悴，败落。

解　说

嘿！我拿着瓦刀进富贵人家有些年头了。有的只去过一次，再去，已成了废墟。有的家我去过两三次。但再打那里经过，却又成了废墟。向邻居一打听，有的说，犯了罪，杀了。有的说，本人死了，子孙守不住产业。也有的说，死了，没收归官了。我从这些情况可以看出，这不是那些白吃饭不认真干事的，被老天爷降了灾殃吗？不是那些不管他有没有那能耐却硬要冒充能行的吗？不是那些做了许多昧良心的事，知道不该干而硬要干的人吗？或是由于富贵想要保持并不容易，或是那些百事不会，只知成天享受的人造成的吗？也可能，有走运的时候，也有不走运的时候，靠运气靠不住的人吗？我的心为此感到悲哀与可怜。我所以选择了我力所能及的行当来做。其实喜欢富贵而不愿意贫贱，我和别的人没什么两样。他又说能耐大的人，自我享受就多一些。老婆孩子都要我抚养。我的能耐小，贡献少，没老婆孩子也就罢了。能耐小，又要养老婆孩子，一个人要同时担负两重责任，恐怕连圣人也难做到。

其实，这最后几句话明显地带有愤激的语气。是打心里不愿要老婆孩子吗？我看未必。他不是已声明了也希望过好生活吗？

愈始闻而惑之，又从而思之，盖贤者也。所谓独善其身者也。然吾有讥焉，谓其自为也过多，其为人也过少。其学杨朱之道者邪[22]？杨之道，不肯拔我一毛而利天下。而夫人以有家为劳心，不肯一动其心以畜其妻子，其肯劳其心以为人乎哉？虽然，其贤于世之患不得之而患失之者，以济其生之欲，贪邪而亡道[23]，以丧其身者，其亦远矣！又其言有可以警予者，故予为之传，而自鉴焉。

注　释

㉒杨朱：战国百家争鸣的学派之一。主张“为我”。孟子说他“拔一毛而利天下不为也”。　㉓亡道：亡，同无。亡道，无道。

解　说

这最后一段是作者对王承福的评论了。

愈，是作者自称。（听了他的述说）我开始感到怀疑，又仔细想想，大概是个贤者、有见识的人。这就是那种被称为“独善其身”的人。但我对他还是有点批评。我说他为自己想得太多，为别人想得太少。他是学杨朱的理论的吗？杨派的理论是不肯拔我一根毫毛来使天下有利的。这个人连要养活一家都认为劳心，连动动脑筋去养活老婆孩子都不肯，他肯用心去为别人吗？话虽如此，但他比那些一天到晚患得患失、只知满足个人欲望、贪污、干坏事，终于连命也搭上的人，究竟高得太多了。他的话也有可以警戒自己的地方。所以为他作传，用来警惕自己。

作者对王承福的评价，把他看作杨朱学派的弟子、坚决为我而不肯为人的独善其身的人——似乎太主观了点。王承福有馀钱还周济贫穷，怎能和拔一毛而利天下的杨朱扯到一起呢？再说，他是庄稼人出身，当兵、打仗、做工，和知识分子的学派怎能沾上边呢？这种评价不是有点太离谱吗？这实际上贬低了王承福的价值。

很显然，王承福在谈话中是对他所在社会做无可奈何的冷眼旁观的人。当时从皇上到官僚们，是在“理我所以生者”呢，还是“苛政猛于虎”呢？是为己呢，还是为人呢？他宁可穷，但求无愧于心，这是只顾自己的人吗？连老婆也养不活，是该怪自己的思想呢，还是该让社会负责呢？王承福想的显然与作者想的不一样。

石芝父评：此为别传体。假托圬者之口以讽世。其行文曲折排奡，是散文家的大宗师。

师　说[1]

韩　愈

古之学者必有师。师者，所以传道、授业、解惑也[2]。人非生而知之者，孰能无惑？惑而不从师，其为惑也，终不解矣。生乎吾前，其闻道也，固先乎吾，吾从而师之[3]。生乎吾后，其闻道也，亦先乎吾，吾从而师之。吾师道也。其庸知其年之先后生于吾乎？是故无贵无贱，无长无少，道之所存，师之所存也[4]。

注　释

①师说：人类社会的发展，总归是知识的发展。人的知识不能总从零开始，它要求在前人已经取得的知识的基础上继续发展。这就需要有人不断把前人已取得的知识传递给后人。这个传递者就是师，老师。因此，社会要发展，老师就是必不可少的。一切反对老师这个知识的传递者的思想、理论，归根到底是反对发展、反对人类社会的进步的。以求师为可羞，以师为可有可无的思想都是错误的。韩愈的《师说》就论证了老师的作用。"文化大革命"就是韩愈这篇文章的反证。　②传道、授业、解惑：这三点概括了老师的作用：教人如何做人；（德育）如何接受前人积累的知识；帮助后继者分清什么是正确的、错误的，避免在学习中走弯路（智育）。　③从而师之：因此以他为老师。　④道之所存，师之所存也：前人把道作为道德与智识的总称。凡有道理存在的地方，就是老师存在的地方。

解　说

韩愈作"师说"，文章不长，不过几百字，但对后世有相当的影响。

首先，他给师下了个定义：“师者，所以传道、授业、解惑也。”这个定义，得到普遍承认。所谓“道”，就是怎样做人。所谓“业”就是职业技术。人必有职业技术以为社会服务，才能换回自己生存所需要的生活资料。所谓“惑”就是不懂。这就需要有人为你解说，使你懂。通过师的这三个作用，人才能成长为合格的社会人。所以，师是不可缺少的。而且更是十分可贵的。但事物总有两面。可贵的不一定是可喜的。汉代民歌说：“毋为太常妻（太常，相当大学校长），太常妻，常苦饥。一年三百六十日，三百五十九日斋（吃素），一日不斋醉似泥。”为人师穷的多。

从古以来，要学习就必须有老师。老师的作用就是：传授如何做人，传授业务知识，解答疑难问题。人不是一生下就什么都知道，谁也不能避免碰上不懂的事。有不懂的，却没老师去请教，那就会一辈子不懂。比我先生到世界上，他就会比我先知道什么是做人的道理，所以我认他作老师；比我后生到世界上，要是他比我先知道做人的道理，我也要认他作老师。我是要以这个做人的道理为师，用不着去管他是比我先还是后来到这个世界上。所以，不论贵贱老少，谁知道做人的道理，谁就是我的老师。

嗟呼！师道之不传也久矣，欲人之无惑也难矣！古之圣人，其出人也远矣，犹且从师而问焉；今之众人，其下圣人也亦远矣，而耻学于师。是故圣益圣，愚益愚。圣人之所以为圣，愚人之所以为愚，其皆出于此乎？爱其子，择师而教之；于其身也，则耻师焉[⑤]，惑矣[⑥]。彼童子之师，授之书而习其句读者也[⑦]，非吾所谓传其道解其惑者也。句读之不知，惑之不解，或师焉，或不焉，小学而大遗[⑧]，吾未见其明也[⑨]。巫医、乐师、百工之人，不耻相师。士大夫之族，曰师曰弟子云者，则群聚而笑之。问之，则曰：“彼与彼年相若也，道相似也[⑩]！”位卑则足羞，官盛则近谀[⑪]。呜呼！师道之不复可知矣。巫医、乐师、百工之人，君子不齿。今其智乃反不能及，其可怪也欤！

注 释

⑤于其身也，则耻师焉：到自己身上，却以认人为师的羞耻。 ⑥惑矣：是糊涂思想。 ⑦习其句读：古代没有标点符号。需要老师来教孩子们哪里断句，如何读音，称为句读。读字音豆。相当于今天的逗点。⑧小学而大遗：学，学习；遗，抛弃学习。小孩子时要他学习，长大成人倒抛弃学习。 ⑨吾未见其明也：我没看见这样做是什么聪明的表现。⑩年相若，道相似：若，近似。年岁不相上下，水平也差不多。 ⑪位卑则足羞，官盛则近谀：被你称为老师的人，如果官职地位低下，这是可耻的。如果他的官位很光彩，别人会认为你是在拍马屁。

解 说

可叹的是，这种传道、授业、解惑的师道，很久以来就不流传了。要使人不迷惑，真正理解做人的道理就很难了。古代的圣人们，当然远远高出一般的人，但他们还是要跟老师们学习；今天的这些只具有一般水平的众人，比起古代圣人来差远了，却以向老师学习为羞耻。所以弄得来古代的圣人更圣，而当今的愚人更愚。如此看来，圣人之所以成为圣人，愚人始终是愚人，大概就是由这个原因造成的罢？人们爱自己的儿子，就选择好老师来教他；而对自己呢，却耻于向老师学习。这种想法不奇怪吗？那教孩子的老师，不过是给孩子一本书，教他们识字，教他们会分句地读而已。并不是向孩子们传道（让他们懂得做人的道理），也不是解惑（让他们认识哪些是错误的道理）。说不上是我说的那种传道、解惑的老师。不会读书，读不成的孩子，就给他寻找一个老师。而分不清什么是正确的做人的道理，什么是错误的道理的人，却不要老师。少时倒肯学，小问题倒肯学；长大了，面对大问题，倒不肯学了。我看这算不得是聪明人。那些跳神弄鬼的人，江湖医生，弹琴、说唱的，以及百行百业的人，都不以为从师学习是可耻的事。而我们这些上等人，做官的人，一说到老师弟子什么的，反倒一齐加以耻笑。问他们这是为什么？他们说：“那人和那人年岁差不多，水平也差不多。”若是地位卑下的，来谈什么传道，岂不可耻吗？若是对官位高的人说这些，那就是拍马屁。唉！这种传道、授业、解惑的师道再也不能够得到恢复的原因由此可知了。那些跑江湖的巫医、乐师，以及各行各业的人，是我们这些君子们所瞧不起的。现在看来，这些君子们的见识倒不如这些百行百业的人。这难道不奇怪吗？

圣人无常师。孔子师郯子、苌宏、师襄、老聃⑫。郯子之徒，其贤不及孔子。孔子曰：“三人行，则必有我师。”是故，弟子不必不如师，师不必贤于弟子。闻道有先后，庶业有专攻⑬，如是而已。

李氏子蟠，年十七，好古文。六艺经传皆通习之，不拘于时⑭，学于余。余嘉其能行古道，作《师说》以贻之⑮。

注　释

⑫这里列举的几个人，孔子都向他们请问过。　⑬庶业有专攻：各种行业都有专门学问。　⑭不拘于时：并不拘束于一定时间。　⑮贻：送给他。

解　说

圣人的老师，不必拘定是某一个人。孔子的老师有：郯国的国君，东周敬王的大夫苌宏，鲁国的乐官师襄，以及老聃等人。郯子等人，并不比孔子更高明。孔子说：“三个人一道走，其中必有一个可以作我老师的。”所以说，当弟子的不一定就没有老师高明，老师也不一定要比弟子高明多少。知道做人的道理有先有后，学术研究上也各有专门课题。相师的原因，也不过如此而已。

李家的一个名叫蟠的儿子，十七岁，喜好古文。诗、书、易、礼、乐、春秋都学习，不受时下流行风气的拘束，来跟我学习。我赞赏他这种能坚持实行古道的精神，作一篇《师说》送他。

钴鉧潭西小丘记

柳宗元

柳宗元字子厚，唐河东人，由进士官监察御史。坐王叔文党，贬永州司马。后迁柳州刺史。谪后为文益工。俊杰廉悍。韩退之称其文似西汉司马子长。

得西山后八日[①]，寻山口西北道二百步，又得钴鉧潭[②]。西二十五步，当湍而浚者为鱼梁[③]，梁之上有丘焉[④]，生竹树。其石之突露偃蹇[⑤]，负土而出[⑥]，争为奇状者，殆不可数。其嵚然相累而下者[⑦]，若牛马之饮于溪；其冲然角列而上者[⑧]，若熊罴之登于山[⑨]。

注　释

①得西山后八日：柳宗元因朋党之争造成王叔文一案的牵连，被贬官为柳州司马。实际上是政治上的驱逐，得一个无所事事的闲差。于是他放情山水。从最初发现永州的西山风景秀异开始，一连写了八篇山水游记体的文章，成为千古传诵的诗一般的散文，称为“永州八记”。这些文章往往以认识西山那一天作为纪录的开始一天。如“钴鉧潭记”第一句：“钴鉧潭在西山西。”本篇则说“得西山后八日”，等等。　②钴鉧潭：钴鉧，即今称的熨斗。钴鉧潭，以潭形像一个长把的熨斗而命名。　③当湍而浚者为鱼梁：湍，急流回水处。浚，深。鱼梁，水中垒石拦住游鱼，留一窄口，下置渔具，以便捕鱼。　④丘：小土堆，高出地面。　⑤突露偃蹇：

突，突出。露，暴露。偃蹇，同夭矫，盘旋昂起。四字均为土中石头形状。 ⑥负土而出：石背还盖着土，好似刚从地中深处钻出来。 ⑦嵚然相累：嵚然，高耸貌。累，叠，堆。指石山互相堆叠之状。 ⑧冲然角列：出土岩石尖角成排上冲。 ⑨熊罴登山：熊，猛兽。熊之大而有力者为罴。此处泛指一般猛兽。

解　说

柳子厚的游记性质的文章，流传了一千多年。至今读起来仍会让人感到生气勃勃，甚至引起强烈的共鸣。这就叫作不朽。这里有很多值得读者去咀嚼领悟的东西。他首先是把自己的感情融入山水中，然后那些原来静寂的、无生命的草树山石就忽然有了生命，成为欢跃活泼的一群群。这又反过来使作者或读者的主观世界也与客观世界融为一体，得到鼓舞，得到欢乐。在短短几百字的游记中，你会体会到丰富的人生。这篇钴鉧潭西小丘记，就是一个典型的例子。

文章开头淡淡写来，写日子、写方向、写远近以及随步所见的事物。只是几句白话。在得到钴鉧潭后，只不过再往前走二十五步。这个距离这么近，住四合院的还没走出大门。决不会有什么发现。在他的笔下也是淡淡写去。在通往钴鉧潭的上游，那里有一个拦水捕鱼的鱼梁。但没有看到鱼箔、鱼篓这些捕鱼工具，想必是这里荒凉无人。鱼梁上有个小山丘，生长有竹子和树木。这么小地方，当然够不上成林，不会有什么景观。然而奇迹就在脚底下发生了。这里有一群破土而出的怪石，甚至可以说是一群正在同某种不可知的力量搏斗的野兽。有的张嘴瞪眼愤怒地前冲，也有的被压得爬伏栽倒在地。但它们背上堆有厚厚的土，仿佛是从地下深处搏斗冲出。因而显现出奇奇怪怪的形状。你简直无法认清究竟有多少不同的形象。有些露出尖角，好像一摞摞地往下的牛马，争着到溪里去喝水，也有些角碰着角，列成一排排往上冲的，又像是犀象熊罴在奋力上山。

前面的淡，使人感到这里将是荒凉的、没有生命的死寂世界。然而笔锋一转，就在你脚下，却完全出乎意料的，出现了一个喧闹的、充满生命的世界。

丘之小，不能一亩，可以笼而有之[⑩]。问其主，曰：唐氏之弃地，货而不售[⑪]。问其价，曰："止四百。"余怜而售之。李深源、元克己时同游，皆大喜，出自意外。即更取器用，铲除秽草，伐去恶木，烈火而焚之。嘉木立[⑫]，美竹露，奇石显。由其中以望，则山之高，云之浮，溪之流，鸟兽鱼之遨游，举熙熙然回巧献技[⑬]，以效兹丘之下。枕席而卧，则清泠之状与目谋[⑭]，瀯瀯之声与耳谋[⑮]，悠然而虚者与神谋[⑯]，渊然而静者与心谋[⑰]。不匝旬而得异地者二，虽古好事之士，或未能至焉。

注　释

⑩笼而有之：笼，竹编的盛物用具。此处形容丘之小，似乎可用一个笼子装下。　⑪货而不售：货，出卖。售，卖出。即想出卖而没有卖出去。　⑫嘉木立：嘉木，指有用的、好看的树。立，在这句中有显示的意思。以前被遮掩住了。　⑬熙熙然回巧献技：熙熙然，高兴貌。回巧献技，各种表演。　⑭清泠之状与目谋：清泠，清凉而高爽之状。与目谋，进入眼帘。　⑮瀯瀯：水回流的声音。　⑯悠然而虚者与神谋：遥远而浩渺的精神感受。　⑰渊然而静者与心谋：心情由于外在的静谧而感到像深渊下的水那样平静。

解　说

作者为这意外的发现所惊奇，所倾倒。但他并没就此顺手写下去，去赞美它的美丽与神奇。而是淡淡地荡开去，从另一角度来述说这块土地的命运。

这个小丘是这么小，够不到一亩地的面积，夸大点说，可以编个笼子把它装起来。问它的主人是谁。回答说："是唐家的一块丢弃了的荒地，也想卖了，却没人买。"试着再问问价，却只要四百文。原来这样不值钱！我可怜这块地的苦命，就把它买了。不就花四百钱吗！和我同来游玩的李深源、元克己二位都非常高兴，这价钱真出乎意料的便宜。于是借了点工具，铲去了那些又脏又乱的草，砍去那些横七竖八的恶木，堆在一起，把它烧了。这一来，那些好看的绿树就显出来了，丰姿优美的绿竹也露出来了，尤其这些奇奇怪怪的石头，可全现出了它们的峥嵘。站在这里向外一看，山是那么高，白云在浮游，溪水在弹唱，鸟呀，兽呀、鱼呀，都在自由自在地随意遨游，都在高高兴兴地卖弄它们的技艺，向这个小丘表演。在这里，放上一张凉席躺卧，会从视觉感到周围是那么清凉、爽朗；耳朵边似听到那潆潆的流水清音；天空是那么遥远而开朗，而心里却觉到那深渊渟水般的宁静。真好！不到十天功夫，就连续得到两块奇异的土地。恐怕即使那些专门寻求的好事者也未必做得到。

噫！以兹丘之胜，致之沣、镐、鄠、杜[18]，则贵游之士争买者，日增千金而愈不可得。今弃是州也，农夫渔父过而陋之[19]。价四百，连岁不能售。而我与深源、克己独喜得之，是其果有遭乎[20]？

书于石，所以贺兹丘之遭也。

注　释

⑱沣、镐、鄠、杜：沣，音丰，西周的沣京；镐，音蒿，与沣同为西周都城；鄠，今户县；杜，周时为杜国，汉时称杜陵，宣帝陵所在地。以上四地均在唐都城长安郊处，贵戚豪门聚居的繁华地段，高级消费区。⑲农夫渔父过而陋之：农夫渔父，泛指乡下人。陋之，瞧不上眼。⑳果有遭乎：遭，旧俗语“遭际”，今天说的机遇、机会。又叫“遭际贵人。”句意：真有遭际贵人这回事吗？

解　说

唉！拿这个小丘这样的优越条件，要是把它放在名都大邑，沣、镐、鄠、杜这些地方，那么，那些有钱的玩乐的主儿必然会争着来买。它的价值一天就会涨上一千，也未必能买到。如今，却被荒弃在这里，种田的、打鱼的从这儿经过，连瞧都懒得瞧一眼。想只卖四百文的低价，却好几年卖不出去。而我与深源、克己却高兴地要了它。真有个命运和遭遇的问题吗？

把这点写来刻在石头上，是视这个小丘终于遭遇到对自己的价值有认识的人。为它祝贺。

游记到这戛然而止。似乎该说的或想说的都说完了。真的都说完了吗？像作者这样的人，不也是农夫渔父见而陋之，从而被远远地扔到永州的小丘吗？岂但作者自己，和他同命运的大历十才子刘禹锡他们，不也是一文不值地被远远抛弃了吗。岂止大历十才子！古往今来，在这种专制制度下，又有多少有才之士被如此丢弃了？屈原、贾谊、阮籍、嵇康，以及唐王朝的李白、杜甫、陈子昂……哪一个不是“农夫渔父见而陋之”，从而被抛弃了呢？……这里留下了作者对天公的抗议，对社会制度的抗议。然而，在专制淫威之下，他又能如何呢？

以被荒弃的小丘，来隐喻古往今来一切才华出众之士的命运，才应是作者未说出的本意。

石芝父评：子厚此文，借山水写其郁屈迁谪之苦，全脱胎于谢灵运游山诸诗。彼以为诗，此以为文，各极其妙。

种树郭橐驼传

柳宗元

郭橐驼[1]，不知始何名。病偻，隆然伏行[2]，有类橐驼者，故乡人号之“驼”。驼闻之曰：“甚善，名我固当[3]。”因舍其名[4]，亦自谓“橐驼”云。

其乡曰丰乐乡，在长安西。驼业种树，凡长安豪家富人为观游及卖果者[5]，皆争迎取养[6]。视驼所种树，或迁徙，无不活。且硕茂、蚤实以蕃[7]。他植者，虽窥伺效慕，莫能如也。有问之。对曰：“橐驼非能使木寿且孳也。能顺木之天以致其性焉尔[8]。凡植木之性，其本欲舒[9]，其培欲平，其土欲故[10]，其筑欲密[11]。既然矣，勿动勿虑，去不复顾[12]。其莳也若子[13]，其置也若弃。则其天者全[14]。而其性得矣。故吾不害其长而已，非有能硕茂之也；不抑耗其实而已[15]，非有能蚤[16]而蕃之也。他植者则不然，根拳而土易[17]，其培之也，若不过焉则不及。苟有能反是者，则又爱之太殷，忧之太勤。旦视而暮抚[18]，已去而复顾。甚者爪其肤以验其生枯[19]，摇其本以视其疏密[20]，而木之性日以离矣[21]。虽曰爱之，其实害之；虽曰忧之，其实仇之[22]。故不我若也。吾又何能为哉！”

注　释

①橐驼：即骆驼。　②病偻，隆然伏行：偻，伛偻病。脊椎弯曲，背

部隆起，行动弯腰。俗名驼背。走路类似弯腰爬行，而背上鼓起一包。③名我固当：这个诨名倒是很恰当。 ④舍其名：舍，抛弃。抛弃原来的名字。 ⑤为观游及卖果者：观游，种树供观赏。卖果，种果树结水果来卖。 ⑥争迎取养：争着欢迎他，雇他养树。 ⑦蕃：繁殖。 ⑧顺木之天以致其性焉尔：顺从树木的天然本性，使它能充分成长。焉尔，同而已。 ⑨其本欲舒：本，树干和根。舒，舒展。 ⑩其培欲平，其土欲故：四面培土一般多。最好培上与它原生地相同的土。 ⑪其筑欲密：新培的土要筑得密实。 ⑫去不复顾：办好以上诸事，就别再管它。⑬其莳也若子：移栽时如同摆弄一个婴儿。 ⑭其天者全：它的天然生长条件能保持完全不受损坏。 ⑮不抑耗其实而已：不压抑耗损它天然具有的成长条件。 ⑯蚤：通早。 ⑰根拳而土易：拳，卷曲，不舒展。土易，换了新土。 ⑱旦视而暮抚：早晨去看，后晌去抚摩。 ⑲爪其肤以验其生枯：抠下一块树皮，看看活还是没活。 ⑳摇其本以视其疏密：晃动树干，看它的枝叶过疏还是过密。 ㉑而木之性日以离矣：树木的成长的自然条件就缺少了。 ㉒虽曰忧之，其实仇之：虽说是关心，其实是让它受伤害。

解　说

这是一篇半寓言式的传记。郭橐驼也可能实有其人其事。但作传的作者，主要不是在介绍他的生平与业绩，而是用他来批评统治者管理社会的不恰当方式。所以在文章结尾处说："传其事以为官戒也。"其实，这类不恰当的管理方式，至今还有不少存在。读这篇文章会产生强烈现实感。

郭橐驼，不知道他本来叫什么名字，得了佝偻病，背上突出一堆，走路像爬行，好似一个橐驼在行走。所以老乡们给他起个橐驼的外号。他听见了，说："很好，这个名字很恰当。"这样，他也叫自己橐驼。

他家住在丰乐乡，在长安城西边。他的专业是种树。凡是长安城的有钱人，为了观赏或是为了卖水果，都争着要他来种树。看，驼所新种的，或是移植，没有不成活的。而且树长得壮实，树叶茂盛，成果早，结果多。别的人种植的树，虽是偷偷仿效他，也还是不如他种的好。有人问他，他回答说："橐驼并不能使树木活得长，结果多。只是能顺着树木的天性自然发展而已。凡是这种木本植物的本性是：它的树干根枝要舒展，培土用力要平均，最好用与原来相同的土，要把培的土夯得密实。既已这样做了，那就别再去管它，别动它，扔下它，看都不再看。栽培时，像对待自己新生的儿子；完事了就好像把它抛弃了。这样，它的天性才不受到伤害，它自然生长的本能才得以充分发挥。所以，我只是不阻碍它生长而已，不是别有什么使它长得又高又大的方法。不抑制它或损耗它的结实而已，并没有什么让果实结得又多又早的方法。别的种树的人却不同，树根盘曲成一堆，全给换了新土。培土时，要不培得过多，就是过少。有的能去掉这些缺点，但又过于殷勤，早晨要看看，后晌要去摸摸。走开了还要回头看。甚至有的还要抠下一块皮，看看它是否还活着；晃晃它，看看是否疏密匀称。这样，这树的本性就受到了影响，渐渐变了。虽说是爱它，其实是害它；虽说是关心它，其实是敌视它。所以没我种得好。我哪有别的能耐呢?"

问者曰："以子之道，移之官理可乎㉓?"驼曰："我知种树而已，官理非吾业也。然吾居乡，见长人者㉔，好烦其令。若甚怜焉㉕，而卒以祸㉖。旦暮吏来而呼曰：'官命促尔耕，勖尔植㉗，督尔获，蚤缫而绪㉘，蚤织而缕㉙，字而幼孩㉚，遂而鸣豚'。鸣鼓而聚之，击木而召之。吾小人辍飧饔以劳吏者㉛，且不得暇，又何以蕃吾生而安吾性邪?故病且怠若是㉜。则与吾业者，其亦有类乎?"

问者嘻曰㉝："不亦善夫，胥问养树㉞，得养人术。"传其事以为官戒也。

注释

㉓以子之道，移之官理可乎：把你种树的道理，移来作当官的方法行吗？　㉔长人者：长，此处音掌。长人者，犹今天说的首长。领导者。

㉕好烦其令，若甚怜焉：喜欢频繁下指示，好像很关心老百姓。 ㉖而卒以祸：结果却总是给老百姓招祸。 ㉗勖尔植：勖，音叙，督促。催促你种植。 ㉘蚤缫而绪：蚤，同早。缫，缫丝。绪，丝头。而，同尔，你的。缫丝工作就早把丝绕成丝锭，以供纺织。首先抓到丝头才能上锭。所谓“有了头绪”即指此。 ㉙蚤织而缕：早把丝絮织成丝线。 ㉚字而幼孩：养好你的婴儿。 ㉛飧饔以劳吏者：做好早饭晚饭去慰劳那些吏者。 ㉜病且怠若是：受了病而且过度疲劳。若是，即如此。 ㉝嘻曰：笑着说。 ㉞胥问养树：与你说养树。胥，与也。

解　说

问他的人说：“拿你的这个道理移用到当官的道理上去。行吗？”驼说：“我只会种树罢了，官理不属于我的专业。但是，我住在乡下，见那些当领导的，喜欢把他的命令弄得很烦人。看来好像是爱护老百姓，结果却是祸害。早早晚晚的，衙门里的人跑来咋呼喊说：‘大老爷有令催你们抓紧耕地，努力植树，赶快收获，早点缫出丝来，早点织出布来，养好你们的孩子，养肥你们的鸡和猪。’敲起鼓来，把人聚到一起；敲起梆子，把大家喊拢来。我们这些小百姓赶快给这些衙门来的人派早饭晚饭来供给他们，还忙不过来，哪得功夫来发展生产和安排自己的生活呢！所以弄得疲惫不堪，成这个样子。这种状况，倒是与我们种树的状况有些类似吧。”

问他的人笑了，说这不很好嘛！与你谈养树，倒得到了养人的技术。——我为这个谈话写成传，拿来作为对官们的告诫。

石芝父评：子厚文章与退之齐名，诗亦卓然大家。此文即小见大，发明儒家治道，无为而治。后世反其道以祸天下，宜其智出郭橐驼下也。

阿房宫赋[1]

杜　牧

杜牧，字牧之，唐万年人。杜佑之孙。工诗，官中书舍人。诗与李商隐齐名，时人称为小李杜。

六王毕，四海一[2]。蜀山兀，阿房出[3]。覆压三百馀里，隔离天日。骊山北构而西折[4]，直走咸阳。二川溶溶，流入宫墙[5]。五步一楼，十步一阁；廊腰缦回，檐牙高啄；各抱地势，勾心斗角[6]。盘盘焉，困困焉[7]，蜂房水涡，矗不知其几千万落[8]。长桥卧波，未云何龙[9]？复道行空，不霁何虹[10]？高低冥迷，不知西东。歌台暖响，春光融融；舞殿冷袖，风雨凄凄。一日之内，一宫之间，而气候不齐。

注　释

①阿房宫：这是中国历史上第一座统一中国的皇帝的宫殿。它始建于公元前212年（秦始皇三十五年）。为修建阿房宫，首批征集的刑徒、工匠即达70余万人。计划非常宏伟，从华阴县的骊山脚一直延伸到咸阳（当时国都），长300余里，使渭河成为宫内河。但它还没有确定正式的名字时，秦始皇就死了。农民起义爆发了，秦国也灭亡了。仅由于开始建筑的前殿被称为阿房前殿，后来就相沿成习称之为阿房宫。据《史记》所记，仅这个前殿的规模就十分骇人：东西五百步，南北五十丈。上可坐万人，下可建五丈旗。可惜被领导起义军的项羽一把火烧光了。现在还有

一个夯土台基存在。仅这个土台就高达七米。这个前殿之高可以想见。整个阿房宫如果建成，其宏伟就更难以想象了——这象征着一个暴君的疯狂欲望。 ②六王毕，四海一：毕，结束。一，统一。六王，战国时期七雄争霸，秦灭六国，故称毕。 ③蜀山兀，阿房出：兀，秃。指为建宫殿需要大批木料，把蜀地的山岭的树都砍光了。阿房宫才逐渐出现。 ④骊山：今华阴境内，为阿房宫的起点，一直建到咸阳。故称北构而西折。⑤二川溶溶：溶溶，水涌流状。二川，指渭水与樊川。 ⑥廊腰缦回，檐牙高啄；各抱地势，勾心斗角：联通各建筑群落的各式回廊，有如各色建筑的腰。缦回，萦纡曲折回环。檐牙，各房屋顶四角檐口交接处都向上挑起，檐尖称为檐牙，像啄向天空。勾心斗角，古建筑术语。 ⑦盘盘，囷囷：弯环盘旋。聚集矗起如粮食囤，指建筑物疏密、高低，互为衬托。⑧矗不知其几千万落：矗，音触。笔直高耸。落，建筑群，即群落。笔直耸立的建筑群落，成千上万不知多少。 ⑨长桥卧波，未云何龙：桥形曲起似龙，但没有云彩，怎会有龙呢？ ⑩复道行空，不霁何虹：复道，在地面通道上方的空中通道称复道。复道像空中的彩虹。霁，雨后初晴。没有下雨，怎会出虹呢？

解　说

阿房宫是中国第一个皇帝计划为自己享受生活而修造的超级宫殿。从华阴的骊山脚下一直延伸到咸阳。总长度有三百多华里。为修建这个宫殿，一次就征集了刑徒工匠七十多万人。据《史记》记载，仅它的阿房前殿就达东西五百步、南北五十丈。但秦始皇这个庞大的工程狂想终于没有实现。不但他自己由于死亡而看不见，而且在他死后不到三年，兴建了一部分的宫殿，也被项羽的一把火烧得精光。一直烧了三个月。这是封建专制制度下，最高统治者皇帝的穷奢极欲而又穷凶极恶的典型。它所引起的赤手空拳的农民起义，一年多时间就把这个王朝彻底摧毁，这也是残暴统治者的最终结果的历史典型。杜牧之这篇赋，就从这奢侈与残暴的对立统一这点立意，来抒发他对残暴统治的谴责和对未来者的告诫。

他写道：

六个王国完结了，中国统一了；西蜀崇山峻岭上的树都砍光了，大山变成光顶，阿房宫就冒出来了。好家伙，它迤逦覆盖三百多里的地面，它把这一片地和天隔开了，太阳也照不进来。从骊山北麓开始建起，要一直建到咸阳城。渭水和樊水的水流，都流进了宫墙。这里边，五步建一座楼，十步有一个阁。长长的回廊像是宫室的腰带弯来绕去；房檐头高高翘起像一只只大鸟朝天啄去。宫室们好像都心勾着心，角顶着角。每一处都力求比别处更雄伟，更华丽。有的回环盘旋，有的聚集突起。有的许多房屋密集像个大蜂窝，数不清它有多少院落。那水面的长桥像蛟龙，可云彩都没见到哪来的龙呢？那高架重叠在半空中行走的复道，更像是大晴天的彩虹。它们是迷宫，使你都分不清方向。这里是歌台，传出暖暖的乐声；那里是舞殿，那舞袖扬出的冷冷的风似乎夹着冷雨。同一个宫里，在同一时间，它们的气候都不一样。

妃嫔媵嫱⑪，王子皇孙，辞楼下殿，辇来于秦⑫。朝歌夜弦，为秦宫人⑬。明星荧荧⑭，开妆镜也。绿云扰扰，梳晓鬟也⑮。渭流涨腻，弃脂水也⑯。烟斜雾横，焚椒兰也⑰。雷霆乍惊，宫车过也⑱。辘辘远听，杳不知其所之也⑲。一肌一容，尽态极妍。缦立远视，而望幸焉⑳。有不得见者，三十六年。

燕赵之收藏，韩魏之经营，齐楚之精英，几世几年，剽掠其人㉑，倚叠如山。一旦不能有，输来其间。鼎铛玉石㉒，金块珠砾㉓，弃置逦迤㉔。秦人视之，亦不甚惜。

注　释

⑪妃嫔媵嫱：均为古代帝王后宫各级姬妾的名称。　⑫辇来：辇，音捻。即车。辇来，成车地送来。　⑬为秦宫人：宫人，在宫内服役的人。包括姬妾奴婢及各类服役人员，如阉监等。　⑭荧荧：星光闪烁状。⑮绿云扰扰：绿云，指女性头发。扰扰，动荡不定状。　⑯渭流涨腻，弃

脂水也：阿房宫人泼弃的充满脂粉的污水，使渭河流水因污染而流慢了，水位也涨高了。 ⑰烟横雾斜，焚椒兰也：椒兰，泛指一般香料。言焚烧香料之多，都形成浓密的烟雾。横斜，是烟雾浮动的状态。 ⑱雷霆乍惊，宫车过也：雷霆，形容近处车群经过的声音。宫车，皇帝及侍从在宫内使用的车辇。 ⑲辘辘：车轮滚动的声音。 ⑳缦立：长久伫立，有所期待。 ㉑剽掠：强盗用暴力夺取财物曰剽掠。此处比喻各国君主的横征暴敛。 ㉒鼎铛玉石：鼎，古代盛食物或烹煮食物的用器。铛，音称。长把浅平底锅。玉石，泛指古代礼器及装饰品。 ㉓金块珠砾：泛指一般金银珠宝。 ㉔弃置逦迤：逦迤，亦即迤逦，意为远远近近，各处都有弃置不用的贵重物品。

解　说

第一段赋铺叙的是阿房宫的建筑规模的宏伟与奢侈豪华，令人目迷五色，不知西东。但这只不过是供人居住的地方。那么人呢？这一段就是铺叙这个暴君从天下搜罗来的佳丽与财富。这些佳丽与财富，本来就是六国的暴君们从人民身上掠夺而来。现在却被比他们更强暴的暴君秦始皇掠归他一人所有。那些原是六国君主的妃嫔媵嫱，甚至她们的子女，也都成为秦国所有。她们走下了原来居住的宫殿，一车一车地送到阿房宫，成了秦始皇帝的宫人。她们人数众多，多到她们同时打开梳妆的镜匣时，就像天上的星星；她们解开自己发髻来梳理，就像天空流动着一片绿色轻云。她们洗涤后泼下的脂粉，竟把渭河的水都堵塞了、污染了。她们焚的香，变成漫荡在低空的烟雾。忽然惊响起一阵雷声，那是宫车打这里经过。隆隆的声音远了，不知道响到了哪里。尽力打扮自己吧，精心地装饰起自己的容颜，长久地伫立，极目凝视，希望有一天皇帝能看见自己。有的人三十六年从未见过皇帝。

燕赵君主的刻意收藏，韩魏国君的苦心经营，以及齐楚两大国积累的精英。这是几朝君王，多少年月，掠夺他们的人民，堆积成山一般的财富啊！到了无法再保有的那一天，输送到阿房宫来。鼎呀，铛呀，玉石呀，金块呀，珍珠宝石呀；放在这里如同随意丢弃。这些秦宫的管理人，看到这样，也不感到可惜。

嗟夫！一人之心，千万人之心也。秦爱纷奢[25]，人亦念其家。奈何取之尽锱铢[26]，而用之如泥沙！使负栋之柱[27]，多于南亩之农夫[28]；架梁之椽，多于机上之工女[29]；钉头磷磷，多于在庾之粟粒[30]，瓦缝参差，多于周身之帛缕[31]；直栏横槛，多于九土之城郭[32]；管弦呕哑[33]，多于市人之言语。使天下之人，不敢言而敢怒。独夫之心，日益骄固[34]。戍卒叫[35]，函谷举[36]，楚人一炬[37]，可怜焦土！

注释

㉕纷奢：奢侈、华丽。 ㉖锱铢：《孙子算经》：“一锱为四分之一两，六铢为一锱。”一般用来指极轻微的物品。取之尽锱铢，指搜刮净尽，一点不留。 ㉗负栋之柱：栋，房屋的主梁。承担主梁用木柱必须坚实粗大。 ㉘南亩之农夫：南亩，泛指一般农田。南亩之农夫，指全国的大部分庶民，即指阿房宫的木柱比全国劳动人口还多。说明阿房宫房屋之多。 ㉙架梁之椽：椽，音传。设在房檩上的木条，以承屋面。椽条之多，多于全国纺织工女。 ㉚钉头磷磷，多于在庾之粟粒：磷磷，形容溪水中的卵石在水中排列的形状，一个挨一个。庾，《毛传》“露积曰庾。”一庾粟十六斗。在许多庾中，粟粒是数不清的。 ㉛瓦缝参差，多于周身之帛缕：参差，高低不齐。瓦缝数不清，衣服上的线头也数不清。 ㉜直栏横槛，多于九土之城郭：栏，栏杆。横槛，门槛。九土，指全中国。禹贡九州，分为九土。言阿房宫的门栏，多于全国的城郭。 ㉝管弦呕哑：阿房宫经常的音乐声不断。 ㉞骄固：又骄横，又顽固。 ㉟戍卒叫：指陈胜吴广起义，他们都是谪戍的人，振臂一呼，天下响应。 ㊱函谷举：函谷关是秦国的要塞。举，攻下了。指秦国防御瓦解。 ㊲楚人一炬：楚人，指项羽。一炬，一把火。

解　说

可叹呀！人心都是一样的，一个人的心，也就是千万人的心。你秦皇爱奢华，别人也想着自己的家。怎么能对别人，连小珠子那么一丁点都不肯放过，而在你手里却大把大把地挥霍？使阿房宫中顶着正梁的柱子比地里的农夫还要多，承架偏梁的椽子多于织机上的工女！密密麻麻的钉头，多过囤囷中的粮食粒；房顶密密的瓦缝多过你全身衣服上的线头。直的栏栅，横的门槛，多过了九州所有的城墙。整天的管弦音乐的声音，压过所有城市中人的言语嘈杂。使得天下的人虽然嘴里不敢说，却在心头蓄积着愤怒。那个残暴的独夫的心，却越来越骄横而顽固。当那个卑微的戍卒一声吼叫，坚不可摧的函谷关就被打开了；愤怒的楚人一把火，阿房宫只剩下一片焦土。可怜啊。

鸣呼！灭六国者，六国也，非秦也。族秦者秦也，非天下也。嗟夫！使六国各爱其人[38]，则足以拒秦。使秦复爱六国之人，则递三世可至万世而为君[39]，谁得而族灭也？秦人不暇自哀，而后人哀之；后人哀之而不鉴之[40]，是使后人而复哀后人也！

注　释

㊳六国各爱其人：六国之君各爱其人民。　㊴万世而为君：秦始皇语："朕为始皇帝，后世以计数，二世三世至于万世，传之无穷。"（见《史记》）　㊵后人哀之而不鉴之：鉴，镜子，用以见人形状，引申为历史教训，予以记取。不鉴之，即不吸取历史教训，即可能重蹈覆辙。

解　说

唉！灭掉六国的是六国自己，不是秦国。消灭秦王朝的，也是秦王朝自己，怪不着天下人。可叹啊！要是六国的君主们，各自爱护他们的人民，就有力量抵抗秦国。要是秦国也能爱六国的人民，那就真可以传递二世三世到千万世，永远作为君主，谁又能把他绝灭呢？秦人没有功夫去为自己悲叹，而让后来的人去为他们悲叹。后人虽然悲叹秦人，却没有用来对照自己，恐怕也会使他们的后人又来悲叹他们！

以上这段全篇的结语馀韵无穷，一种悲悯的历史感情摇曳不尽。的确，杜牧之时代的唐王朝自己处在风雨飘摇之中。然而这悲剧并不止于唐王朝。以后千多年的宋元明清，哪一个又不是由于无限度地掠夺人民而走向衰亡的呢？专制制度的王朝，其命运只能如此吗？

石芝父评：六朝为文，骈俪绮靡，至隋而衰。初唐仍袭俳偶之风，骈四俪六。中唐亦盛。牧之此文以骈语行单气，为骈散递嬗之枢纽。亦文章演变之关键也。

平边策①

王　朴

王朴，字文伯，五代东平人，仕后周。世宗（柴荣）即位，迁比部郎中。时后周奄有豫、兖、陕、甘、鄂、皖诸地。李璟据吴，孟昶据蜀，刘承钧掠并、辽窥伺幽州，皆为周边患。朴上此策，世宗纳之。

唐失道而失吴、蜀②，晋失道而失幽并③。观所以失之由，知所以平之术。当失道时，君暗政乱，兵骄民困④。近者奸于内，远者叛于外；小不制而至于僭⑤，大不制而至于滥⑥。天下离心，人不用命。吴、蜀乘其乱而窃其号，幽并乘其间而据其地。平之之术，在于反唐晋之失而已。

注　释

①平边策：唐王朝末年，中央政权昏庸腐败，四方藩镇割据。中国处于分裂、混乱之中。到朱温篡位，国号后梁。在此后一连串出现了五个短命王朝，史称五代。这些占据中原地区的王朝，实际上无力统一中国。在中原以外出现了许多独立的政权，号为“十国”。到了五代最末一个王朝——后周，周世宗锐意追求中国统一，王朴乃献平边策。所谓平边，实际就是要以武力消除割据。周世宗采纳了他的策略，开始进行统一战争。可惜大功未竟，病死。赵匡胤继承了他的统一事业，建成统一的宋王朝。结束五代的混乱。　②吴、蜀：907 年，钱镠（音流）建国称吴越。据有两浙及江苏一部。李昇建国称南唐，拥有淮南安徽地区及闽、赣一部，称

南唐。均为三国时期吴国的领域。孟知祥据有四川地区称后蜀。统称为吴蜀。 ③幽并：后晋石敬瑭为了急于取得契丹族的支持称帝，割燕云十六州予契丹，省称为幽并地区（相当于今山西、河北北部）。称契丹主为父皇帝，自称儿皇帝。 ④君暗政乱，兵骄民困：暗，不明。君主昏庸，政治混乱；军队不服从号令，老百姓生活困难。 ⑤僭：音荐。窃用非分的名义。如：僭位。 ⑥滥：胡来。

解　说

这是一篇在五代末年周世宗在位时期，王朴所提出的，追求在中国实现统一的一个战略性的策略。由于它正符合周世宗追求统一的宏愿，所以被采纳实施。可惜周世宗中途病故，未能完成统一大业。赵匡胤陈桥兵变，登上帝位，仍然遵循这个策略，终于建成中国恢复统一的大宋王朝。这篇文章对中国统一作出了自己的贡献。

这篇文章的第一段是作者平边策略的中心思想。那就是“观所以失之由，知所以平之术”。这是针对失败的教训而提出的改正的措施。他提出：

后唐由于政治上的失败，就失去了吴与蜀这两个地方（使它们独立成国）。后晋石敬瑭同样由于政治上的腐化，失去了幽州、并州这两块地方。只消看看他们之所以失去这些领土的原因，就可以找出把这些地方收回的方法。当政治错乱时，作君主的昏暗不明，政治措施混乱。军队骄傲自大不服约束，老百姓困扰于苛捐杂税。离朝廷近的就腐化贪污干坏事，那些边远地区干脆就反叛了。开始时一些坏事不能加以制裁，渐渐就自我称王称霸，一些更大的坏事不能制止，就弄得全盘都失去了规矩。于是，全国都离心离德，各顾自己利益，君主的命令谁也不去执行，政治一团混乱。正是由于这种形势，吴蜀两国才趁混乱的机会盗窃了帝王的称号，而北方的辽国也就乘机占据了幽并二州。对付这种状况的办法，就在于改变唐晋两朝政治上的失误而已。

必先进贤退不肖⑦，以清其时；用能去不能，以审其才；恩信号令以结其心⑧；赏功罚罪以尽其力；恭俭节用，以丰其财⑨；徭役以时，以阜其民⑩。俟其仓廪实、器用备、人可用而举之。彼方之民知我政化大行，上下同心，力强财足，人安将和，有必取之势。则知彼情状者，愿为之间谍；知彼山川者，愿为之先导。彼民与此民之心同，是与天意同。与天意同，则无不成之功。

注　释

⑦不肖：本意为子女不像父母，引申为不贤、没用等贬义词。　⑧结其心：指以恩惠手段使部下坚定拥护。　⑨恭俭节用，以丰其财：节省开支使财政有积蓄。　⑩徭役以时，以阜其民：徭役，征用人民劳动力。阜，丰富。丰其民，人民生活富裕。

解　说

首先，必须提拔品德好、才能强的人才，黜退那些不肯干、不能干的。肃清政治环境。要用有能力的，去掉无能之辈，认真审查百官的才能；用恩惠、正确的号令，使官员们心向朝廷，肯于效力；用有功者赏、有罪必罚的措施，来发挥他们的才干；要俭朴节约来积蓄财富；对老百姓的赋役要有限度，使老百姓生活逐渐宽裕。待到仓库充实了、武器准备充足了，人心也可用了，才能开始收复过去的失地。要让那些地方的人民知道我们这里政治上了轨道，上下的思想是一致的，财力充足，人民安定，将领思想一致，有了必然要向他们进攻的形势。那么，知道那里情况的人愿作我方的间谍，熟习那里的地理的，愿作我们的向导。这样，那里的人民与我们的人民就有了共同的心愿，这就是天意同我们一致了。同天意取得一致，那就没有做不成的事了。

攻取之道，从易者始。当今惟吴易图。东至海，南至江，可挠之地二千里⑪。从少备之处先挠之。备东则挠西，备西则挠东，彼必奔走以救其弊。奔走之间可以知彼之虚实，众之强弱。攻虚击弱，则所向无前矣⑫。勿大举，但以轻兵挠之。彼人怯弱，知我师入其地，必大发以来应。数大发则民困而国竭；一不大发，则我获其利。彼竭我利，则江北诸州乃国家之所有也。

注　释

⑪可挠：挠，扰乱。《新五代史·义儿传》："可以轻骑挠之。"

⑫攻虚击弱，所向无前：攻击敌人的空虚或弱点，那么，在进攻者的面前就没有能够抵挡的敌人。

解　说

进攻的策略应先从最容易的地方下手。当前，应数吴地最容易下手。南到长江，东到东海（边界相邻）可以下手的地方有两千多里。要从守备薄弱处先下手。他在东部增强边防，我们就从西边下手；他加强西边，我们就从东边下手。他必然不得不把军队调来调去，堵塞漏洞。从他们跑来跑去中，我们就能知道它们的虚实、强弱。我们就攻虚击弱，那就所向无敌了。不要搞大规模进攻，就只用小兵力骚扰。那地方的人本来怯弱。如知道我们来进攻，必然会发动大量军队来抵挡。几次发动大军，他的老百姓就疲困了，而他的财富也就耗干了。如果他有一次不发动大兵，我们就一定会有收获、得利益。他的财力衰竭了，我们的财力充实了，那么长江以北一些州县就归我们国家所有了。

既得江北，则用彼之民，扬我之兵⑬，江之南亦不难平也。如此，则用力少而收功多。得吴，则桂广皆为内臣，岷蜀可飞书而召之。如不至则四面并进，席卷而蜀平矣⑭。吴蜀平，幽可望风而至。唯并必死之寇⑮，不可以恩信诱，必须以强兵攻。力已竭，气已丧，不足以为边患，可为后图。

方今兵力精练，器用具备；群下知法，诸将用命。一稔之后[16]，可以平边。臣书生也，不足以讲大事。至于不达大体，不合机变，惟陛下宽之。

注 释

⑬扬我之兵：扬，张扬，扩大。 ⑭席卷：如同卷起一张竹席那样容易。 ⑮唯并必死之寇：并，古并州，相当今山西北部及内蒙古一部。契丹族在此建立辽国。五代时，常在北方寇边，势力强大，在五代和北宋时，经常与汉族政权为敌。必死之寇，犹言死对头。 ⑯稔：原意为庄稼成熟或丰收。由于中原地带庄稼一年成熟一次，故一稔引申为一年。

解 说

既得江北之后，用原是吴国之民来加强我国的兵力，长江以南也就不难平定了。这样，花费力气少，而收获的成就却相当大。平定了吴国，那广东广西就理所当然归属了。巴蜀的地方就可以用一纸檄文而叫它归属了。如果它不服从，那就可以四面进兵，用武力平定。吴蜀平定了，幽州一看大势也就自动回归了。只有并州是死不改悔的，对他讲恩惠、信用没有用。只有用强兵攻。这时，它的力量已衰竭了，那股子狂傲气也衰弱了，已不能成为边境地区的威胁，不妨留下以后解决。

现在，我们的兵力已经过有力的训练，武器也充足，下面的属官和群众都知道守法，将领们也能服从命令。一年之后就可以使边境得到平静。小臣我是个书生，不够资格参与国家大事的讨论。如果有不符合全局的大体，不够随机应变的地方，只好请求陛下的宽恕。

岳阳楼记

范仲淹

范仲淹，字希文，北宋吴县（今江苏省苏州市）人，大中祥符进士。仁宗朝，为陕西经略副使，防御西夏进攻，守边多年。庆历三年，任参知政事。主张实行改革。但为保守者所阻，未能实现。并因此罢执政。后病死，谥文正，世称范文正公。

范公少年苦学，工诗词散文，有《范文正公集》传世。

庆历四年春[①]，滕子京[②]，谪守巴陵郡[③]。越明年，政通人和[④]，百废俱兴。乃重修岳阳楼，增其旧制。刻唐贤、今人诗赋于其上，嘱予为文以记之。

予观乎巴陵胜状，在洞庭一湖。含远山，吞长江，浩浩汤汤[⑤]，横无际涯。朝晖夕阴，气象万千，此则岳阳楼之大观也。前人之述备矣。然则，北通巫峡[⑥]，南极潇湘[⑦]；迁客骚人[⑧]，多会于此；览物之情，得无异乎？

注　释

①庆历四年春：庆历是宋仁宗年号，相当于公历1044年。　②滕子京：名宗谅，子京是他的字。与范仲淹同年进士。　③谪守巴陵郡：巴陵，即岳阳的旧名。谪，贬官，守，州郡的长官。　④政通人和：指良好政治造成的一种平和融洽的秩序。　⑤浩浩汤汤：浩浩指水面广阔，汤汤，指大水涌流翻滚貌。　⑥北通巫峡：洞庭湖水北流汇入长江，其地距

三峡出口不远。巫峡为三峡中一峡，即以代指三峡。 ⑦南极潇湘：潇湘二水北流，中途合流，汇入洞庭湖。南经灵渠可直达两广。这是当时中国南北交通的主要通道。 ⑧迁客骚人：古时习称从中央降级到地方做官，亦即政坛上失意的人为迁客。迁客者，换个地方做官的人。骚人，诗人的别称。如："骚人墨客"之类。

解　说

岳阳楼是今天岳阳市的城西门城楼。的确是一个宏伟的景观。八百里烟波浩渺，一望无涯，洞庭山似一叶小舟浮泛在波涛之上，很容易诱发出许多无端的遐想。一般的山水游记文章，很容易就此即景生情，融情入景，发出一番赞叹。范仲淹这篇文章却不然，它始终以人为中心，洞庭壮观，不过是人的感情的共鸣。末了，并提出一个"先天下之忧而忧，后天下之乐而乐"的理想人格。它矗立在洞庭之上，使一切卑微的喜怒哀乐都为之失色。这个巨大的、理想的人格形象，从此生长在千千万万的中国人心中。这篇文章也因此而永垂不朽。

宋仁宗庆历四年，此时范仲淹刚迁参知政事不久。滕子京贬谪为岳阳守。过了一年，很有政绩，使人民心情舒畅，和睦安居。许多以前早该办的事都开始办起来了。于是他重修了旧的岳阳楼。楼修成之后，把唐代和当代许多歌咏岳阳楼的诗赋都刊刻在楼上。要我写一篇文字来记述这件事。

依我看，巴陵（岳阳的古名）壮美的风景，全在这个洞庭湖上。她口含远山，吞吐着长江的流水。那浩浩荡荡、纵横看不到边际的湖面，时而朝霞满天，忽然到了后晌却又阴云密布。她那变幻无穷的气象，这是只有在岳阳楼上才能看到的壮丽景色。从前的人已经说得很多了。但是，她北通巫峡，南边通向潇湘二水的极南地方。这是一个南北交通的枢纽，南来北往的受到贬黜的人，以及那些浮想联翩的诗人，往往都相会在这里。面对着这宏伟而多变的洞庭景色，他们难道不会有不同的反应吗？

若夫淫雨霏霏⑨，连月不开，阴风怒号，浊浪排空⑩，日星隐曜，山岳潜形[11]，商旅不行，樯倾楫摧[12]；薄暮冥冥[13]，虎啸猿啼。登斯楼也，则有去国怀乡，忧谗畏讥[14]。满目萧然，感极而悲者矣。

至若春和景明，波澜不惊，上下天光，一碧万顷。沙鸥翔集，锦鳞游泳，岸芷汀兰[15]，郁郁青青。而或长烟一空[16]，皓月千里，浮光耀金，静影沉碧[17]；渔歌互答，此乐何极。登斯楼也，则有心旷神怡[18]，宠辱皆忘，把酒临风，其喜洋洋者矣。

注释

⑨淫雨霏霏：淫雨，指过多的雨水，即久雨不停之意。霏霏，指濛濛细雨的状态。 ⑩浊浪排空：风大流急，激成波涛，把水底泥沙都卷起来，成了浊浪，排空，可理解为高高的波浪成排竖立在空中，也可理解为波浪在排击天空。 ⑪日星隐曜，山岳潜形：太阳和星星的光曜似乎都藏起来，大小的山也藏起自己的形状。总之，在风雨中，一切都看不见了。 ⑫樯倾楫摧：樯，泛指船桅。楫，划船的桨。摧，折断。 ⑬冥冥：幽暗貌。 ⑭忧谗畏讥：谗，谗言，背后说人坏话。讥，讥评，贬意的评议。 ⑮岸芷汀兰，郁郁青青：兰芷一类香草，多生长于近水低湿处、岸边及水中浅滩等处，并且一堆堆长得郁郁青青的。 ⑯长烟一空：水泽地区每当早晚温度急剧上升或下降时，易形成云气或雾气，通常称为晨雾或暮霭，常呈带状展开，但一遇风吹即刻消失。长烟一空正是指这种状况。 ⑰静影沉碧：月亮的影子在水面无风时静静躺在水底，像一块沉落水中的碧玉。 ⑱心旷神怡：心胸特别旷达，精神极为平静。

解说

这两段承接上段“览物之情，得无异乎”的提问而加以展开，写出了两种完全不同的景与完全不同的情。

要是赶上了淫雨不断的天气，冷冷的阴风发怒一般地哀号；混浊的波浪排立在阴冷的天空。太阳和夜里的星星都隐藏了自己的光耀。往来的商旅都被迫停下来，也有的船的桅樯被打歪了，船的楫也被打断了。到了傍晚，可以听见猛虎在啸吼，哀猿在悲啼。在这样时刻登上这座楼，就会引起离开故国、怀恋乡土，忧虑着可能还有的谗言，与可能还有的讥评的种种愁思。于是你感到满眼都是一片萧条，满心都是哀苦。

要是你正赶上那和暖的春天和那风光明媚的天气，水面是那么静，以致引不起点点微澜。上面下边，天与水，都是一样的万顷青碧。自由飞翔的沙鸥都飘落在一起。水里游着多种颜色的鱼。那岸上成列的香芷，水中浅滩上茂密的兰蕙，都生长得那样青郁茂盛。有时，或又是另一种景象：薄暮水上的雾霭长云，被一阵轻风送走，清明的皓月光耀千里，轻轻动荡的水纹，浮动着耀眼的金光；月影在那静谧的水面下，像一块晶莹的碧玉，远处渔人的歌声此起彼落。这时，你心中的快乐感觉真是无边无际。那么，这时候，你登上这座楼，你只能感到无比的舒畅，心是那么宽广，精神是那么恬静。什么荣宠与耻辱、得与失都远远抛开，端起面前的杯酒，对着迎面的春风，你会感到一阵洋洋的喜气。

嗟夫，予尝求古仁人之心，或异二者之为。何哉？不以物喜，不以己悲。居庙堂之高，则忧其民；处江湖之远，则忧其君。是进亦忧，退亦忧。然则何时而乐耶？其必曰：先天下之忧而忧，后天下之乐而乐欤？噫！微斯人，吾谁与归？

解　说

上段叙说了一喜一忧，即最常见的对不同景物的情感上的反应，几乎概括了所有的迁客骚人的悲喜情怀。到这里，范仲淹说：不！（虽然，他口气要缓和得多。）他说：唉！我曾经探求过古代那些真正的仁人的心，恐怕与以上两种反应不同。怎么说呢？不因外在影响而高兴，也不因自己的遭遇而悲哀。处在朝廷、庙堂这种高的地位上，他要为天下人民的生活而忧愁；处在三江五湖这种远离国家政权的地方，他要为当今天子的政治措施而忧虑。这样说来，这些仁人无论是上升或下沉，进或退，他总是满心忧愁了。他还有快乐的时候吗？这个答案必然应该是："先天下之忧而忧，后天下之乐而乐。"（天下老百姓都快乐了，我才快乐；天下老百姓都还不知忧愁的时候，就应该开始忧虑。）是这样吗？啊，要不是有这样的人，我向谁去学习呢！

石芝父评：因岳阳楼之风景，阴阳开阖，写出忧国忧民之意，自是以天下为己任的本来面目。文则已入时趋。

醉翁亭记

欧阳修

欧阳修，宋吉州庐陵（今江西吉安县）人，登进士甲科。曾任谏官，仁宗时为参知政事。与王安石不合，以太子少师致仕。文章名满天下，为北宋文坛宗主。晚自号六一居士。有《欧阳文忠公集》、《新唐书》、《新五代史》等著作传世。

环滁皆山也①。其西南诸峰，林壑尤美，望之蔚然而深秀者，琅琊也②。山行六七里，渐闻水声潺潺，而泻出于两峰之间者，酿泉也。峰回路转，有亭翼然临于泉上者，醉翁亭也。作亭者谁，山之僧智仙也。名之者谁，太守自谓也③。太守与客来饮于此，饮少辄醉，而年又最高，故自号曰“醉翁”也。醉翁之意不在酒，在乎山水之间也。山水之乐，得之心而寓之酒也。

注　释

①滁：滁州。今安徽滁县。欧阳修时为滁州太守。淮南地区自此向南无山。　②琅琊：即琅琊山，在滁州西。秦始皇曾巡游至此，留有刻石。③太守自谓：指作者，亦即太守，欧阳修自谓醉翁。

解　说

欧阳修这篇诗一般的散文，脍炙人口千百年了，实在耐人寻味。它属于山水游记一类的文章。但读后你会发现，他所写的山水实在非常一般，并没什么引人入胜的新奇窈杳之处。不过是很普通的山林。但你同时又会感到，这山林里洋溢着一种生机盎然的欢乐气氛。这里面有太守——作者自己，——宾客，老百姓，山林，禽鸟……。它们之间仿佛是各得其乐，各乐其乐。互不相干，却共同营造出这种欢乐气氛。推动他们融为一体的是什么力量呢？作者没有指明。然而这种力量显而易见地存在着。

有人认为这是欧阳修在夸耀自己的政绩。恐未必然。文中有“滁人”各自在游。“伛偻提携，往来不绝”。却没人去向太守歌颂他的英明领导。只不过各自感到欢乐而已。太守在宴客。不过是本地土产的酒，刚钓来的鱼，随意拔来的新鲜野菜。客人们各自寻乐。有猜谜、下棋、甚至不礼貌的闹酒、喧哗……全没什么高级的肴馔、音乐可以称道。老百姓也没谁来围观、称道。全山林里是各得其乐。——其实，这是一种没有点出来的太平景象。老百姓没有忧愁。宾客们不捧太守，不看眼色。太守也自顾自地自得其乐，不管旁人。如此融合成一个悠然自得、各得其乐的和谐的整体。这才是作者所要表达的中心思想。也是作者向往的理想世界。

文字写得漫不经意，全不用力。绕着滁州城的都是山，西南一带的琅琊山更好些。进山六七里，就可听见瀑布、水声。那是酿泉。那上面建有一个亭子，是个叫智仙的和尚修的。亭名是太守起的，叫“醉翁亭”。这是因为这个太守常同客人来这里喝酒，却又喝不多，几口就醉了。他的年岁又最大，所以自称为醉翁。他真的爱喝醉吗？不是的，他的醉不因为酒，而是因为这些山林，这些泉水，使他内心生起欢乐。把欢乐融进酒里，自然就易醉了。

若夫日出而林霏开④，云归而岩穴暝，晦明变化者，山间之朝暮也。野芳发而幽香，佳木秀而繁阴⑤，风霜高洁，水落而石出者⑥，山间之四时也。朝而往，暮而归，四时之景不同，而乐亦无穷也。

注　释

④霏：林中雾气。草木多的地方，夜间气温下降，常结集出雾气。日

出而散，故谓之开。 ⑤野芳发而幽香，佳木秀而繁阴：野芳发，即野花开。繁阴，指浓厚的树荫。 ⑥风霜高洁，水落而石出者：以上，野花开指春天，佳木秀指夏天，风霜高洁，指秋天，水落石出指冬天。故称为山间之四时也。

解　说

这一段是正面描写琅琊山的山水，却全没有出格之处。平淡得很。

太阳出来，树林敞开了大门。傍晚，野云回山，山中那岩穴就黑沉沉地看不见了。这是山中的朝和暮。山间野花开了，散出一股幽香；优美的树林又长出了它那绿油油的枝叶，树荫变得更重了；风霜下来，一切都修整高洁，水落下去了，溪流干了，水中的石头露出来了。这是山里的四时季节变化。早晨来，晚上回去，四时的面貌风景各不相同，人感到的快乐也各不相同，那快乐就没有完了的时候。

至于负者歌于涂⑦，行者休于树，前者呼，后者应，伛偻提携⑧，往来而不绝者，滁人游也。临溪而渔，溪深而鱼肥；酿泉为酒，泉香而酒洌⑨。山肴野蔌⑩，杂然而前陈者，太守宴也。宴酣之乐，非丝非竹⑪，射者中，奕者胜⑫，觥筹交错⑬，坐起而喧哗者，众宾欢也。苍颜白发，颓乎其中者⑭，太守醉也。

注　释

⑦负者歌于涂：负，指肩背上扛有东西。一边走一边还唱着歌，表现心情愉快。 ⑧伛偻提携：伛偻指老弱，弯腰驼背也来游山。提携，指幼童，需人携带。此处暗示人民生活的安乐，无忧无虑来游山玩水。 ⑨泉香而酒洌：洌，冷洌，引申为酒味重。 ⑩山肴野蔌：肴，一般指荤菜。此处意指猎得来的小动物，野味。蔌，野菜。音数。 ⑪非丝非竹：丝，弦乐器，琴瑟之类。竹，管乐器箫笛之类。意为，没有音乐。 ⑫射者

中，奕者胜：射本意指射覆，是古老的游戏。但早已不流行。后来延伸为凡属猜的性质的游戏，都可以称为射，但都应是动脑筋的游戏。奕，应为弈，古称围棋，亦指下棋。 ⑬觥筹交错：觥，酒杯。筹，赌酒输赢的筹码。交错者，罚酒者与被罚者争持不下之状。 ⑭颓乎其中者：颓，形容醉倒状，无力地倒卧。

解　说

醉翁亭记，第一段是写的醉翁亭的由来，第二段写的是山间的朝暮与四时，笔墨都非常简淡朴素。像家常闲话，全不着力。

到这一段才开始写人了。滁人游，宾客闹，主人颓然而醉。都是各不相干，自乐其乐。好像是太古之世的人与社会。含哺而熙，鼓腹而游，却又各不相干。突出一种自由与和谐。

看那背着许多东西，而嘴里还唱着歌在路上走的人；在树下暂时休息的人；前边走着在招呼，后边跟上在答应的人；弯腰躬背，手里提着东西，还牵着孩子在努力登山的人；这些往来不断的行人，是滁州人在琅琊山游玩。都呈现一种高高兴兴、自由自在的气氛。回过头来，又是另一种欢乐。在深深溪水里钓鱼，水很深，鱼很肥。就把眼前的酿泉拿来酿酒，水甜酒也香。山坡上的野物和地里的野菜，都摆上了桌面。这就是太守的宴席。宴会中的酣畅的快乐，并不是因为什么管弦与歌舞。全没这些。只不过是猜谜猜中了，下棋下赢了；大杯小杯，你敬我罚，甚至站起身来七言八语，吵吵闹闹。这是宾客们玩高兴了。主人呢？看啦，那个苍老的、满头白发，缩成一团、睡在那里的，那是太守早已醉了。多么和谐、欢畅的一幅群乐图！

已而夕阳在山，人影散乱，太守归而宾客从也。树林阴翳⑮，鸣声上下，游人去而禽鸟乐也。然而禽鸟知山林之乐，而不知人之乐；人知从太守游而乐，而不知太守之乐其乐也。醉能同其乐，醒能述以文者，太守也。太守谓谁？庐陵欧阳修也。

注　释

⑮树林阴翳：指天色渐晚，树林在阴影中渐渐昏暗不清了。

解　说

到了，下沉的太阳，已落到西山岭上。山上游人的人影已经零落散乱了。这是宾客们和太守一道回去了。树林阴影逐渐模糊了。而鸟叫的声音却越来越多，这是游人散了，禽鸟感到自在而高兴。但这些鸟雀们只知道山林中的快乐，而不知道人的快乐。人知道随太守一道游玩的快乐，却不了解太守能够自得其乐。醉了，能和大家一起乐，醒来后还能用文字来记述这段欢乐的，是太守。太守是谁，庐陵的欧阳修嘛。

这是全文的余韵，这余韵却真让人回味无穷，犹如亲眼看见一个醉眼曚昽的老头儿，手里拿着一卷画图在向人们指指点点，这里是什么，那里是谁。兴犹未尽，余香满口。有人认为欧阳修的《醉翁亭记》，是一首散文诗，我以为，至少也应称之为诗意的散文。

石芝父评：古人作文，强半俱有胎息。此篇通用也字煞脚，系从易经说卦下传胎息而来。欧阳公善用笔，天然丰秀，故处处涉笔成趣，妙造自然。宋以后文章面目如此。

泷冈阡表[1]

欧阳修

呜呼！惟我皇考崇公[2]，卜吉于泷冈之六十年[3]，其子修始克表于其阡[4]。非敢缓也，盖有待也。

修不幸，生四岁而孤。太夫人守节自誓[5]，居穷，自力于衣食，以长以教，俾至于成人[6]。太夫人告之曰："汝父为吏，廉而好施与，喜宾客。其俸禄虽薄，常不使有馀。曰：'毋以是为我累。'故其亡也，无一瓦之覆，一垄之植以庇而为生[7]，吾何恃而能自守耶？吾于汝父，知其一二，以有待于汝也。自吾为汝家妇，不及事吾姑[8]，然知汝父之能养也。汝孤而幼，吾不能知汝之必有立，然吾知汝父之必将有后也。吾之始归也[9]，汝父免于母丧方逾年[10]。岁时祭祀，则必涕泣曰：'祭而丰，不如养之薄也。'间御酒食[11]，则又涕泣曰：'昔常不足，而今有馀，其何及也！'吾始一二见之，以为新免于丧适然耳。既而其后常然，至其终身未常不然。吾虽不及事姑，而以此知汝父之能养也。汝父为吏，尝夜烛治官书[12]，屡废而叹。吾问之，则曰：'此死狱也，我求其生不得耳[13]。'吾曰：'生可求乎？'曰：'求其生而不得，则死者与我皆无恨也。矧求而有得耶[14]！以其有得，则知不求而死者有恨也。夫常求其生，犹失之死，而世常求其死也[15]。'回顾乳者抱汝而立于旁，因指而叹曰：'术者谓我岁行在戌将死。使其言然，吾不及见儿之立也。后当以我语告之。'其平居教他子弟，常用此语，吾耳熟焉，故能详也。其施于外事，吾不能知；其居于家，无所矜饰，而所为如此。是真发于中者耶[16]！呜呼，其心厚于仁者耶！此吾知汝父之必将有后也。汝其勉之。夫养不必丰，要于孝；利虽不得溥于物，要其心之厚于仁[17]。吾不能教汝，此汝父之志也。”修泣而志之不敢忘。

注　释

①泷冈阡表：泷冈，地名。作者父母坟墓所在地。阡，墓道，阡表，墓碑。泷冈阡表，即作者为其父母墓前立碑所写的碑文。泷，音龙。②皇考崇公：皇考，作者对父亲的称谓。崇公，作者父亲去世后，因作者关系被追赠为崇国公。③卜吉：古代相信占卜，凡婚丧大事都要占卜吉凶。此处是指对墓地选择的占卜。卜吉，即找个吉祥的墓地。　④表于其阡：在墓道上立碑。坟前立碑。　⑤太夫人守节自誓：太夫人，指作者的母亲。她死后被追封为魏国太夫人。守节，古代女性在丈夫死后不再嫁，称为守节。　⑥以长以教，俾至于成人：抚养和教育孩子，使他成为一个正常的人。　⑦无一瓦之覆、一垄之植以庇而为生：极言生活贫困。没有住房，即今天常言的，“上无片瓦。”无一垄之植，借指没有养活自己的土地。　⑧不及事吾姑：姑，古代称丈夫的父母为公、姑。不及事，指已死。　⑨始归：古代称女子出嫁为“归”、“于归”。始归，初嫁也。⑩免于母丧：父母死后，服丧期满为免。　⑪间御酒食：偶尔吃点好的饭菜，有酒。　⑫夜烛治官书：夜间点着蜡烛批阅公文。　⑬求其生不得耳：犯了死罪的人，想在法律上寻求可以使他能活下去（即免死）的依据，但找不到。　⑭矧：何况。　⑮世常求其死：人世间，常常有些人故意把别人判成死罪，以求邀功。　⑯发于中者：中，指内心，真诚的意愿。　⑰要其心之厚于仁：儒家主张以仁为最高道德标准。仁者爱人。厚于人，爱护人民的思想很浓厚。要，音腰。意为主要。

解　说

这是一篇碑文，按照传统的观点，碑文应当是正大堂皇地对死者的歌颂，文体则应当是周诰、殷盘那样古色古香。所以，从来的人都把碑文称作谀墓文章。说白了就是拍死人的马屁。然而，这篇碑文却只是家常琐语，娓娓道来。却使人仿佛看到一个真实的人站在你面前。这一来，其他谀墓文章都黯然失色。影响所及，就开辟了一条写文章的新思路，把六朝文体的陈规陋习都像枯枝败叶一样扫开了。这应当说是欧阳修的功劳。

文章的开头几句是引子，叙述了作者为什么要在父亲死去六十年之后，才在他坟前的碑阴刻上这篇表文的缘故。之后，才开始转入文章的主题。

“修不幸”，作者在死去的父亲面前理当直接称名。意思是：我很不幸，四岁时父亲就去世了。母亲坚心守节。家里穷，用自己的劳动力来换取生活费用，来使我长大，并严格教育使我成人。母亲告诉我：“你父亲当官，廉洁自束，却又喜欢施舍助人，喜欢招待宾客。他的俸禄（即工资）虽然不多，但总不愿留点余存。他说：‘别拿这个来累赘我。’所以他死时，没有留下一片瓦、一陇地来维持我母子的生活。我依靠什么来支持着我坚决守节呢？我对你父亲的事知道一些，这就支持了我对你的期望。自从我嫁到你家，没见过婆婆，但我知道你父亲是很孝顺的。你是个孤儿，又很幼小，我不能准知道你必然会长大成人，但我坚信你的父亲必然应当有继承的后人。刚嫁到你家时，你父亲守丧后才一年光景。年头岁尾祭祀的时候，必会流着眼泪说‘祭而丰，不如养之薄也。’（这是圣人的话。意思是：祭品再丰盛，也不如你活着时能随便吃一点。）有时喝酒吃肉，又哭着说‘从前总生活得艰难，而今富裕些了，怎么你就等不及了呢？’起初，我以为是由于新去世不久的缘故。其后，常常这样，直到他死前也一直这样。我虽然没赶上侍奉公婆，但仅仅这一点，我就知道你父亲是会孝养父母的。你父亲做官时，曾经夜里在灯烛下处理公文，几次都停下来叹息。我问他，他却说，‘这是个死刑案件，我想找到一个使他能活的理由，却找不到。’我说：‘生命难道是可以求来的？’他说：‘想使他活下来却做不到，那么死者与我都会没有遗憾了。何况也真有找到可以活下来的呢。有这种能找到活路的事，就知道你如不尽力去找，那就会使有些死者是有恨的。常常寻求活下去的方法，有时也会有失而让他死去，何况这世界上常常还有人想方设法让别人死呢！’他回头看着奶妈抱着你站在旁边，就指着你叹气说：‘算命的说，我活到戌年会死。假使真的这样，我就看不见孩子长大成人了。以后应该把这话告诉他。’他平常教别的子弟，也常用这话，我都听熟了，所以记得很清楚。他在外边做的事我不知道。他在家里，用不着什么顾面子或别的掩饰。他说这些话，是真心话吧。唉！他那心里真藏着丰富的仁慈心吧！这就是我坚定相信你父亲必然会有后代的缘故。你要努力啊！孝养父母嘛，不一定是吃得多丰盛，主要心里应有个‘孝’。不一定能有多少人从你这里得到好处，主要心里多存仁爱厚道。我不会教你这些，主要是你父亲的志愿。”我哭着牢牢记住它，永远也不敢忘记。

先公少孤力学，咸平三年进士及第，为道州判官，泗、绵二州推官[18]，又为泰州判官。享年五十有九。葬沙溪之泷冈。太夫人姓郑氏，考讳德仪，世为江南名族。太夫人恭俭仁爱而有礼。初封福昌县太君，进封乐安、安康、彭城三郡太君[19]。自其家少微时，治其家以俭约，其后常不使过之。曰：“吾儿不能苟合于世，俭约所以居患难也[20]。”其后，修贬夷陵，太夫人言笑自若。曰：“汝家固贫贱也，吾处之有素矣。汝能安之，吾亦安矣。”

注　释

⑱判官：州太守的助理，主管文牍事宜。推官：同为州太守助理，主管刑狱。　⑲进封乐安、安康、彭城三郡太君：乐安郡，约在今山东博兴县；安康郡，今陕西汉阴县；彭城郡，今江苏徐州市。进封，随儿子官位的上升，母亲的封赠名位也随之提高，称为进封。　⑳俭约所以居患难：居，同处。应付。句意为，人生不可能总是顺利，也会有遇到挫折患难的时候。习惯了俭约的生活，就能够应付患难时期的客观环境。

解　说

我父亲还小时就成了孤儿，在咸平三年（即公元1000年）进士及第。先后担任过道州判官，泗州和绵州的推官，又担任泰州判官。活了五十九岁，埋葬在沙溪地方的泷冈。我母亲姓郑，外公名叫德仪，是江南的世代名族。母亲对人恭敬有礼，生活俭朴。最初受封为福昌县太君，后来进一步封为乐安、安康、彭城三郡的太君。从她年轻时，家庭还不显贵，管理家务就是俭朴过日子。后来就经常以此为标准，不许超过。她说："我儿子不能苟且随俗地过一辈子，生活俭朴，是为有患难降临时也能过得去。后来我被贬官到夷陵。我母亲还是谈笑如常。她说："你家本来就是贫贱之家，我已经过惯了。你要是能受得住，我也就安心了。"

自先公之亡二十年，修始得禄而养[21]。又十有二年，列官于朝。始得赠封其亲[22]。又十年，修为龙图阁直学士[23]、尚书吏部郎中，留守南京。太夫人以疾终于官舍，享年七十有二。又八年，修以非才入副枢密[24]，遂参政事[25]。又七年而罢。自登二府[26]，天子推恩，褒其三世[27]。盖自嘉祐以来，逢国大庆，必加宠锡。皇曾祖府君，累赠金紫光禄大夫、太师、中书令，曾祖妣，累封楚国太夫人。皇祖府君，累赠金紫光禄大夫、太师、中书令，兼尚书令。祖妣，累封吴国太夫人。皇考崇公，累赠金紫光禄大夫、太师、中书令，兼尚书令。皇妣，累封越国太夫人。今上初郊，皇考赐爵为崇国公，太夫人进号魏国。

注　释

㉑得禄而养：古时为官的正常收入，相当于今天的工资叫俸禄。作者父死时四岁，死后二十年，作者二十四岁中进士，正式开始作官。所以称为得禄，可以奉养母亲。　㉒始得赠封其亲：赠封，皇帝对一定品级以上

的官员的亲属，赐予某种名义的官衔，以示对臣下的恩宠。对男性尊亲属的头衔简称为赠，女性简称为封，统名为赠封或封赠。 ㉓龙图阁直学士：龙图阁，皇帝藏书处，及藏历代皇帝御书等，龙图阁直学士是由皇帝的侍从文官担任。是地位清要、显贵的官职。 ㉔副枢密：宋沿唐制，略加变通，设枢密院，主管军事机要。枢密院长官称枢密使。与中书省长官等共同决定军国大事，并称为宰执。副枢密为枢密院副长官。其地位相当于清代的军机大臣。 ㉕遂参政事：正名是参知政事。以副枢密身份参加政事，即对国家大政参与决策。其地位相当于副宰相。 ㉖二府：枢密院与中书省并称二府。 ㉗褒其三世：褒，褒扬。三世，父、祖、曾祖，共三代人，均受赠封。其爵名可略释于下：金紫光禄大夫：魏晋以后均以光禄大夫为褒赠官号。加金章、紫绶则称“金紫光禄大夫”。中书令：唐宋时期，对有文学重名者授此官。其资格相当于宰相。 尚书令：本为少府长官。汉武帝时掌重权，东汉时是实际上的所有官僚的首脑。魏晋以后是事实上的宰相。后废。唐代仅设尚书左右仆射而取代令的职务。宋代班次在太师之上，但不是实职，仅用于赠封。太师：始设自周代，称三公之一，坐而论道。以后多为加衔，无实职。或用于赠封。 女性不称赠，称封。一般视其丈夫赠衔的高低而定。称县君、国夫人或国太夫人等。

解　说

这一段就解释了本文开始的一句话：“盖有待也”这句话的含义了。“盖有待也”是有所等待。等待的就是这一段中所列述的各种封赠名号。这个意思还可以略加解释。几千年的中国礼教，其核就是一个“孝”字。中国历朝历代许多皇帝都标榜着：“圣王以孝治天下”。在选举时代，选举的标准之一是：“孝廉”。在科举时代，比如清代，各省乡试录取的人称为举人。日常生活中对举人的称谓就是“孝廉”。可见被人称为“孝”，是绝大的光荣。一个人孝与不孝用什么来体现呢？《孝经》上有句话：“扬名声，显父母；光于前，裕于后。”这是：“孝之终也。”这就是说，日常生活的照应，称为孝养，这是孝的一般表现，而“光于前”则是孝的最高表现。而作儿子的作了高官，从而得到皇帝的封赠，死后还能作大官，这才是对祖宗的最高的孝。才是“扬名声，显父母”。所以一定要等到这种封赠落实了，刻到永久存在的石碑上，才能满足儿子求孝的心愿。“盖有待也”，所待的就是这个。所以，所有的封赠名号都要一字不漏地刻到碑上。

本段全段就是记录的列祖列宗的所有封赠称号。其实这全是虚的。是通过皇帝给一个官的名义，死者哪能走出坟墓去做官呢？不过是个虚名而已。而且，这个名甚至在当时的现实中也不存在。比如什么“楚国太夫人，魏国太夫人”，那楚国和魏国只是历史上的名称。所以说全是虚名。中书令、尚书令、太师等也都是古代高官的名称，其地位相当于宰相，但却是古代的。这一切，究其实不过是皇帝对自己的大臣们的一种恩宠表示，却也是大臣的荣誉，显示他们能够光宗耀祖。

欧阳修在这里当然也要叙明为祖宗挣得封赠的经过。他这样叙及：

自我父亲亡故后二十年，我才当了官，有了薪俸，能够奉养母亲。又过十二年，官位列上了朝廷，才有资格得到对祖先的封赠。又过十年，我当了龙图阁直学士、尚书吏部郎中，留守南京。我母亲因病故去，活了七十二岁。又过八年，我以不够格的才能当了副枢密，也就取得了参与朝廷大事的商议资格。又过七年才免去（这时欧阳修年龄已超过六十岁）。自官升到二府以后，天子才推广对我的恩宠，便使三代祖宗得到光荣褒奖。这是由于嘉祐年（宋仁宗最后一个年号。嘉祐元年相当于公元 1056 年）以来，凡遇到国家庆典，都要对大臣们有所恩宠赏赐。我的曾祖父累次被赠予官号为金紫光禄大夫、太师、中书令。曾祖母封楚国太夫人。祖父累计被赠予金紫光禄大夫、太师、中书令兼尚书令。祖母累次被封为吴国太夫人。父亲累次被封金紫光禄大夫、太师、中书令兼尚书令。我母亲被封为越国太夫人。当今皇帝第一次举行郊祀大礼，又为父亲赐爵为崇国公；母亲也进爵为魏国太夫人。

于是小子修泣而言曰：呜呼！为善无不报，而迟速有时，此理之常也。惟我祖考，积善成德，宜享其隆；虽不克有于其躬，而赐爵受封，显荣褒大，实有三朝之锡命[28]。是足以表见于后世，而庇赖其子孙矣。乃列其世谱，具刻于碑。既又载我皇考崇公之遗训，太夫人之所以教而有待于修者，并揭于阡[29]。俾知夫小子修之德薄能鲜，遭时窃位；而幸全大节，不辱其先者，其来有自。

熙宁三年，岁次庚戌，四月，辛酉朔，十有五日，乙亥；男推诚、保德、崇仁、翊戴功臣，观文殿学士，特进[30]，行兵部尚书，知青州军州事，兼管内劝农使，充京东东路安抚使，上柱国，乐安郡开国公，食邑四千三百户，食实封一千二百户，修表。

注　释

㉘三朝之锡命：指宋仁宗、英宗、神宗三代皇帝的赠封的诰命。

㉙并揭于阡：一并揭示在碑文上。指父亲的遗训与母亲的告诫与期望。

㉚特进：一种官衔名。汉时用为有特殊地位的列侯的加官。唐宋时相当于正二品，是加衔，无实职。

解　说

这是表文的末段。从首段历叙了通过母亲的述说所知的自己父亲的仁人品德，与母亲守节抚孤、俭朴持家的品性。第二段叙述了父亲作官的经历与母亲的家世，及母亲遇变不惊，能处富贵亦能处贫贱的气度。第三段则历述三代祖先取得的各种荣誉封赠以及自己官职的升迁。这是作表的主要目的。这便是传统道德的孝的最高表现。即所谓光宗耀祖。

到了末段就是结论了。之所以能取得这样的光荣显赫的根本原因，归之于儒家主张的："为善无不报"的理论。是祖宗自身积善的必然后果。他以子孙的身份说：

行为善良仁厚，一定会得到回报。但回报的时间有早有晚，这是寻常的道理。只有我的父祖辈却把善行的积累变成自己的秉性，是应该享受这种盛大回报的。虽说这种回报没有在他们还活着时候到来，但受到皇帝赐予的官爵、赠给的勋位，得到显赫光荣的褒扬，实际有了三朝皇帝赐予的诰命。这足以向后人表现，并且使子孙得到他们的福荫庇护了。所以按照世代谱系把这些都刻到碑上。之后，又将我父亲的遗训和母亲用这个遗训来教育我，并鼓励、期望我的话一同刻到碑上。使人们知道小子修我的德行积累很浅，能力也很小，但遇到这样好时候，得到高的地位，而且侥幸地在大问题上保全了自己的名节，没使祖先蒙受耻辱，这是有长远的原因的。

（这以下是碑文的落款：）

熙宁三年（公元1070年），即庚戌年，四月，辛酉朔（初一是辛酉日）十五是（乙亥日）男……修表。（省略符号中几十字，全部是作者欧阳修的官衔、爵位、勋位，以及受封的采邑、食邑户数和实得的食邑户数一千二百户等）之所以将其省去，是因为这些对一千年后的当今读者没有意义。所以只在注释中大略介绍。如愿知道，可查本文最后附注。

石芝父评：此文缕述家庭琐絮苦语，委曲缠绵，诚恳周挚，开后人无数法门。如归子慕、张皋文诸人追述母德诸作，多胎息于此。文生于情，惟真故妙。《陈情表》与此表，其例也。

刑赏忠厚之至论[1]

苏 轼

苏轼，字子瞻，别号东坡居士。苏髯、长公、学士，皆当时别称也。北宋眉山（今四川省眉山县）人。父苏洵、弟苏辙，并以文章名世，人称三苏。嘉祐进士。神宗时因上书反对新法，及作诗谤讪朝廷，贬黄州。哲宗时任翰林学士，曾官至礼部尚书。后复因反对尽废新法再次被贬。远谪惠州、儋州。后赦还，至常州病卒。

尧、舜、禹、汤、文、武、成、康之际[2]，何其爱民之深，忧民之切，而待天下以君子长者之道也[3]！有一善，从而赏之，又从而咏歌嗟叹之，所以乐其始而勉其终[4]。有一不善，从而罚之，又从而哀矜惩创之，所以弃其旧而开其新[5]。故其吁俞之声[6]，欢休惨戚[7]，见于虞夏商周之书。成康既没，穆王立而周道始衰，然犹命其臣吕侯[8]，而告之以祥刑[9]。其言忧而不伤，威而不怒，慈爱而能断，恻然有哀怜无辜之心。故孔子犹有取焉。

注 释

①刑赏忠厚之至论：这是苏轼青年时的一篇应试的文章。为主考欧阳修所赏识，因而中进士，并由此而知名。这一试题的含义在于论述以刑罚与奖赏的手段来治理国家，如何能达到忠厚之至的道德水平。按题意本不否定刑赏为治国的手段，但如何掌握是可以讨论的。但苏轼的见

解却超出了这个水平。所以欧阳修称赞他“不为世俗之文”。他提出的低级标准是：赏可过于仁，而刑不能过于义。他认为更高标准是统治者应以君子、长者之道待天下。也就是以道德标准治理来代替刑罚的治理，才是忠厚之至。今天看来，苏轼的主张似乎流于空想。但对于残暴的统治者不失为一种警告。 ②尧、舜：指上古禅让时期。禹、汤、文、武，指中国历史上的夏、商、周三代开国时期。成、康，指周代统治最好的两个君王。这些都是儒家所崇拜的理想统治时期。 ③待天下以君子长者之道：即对天下人有如长者一般爱护，君子一般尊重。 ④乐其始而勉其终：高兴他有个好的开头，并希望他坚持下去。 ⑤弃其旧而开其新：抛弃过去的错误而有个新的开始。 ⑥吁俞之声：吁，不赞成之声；俞，赞叹之声。均可见于《书经·尧典》。 ⑦欢休惨戚：欢，欢乐。休，愉快。惨，悲痛。戚，忧伤。 ⑧命其臣吕侯：见《尚书·吕刑》。吕侯为天子司寇，穆王命训刑以诰四方。作《吕刑》。 ⑨祥刑：即力求宽大之刑。

解　说

这是苏轼二十一二岁时应试之作。受到当时主考欧阳修称赏，遂以第一人登进士第。

这篇文章的主要思想是儒家的主张：“赏疑从与，罚疑从去。”与法家主张的严刑峻法正好对立。自近代尊法反儒以来，评者对此篇主张颇有疵议。其实，专制社会从来无法。所有的法都是为了保护皇帝特权。自汉武帝时有了“腹诽”之罪以来，历来都是用酷刑重罚来吓阻自己的反对者。此文主张罚疑从去，正是针对历代的滥刑而发，有其客观的历史价值。如果抛开客观实际来立论，就会认为他是反对法制。这样就失去了是非的客观标准。

文章首先揭出尧、舜……成、康之世对人民的关怀，提出以君子长者之道待天下的标准。所谓以君子长者之道待天下，无非就是信任人民、尊重人民。他做了一件好事就赏他，而且还咏歌宣传他。这是为了嘉勉他有了一个好的开头，希望他坚持下去。他做了一件不好的事，就处罚他，在处罚时，又同情、可怜他。目的是要他改过，重新作人。所以那时的叹息、赞同的声音，为之高兴，为之同情，这在《尚书》中随处可见。到了周穆王当政时代，社会已走向衰退了。但他在让他的臣子吕侯作刑书时，还告诫他要用善刑，尽量减少伤害。他的话很威严，但不发怒；他慈爱但也有决断。怜悯那些可能会被伤害的无辜者。所以，孔子也认为他还有可取之处。

传曰："赏疑从与⑩，所以广恩也；罚疑从去⑪，所以慎刑也。"当尧之时，皋陶为士，将杀人。皋陶曰杀之三，尧曰宥之三。故天下畏皋陶执法之坚，而乐尧用刑之宽。四岳曰："鲧可用。"尧曰："不可，鲧方命圮族。"⑫既而曰："试之。"何尧之不听皋陶之杀人，而从四岳之用鲧也？然则圣人之意盖亦可见矣。《书》曰："罪疑惟轻，功疑惟重。与其杀不辜，宁失不经⑬。"呜呼，尽之矣。可以赏，可以无赏，赏之过乎仁；可以罚，可以无罚，罚之过乎义。过乎仁，不失为君子；过乎义，则流而入于忍人⑭。故仁可过也，义不可过也。

注　释

⑩赏疑从与：是否该给予赏赐，犹疑不决时，宁可给予。　⑪罚疑从去：是否该给予刑罚，尚有疑虑时，宁可免于刑罚。　⑫方命圮族：方命，不听命令。圮族，败坏家族。　⑬与其杀不辜，宁失不经：不辜，无罪之人；不经，未坚持规定。宁可负失责之过，不肯错杀一无罪之人。⑭忍人：此处不作容忍解，而作残忍之人解。

解　说

经传上说："该赏还是不该赏？心里犹疑难决，那就赏。那可以使为君的恩泽更扩大。该罚不该罚？难以决定，那就别罚。这是对刑罚应该慎重。”在尧的时候，皋陶当司法官，将要处死一个人。皋陶说该杀，说了三次。尧说该宽免，也说了三次。所以，天下人都害怕皋陶的严格执法，而高兴尧在用刑上的宽大。四岳说：“鲧可用。”尧说：“不可以。这个人不听命令又与众不和。”之后又说：“试试看。”为什么尧那样不肯听取皋陶的意见杀掉那有罪的人，却对四岳的用鲧的主张那样顺从呢？这样看来，圣人的心意也可想见了。《书经》说：“罪疑惟轻，功疑惟重。与其杀不辜，宁失不经。”唉，这两句话说到头了。可以赏或可以不赏。赏了呢，似乎过于仁慈；可以罚，可以不罚，罚了呢？似乎不合乎道义。过于仁慈，也还可算是君子之风；不合乎道义，那样下去会成为狠心的人。所以说，仁慈过分了还可以，超越了道义却不行。

古者，赏不以爵禄⑮，刑不以刀锯⑯。赏之以爵禄，是赏之道行于爵禄之所加，而不行于爵禄之所不加也。刑以刀锯，是刑之威施于刀锯之所及，而不施于刀锯之所不及也。先王知天下之善不胜赏，而爵禄不足以劝也；知天下之恶不胜刑，而刀锯不足以裁也。是故疑则举而归之于仁，以君子长者之道待天下⑰，使天下相率而归于君子长者之道，故曰忠厚之至也。

诗曰：“君子如祉，乱庶遄已。君子如怒，乱庶遄沮⑱。”夫君子之已乱岂有异术哉？时其喜怒，而无失乎仁而已矣。《春秋》之义，立法贵严而责人贵宽。因其褒贬之义以制赏罚，亦忠厚之至也。

注　释

⑮爵禄：爵，官爵；禄，禄位、俸禄，犹今之工薪。　⑯刑不以刀锯：古代五刑：墨、劓、剕、宫、大辟，都是用刀锯来伤残受刑者的身体。在实行五刑以前的古代，是不用刀锯作刑罚的。　⑰见注③。　⑱君子如祉，乱庶遄已。君子如怒，乱庶遄沮：见《诗·小雅·巧言》原意以男子指君王。如君子喜听哲人之言，祸乱就不会发生。如君子听谗人之

言而发怒，那么祸乱也会终止了。此处引申为统治者如果始终坚持仁道，社会的坏事自然会消弭，无须刀锯之刑。祉，欢喜。已，消失。沮，停止。遄，很快。

解　说

古时候不以官位和禄田来赏人，也不用刀锯来作为刑罚手段。用官位、禄田作为赏的手段，这使赏赐的办法只能使用于有官位和禄田的地方，而在不涉及官位与禄田的地方，赏赐就不起作用了。同样，以刀锯作为刑罚手段，是说明刑罚的威力，只能达到刀锯所能及的范围；而刀锯威力达不到的地方，刑罚就不起作用了。古时的帝王知道天下的善良行为是赏不完的，单靠官位和禄田，是不足以劝勉所有的人选择善良行为的。也知道天下的恶行、不良行为很多，单用刀锯是解决不了的。所以，当难以判断的时候，就干脆以仁道的办法来解决。即，用对待君子、长者的方式来对待天下人。从而使天下人都自觉地互相勉励着走上君子长者的做人道路。所以说，这是最忠厚的刑赏方式。

《诗经》说："君子如祉，乱庶遄已。君子如怒，乱庶遄沮。"作为一个统治者的君子，他制止混乱，难道有什么怪异的法术吗？也不过就是恰当地表现他的喜怒而不失去他的仁道而已。《春秋》讲道义，主张立法要严格，但在实践中，则要比较宽厚地来要求人。根据春秋义法的褒贬原则来使用赏罚的手段。这种方式也是最忠厚的赏罚方式。

这最后两段文字，是作者的点睛之笔。在上一段作者已得出结论，什么方式的刑赏才算是忠厚之至。赏可以过乎仁，而刑不可以过乎义。但是，仁与义毕竟只是一个概念，实际上难以掌握，因而无法证实怎样的刑赏才算忠厚之至。于是，作者在这一段中提出一个更高的命题：赏不以爵禄，刑不以刀锯。而是把一切归之于以君子长者之道待天下，这才算做到了忠厚之至。

末了，作者引用诗经的话证明君子（统治者）维护社会秩序的方法，只在于不失于仁。同时举出春秋之义，立法贵严而责人贵宽，以褒贬来代替刑赏，也可算是忠厚之至了。

虽然作者的结论近乎空想，根本无法实现。因为，自原始社会过去以来，统治者的利益和人民的利益从来就是对立的，根本不可能以君子长者之道对待人们。然而作者理想标准的提出，对那些专门以酷刑峻法的压迫手段来对待人民的统治者，毕竟是一个警告：此路不通。

石芝父评：此文系东坡少年之作，见赏于欧阳文忠，以第一人及第。其清圆流丽，具见绝世聪明。

前赤壁赋①

苏　轼

壬戌之秋②，七月既望③，苏子与客泛舟游于赤壁之下。清风徐来，水波不兴。举酒属客④，诵明月之诗，歌窈窕之章⑤。少焉⑥，月出于东山之上，徘徊于斗牛之间⑦。白露横江⑧，水光接天。纵一苇之所如⑨，凌万顷之茫然。浩浩乎如冯虚御风⑩，而不知其所止；飘飘乎如遗世独立，羽化而登仙⑪。

注　释

①前赤壁赋：元丰二年（1079）苏轼被贬为黄州团练副使。名义上虽仍有官职，实际上是被监管。生活上的苦闷，政治上的挫折，其心情可想而知。但苏子瞻的与众不同之处，就是他思想的超脱。这在他的两篇赤壁赋中表现得尤为突出。二赋写成在元丰五年，即在他被贬三年之后，三年时间的磋磨仍无损于他思想的光辉，实非常人所及。三国时期，魏与蜀吴联军在赤壁有一场著名的决战。但赤壁之战的具体地点已难于考订了。但这是史学家们的事。苏子瞻所游的赤壁是否确是那场历史性决战的地方，于文学家来说原无关紧要。只要这地方引发了他的思古之幽情，那地方就是真实的。　②壬戌之秋：古人以干支纪年。壬戌是元丰五年（1082年）这一年的秋天。　③既望：阴历每月十五日为望日，十六日为既望。殷周时期每月十五、十六日至二十二日至二十三日为既望，见王国维《生霸死霸考》。　④举酒属客：举起酒杯，请客人喝酒。　⑤诵明月之诗，歌窈窕之章：见《诗·陈风·月出》："月出皎兮，佼人僚兮，舒

窈纠兮（纠，音娇），劳心悄兮。” ⑥少焉：一会儿。 ⑦月出于东山之上，徘徊于斗牛之间：月亮并不会徘徊，但江上观月人的小船，在水面漂移不定，反而觉得月亮徘徊在北斗星与牵牛星之间。 ⑧白露横江：初秋时节，昼夜气温变化较大。江面水气凝成一层浮在江面的薄雾。遇上草木就结成露滴。称为白露。 ⑨纵一苇之所如：一苇、一叶：均形容小舟之小。所如，去向。纵，放任。 ⑩冯虚御风：冯，音平，义同凭借，依靠。御，驾驭着风。 ⑪羽化而登仙：古称成仙为羽化，即身上长出羽毛，可以飞升上天，成为仙人。古诗：“有鸟有鸟丁令威，去家千岁今复归，何不学仙冢垒垒。”就是一个典型例子。

解　说

这是苏轼的文学作品中，最为脍炙人口的两篇以赋体写出的游记的前篇。文分为前后二赋，是以时间顺序而言。前篇作于壬戌年七月，后篇作于同年的十月。这两篇赋写景写情，熔情景于一炉。既有哲人的幽思，亦有诗人的孤独。既有人生短促的浩叹，又有古今无尽的开阔。既觉沧海一粟的渺小，又有舳舻千里、铁马金戈的雄阔。思绪是飘忽的，笔锋是跳荡的。读起来会使你暂时忘却了自己。这是苏东坡的文学魅力不可及之处。

要想把它改成用今天通俗语言来表达，而又要保存它的神采，几乎是不可能的。只能尽力而为罢了。

壬戌年（元丰五年，公元 1082 年）的秋天，七月望后第一天，苏子和几个客人一同乘着一只小船，来游于赤壁之下。这时候，清风悠悠地吹来，水面连波浪都不起。面对这个静谧的江山，我朗诵起《明月》诗篇，唱起“舒窈纠兮”这一章。不一会儿，月亮出现在东山上，在北斗星和天河之间慢悠悠地徘徊。初凉天气水边的白露横浮成条，水光连着天光。就任这只和苇叶般大的小船，在汪洋无边的大江上随意飘浮。简直就像身在虚空，脚底踏着风，不知将会吹到哪里。又像是自己离开了世界而独自站立在虚空里，像已经变成飞鸟，变成神仙。

于是饮酒乐甚，扣舷而歌之⑫。歌曰：“桂棹兮兰桨⑬，击空明兮溯流光。渺渺兮予怀，望美人兮天一方[14]。”客有吹洞箫者，倚歌而和之。其声呜呜然，如怨，如慕，如泣，如诉。馀音袅袅，不绝如缕。舞幽壑之潜蛟[15]，泣孤舟之嫠妇[16]。

注 释

⑫扣舷而歌：扣，即敲。舷，船侧的木板。即敲着船板唱歌。 ⑬桂棹兮兰桨：桂、桂树；兰，木兰。取其都有香味。棹、桨，均为划船用具。棹长，桨短。 ⑭望美人兮天一方：古人习用以美人喻君子。此处指友人。天一方，指相隔遥远。本来欢愉的歌声，却引起遥远的思念。 ⑮舞幽壑之潜蛟：幽壑，水下极深的洞穴。潜蛟，古代相信蛟是未成龙的大鱼，年岁当然很大。此时也为洞箫的悲声所激而舞动起来。 ⑯嫠妇：嫠，音 lì，寡妇。

解 说

于是，我喝酒喝得快活极了，敲着船边唱起歌来。歌词是“香桂的小船，木兰的桨；打动水里空空的明月，流着水面的光。我的心飞得很远很远，去看望那人儿，在天的另一方。”一位客人会吹洞箫，体会着我的歌声吹奏起来。那箫声低沉，好像是怨恨，又似在哭泣，是在爱，又是在倾诉。就是箫声停了，好像还留下了动荡不绝的细细余音。真能让水底深潜的老蛟也为之起舞，让一只孤独小舟中的寡妇也为之悲泣。

这是作者感物生情的一波折。本来面对秋夜的山川，辽阔的视野，他的心情是欢乐的。由欢乐而想到唱歌，由唱歌而想到远方的友人，由思念友人而从欢乐转入孤独。客人的洞箫本来是随歌的情绪发展的，这时箫声却加重了歌者的孤独感，扩大了悲哀的旋律。

但苏轼不是一个容易被悲伤压倒的人，他会重新奋起。于是——

苏子愀然，正襟危坐而问客曰[17]：“何为其然也？”客曰：

"'月明星稀，乌鹊南飞[18]'，此非曹孟德之诗乎？西望夏口，东望武昌，山川相缪[19]，郁乎苍苍，此非孟德之困于周郎者乎？方其破荆州，下江陵，顺流而东也，舳舻千里[20]，旌旗蔽空，酾酒临江，横槊赋诗，固一世之雄也。而今安在哉？况吾与子，渔樵于江渚之上，侣鱼虾而友麋鹿；驾一叶之扁舟，举匏樽以相属[21]。寄蜉蝣于天地[22]，渺沧海之一粟。哀吾生之须臾，羡长江之无穷，挟飞仙以遨游，抱明月而长终。知不可乎骤得，托遗响于悲风[23]。"

注　释

⑰愀然，正襟危坐：愀然、愁苦不怿貌。正襟，衣服拉平；危坐，端正地坐直了。表示在随意的欢乐中，突然转为严厉。问道："怎么的了？" ⑱"月明星稀，乌鹊南飞"：曹操《短歌行》中的诗句。作诗的地方，正是他们正在畅游的赤壁。所以客人即景生情，想起曹操的诗句。 ⑲山川相缪：缪，缠绕。指山水曲折之状。 ⑳舳舻千里：舳，船尾舵轴处。舻，船头。船头连着船尾，摆开有千里之长。极言船多。 ㉑匏樽：即葫芦瓢。匏樽，将长成的葫芦之类的植物剖开，用以盛酒，即称匏樽。相属，见前注④。 ㉒蜉蝣：小昆虫，成虫生存期短，一般朝生暮死。以蜉蝣喻人，极言生命之短促易逝。 ㉓托遗响于悲风：既然生命如此短暂，就把这点箫声给悲风去保留吧。

解　说

作者被这突然而临的悲伤惊住了。他一下子从自己的遐想中惊醒回来，严肃地问道："这是为什么？"吹箫的客人说："你看看我们所在的赤壁这个地方啊！'月明星稀，乌鹊南飞'这不是曹孟德有名的诗篇吗？往西看去是夏口，往东看去是武昌。这里山包着江，江绕着山，一片片沉郁与苍莽，这不是曹孟德被周郎用计困住的地方吗？当时，他破荆州，攻下江陵，顺着江流向东扩展。千里江流中摆满了他的战船，空旷的天空，都被他的旌旗遮满。他把斟满酒的酒杯酹向江流，他横拄着一只长槊放声赋诗。这不是当时的一位盖世英雄吗？今天他在哪里呢？何况你我！在江边打鱼砍柴，和江里的鱼虾和岸上的麋鹿作伴。驾上这么一苇叶宽的小船，拿起葫芦瓢的酒杯喝酒。这生命不过天地之间一个水面的小虫，其大小犹大海中的一粒粟米。这使我想到我们的生命是那么短暂，羡慕从身边淌去的无尽长江。我真想挽起那些逍遥的飞仙和他们一同遨游，抱起月亮和它永远厮守。但是，我知道这种梦想难成现实，只好用悲哀的箫声来寄托我无可奈何的希望。”

苏子曰：“客亦知乎水与月乎？逝者如斯，而未尝往也[24]；盈虚者如彼，而卒莫消长也[25]。盖将自其变者而观之，则天地曾不能以一瞬；自其不变者而观之，则物与我皆无尽也，而又何羡乎？且夫天地之间，物各有主。苟非吾之所有，虽一毫而莫取。惟江上之清风，与山间之明月，耳得之而为声，目遇之而成色，取之无尽，用之不竭。是造物者之无尽藏，而吾与子之所共适。”

客喜而笑，洗盏更酌，肴核既尽[26]，杯盘狼藉[27]。相枕藉乎舟中[28]，不知东方之既白。

注　释

㉔逝者如斯，而未尝往也：看那永不停流的长江水，分分秒秒都好似在消逝。但长江水依旧满满地在流。它永不会消逝。　㉕盈虚者如彼，而卒莫消长：彼，指月亮。月亮不断在圆在缺。却从没有长大一点或变小一点。既不会消失，也不会增加。　㉖肴核既尽：肴，肉食。核，果品。都吃光了。　㉗杯盘狼藉：狼藉，形容散乱、污秽。　㉘枕藉乎舟中：枕，枕头。藉，垫的褥子。即随意把船当成枕头褥子来睡觉了。

解　说

面对着客人的迷惘和悲怆，本来欢畅的赤壁之游，眼看会意兴萧然，不欢而散了。

于是主人答言了。世界和人生真如你所想象那样充满失落和悲怆吗？

苏子说："你也知道就在我们眼前的水和月吗？你看，这身边的流水，每时每刻都在流逝，流了千秋万代。江里的水减少了吗？没有。所以水尽管在流走，它都从来没有消逝。月亮缺了又圆，圆了又缺，每时每刻都在变化。但千秋万代下来，月亮还是月亮，没有增多或减少任何一点。所以说，如果只看到世界在不断变化，那真是一霎眼功夫都没有，世界就已变了。但是，如果从不变的观点来看，那么，无论万物或人自己都是永恒存在的。那么，你还羡慕什么羽化和飞仙呢？进一步说，天地之间，一切东西都各自有所归属。如果不是我的东西，我是一丝一毫也不会要的。只有这江上的清风和天上的明月。耳朵听到就是音乐，眼睛看到就是图画。这音乐和图画，你是听不完也看不完的。这是老天爷用不完的贮藏，而恰恰又是我们取之不尽的享受。"

客人高兴起来了。把酒杯洗净，再痛快喝一巡。所有吃的都吃光了，杯里和盘里都像狼舐过。大家就在船里躺下来，睡了。连天亮了也不知道。

石芝父评：《刑赏论》是东坡少年科第文字，如水流花放，得意疾书。此篇是晚年通禅后证悟文字，如清风明月，万化皆空。读此可知东坡之学道有得，圆明无碍也。

后赤壁赋

苏　轼

是岁十月之望①，步自雪堂，将归于临皋②。二客从予，过黄泥之坂③。霜露既降④，木叶尽脱。人影在地，仰见明月。顾而乐之，行歌相答。已而叹曰："有客无酒，有酒无肴，月白风清，如此良夜何？"客曰："今者薄暮，举网得鱼，巨口细鳞，状如松江之鲈⑤。顾安所得酒乎？"归而谋诸妇。妇曰："我有斗酒，藏之久矣，以待子不时之需。"

注　释

①望：阴历的十五日为月之望日。　②雪堂、临皋：临皋，苏轼贬谪黄州时的住处。雪堂，苏轼在黄州时修建的几间厅堂，读书会友的地方。③过黄泥之坂：黄泥坂，小地名。由雪堂到临皋的一处坡道。　④霜露既降：十月十五日，正是秋季的最后两个节候终了的时候。——寒露，霜降都过了。故称霜露既降，也就是冬天开始到来。　⑤状如松江之鲈：松江地方所产的鲈鱼，是天下驰名的美味。往时张翰曾因思鲈鱼莼菜而辞官。

解　说

苏轼赋体的一个特点，是完全摆脱了汉赋以来传统的华丽辞藻和不必要的铺叙典故，可以说是"洗净铅华归淡泊"了。但淡泊不等于平庸。家常话往往也跳露出某种超脱潇洒的"天然娇媚"。这在后赋中尤为突出。开首一段与其说是赋，其实更像“夜游承天寺”那样的随笔。淡淡地引出了再游赤壁的动机。

这年的十月十五，从雪堂走出来，要回到自己的住处临皋。两位客人与我一道走过黄泥坂。这个季节，霜降已经过了，树木的叶子已掉光了。（没有树叶遮阴）人影被清楚地映在地上，一抬头就可以望见月亮。这种洒脱的景色，看了使人高兴。不由得相互对起歌来。唱了却又感到不满足。叹口气说：“有客却没有酒，有酒却没有菜。你看这雪白的月亮和清冽的风，真对不起这样好的夜晚。”客人说：“傍晚举网逮着一条鱼。大嘴细鳞，倒很像松江的鲈鱼。但哪儿能弄到酒呢？”我回家去找妻子商量。妻子说：“我有一斗酒，藏了许久了，就为准备你的突然的需要。”

于是，携酒与鱼，复游于赤壁之下。江流有声，断岸千尺⑥，山高月小，水落石出⑦。曾日月之几何，而江山不可复识矣！履巉岩⑧，披蒙茸⑨，踞虎豹⑩，登虬龙⑪。攀栖鹘之危巢⑫，俯冯夷之幽宫⑬。盖二客不能从焉。划然长啸⑭，草木震动，山鸣谷应⑮，风起水涌。予亦悄然而悲，肃然而恐，凛乎其不可留也⑯。反而登舟，放乎中流，听其所止而休焉。时夜将半，四顾寂寥。适有孤鹤，横江东来。翅如车轮，玄裳缟衣⑰，戛然长鸣⑱，掠予舟而西也。

须臾客去，予亦就睡。梦一道士，羽衣蹁跹⑲，过临皋之下。揖予而言曰：“赤壁之游乐乎？”问其姓名，俯而不答。呜呼噫嘻！我知之矣。“畴昔之夜⑳，飞鸣而过我者，非子也耶？”道士顾笑，予亦惊寤。开户视之，不见其处。

注　释

⑥江流有声，断岸千尺：冬季，长江枯水季节，江水流浅，有的江底岩石裸露在外。江水冲击岩石，发出相当大的声音。夏天水大，冲刷江岸，时有断裂。冬季水落，这些直上直下断裂的江岸，则距水面有千尺之高。

⑦山高月小，水落石出：冬天枯水，江面降低，有些江底的岩石露积在外。而由于水面下降很多，显得临江的山变高了，也因而觉得月亮变小了。⑧巉岩：指高峻险恶的山岩。 ⑨披蒙茸：蒙茸，丰密的乱草。披，拨开。 ⑩虎豹：怪石的形状犹如猛兽。 ⑪登虬龙：山岩蟠曲如龙蛇。⑫栖鹘危巢：鹘，隼类猛禽。多筑巢于高山危岩间。 ⑬冯夷：水神名。水神之宫当在水下，故曰幽宫。冯，音平。 ⑭划然长啸：啸，撮口发音，清越而长。往往以之抒发胸中郁闷。划然，形容声音清烈。 ⑮山鸣谷应：长啸引起清夜山间的回音。 ⑯凛乎其不可留：凛，惊惧害怕貌，音领。⑰玄裳缟衣：上衣为衣，下衣为裳。玄，黑色。缟衣，是指鹤的羽毛纯白，而尾部羽毛则纯黑。 ⑱戛然长鸣：戛，音 jiá，像鹤鸣声。 ⑲羽衣蹁跹：羽衣，道士的服装，宽袍大袖。蹁跹，风吹袍袖翻飞飘动如舞蹈之状。⑳畴昔之夜：前天夜里。《礼记·檀弓》“予畴昔之夜，梦坐奠于两楹之间。”

解　说

这一段才是再游赤壁的正文。

一般来说，这“再游”的文章是很难着墨的。你如果再着力写景，必然会与前一篇写景发生矛盾。要么暴露了前文的缺陷，要么你就无处下笔。而苏东坡的后赋，却巧妙地抓住了两次江游的两点不同。一次是江上的船游，而二次却是夜半登山。但是，尽管如此，你却无法避免去写你必须经过的长江。游赤壁哪能离开长江呢？前赋写了：“白露横江，水光接天，纵一苇之所如，凌万顷之茫然。”已把江景都写尽了，还能写什么呢？苏东坡的天才不可及之处正在于此。他敏锐地抓住了两次游览的季节不同——一个初秋，一个初冬。只用了短短的十六个字，就把长江初冬景色完全描写无遗了。这十六字是：“江流有声，断岸千尺。山高月小，水落石出。”

这是歌咏长江初冬的千古绝唱。如没有亲身见识过长江的冬天枯水的人，是很难体味出这十六字的分量的。旧历七月中旬，是长江洪水刚过，“平水季节”的开始。而十月则已入枯水季节。长江的洪水、平水和枯水的差别是很大的，不熟习长江的人很难想象。我可以举一个具体的例子。我在 1947 年坐船去重庆时经过三峡。抬头一看，忽见在一个高峰顶上放着一艘货船。这山峰上距水面少说也有二三百米。船怎么会跑到山顶去了呢？别人告诉我，这是一艘夏天在江上搁浅了的船。当时无法拖走修理。只好留在那里，等冬天枯水再修理。你不见那山顶上好些人在那里搭木架吗？

通过这件事，我才体会到长江冬夏的水位落差可以达到几百米之多。那么，在夏季的长江岸边随意戏水者，冬天却离水面几百米之高，说它“断岸千尺”不是毫不夸大吗？至于枯水季节，江水冲击浅露的岩石底，其声音和洪水时期完全不同。“江流有声”正是长江冬天的特点。而且“山高月小，水落石出”也正是长江独有的冬景。小船在水面，随水降低几百米，难道不是感到山更高了吗？当然也就离月亮更远而感觉到月亮小了。难道以短短十六字描写出长江的初冬特景，这还不是千古绝唱吗？

然后他总结出“曾日月之几何，而江山不可复识矣！”这里又包含多少无声的感慨！

然后他掉转笔锋写赤壁的山间夜景：

提起长衫，登上险峻的岩石，用手披开茂密的杂草，在状如虎豹的怪石上暂歇，在形同虬龙一样的危岩上攀登。伸手可触到那些猛禽营造的鸟巢，低头可看到水神的黑沉沉的宫殿。这里，两位同行者都不敢跟来了。

我可丹田一声长啸，身边草木为之震动，山谷都起了回声。好像风也开始加强，水也开始汹涌。我自己也感到孤单的悲哀和瑟缩的惊恐。真有点汗毛凛凛，不敢久留了。回到船上，让船放流江中，随它流到哪里。这时已快半夜了，四面寂静无声。忽遇到一只孤鹤从东面横过江心飞来。翅膀张开，大如车轮，全身白色，拖着黑色尾羽，嘎地一声长鸣，掠过小船往西飞去。

不久，客人也回去了，我也睡觉了。梦见一个道士拱手问我：“赤壁之游，快活吗？”问他的姓名，却低头不肯说。啊！我知道了！那天夜里，边飞边叫地飞过我的小船的不是你吗？道士看着我笑了，我也惊醒了。打开窗户去看，却看不见它在哪里。

石芝父评：前篇因游而寄其迁谪之感，悟出佛家妙境。后篇因游而发其幽幻之思，写出道家仙境。读此，知公于二氏所入深矣！文奇、意奇，固公能事。

黄州快哉亭记①

苏　辙

苏辙，字子由，北宋眉山（今四川省眉山县）人。与兄轼同为嘉祐进士。历官尚书右丞，门下侍郎。与父洵、兄轼并称三苏。为唐宋八大家之一。元丰中，苏轼贬黄州。不久辙亦贬筠州。时与苏轼同贬黄州之张梦得于黄州建一亭。轼为题名“快哉”，辙为作记。

江出西陵②，始得平地。其流奔放肆大，南合湘、沅③，北合汉、沔④，其势益张。至于赤壁之下⑤，波流浸灌⑥，与海相若。清河张君梦得谪居齐安⑦，即其庐之西南为亭，以览观江流之胜。而余兄子瞻名之曰：“快哉。”⑧

注　释

①快哉亭记：本文作于元丰六年。正是苏轼谪居黄州之时，作者亦谪筠州。而建亭者张梦得亦谪居黄州（即齐安）。三人遭遇相同。所以亭成苏轼为之题名而苏辙为之作记。　②西陵：即西陵峡，三峡之一。三峡，各名为瞿塘峡、巫峡、西陵峡。西陵峡为长江出峡的东口。故曰：江出西陵。　③南合湘、沅：湘，湘江。沅，沅江。二水北流，经洞庭湖汇入长江。　④北合汉、沔：汉沔二水均出陕西南部，有时均称为汉水，有时均称沔水。今普遍称为汉水，为长江最大支流。　⑤赤壁之下：指苏轼前后赤壁赋指称的赤壁。　⑥波流浸灌：水波横展浸宽，主流迅猛下注为灌，指水势急而且大。　⑦齐安：即黄州。　⑧余兄子瞻名之曰“快哉”：子

瞻，苏轼字。

解　说

文章开篇先说快哉亭记的缘起。

长江走出了西陵峡，才算走进了平地。长江的水流开始不受峡谷约束而变得自由奔放，水面也更阔大了。它南边溶进了湘水、沅江等河流，北边又合进了汉水、沔水，它的气势更大了。到了赤壁下边时，那波涛流水浸淫灌注，简直同大海差不多。清河县的张君梦得，贬谪到黄州来，就在他家的西南边修建一亭，用来观赏长江的好风景。我的兄长子瞻为它起名叫“快哉”。

盖亭之所见，南北百里，东西一舍⑨。涛澜汹涌，风云开阖⑩。昼则舟楫出没于其前，夜则鱼龙悲啸于其下。变化倏忽⑪，动心骇目，不可久视。今乃得玩之几席之上⑫，举目而足。西望武昌诸山⑬，冈陵起伏，草木行列。烟消日出，渔夫、樵父之舍，皆可指数。此其所以为“快哉”者也。至于长州之滨，故城之墟，曹孟德、孙仲谋之所睥睨⑭，周瑜、陆逊之所驰骛⑮，其流风遗迹，亦足以称快世俗。

注　释

⑨舍：古代三十里为一舍。　⑩涛澜汹涌，风云开阖：水流既大且猛，甚至带动气流急剧变化，云雾聚散不定。　⑪倏忽：变换迅急貌。倏，音 shū。原义为犬急行貌。　⑫玩之几席之上：玩，观赏。几，小凳；席，坐垫。　⑬西望武昌诸山：据考，此武昌指湖北鄂城。非今之武昌或武汉市。　⑭曹孟德、孙仲谋之所睥睨：睥睨，侧目观察，窥视之意，意指赤壁之战的战场地区。孙、曹，作战双方的统帅。　⑮周瑜、陆逊之所驰骛：周、陆为作战的主将。赤壁之战周瑜为吴军都督。

其后，陆逊为镇守武昌主将。驰，马奔走。骛，纵横奔驰。指军队来回调动。

解　说

这一段是说明亭之取名为“快哉”的由来。

为什么给这亭取名为“快哉”呢？大概是由于从亭里看出去的视野开阔的缘故吧。这亭能看到的南北方可以看出去一百里，东西向也可看见三十里。这里的江水波涛汹涌，江上的风云时聚时散，白天是大小船只时出时没，就在眼前，夜里有各种各样声音，就像鱼或龙在那深水里凄惨地叫啸。这种种形象和声音的变化之快，往往只在刹那间，使你的心为之跳动，目光为之惊骇，简直都不敢长久注视。而今建成这个观赏的亭子后，把这一切好像可以放在座席前任意观赏。只消一抬眼皮就都看到了。往西看那武昌的诸山，山冈和丘陵起起落落，树呀草呀，成行成列。在烟消日出的早晨，那些打鱼人、打柴人住的房子，都可以指着数出来。大概这就是叫它“快哉”的缘故罢。至于那长洲的水边，荒废的城墙之下，当时曹孟德、孙仲谋在那里指点策划；周瑜、陆逊这些人在那里聚散奔跑；这一切也可以使世俗之人为之感到快心满意吧。

昔楚襄王从宋玉、景差于兰台之宫[16]。有风飒然而至者，王披襟当之[17]，曰：“快哉，此风！寡人所与庶人共者耶[18]。”宋玉曰：“此独大王之雄风耳，庶人安得共之？”玉之言盖有讽焉[19]。夫风无雄雌之异，而人有遇不遇之变[20]。楚王之所以为乐，与庶人之所以为忧，此则人之变也[21]，而风何与焉[22]？士生于世，使其中不自得，将何往而非病？使其中坦然，不以物伤性，将何适而非快？今张君不以谪为患，收会稽之馀[23]，而自放山水之间，此其中宜有以过人者[24]。将蓬户瓮牖无所不快[25]，而况乎濯长江之清流，挹西山之白云[26]，穷耳目之胜以自适也哉？不然，连山绝壑，长林古木，振之以清风，照之以明月，此皆骚人思士之所以悲伤憔悴而不能胜者，乌睹其为快也哉㉗！

注　释

⑯兰台之宫：楚襄王的宫殿。这里所引宋玉与楚襄王的对话，引自宋玉所作《风赋》。　⑰王披襟当之：楚王打开衣襟让风来吹。　⑱庶人：老百姓，众人。　⑲盖有讽焉：指宋玉对楚王的答语，含有讥讽之意。⑳人有遇不遇之变：遇；机遇，遭遇。变，不同。　㉑为乐为忧，人之变也：遭遇导致人的关系的变化，可以引发忧或乐。　㉒风何与焉：风不会参与人之间的变化。与，在此读若玉，干预之义。　㉓会稽之馀：会稽，即今言“会计”。这个快哉亭的主人大概可能是做财政工作，所以称他的工作时间之外为会稽之馀。　㉔其中宜有以过人者：其中，指他的思想深处有超过平常人的地方。　㉕蓬户瓮牖：蓬户，草房。瓮牖，用破瓮当窗户。　㉖挹西山之白云：挹，舀取。亦作牵引解。即居处相近，伸手可取之意。　㉗乌睹其为快也哉：那些骚人思士将为之而憔悴，那里会有什么快意、快哉呢？再次强调士人要能快哉，必须其心中有所自得，不以外物为转移才行。

解　说

从前，楚襄王带领着宋玉、景差等人，在兰台宫里。忽然飒飒地吹来一阵风。襄王敞开衣襟接受这阵风，说：“快哉！这阵风。这大概是寡人和老百姓所能够共同享受的吧！”宋玉说：“这是仅属于大王一个人的雄风，老百姓哪能和你共同享有？”宋玉的话，大概含有某种讥讽意思。风哪会有什么雄雌的区别，人倒是有走运不走运的时候。楚王所以把吹来这阵风认为快乐，大呼快哉；而老百姓也许对这阵风感到忧愁。这是由人的地位不同所致，这与风自身毫无关系。一个读书人生活在世界上，如果他心里没有自我充实的感觉，他到哪里也会感到不满足。假使他心里自我充实，对待什么事都内心坦坦荡荡，不因为外在的变化来伤害自己的心情，那么，他到哪里能不快哉呢？今天张君不因为受到贬谪而不快，在他的工作之外，把自己放浪在山水之间。这里他的内心有别人所不能及的东西。这样的话，即使他过着最穷困的生活，拿破瓮当窗户，拿蓬蒿当门，他也不会有什么不快活。何况，他还可以在长江的清流中洗脚，可以随意握住西山的白云，可以尽情享受耳目所及的山川风物的快意呢！要是不这样，没有这种内心的充实，即使让你生活在那种深山幽壑里，长林古木的美景中，还加上清风明月的陪伴又如何呢？这些美好的风物不正是那些诗人、思想者们因而悲伤、憔悴，以至于完全沉浸在痛苦中而不能自拔的地方吗？这哪有什么“快哉”存在呢？

这篇“快哉亭记”围绕快哉二字展开。第一段写亭的由来与亭被题名为快哉的由来；第二段阐述题名为快哉的理由，即亭所在地所能眼见的山川风物和这些山川风物所包含的历史的阔大、浩瀚。但第三段又进一层。从宋玉与楚王的问答，引出如何才能真心得到“快哉”。山川风物是客观的存在，与是否快哉毫无关系。人的地位、关系是变化的，人自身的主观感情也是不同的。人是否能达到快意，取决于他心中是否有自我充实的感觉。他的内心是充实的，到哪里都能感到快意。如果没有内心的充实，那么就难免处处不快意。许多骚人思士，不是在最优美的环境中也会感到痛苦而不能自拔吗？相反，那些内心有充实感的人们，即使处于最穷困的环境中，也照样可以感到快哉。那么，快与不快就在于自己的内心；而不决定于外界环境了。从而婉转地赞美了建亭者与题名者的内心世界的充实。当然其中也包括了作者自己。因为，他们都处于贬谪的痛苦环境中，都能由于自己内心的充实而感受到“快哉”的意境。

游褒禅山记

王安石

王安石，字介甫，号半山。北宋江西临川人，庆历进士。博学能文。神宗时为相，封荆国公。主张改革政治，兴农田水利，立均输、保甲、免役、市易、保马、方田、青苗诸法，世称新法。但反对者多，终于无效，为世诟病。

褒禅山亦谓之华山。唐浮图慧褒[②]，始舍于其址，而卒葬之[③]，以故其后名之曰褒禅[④]。今所谓慧空禅院者，褒之庐冢也[⑤]。距其院东五里，所谓华阳洞者，以其华山之阳，名之也[⑥]。距洞百馀步，有碑仆道，其文漫灭，独其为文犹可识曰花山。今言华，如“华实”之华者，盖音谬也。

注　释

①褒禅山：在今安徽省含山县。　②唐浮图慧褒：浮图，梵语音译。有多种含意。可译为佛塔、寺院，亦可译为僧、和尚。此处指慧褒和尚。慧褒，唐代有名高僧。　③舍于其址：舍，居住；址，山脚下。　④名之曰褒禅：禅，梵语禅那的省略。本意为静思，引申为一切有关佛教行为的标志。如称僧徒为禅师，居室为禅房。印度高僧达摩还始创禅宗一派。褒禅山即以慧褒禅师而得名。　⑤庐冢：本意指房屋与墓地，应即通常所说的“塔院”。　⑥华山之阳：山南为阳，即华山南面。

解 说

这是一篇游记，然而是一篇与众不同的游记。它不着眼于所游的山川风物，而着眼于通过记游所得到的对人生的启迪。所以说，与其说这是一篇游记，还不如说它是一篇精辟的人生哲学论文。

这是开篇第一段，阐述褒禅山得名由来。

褒禅山也叫华山。唐代时候有个和尚慧褒开始在这里造房住下。死后也埋在这里。因此之后，人们就把这里名为褒禅山。今天所称的慧空禅院，就是慧褒的坟墓。距禅院东边五里，有个叫华阳洞的景点，是因为它在华山南边而得名。离洞口百多步，有个石碑倒在道上。上面的文字已经消磨得看不清了。唯独还有两个可以识别的字是："花山"二字。今天说是华，如同"华实"的"华"字。大概是读音传错了。

其下平旷，有泉侧出，而记游者甚众，所谓前洞也。由山以上五六里，有穴窈然⑦，入之甚寒。问其深，则其好游者不能穷也，谓之后洞。余与四人，拥火以入⑧。入之愈深，其进愈难，而其见愈奇。有怠而欲出者，曰："不出，火且尽。"遂与之俱出。盖予所至，比好游者尚不能十一，然观其左右，来而记之者已少。盖其又深，则其至又加少矣。方是时，予之力尚足以入，火尚足以明也。既其出，则或咎其欲出者⑨，而予亦悔其随之⑩，而不得极乎游之乐也。

注 释

⑦窈然：幽深貌。 ⑧拥火以入：即拿着火把进去。 ⑨咎其欲出者：咎，过失。作动词用指"归咎"，即责备。责备那个主张出洞者。⑩予亦悔其随之：我也后悔跟着跑出来。

解 说

这是游褒禅山后洞的记游，并由此而得到启迪。

褒禅山下是一片宽阔的平地，有一段泉水从那旁边流出来。许多人都在这里留下“到此一游”的认记。这就是所谓的前洞了。从这里往上走五六里，有个幽暗的洞穴。一进去会感到很冷。问这洞有多深？却连爱到这洞来游览的人都不知道，谁也没有到过洞底，这就是“后洞”。我和四个人打着火把走进去。进得越深，也就越难，而所看见的也就越奇怪。有人感到累了，想退出洞，就说：“再不出去，火把要燃尽了。”大家就跟他一起出来了。大概我们所进到的地方，还赶不上那些好游者的十分之一。但看洞壁两边，记下“到此一游”的人已很少了。大概其再往里，记游的就更少了。那时候，我的力气还能再往里进，火把也还能照明好一阵。出来以后，就有人怪那个最早要出洞的人，而我呢，也后悔跟他出来了，没有享尽入洞之游的快乐。

于是，予有叹焉⑪：古人之观于天地、山川、草木、虫鱼、鸟兽，往往有得，以其求思之深⑫，而无不在也。夫夷以近⑬，则游者众；险以远，则至者少。而世之奇伟、瑰怪、非常之观，常在于险远而人之所罕至焉。故非有志者不能至也。有志矣，不随以止也⑭，然力不足者，亦不能至也。有志与力，而又不随以怠⑮，至于幽暗昏惑，而无物以相之⑯，亦不能至也。然力足以至焉，于人为可讥，而在己为有悔。尽吾志也，而不能至者，可以无悔矣⑰，其孰能讥之乎？此予之所得也。

注 释

⑪予有叹焉：叹，此处指感慨。 ⑫以其求思之深：因为他对事物深入思考。 ⑬夷以近：夷，平。又平又近，很方便。 ⑭不随以止：不跟

着别人一起停止。⑮怠：怠惰，懈怠。⑯相：引导，指引。⑰可以无悔矣：指已尽了力，虽未取得成功或达到目的，但也不用后悔。今天流行的新词汇“无怨无悔”即由此而来。无悔，应是一种人生追求的境界。如果不论什么事都滥用这个词就把它庸俗化了。

解　说

这一段是本篇的主文，也就是作者由褒禅山之游而得到的启迪。

作者感到，后洞之游的半途而废，未能尽兴，有些后悔。由此而想到人对于一切事物的态度都有类似情况，因而引发出自己的感慨来：

过去的古人在观察天地、山川、草木、虫鱼、鸟兽，诸如此类的一切事物时，往往就会有所发现，有所收获。这是由于他们思索、追求一切事物，要求加以深刻了解。这种力求深入了解的心情，对万事万物都无所不在的缘故。凡是平坦的、近的地方，那么，去游览的人就多；而危险的距离又远的地方，去的人就少。而世界上那些奇奇怪怪的、宏伟的、美丽的、不同一般的可游览的地方，常常就是那又危险、又遥远而人迹罕至的地方。所以，不是有志气的人是去不了的。有志气的，不跟着大流转的人有了，但他的力量不够，也到达不了。有志气，也有力量，而且又不随大流，又不灰心，（这些条件都有了。）但遇到了那种幽暗、使人昏乱、迷惑的地方，却又没有引导前进的东西，也还是到不了。但是，如果你的力量足以达到而没有达到，那么，对别人来说是可以讥评的；而对自己来说，就留下了后悔。那种尽了志气尽了力却还没有达到的人，可是没有后悔了。这又有谁能讥评他呢？——这是我此次的心得。

作者在这段文章所表述的心得，通常被后人归纳为志气、能力、坚持与客观条件，是人生成功的几大要素。这种归纳有见地，但不足。他还有个前提：险与远。这是志气的前提。要不然，随便选择一个追求目标，比如说成为大款，成为高官，甚至有一个时髦的对象，都可以成为自己的追求目标。那就把王安石的观点庸俗化了。

实际上王安石这里讲的是人生价值的追求目标。他写这篇文章在1054年，刚刚30岁出头。而他在48岁为相，提出政治改革方案时已接近 50 岁。可以说他毕生追求的正是这个目标。最终，世俗的阻力使他的改革失败，他也不久死去。他提出的可以惊天地、泣鬼神的三个原则："天变不足畏，祖宗不足法，人言不足恤。"正是这篇游记提出的"志气、能力、坚持"的观点的进一步发展。展示出他崇高伟大的人格。

余于仆碑，又有悲夫古书之不存，后世之谬其传而莫能名者⑱，何可胜道也哉！此所以学者不可以不深思而慎取之也。

四人者庐陵萧君圭君玉，长乐王回深父，余弟安国平父，安上纯父。

注 释

⑱谬其传而莫能名：即指以讹传讹，越传越错得更远。莫能名，说不出道理。

解 说

这最后两小段，其一是顺便提出，从那道上倒仆的石碑文字，想到许多古书已不存在了，后人往往越传越错。后来的读书人在读时真应该深入思索，然后谨慎采用的。

最末是同游者的题名：庐陵的萧君圭，字君玉；长乐的王回，字深父；我的弟弟安国字平父，安上字纯父。

送秦中诸人引[1]

元好问

元好问，字裕之，一字遗山，金秀容（今山西忻县）人。官至尚书省左司员外郎。工诗，学术湛深。金亡，不仕。金元间文学推为第一人。有《元遗山集》传世。

关中风土完厚[2]，直质而尚义[3]。风声习气，歌谣慷慨[4]，且有秦汉之旧[5]。至于山川之盛，游观之富[6]，天下莫与为比。故有四方之志者多乐居焉。予年二十许时，侍先人官洛阳，以秋试留长安中八九月。时纨绔气未除[7]，沉涵酒间，知有游观之美而不暇也[8]。

注　释

①送秦中诸人引：秦中，指战国时秦国所在地，亦称关中。即函谷关以西、今陕西南部地区。引，指一种文体，似序而较简短。　②关中风土完厚：完厚，完整、淳厚。风土，即人民风俗。　③直质、尚义：耿直，质朴而崇尚义气。　④歌谣慷慨：歌谣指民歌之类。慷慨，一般指激昂悲壮的情怀，高亢的声音。如《史记·项羽本纪》"项王乃悲歌慷慨自为诗曰"等。　⑤秦汉之旧：因秦汉在此建都，故留下秦汉时期的许多风气，即所谓直朴古风。　⑥游观之富：富，丰富，多。有丰富的旅游景点。⑦纨绔气未除：纨绔气，指有地位有钱人家的少爷脾气没有改掉。富人子弟一般多穿丝织品的衣裤，称为纨绔。　⑧不暇：没功夫，没时间。

解　说

引，是唐以后出现的文体，似序文而稍简。这是元好问向秦中诸友人暂时告别的引文。其正文应是诸友人相送的诗词等作品。

关中这地方的风土人情朴实厚道，直来直去而讲义气。这种风俗，这里人的气质，民间的歌谣都是高亢悲壮，而且具有秦汉以来一千多年的传统。至于说到山川美景的丰富，名胜古迹景点的多，天下没有哪里能和它相比。所以，志在四方的男子汉，很多都愿在这里定居。我二十岁时，侍奉先人在洛阳做官。出于秋季考试的缘故，在长安居留了八九个月。当时，纨绔子弟少年的习气还未被改正，一天到晚沉湎在酒食征逐中。虽然知道有许多值得见识游览的地方，却没有功夫去。

长大来，与秦人游益多，知秦中事益熟。每闻谈周汉都邑⑨，及蓝田、鄠、杜间风物⑩，则喜色津津然⑪，动于颜间⑫。二三君多秦人，与予游，道相合而意相得也⑬。常约近南山寻一牛田⑭，营五亩之宅，如举子结夏课时聚书深读⑮。时时酿酒为具⑯，从宾客游。伸眉高谈，脱屣世事⑰。览山川之胜概⑱，考前世之遗迹，庶几乎不负古人者。

注　释

⑨周汉都邑：周代先后在关中鄠、镐、丰等地建都城。汉都长安，即今西安地。　⑩蓝田、鄠、杜：蓝田，陕南县名，产玉石。鄠，音 hù；杜，杜陵。均为长安附近，贵戚豪家居住之地，风气豪奢。　⑪喜色津津然：兴奋出汗之状。　⑫动于颜间：颜，颜面，面部都可看出来。　⑬道相合而意相得：即情投意合。　⑭一牛田：指少量的耕地，仅可供一牛使用。　⑮举子结夏课时聚书深读：举子，指准备应试的读书人。当时考试在秋季举行，故夏课指举子们的最后复习时间。深读，深入探讨。　⑯酿

酒为具：泛指准备酒食。 ⑰脱屣世界：屣，鞋。把世俗的事当作脱掉了的鞋子，放在一边，不予理睬。 ⑱胜概：犹今言优美。

解 说

待到渐渐长大，和秦地的人交往愈多，对秦中的事更为熟悉。每次听到谈起周汉的都邑和蓝田、鄠、杜这些地方的风土人物，就欢喜、兴奋得热汗津津，连面上的表情都激动了。这几位大多是秦中人，和我交往，都感到我们的思想合得来，也投脾气。曾经相约在南山一带，找一处一头牛能耕得了的田地，再营建一处五亩地大的小居室。如同一些待考试的举子要结束夏课时那样，大家把书聚在一起，再一次深入研读。不时地弄点酒菜，邀请一些宾客一道游览，眉飞色舞地高谈阔论，把世俗一切事务，像脱掉的鞋一样抛在一旁。浏览眼前丰富多彩的山川，考察前代遗留下来的古迹。或许可以成为一个对得起前辈古人的后代。

然予以家在嵩前⑲，暑途千里，不若二三君之便于归也。清秋扬鞭⑳，先我就道。矫首西望，长吁青云㉑。今夫世俗惬意事，如美食、大官，高赀、华屋，皆众人所必争，而造物者之所甚靳㉒，有不可得者。若夫闲居之乐，澹乎其无味，漠乎其无所得㉓，盖自放于方之外者之所贪㉔。人何所争，而造物者亦何所靳耶？

行矣诸君，明年春风，待我于辋川之上矣㉕！

注 释

⑲嵩前：嵩山的前边，距秦中很远。故曰：暑途千里。 ⑳清秋扬鞭：指赴考。 ㉑矫首西望，长吁青云：此句既指对友情的怀念，也指对功名前途的叹息。 ㉒靳：吝惜，舍不得。 ㉓澹乎其无味，漠乎其无所得：从世俗之人看来，闲居之乐是淡漠无味，而且毫无收获。 ㉔自放于

方之外者之所贪：方外，指世俗之外。《庄子·大宗师》："彼游方之外者也。"自放，指自我放逐于世俗社会之外。贪，爱好。 ㉕辋川：地名，在陕西蓝田县。唐初著名诗人王维曾筑别墅于此隐居，称为"辋川别业。"曾有《辋川闲居赠裴秀才迪》诗。此处借以表明作者的归隐闲居之意，如同王维的闲居。

解　说

但我家住在嵩山的前面，要回家得在这盛夏中经行千里的旅途，不像诸位回家那么方便。你们可以在秋天到来时再举起马鞭，也会比我早上道。我抬头扭转脖子向西边望去，只留下对着天边青云长吁一口气的份儿。今无世俗所羡慕的惬意事，诸如：吃美食，做大官，当大款，住高楼大厦。这都是世俗人必然会抢着要，但老天爷不大愿意给的，因而总是有些人得不到的。至于闲居的这种乐趣，似乎是寡淡无味的，又似乎淡漠得什么也没有。大概这是自己把自己放逐在世界之外的这种人才会贪图的，谁来和他们争？而老天爷又为什么要吝惜这些呢？

再见，诸位！等明年春风再吹来的时候，你们就在辋川之上等着我吧。

石芝父评：此文高澹简净，自是天怀放逸。其古体诗在金元间，为卓然大家。有《元遗山集》四十卷行世。

文丞相传序

许有壬

许有壬，字可用，元汤阴人，延祐进士。至治中以江南行台监察御史行部广东，劾治不法官吏及豪家，有政声。顺帝时任中书参知政事。历事七朝，以年老致仕。卒谥文忠。

宋养士三百年，得人之盛，轶汉唐而过之远矣[②]。盛时忠贤杂遝[③]，人有馀力。及天命已去[④]，人心已离，有挺然独出于百万亿生民之上，而欲举其已坠，续其已绝[⑤]。使一时天下之人，后乎百世之下，洞知君臣大义之不可废，人心天理之未尝泯[⑥]，其有功于名教为何如哉[⑦]！

注　释

①文丞相传序：文丞相，即文天祥（公元1236—1283年），字宋瑞，又字履善，别号文山，宋吉州庐陵人（今江西吉安）。南宋理宗宝祐四年（公元1256年）进士第一名。1259年，蒙古军攻鄂州（今武昌），他上表献御敌之计未被采纳。后被贾似道参劾，罢职外贬，历任湖南、江西各地州郡官吏。1275年元军东下。他在赣州组织义军入卫临安。授右丞相。奉命与元军谈判议和，为元将扣留。后在通州逃脱，入海会张世杰、陆秀夫等；再次入江西组义军收复失地。不久，退广州继续抵抗。1278年在五坡岭再被俘。拒绝劝降。1279年被移送大都（今北京），多次拒绝劝降。于1283年就义。　②轶：超过。　③杂遝：亦作杂沓。遝，音带。

众多之状。 ④天命：古代传统说法，任何朝代成为统治者，都是由于上天的任命，称为天命。一个王朝被推翻了，也是由于天命已终了。如：《尚书·泰誓上》“商罪贯盈，天命诛之。”同书《武成》：“诞膺天命，以抚方夏。”等。 ⑤举其已坠，续其已绝：已垮了的再举起来，已断了的，再续上。指挽救宋王朝的崩溃。 ⑥泯：消失，消灭。 ⑦名教：指封建礼教。

解　说

宋朝培养人才培养了三百年，造就的人才超越了汉唐盛世许多许多。当其兴盛时候，忠臣贤人杂沓地出现了很多，似乎人人才力都有剩余。待到天命已去，人心便离散了。有这么一个挺身而出，独立在百千万亿人的上边，要想把已坠落的王朝举起来，把已断绝的正统续下去。使得一时所有的人，以及百世之后的人深深地懂得君臣大义绝不能抛弃，人心天理从来没有被泯灭。这对于千秋万世的名教的功劳是何等重要啊！

丞相文公，少年踔厉⑧，有经济之志⑨。中为贾沮⑩，徊翔外僚⑪。其以兵入援也⑫，大事去矣；其付以钧轴也⑬，降表具矣。其往而议和也，冀万一有济耳⑭。平生定力，万变不渝⑮。“父母有疾，虽不可为，无不用药之理⑯。”公之语，公之心也。是以当死不死，可为即为。逸于淮⑰，振于海⑱。真不可为矣，则惟有死耳。可死矣而又不死，非有他也。等一死耳，昔则在己，今则在天；一旦就义，视如归焉⑲。光明俊伟，俯视一世。顾肤敏裸将之士⑳，不知为何物也。推此志也，虽与嵩、华争高可也㉑。

注　释

⑧踔厉：同踔厉。指精神奋发，高瞻远瞩，议论纵横，超群出众。

⑨经济之志：经济，指经邦济世，而不是今天意义的经济。经邦济世，即管理国家。 ⑩中为贾沮：贾，指当时宰相贾似道。沮，阻挠。指被谗劾罢官。 ⑪徊翔外僚：指作地方官时，多次调动。外僚，地方官。徊翔，多次调动。 ⑫以兵入援：文天祥率领招募的军队去保卫临安。 ⑬付以钧轴：钧，匠人制作陶器的工具转盘称为钧，旋转钧，以使陶土按要求成形。后来习用以指政治决策者，称为钧。付以钧轴，即以之为宰相，被授予决定国家政策的权力。 ⑭万一有济：有万分之一的成功机会。 ⑮万变不渝：不管客观形势如何变化，目标不变。渝，改变。 ⑯“父母有疾，……不用药之理。”：这是文天祥答复元将的原话。表示，只要活着就要抵抗。 ⑰逸于淮：逸，逃跑。淮，泛指长江以北地区。指文天祥逃出敌人的拘押。 ⑱振于海：与张士杰在海上会合，重组军队。 ⑲归：回家。即今语：“视死如归。” ⑳肤敏裸将之士：指投降者。《诗·大雅·文王》：“侯服于周，天命靡常。殷士肤敏，裸将于京。”侯服于周，就是接受周王的统治，也就是向周投降。裸，音灌，一种礼仪。诸侯朝见天子，有灌鬯之礼。 ㉑嵩、华：嵩，嵩山；华，华山，均为五岳之一。

解　说

这一段主要是对文天祥生平主要事迹的评价，与对他忠于君国、舍生取义的精神的推崇。丞相文公是对文天祥的尊称。说他从青年时期就有超出一般人的表现。精神振奋，高瞻远瞩，议论纵横，见识卓越。很早就怀有经邦济世的大志。担任官职的过程中，受到贾似道拦阻，被调出中央去做地方官，调动过好几处。当他募集军队入朝勤王来援助朝廷时，大局已无法挽回了。当他被委以丞相重任时，对入侵者投降的表章都已经写好了。派他去敌人军中谈判和平条件时，只不过希望有万分之一的成功机会。他生平意志坚定，不论时局如何千变万化，他也绝不会动摇。“父母生了病，虽然已经无法治好了，但决不会因此就不医治了”。这是他说的话，也是他的心。所以，在可以死的时候，他不肯死；一有机会，马上又再干起来。他在淮南逃脱敌人的羁押，再次起兵。但又战败被俘。到了实在没有任何机会了，就只有去死。但在可以死的时候，他仍不肯死。没有别的缘故，只不过早晚一样是死。从前死不死在自己，现在死不死则决定权在老天爷了。一旦到真要死的时候，在他看来，也不过是回家去一样的寻常。那光明磊落的英雄气概，真把所有一代的人都比下去了。相形之下，那些投降敌人，为敌人效劳的人，能算个什么东西呢？从他的这种志气来说，他的人格真可与嵩山、华山这样的高山大岳比比高低。

宋之亡，守节不屈者有之，而未有有为若公者[22]。事固不可以成败论也。然则，收宋三百年养士之功者，公一人耳。孙富为湖广省检校官[23]，始出辽阳儒学副提举刘岳申所为传，将刻之梓[24]，俾有壬序之[25]。有壬早读《吟啸集》、《指南录》[26]，见公自述甚明。三十年前游京师[27]，故老能言公者尚多，而讶其传之未见于世也。伏读感慨，惜京师故老之不及见也。公之事业在天地间，炳如是日星，自不容泯[28]。而史之取信，世之取法[29]，则有待于是焉。若富也，可谓能后者矣[30]。

注　释

㉒未有有为若公者：有为，指文天祥一再坚持抵抗。　㉓孙富：文天祥的孙子，名富。检校，官名。　㉔将刻之梓：即将交付刻印。梓，一种木材，用以刻印的材料。　㉕俾：使。　㉖《吟啸集》、《指南录》：均为文天祥叙述自己生平经历的作品。　㉗京师：指元大都，即今北京。㉘泯：泯没，消失。　㉙史之取信，世之取法：将来写历史时的可靠资料，后世作人的学习榜样。　㉚能后者：能继承祖先的遗志者。

解　说

宋朝亡国的时候，坚持道义不肯投降的人也还有。但却没有像文公这样有所作为的人。有些事情真的是不能用成功与失败来衡量的！这样说来，宋朝培养人才三百年的最后收获，也就是有了像文公这样一个人罢了。

文公的孙子文富，作了湖广省检校官，才拿出辽阳儒学副提举刘岳申写的文公的传，将要交付刻印，让我为这本传记作序文。我早就读过文公的《吟啸集》、《指南录》，见到过文公关于自己生平事迹的叙述，说得很清楚。三十年以前，我曾到过京师。当时的老人们还有许多人能说出文公的生平，却奇怪为什么见不到他的传记呢。现在见到这本传记，埋头细读，产生许多感慨。可惜京城当时那些故老没能读到这本书。文公的事业，像日月星辰一样，光辉灿烂地存在于天地之间，自然不会消失。而将来历史所要采集的可靠材料，后代人所要学习的榜样，那就有待于这本传记的出版了。像文富这样的人，是够得上被称为无愧于祖宗的后代的了。

石芝父评：新朝著述，往往痛诋胜朝人物，适足自形无识。此文推崇备至，固是文山不朽，实为论古无私。惜文字平浅无足观耳。

舣槎亭记

元明善

元明善，元清河郡人。初为安丰、建康学正，延祐（公元 1314—1319）中为翰林学士。与赵松雪同时。有张君锡者，慕张骞乘槎泛天河事，筑亭名曰舣槎亭。元明善为之记。

汲人张君锡氏作舣槎之亭[①]。志怪者云[②]：海与天河通。盖有人乘槎至斗牛间[③]。征而慕之，故以名亭。

注　释

①舣槎之亭：槎，木排；舣，停靠船只和木排之类航行运载工具。亭，指建筑物。舣槎之亭，即用来停靠木排的建筑物的名字。　②志怪者：专门记载鬼神奇怪之事的书。　③斗牛：指北斗星和牵牛星。斗牛间，指天上银河所在地。

解　说

这一段是全篇的引子。说明作“舣槎亭记”的缘起。

汲郡人张君锡，相信了古代神话所记载的乘槎浮海可以通到天河的故事。希望自己有朝一日也可以上到天河。所以临水建造一座凉亭，取名叫舣槎亭，以表达自己的愿望。因此而引发了作者对这一建造愿望的反复辩论。

槎，即今天称呼的木排；舣，泊船。舣槎亭，即用作停靠用以到天河去的木排的亭子。暗示着造亭人的某种愿望。

昔君锡挟能放游。浮河达淮④，乱江而南历吴越⑤。西至于鄂衡⑥，又至于沅澧⑦。逾洞庭，下彭蠡⑧。内赍鄂中⑨，息于水腹⑩。夺皛于腹⑪，袽渐于罅⑫，或再月不得抵所止。

舟师候洋⑬，盲风猋作⑭。水与风争，舳舻崩倾⑮。樯折柁败⑯，淼无底戾⑰。又雨且暮。游二十年，不知几此遭矣。

怠而北归，在于室中。夜悸于梦⑱，朝怵于见。犹事于槎⑲，亦何谓耶？

注　释

④浮河达淮：从黄河航行到淮河。　⑤乱江而南：指横渡长江。吴越，泛指今江苏省长江以南部分和浙江地区。春秋时为吴国和越国的地区。　⑥鄂衡：泛指今湖北、湖南地区，衡，本为衡山地区，此处用以泛称湖南。　⑦沅澧：沅江和澧水流域。亦用以指沅陵、醴陵。　⑧逾洞庭，下彭蠡：洞庭湖和鄱阳湖。逾，穿过。鄱阳湖在长江下游，洞庭相对在上游，故曰下。　⑨内赍：内，同纳。赍，即资，指财物、资本。⑩息于水腹：息，作息。指生活在水面上。即在船上生活。　⑪夺皛于腹：皛，音皎，明亮、皎洁貌。亦指大水的汪洋浩瀚。夺皛于腹，意为到大水中去争夺那皎浩与浩瀚。　⑫袽渐于罅：罅，指船可能漏水的缝隙。音下。木船在航行中发现有漏水的缝隙，往往用破旧衣服或败絮来堵塞。败絮、破衣，古称为袽。全句意为，穿的旧衣败絮，差不多被用来堵漏消耗光了。　⑬舟师候洋：旧时，一般较大木船，都有一个有经验的老船工，称为舟师。熟习地方气候变化。能观察气候状况是否适于航行。如发现危险，即停止航行，躲过风浪。称为候洋。　⑭盲风猋作：盲风，大风。猋作，迅疾刮来。　⑮舳舻：舳，船尾，亦指舵房。舻，船头。⑯樯折柁败：樯，张帆的桅杆。柁，即舵。木船航行中操纵船行方向的工

具称为舵。折，折断。败，破坏。 ⑰淼无底戾：淼，音渺，大水无边貌。底戾。水深打不到底，摸不到停船的地方。 ⑱夜悸于梦：夜里作梦也被吓醒。 ⑲犹事于槎：还惦着想放木排。

解 说

这是对张君锡过去经历的叙述，以引起对他还要建造觹槎亭的动机的质问。

从前张君锡凭着自己的能耐到处周游。从黄河坐船抵达淮河，渡过长江而游历了江南的吴越地方（苏州一带为古吴国，会稽、浙江一带为古越国地）。又沿长江西上到了湖北和湖南衡阳一带。进而又游历了沅江澧水，穿过洞庭湖湘西一带。把自己所带资本放在湖北，自己却住到大水中间。似要同汪洋大水争夺那皎洁和浩瀚。弄得棉衣破布都因为撕去填漏罅而快用光了。有时甚至一月又一月地到达不了目的地。有时，操船的师傅要停下船来等候风水。往往这时有阵大风猛然袭来，水和风互相争斗，弄得船头船尾都撞歪了，撞破了；桅杆折了，船柁破了。这时，不知道该有何处可以避风或靠岸，而天又黑了，又正是大雨之中。在二十年的游历中，这种情况不知遭遇了多少回。

实在游得疲惫了，才又回到北方来。住在安定的房屋里，夜里还往往被吓醒，白天看见水也害怕。就这样了还不肯忘情于弄个木排来放。这是怎么说的呢？

曰，怖吾之南[20]，信如子言。今吾完然我也。不亦有不水死者众乎[21]？环燕千里[22]，无湖江浸也[23]。依龙光被休风之人也[24]。耇寿昌嗣[25]，终不逢不若宜也。尝试征予二十年间，或者服食百忌，步乘有择。武导昼，兵卫夜。临避而吻动又噤，见获则声切亟诧[26]。非不牢自谋也。一旦若轻尘惊风，漠无踪响者[27]，抑何也？其所居甚海涛，所乘甚胶舟[28]。风水不争，立将解剥[29]。彼且安之，固亦危乎我矣[30]。

注　释

⑳怖吾之南：使我感到恐怖的南方。　㉑不水死者：不被水淹死的。　㉒环燕千里：河北省一带，古为燕国领域。北京古称燕京。故可称河北地区为环燕千里。　㉓无湖江浸：浸，指大的水泽。言北方地区没有大江大湖和大水泽。　㉔依龙光被休风之人：依龙光，即受皇帝庇护。被休风，即受到良好风气的教化之人。　㉕耇寿昌嗣：耇，即老。指这里的人都享高寿，子孙昌盛。　㉖吻动又噤，声切亟诧：形容这些官宦之家的人，生活都十分谨慎小心。遇有什么情况，立即嘴唇发抖，张嘴说不出话。若逮着什么坏人，立刻又大声呵斥。说明对自己生命的爱护。　㉗漠无踪响：冷漠得不留一点踪迹，不发出半点声音。　㉘所乘甚胶舟：用胶水黏结木板做的船，它遇水就溶化，非常危险的。“胶舟”出于一个古代典故。周昭王南征，要过河。楚人进胶舟，昭王乘了它，就淹死在河里。故胶舟象征一种非常危险的事态。　㉙立将解剥：立刻会分解、剥落。　㉚危乎我矣：比我更危险。

解　说

前一段列举了张君锡南游江汉所经历的波涛之危险，使人惊心动魄。甚至回到北方，安居不惊之后还想要弄个舣槎亭，想要乘槎去天河冒险。这真叫人难以理解了。这是一层相反意见的辩论。

这一段则是张君锡的反驳，这是第一个层次的辩驳。

张君锡说：我在南方所遭遇的恐怖、惊吓，固然和你所说的一样。但我不还是好好地活着吗？还是完完整整没少点什么。可见还是有很多人并没被水淹死吗？围绕这古燕国千里大的地方，没有江水湖水的浸泡，还依托着皇帝的威光，和平安定的春风的吹拂，从小活到老，儿孙养了一大群，到老也没遇到什么叫人无法活下去的危险。试考察一下我惊风历水那二十年间。有的人在吃穿方面有诸多避忌。步行或乘车，可以任意挑拣。白天出去有武卫前导，夜晚有守夜的兵士。稍有点风吹草动就吓得说不出话来；要是逮着了什么人，赶快就要审问得透底。他们并不是不为自己打算得很牢靠。但是，忽然一天却像地上的尘土被风吹起来一样，无声无息地消失了踪影。这是为什么？看起来，他的高门大屋比海涛还危险；他的车马比周昭王乘的胶水粘的船还脆弱。并没有什么风和水的争斗，立刻就分解剥落了。他倒觉得自己生活很安稳，实际上比我的经历更为危险。

这一段辩驳说明，人际关系的危险，更大于自然界的风波所造成的危险。

且也，世所共安而不之危，非天地乎？然载万物者地也，载地者水也[31]。火水石土合为地体。并水而载之者天也。地不为大舟乎？天不为大水乎？实大舟，运大水[32]，其不有大危乎？道虽无泯，器当有敝[33]。十二万年之后[34]，又谁知其不并大舟大水而趋于大坏也欤？槎本无也，无又何待于舣？亭亦无也。有亭必基于土。地且不能自有，何有于物！虽然，寄居于槎，犹万物之寄于地。同寄也。又奚安奚危哉[35]！

注释

㉛载地者水也：古代神话传说，大地是被大鳌鱼驼着浮在水面上，所以大地是被水载着。　㉜运大水：在“天”这个大水上运行。　㉝道虽无泯，器当有敝：意为：道的运行是永远不会消失的，但天地这些运行的工具，总有一天会损坏，用破了。　㉞十二万年之后：佛教说，天地若干万年将会破坏。称为一劫。十二万年，即指一劫。　㉟奚安奚危：奚，同何。即有什么安与危的区别呢？

解说

这一段是对“危”与“安”的进一步深入辩驳。其立论表现出深受佛家思想的影响。作者提出：进一步说，世人所共同认为最安全而最不危险的不就是天地吗？但是承载着万物的不是大地吗？而承载大地的不是水吗？所有的火、水、石、土合起来就成为大地的身体，把大地连同水一起承载着的就是天。地不是像一条大船一样吗？天不是承载这艘大船的水吗？这么大的船运行在这么大的水上，岂不是非常危险吗？天地运行的大道虽不会消失改变，但大道运行所使用的器具却总会有损坏的时候。到了十二万年之后，又有谁能知道这大船大水不会一起走向大败坏呢？

所设想的，可以通过天河的木排本就是虚假的、没有的。既然本来就没有，那又何必去等着停靠它，拴住它呢。甚至，连这个亭也并不真的存在。若要真有亭，就必然要有土地作基础。大地都不能保住自己的存在，还能保证地面上的东西的存在吗？话虽如此，但我想寄居在木排上，其实同万物寄居在大地上是同样的。同样都是寄居，又有什么安全与危险的区别呢？

余曰："子之号达矣，旷矣[36]！其情何求乎称也。夫槎者沟中断也，利小涉不大受也。胡不虚其中使无不足，牢诸外使无不载。道为之枳，时为之风[37]。泊之于义渚，系之于德渊[38]。若然，效大舟之实而不泄，托大水之运而不覆。沨沨乎，滺滺乎[39]，槎之进乎是者至矣[40]！

注　释

㊱子之号达矣，旷矣：号，音豪。宣扬，宣称，宣传。引申为公开主张。达，达到了大道、真理；旷，广大，无所不包。　㊲道为之枳，时为之风：枳，即楫，划船工具。时，时间，作为推动它的动力。　㊳义渚、德渊：意为这个大槎，以德和义为它的停泊处。　㊴沨沨乎，滺滺乎：沨，音冯。指大而婉的音乐声。滺，音由。大水流声。《楚辞·大招》："东有大海，弱水滺滺止。"　㊵至矣：达到最高点了。

解　说

这一段是作者对这一场假设的论辩的结论。同样是用佛教教义的观点。宋儒开创儒家的理学，本来就包含有佛教禅宗的思维论辩方式，深受禅宗的影响。所以宋以后的士大夫往往都喜欢谈禅。这篇《舣槎亭记》就是这种思潮下的产物。

这一段以“余曰”开始，表达作者自己的意见，以作为对假设的张君锡氏的意见的答复并作为全篇的总结。作者说，你说的理论可以认为是通达大道了，思想也很开阔。其实，你这样高超的思想已用不着再用语言来表述了。槎这个东西本是小河沟、小水流中用的，盛不下重大东西。为何不把木排改造一下。扩大它的空间，使它有足够运载能力；加固它的外部，使它什么东西都能装载。用大道来作它的划桿，时间来作为吹动它的风。把它停泊在“义”的岸边，把它拴在“德”的深水处。如果这样，它会有大船一样的装载量而不怕漏掉，放到大江大海那样的大水上也不会翻船。好似“大而婉”的音乐，冯冯地响得很；又好似大海中的海流，汪洋无际。木排能到达这种程度，那就到了极顶了！

石芝父评：由近以排远，由小以观大，天地一坳堂杯水也。人于其中，一芥子一微尘也。而又何有何无哉。作者以清妙之笔，写幽渺之思，已开后世归、唐、方、姚一派。

送天台陈庭学序

宋　濂

宋濂，字景濂，元末浦江人。元末曾授翰林，不就。居龙门山十年。后仕明为翰林学士。撰《元史》二百十卷。明初制礼作乐，多出其手定，为一代文宗。

西南山水，惟川蜀最奇。然去中州万里①，陆有剑阁栈道之险②，水有瞿塘、滟滪之虞③。跨马行篁竹间山高者，累旬不见其巅际④。临上而俯视，绝壑万仞，杳莫测其所穷⑤。肝胆为之掉栗。水行则江石悍利，波恶涡诡⑥。舟一失势，尺寸俱糜碎土沉，下饱鱼鳖。其难至如此！故非仕有力者，不可以游；非材有文者，纵游无所得；非壮强者，老死于其地。嗜奇之士恨焉⑦。

注　释

①中州：泛指中原地区。　②剑阁、栈道：剑阁，四川地名。李白"蜀道难"诗云："剑阁峥嵘而崔嵬，一夫当关，万夫莫开。"栈道，又名阁道。在山崖绝壁上凿孔加木，连阁而成的一种道路。非常艰险。　③瞿塘、滟滪：瞿塘峡，三峡西段第一峡。在四川奉节，长江自此入峡，峡中有著名险阻滟滪堆。堆兀立江中，江水至此流急湍恶，木船至此，极易出险情。《水经注》曾留有："滟滪大如马，瞿塘不可下，滟滪大如牛，瞿塘不可留。"之语。　④累旬：旬，十天。累旬，几十天。不见巅际。看不见山顶，也看不见尽头。　⑤绝壑万仞，杳莫测其所穷：仞，古长度单

位。一仞八尺。万仞，极言其深，测不到底。 ⑥江石悍利，波恶涡诡：悍利，强悍，锋利。在激流中，水波冲击力没有固定方向。湍流形成漩涡尤其危险，往往将船吸入江心岩缝，没有丰富经验的船工，不敢在此行船。 ⑦嗜奇之士：今言探险爱好者。

解　说

自唐李太白“蜀道难”一诗广为传诵之后，四川省的山川风物为天下所仰慕。这篇文章就是一个嗜奇之士所想象中的四川风景。写来如在眼前。由此可见古代由于交通工具的限制，使人产生的对蜀道的畏惧感是何等深刻。而其文笔一洗辽金元以来的浅陋，是中国古文学重振的开篇。这是值得重视的。

首段就是作者以一个嗜奇者的身份描绘出的蜀道之奇与险，令人为之神往。但作者神往之余，还留下另一层意思。

中国西南地区的山和水，以四川最为奇妙。但离中原地区很远。陆路呢，有剑阁、栈道这些危险的地方；而水道呢，又有瞿塘、滟滪这些要命的危险。走险路骑马时，那些满是竹林的山，有的高到走几十天也看不见山顶。待到你上了山顶再往下看，却又是陡峭的断崖山谷，黑乎乎看不见底。看得人把胆都吓掉了。要是走水路，那么，那些又硬又锋利的江中的岩石，凶狠的波浪，诡秘的漩涡。只要船偶然一下没掌握住，整个的船就会粉碎下沉，去喂鱼鳖。这里旅行起来的难度，竟大到这样！所以，非当官而又强壮有力，去不了那里。没有文学才能的人，去了也白去。到了那里，如不是强壮有力，只有老死在那里，再也回不来。所以，好奇的人们真恨这个地方。

天台陈君庭学，能为诗。由中书左司掾[8]，屡从大将北征，有劳擢四川都指挥司照磨[9]，由水道至成都。成都，川蜀之要地，扬子云、司马相如、诸葛武侯之所居，英雄豪杰战攻驻守之迹[10]，诗人、文士远眺、饮射[11]、赋咏、歌呼之所。庭学无不历览，既览必发为诗，以纪其景物、时世之变。于是，其诗愈工。越三年，以例自免归。会予于京师，其气愈充，其语愈壮，其志意愈高。盖得于山水之助者侈矣[12]！

注释

⑧中书左司掾：官职名称。中书即中书省。全国行政主管。按分工分为右司、左司等，如今之司局级。掾，指局级负责官员。 ⑨照磨：官职名称。 ⑩迹：古迹名胜。 ⑪饮射：饮，喝酒；射，校射、射覆。泛指文人聚会、燕乐之地。 ⑫侈矣：太多了。

解说

天台人陈君庭学，能作诗。由中书省左司属吏，多次跟随大将军北征，有功劳提升为四川行中书省都指挥司的照磨。从水路到了成都。成都，是四川首要地方，是扬雄、司马相如、武乡侯诸葛亮居住的地方，是英雄豪杰鏖战、进攻和驻防的地方，留下许多古迹。是诗人、文士，前来游览、聚会、咏诗、高歌长啸的地方。庭学都亲自参与观察了。既亲身经历了，就必然把这种情感写成诗，以纪念这些事迹和这些景物的时代变迁。因此，他的诗越来越好了。三年之后他援例自行辞职回家。在京师我们得相会。他的诗的气概更充实了，他的诗句更有功夫了，诗的语言更豪壮了，诗的境界更为高远了。大概是得益于山水的影响帮助很多。

予甚自愧！方予少时，尝有志于出游天下，顾以学未成而不暇。及年壮可出而四方兵起[13]，无所投足。逮今圣主兴而海内定。极海之际，合为一家，而予齿愈加耄矣[14]！欲如庭学之游，尚可得乎？然吾闻古之贤士，若颜回、原宪[15]，皆自守陋室，蓬蒿没户[16]，而志意常充然[17]，有若囊括于天地者[18]。此其何故也？得无有出于山水之外者乎？庭学其试归而求焉。苟有所得，则以告予，予将不一愧而已也[19]。

注　释

⑬四方兵起：指元末的反元及统一战争。　⑭耄：年老。《礼记·曲礼》："八十九十曰耄。"音帽。　⑮颜回、原宪：均为孔子弟子。列入七十二贤之位。《论语》有颜渊、宪问二章。颜渊即颜回；宪问即原宪和孔子的问答。⑯蓬蒿没户：没，遮掩。家里的蓬蒿野草把窗户遮没了。　⑰志意常充然：充，充实、满足的状况。　⑱有若囊括于天地者：好像天地间一切都装在他的袋子里，亦即，他什么都有了。　⑲一愧而已：羞愧一下罢了。

解　说

这是文章的末章。第一段是泛泛地描写自己对川蜀山川的向往。第二段是叙陈庭学的诗，受川蜀山水的熏陶而有很大进步，功夫老了，境界高了。第三段谈了自己感到惭愧和不如。至此似乎都是对陈庭学人和诗的赞赏。但最后几句却留下令人思索不尽的余音，耐人寻味。

本段一开始，作者以自愧的心情陈述了自己年轻时的梦想——出游天下。但没有得到机会。青年时要读书，不能到处去跑。到了壮年，四方兵起（反元的战争）。待到当今天子，（朱元璋）统一海内，四方安定下来时，自己却已老了，再也无力远游了。但最后几句话颇为耐人思索：但我听说古代贤人，比如颜回、原宪这些人，一辈子守住自己几间破房，院里的野草连窗户都遮住了（哪儿也没去过）。然而，他们的内心却很充实，好像天地间所有的东西他们都有了。这是什么道理呢？是否他们还拥有超出了山水之外的什么东西呢？希望庭学试着回去再探索一下。要是你探索有心得，就请告诉我。我就不会只感到羞愧一下了事。

这最后的短短几十字，措辞隐微而含意深远。口气是请教，要求是探讨，然而其实含有某种深刻的批评。这就只好供人深思了。

石芝父评：宋学士博学多闻，为有明开国一代文学大家。为文力追昌黎，一洗辽金元之肤陋。于此可见一斑。

司马季主论卜[1]

刘　基

刘基，字伯温，明初青田人。太祖定天下，基参谋为多。精天文、兵法。封诚意伯。后为胡惟庸构陷，忧愤而卒。善为文章，与宋景濂并为一代大家。

东陵侯既废[2]，过司马季主而卜焉[3]。季主曰："君侯何卜也？"东陵侯曰："久卧者思起，久蛰者思启[4]，久懑者思嚏[5]。吾闻之，蓄极则泄[6]，闷极则达[7]；热极则风，壅极则通[8]。一冬一春，靡屈不伸[9]；一起一伏，无往不复[10]。仆窃有疑，愿受教焉。"季主曰："如是，则君侯已喻之矣，又何卜为？"东陵侯曰："仆未究其奥也[11]，愿先生卒教之。"

注　释

①司马季主论卜：这是作者托名司马季主的寓言。司马季主是《史记·日者列传》中的卜者。曾与贾谊、宋忠有所论辩，诋斥显宦、尊官、卑污之人。贾、宋二人不能屈。此文借司马季主之名来发议论，谈无往不复之理。　②东陵侯：汉召平，本为秦时东陵侯。秦亡后，在长安城东种瓜，人称东陵瓜。本文中借此人名与司马季主互相问答。　③卜：古代以龟甲灼裂，观其裂纹，以定吉凶，称为卜。后代演化为江湖术士以种种手段伪言吉凶者，通称为卜者。　④蛰、启：某些动物，冬天潜藏过冬，称为蛰。启，本义为打开门户。引申为开始行动。　⑤嚏：打喷嚏。　⑥蓄

极则泄：水蓄多了就会泄流。 ⑦闷极则达：达，通畅。闷极了自会通畅。 ⑧壅极则通：壅，用土堵水。壅到一定程度就会被冲开。 ⑨靡屈不伸：靡，即没。没有被弯曲的东西会永不伸直。 ⑩无往不复：中国古代哲学中的一句格言。无论什么事，有去就有来，有失就有得。往前走下去，终究要回来。复，回也。 ⑪奥：本义为房间的深处，光线不到的角落。引申为深奥、奥妙等意。

解　说

这是一篇寓言体的文章。文中的卜者司马季主，是司马迁的《史记·日者列传》中的主人公。而问卜者号为东陵侯。东陵侯召平秦亡后种瓜以自活。均为古人。故假托二人的问答以阐明自己对某些问题的见解。

东陵侯既已被废弃了，到司马季主那里去问卜。季主说："君侯想卜什么？"东陵侯说："躺久了，想起来；藏久了，想开门看看；憋久了想打个喷嚏。我听说，蓄积多了会往外流；闷极了就要开放；热极了起风，堵久了就畅通。一冬一春，屈久了总要伸直；一起一伏，去了总要回来。我却有点疑问，愿请你指点。"季主说："照你说的，说明你已经明白了，干吗还要问我呢？"东陵侯说："我还没弄懂那深一层的道理。愿先生到底给指点一下。"

季主乃言曰："呜呼，天道何亲？惟德之亲；鬼神何灵？因人而灵。夫蓍[12]，枯草也；龟[13]，枯骨也；物也。人，灵于物者也[14]。何不自听而听于物乎？且君侯何不思昔者也[15]？有昔者必有今日。是故，碎瓦颓垣，昔日之歌楼舞馆也。荒榛断梗，昔日之琼蕤玉树也[16]。露蚕风蝉，昔日之凤笙龙笛也[17]。鬼磷萤火，昔日之金缸、华烛也[18]。秋荼春荠，昔日之象白驼峰也[19]。丹枫白荻，昔日之蜀锦齐纨也[20]。昔日之所无，今日有之不为过；昔日之所有，今日无之不为不足。是故一昼一夜，花开者谢；一春一秋，物故者新。激湍之下，必有深潭[21]；高丘之下，必有浚谷[22]。君侯亦知之矣，何以卜为?”

注 释

⑫蓍：一种草，作占卜之用。卜，观察裂文形象、方位，以决吉凶。蓍，则以数字决吉凶。用龟称卜，用蓍称占。占卜二者在古代有相同的作用。 ⑬龟：卜未来吉凶的工具，将已死龟的甲壳加以烧灼出现裂纹，从而隐示某种吉凶含义。称为龟卜。 ⑭人，灵于物者也：人为万物之灵。⑮昔者：过去。 ⑯琼蕤玉树：蕤，草木花朵下垂状，犹言琼花玉树。花草中的珍品。 ⑰露蚕风蝉：据涵芬楼明刊本，蚕应作蛬，蟋蟀。秋露之中蟋蟀鸣，秋风中蝉鸣，其声凄恻。蛬，音 gǒng。 ⑱釭：铜灯盏。⑲象白驼峰：象白，象脂；驼峰，骆驼背上的峰，均为美味名品。 ⑳蜀锦齐纨：四川产锦缎，山东产薄绸。 ㉑激湍而下，必有深潭：江河中凡有湍流之处，下面必有岩缝，因流水常年冲刷形成的深渊。 ㉒浚谷：深谷，峡谷。

解 说

这一段是司马季主对东陵侯所提问题的最终回答。东陵侯之问，是关于他的命运的。他家原是有功封侯，现在则垮了，去种瓜度日。所以他首先提出卧思起，蛰思启；闷则达，壅则通的问题。意思是，我已穷够了，垮到底了，我该翻翻身了。为什么我还是看不见翻身的机会呢？本段就是司马季主对他的答复。

司马季主这才说：唉！老天对谁亲？他只对有道德者才亲。鬼神有什么灵验？它是因人的信仰才灵验。这蓍草，它只是几株枯萎的草；神龟呢，也不过一堆干枯的甲骨。都是物质。人是比任何物质都有灵性的。为什么不去听信更有灵性的自己，却想去听信没有灵性的死物呢？而且，君侯你，何不想想过去呢？有过去才会有现在，也一定会有现在。所以说：破碎的瓦，坍塌的墙，就是那从前的歌楼舞榭；现在荒地榛莽中的残枝断梗，就是当日的琼花玉树。露水凄零下的野蚕和凛烈风中凄苦的蝉声，就相当于从前的凤笙龙笛。黑夜里野墓上的幽幽磷火和萤光，就是当日的金灯华烛。秋天的苦苦菜，春天的荠荠菜，就是你当年吃的象白驼峰。红艳的枫叶，雪白的荻花，就是当年你穿的蜀锦、齐纨。从前你所没有的，今天你有了也不算过分；从前你曾拥有的，今天没有了，这也算不上不足。在一昼夜中，花开了就会谢；过了一春一秋有的东西凋零了，就会有新的出现。所以说，那凶猛迅激的漩涡之下，必有个很深的水沟；高峻的山丘之下，就必然会有深邃的山谷。这你也是知道的，何必来问卜呢？

季主的意思是说：无往不复是必然的。但一往一复，有快有慢。花开花谢，是朝夕的事。寒来暑往是一年的事。急湍深潭与高山深谷的往复却更为时长久了。东陵侯不过刚穷了几天，就怀疑起无往不复的哲理来，是过分了。

石芝父评：此文学屈子“卜居”，及邹阳狱中书。虽才力不逮古人，然高出金元人万万矣。

深虑论[1]

方孝孺

方孝孺，字希直。明初宁海人。性介直，以辟异端为己任。颜其书斋曰“正学。”建文时为侍讲学士。燕王起兵靖难，姚广孝语之曰：“入南京不可杀方正学。杀之则读书种子绝矣。”及燕兵下南京，燕命正学草即位诏。正学抗命不从。燕王曰：“我学周公辅成王耳，此朕家事，与尔何干?”方曰：“成王安在?”燕王曰：“尔不畏诛九族耶?”方曰：“十族何惧!”遂拔其舌，血滴成“篡”字。燕王诛其十族。

虑天下者[2]，常图其所难[3]，而忽其所易；备其所可畏，而遗其所不疑[4]。然而祸常发于所忽之中[5]，而乱常起于不足疑之事。岂其虑之未周欤？盖虑之所能及者人事之宜然，而出于智力之所不及者，天道也。

当秦之世，而灭诸侯，一天下。其心以为周之亡在乎诸侯之强耳。变封建为郡县[6]。方以为兵革可不复用，天子之位可以世守，而不知汉帝起陇亩之中[7]，卒亡秦之社稷[8]。汉惩秦之孤立。于是，大建庶孽而为诸侯[9]。以为同姓之亲，可以相继而无变。而七国萌篡弑之谋[10]。武宣以后[11]，稍剖析之而分其势[12]。以为无事矣，而王莽卒移汉祚[13]。光武之惩哀平[14]，魏之惩汉，晋之惩魏，各惩其所由亡而为之备。而其亡也，盖出于所备之外。唐太宗闻武氏之杀其子孙，求人于疑似之间而除之。而武氏日侍其左右而不悟[15]。宋太祖见五代方镇之足以制其君，尽释其兵权[16]，使力弱而易制。而不知子孙卒困于敌国。

注　释

①深虑论：指这篇文章所要考虑的问题，是国家的长治久安的问题，甚至是历代皇帝所希望的，千世万世而为君，传之无穷的问题。这个问题是非常深远的，所以称为“深虑。”　②虑天下：虑，有多重含义。忧虑、思考、担心等。此处作思考解。虑天下，即考虑天下大事应如何处置问题。　③图：筹划，安排。　④遗：抛开，忘记等。　⑤祸常发于所忽：灾祸常是从被忽略的地方冒出来。　⑥变封建为郡县：秦始皇分天下为三十六郡，每郡由中央派出官吏治理。废止了周王朝实行的封土建国制度。即变过去的由各地方独立治理的制度，为中央集权的统一管理。后世称为“废封建，立郡县。”　⑦汉帝起陇亩中：汉帝，指汉高祖刘邦，是他先进咸阳，灭了秦国，陇亩，泛指农耕地。汉高祖初为亭长，相当于今天一个乡镇干部，并未全脱产。即仍是一个农民，故称陇亩之中。　⑧社稷：本意是指土地神和谷神，如鲁迅阿Q传中的土谷祠。引申为国家的代称。　⑨庶孽：周代开始建立嫡长子继承制。国君正夫人为嫡配夫人，其子为嫡子，其长子为嫡长子，有王位的继承权。其馀诸子为庶孽子。无继承权。　⑩七国萌篡弑之谋：汉景帝时，鉴于诸侯势力强大，成为中央的威胁。大臣晁错建议逐步削减诸侯权力。当时吴、楚、赵、胶东等七国，借诛晁错为名，起兵造反。史称“七国之乱。”　⑪武宣：汉武帝和汉宣帝。　⑫剖析之：把诸侯国一国分为几国。　⑬王莽卒移汉祚：祚，皇位、国统。移，移动，改变，指篡位。西汉末年，王莽，以禅让形式篡位，改国号为新。史称新莽。　⑭光武之惩哀平：惩、鉴戒，惩戒。王莽篡汉于哀帝、平帝时代。新莽末年，天下大乱。刘秀重新统一，称东汉光武帝。惩哀平，即以哀平时期王莽篡位之祸为历史鉴戒。　⑮武氏：即武则天。称则天皇帝。相传太宗末年，有谣传“武氏代天下”。太宗想要杀尽姓武的，后被劝止。当时武则天为太宗才人。后果接替唐高宗成了则天皇帝。　⑯尽释其兵权：宋太祖赵匡胤当皇帝后，鉴于五代之乱，遂用高官厚禄的策略，把诸将的兵权全部收回。军队精锐集中于汴京，称为禁

军，直接由中央指挥。史称“宋太祖杯酒释兵权”。宋代由此兵力衰弱，困于外敌。

解　说

方孝孺的深虑，目的是想探求如何能使封建王朝永远存在下去而不会覆灭的方法。这其实和秦始皇帝的“二世三世，至千万世而为君”的思想是完全一致的。已往历代王朝的开国之君，都绞尽脑汁地想自己的王朝永远存在下去。然而他们都一一失败了。这是什么原因呢？究竟有没有能使一个封建王朝永远存在下去的方法呢？——这就是作者追寻的目标。第一部分，则是对以往失败经验的分析。

考虑统治天下的人，常是为当时所看到的、巩固统治的困难所在，设计解决的办法，却忽视了他认为没什么问题的方面。对他认为可怕的力量加以周密防备，而丢下他不怀疑的方面。然而，结果灾祸常是从他所不注意的方面出现，而乱子就发生在他认为不要紧的事上。难道是他考虑得不周到吗？不，人所能考虑的只能是人事方面该怎样、不该怎样做。而智力所无法考虑的却是天道。

当秦始皇时，完全消灭了诸侯，统一了天下。他心中认为，周王朝之所以被灭亡，是由于诸侯太强大了。他就废弃了周代封建诸侯的制度，而改行郡县制度。他以为这就安全了，武装可以不用了，天子的宝座可以世世代代传下去了。却不知道汉高祖能从农民之中崛起，终于灭亡掉秦王朝。汉王朝呢？接受了秦失败是由于皇帝太孤立了的教训，就大量地把子侄封为诸侯，认为同姓是一家人，可以不会有变化。但七国各自想当皇帝而起了篡逆的阴谋。武帝、宣帝以后，慢慢对诸侯加以分割，分散他们的势力，以为这就平安了。但王莽却悄悄地把统治权拿到自己手里。东汉光武帝接受了哀、平时期的这个教训。魏朝又接受汉朝失败的教训。晋又接受魏的教训。各代都是接受了前代灭亡的教训来做周密的防备。但他们灭亡的原因，都完全来自他们的周密防备之外。

唐太宗听人说，姓武的要杀害他的子孙，就到处寻找那些可疑的姓武的来杀掉。但武则天每天都跟随在他身边，他却看不见。宋太祖看见了五代的方镇能够挟制皇帝，就把所有方镇将领的兵权都解除了，使他们容易接受控制。却不知由此而使子孙无法抵抗敌国的入侵。

此其人皆有出人之智，盖世之才。其于治乱存亡之几，思之详而备之审矣⑰。虑切于此而祸兴于彼，终至乱亡者，何哉？盖智可以谋人，而不可以谋天。良医之子，多死于病；良巫之子⑱，多死于鬼。岂工于活人，而拙于谋子也哉？乃工于谋人而拙于谋天也。

古之圣人，知天下后世之变，非智虑之所能周，非法术之所能制。不敢肆其私谋诡计，而唯积至诚，用大德，以结乎天心⑲。使天眷其德⑳，若慈母之保赤子而不忍释。故其子孙虽有至愚不肖者足以亡国，而天卒不忍遽亡之。此虑之远者也。

夫苟不能自结于天，而欲以区区之智，笼络当世之务，而必后世之无危亡，此理之所必无者。夫岂天道哉！

注　释

⑰治乱存亡之几，思之详而备之审：这些极顶聪明人，对于关系治乱存亡之处，即极其关键微妙的地方，考虑得很仔细且准备得审慎周到。
⑱良巫之子，多死于鬼：良巫，有本事的巫师。而他的儿子，却多是被鬼害死的。　⑲结乎天心：与老天爷的心结合起来。　⑳天眷其德：眷，眷恋，眷念。德，德行。

解　说

前一段分析了历史上各朝各代，为保持自己的统治权所做种种努力的失败经验。在这一段中，作者提出了自己的见解。他的办法是要统治者自结于天。说白了是求天保佑。这是承认了封建统治的巩固问题，人力是无法解决的。喊老天爷，说明他智穷力竭了。

这些人（前段中所举的谋求巩固统治地位的人）都有超出所有人的智慧，有压倒所有人的才能。他们对于治乱、存亡这些问题的要害，考虑得又详细又周到。但他所考虑到的是这些方面，而灾祸的发生却在别的方面。所以最终还是祸乱亡国。这是怎么回事呢？大概可以这样认为：人的智力可以谋算别的人，却算不过老天爷。高明医生的儿子，大多数是病死的；大巫师的儿子，多数死于鬼怪作祟。难道是他们救活别人很能干，却不会救自己的儿子吗？这是由于他谋算别人的能耐很大，而在谋算老天爷方面却没有能耐了。

古代的圣人知道天下后世的变化不是人的智力所能完全预料的，也不是可用什么方法技术来制服的。他们不敢放肆使用各种阴谋诡计。只有诚诚恳恳、积累大功大德来讨好老天爷的心，使老天爷特别爱惜他，好像当妈的对自己儿子一样地尽力保护。所以他的子孙虽有既愚蠢又混账应该亡国的，老天爷也不肯让他很快亡掉。这才是能够长远的思虑方法。假若一个人不能讨好老天爷，而妄想用自己那点有限的智慧，来笼络当前世界一切事务，还要使后代绝对安全，不产生亡国的危险，这在道理上是必然讲不通的。这难道能说是天道使他这样的吗？

石芝父评：自古有国有家者；惟德可以长久。德者，仁民爱物之谓。秦之暴，二世而亡。元之强，数世而亡。尚智力不尚德也。知此理者，虽亡而不亡。读此便知天道可凭，而人力不足恃也。

象祠记①

王守仁

王守仁，字伯安，明余姚人。弘治间进士。弱冠就婚江西。结婚日忽失去，与铁柱宫道士谈，竟三日始归。因事谪龙场驿丞。究心理学，以致良知为主。讲学阳明洞，世又称阳明先生。其后，用兵平宸濠、平南赣贼。用兵神速，出将入相。卒谥文成，封新建伯。其学有体有用，日本人崇拜至今。

灵博之山②，有象祠焉。其下诸苗夷之居者③，咸神而祠之。宣慰安君因诸苗夷之请，新其祠屋而请记于予④。予曰："毁之乎，其新之也⑤？"曰："新之。""新之也，何居乎⑥？"曰："斯祠之肇也，盖莫知其原⑦。然吾诸蛮夷之居是者，自吾父、吾祖，溯曾高而上，皆遵奉而禋祀焉⑧。奉而不敢废也。"予曰："胡然乎？有鼻之祀⑨，唐之人盖尝毁之。象之道，以为子则不孝；以为弟则傲。斥于唐而犹存于今。坏于有鼻而犹盛于兹土也。胡然乎⑩？我知之矣！君子之爱若人也，推及于其屋之乌，而况于圣人之弟乎哉。然则祠者为舜，非为象也。"意象之死，其在干羽既格之后乎⑪？不然，古之骜桀者岂少哉⑫，而象之祠独延于世。吾于是盖有以见舜德之至，入人之深，而流泽之远且久也⑬。

注　释

①象祠记：象，舜弟名。在儒家经典中，他是个桀骜不驯的家伙，曾

迫害过舜，是个坏人。但在贵州少数民族地区，到明代仍保留着祭祀他的祠庙，称为“象祠”。这篇文章是当地人重新修塑这个庙宇时，请作者写的记。 ②灵博之山：山名。在贵州省，黔西县。是少数民族居住的地区。 ③诸苗夷：苗是当地少数民族的族民。夷则是当时对少数民族轻蔑的统称。 ④新其祠屋：对象祠的建筑加以重新修缮。 ⑤毁之乎，其新之也：是毁掉它，还是重新修建它？ ⑥何居乎：什么道理？为什么？ ⑦肇：开始，初建。原，原因，原本。 ⑧禋祀：祭祀，禋，音因。 ⑨有鼻：古地名，舜封象于有鼻。今湖南道县附近。人名象，地名有鼻，又恰好是象的封地。二者之间似乎有某种联系。但已不可考。 ⑩胡然乎：为什么这样呢？ ⑪干羽既格：干羽，古代舞蹈用具。干，盾；羽，雉尾，战士的饰品。《尚书·大禹谟》“苗民逆命……帝乃诞敷文德，舞干羽于两阶，七旬有苗格。”故“干羽既格”，指有苗已接受舜的感化。 ⑫骜桀者：凶暴倔强，不听命者。 ⑬流泽之远且久：流泽，指舜的德化流传给人民带来的恩惠既传之久，影响之远。

解 说

阳明先生深于理学，对一切事都要推求到一个合乎理学的结论。这篇文章可说是他的逻辑思维的一个典型。首先是由于这个祠所祀奉的是象。象是《尚书·舜典》中的一个坏的典型。他反对他的大圣人哥哥。祭祀他，就有悖于理学的标准。因此，他要反复推求，使这个老百姓坚持的祭祀在理学上得到一个合理的解释。这就是他这篇文章的中心思想。

灵博山有个象祠，祀奉的是那个反对他自己的哥哥——大圣人舜的象。住在山下的苗、夷的少数民族居民，都很崇拜信仰他。管这里的宣慰安君应当地人民的请求，要修葺翻新这个祠庙，并请我为此作记。我问：“是要推倒这个祠，还是要翻修它？”回答是：“翻新。”“翻新？有什么理由？”回答说：“这个祠是几时建造的，已经没人知道了。但我们这些住在这里的各民族，从父辈、祖辈到高祖以上，都一直在奉祀他，没人敢要废掉它。”我说：“为什么这样？有鼻（历史记载，舜封象于有鼻）的祭祀，唐代就曾废止过。象这个人的品质，作为儿子，是个不孝的儿子；作为兄弟，是个不听话的兄弟。他（的祠）在唐代曾被排斥，却到现在还存在。在有鼻被毁弃，而在这里却仍然兴旺。这是何缘故呢？啊，我懂了！好人要是爱某个人，就连他屋上的乌鸦也爱。何况他还是圣人的兄弟呢！如此说来，祀奉的，是舜而不是象。”我想，或者是象在有苗受到舜的感化之后吧。不然的话，古来那些桀骜不驯的人还少吗，却只有象的祠庙还存在、流传下来。我从这点看到了舜的品格太高了。它深入人心，以至流传这么长久。

象之不仁，盖其始焉耳。又乌知其终之不见化于舜也[14]？《书》不云乎：“克谐以孝。烝烝乂[15]，不格奸[16]。”瞽瞍亦允若[17]，则已化而为慈父。象犹不弟，不可以为“谐”。进治于善，则不至于恶；不底于奸[18]，则必入于善。信乎象已化于舜矣。

《孟子》曰：“天子使吏治其国。”象不得以有为也。斯盖舜爱象之深而虑之详，所以扶持辅导之者之周也。不然，周公之圣，而管蔡不免焉[19]。斯可以见象之见化于舜，故能任贤使能而安于其位，泽加于其民，既死而人怀之也。“诸侯之卿，命于天子[20]。”盖《周官》之制，其殆仿于舜之封象欤[21]。

注　释

⑭见化于舜：被舜所感化。　⑮烝烝乂：乂，音意，善也。烝烝，热气上行貌。烝烝乂，指热烈向善。　⑯不格奸：格，至。奸，恶。不至于为恶。　⑰瞽瞍亦允若：瞽瞍，舜父。允若，和顺貌。本来顽固的瞽瞍亦变得性情和顺了。　⑱不底于奸：底，至，止。不至于为恶。　⑲管蔡不免焉：管蔡，管叔鲜、蔡叔度。因联合武庚为乱，反对周公。周公东征三年，弭平叛乱，杀了管叔，放逐蔡叔。被惩罚，故曰“不免”。　⑳命于天子：诸侯国的卿、大夫称为陪臣。其中最高级的是卿，按《周官书》规定，应由周天子任命。但事实上并无此事。《周官书》是伪作。孟子说：“天子使吏治其国”，也无根据。　㉑仿：仿效。

解　说

前一段按理学的推理方式，确定了人民之所以奉祀象祠是为舜不是为象，是因舜的伟大而不是因象的崇高。但舜的德性也感化了象使他好起来。所以人民才奉祀他。这一段就进一步分析象是如何变好了。从而为象之受到人民奉祀找到理论依据。

象的不仁的性格，大概是他早年的事。又怎能知道他最终不接受舜的感化呢。《书》不是说了吗："克谐以孝。烝烝乂，不格奸。"又说："瞽瞍亦允若。"那么，他已变成了慈父。如说象还是那样不听哥的，那么，舜就说不上"谐"，象能向善，就不会走向罪恶；如果他能不走向奸，他就必然要走向善。可见象的确是已接受了舜的感化。

《孟子》说："天子使吏治其国。"不让象去胡行。这大概是舜的兄弟之情很深，替他考虑得很周到。从各个方面来帮助他，指导他。要不是这样，像周公这样的圣人之下，他的兄弟管叔、蔡叔还难免要反对他。由此可以看出象受到舜的感化很深，才能这样任用贤人和能干的官吏，还使这些人安心地坐在自己位置上，使人民得到好处。在他死后人民才如此怀念他。《周官》说，"诸侯之卿，命于天子。"这个《周官》中规定的制度，也是从舜封象这个历史故事中仿照来的罢。

吾于是盖有以信人性之善，天下无不可化之人也。然则唐人之毁之也，据象之始也㉒；今之诸苗之奉之也，承象之终也㉓。斯义也，吾将以表于世。使知人之不善，虽若象焉，犹可以改；而君子之修德，及其至也，虽若象之不仁，而犹可以化之也。

注　释

㉒据象之始也：根据象的早期表现。　㉓承象之终也：承认象后来的改过。

解　说

这是最末一段，是把前两段推理所得的结论加以推广，得出一个普遍适用的真理。那就是天下无不可化之人。任何人都是可以改恶从善的。

作者认为，我由此而相信了人的本性是善的。天底下没有不能改造的人。根据这个道理，可以认为，唐代人毁坏象祠，是根据他早年的品性，现在那些苗族人奉祀他，则是根据象后来的表现。这个道理，我将把它向今天的世道表述。使所有人都知道品性不好如象这样的人都可以改造好。反过来说君子们修养自己的德行，只要到了一定的水平，虽然遇到类似象这样的人，你也能够感化、改变他。

这篇文章可以成为体现宋明理学者思想方法的代表作。他们可以从圣人的片言只语出发，而推演出种种理论。其特点是从空到空。这一篇就是典型。他并没有实际的、可依据的材料来判断象究竟是怎样的人，只根据《书》的“弟象傲”就断定他是个不仁的人。再根据孟子的话，确定他是个很坏的人。孟子的话，其实又根据什么呢？只因为孟子是亚圣，所以他说的就是正确的。比如说，文中所引“天子使吏治其国”，就是孟子的臆想，并不可靠。直到周代，诸侯都是各自为政的，并没有天子派吏的事。更何况在更早的唐虞时代了。天子遣吏，那是秦汉以后的事了。可见以空对空的理论是误人的，不可尽信。

石芝父评：王文成以理学名臣，为有明一代大儒。谓象之祠，归德于舜。其识自高人一等。

项脊轩志[①]

归有光

归有光，字熙甫，明昆山人。嘉靖进士。曾居嘉定安亭江边，读书、讲学二十余年。工古文，为有明一代大家。学者称震川先生。

项脊轩，旧南阁子也[②]。室仅方丈，可容一人居。百年老屋，尘泥渗漉[③]。雨泽下注[④]，每移案顾视，无可置者。又北向不能得日[⑤]，日过午已昏。余稍为修葺[⑥]，使不上漏；前辟四窗，垣墙周庭，以当南日；日影反照，室始洞然。又杂植兰桂竹木于庭，旧时栏楯[⑦]，亦遂增胜。借书满架，偃仰啸歌，冥然兀坐[⑧]，万籁有声[⑨]。而庭阶寂寂，小鸟时来啄食，人至不去。三五之夜，明月半墙，桂影斑驳[⑩]，风移影动，珊珊可爱[⑪]。

注 释

①项脊轩志：我国自古的习惯，读书人都要给自己的书斋起个名字。本文作者给自己的书斋题名为“项脊轩”。志，就是今天说的“记事”。项脊二字很突兀费解。一说是归有光远祖归道隆曾在江苏太仓项脊泾居住，有怀念和继承之意。也可以释为此屋矮狭，象脖子和脊背间的那么一点距离，有自嘲之意。 ②南阁子：南屋的阁子。旧式建筑往往一排五间或三间。其中须经过他屋才能出入的称为阁或阁子。 ③尘泥渗漉：渗漉，即漏下，连土带泥。 ④雨泽下注：即漏雨。 ⑤不能得日：照不进阳光。 ⑥修葺：修理整顿，补漏。 ⑦栏楯：楯。栏板，亦泛指栏

杆。⑧冥然兀坐：无思无虑挺直地坐着。⑨万籁有声：万事万物，因各种孔、窍式气流等发出的混合声，称万籁，这种声音只有在极静谧的环境中可以听见。⑩桂影斑驳：月光照出的桂树影子在墙上，斑斑点点。⑪姗姗可爱：姗姗，树影摇摆移动状。

解　说

明代散文以归、唐并称，而归有光尤为擅长。历来说中国古文源流，往往称唐诗、宋词、元曲、明杂剧。于散文却未多重视。其实，明代散文为古文另辟了一番天地。在传统的经史论说、山水游记之外，把目光移向普通人的日常生活，才发现这里是别有洞天。其影响是不可低估的。直到语体文学登上历史舞台，方才逐渐沉寂。《项脊轩志》便是这方面的一个典型。

作者如叙家常，从这轩的外形变化娓娓说起。使人在极为寻常的生活琐碎中，看到充满情趣的生活天地。

项脊轩，是旧时的南屋中的一个阁子（即一个套间）。只有一丈见方那么大，也就仅可住下一个人。这房子已一百多年了，老得掉渣，尘土和碎泥都往下掉。下雨天就更糟了，漏水。手搬起书桌，都不知往哪儿放才不挨浇。而且，又是间南屋，窗户朝北，看不见太阳。一到下午，便似到了黄昏。我稍为修葺了一下，先别让漏雨。又在前边开了四扇窗户，有了一个由垣墙围成的小庭院，好接受南面来的阳光。日光被墙反射回来，屋里就亮堂了。我又杂七杂八种了点兰、桂、竹、木在庭院里。旧时原有的一点围栏、小柱，也显得好看了。屋里有满架的借来的书，在里边低头抬头地哼哼唱唱，甚至静静一坐，就好像天地间一切东西都有了自己的音响。而外面庭院阶沿静静的。不时有些小鸟飞来啄食，人来了都不怕。十五夜的月光照亮了半截墙。照出桂树的影子在墙上斑斑点点，风一吹，影就动，真让人欢喜。

然余居于此，多可喜，亦多可悲。先是，庭中通南北为一。迨诸父异爨[12]，内外多置小门墙，往往而是。东犬西吠，客逾庖而宴，鸡栖于厅。庭中始为篱，已为墙[13]，凡再变矣。

家有老妪[14]，尝居于此。妪，先大母婢也。乳二世，先妣抚之甚厚。室西连一中闺，先妣尝一至。妪每谓余曰："某所，尔母立于兹。"妪又曰："汝姊在吾怀，呱呱而泣[15]。娘以指叩门扉曰：'儿寒乎？欲食乎？'余从板外相为应答。"语未毕，余泣，妪亦泣。

注　释

⑫迨诸父异爨：伯父、叔父们分家。爨，音串，本意是烧火煮饭。异爨，即分开吃饭。即分家。迨，即待，等到。　⑬始为篱，已为墙：篱，竹编的篱笆，隔开往来。后来改用土筑成隔墙。显示大家庭的分裂日深。　⑭老妪：老太婆，老婆子。　⑮呱呱而泣：呱呱，婴儿哭声。

解　说

但我住在这里，有许多叫人高兴的事，也有许多使人悲伤的事。早先，庭院和南北两边房屋是通连成一套的。待到父辈分了家，就里里外外地修了些小门小墙，到处都是。东边的狗朝西边叫，客人往往穿过厨房去赴宴，家养的鸡却养在大厅上。庭院里呢，刚开始时夹了篱笆，后来就筑起了墙，已变了两三次了。

家里有个老婆子，曾在这间小屋住过。她是我祖母的丫头，当了两代人的乳母，我母亲对她很优厚。这小屋的西面，连着一间内室。我母亲也曾到这屋来。老婆子每次都对我说："那里，你母亲曾在这儿站着。"她又说："你姐姐在我怀里哇哇哭，娘用指头敲门板问：'孩子冷吗？饿了吗？'我从门板外和她一问一答。"话还没说完，我就哭了，她也哭了。

余自束发读书轩中[16]。一日，大母过余曰："吾儿，久不见若影[17]，何竟日默默在此，大类女郎也。"比去，以手阖门[18]，自语曰："吾家读书久不效，儿之成则可待乎？顷之，持一象笏至[19]，曰："此吾祖太常公宣德间执此以朝[20]。他日，汝当用之！"瞻顾遗迹，如在昨日，令人长号不自禁！[21]

注　释

⑯束发读书轩中：束发，即开始梳成发髻，表示已由儿童成为少年。正式开始读书，就在项脊轩里。　⑰若影：若，你。若影，即你的影子。　⑱阖门：关门。　⑲象笏：笏音忽。官员上朝时手执的薄板。板背可书写一些当天应奏请或回答的事的摘要，以免遗忘。多由贵重象牙制作。称为象笏。手执象笏，表示已做大官了。　⑳太常公：太常，官名，公，尊称。宣德，明宣宗年号。　㉑长号不自禁：长号，大声号哭。不自禁，禁不住。

解　说

我自从束发起就在这轩中读书。一天，祖母到我这里来，说："我的儿，好久没看见你的影子，怎么一天到晚都不言不语地坐在这里，真像个女孩子了！"走时，用手把门拉上，自言自语说："我们家读书的，好久也没读出个名堂。这孩子将来会有成就，看来是有指望的。"过一会儿，她拿着一柄象笏来，说："这是我祖爷太常公，在宣德年间拿着这个上过朝。将来，你会用得着它。"看着这祖宗留下的遗物，就好像是昨天的事，叫人禁不住想放声大哭。

轩东，故尝为厨；人往，从轩前过。余扃牖而居[22]。久之，能以足音辨人。轩凡四遭火，得不焚，殆有神护者[23]。

项脊生曰[24]：蜀清守丹穴[25]，利甲天下[26]。其后秦皇帝筑女怀清台[27]。刘玄德与曹操争天下[28]，诸葛孔明起陇中[29]。方二人昧昧于一隅也[30]，世何足以知之？余区区处败屋中[31]，方扬眉瞬目[32]，谓有奇景；人知之者，其谓与坎井之蛙何异[33]？

注　释

㉒扃牖而居：关着门窗在屋里。扃，音 jiōng，关闭。牖：音有，窗户。　㉓殆：恐怕，大概。　㉔项脊生：作者自称。因住项脊轩故自称如此。　㉕蜀清守丹穴：丹穴，产朱砂的矿洞。蜀清，又称巴寡妇清。一个女子能经营偌大的矿产，很受秦始皇的尊敬。为她建起一座“女怀清台”。事见《史记·货殖列传》。　㉖利甲天下：它的盈利是全国第一流。　㉗女怀清台：见注㉕。　㉘刘玄德，名备，蜀汉先祖。称昭烈帝。曹操，字孟德，称魏武帝。争天下事见《三国志》。　㉙诸葛孔明：名亮，隐居南阳隆中。刘备请他出山。成为蜀汉名臣。　㉚昧昧：默默无闻。　㉛处败屋中：败屋，指项脊轩。　㉜扬眉瞬目：瞬目，眨眼。得意之状。瞬，音 shùn。　㉝坎井之蛙：庄子寓言中的动物。坎井，一种浅井，人可以走下去汲水。坎井之蛙，比喻一种没见过世面的人。见识不广。

解　说

轩的东边，曾做过厨房，人来去都得从我轩前经过。久了，我能从脚步声知道来的是谁。

这个轩，曾四次遭到火警。但都没被烧掉，好像有神灵保护它。

以上几段文字，好像都是些各自独立的琐碎小事。但都牵涉这个轩的主人的喜怒哀乐和他所处的环境。使人读来觉得作者与这间小屋，似乎已融成一体，有共同的悲喜感情。

“项脊生曰”以下总结全文。却说到毫不相干的蜀中一个经营丹砂发财的寡妇与历史人物诸葛孔明。似乎有点东拉西扯。但隐约地透露出作者的内心世界。回应了开头所说的“多可喜，亦多可悲”。

“始为篱，已为墙，凡再变矣”反映出大家庭已走向没落。亲人们越来越隔离、疏远。而透过老妪的语言、祖母的托付，作者内心显露出对这个家庭的深深留恋，有一种责任感在心中升起。所以才联想到寡妇清和诸葛孔明。他们都是一个没落家族的中流砥柱、一个振兴的希望，这也正是作者内心升起的责任感的曲折表述。几百年后的我们，也许对这种家族责任感已经生疏了。但在几百年前，这种责任感却还是活生生地存在着，在内心激动着喜与悲。

余既为此志，后五年，吾妻来归[34]。时至轩中从余问古事，或凭几学书[35]。吾妻归宁[36]，述诸小妹语云："闻姊家有阁子，且何谓阁子也？"其后六年，吾妻死，室坏不修。其后二年，余久卧病无聊，乃使人复葺南阁子，其制稍异于前。然自后余多在外，不常居。

庭有枇杷树，吾妻死之年所手植也，今已亭亭如盖矣[37]。

注 释

㉞来归：嫁过来。即女子出嫁到丈夫家。 ㉟凭几学书：伏在几案上学写字。 ㊱归宁：回娘家。 ㊲亭亭如盖：长得高高的像把大伞盖。

解 说

这最后一段是事后的补记。

在"项脊生曰"那一段中谈到寡妇清与诸葛亮时，显然还是个满怀雄心的少年。而在这段补记中，却已是久历沧桑的中年了。怀念着自己已经失去了的年轻的妻子，同时也告别了与自己青春密切相连的项脊轩。亭亭如盖的枇杷树，那里隐藏着多少失去的悲怆啊。这时的心情，与当时想着"诸葛孔明起陇中"的梦，有多大的差距啊。

每个人的一生，都有过美梦与失落。这就是这篇散文在几百年后仍能打动读者的心灵的魅力所在。

石芝父评：古文家至唐迄宋，登峰造极。辽金元时，中原多故，作者卒鲜。明初稍稍振起宗风。逮及归熙甫、唐顺之诸大家出，卓然起前代之衰，开清文之派。有清作者，此其滥觞也。

项思尧文集序

归有光

永嘉项思尧与余遇京师[①]，出所为诗文若干卷，使余序之。思尧怀奇未试[②]，而志于古之方[③]。其为书可传诵也。

盖今世之所谓文者；难言矣。未始为古人之学，而苟得一二妄庸人为之[④]，巨子争阿和之[⑤]，以诋排前人。韩文公云："李杜文章在，光焰万丈长。不知群儿愚，那用故谤伤。蚍蜉撼大树[⑥]，可笑不自量[⑦]。"文章至于宋元诸名家，其力足以追数千载之上而与之颉颃[⑧]。而世俗以蚍蜉撼之，可悲也。无乃一二妄庸人为之巨子[⑨]，以倡导之欤？

注 释

①京师：即京城。明太祖建都南京，明成祖建都称北京。即今北京市。 ②怀奇未试：怀抱奇才，未参加科举考试。 ③志于古之方：方，道也。《易·恒卦》："君子以立不易方。"注：方犹道也。另一义：方犹文章也。《礼记·乐记》："变成方谓之音。"注：方，犹文章也。故，所谓古之方，即古之道，亦即古代文章之道。（此时明代已开始以八股文取士的制度。八股文称为"时文"。与此相对，以前的文章通称"古文"。） ④妄庸人：狂妄、庸俗之人。 ⑤巨子争阿和之：即今天流行语：吹捧他。阿字本意为曲，和的本意为应和，赞同。即弯着心眼吹捧。巨子，有权势的人。 ⑥蚍蜉撼大树：蚍蜉，蚂蚁的一种。一般指大蚂蚁。一群蚂蚁想要摇晃一棵大树。是完全办不到的。 ⑦不自量：量，作

动词用，音良。指一种愚蠢的人，不知自己有多大分量。⑧颉颃：音吉杭。《诗·邶风·燕燕》："燕燕于飞，颉之颃之。"即互相飞上飞下。引申为水平差不多，不相上下之意。此处指宋元古文作者的水平，可与汉魏作者的水平不相上下。⑨巨子：古代墨家组织中的头人称为巨子。后代引申为隐指某大人物或有势力人物。此处指某些狂妄无知的人，做了反古文的带头人。

解　说

这是作者通过为一个自己的友人的文集作序，而抒发自己关于古文学的见解，并对当前一些文学思潮有所批评的文章。

永嘉的项思尧和我在京师相见，拿出他自己作的诗和散文许多卷，要我给作一篇序文。思尧这个人，心中怀着超出一般的学问，没有像一般人那样去参加考试。他的志趣在于深入钻研古文学。他写的书是值得广为流传的。

大概说来，今天社会的所谓文学，实在是很难说了。还没有真正钻研过古人的文学，马马虎虎有这么一两个狂妄而又庸俗的人随便翻翻，便胡批乱道，一些有地位有权力的人就争相附和，诋毁、排斥以前的一些作家。唐代的韩文公韩愈曾说过："李杜文章在，光焰万丈长。不知群儿愚，那用故谤伤。蚍蜉撼大树，可笑不自量。"（简译：李白、杜甫的作品在那里存在着，放着万丈光芒。一群无知识的孩子，却故意地想用毁谤来伤害它。像那蚍蜉一样的小虫子硬要去摇撼大树，真的，你们也不掂量掂量自己有多大的分量。）说实在的，古文学到了宋元时代一些大名家手中，那力度真可以上追到千年前的大家们，可和他们比比高低。而现今世道上，却想用几个蚍蜉的摇晃来动摇他们的文学地位。这实在太可悲了。这不是那些狂妄的庸人带头倡导的吗？

思尧之文，固无俟于余言⑩。顾今之为思尧者尤少⑪。余谓文章天地之元气⑫。得之者，其气直与天地同流。虽彼其权足以荣辱毁誉其人，而不能以与于吾文章之事。而为文章者，亦不能自制其荣辱毁誉之权于己[13]。两者背戾而不一也久矣[14]。故人知之过于吾所自知者，不能自得也[15]。己知之过于人之所知，其为自得也，方且追古人于数千载之上。大音之声[16]。何期于折杨、皇荂之一笑[17]。吾思尧言自得之道如此。思尧果以为然，其造于古者必远矣。

注　释

⑩俟：等待。　⑪为思尧者尤少：愿作思尧这样的人，已越来越少。　⑫文章天地之元气：指天地万物的本原物质，天地万物皆由此生成。文章也是由元气而来。真正得到了元气的文章，就和天地是同一元气的流派。　⑬不能自制其荣辱毁誉之权：即，作者也不能自己说了算。自己说好是不行的。　⑭背戾：背，相反。戾，通捩，扭转。背戾，即今俗语“拧着劲儿。”　⑮自得：得意状。如：“洋洋自得。”《孟子》：“自得之，则居之安。”不能自得，即不自安。　⑯大音之声：《老子》：“大智若愚，大音希声。”真正大的声音，甚至很难听见。那是高水平的。⑰折杨皇荂：泛指一般俚俗歌曲。《古乐府》有折杨柳曲。《庄子·天地》：“大声不入于里耳，《折扬》、《皇荂》则嗑然而笑。”

解　说

在抨击了那些狂妄无知之徒对宋元以来的文学的胡乱评论之后，话题又回到项思尧的古文上来。

思尧的文章本用不着我来说三道四。但是，看来今天像思尧这类的人实在太少。我认为，文章是天地之间的元气（一切美好的、有价值的东西，都由这元气产生）。要是真正得到了这个元气，那么，他那文章的气就和天地的气合流了（这是无比强大的）。虽然有那么些人，他手中的权力，足可以使一些人得到荣誉，得到称赞，也可以侮辱或毁坏一些人，但他绝不可能参与我们对文章的评论。与此相同，一篇文章的价值，好与坏，称赞或批评，也不能由文章作者自己说了算。这两者，长期以来都是互相背离而不一致，这种状况很久以来就是这样了。要是别人对于这篇文章价值的认识，超过了自己的认识，那他自己心里就会感到不自在。要是自己的认识超过了别人的评价，那他心中的那个得意，简直就要追上千载以上的古人，和他们比比先后。老子所说的“大巧若拙，大音希声”这样的水平，哪在乎那些唱点《折杨柳》、《皇荂》之类流行歌曲的人们在说什么。我这位思尧老兄所说的自我满足的道理就是这样。如果思尧能坚持这个真理是正确的，那么，他的成就，就将会追上那些古代的大名家。

石芝父评：以单气行文，曲折奥衍，而前后起伏照应，脉络分明。遂开有清桐城一派。

信陵君窃符救赵论[①]

唐顺之

唐顺之，字应德，明武进人。嘉靖八年会试第一。以御倭功升右佥都御史，人称荆川先生。为文与归有光等同称为唐宋派。

论者以窃符为信陵君之罪。余以为，此未足以罪信陵也。夫强秦之暴亟矣[②]。今悉兵以临赵，赵必亡。赵，魏之障也[③]，赵亡，则魏且为之后[④]。赵魏，又楚燕齐诸国之障也[⑤]。赵魏亡，则楚燕齐诸国为之后。天下之势，未有岌岌于此者也[⑥]。故救赵者亦以救魏，救一国者亦以救六国也。窃魏之符以纾魏之患[⑦]。借一国之师[⑧]，以分六国之灾，夫奚不可者[⑨]？

注 释

①信陵君窃符救赵论：信陵君是战国时代魏国的公子，魏王的异母兄弟，当时天下四大公子之一。家养士三千人。当时秦攻赵，赵用赵括为将，在长平战败，四十万兵尽被秦坑杀。秦军进围邯郸。赵国面临亡国之祸。赵使平原君到各国求救。魏王派将军晋鄙统十万人救赵。由于害怕惹怒秦人，兵到边境驻扎，不肯再进。名为救赵，实为观望。魏公子信陵君，多次劝魏王救赵，魏王不听。于是公子想率所养宾客几千人去与秦军战斗。侯生因此献计，利用公子对魏王宠姬如姬有恩，让如姬窃来王的兵符。信陵君执兵符去魏军中取代将军晋鄙，向秦军进攻。楚国救兵也到，邯郸围解，秦军败退。这就是有名的信陵君窃符救赵的故事。事见于

《史记·信陵君列传》。本文是唐顺之对这个历史事件的评论。②秦之暴亟矣：暴，残暴。如活埋投降的四十万赵兵。亟，紧急。③障：屏障：保障魏国不受秦的进攻。④魏且为之后：如赵国亡了，下一个就将是魏国。⑤诸国之障：赵魏直接与秦相邻，因此隔断了秦向齐楚燕进攻的道路。所以是齐楚燕诸国安全的保障。⑥岌岌：危险的状况。⑦窃魏之符，纾魏之患：纾，音书，缓解。盗取魏国的兵符，以缓解魏国的灾祸。⑧借一国之师：指用窃来的兵符，去指挥魏国的军队。⑨奚不可：奚，为何？有什么不可以呢？

解说

历史评论者把信陵君窃符这件事看作他的大罪过。我以为，这并不能算是信陵君的罪过。那个强大的秦国，它极为横暴。今天把全国的兵力都用来进攻赵国，赵国必将灭亡。赵国是魏国的屏障，赵亡了，紧跟着的就是魏国。赵魏又是楚燕齐这些国的屏障。赵魏亡了，紧跟后面的就将是楚燕齐诸国。天下形势再没有比这更危险的了。所以，救赵也就是救魏，救一国也就是救六国。盗窃魏国的兵符，来缓解魏国的灾祸，借一国的兵，来为六国挡灾，有什么不应该呢？

然信陵果无罪乎？曰，又不然也。余所诛者，信陵君之心也[10]。

信陵，一公子耳，魏固有王也[11]。赵不请救于王，而谆谆焉请救于信陵[12]。是赵知有信陵，不知有王也。平原君以婚姻激信陵[13]，而信陵亦自以婚姻之故，欲急救赵。是信陵知有婚姻，不知有王也。其窃符也，非为魏也，非为六国也，为赵焉耳；非为赵也，为一平原君耳！使祸不在赵而在他国，则虽撤魏之障[14]、撤六国之障，信陵亦必不救。使赵无平原，或平原而非信陵之姻戚，虽赵亡信陵亦必不救。则是赵王与社稷之轻重，不能当一平原公子[15]。而魏之兵甲，所恃以固其社稷者，只以供信陵君一姻戚之用。幸而战胜可也，不幸战不胜，为虏于秦，是倾魏国数百年社稷以殉婚姻，吾不知信陵何以谢魏王也⑯？

注　释

⑩诛信陵君之心：诛心，追究他的动机。　⑪魏固有王也：意思是：使用军队这种事应该由王来决定，信陵君无权作出决定。　⑫谆谆：恳切重复之状。如："言之谆谆。"　⑬以婚姻激信陵：信陵君姊，嫁为平原君夫人。　⑭撤魏之障：取消魏国的屏障。　⑮当：相当。意思是把自己亲戚看得重于赵王和国家。　⑯谢：谢罪。

解　说

前一段以战国形势之危急，来申辩信陵君窃符救赵行为是正当的、无罪的。而这第二段却从另一观点看，认为信陵君有罪。作者认为：

信陵君真的无罪吗？又不是的。我所以认为信陵君有罪，主要在于他的内心活动，他的动机。

信陵君不过是一位公子，魏国是有王的。赵国不向魏王求救，却专一地向信陵君求救。这是赵国只知道有信陵，不知魏国还有王。平原君还用姻亲关系来打动信陵君。而信陵也因婚姻关系急于救赵。这说明信陵君心中只有婚姻关系而不知道还有个魏王。他窃符不是为了救魏，也不是为了六国，而只是为了赵国。也不能算为了赵国，而仅仅为了一个平原君！假如灾祸不是发生在赵而是在别的国，那么，虽然会使魏国失去屏障、六国失去屏障，信陵君也必然不会去救；假设赵国没有平原君，或者平原君不是信陵君的亲戚，即使赵国亡了信陵君也不会去救。这就是说，赵王以及赵国的分量，抵不上一个平原公子。魏国的军队，本应是用来保卫国家的，却只供给信陵君的一个亲戚来使用。打胜了，没话说；万一不幸打败了，变成秦国俘虏，这是把魏国几百年才建起国家，为自己的亲戚当殉葬品！我不知道，在这种情况下，信陵君将何以面对魏王？

夫窃符之计盖出于侯生[17]，而如姬成之也[18]。侯生教公子以窃符，如姬为公子窃符于王之卧内。是二人亦知有信陵，不知有王也。余以为信陵之自为计，曷若以唇齿之势激谏于王[19]。不听，即以其欲死秦师者[20]，而死于魏王之前。王必悟矣。侯生为信陵计，曷若谏魏王而说之救赵。不听，则以其欲死信陵君者而死于魏王之前。王亦必悟矣。如姬有意于报信陵，曷若乘王之隙而日夜劝之救。不听，则以其欲为公子死者，而死于魏王之前。王亦必悟矣。如此，则信陵君不负魏，亦不负赵；二人不负王，亦不负信陵君。何为计不出此？信陵知有婚姻之赵而不知有王。内则幸姬，外则邻国，贱则夷门监人，又皆知有公子，不知有王。是则魏仅有一孤王耳！呜呼！自世之衰，人皆习于背公死党之行[21]，而亡守节奉公之道[22]。有重相而无威君[23]，有私仇而无义愤。如秦人知有穰侯不知有秦王[24]。虞卿知有布衣之交不知有赵王[25]。盖君若赘旒久矣[26]。由此言之，信陵之罪固不专系乎符之窃不窃也。其为魏也，为六国也，纵窃符犹可。其为赵也，为一姻戚也，纵求符于王而公然得之，亦罪也。

注　释

⑰侯生：信陵君的宾客。用计窃取兵符，是侯生的主谋。见《史记·信陵君列传》　⑱如姬：为公子去盗窃兵符的实际执行者，魏王的宠姬。　⑲唇齿之势：两个国家互相依存，有如嘴唇和牙齿的关系。没有了嘴唇，牙齿就将受风变冷。　⑳死秦师：魏王不肯出兵，信陵君无法可想，准备与家客一起去对秦军作自杀性攻击。　㉑背公死党之行：违背国家利益，为自己小集团卖命的行为。　㉒守节奉公之道：守节，重要关头坚持自己应尽的义务，来保护国家的利益。　㉓重相、威君：重相，对国家举足轻重的宰相。威君，有权威的国君。　㉔穰侯：姓魏名冉。在秦曾作将军和相国权势极大。“知有穰侯不知有秦王”语出《史记·范睢、蔡

泽列传》。 ㉕虞卿知有布衣之交不知有赵王：事见同上书。虞卿为赵相。魏齐与虞卿有旧。秦昭王力胁赵王交出魏齐，以为范雎报仇。魏齐急报虞卿，虞卿于是不顾赵王，封还相印，与魏齐同亡。这是虞卿顾朋友而不顾赵国安危。 ㉖君若赘旒：赘旒，旌旗顶上的飘带。只是摆饰，没有用处。国君受大臣挟制，不能行使自己的君权，就和旗上的赘旒一样。

解　说

窃符的计谋是侯生提出的，而由如姬完成。侯生教唆公子去窃符，如姬为了公子去窃符，这是两个人心中只知道有信陵而不知道有魏王。我以为，要是替信陵公子自己打算，不如用唇齿相依的形势来激切地进谏魏王。要是还不肯听，那么就以原来要去秦军赴死的决心，死在魏王跟前。魏王必然会觉悟了。侯生为信陵君定计，何如自己去进谏魏王，劝说他去救赵。还是不听呢，那就以自己打算死在信陵君面前的办法去死在魏王面前，王也一定会觉悟了。如姬若是有心要报答信陵君，何不趁魏王有空时，白天黑夜地劝他去救赵。再不听，那就以自己愿为公子效死的心，去死在魏王面前。魏王亦总该觉悟了。这一来，信陵君对得起魏国，也对得起赵国；侯生、如姬两个人呢，对得起魏王，也对得起公子。为什么不用这样的计策呢？信陵君心中有亲戚而没有国王。就内部说，有宠信的姬妾，从外部说有邻国，往下贱说有夷门的守城门的人，又都只知道有公子，而不知道有王。这是魏国仅有一个孤立的王罢了。可叹，自从世道衰败以来，人人都习惯于背公死党的行为，而没有守节奉公的道理。有掌重权的宰相，而没有有威权的国王，有个人的私仇，而没有公共的义愤。例如：秦人知道穰侯，而不知有秦王；虞卿知道有布衣之交，而不知道有赵王。可见国君很久以来就是一个摆设罢了。由此而言，信陵君的罪过不全在于窃符或不窃。要是为了魏国，为了六国，就是盗窃兵符也应该。要是只为了赵，为了自己亲戚，纵然是公开向魏王求来的符，也是有罪的。

本段应说是全文的中心，重点是批判了结党营私，而不顾君主与国家。

虽然，魏王亦不得为无罪也。兵符藏于卧内，信陵君亦安得窃之？信陵不忌魏王而径请之如姬，其素窥魏王之疏也[27]。如姬不忌魏王而敢于窃符，其素恃魏王之宠也。木朽而蛀生之矣[28]。古者人君持权于上，而内外莫敢不肃[29]。则信陵安得树私交于赵？赵安得私请救于信陵？如姬安得衔信陵之恩？信陵安得卖恩于如姬？履霜之渐[30]，岂一朝一夕也哉！由此言之，不特众人不知有王，王亦自为赘旒也。

故信陵君可以为人臣植党之戒，魏王可以为人君失权之戒。春秋书"葬原仲[31]"，"翚帅师[32]。"嗟夫，圣人之为虑深矣[33]。

注 释

㉗疏：疏忽，大意。 ㉘木朽而蛀生：蛀，蛀虫，从内部毁坏木材。句意为，木头自身糟朽了就会生蛀虫。 ㉙莫敢不肃：肃，肃静，戒惧。在强有力的君权面前，谁都谨慎戒惧。 ㉚履霜之渐：古代成语："履霜坚冰，由来也渐。"从开始踩到霜，逐渐变成坚硬的冰，这是长时间逐渐形成的。 ㉛葬原仲：《左传·庄公二十七年》经书："秋，公子友如陈，葬原仲。"杜注："原仲，陈大夫。季友违礼会外大夫葬。具见其事，亦所以知讥。"这是说明臣下不应与外国有私交。 ㉜翚帅师：《左传·隐公四年》："秋，宋公使来乞师，公辞之。羽父请以师会之。公弗许。固请而行。故书曰：'翚帅师'，疾之也。"这是说，大夫侵犯了国君的权力，是不许可的。 ㉝圣人之为虑深矣：圣人在书写此事时，考虑得非常深远。

解 说

信陵君目中无王是有罪的。但魏王自己也不是没有罪责。兵符藏在王的卧室里，信陵君怎么能偷窃呢？他不顾虑魏王而直接去求如姬，说明他早已知道魏王很马虎。如姬敢于直接偷窃而不害怕，是仗恃着魏王的宠爱。木头朽了自然会生虫。古时候，当君王的握着权柄处于上面，里里外外的臣僚没有敢随随便便的。如果这样，信陵君怎么敢与外国建立私人交谊呢？赵国也不可能私下直接请求信陵君；如姬也不可能接受信陵君的恩惠；信陵君也不能向如姬私下卖惠买好。从开始见霜到结成坚冰，岂是一天半天就完成的？由此而言，不但众人不知有王，魏王自己也把自己看成多余的人了。

可以说：信陵君可以为当臣下的私下里建立朋党关系的警戒，魏王也可以作为当君主的丢失自己的权力的警戒。《春秋》书“葬原仲”“翚帅师”。唉！圣人考虑事情是多么深远啊！

通观这一篇《信陵君窃符救赵论》，是一篇很有分量的论辩文章。把信陵君窃符救赵的行为，一步步提到理论的高度，是非常严厉而有逻辑的，并且与当时的舆论和为信陵君作传的司马迁的见解完全对立。这件事在当时得到广泛赞扬，而司马迁也十分钦佩，甚至专门为此到大梁去凭吊当时遗迹。而此文作者却把这件事作为信陵君结党营私、里通外国、目无君上的典型坏事来鞭挞。两种是非观念真是一天一地。为何如此呢？我以为应从历史时代的变迁所带来价值观念的变化来认识。战国时期，处士横议，甚至君王不如士之可贵，有民贵君轻之说。和后代，尤其宋明以来理学流行后主张君权神圣的理论，在观念上是有天地之差的。由此而形成的价值观念就完全背反了。如战国时信陵公子名扬天下。他能够独立击退强秦，使人人敬仰。本文作者视其为结党营私、目无君上，是绝不应允许的行为。二者的是非差异炯然可见。究竟有无一个公正的是非呢？我以为应该有。

作者为信陵君提供的计策是向魏王进谏，直到死。甚至也要侯生、如姬去进谏到死。一连说了三个“王必悟矣”、此外别无他法。这真能有效吗？可以说全是虚幻妄想。如果一死就能使君王改变主意，那么，天下就没有昏君了。即以本文作者亲自经历的时代而言，皇上几十年不见臣僚的面，把政事全交给严嵩。难道这事不严重吗？也有人进谏，也有人为此而死。这个皇帝觉悟了吗？完全空想。直到他死，也没觉悟。本文作者正是这时代的人，应当知道。如果信陵君听了他的话，赵与魏早就亡了。这就是书生之见误国的典型。应当知道，把君权神化，其必然结果是如明清一样，由腐化而国破家亡。这就是理学的最终危害。

与友人论学书

顾炎武

顾炎武，初名绛，字宁人。曾自署名蒋山佣。学者称亭林先生。明末遗民。江苏昆山人。为明清之际著名思想家、学者。早年曾参加南明时期反宦官、反权贵的斗争。明亡后又多次参加反清起义。失败后坚持不仕。曾遍游华北各地，尤重视西北边防地理。学问极博，开有清一代朴学风气。著作有《日知录》、《天下郡国利病书》等传世。

比往来南北[1]，颇承友朋推一日之长[2]，问道于盲[3]。窃叹夫百馀年以来之学者，往往言心言性[4]，而茫乎不得其解也。命与仁，夫子之所罕言也[5]；性与天道，子贡之所未得闻也[6]。性命之理著之《易传》[7]，未尝数以语人。其答问士也，则曰："行己有耻[8]。"其为学，则曰："好古敏求[9]。"其与门弟子言，举尧舜祖传所谓"危微精一[10]"之说一切不道，而但曰："允执厥中。四海困穷，天禄永终[11]。"呜呼！圣人之所以为学者，何其平易而可循也！故曰，"下学而上达"[12]。颜子之几乎圣也[13]，犹曰："博我以文[14]。"其告哀公也："明善之功，先之以博学[15]。"自曾子而下[16]，笃实无若子夏[17]，而其言仁也，则曰："博学而笃志，切问而近思[18]。"

注　释

①比往来南北：比，近来。往来南北，南方北方，来来去去。作者在

明亡后曾多次北谒思陵（崇祯帝墓），南谒孝陵（明太祖墓，在南京。）并遍历北部边疆，关心国家边庭防卫情况。 ②一日之长：长，年长。《论语·先进》："子曰：以吾一日长乎尔，毋吾以也。"是一种谦逊的语气。如说，"我不过比你多活了几天，没什么了不起。" ③问道于盲：盲，盲人。请盲人给指路，是不行的。 ④言心言性：宋明理学发展到明代后期，流入空谈，脱离实际。在心性这些命题上兜圈子，不谈实际问题。 ⑤罕言：罕，稀少。罕言，很少说。《论语·子罕》："子罕言利与命与仁。" ⑥性与天道：子贡，姓端木名赐，孔子弟子。他说："夫子之文章，可得而闻也。夫子之言性与天道，不可得而闻也。" ⑦《易传》：指《周易系辞》孔子所著，分上下传。又统称《易大传》。 ⑧行己有耻：《论语·子路》"子贡问曰：'何如斯可谓之士矣?'子曰：'行己有耻。'"孔子认为，作为士，首要的就是行己有耻。然后才是宗族称孝，乡党称悌，其次才是言必信，行必果。 ⑨好古敏求：敏求，汲汲追求、学习。好古，指对过去所积累的各种知识努力追求。 ⑩危微精一：宋理学家认为尧传舜、舜传禹的四句话，是圣人的十六字心传。即："人心惟危，道心惟微，惟精惟一，允执厥中。"四句简化即为："危微精一"。⑪四海困穷，天禄永终：在《虞书·大禹谟》中，舜除说了上述四句以外，随后还说了两句："四海困穷，天禄永终。"即：老百姓都穷了，老天爷给你的当君主的禄位，也就完蛋了。这两句话是对所谓十六字心传给出的一个实际限制。不管如何危微精一，如果老百姓活不下去，你这"天子"也将当不成。 ⑫下学而上达：语出《论语·宪问》："子曰：'不怨天，不尤人，下学而上达。"这是循序上进的意思。学习要从一点一滴的实际做起，达到更高境界。 ⑬颜子之几乎圣也：颜子，颜回。几乎，很接近圣人了。 ⑭博我以文：《论语·子罕》颜渊说："夫子循循然善诱人。博我以文，约我以礼。"朱注：博我以文，致知格物也。 ⑮先之以博学：语见《中庸》。为学的次序："博学之，审问之，慎思之，明辨之，笃行之。"所以把博学列在第一。 ⑯曾子：姓曾名参，孔子弟子。 ⑰子夏：姓卜，名商，字子夏，孔子弟子。 ⑱博学而笃志，切问而近思：这是子夏谈学习的两句话，后面还有一句是"仁在其中矣。"见《论语·子张》。首先要求博学，并要专心坚持。切问近思，就是举一隅而以三隅反。类推理解。

解　说

近来，我往来于南方和北方，一些读书的朋友因我的年岁大点而给予尊重，往往向我这个盲人来问道。我私下里常常叹息这一百多年来的学者，往往夸夸其谈地说心说性，却稀里糊涂地不知道心性究竟是什么。天命和仁，这是孔夫子很少谈论的话题。性和天道是什么，这是子贡从孔夫子那里都没有听说过的。性和命的道理，是著在《易传》里的，却很少和别人谈。在回答子贡问"要怎样才能够称得上士"的问题时，只要求他做到"行己有耻"四个字。对于来问怎样学习的人，只回答说："好古敏求"。在和弟子们谈话中，谈到尧舜互相传授的所谓"危微精一"（即：《大禹谟》："人心惟危，道心惟微；惟精惟一，允执厥中。"）这个被宋儒理学派称为"圣人十六字心传"的说法时，别的一切不管，只说了："允执其中。四海困穷，天禄永终"这一点。想想啊！圣人教导这些求学者，是何等的平易近人，指出的为学之道是看得见、摸得着的。所以说，学问之道要从具体、切实的事上做起，最终达到高明的境界。像颜回这样几乎接近了圣者的境界的人还说："博我以文。"（使我知道得更多。指孔子教育弟子循循善诱，由浅入深。）孔子在回答鲁哀公问政时说，为政先要明白什么是善。能明白什么是善的第一个条件就是要博学。（多学习，多知道。）在孔门弟子中，自曾子以下，讲笃实谁也不如子夏。子夏对于仁是怎么说的呢？他说："博学而笃志，切问而近思。"

今之君子则不然。聚宾客门人之学者数十百人。譬诸草木，区以别矣，而一皆与之言心言性。舍多学而识[19]，以求一贯之方[20]。置四海之困穷不言，而终日讲"危微精一"之说。是必其道之高于夫子，而其门弟子之贤于子贡，祧东鲁而直接二帝之心传者也[21]。我弗敢知也。

注　释

⑲⑳舍多学而识，以求一贯之方：作者强调首先要有广博知识为基础，才能有认识的提高。舍弃多学，犹如舍弃基础，想抄近道是不行的。一贯之方，指“吾道一以贯之”，即儒学的中心思想。想一步登天，必然流于空疏。　㉑祧东鲁，接二帝：祧，超过。东鲁，指孔子。二帝，指尧与舜。

解　说

现在这些学者们却不是这样。集合起百十来人的宾客弟子。比如说是草木吧，这百十来株也会各有不同，有所区别吧。却无一例外地和他们讲心、讲性。舍弃了那种通过广泛的学习来认识客观事物的原则，却去追求那种一下子就可以贯通一切的方法。放下普天下的穷困的现实不说，而一天到晚讲这“危、微、精、一”四个字。这必然是这些先生们的道德学识超过了孔夫子，而他们门下的弟子们也当然比子贡之流的七十二贤人更高明了。超过东鲁的孔子而直接承接了尧舜二帝的“心传”了。这个我可不敢说。

《孟子》一书，言心言性，亦谆谆矣[22]。乃至万章、公孙丑、陈代、陈臻、周霄、彭更等之所问，与孟子之所答者，常在乎出处、去就、辞受、取与之间[23]。以伊尹之元圣[24]，尧舜其君、其民之盛德大功，而其本乃在乎千驷、一介之不视不取[25]。伯夷、伊尹之不同于孔子也。而其同者，则以行一不义，杀一不辜而得天下，不为。是故性也、命也、天也，夫子之所罕言，而今之君子之所恒言也[26]。出处、去就、辞受、取与之辨，孔子、孟子之所恒言，而今之君子所罕言也。谓忠与清之未至于仁[27]，而不知不忠与清而可以言仁者，未之有也。谓不忮不求之不足以尽道[28]，而不知终身于忮且求而可以言道者未之有也。我弗敢知也。

注　释

㉒谆谆：教诲不倦貌。　㉓出处、去就、辞受、取与：这四者是古代读书人生命价值的四个重要转折关头。什么情况可以出去或不能出去；什么样的君王应该躲开或靠近；什么样的爵禄应该接受或拒绝接受？什么应该取得，什么应该付出？这都是些实际问题，而不是空谈的心与性的理论。　㉔伊尹之元圣：伊尹，商代开国君王汤的首辅，为汤王决策灭夏。被儒者尊为古代圣人之一。元圣，大圣之意。　㉕在乎千驷、一介之不视不取：语出《孟子·万章》："禄之以天下弗顾也，系马千驷弗视也。非其道也，非其义也，一介不以与人，一介不以取诸人。"显示一切大小行为，都以合乎道义为准。合则行，不合则不视不取。千驷，犹千乘。古代一乘四马。介，同芥，小草。引申为一丁点东西，虽细微，也不能随便取与。　㉖罕言，恒言：罕，稀少。罕言，很少说。恒，常，恒言，常常说。　㉗忠与清未至于仁：忠，公正忠实；清，廉洁。未至于仁，应是当时理学家们谈心谈性的一个题目。　㉘不忮、不求，不足以尽道：与上条论题相同。不忮，不嫉恨他人；不求，不贪心。《诗·邶风·雄雉》："不忮不求，何用不臧。"

解　说

《孟子》这部书，说心、说性，可说是谈得很恳切的了。乃至于万章、公孙丑……这些弟子们所问和孟子的回答，常常就在出处、去就、取与、辞受这几件事之间。以伊尹这样的大圣人，尧舜时代的君和民的高尚品德和贡献，他们这样成就的根本因素，就仅在于大至千驷、小至一介的看不看、取不取的问题。（不合乎道义原则看都不看一眼，不合乎道义原则，哪怕一根小草也不肯轻易给人，也不肯随便从别人那里接受。）伯夷、伊尹是与孔子不相同的人。但他们的相同之处，就在于哪怕去做一件不合乎道义的事，杀一个无罪的人，就可以得到天下，也决不肯去干。所以，关于什么性呀，命呀，天呀，这些问题，孔夫子是很少说的，而今天的这些君子们却是常常挂在嘴边的。至于出处、去就、辞受、取与的是非分辨，却是孔子、孟子所常说的，却是今天的君子们很少说的。说什么忠与清这些品德还没有达到仁的标准，却不知道那些不忠不清的人而可以夸夸其谈地说仁说义的事，从来也没有过。还说什么不嫉害他人、不贪求私利的人还算不得尽了道，却不知道一辈子嫉害他人、贪求私利的人，却有资格来讲道的，从来也没有过。这真是我不敢知道的理论。

愚所谓圣人之道者如之何？曰："博学于文㉙"；曰："行己有耻㉚。"自一身以至于天下国家，皆学之事也。自子臣弟友以至出入、往来、辞受、取与之间，皆有耻之事也。耻之于人大矣！不耻恶衣恶食，而耻匹夫匹妇之不被其泽㉛。故曰："万物皆备于我矣，反身而诚㉜。"呜呼！士而不先言耻，则为无本之人，而讲空虚之学。吾见其日从事于圣人而去之弥远也㉝。虽然，非愚之所敢言也。且以区区之见，私诸同志，而求起予。

注　释

㉙参见注⑭。　㉚行己有耻：对自己的言行，要知道羞耻。　㉛匹夫匹妇不被其泽：为有一个普通老百姓而没有得到我的恩泽而自感羞耻。《孟子·万章》："思天下之民，匹夫匹妇，有不被尧舜之泽者，若己推而纳之沟中。"　㉜反身而诚：反身，犹如今言反省。回顾自己，求其在自己，一切都是实实在在。这会给自己带来充实、快乐。所以紧接着说："乐莫大焉。"　㉝去之弥远：离开他越来越远。指天天谈说圣人之学，却离圣人越来越远。

解　说

那么，我这个愚蠢的人所主张的圣人之道又是什么呢？我说："博学于文”（广泛地多学点客观有用的知识）。我还说：“行己有耻”（自己一言一行要有羞耻感。）。每个人从自己的本身到天下国家，都应是认真学习的对象。从自己作为一个儿子、一个臣子、兄弟、朋友，以至于出入、往来、辞受、取与等，种种言行中，都包含有羞耻的内容。耻，对做一个人太重要了。不因衣裳不好、吃得不好而感到羞耻，反而应当因世上的男男女女下层百姓，没有从我这里得到一丁点好处而感到羞耻。所以（孟子）说：“万物皆备于我矣，反身而诚。”唉！读书人却不先讲究羞耻，就会成为一个失去了根本的人，去讲那些空空洞洞的学问。我看他是每天在谈圣人之学，却离圣人越来越远。但是，虽则是这样，这却不是像我这样愚蠢的人所敢说的话。我只能把自己这点区区见解，私下里和与我有相同观点的人说说，希望能得到新的启发。

顾炎武这封论学书是有感而发的。理学发展到明代后期，受到佛教禅宗的深刻影响，以空论空，使学者完全失去了对现实世界的感觉。尤其是经过明末的社会大动乱，更显出这些理学之徒对现实毫无用处。面对国家民族的危亡，更使他痛感这种以空对空的学习风气为害太深。所以提出来“博学于文”和“行己有耻”两个学习原则，以期能扭转空虚、颓废的学习风气。然而在几百年积习和新的政治环境的压力之下，这种坏学风又岂是能轻易扫除的。

原　君①

黄宗羲

黄宗羲，明清之际思想家、史学家。字太冲，号南雷，学者称梨洲先生。浙江余姚人。明亡后，积极组织反清斗争，受鲁王命为左副都御史。反清斗争失败，隐居不仕，屡拒清廷征召。在家从事著述，学问极博。凡天文、算术、乐律、经史百家及释道之言无不研究。史学成就尤大。其思想已突破时代局限，而达到反封建的思想高度。

有生之初②，人各自私也，人各自利也，天下有公利而莫或兴之，有公害而莫或除之。有人者出，不以一己之利为利，而使天下受其利；不以一己之害为害，而使天下释其害。此其人之勤劳必千万于天下之人。夫以千万倍之勤劳，而己又不享其利，必非天下之人情所欲居也③。故古人之君，量而不欲入者，许由、务光是也④。入而又去之者⑤，尧舜是也。初不欲而不得去者⑥，禹是也。岂古之人有所异哉⑦？好逸恶劳，亦犹乎人之情也⑧。

注　释

①原君：对君主的起源和本质的讨论。　②有生之初：即有生民之初，人类社会初出现的最早时期。　③必非天下之人情所欲居也：指君主这个位置，是比众人要劳苦千百倍的。因此是大家都不愿意做的。　④量而不欲入者，许由、务光是也：经过掂量而不愿坐上君主这个位置。尧让

天下给许由，许由不受，耻之逃隐。汤让天下于务光，光负石自沉于蓼水（见《庄子》）。 ⑤入而又去之者：指尧舜禅让的史实。已经当了君主，却又想让给别人。 ⑥初不欲而不得去者：指孟子云：“禹避舜之子于阳城，天下诸侯从之。”诸侯从之，所以不得去。 ⑦岂古之人有所异哉：难道今人和古人有什么不同吗？古人都互相让，今人都互相争。这不是今天的人性变了，而是君主的性质变了。 ⑧好逸恶劳，亦犹乎人之情也：人都是喜欢安逸，而不喜欢劳苦的，这是一般相同的人情。不当君主，生活安逸而少劳苦，所以要推让。人情古今都是相同的。

解　说

当人类最初出现在世界上的时候，人都是各人自己顾自己的，有利益也是归自己的。即使有对大家都有好处的事也没人去管，有对大家都有害的事，也没人想去除掉它（这是假想的、最早的人类社会）。于是出现了这样的人：他不把对自己一个人有利的事看作有利的事，而是想使所有的人都得到好处；不把对自己个人有害的事看成坏事，而是想使所有的人都不受害。这样的人，他的勤劳，必然要比别人更要勤劳千万倍。想想！比所有的人都要勤劳千万倍，而对自己却没有一点好处，一定不是所有的人都情愿去当这样的人。所以，古时候的人，对“君”这个位置，掂量之后不愿去干的，就是许由、务光这种人。已经坐上了君的位置而又想摆脱的人，那就是尧舜了。本来不想坐上君这个位置，却摆脱不了的，那就是禹了。难道古人和今人有什么不同吗？好逸恶劳，都是一样的人情嘛。

后之为人君者不然。以为天下利害之权皆出于我[9]。我以天下之利尽归自己！以天下之害尽归于人亦无不可。使天下之人不敢自私，不敢自利。以我之大私为天下之公[10]。始而惭焉，久而安焉[11]。视天下为莫大之产业[12]，传之子孙，受享无穷。汉高帝所谓：“某业所就，孰与仲多？”者[13]，其逐利之情[14]，不觉溢之于辞矣[15]。

注　释

⑨天下利害之权皆出于我：这正是后代君主专制为祸人民的总原因，君主掌握极大权力而不受监督。　⑩以我之大私为天下之公：一切百姓的利益都是私利，而我（君主）就是公。譬如清代一个贪官处斩了，家产充公。这充公就是收归国库。而国库实际是皇帝的私产，他可随意花费。这就是“以我之大私为天下之公。”　⑪始而惭焉，久而安焉：惭，惭愧，害羞。刚开头也有点惭愧，日子久了，就成为理所当然。　⑫视天下为莫大之产业：把天下中的一切，连人带物，都看成自己个人的私产。⑬某业所就，孰与仲多：语出《史记·高祖本纪》原话是：“高祖起为太上皇寿，曰：‘始大人常以臣无赖，不能治产业，不如仲力。今某之业所就孰与仲多？’”　⑭逐利之情：追逐个人利益的心情。　⑮溢之于辞矣：溢，水满了往外流曰溢。汉高祖追逐的是个人私利，不自觉地变成言辞从嘴中漫出来。

解　说

可是，后来当了百姓君主的人的想法，就完全不同了。他认为普天下人的利与害的决定权力都在我手里，由我来决定。那么，我把天下所有的利益都属于自己，把所有的损害都归于人，这也没什么不可以。把自己的大私当作天下的大公。这样想，这样做，起初还感到有点羞愧；久而久之，反倒心安理得了。把天下看作自己最大的私产，应当子子孙孙传下去，无穷无尽地享受这份产业。汉高祖所说的：“我所得到的产业，与老二比，是谁多？”这话就充分暴露了他那谋取私利的感情，这种感情都从嘴里漾出来吐露成言词了。

此无他，古者以天下为主，君为客⑯。凡君之毕世所经营者，为天下也⑰。今也，君为主，天下为客⑱，凡天下之无地而得安宁者，为君也⑲。是以其未得之也，屠毒天下之肝脑，离散

天下之子女，以博我一人之产业[20]，曾不惨然曰："我固为子孙创业也。"其既得之也，敲剥天下之骨髓，离散天下之子女，以奉我一人之淫乐，视为当然[21]，曰："此我产业之花息也。"[22]

注　释

⑯天下为主，君为客：主，主体；客，外来者，第二位的，服从主体的。此处所言天下，指天下人，即老百姓。君是为老百姓服务的。下文所说："君为主，天下为客"则颠倒了这个关系，老百姓是服从君主利益的。　⑰君之毕世所经营者，为天下也：毕世，指一生。所经营者，即君主的所有工作，都是为了老百姓的利益。　⑱君为主，天下为客：见注⑯。　⑲天下之无地而得安宁者：无地，没有一块地方，能够得到安宁。　⑳博我一人之产业：博，赌，拼搏。意为，以天下这个大产业来赌输赢。为了赌赢这个产业，不惜使成千上万人肝脑涂地，妻离子散。㉑视为当然：认为这是当然的，以天下子女供我个人淫乐是当然的。㉒花息：今天仍在沿用的花红、利息简称。或更简化为红利。

解　说

发生这种变化，并没有什么特别的原因。在古代，是把天下看成主体，而君主只是客体。君主一辈子所努力经营的一切事，都只是为了天下这个主体。而今天不同了，君主倒成了主体，天下倒成了客体（天下是为了君主个人而存在的）。天下没有任何地方可以得到安宁，就是由于君主的存在。所以，当君主还没有得到天下以前，屠杀天下生灵，使他们肝脑涂地，让天下的子女都无家可归、四方流散，就是为了得到我这个私人的产业，而对天下人毫无同情。还说："我这是为子孙创业。"当他已得到天下之后，就敲诈、剥削天下人的骨髓；离散天下人的子女，来供他一个人淫乐享受。而且同样把它看作理所当然。还说："这是我的产业应得的利息。"

然则，为天下之大害者，君而已矣[23]！向使无君，人各得自私也，人各得自利也。呜呼！岂设君之道固如是乎[24]？

古者，天下之人爱戴其君，比之如父，拟之如天[25]，诚不为过也。今也，天下之人怨恶其君，视之如寇仇，名之为独夫[26]，固其所也。而小儒规规焉[27]，以君臣之义无所逃于天地之间[28]。至桀、纣之暴，犹谓汤武不当诛也。而妄传伯夷、叔齐无稽之事。乃兆人万姓崩溃之血肉，曾不异夫腐鼠[29]。岂天下之大，于兆人万姓之中独私其一人一姓乎？是故武王，圣人也；孟子之言，圣人之言也。后世之君，欲以如天如父之空名，禁人之窥伺者，皆不便于其言[30]，至废孟子而不立[31]。非导源于小儒乎[32]？

注 释

㉓为天下之大害者，君而已矣：君主是老百姓、天下人的最大祸害。 ㉔设君之道固如是乎：这是一句反诘语。设立一个君主，就是为了让人民遭殃吗？ ㉕比之如父，拟之如天：看成是养育自己的父亲，或覆载自己的上天。 ㉖视之如寇仇，名之为独夫：《孟子》：“君视臣如草芥，则臣视君如寇仇。”又“闻诛独夫纣矣，未闻弑君也。” ㉗小儒规规焉：规规，犹今口语，规规矩矩。意指缩手缩脚循规蹈矩、俯首帖耳的意思。这是不指名地对宋儒理论的批评。仅称为小儒。 ㉘君臣之义无所逃于天地之间：这话本来出于庄子。《庄子·人间世》：“臣之事君，义也。无适而非君也，无所逃于天地之间。”这是泛指一切事情中都存在一个领导与被领导的关系，这是无法抛弃的，却是可以互相选择的。但是，宋儒却把君臣关系绝对化，把臣对君的服从尽忠视为天理，无处可逃。在统一的君主专制王朝中，君主只有一个，无法选择。所以出现了“君要臣死，臣不得不死，不死不忠”这种君权绝对化的理论。这种理论是荒谬的。 ㉙曾不异夫腐鼠：腐鼠，死后腐烂的老鼠，最无价值的东西。句意为，成千上万人血肉崩溃的苦难，对君和小儒来说犹如一只死老鼠一样不值一顾。 ㉚不便于其言：君主和小儒都感到孟子的话使他们的专横行

为不方便。 ㉛废孟子而不立：明太祖朱元璋认为，孟子“民贵君轻”，“草芥寇仇”这些话不利于君主专制和皇帝至高无上的地位。下令把《孟子》书中这些言论删去，在各地文庙中撤去孟子亚圣的牌位。 ㉜非导源于小儒乎：废孟子而不立这些蛮横的命令，虽是显示君主的横暴，但追本溯源，难道不是宋儒这种荒谬理论引出来的吗？

解说

是这样，那么，成为天下人的最大祸害的，就是“君”了！假使从来就没有君，所有的人都可以自私，可以自利。（这样，他们会活得好好地。）唉！难道天下人之所以要设立一个“君”来管着，它的道理本来就是这样吗？

从前，古时候，天下的人爱戴他们的君，把他比作父亲，比作老天爷，确实不算过分。今天，天下的人怨恨他们的君，把他看作他们的仇人，把他称为“独夫”（人人躲着他的人，人人恨。）他本来就是这样。而有些没头脑的、缩手缩脚的小儒却认为：“君臣关系就应是这样，只要你活在天地间，你就逃不掉君臣关系对你的约束。”甚至看到桀、纣这等暴君，还认为汤、武不应该去杀掉他们。还为此胡乱编排出一个伯夷、叔齐的故事。岂有那么伟大的老天爷，在这千千万万的人中间，唯独偏向于这一个人、这一家人吗？成千上万老百姓的血肉，不值一只死老鼠？周武王是圣人，孟子说的话，是圣人的话。而这些后代的为君者，想凭借这个“如天如父”的几句空话，来禁止别人对他的特权的窥伺，感到受了孟子这几句话的威胁。甚至要把孟子圣人的地位从文庙中撤除。这种做法，不都由于这些规规然的小儒的影响吗？（这是不指名地指责宋儒理学。理学学者们就主张“君臣之义无所逃于天地之间”。）

虽然，使后之为君者果能保此产业，传之无穷，亦无怪乎其私之也。既以产业视之，人之欲得产业，谁不如我？摄缄縢，固扃鐍㉝，一人之智力不能胜天下欲得者之众。远者数世，近者及身。其血肉之崩溃在其子孙矣[34]！昔人愿世世无生帝王家[35]，而毅宗之语公主，亦曰："若何为生我家[36]？"痛哉斯言！回想创业时其欲得天下之心，有不废然摧沮者乎[37]？是故，明乎为君之职分，则唐虞之世人人能让。许由、务光非绝尘也[38]。不明乎为君之职分，则市井之间人人可欲。许由、务光之所以旷后世而不闻也。然君之职分难明[39]。以俄顷淫乐，不易无穷之悲，虽愚者亦明之矣[40]。

注 释

㉝摄缄縢，固扃鐍：语出《庄子·胠箧篇》：将为胠箧、探囊、发匮之盗而为之备，则必摄缄縢、固扃鐍，此世俗之所谓智也。意思是，为防备那些小窃，就把箱匮捆紧点，锁严点。这是庸俗人的智慧。 ㉞其血肉之崩溃在其子孙矣：指君主以杀害千百万人来创业，他的子孙也将受到血肉崩溃的惨祸。这是作者亲眼所见明朝亡国的惨祸。 ㉟愿世世无生帝王家：见《南史·王敬则传》。 ㊱若何为生我家：若，你。明亡时崇祯帝自杀前，用剑斫折公主臂时所说的话。 ㊲废然摧沮：废然，泄了气。摧，被折断。沮，垂头丧气。 ㊳许由务光，非绝尘也：绝尘，跑得快的马，被踢起来的尘土飞扬都追不上它。指那种千里马。句意为，许由、务光也不算什么超凡绝世、难得出现的人物。 ㊴君之职分难明：古代的君认为君是为天下人服务的，而后世的君则认为天下人都是我的产业。谁是谁非，难以分清楚。 ㊵虽愚者亦明之矣：这个道理连傻子都懂。

解 说

道理虽是这样，但是，假使后来的当君主者真能够保住这个产业，而且能永远传下去。那也就难怪这些当君主的要把它当作私产来死命保护了。但你既把天下看作你的私有产业。那么，别的人也同样想据有这个产业。这种欲望，谁又不和你一样呢？你把这个产业装进柜子，加上锁，用尽心力来保护。但一个人的智力终究胜不过天下想要得到这份产业的人多。往远处说，你能保住几代；往短处说，甚至连你自己这一代也保不住。那血肉崩溃的祸事，就会临到你的子孙身上了。从前，有人祝愿生生世世别出生在帝王家里。而毅宗（崇祯皇帝）痛苦地对他的女儿说："你为什么要生在我家里?"这话中包含了多大的痛苦啊！回想当初创业时想得到天下这份产业时的心情，能不会为之感到空虚、感到泄气、感到难过吗？所以说，真要是懂得做一个君主的职分，那么，尧舜时代人人都能谦让，许由、务光算不得什么超群出众的人物。要是不懂得做一个君主该有些什么职责，那么，马路边上的每个人都会争着想成为君主。所以千百年来再也没见到过许由、务光。但是，作为一个君主，究竟该干什么不该干什么是难以弄明白的。但是，有一点，用顷刻之间的淫乐满足，来换取无穷无尽的悲哀和痛苦，这是最蠢的人也不愿干的。

黄宗羲这篇文章，实际是一篇声讨君主专制制度的檄文。文章的锋芒直指君主专制的要害。——这种制度的根本性质是以"君为主，天下为客。"这里所谓天下，指的是天下人，即老百姓。所谓主客关系，实际是谁为了谁的问题。亦即谁为谁服务的问题。使天下人被迫为他个人利益服务，这是君主专制制度的本质。并进而判断这种制度必然要崩溃的前景。"远者数世，近者及身。"而且一定会崩溃得很惨。因为君主已成为天下大害。

文章进而严厉批驳了宋儒所鼓吹的"君臣之义无所逃于天地之间"的神化君主的理论。质问道："岂天下之大，于兆人万姓之中独私其一人一姓乎?"

须知，黄宗羲此文写成于三百多年前的十七世纪初。在三百多年前能洞察到君主专制的本质，应该说是非常有远见的。实在不可多得。在三百多年前，当然不可能预见到君主专制发展的必然前途。因而他寄希望于君主的自我觉悟。这是本文的缺陷。但这是历史的局限，无可厚非。须知，在三百多年后的今天，许多人未必就能看清楚这个必然前途呢！

送王篛林南归序

方　苞

方苞，字灵皋，清安徽桐城人。学者称望溪先生。康熙四十五年举进士。李光地称其文。因与戴名世《南山集》作序，被逮论死。光地力救之，得免。命隶旗籍。雍正擢内阁学士。乾隆初，迁礼部侍郎。被劾落职，年八十二卒。

予与篛林交益笃[1]，在辛卯、壬辰间[2]。前此篛林家金坛[3]，予居江宁[4]，率历岁始得一会合。至是，予以《南山集》牵连系刑部狱[5]，而篛林赴公车[6]。一二日必入视予[7]。每朝餐罢[8]，负手步阶除，则篛林推户而入矣。至则解衣盘薄[9]，咨经诹史[10]，旁若无人。同系者或厌若[11]，讽予曰："君纵忘此地为圜土[12]，身负死刑[13]，奈旁观者姗笑何[14]？"然篛林至则不能遽归，予亦不能畏訾謷而闭所欲言也[15]。

注　释

①交益笃：益，更加；笃，深厚。　②辛卯、壬辰间：1711年及1712年。即康熙五十年及五十一年。其时，方苞因戴名世的《南山集》文字狱牵连，被判死刑，囚在刑部狱中待决。在如此重大罪名面前，一般朋友避之惟恐不及。而王篛林与之却更加密切往来，所以友谊就更加深厚了。　③金坛：县名，在江苏省西南部。　④江宁：今南京地区。此地历史上有多种名称。如金陵、建康、南京、应天等等。　⑤《南山集》：清

戴名世所著。内容为明末流散民间的各种史实及桂王监国时期抗清史料。其中对清军有所不敬。被劾为大逆。牵连广泛，至万余人。后缩小范围亦诛数百人。为清代第一次文字狱。方苞也因为《南山集》作序而判死刑。系在刑部狱中。后因友人力救免死，改隶旗籍。 ⑥赴公车：即上京应试。汉代要求各郡守荐举贤才，由政府以公家车辆送往长安。以后科举时期，即以各省乡试取中的举人入京应试的代称。如清光绪时康有为、梁启超等应试举人上书要求变法，即称为“公车上书”。 ⑦入视予：即探监。 ⑧朝餐罢：早饭后。 ⑨盘薄：即磐礴，壮大、雄伟之貌。 ⑩咨经诹史：即咨诹经史。咨，咨询。诹亦为咨询之意。此处意为探索、讨论。 ⑪同系者或厌若：同系者，指同牢房难友。若：他。 ⑫圜土：牢狱。《释名·释宫室》：“狱又谓之圜土，筑其表墙，其形圆也。” ⑬身负死刑：身上背着死刑的罪名。 ⑭姗笑：即讥笑，嘲笑。 ⑮訾謷：毁谤、讥笑。

解　说

这是一篇缅怀纯洁友谊的文字。当方苞因文字狱而定为死刑时，远亲近友避之惟恐不及，这是世俗常情。虽则后来有希望缓解，但毕竟还在死囚狱中。又有谁敢于向死牢中来？但王篛林却能不顾一切，直到死牢中来看朋友，而且常来，还要放言高论。这对于身受者的刻骨铭心之情又是如何？一般人是难以体会的。所以方苞这篇文章，文字虽然淡淡的，但在淡淡文字之后，却洋溢着力透纸背的生死情谊。只不过畏文字之祸而力求淡远而已。

我与篛林的交谊变得更为深厚，是在辛卯壬辰年间。（为什么呢?）在此以前，篛林家在金坛，我家在南京。总要过一年才能见面一次。到这两年，我因《南山集》一案牵连关进了刑部大牢，而篛林会试进京。所以，他每隔一两天必定要来探监。往往刚吃完早饭，正在庭阶上散步时，篛林就推门进来了。一进牢房就解开衣裳，（其实是表示没有夹带）大大咧咧地讨论经史，根本不管旁边还有没有别的人。与我同在坐牢的有的很厌恶他，故意给我提意见说：“纵然你自己忘记了这是监牢，忘了你还背着个死刑，但是，也别忘了旁边人在笑话。”但是篛林来了又不能马上走，我也不能因为有人在旁边冷言冷语就不让篛林说话呀！（从文字表面看，似乎也嫌篛林话太多，自己是不得已的。其实篛林的话和来访，正是使他的生命能够活下去的支柱。）

予出狱，编旗籍，寓居海淀⑯。篛林官翰林。每以事入城则馆其家。海淀距城，往返近六十里。而使问朝夕通⑰。事无细大，必以关忧喜相闻。每阅月逾时，检篛林手书必寸余⑱。戊戌春，忽告予归有日矣⑲。予乍闻，心忡惕⑳，若瞑行驻乎虚空之径㉑，四望而无所归也。篛林曰：“子毋然。吾非不知吾归子无所向，而今不能复顾子。且子为吾计，亦岂宜阻吾行哉？”

篛林之归也，秋以为期。而予仲夏出塞门㉒。数附书问息耗而未得也㉓。今兹其果归乎？吾知篛林抵旧乡，春秋佳日，与亲懿游好徜徉山水间，酣嬉自适。忽念生平故人，有衰疾远隔幽燕者㉔，必为北向惆然而不乐也㉕。

注 释

⑯编旗籍，居海淀：旗籍，满族的组织形式。分正黄、正白等八旗。故满族人称八旗子弟。其中汉军正白旗为原居山海关外汉人，早期并入满族者。方苞以反满文字狱被逮。既免罪，就强制编入汉军旗，以表示不再反满。海淀为北京西郊地名，今为北京市海淀区。 ⑰使问朝夕通：使人问音讯早晚都有联系。 ⑱手书寸余：说明往来书信频繁。寸余指来信纸堆起来的厚度。 ⑲归有日：还老家的日期定了。 ⑳心忡惕：心情不安状。忡，怔忡。七上八下。惕：紧张。 ㉑瞑行驻乎虚空之径：在空虚中摸黑行走。形容好似失去依傍。 ㉒出塞门：即去关外，历来称长城以北之地为塞外。清代以山海关以北为关外，即今东北各省，原满族驻地。 ㉓息耗：消息，音耗。 ㉔幽燕：河北北部及辽宁地区《禹贡》为幽州。战国时为燕国统治地。俗称幽燕之地。 ㉕北向惆然：篛林故乡在江南，

思念在北方幽燕之地的友人而又无法相见，故北向惘然。惘然，即惆怅不乐。

解　说

这篇文章的题目是“送王篛林南归”。而在前一段中只谈了二人间的友谊，却并没有触及南归的主题。这第二段才进入主题。但仍然没有正面涉及如何送。只写到了知道即将南归时自己的感情反应；以及篛林南归后，想象中的对自己的思念。看似轻描淡写，其实却把二人间的友谊写得更为深刻。

我出了狱，编入了旗籍并定居在西郊海淀。篛林已官为翰林。我每次因为有事进城都住在他家。从海淀到城里，来回将近六十里。（不算很近）而派遣使者，传递消息、问候，却早晚都有。不论事大事小，总要把忧虑或高兴都互相告诉。往往过了个把月或一段时间，检视一下篛林写来的亲笔信总有一寸多厚。（这和最初的一年见一次面，形成强烈对比。）戊戌年的春天他忽然告诉我，已定了南归（回老家）的日期。我乍一听见，心立即紧张起来，好像闭着眼走在一个四面空空没有依附的路上。篛林说：“你别这样，我不是不知道我南归了，你会不知如何是好。但今天顾不上你了，即使你来替我想，恐怕也不会阻止我南归罢。”

篛林原定秋天动身，我在仲夏却要北行出关外。几次写信问消息都没见回信。今天果然已走了吗？我知道篛林到了老家，赶到春秋季节的好日子，与亲朋好友漫步在山水间，随意游玩。会忽然想到了生平的老朋友，那个衰老有病而又远远留在北国的人。恐怕会因此而惆怅惘然而不高兴了吧！

石芝父评：有清一代二百七十年间，桐城文直为天下矩范。望溪开其先河，吴挚甫为之后殿。至梁卓如氏，则以报论为散文。自桧以下，则趋于白话，而古文义法绝矣。望溪敛才就范，无乃环境为之欤？

送刘函三序

方苞

道之不明久矣[①]。士欲言中庸之言，行中庸之行而不牵于俗[②]，亦难矣哉。苏子瞻曰[③]，古之所谓中庸者，尽万物之理而不过；今之所谓中庸者，循循焉为众人之所为。夫能为众人之所为，虽谓之中庸可也[④]。自吾有知识，见世之苟贱、不廉、奸欺而病于物者[⑤]，皆谓之中庸[⑥]，世亦以中庸目之。其不然者，果自桎焉[⑦]。而众皆持中庸之论以议其后[⑧]。

注释

①道之不明：道，指圣人之道。不明，不明白，不理解。②中庸之言行不牵于俗：《中庸》四书之一。相传为子思所作。至宋明理学，将其义引申扩大，认为修身之本。中庸者，不偏之谓中，不易之谓庸。牵，牵制，受到世俗错误见解的牵制。③苏子瞻：北宋文学大家。名轼，字子瞻。④谓之中庸可也：也可以称之为中庸。⑤苟贱：苟且、卑贱。不廉：圆滑，不正直。奸欺：奸诈，欺骗。病于物：为害社会。⑥皆谓之中庸：把以上这些坏行为都称之为中庸行为。⑦其不然者，果自桎焉：不然者，不同意这种世俗见解的人。桎，脚枷。不同意世俗见解者，等于给自己带上脚枷——寸步难行。⑧以议其后：大家反倒在背后说他不懂中庸之道。

解说

圣人之道很久以来就说不清楚了。一般的读书人想讲中庸的语言，行中庸的行为，而不受到世俗的牵制，真的很难了。苏子瞻说，古时候所讲的中庸，是讲求一切事物的客观道理而不违反它。而今天人们所说的中庸，却只是规规矩矩，大家怎么做我怎么做。真正的大家怎么做我怎么做，即便说它是中庸也可以。自从我有了知识，看见世道上那些苟且卑贱、不说直理、弄鬼欺诈而坑害他人的，众人却把这些都说成中庸，众人也真把这些事看成中庸、正常的事。那些不同意这种观点的人，果然就反把自己拘住了。而那些世俗的人，反倒拿他们认为的中庸的观点来非议他。

燕人刘君函三⑨，令池阳⑩，因长官诛求⑪，弃而授徒江淮间。尝语予曰，吾始不知吏之不可一日以居也。吾百有四十日而去官。食知甘而寝成寐⑫。若深夜涉江浮海而见其涯⑬；若沉疴之霍然去吾体也⑭。夫古之君子不以道徇人⑮，不使不仁加乎其身⑯。刘君所行，岂非甚庸无奇之道哉？而其乡人往往谓君迂怪⑰，不合于中庸。与亲昵者，则太息深矉⑱，若哀其行之迷惑，不可振救者⑲。

注　释

⑨燕人：燕是战国时国名，其地在今河北省一带。因以称河北一带出生的人为燕人。燕，读如烟。　⑩令池阳：令，县令。池阳。地名，汉代有池阳县。地在今陕西泾阳西北。　⑪长官诛求：诛求，苛责勒索。长官，主管上级。　⑫食知甘而寝成寐：即俗语："吃得香，睡得着。"　⑬涯：岸。河海边上的陆地。　⑭沉疴霍然去吾体：沉疴，久病，重病。霍然，忽然。去吾体，离开我身体。　⑮徇：曲从，偏向。　⑯不使不仁加乎其身：不使自己有不仁的行为，也不让不仁的行为强加于自己。　⑰迂怪：迂腐，怪诞。不通情理。　⑱太息深矉：太息，长叹。矉，同颦，皱眉头，发愁的表情。深矉，深深发愁。　⑲振：擦去水湿痕迹。不可振救，意为改不掉，擦不去。

解　说

河北人刘函三君，当池阳县令。由于上级长官苛求无已，就辞职不干。到江淮地方去当塾师。曾经向我说。起初，我并不懂得，这地方官是一天都干不得的。我当了一百四十天就丢了官。然后吃饭也香了，睡觉也踏实了。好像深更半夜过江过海终于看到了岸边；又好像一场大病终于治好了一样。按说，古代的君子讲究不把直理去屈就某个人，不接受强加给自己的不仁行为。刘君的行为，岂不是很平常无奇的做法吗？但他的乡里人却往往说他又迂又怪。一点也不合乎中庸。那些与他关系亲密的人，却叹气摇头，深皱着眉毛，好像悲悯他这种令人迷惑的行为，简直是不可救药。

虽然，吾愿君之力行而不惑也。无耳无目之人，贸贸然[20]适于郁栖坑坢之中[21]。有耳目者当其前，授之不克而从以入焉[22]，则其可骇诧也加甚矣。凡务为挠君之言者[23]，自以为智，天下之极愚也。奈何乎不畏古之圣人贤人，而畏今之愚人哉？刘君幸藏吾言于心，而勿以示乡之人。彼且以为诪张颇僻[24]，背于中庸之言也。

注　释

⑳贸贸：同眊眊，蒙昧不明貌。　㉑郁栖坑坢：郁栖，同郁律，深暗貌，坑，土坑。坢字不详，疑应为阱字之误。　㉒从以入：跟着走进去。　㉓务为挠君之言：务，目的。挠，阻挠。意为：凡是有意阻挠你的话。　㉔诪张颇僻：诪张，欺诳。语出《周书·无逸》颇，偏颇；僻，冷僻，古怪。

解　说

虽然如此，但我希望您努力就这样坚持下去，别受那些话的蛊惑。那些没有眼睛、没有耳朵的人，糊里糊涂走进深暗的坑阱之中；有眼有耳的人在他前边，想拉他拉不住，反跟他一起跳进坑去。这才叫人更加诧异惊骇呢。凡是那些阻挠你这样做的人，自以为聪明，其实是天底下最蠢的人。为什么不害怕古来的圣人贤人，而害怕今天的蠢人呢？刘君！且把我的话藏在心里，别把这话说给你的老乡们。他们会以为这是骗人的话，是歪理，是稀奇古怪的说法，违背了中庸之道的怪话。

总起来看，方苞这篇文章是在一种扭曲的心态下写出来的短文。所以言而不尽，不敢畅所欲言地抨击当时官场的不正之风。方苞是刚从文字狱的死刑阴影下好容易挣脱出来的人，哪里还敢大声直言地批评现实政治呢？所以只好吞吞吐吐了。这是强大压力下形成的扭曲。

他叹息道德观念的败坏，把“随大溜”称为中庸，把那些不正直、苟且、奸欺等败坏道德的行为都称为中庸，谁要不同意，就是自找倒霉。刘函三本是因不满上级官吏的无尽苛求而弃官不作。对这种腐败的官场现象，他不敢稍有触动，却对那些乡人、亲旧的批评不满，有所烦言。甚至这种意见也不敢直说出来。当时文字狱的压力之大可以想见。

石芝父评：望溪为文，远摹介甫、南丰（王安石与曾巩），近学熙甫（归有光）。义法清严，而不敢为纵横闳恣之观。盖文字狱兴，诸多忌讳，故其所诣如此。以视汉之渊懿，唐之雄厚，自有不许。亦时会然也。然开出有清桐城古文一派。二百余年，海内宗之，则其文其人可知矣。

李斯论①

姚　鼐

姚鼐，字姬传，一字梦谷，安徽桐城人。乾隆二十八年进士。庶吉士改刑部主事，迁刑部郎中。执掌江宁、扬州等书院近四十年。嘉庆十五年重宴鹿鸣，二十年卒，年八十五。著有《惜抱轩集》。

苏子瞻谓李斯以荀卿之学乱天下②。是不然③。秦之乱天下之法，无待于李斯④，斯亦未尝以其学事秦。当秦之中叶⑤，孝公即位，得商鞅任之⑥。商鞅教孝公燔诗书⑦、明法令⑧，设告坐之过而禁游宦之民⑨。因秦国地形便利，用其法富强数世。兼并诸侯，迄至始皇。始皇之时，一用商鞅成法而已。虽李斯助之，言其便利，益成秦乱⑩。然使李斯不言其便，始皇固自为之而不厌。何也？秦之甘于刻薄而便于严法久矣。其后世所习以为善者也⑪。斯逆探始皇、二世之心，非是不足以中侈君而张吾之宠。是以尽舍其师荀卿之学，而为商鞅之学。扫去三代先王仁政，而一切取自恣肆以为治⑫。焚诗书，禁学士，灭三代而尚督责⑬。斯非行其学也，趋时而已。设所遭值非始皇二世，斯之术将不出于此。非为仁也，亦以趋时而已。

注　释

①李斯论：李斯是荀卿的学生，后来成为秦始皇的丞相。后与赵高密

计杀扶苏、蒙恬，立胡亥为二世皇帝。其后被赵高密计诬为造反。具五刑，夷三族。秦亦随灭亡。《李斯论》一文是对李斯生平的评价。中心思想是反驳苏轼"李斯以荀卿之学乱天下"的论点，而把李斯评价为政治上的投机者。为趋时邀宠而抛弃了所学的思想理论，苟合逢迎以谋取富贵。他的罪恶与荀卿无关。 ②苏子瞻：宋文学家苏轼的字。 ③是不然：然，对，是的。不然，不对。是不然，这不对。 ④无待于李斯：秦的法制，不是等到李斯当政才制定的。 ⑤中叶：指秦国发展的中间阶段。 ⑥商鞅：本是魏国的公子。后入秦，用法家学术干说秦孝公，实行变法。秦由此逐渐富强，奠定了最终统一中国的局面。秦国的种种法制都是由他制定的，直到秦王朝覆灭。 ⑦燔诗书：燔，烧。反对学术自由，把各种学说的书籍烧毁。 ⑧明法令：把各种措施公开强制执行。 ⑨告坐之过：把人民按十家、五家编成什伍，实行连坐，即一人犯罪，连带处罚。鼓励对犯罪者检举告发，隐匿不举报者也要受罚。游宦之民，指不从事农业生产劳动的人。对这类人要严厉处罚。这些人中包括商人和当时流行的游说之士。 ⑩益成：更加促成。 ⑪习以为善：习惯了的东西就以为好。 ⑫自恣肆以为治：以为统治者能够任意妄为，就是好。 ⑬灭三代而尚督责：三代，指夏、商、周三个朝代。灭三代，即抛弃三代实行的统治方式，崇尚严刑监督控制。

解　说

姚鼐的"李斯论"主旨在辩明"李斯以荀卿之学乱天下"的见解是不正确的。他的主要论点在于证明：一、乱秦之天下的祸首是商鞅而不是李斯。二、李斯并没有使用荀卿之学来治理秦国。三、李斯的政治目的是"趋时"，即从事政治投机，投秦王之所好。四、趋时的目的是个人的富贵。最后提出，不是某一种学术主张足以亡国，而是那些善于窥伺皇帝的隐私而投其所好的人，才是最可怕的足以亡国的祸根。姚鼐提出这种见解，是为了维护儒家学术地位的尊严。因为荀卿的学说究竟是儒家的一派。如果荀卿之学可以乱天下，等于是说儒家学术可以乱天下。这是不能允许的。事实上也不是哪一种学术可以决定天下的命运。决定治乱命运的是封建专制的君主，是专制制度给予了封建君主以神化了的权力。

苏子瞻说李斯以荀卿之学搅乱了天下，这是不对的。秦国乱天下的法制，并不是李斯制定的。李斯也从没有在秦国使用过他从荀卿所学的东西。在秦国还处在发展的中期时，秦孝公当上国君，任用了商鞅。商鞅教导秦孝公烧掉诗书，制定明确的法令，设检举、连坐等法令；禁止当时在天下各国游走而不从事生产劳动的人。由于秦国的地形便利，所以用这种方法使秦国富强了好几代，实现兼并天下的目的。到了秦始皇时代，不过依然用商鞅的成法而已。虽然李斯在帮助他，说这种成法方便有利，更加重了秦国的乱政，但是，即使李斯不吹捧这些法度，秦始皇也会推行这些法度。为什么呢？秦国甘于对人民刻薄和执行严厉的刑罚已经很久了，世世代代这样统治已经习惯了。李斯揣摩始皇和二世的心理，认定若不这样做，就不会加强对自己的宠信。所以他把从老师那里学的东西全扔了，改学商鞅的学说。把夏商周三代时的仁政，一切都由着自己任意胡行才是好的统治。所以烧书，禁止学士活动，反对仁政而尽量实行监督和严厉处罚。李斯并不是在推行自己所学来的荀卿的学术，不过是迎合秦王及秦国这种流行思想而已。假使李斯所遭遇的不是始皇和二世，那么他的做法也会不同。这并不是说他会主张仁政，也不过是追逐帝王的时尚而已。

君子之仕也，进不隐贤。小人之仕也，无论学识非也。即有学识甚当，见其君国行事，悖谬无义[14]，疾首嚬蹙于私家之居[15]，而矜夸导誉于朝廷之上[16]。知其不义而劝为之者，谓天下将谅我之无可奈何于吾君而不吾罪也。知其将丧国家而为之者，谓当吾身容可以免也[17]。且夫小人虽明知世之将乱，而终不以易目前之富贵。而以富贵之谋，贻天下之乱[18]，而有终身安享荣乐，祸遗后人，而彼晏然无与者矣[19]。

嗟乎，秦未亡而斯先被五刑、夷三族也[20]！其天之诛恶人，亦有时而信也耶？《易》曰："眇能视，跛能履。履虎尾，咥人。凶[21]。"其能视且履者幸也，而卒于凶者，盖其自取也。

注释

⑭悖谬无义：悖，背反；谬，错误。无义，没有仁义。 ⑮疾首蹙：疾首，头疼。噘，皱眉；蹙，皱额。都是不赞成而又无可奈何的表现。 ⑯矜夸导誉：赞成夸奖，引申赞美。 ⑰容可以免：也许可以逃掉。(灾祸) ⑱以富贵之谋，贻天下之乱：为了自己个人富贵的打算，而把灾难留给天下。 ⑲晏然无与：平安地置身事外。 ⑳夷三族：夷，杀掉。三族，古时以父族、母族、妻族为三族，连带处刑。 ㉑眇能视，跛能履。履虎尾，咥人，凶：眇，瞎。能视，还能看得见一点点。跛，跛足。能履，还能凑合走。履虎尾，踩着虎尾。咥人，吃人。凶！卦象凶险。这是《易经·履卦》六三爻辞。

解说

一个好人、仁人君子出来做官，在顺利上进时，也从不挡住有德有才人的向上发展。那种小人做官，且不说他的学识水平不够；即便他的学识足够，但他见到君主和国家的做事，行为荒谬不懂道理，他在背后，在自己家里痛心疾首而且发愁；但在公开的朝廷上，却依然吹捧道好，满嘴的歌颂。明知其不对却又劝他这样做，小人心里想的是，天下人或许将原谅我对当今君上的无可奈何，而不认为我有罪。那些明知道将会造成国家危亡，而还要这样做的，他想的是也许我活着的时候还不至于。况且，小人们虽明知道国家将要混乱而仍要这样做的，他心里想的是，不愿因有这个危险，而放弃了眼前的富贵。反而为了眼前富贵，宁可让天下乱下去。实际上也真有安享荣华富贵而把祸事留给后人，他自己却平安无事的人呀！

可叹啊，秦国还没有亡而李斯却先受尽了各种刑罚，最后被诛灭三族！那是老天爷要报应恶人，也有时真的灵验了吗？《易经》说："眇能视，跛能履。履虎尾，咥人，凶！"（瞎眼，但还能看得见一点亮。瘸子，但还能凑合走路。踩着老虎尾巴，它真要吃人。卦象凶险！）那是说，还能凑合着看和走路，只是侥幸而已。最后结果却凶险，那是他自己找的。

且夫人有为善而受教于人者矣，未闻为恶而必受教于人者也。荀卿述先王而颂言儒效，虽间有得失，而大体得治世之要。而苏氏以李斯之害天下罪及于卿，不亦远乎㉒？

行其学而害秦者商鞅也，舍其学而害秦者李斯也。商君禁游宦，而李斯谏逐客㉓，其始之不同术也。而卒出于同者，岂其本志哉？宋之世，王介甫以平生所学建熙宁新法㉔。其后章惇、曾布、张商英、蔡京之伦㉕，曷尝学介甫之学耶？而以介甫之政促亡宋，与李斯事颇相类。夫世言法术之学，足亡人国，固也。吾谓人臣善探其君之隐㉖，一以委曲变化从世好者㉗，其为人尤可畏哉，尤可畏哉！

注释

㉒不亦远乎：不是牵连得太远了吗？ ㉓李斯谏逐客：李斯曾向秦始皇上《谏逐客书》。 ㉔王介甫，熙宁新法：王介甫，即王安石。熙宁，宋神宗年号。王安石在宋神宗朝主张变法，并努力实行，称为“新法”。 ㉕章惇、曾布、张商英、蔡京之伦：这几个人都是以主张变法为名，实际借机贪污腐化的坏蛋。 ㉖善探其君之隐：善于揣摩皇帝心头的隐秘欲望，从而加以迎合以求得到恩宠。 ㉗委曲变化从世好者：拐弯抹角迎合当时皇帝的嗜好。

解说

况且，人们是为了好，为了做出贡献，因而去接受他人的教育。还没听说过为了做坏事，也必须去接受他人的教育的。荀卿讲授的是先王之道，所称颂的是儒家的理论。虽然间或也有不全对之处，但大体上是得到了治平天下的要领。而苏先生由于李斯害了秦的天下，就把罪过牵扯到荀卿身上，这不是扯得太远了吗？实行他所学来的理论而祸害了秦国的是商鞅，抛弃了自己学到的学术而害了秦国的是李斯。商鞅主张禁游宦（不许满天下到处去乱出主意)，而李斯却反对秦皇的逐客令。可见他们一开始的道路是不同的。而最后却走到一起，那是李斯的本意吗？宋朝时期，王安石用他的平生所学建议行熙宁新法。在后来章惇、曾布、张商英、蔡京这一帮人，他们谁学过王介甫的学术理论呢？但他们利用了王介甫的学术去加速了北宋的衰亡。这与李斯的故事有点相类似。世上一般人说，讲法讲术的学问，会把一个国家弄到灭亡，那倒本来是这样。依我说呢，一个为人臣的人善于窥探他的皇上的内心隐秘的愿望，从而委婉曲折地投其所好。这种人才更为可怕，更为可怕！

石芝父评：此文力驳东坡旧论，亦自有大见解。可与“荀卿论”参看。惜抱为文，力主顾亭林氏考证、训诂、辞章之说。故其文常兼三者以立言。在桐城文中极为丰富。一洗空疏之弊，自是卓然成家。

海舶三集序[1]

刘大櫆

刘大櫆，字耕南，又字才甫，号海峰。清安徽桐城人。曾两中副榜，举博学鸿词报罢。六十岁后，始得黟县教谕，不久，即告老致仕。为文以才气著称，是桐城派创始人之一。著有《海峰诗文集》行世。

乘五板之船浮于江淮，滃然云兴[2]，勃然风起。惊涛生，巨浪作。舟人仆夫，失色相向，以为将有倾覆之忧，沉沦[3]惨也。又况海水之汩没[4]，渺尔无垠：天吴睒睗[5]，鱼鼋撞冲[6]。人于其中萍飘蓬转，一任其挂罥奔驰[7]，曾不能以自主。故往往魄动神丧[8]，不待樯摧橹折[9]而梦寐为之不宁。顾乃俯仰自如，吟咏自适；驰想于沆瀣[10]之虚，寄情于霞虹之表；翩然而藻思翔[11]，蔚然而鸿章著[12]；振开宝之馀风[13]，仿佛乎杜甫高岑之什[14]。此所谓神勇者矣。

注　释

①海舶三集序：《海舶三集》为清康熙时翰林徐亮直出使琉球时所作的诗集，刘大櫆为之作序。　②滃然云兴：滃，音 wěng，云气四起貌。兴，起也。　③沉沦：沉入水中，沦落。白居易诗："同是天涯沦落人。"　④汩没：沉没，沉沦。汩，音骨。　⑤天吴睒睗：天吴，水神名。睒睗，快速疾视貌。犹闪烁。　⑥鼋：音元，鳖类爬行动物，俗称癞头鼋。生长江河淡水中。作者可能将大海龟误认为鼋类，以为生长海中。　⑦挂罥：

罥，音捐，缠绕。全句意为各种海中动物挂绕在船侧肆意奔驰。⑧魄动神丧：犹言丧魂落魄。⑨樯摧橹折：樯，音强。船桅。橹，划船工具，摇动划行。樯摧橹折，意为船已失去航行能力，即将被摧毁。⑩沆瀣：沆音杭的去声。瀣，音溉。沆瀣，夜间露气流布。⑪藻思翔：藻思，作文章的才思，文采。翔，指才思飞扬活跃。⑫鸿章：鸿，大。鸿章，意为巨著。通常的赞赏之辞。⑬开宝之馀风：开，开元；宝，天宝。都是唐玄宗年号。当时唐诗极盛时期，史称盛唐。余风，风气的延续。⑭仿佛杜甫高岑之什。仿佛，即仿佛。高，高适；岑，岑参。都是与杜甫同时名诗人。什，诗篇。

解　说

为他人的诗文作序，是中国文人很久以来的习惯。作序者一般都是诗文集作者的友人、后学或晚辈。内容多是对诗文集的赞扬介绍。或是借此对当代或前代某些文风作出评论。

这篇序文的独特之处是关于大海。海对中国人来说，历来是充满了神秘、危险而又令人惊奇的地方。神仙在那里居住，太阳在那里洗澡，那里还有什么没人知道。然而诗集作者却居然跨过大海，去了琉球。一去逾年，写出诗集。这真是破天荒之举。所以作序者在序中，不论诗文而着重谈海。这是很有特色的。

乘上五条木板宽的小船，在江淮这些大河中浮行。突然云聚了，风起了，大浪翻花，波涛汹涌。同船的人，相对变脸变色，以为要翻船了，要淹死了。何况在那无边无缘的大海里浮浮沉沉，海神天吴，眼光一睒一闪，大鱼大龟冲冲撞撞。人在这个环境中，像浮萍一样飘荡，像蓬草一样翻滚。一任这些海中的东西缠绕牵挂，一点也无法自主。所以往往是丧魂落魄。不消等到桅杆折断，桨橹流失，早就已经吓得睡不着觉了。但你看他，却还自由自在地随随便便，摇头晃脑地吟咏得很自在。让自己的思想沉浸在那水雾迷茫的天际；让情感飞越到彩霞和霓虹的外面。翩翩地文思飞舞，浩浩的文章写成。再振兴那盛唐流传的风采，仿佛又出现了杜甫、高适、岑参们的那些瑰丽篇章。这真称得上神勇了。

余谓不然，人臣悬君父之命于心，大如日轮，响如霆轰。则其于外物也，视之而不见其形，听之而不闻其声。彼其视海水之荡潏[15]，如重茵莞席之安[16]；视崇岛之峌岘当前[17]，如翠屏之列、几砚之陈[18]。视百灵怪物之出没而沉浮，如佳花美竹奇石之星罗于苑囿[19]。歌声出金石[20]，若夫风潮澎湃之音[21]，彼固有不及知者，而又何震慑恐惧之有[22]？

翰林徐君亮直先生，以康熙某年之月日，奉使琉球[23]，岁且及周[24]，歌诗及千百首。名曰：《海舶三集》。海内之荐绅大夫[25]，莫不闻而知之矣。后二十馀年，先生既归老于家[26]，乃命大櫆为之序。

注 释

⑮荡潏：摇荡、喷涌。对大海波涛的形容。潏，音 yù。　⑯重茵莞席：茵，通指坐垫。莞，音管或关，草席。《诗・斯干》“下莞上簟，乃安斯寝。”　⑰峌岘：“峌岘孤亭。”峌，音跌。　⑱翠屏之列、几砚之陈：翠屏，翡翠屏风。几，小桌。陈，陈列。　⑲星罗于苑囿：星罗，群星罗列。苑囿，通指花园。　⑳歌声出金石：（海中的百灵怪物）的歌声清脆如同金石的敲击。　㉑风潮澎湃之音：澎湃，波涛冲击声。加入风声和波涛声。　㉒震慑：震，震惊，震动。慑，害怕、畏惧貌。　㉓琉球：古为琉球国，后为日本冲绳县。　㉔岁且及周：将近一年。　㉕荐绅：同缙绅，古时官僚阶层的特殊装束。绅，大带。缙，同搢，插也。大带之上可插入朝笏。笏是各级官吏朝见皇帝时必捧的礼器。其背面可书写有关问题的摘要，以备皇帝询问。由于缙绅是官僚特殊装束，故亦代指官吏。㉖归老于家：古代官员申请退休，称为告老。辞职还家，称为归老。

解 说

我说，不是这样。一个为人臣子的人，心上挂着君主、父亲交给的使命。这个使命大如太阳，又像是震雷的声音在轰响，那么，他对其他外在的任何东西，他会全看不见它的形状，听不见它的声音。他看那海水的摇荡涌流，和坐在厚厚的垫子上，躺在草席上一样安稳。他看那岛群上挺立成排的高峰，就好似一排排翡翠的屏风，杂着一些靠几和砚台列出的阵形。他看那各色各样的精灵鬼怪在海中浮上沉下，如同好花、奇石、修竹一样罗列在花园里。他们如歌似的叫声，仿佛金石的敲击。至于风吹潮涌，奔腾澎湃的巨声，他根本就听不见。这又怎么能让他感到震动、恐惧呢？

徐翰林亮直先生，在康熙某年某月某日，受命出使琉球国。差不多去了一年，写出诗歌有千百首。取名叫《海舶三集》。海内的体面的绅士、大夫们，都知道了。过了二十多年，先生年老退休。才叫我为它作序。

石芝父评：海峰承望溪家法，词雄气盛则追摹昌黎、南丰。于桐城派古文中另具面目，故自卓然可传。

钵山馀霞阁记①

梅曾亮

梅曾亮，字伯言。清江苏上元人。道光二年进士。以知县用，改捐郎中。咸丰五年卒。著有《柏枧山房集》行世。

江宁城山得其半②，便于人而适于野者，惟西城钵山。吾友陶子静偕群弟读书所也。因山之高下为屋，而阁于其岭，曰馀霞。因所见而名之也。

俯视，花木皆环拱升降，草径曲折可念③，行人若飞鸟度柯叶上④。西面城，淮水萦之。江自西而东，青黄分明，界画天地。又若大圆镜平置林表⑤，莫愁湖也。其东南，万屋沉沉，炊烟如人立，各有所企。微风绕之⑥，左引右挹，绵绵缗缗⑦。上浮市声，近寂而远闻。

甲戌春，子静觞同人于其上⑧。众景毕见，高言愈张⑨。子静曰："文章之事，如山出云，江河之下水；非凿石而引之⑩，决版而导之者也。故善为文者有所待⑪。"曾亮曰："文庄天地，如云物烟景焉⑫。一俯仰之间而遁乎万里之外。故善为文者，无失其机⑬。"管君异之曰："陶子之论高矣。后说者如斯阁亦有当⑭焉。"遂书为之记。

注　释

①钵山：钵，本为梵文钵多罗的音译略称。其意为盛食器。是佛家僧

徒食用器的专称。故和尚化缘称为托钵。 ②山得其半：得，占据，占有。 ③草径曲折可念：草径，长满草的小径、小路。可念，可以让人怀念。意为花树覆盖的草间小路清幽，使人怀念不已。 ④行人若飞鸟度柯叶上：从山顶往下看，行人就像在树枝上穿过去，像鸟一样。 ⑤林表：表，表面：指莫愁湖像放在树林上的圆镜。 ⑥微风绕之：炊烟是热气流，引动空气流动，像有小风在绕着它吹。 ⑦绵绵缗缗：绵绵，继续不断。缗缗，飘浮如细丝。 ⑧觞同人：即请朋友、同伴喝酒。觞，酒杯。 ⑨高言愈张：各种见解愈谈愈热烈。 ⑩非凿石而引之：不是把岩石凿个洞可引出云来的。 ⑪有所待：要等待合适的机会。 ⑫云物烟景：云物，天上云彩幻成的景物。烟景，烟笼雾约制造的奇异风景。都是转瞬即逝的。 ⑬无失其机：别错过那瞬间的机遇。 ⑭有当：也有这样的情况。

解　说

这是一篇类似随笔的小品。颇有点类似苏东坡的《承天寺夜游记》，飘然而来，戛然而止。耐人寻味。这篇记的题目虽是“钵山馀霞阁记”，其实，却是记在这馀霞阁中偶然的一次讨论。而这个讨论也并没有深入下去。只不过两个人，一人说了一句话。而第三者管异之，只不过评论了四个字，说一个“高矣”，另一个“有当”便戛然而止了。给读者留下思索的广阔余地。

江宁城（即今之南京）里，山占了一半。而（在这些山地中）既适合于人们来往方便，又具有开阔视界、富于山野趣味的，就只有处于西半城的钵山了，是我的朋友陶子静和他几个弟弟一起读书的地方。随着山地地形，高高低低建了几间屋，又在岭上造了一个阁子，取名“馀霞”，这是依照山头常见的景色来命名。

（在这里）低头看，那些花木，都围绕着阁子高低上下，一条绿色的小路很有意思，行人好似飞鸟一样在树枝树叶上行走。西边的城墙，有秦淮河水绕着它。江水从西往东流。青黄两种颜色分明极了。简直是在天和地之间画出一条界线。还有一个很像大圆镜的平放在树林上，那便是莫愁湖了。这里的东南，成千上万的民居沉甸甸排列着，一条条屋顶冒起的炊烟，好像都是站着的人在那里探望。微风吹得它们绕动，左弯右曲，绵绵不断，像是穿线的长绳。远处的市声，好像就飘浮在这些林立的炊烟上。近处听不见，越远处好像听得越清楚。

甲戌年的春天，子静在这阁上宴客。各种风景都呈现在眼前，使得谈话愈来愈热烈。子静说："作文章这件事，就好似山里往外吐云一样，又像江河往下游流注一样，并不是凿开石头把云引出来，也不是打开闸板，让水照自己的意思去流走。所以说，写文章的好手一定要会等待。"曾亮（本文作者）说："文章在天地之间，像云彩，像偶然出现在烟笼雾隐中的奇景。只要你稍一犹豫，它一瞬间就逃到万里之外去了。所以说，会写文章的人，要会抓住这一瞬间的机遇。"管君异之却说："陶先生的理论很高明。后说的这位的发言，倒像我们眼前这个阁子，却也有它存在的价值。"我就把今天讨论的这些话记下来。

祭妹文

袁　枚

袁枚，字子才，号简斋，别号随园老人。清浙江钱塘人。乾隆进士。官翰林院庶吉士，及江宁等地知县。三十三岁以父丧辞官，居江宁随园五十年。在文学上主性灵之说。谓诗者性情也，性情之外无诗。年八十二卒。著有《小仓山房全集》。

乾隆丁亥冬[①]，葬三妹素文于上元之羊山[②]，而奠以文曰[③]：

呜呼！汝生于浙而葬于斯，离吾乡七百里矣。当时虽觭梦幻想[④]，宁知此为汝归骨所耶[⑤]？

汝以一念之贞，遇人仳离[⑥]，致孤危托落[⑦]。虽命之所存，天实为之。然而累汝至此者，未尝非予之过也。予幼从先生授经，汝差肩而坐，爱听古人节义事。一旦长成，遂躬蹈之[⑧]。呜呼！使汝不识诗书，或未必坚贞若是。

注　释

①乾隆丁亥：即乾隆三十二年，为公历 1767 年。　②上元之羊山：上元县名，属江宁府，今属南京市。羊山，上元县属地名。　③奠以文：奠，向鬼神献上祭品，以求其安居。奠以文，即通常所称的祭文。　④觭梦幻想：觭，音奇；觭梦，犹得梦，做梦。幻想，胡思乱想。　⑤归骨所：埋葬的地方。　⑥一念之贞，遇人仳离：作者为其三妹作有传云，他三妹指腹为婚，订与如皋高氏。后来高家来信，愿意废约，说他儿子品行

不好。父亲犹豫未决，三妹坚持不肯退。认为圣贤教导应从一而终。后来出嫁之后，乃知是一赌徒。最后竟要把妻子卖钱还赌债。才不得不逃回娘家，官判离婚。这是一个迷信圣贤之教造成的典型悲剧。贞，贞节。仳离，被遗弃。《诗·王风·中谷有蓷》："有女仳离，嘅其叹矣。嘅其叹矣，遇人之艰难矣。" ⑦孤危托落：孤危，孤立无助。托落，同落拓。 ⑧躬蹈之：躬，犹言亲身，亲自。蹈，实践。

解 说

这篇"祭妹文"是袁枚脍炙人口的名篇。文中所说的，全是些生活琐事，却使人读起来恍若历历在目，纯是真情的流泻，能够唤起读者的情感的共鸣。这是作者文学主张——性情说的实际标本。

作者处于封建王朝的盛世，是在"饿死事小，失节事大"的理学观念的熏陶中长大的。然而这篇祭文中一个妇女的悲惨命运，却是对礼教的沉痛控诉。这是理学在杀人。作者自己也未必知道自己在控诉。但它的效果却比反封建的理论文章更强。因为它是从内心流出的真实情感。

乾隆丁亥年冬天，把我三妹素文埋葬在上元县（今南京市）的羊山上。作篇祭文让她安息。

唉！你生在浙江却埋在这里，离我们的故乡有七百里远了。想当初，即使你作怪梦也不会想到这里是你埋骨的地方吧？

你为了一个要作坚贞的理想妇女的念头，才遭遇到这样被遗弃的悲惨命运。孤孤零零，无依无靠。虽说命运是由老天爷决定的，但连累了你到如此悲惨的境况，也未尝不是我的过失。我小时从老师那接受经典的教育，你和我挨着肩膀坐着。就爱听老师讲古人守节、行义的故事。谁知一旦长成人，竟亲身来实践。唉！假使你不去读这些诗书，或许就不会这样坚贞不渝了吧！

予捉蟋蟀，汝奋臂出其间。岁寒虫僵，同临其穴⑨。今予殓汝葬汝⑩，而当日之情形憬然赶目⑪。予九岁憩书斋⑫，汝梳双髻，披单缣来⑬，温《缁衣》一章⑭。适先生奓户入⑮，闻两童子音琅琅然[16]。不觉莞尔[17]，连呼则则。此七月望日事也[18]。汝在九原[19]，当分明记之。予弱冠粤行[20]，汝掎裳悲恸[21]。逾三年，予披宫锦还家[22]，汝从东厢扶案出[23]，一家瞠视而笑，不知语从何起。大概说长安登科[24]，函使报信迟早云尔[25]。凡此琐琐，虽为陈迹，然我一日未死，则一日不能忘。旧事填膺[26]，思之凄梗[27]，如影历历，逼取便逝[28]。悔当时不将嫛婗情状[29]，罗缕纪存[30]。然而汝已不在人间。则虽年光倒流[31]，儿时可再，而亦无与为印证者矣。

注　释

⑨同临其穴：天冷了，蟋蟀冻死，又一起把它埋葬。　⑩殓汝葬汝：殓，装殓；葬，埋葬。　⑪憬然：惊悟。好似当时情景，突然浮现眼前。　⑫憩：休息。　⑬单缣：缣，疏薄丝织单衣。　⑭缁衣：《诗·郑风》篇名。　⑮奓户：奓，音 zhā 扎，开门。　⑯琅琅：小儿琅琅读书声，音郎。　⑰莞尔：音宛尔，笑貌。　⑱望日：阴历每月十五日为望日。　⑲九原：原意为大夫墓地，后泛指墓地。　⑳弱冠粤行：古礼，男子二十为成人，加冠。故二十岁称为弱冠。粤行，去广东。广东省简称粤。此时，作者叔父在广西巡抚金鉷幕中。由金鉷举之应鸿博科。三年后成进士。　㉑掎裳悲恸：拉着衣裳哭。　㉒披宫锦还家：披宫锦，指穿上新的官服。此时作者已中进士，授庶吉士。衣锦荣归。　㉓东厢：旧式建筑格式。正房南北向，称堂屋。两侧房为东西厢房。东厢出，即从东厢房走出来。　㉔长安登科：登科指中进士。实际是在北京中进士。因科举制度从唐朝开始。唐都长安。故习称长安登科。　㉕函使：送信人。　㉖旧事填膺：膺，胸膛。过去的事填满了胸膛。　㉗思之凄梗：想起来喉咙为悲痛所堵塞。　㉘如影历历，逼取便逝：历历，清清楚楚。但是，想要再近一点抓住它，却立即消逝了。　㉙嫛婗情状：音伊倪，指幼儿。即孩子的种种情状。　㉚罗缕纪存：一丝一缕都记下来。　㉛年光倒流：时间倒转。退回从前。

解 说

我去逮蛐蛐，你也跟着伸手。天冷了，蛐蛐冻死了，我们一起把它埋葬。今天，我却在装殓你、埋葬你。当日我们埋葬蛐蛐的情景，突然又出现在我的眼前。我九岁那年在书房里休息，你梳着两个小鬟来了，和我一起温习《缁衣》那一章。恰巧老师推门进来。听见两个小孩儿正高声朗读，不自觉地就发笑了，嘴里还叫着“则，则！”这是七月十五那天的事。即使你在九原之下，也应当记得很清楚吧？我二十岁那年到广东去，你拉着我的衣襟哭。三年后，我穿着簇新的官服还家来，你从东厢房里扶着桌子走出来，一家人都瞠着眼睛笑，不知道话该从何说起。大概是讲了在长安登了科，报信人报得早了晚了这些事。举凡这些琐碎事情，都早已过去了。虽然如此，但只要我一天没有死去，我便一天也忘不了。这些陈年旧事填满了我的胸膛，想起来就让人难受。这些事情清楚得就像在我面前。但是，当你想要伸手抓住它时，它却立即消逝了。我懊悔当时没有把这些天真稚气的情景，丝丝缕缕地都记住保存下来。然而，你已经不在人世了。即使是时间倒转，可以再返回童年，却再也没有了可与我互相认证的人了。

汝之义绝高氏而归也[32]，堂上阿奶[33]，仗汝扶持，家中文墨，眣汝办治[34]。尝谓女流中最少明经义、谙雅故者[35]，汝嫂非不婉嫕[36]，而于此微缺然。故自汝归后，虽为汝悲，实为予喜。予又长汝四岁。或人间长者先亡，可将身后托汝。而不谓汝之先予以去也[37]！前年予病，汝终宵刺探[38]。减一分则喜，增一分则忧。后虽小差，犹尚殗殜[39]，无所娱遣。汝来床前，为说稗官野史可喜可愕之事[40]，聊资一欢。呜呼！今而后吾将再病，教从何处呼汝耶？

注 释

㉜义绝高氏而归：见注⑥。 ㉝堂上阿奶：即作者的母亲。民间习惯，对尊长随孩子称呼，故曰阿奶。 ㉞眣：从目从失，音瞬，用目光指示。或作眣，音跌，系印刷错误。 ㉟谙雅故：指有文学修养，熟知诗书典故。 ㊱婉嫕：温柔和顺。 ㊲先予以去：在我死之先死去。㊳终宵刺探：整夜打听病情。 ㊴殗殜：病后衰弱状。犹今言：病歪歪地。音页蝶。 ㊵稗官野史可喜可愕：不见于正史的民间传说，称为稗官野史。包括旧时说部故事，其内容使人高兴、惊愕。

解 说

你正义地和高家断绝关系而回到家里来，高堂上的母亲要依赖你的搀扶，家里一切要动笔墨的事都要你来处理。我曾说，女流中很少有明白圣人的经义和古来一些高雅典故的人。你嫂子并不是不温柔和顺，但在这方面却稍微有点不足。所以，从你一回到家来后，虽然为你的命运而感到悲痛，但对我来说，又实在是一件高兴的事。我又比你大四岁，一般来说，总是年长的先死，那么，我就可以把自己身后的事情都托付给你了。却万没想到你却比我早地离开人世！前年我生病，你整夜都在打听。病轻一点就高兴，重一点就发愁。后来好了一些，但还有些拖拖拉拉，精神不振。躺在床上，没什么排遣的。你来到病床前，给我讲些小说、掌故，一些叫人高兴又叫人惊诧的事，给我提供一些高兴和欢笑。唉！今而后我要再病了，教我从哪里去唤你来讲故事呢？……

汝之疾也，予信医言无害[41]，远吊扬州[42]。汝又虑戚吾心，阻人走报。及至绵惙已极[43]，阿奶问：“望兄归否?”强应曰“诺!”已于先一日梦汝来诀[44]。心知不祥，飞舟渡江。果予以未时还家，而汝以辰时气绝。四支犹温，一目未瞑，盖犹忍死待予也[45]。呜呼，痛哉！早知诀汝，则予岂肯远游？既游，亦尚有几许心中言，要汝知闻，共汝筹画也。而今已矣！除吾死外，当无见期。吾又不知何日死，可以见汝。而死后之有知无知，与得见不得见，又卒难明也[46]。然则抱此无涯之恨，天乎，人乎！而竟已乎！

注 释

㊶无害：不要紧。 ㊷远吊扬州：吊，释为吊丧或吊古均可。 ㊸绵惙已极：惙，音 chuò。绵惙，病人呼吸微弱急促。 ㊹梦汝来诀：诀，告别，永别。梦中见到你来告别。 ㊺一目未瞑，忍死待予：民间相信病人将死时，如有想见的亲人没有见到，死者不会闭眼。这是忍着死亡的痛苦在等待亲人。所以作者说一只眼没闭上，是在忍死。 ㊻又卒难明：卒，终了。句意为终究还是难以明白。

解 说

你的病，我相信了医生的话，说是不要紧，我才远远去到扬州吊唁丧家（另一理解是凭吊古迹）。你又怕我不放心，不许把病情告诉我。待到病已十分沉重了，阿奶问你："想你哥哥回来吗？"你才勉强答应说："是的。"我已经在前一天就梦见你来向我告别了。我心里知道这不是好兆头。赶快乘船渡江回家。果然，我在未时到家，你已在辰时咽气了。四肢都还是温热的，有一只眼还没闭上。是你还在坚忍着死亡痛苦在等我回来告别吧。我要是早知道将和你永别，我怎么肯远远出门去呢？即使要出门，也会有一些心里话要和你说，和你一起筹划呀。而今完了！除非我死了，将无法再见，而我又不知道会在哪天死，可以见到你。而且，死后还有没有知觉，能不能再见，实在又难以真弄明白。那么，心里抱着这没完没了的遗憾。老天啊，人啊，就这样完了吗？

汝之诗，吾已付梓[47]；汝之女，吾已代嫁；汝之生平，吾已作传；唯汝之窀穸尚未谋耳[48]。先茔在杭[49]，江广河深，势难归葬。故请母命而宁汝于斯[50]，便祭扫也[51]。其旁葬汝女阿印。其下两冢，一为阿爷侍者朱氏，一为阿兄侍者陶氏，羊山旷渺[52]，南望原隰[53]，西望栖霞[54]，风雨晨昏，羁魂有伴[55]，当不孤寂。所怜者，自吾戊寅年读汝哭侄诗后，至今无男。两女牙牙[56]，生汝死后，才周晬耳[57]。予虽亲在未敢言老，而齿危发秃[58]，暗里自知。知在人间，尚复几日？阿品远官河南[59]，亦无子女。九族无可继者[60]。汝死我葬，我死谁埋？汝倘有灵，可能告我？

呜呼！生前既不可想，死后又不可知；哭汝既不闻汝言，奠汝又不见汝食。纸灰飞扬，朔风野大[61]。阿兄归矣，犹屡屡回头望汝也。呜呼哀哉！呜呼哀哉！

注 释

㊼付梓：交付刻印。 ㊽窀穸未谋：窀穸，音谆夕，墓地。未谋，没决定。 ㊾先茔在杭：先茔，祖坟。杭，杭州。 ㊿宁汝于斯：宁，安葬。于斯，在此。 51便祭扫也：方便逢年逢节来祭奠你和给你扫墓。 52羊山旷渺：羊山这地方空旷而开阔。 53原隰：平原和低地。 54栖霞：栖霞山，南京的风景地带。 55羁魂：葬地不是死者的故乡，故称羁魂。羁，犹言作客。但旁边又葬有亲人，故称有伴。 56牙牙：婴儿开始学说话的发音。 57周晬：晬，音醉。即一周岁。 58齿危发秃：牙齿开始动摇，头发开始秃顶。 59阿品：作者的弟弟。 60九族：由高祖至玄孙，一共是九代人，归时称九族。 61朔风野大：埋葬是在冬天，故刮北风，朔即北，朔风即北风。野大，郊野的北风刮得很猛烈。

解 说

你的诗，我已交付刻印了；你的女儿，我已经代你主持婚嫁了；你的生平，我已为你写了传记；只有你的墓地还没有选好。我们的祖茔在杭州，隔着宽阔的江和深深的河，势难把你葬进祖坟了，所以请示了母亲的意见，把你埋在这里，也为了逢年过节好来祭扫。旁边葬的是你的女儿阿印。下边还有两座墓。一个是我们阿爷的侍女朱氏，另一个是你阿哥的侍女陶氏。羊山旷朗开阔，南望可看到一片平原低地，西望可以见到栖霞山。刮风下雨，清早黄昏，你落在异乡的魂灵，总算有了伴侣，不会寂寞了。可怜的是，我自从戊寅年读到你写的《哭侄》诗后，至今还没有儿子。有两个呀呀的正学说话的女儿，是在你死后才生的，刚满了周岁。虽然母亲还在世我不敢便说老了，但牙齿摇动了，头顶开始秃了。我心里知道，活在人间已没有多少时日了。阿品远远在河南作官，也还没有子女。九族都还没有继承人。你死了我来埋，我死了有谁来埋我？你要是死而有灵，能告诉我吗？

唉！生前的事已无法预测，身后的事更无法知道，我哭你，却听不到你的回答；祭奠你的东西摆在那里，也看不见你来吃。纸钱的灰四处飘扬，旷野里的北风刮得那么大。阿哥回去了，还在屡屡回头看你。呜呼哀哉！呜呼哀哉！

原 才[①]

曾国藩

曾国藩，字涤生，一字伯涵。清湖南湘乡人，咸丰进士，授检讨。与倭仁等研求程朱之学。洪杨事起，以丁忧侍郎奉朝命练乡团。转战十余年，收复沿江失地，克复南京。积功封毅勇侯，卒于两江总督任内。谥文正。著有《求阙斋》文集行世。

风俗之厚薄奚自乎[②]？自乎一二人之心之所向而已[③]。民之生庸懦者，戢戢皆是也[④]。有一二贤且智者，则众人君之而受命焉[⑤]。尤智者，所君尤众焉[⑥]。此一二人者之心向义，则众人与之赴义；一二人者之心向利，则众人与之赴利。众人所趋，势之所归[⑦]；虽有大力，莫之敢逆[⑧]。故曰，挠万物者莫疾乎风[⑨]。风俗、人之心，始乎微而终乎不可御者也[⑩]。

注 释

①原才：意为，对人才问题的讨论。原字有推本求源、考察的含义。也可释为对人才问题的考察。是古文中一种常见的文体。如“原道”、“原君”等。 ②风俗厚薄：古人认为一个时代或一个地区的社会风俗有厚有薄。所谓风俗淳厚，往往是指朴实、安定，成员关系相对融洽的社会。相反，薄是指风俗奸巧、秩序动荡，成员间内部矛盾尖锐、斗争剧烈的社会。 ③一二人之心之所向：这种意见认为，社会风俗好与坏，决定于极少数在群体中拔尖的人。这极少数人的心所向往，也就会成为整个社

会人心的倾向。这种观点显然把社会分为天生的领袖与群氓两类人的意思。 ④戢戢：音集，成群聚集貌。 ⑤君之而受命焉：君之，尊之为君、为领袖。听从他的命令。 ⑥尤智者，所君尤众：更聪明或能耐更大的，就会有更多的人尊他为领袖。 ⑦众人所趋，势之所归：众人的共同趋向，就会成为势力、趋势。甚至不可阻挡。 ⑧莫之敢逆：没有谁能阻挡。逆，抵挡。 ⑨挠：搅乱、改变。“挠万物者莫疾乎风”（语见《易经·说卦》）这里的风，指风气，指人心趋向。 ⑩始乎微而终乎不可御：指人心倾向形成的势力，开始其力量显示是微弱的，但发展到后来会成为不可抗拒的力量。

解　说

一个社会的风俗的厚或薄，好或不好，是从哪里来的？来自一两个人的心所向往的是什么。生下来时平庸的、懦弱的人多，成群成群的都是。有一两个高尚而聪明的出现，众人就拥他当头，听从他的命令。更聪明更有智识的，他领导的人就更多。这一两个人（当领导的）他的心倾向于义，众人就跟着他去赴义。这一两个人的心要是倾向于功利，那众人也就跟着他去搞功利。众人所倾向的，就是势力的趋向。即使你有很大力量，也无法阻挡它。所以说，改变万物的倾向的，没有比风更厉害的了。社会风俗，人心的倾向，起初看来很微弱，但到后来却是什么力量也阻挡不住。

全文的主题是讨论人才问题。这第一段的中心思想是揭出社会风气是人心所向形成的。而主宰社会风气或风俗的，或主宰人心趋向的，却是由某些超出常人的、更聪明、更有智慧的人的思想倾向形成的。大多数人只是跟着他们跑。起初，这个倾向的力量看来微小，末了却是什么力量也无法抵挡的强大风气。造成或领导这个强大风气的极少数的人，便是人才。

先王之治天下，使贤者皆当路在势[11]，其风民也皆以义[12]。故道一而俗同[13]。世教既衰[14]，所谓一二人者，不尽在位[15]，彼其心之所向[16]，势不能不腾为口说而播为声气[17]。而众人者，势不能不听命而蒸为习尚[18]。于是乎徒党蔚起而一时之人才出焉[19]。有以仁义倡者，其徒党亦死仁义而不顾；有以功利倡者，其徒党亦死功利而不返。水流湿、火就燥，无感不雠[20]，所从来久矣。

注　释

⑪当路在势：处于必须经过的位置。握有权力。　⑫风民以义：以仁义思想来引导老百姓。　⑬道一而俗同：引导百姓的指导思想是相同的，因之造成的社会风俗也是相同的。　⑭世教既衰：作者认为社会风气、风俗是先王的良好教化造成的。到后代，这种教化衰退了，故后世风俗不如三代，也逐渐变坏了。　⑮一二人者，不尽在位：一二人者，指少数贤且智者，即统治者。不尽在位，有些失去权力、地位，但还有影响力。⑯心之所向：方向，向往。　⑰腾为口说而播为声气：指那些失去地位者，就会用说话来宣传，而造成社会舆论。声气。一种声音，一种气势。相当于今天所说的舆论力量。　⑱蒸为习尚：蒸，积累，发展。习尚，一种风尚习惯，一种思想倾向。如今天常说的时代潮流。　⑲徒党蔚起而人才出焉：蔚，草木生长繁茂状。蔚起，迅速壮大。徒党，尊其为君的群体，同一观点的群体。在这种形势下，就会冒出人才。　⑳无感不雠：雠，同仇，音求，匹配、对应、回应。有声音就有回应，有提倡就会有拥护，有徒党。《诗·大雅·抑》："无言不雠。"正作应答解。（朱注：雠，答。）

解　说

古代那些先王治理天下时，使那些贤者能者都处在重要部门的当权地位，他们使老百姓都倾向于慕义。所以人民的风气是一致的，风俗也相同。后来，社会对人民的教导渐渐衰落了。前边所说的那种属于少数的一二人，没有都处于应有的位置上。他们的内心的趋向、愿望，势必不得不用嘴说出来，这会成为一部分人的共同语言，形成一种舆论。一般的群众也就不得不附和而形成一种习惯倾向、社会风尚。这样一来，就会出现许多相同见解的群体凝聚为一个个的徒党，而涌现出一大批人才。有的提倡仁义，他的徒党也就会不犹豫地为仁义而死。另外，也有的提倡功利，他的党徒也就会拼命去取得功利。这就是如同“水流湿，火就燥”一样，有一种能感动人的量，就会出现相应的反响。这种现象很久以来就存在了。

今之君子之在势者，辄曰天下无才。彼自尸于高明之地[21]，不克以己之所向转移习俗，而陶铸一世之人[22]，而翻谢曰无才。谓之不诬[23]，可乎否也？十室之邑，有好义之士。其智足以移十人者，必能拔十人中之尤者而材之。其智足以移百人者，必能拔百人中之尤者而材之。然则转移习俗而陶铸一世之人，非特处高明之地者然也。凡一命以上皆与有责焉者也。

注　释

㉑自尸于高明之地：古代祭礼中的尸代表受祭的死者。因以尸位一词表示在位者不尽职。尸于高明之地。地，即地位。高明之地，显要地位。指那些说天下无才的人是未能尽职。　㉒陶铸：指改造人。把自然存在的陶土，通过铸造而成为各种用具。犹如把一个无用的人或坏人通过陶铸而改造成好人。所以文中称那些掌握统治大权的人，有改造人才的责任。㉓诬：谎言，胡说。

解　说

今天这些在权位上的君子们，总说，天下没有人才。他自己空自占据着高的地位，却不能用自己的权力地位，按自己的理想去移风易俗，从而造就这个时代的人才，反倒说天下没有人才，要说他这不是瞎话，行吗？

一个住着十来家人的小地方，就会有一个心向仁义的人。他的智力足以改造十个人的，必然会有能力选拔这十个人中的尖子来当作人才。他的智力足以改造一百个人的，就必然能够拔这百人中的尖子来当作人才。如此看来，移风易俗而造就一个时代的人才，不一定非要有高位大权的人才行。只要是由朝廷任命的官员，就都有这种造就人才的责任。

有国家者得吾说而存之，则将慎择与共天位之人[24]。士大夫得吾说而存之，则将惴惴乎谨其心之所向，恐一不当而坏风俗，而贼人才[25]。循是为之，数十年之后，乃有一收其效者乎？非所逆睹已。

注　释

㉔共天位：封建时代认为当皇帝是受天命，是天给的统治地位，是天位。宰相、大臣辅佐他的，是共天位。　㉕贼人才：败坏人才。指不使用，或使用不当。

解　说

持有国家统治权的人，心里保存着我的这个观点，就该会谨慎地选择与自己共同执掌上帝所给予的这个统治权的人。各级官员和读书人，心里有了我这个观点，就应该时时戒慎恐惧自己的心之所向的目的是什么。不要偶然行为失误而败坏了风俗，糟蹋了人才。要是顺着这样做下去，几十年之后，会有万分之一的收效吧。这是无法预见的了。

原富序

吴汝纶

吴汝纶，字挚甫，安徽桐城人。清末散文家，桐城派最后一人。同治进士。先后为曾国藩、李鸿章幕宾。官冀州知州。后为京师大学堂总教习，颇注意洋务。著有《桐城吴先生全书》行世。

严子既译亚丹氏所著计学书[2]，名之曰《原富》。俾汝纶序之[3]。亚丹氏是书，欧美传习已久，吾国未之前闻。严子之译，不可以已也。

盖国无时而不需财，而危败之后为尤急[4]。国之庶政[5]，非财不立。国不可一日无政，则财不可一日而不周所用[6]。故曰，国无时不需财。及至危败，财必大耗。欲振厉图存[7]，虽财已耗愈不能不用。故曰，危败之后为尤急。

注 释

①原富：这是译者严复对亚当·斯密原著所用的译名。按中文的解释，应同《原君》、《原财》一样，是关于君主或人才问题的讨论，此处释为对财富问题的讨论。现在通行的译名是：国民财富的性质和原因的研究，见王亚南编《资产阶级古典政治经济学选辑》。 ②严子既译亚丹氏计学书：严子；严复，字幼陵，福建侯官人。亚丹氏，即亚当·斯密；计学，即今译政治经济学，或简称经济学。 ③俾：使，让。 ④危败之后：译书出版，正值中日甲午战争失败之后，国家面临亡国危险。故称危

败之后。 ⑤国之庶政：国家日常行政。非财不立。没钱办不了。 ⑥不可一日而不周所用：不可以一天不够开支。 ⑦振厉图存：振厉，严厉地振作起来，以求国家生存。

解　说

吴挚甫先生这篇序文，是为严幼陵先生翻译亚当·斯密的经济学著作出版而写的介绍文章。在今天看起来，也许这篇序文与经济学相距十万八千里。用夏禹治水来阐明经济学。但如果你对当时的社会思想略有所知，你就会理解，要使当时人懂得什么叫经济学是何等艰难。举个例说，当时一位名儒（即知识界的领袖之一），在甲午战败后，竟然写信给李鸿章，建议征集沿海捕鱼的帆船驶向东瀛，横扫日本。知识界的名儒是这样的认识水平，你能说服他相信科学吗？正如古希腊苏格拉底的著名的洞穴比喻一样。无法让终身在洞穴中的人去相信阳光。因此，读了这篇序文，你将对严复和吴汝纶这样让中国人睁眼看世界的第一批开拓者产生无比敬意。

严先生译完了英国亚丹氏（今译：亚当·斯密）计学书（今名“经济学”），书名叫《原富》，让我给它作序。亚丹氏这本书，在欧美很久以来已经广泛学习了，我国以前却没听说过。严先生所以要将它翻译过来，是因为不翻译过来不行了。

总的说来，一个国家不论到了什么时候都少不了要用钱。尤其在打了败仗面临危险时候更为急迫。国家的一切政治措施，没有钱是建立不起来的。而国家又不能片刻离开政治。那么，国家的钱一天也不能不够用。这就叫：国家没有片刻不需用钱的时候。待国家遭了危败，国家的钱就会大量消耗。而且，要想振作起来，努力使国家安全地生存下去，就不得不大量花钱，虽然国库已经消耗得快完了。因此说，在吃了败仗，国家危亡的关头，需要用钱的地方更多更急。

中国士大夫以言利为讳⑧，又忕习于重农抑商之途；于是生财之途常隘⑨，用财之数常多。而财之出于天地之间，往往遗弃而不理⑩。吾弃不理，则人之睨其旁者⑪，势必攘臂而并争。于是财非其财。吾弃财不理而不给于用，则仍取给于隘生之途。途益隘而取益尽[12]，于是上下交悴[13]而国非其国，财非其财[14]。国非其国，则危败之形立见。危败之形见而不思变计，则相与束手熟视而无如何[15]。思变矣，而不得所以变之之方，虽终日抢攘彷徨，交走骇愕[16]，而卒无分毫之益。

注　释

⑧士大夫以言利为讳：中国称儒家学说为名教，有伤名教为最大耻辱。而儒家是反对言利的。如孟子说："王何必曰利，亦有仁义而已矣。"又如："清晨而起，孳孳为利者，小人也。"等等。所以统治者是忌讳言利的。　⑨隘：狭窄、拥塞、不通。　⑩弃而不理：对天然财富往往抛弃不予管理。　⑪睨其旁者：睨，斜视，窥探。在旁边窥视着的。　⑫途益隘而取益尽：生财路越仄，榨取就越多。　⑬上下交悴：国家与百姓，上与下都弄得苦不堪言。　⑭国非其国，财非其财：国家不成其为自己的国家，财富也不再是自己的财富。　⑮相与束手熟视：大家像捆住了手，你看我，我看你。　⑯抢攘彷徨，交走骇愕：抢攘，激动，争着发言。彷徨，转来转去。交走，屋里乱窜，骇愕：惊惶失措。

解　说

中国士大夫们，把说利益问题看成是可耻的事，又走惯了"重农抑商"的政策道路。这一来，就使得经常是生财路仄而用钱路多。许多天地之间自然存在的财富，往往是弃而不管。我们丢下不管，那些旁边偷看着的人，势必就要卷起袖子来抢。这一来，这些财富就再不是自己的了。我们把财富扔在一边不管，我们的钱财就不够用，只好依旧走老路，走原来的狭隘的道路。生财的道路愈仄，而向它索取的却反而越多。这必然会弄得国家与生产者上下两头都弄穷了，弄得国家不像个国家。这样，天生的财富不是自己的财富，国家也将不再是我们的国家。那么，立刻就能看到国家败亡的危险形势。看到了国家败亡的形势而不想改变老路子，那就只好你看我我看你而毫无办法。即便想改变路子了，却想不出怎样改变的方法。这样，虽然一天到晚都在嚷嚷，都在屋里转圈子，瞪着眼问怎么办，却没有半点实际效益。

中国自周汉到今，传所称理财之方⑰，其高者则节用而已耳。下乃夺民财以益国用而已耳。夺民财以益国用，前所谓取给于隘生之途是矣。此自踣之术也⑱。节用之说，施之安宁之世，能使百政废缺不举，而财聚留于不用之地。施之危败之后，则节无可节，废缺者不举而亦无可聚留。循是不变⑲，是坐自困也。

注　释

⑰理财之方：管理国家财政的方略。　⑱自踣之术：自己打倒自己的办法。（踣，原印作殕，未见此字。或系误植。故试改为踣。）　⑲循是不变：依旧按老路走下去，不肯改变。

解　说

中国从周朝、汉朝到今天，经传上所说的理财的方法，那些高明的方法，不过是讲求节省费用而已。那些相对下等的方法，那就是掠夺老百姓来填补国家用度的不足罢了。掠夺老百姓来填补国家的亏空，就是前文所说的，使生财的道路变得更狭仄了。这是自杀的方法。至于节用的说法，用在社会安宁时期，它能使得那些废置的政务就废置下去，而把有余的财力聚集藏留在无用的地方。若是在遭受失败、面临危险的时候来使用它，那么，就根本没有可以节省的地方，一些本因节省而该办不办的政事仍然不办，却还是没有可以聚集起来的财力。要是仍然遵照这种古老的理财方式，那是干看着把自己困在那里。

所谓变之之方者何也？取财之出于天地之间者条而理之[20]，使不遗弃而已矣。取财之出于天地之间者条而理之，使不遗弃，非必奇财异智而后能也。然而不痛改讳言利之习，不力破重农抑商之故见，则财且遗弃于不知，夫安得而就理！是何也？以利为讳则无理财之学，重农抑商，则财之可理者少。夫商者，财之所以通也[21]，农者，生财之一途也。闭财之多途使出于一途，所谓隘也。其势常处于不足，尚何通之可言？

注 释

⑳条而理之：条，分门别类。理，管理。 ㉑商者，财之所以通也：商业的作用，就是为了使财富流通。

解 说

所说的改变，那改变的方法是什么呢？那就是，把那些天生的财富，分门别类，各按其性质加以管理，使它不被抛弃罢了。把天地间出产的财富，分门别类加以管理，使这些财富不被抛弃，这并不是需要什么了不起的智能才能干的事。但是，如若不彻底改变那种不肯谈利的坏毛病，不打破重农抑商的传统见解，那么，天生的财富将在不知不觉之间就被抛弃了，哪里还谈得上去管理！这是什么道理呢？你如根本就不沾利字的边，那就不会有专门研究管理财富的学问；你还在重农抑商，那么就不会有多少需要管理的财富。商这个行业，本来就是搞财富的流通的。农这种行业，只是生产财富的许多条道路的一种。关闭了生产财富的许多条道路，只许大家走一条道路，这道路能不让人感到狭窄吗？路狭人多，就会拥挤。就会使大家都走不动。这势必使财富经常处于不够用的情况。这样一来，财富本来就不足，还有什么流通可言呢？

古之生财之途博矣。博而不通则塞[22]，故商兴焉。禹之治水也，既与益稷予众庶稻及其他粮食矣[23]。又调有馀，补不足，懋迁化居以通之[24]。是商与农并兴之验也。专农一途，故不需商也。禹于九州田货既等而次之，至其贡篚[25]，则皆所鲜所多相通易之物[26]。凡畋之所猎，渔之所获，虞之所出，工之所成，卝人之所职[27]，举财之出于天地之间者，无不取财为用。夫是，故劝商。（《禹贡》）其每州之终，必纪诸水，则皆商旅所以通之路也。是安有重农抑商之谬论乎！

注 释

㉒博而不通则塞：博，道路多。通，流通。多了而不流通，道路就会堵塞了。 ㉓益、稷：伯益和后稷：伯益烧山开荒，后稷教民稼穑。都是教民稼穑的能臣。 ㉔懋迁化居：语出《尚书·益稷》原为"懋迁有无化居。"旧注，懋迁，勉其民徙有于无。化居，旧注未洽。应知，这句话纯粹是说商业行为。所以化字应理解为换货，即交易行为。居则是与化相对，指居积，即今言存货。这就是作者所说的农商并举。 ㉕贡篚：篚，筐类用具，用来放贡品。《禹贡》孔传："盛之筐篚而贡之。" ㉖所鲜所多相通易之物：鲜，少。指贡品都是可以用来交易的物品。意为，贡品征收，也是为发展商业。 ㉗畋、渔、虞、卝：畋，音田，狩猎；渔，打鱼。虞，古代管理山泽等非耕地的官。卝，古矿字，卝人，即管理矿产的官。

解 说

这一段和下一段，作者都是利用中国古代历史史实，来驳斥重农抑商的错误思想。乍看起来，在介绍经济学的序言中去大谈《禹贡》似乎有点离题万里。但这是出于不得已。封建士大夫重农抑商的成见太深了。不捧出古圣先贤来，破不了他们的成见。即便如此，这种成见依然根深蒂固，一有机会就会复活。例如人所周知的极左政策时期，连初级集市都要取消；养几只鸡都是资本主义尾巴。这不就是改头换面的抑商政策吗？所以这篇序文至今仍有价值。

从古以来，财富生产的门道很多。生产多了，但流通不畅，生产就会被堵塞，所以需要商业。例如，大禹在治水时，他和伯益、后稷们，已经教给群众种植稻子和其他粮食。又调剂富余的地方，弥补不足的地方。让他们往来贸易，交换货物或囤积居奇。这是商业与农业同时发展的明显验证。专搞农业生产一条路，那就用不着商业了。大禹对于九州的农田出产分出了等级高低来管理，至于征收贡品，却都是些这里多那里少的，可以互相交易的东西。所有的财物，狩猎打来的、打鱼捕来的、山泽出产的、手工制作的、矿产品，以及所有天地之间出产的物品，无不可以换成财富来使用。所以鼓励商业。《禹贡》所论述的每一个州，论述之后，一定要记录下各州的水道。这都是往来商旅通行的道路。这一切里面，哪里能看得见半点重农抑商的谬论呢！

禹之理天下之财至纤悉[28]，不专农如此，而矿利尤远。盖荆扬之金三品[29]，至周而犹盛。故《诗》曰："大赂南金。"[30]及汉武而后，乃稍衰歇。史公有言："豫章黄金，取之不足更费"，[31]其证也。然上溯神禹时，已二千馀年矣。禹之兴矿利如此，又举九州水道推论之。使神禹生今时，其从事于今之路矿，可意决也[32]。况乃处危败之后，则若周宣之考室[33]，卫文之通商惠工，騋牝三千[34]，盖皆奉神禹为师法，而可以利为后而讳言之乎？

注　释

㉘纤悉：仔细、周到。　㉙荆扬之金三品：品，等级。古代把金、铜、铁等矿产金属通称为金。如：铜为美金，铁为恶金等称谓。故三品也可释为三种。　㉚大赂南金：赂，赠、遗。南，指荆州、扬州地方。语出《诗·鲁颂·泮水》鲁国征服了淮夷，得到许多淮夷奉送的金（主要是铜。铜在当时是铸造武器的主要原料）。　㉛更费：今言成本。全句指开

采铜矿成本太高不合算。 ㉜意决：猜想，想到。全句意，他（禹）如生在今天，可以想到他会去搞路矿工作——修路开矿。 ㉝周宣之考室：未详。 ㉞通商惠工，騋牝三千：语见《诗·定之方中》：“騋牝三千。”同诗朱传：“文公……通商惠工。”騋，马高七尺以上为騋。指马之壮健者。牝，母马。三千；指繁殖能力旺盛。通商惠工，指奖励工商业。

解　说

大禹管理天下的财富至为精细，就如前面所说的，不只是注意农业，他对于矿产利益的开发意义更为深远。荆州和扬州的铜矿分为三等，从大禹到周代开采一直很旺盛。所以《诗经》说：“大赂南金”。这一直延续到汉武之后，才逐渐衰歇。太史公曾说过：“豫章黄金，取之不足更费。”就是对这里的铜矿的开采情况的证明（“取之不足更费”——开采成本过高）。但从汉代上溯到大禹时，已经开采两千多年了。大禹兴办采矿事业的利益就是这样。再举一个他治理九州水道的事来推论。假使大禹生在今天，那么，他一定会努力从事于今天的路矿事业是可以想见的。况且处在战争失败之后的危难环境。就如同周宣王的考室，卫文公的通商惠工政策，以至于发展到拥有三千匹肥壮的种马母马。这些都是以大禹为老师的做法。难道这一切都可以由于不能把利字放在前面而不许提倡吗？

今国家方修新政，而苦财赂衰耗㉟。说者顾谓五州万国我为最富，是贫非吾患也。而严子之书适成于是时。此亚丹氏言利之书也。顾时若不满于商，要非我国抑商之说，故表而明辨之。

世之君子，倘有取于西国计学家之言乎？则亚丹之说具在。取于中国之旧文乎，则下走㊱所陈，尚几通人财，幸焉。

注　释

㉟苦财赂衰耗：赂，本义指赠、遗，在此引申为财政收入。衰耗，财

源日见减少、消耗。 ㊱下走：自谦的话。

解　说

今天，国家刚开始实行新政，而苦于国家的财力已经衰弱耗竭了。一般说者总认为，全世界的国家中，我国是最富足的。因此，贫穷并不是我们的问题。而严先生的这部书恰好在这时翻译完成。这是亚丹氏的一本专门言利的书。书中有些地方对商业有所批评，但并不是我国故有的抑商理论。所以在这里提出来把它说清楚。

当今的先生们，倘若还对西方国家的经济学理论有兴趣的话，那么，亚丹氏的理论具体地摆在你面前。要想知道中国固有的说法吗，那么，我在前面的陈述，或许还可以沟通人与财之间的关系。我会为此感到幸运。

萝溪老屋图记

樊增祥

樊增祥，字嘉父，号云门，另号樊山。湖北恩施人。光绪进士，授翰林院编修。官至江宁布政使，护理两江总督。工诗文，擅批判，为当时所重。但诗词颇倾于俗艳。有《樊山全集》行世。

余家宜昌东郭门内①。出郭二里许，为绿萝溪。宜之山水，多奇险峭仄②。此独平远幽旷，有隐秀之致。先曾祖父母遗柩常厝③于此。五六岁时，清明上冢④，辄一至焉。

及辛酉岁还宜昌⑤，与先讱斋兄读书里门⑥。弄翰之余⑦，时出游眺⑧。每至溪上，流连忘归。先兄爱其幽胜，取“绿萝”字以颜其所居⑨，隐然有卜筑之志⑩。盖其林屋萧森，水泉甘美。过溪一览，悉是渔庄⑪；环流而居，半多茶户⑫。桑柟错植⑬，荇藻交横⑭。春桃破萼⑮，红满一村；暑荷弄风，香闻数里。右襟萧寺⑯，北带垂虹⑰。明漪若镜，偶见红鱼；芳草平堤，最肥乌犉⑱。

注　释

①东郭门内：郭，即城；郭门，即城门。犹言东门里。　②峭仄：陡峭，狭仄。　③遗柩厝此：遗柩，死者的棺材。厝，音错，安置。　④上冢：冢音肿。上冢，今言上坟。　⑤辛酉岁还宜昌：辛酉，为咸丰十一年。作者生于1846年。此时十六岁。　⑥讱：音认。《论语·颜渊》“仁

者，其言也讱。”说话迟。 ⑦弄翰：写字。 ⑧游眺：眺，望。即游览。 ⑨颜其所居：颜，此处作门脸解。即以此为家门前匾额。 ⑩卜筑：打算修建房屋。卜，占卜，择吉之意。 ⑪渔庄：打鱼人的村庄。 ⑫茶户：种茶人的家。 ⑬柟：即楠木树。 ⑭荇藻：泛指各种水草。交横，杂乱地飘在水上。 ⑮破萼：指花初开。萼，是花朵的最外一层保护叶片，花开时，首先是这层保护叶片张开，故称开花为破萼。 ⑯右襟萧寺：萧寺，泛指庙宇。襟，衣襟，即紧挨着。 ⑰北带垂虹：垂虹，指桥。石拱桥两端弯曲下垂，形如天上的彩虹。陆龟蒙诗：“横截春流架断虹。”北带，谓北边相去不远有小桥。 ⑱最肥乌牸：牸字应为牸字之误。牸，泛指母牛或小母牛。《说苑·政理》：“臣故畜牸牛。”《齐民要术》：“陶朱公曰：‘汝欲速富，当畜五牸’。”或作犉字亦可通。《诗·小雅·无羊》：“九十其犉。”《毛传》：“黄牛黑唇曰犉。”犉，朱传音淳。但字典无牸字。

解　说

这是一篇回忆故乡的文章。这是一个普通的乡村。没有奇山异水、名胜古迹，不过是一个普通村庄而已。但在作者的回忆中，这里却变成一个令人为之神往的、清淳脱俗、超脱人间烦忧的世外桃源，很有点田园诗篇的味道。

我家住在宜昌东门里。出城二里多就是绿萝溪。宜昌这地方的山水，大多是奇险、斗峭、狭仄的地方。只有这里是平远幽静的旷野，有一种不大显露的秀丽风格。我曾祖父母的遗体就安置在这里。我五六岁的时候，每逢清明节上坟，总要到这里来一趟。

辛酉那年我回到宜昌，和现在已经故去的讱斋哥一起在乡里读书。读书写字之外，就时常到溪边来走走看看。常常是这里那里看个没够，甚至忘了该回家了。我那已故的哥哥特爱这里的清幽，心里已暗自想在这里盖个小屋长住。因为这里的树林房屋都自有一种萧散、深幽的味道。而且这溪的水又香又甜。溪对面，一片全是渔庄，沿着溪水水湾，又大半住的是茶农（种茶的）。这里桑树与柟树交错着生长，水里面又交错飘浮着荇藻。当春天到来，桃花冲破覆盖的花萼吐出花蕊时，满村都被染红了。夏天暑热，荷花得意地在凉风中摇摆时，那花的清香，可以传出好几里。这里的右侧还紧挨着一座古庙，北边不远处，还有一座拱曲的、彩虹一般的小桥。静静的溪水，像镜子一般明亮，偶然还能看见浮过水中的红鱼。溪岸的平堤长满了青草，是那些乌嘴小牛的最好饲料。

居人和乐，风景清妍⑲。山童倚笛，能唱竹枝⑳。溪女临流，自矜斜领㉑。诚辋川之胜居㉒㉓，麻源之奇秀也㉔。溪山无改，人事不恒㉕。十馀年来，饥驱远出㉖。鸰原宿草㉗，惄焉自伤㉘。过也不才，斜川未卜㉙。顷居京师，奉丈勉锄㉚，贻我画纸。水木明瑟㉛，有似故山㉜。因名之曰《萝溪老屋图》。记先兄之志也。异日者卯桥置宅，以名其诗㉝。下课求田㉞，以供吾饮。树芝橘为疆界，写鸥鹭于券书㉟。请以斯图为之左券㊱。

注 释

⑲妍：秀美。音言。 ⑳竹枝：古代民歌名。 ㉑斜领：未详。或当时一种流行衣着样式。 ㉒辋川：地名，在陕西蓝田。唐诗人王维在此置别业隐居。称“辋川别业”。 ㉓胜居：优美的居住地。 ㉔麻源：未详。 ㉕恒：常。 ㉖饥驱远出：为饥饿所驱赶而出门在外。这是一种封建时代官吏们故示清高的习用语。即：不是想做官，出门做官只是为了混饭吃，是出于不得已。 ㉗鸰原宿草：鸰，鹡鸰。《诗·小雅·棠棣》：“鹡鸰在原，兄弟急难”。借指兄弟情谊。宿草。指隔年陈旧的草根。古代朋友的丧服为期（一年）服。过了一年，即可不悲伤。因此，墓上如有宿草，即表示已满一年丧期，可以释悲了。因此，引申以“宿草”表示对朋友的思念。“鸰原”表示对弟兄手足的思念。 ㉘惄焉自伤：惄，音匿。忧思伤感貌。《诗·小雅·小弁》：“我心忧伤，惄焉如捣。” ㉙过也不才，斜川未卜：宋文学家苏过，为苏东坡先生少子。东坡屡谪时，一直伴随伺奉。父死，卜葬河南郏城小峨眉。过遂家颍昌小斜川，自

称斜川居士。此处以苏过自喻，并自叹还没有自己的定居住房。未卜指自己还没有购置房产，未能定居。 ㉚奉文勉锄：未详。疑为赠画者之名。待考。 ㉛明瑟：鲜明净丽。 ㉜故山：家乡，故里。 ㉝异日者卯桥置宅，以名其诗：卯，接榫固接谓为卯上。将来有一天，我要在这里造座桥，建座住宅，名为绿萝，并且就以这房子作为他诗集的名字。 ㉞下谍求田：谍，同選。下選，犹言买点薄田。价格可以便宜一些以示自己清贫。 ㉟写鸥鹭于券书：券书，买卖契约。契约本与鸥鸟、鹭鸶无关，不过用以表示将买房隐居，与鸥鹭为友而已。 ㊱左券：古代契约均一式分左右。买卖双方，各执一份，以为凭证。此处借指鸥鹭对所买房舍，享有权利。

解　说

住在这里的人和平安乐，风景又如此清秀美丽。连山野的儿童，也能伴着笛声唱出山歌，女孩子来溪边照照，也会觉得自己打扮得漂亮。这真像摩诘诗人在辋川的别墅，或有麻源的清奇秀丽。溪与山的风景没有改变，但人事都变化无常。十几年来，为谋求能吃饱而远出奔走。想起了“鹡鸰在原，兄弟急难”的诗句，看到坟头上已长出了隔年的宿草，我禁不住为自己而悲哀。苏过还可以在斜川定居，我却没能耐，连他这样一个固定的居住也没有。眼前，我住在京师，奉丈勉锄给了我一幅画。画上那清丽明秀的风景真像我的故乡。我因此给它取名叫《萝溪老屋图》，这是用以纪念死去兄长的心愿。将来有一天，我要在这里修一座桥，修建一所住宅，并且用他所用的“绿萝”二字来为他的诗集的名字。再买几亩薄田，好供给我喝酒（像陶渊明那样）。在我的地边上种上芝草和橘树作为边界。把常来这里的白鸥和鹭鸶也写进契约里。还把这幅画图作为契约的左券。

石芝父评：此文学王摩诘的“华子冈记”。描摹风景，削词斫句，清丽芊绵。真为人所谓：“诗中有画也。”

答廖季平书①

康有为

康有为，原名祖诒。字广厦，号长素。广东南海人。光绪乙未进士，官工部主事。开办学会于北京，四上书言变法事。1895 年第二次上书时，有赴京会试举人一千三百馀人署名，是为有名的“公车上书”。后以各种形式鼓吹改良主义理论。1898 年变法失败，康逃亡日本，组织保皇党，反对民主革命。1927 年卒。

季平仁兄先生：

大劫飞灰②，人间何世？医院卧病，凄苦寂寥。故人之书，忽来天上。循诵三四③，如见神采。轩蕖鼓舞④，顿尔忘忧。参商东西⑤，无由合并。愿言怀思，我劳如何⑥？

昔闻执事说经铿铿⑦，见忤当道。其与仆书三焚⑧，不略同耶！道大不容⑨，与君正堪共笑耳。

注　释

①廖季平（1852—1932）近代经学家，四川井研人。曾任教尊经书院、四川国学院等校教职。在学术上康有为颇受其影响。主张尊今文，辟古文。有《六译馆丛书》等著作传世。　②大劫飞灰：劫是梵文音译“劫波”的省称。古印度传说，世界经若干万年要大毁灭一次，谓之一劫。后人借用以表示国家社会的大动乱，谓之劫数或遭劫。此处用以指戊戌政变失败后清王朝覆亡过程中的混乱与动荡。飞灰，本指印度传说的劫

难之后遗留的灰烬，此处用以指社会动乱的受害者。 ③循诵三四：循，从头到尾；诵，读。三四，指读了三四遍。 ④鼚：音昌，鼓声。 ⑤参商：二星名，二星此出彼没从来没有相见的时候，用以比喻亲人或友人的长期分别，不能相见。杜甫诗："人生不相见，动如参与商。" ⑥愿言怀思，我劳如何：《诗经》中常用语，表示对亲人或友人的思念。如："愿言思伯，甘心首疾""愿言思子，中心养养"。又如《诗·月出》"劳心悄兮"；"劳心慅兮"等。"我劳"即"劳心"的省语。怀思、我劳，均思念之意。 ⑦执事：本意犹如今天说的"管事"。指书信对方的下属。后来习用为客套用语。意为不直接向收信人说，而是向对方下属说话，故称为"执事"。借以表示对对方的尊敬。 ⑧仆书三焚：仆，作者自称。书三焚，并无其事，不过用以表明自己受到三方势力的反对而已。 ⑨道大不容：孔子厄于陈蔡。问弟子说："吾道非耶？"颜渊说："夫子之道至大也，故天下莫能容。……虽然，不容何病？不容然后见君子。"作者在此，显然以孔子为榜样，表示对自己主张的信心。

解　说

人间的大劫难来临，到处都飞扬着劫灰，这人间成了什么世界！我躺在医院里生病，凄凉、痛苦而又孤独。老朋友忽然来信了，是从天上掉下来的吗？我从头到尾读了三四遍，好像一下子看见了你的精神风采。我受到强烈的鼓舞，立刻就忘记了自己的忧愁。我们像参星与商星一样，一东一西，永难相见，没有办法会聚在一起。正如《诗经》中所说的那样，想向你倾诉我的怀念，你是知道我的思念的心是何等的没有休止。

前些时听说您在书院讲经学时声如金石，得罪了有权力的大官，这和我的著作几次遭到排斥禁毁不是差不多吗？真是的，（正如子贡颜回所说："夫子之道至大也，故天下莫能容。"）这种现象，只能引起我们的共同嘲笑。

仆昔以端居暇日偶读《史记》[10]，至《河间献王传》乃不称古文诸书[11]，窃疑而怪之。以太史公之博文，自谓网罗金匮石室之藏，厥协六经异传[12]，整齐百家杂语。若有古文之大典，岂有史公而不知？乃编考《史记》全书，竟无古文。诸经间著“古文”二字[13]，行文不类。则误由刘歆之窜入[14]。既信史公，而知古文之为伪，即信今文之为真。于是推得《春秋》由董、何而大明三世之旨[15]。于是孔子之道四通六辟焉。

注　释

⑩端居暇日：在家中有闲暇的时候。　⑪河间献王传：《史记》中河间献王只提到好儒学、儒者，未言及献书事。而班固《汉书》却列举了河间献王所献古文诸书。所以在六经的今文古文的长期争论中，今文派则认为《汉书》是受刘歆影响而妄的。作者尊今文不承认古文，所以用《史记》不写献书事来证明六经古文是伪造的。　⑫金匮石室之藏，厥协六经异传：石室金匮，封建帝王藏书处。《史记·太史公自序》：“秦焚灭诗书，故明堂、石室、金匮、玉版图书散乱。”“厥协六经异传，整齐百家杂语”在太史公自叙的末章。秦焚书以后，汉初，学者各有师承来解说六经，因而出现分歧，故需要比较不同学说、加以协调。同样，对六经之外的百家之言也需加以整齐划一。　⑬间著：在六经正文旁边，间或著有“古文”二字。　⑭窜入：指在六经正文中，传抄者插进去一些不应有的其他文字，称为“窜入”。或称窜改。　⑮大明三世之旨：三世说，指汉儒解说《春秋》的一种理论。这种理论创始于汉董仲舒。他认为社会有三种不同的发展阶段，他称之为三世。即：据乱世，升平世和太平世。东汉末，何休等将这一说法加以发展。认为，据乱世即所传闻世，内其国而外诸夏；至所闻世，即见治升平之世，内诸夏而外夷狄。至所见世则见治太平，天下大小远近若一。到康有为，则把三世说与《礼记·礼运篇》的主张融为一体。把原来董、何的三世说中的太平世与《礼运》中的大同混为一体，创为新的三世说。

解　说

从前，我家居有空闲时候，偶然读过《史记·河间献王传》，觉得这不像是古文一类的书籍。我奇怪地产生一些怀疑。太史公这样的无书不读的人，他自己也说过：曾经收罗全部“金匮”“石室”的古代传说，读过、对比过《六经》的不同传写本，比较过诸子百家的杂说异闻并加以删汰。假若真有古文的这种巨大的典册，岂有太史公不知道？为此，我翻遍史记全书，竟然完全没有“古文”。其他经传间或注有“古文”二字，但与全书的行文方式也不相同。就可能是由刘歆故意窜进去的。既然相信太史公，从而知道古文是伪造的，反过来也就相信了今文是真的。于是，由此而推想到，《春秋》由董（仲舒）何（休）开始而“三世”的宗旨就大为明确了。自此，孔子之道的四方、上下都开通了（理论上充分完备了）。

惟执事信今攻古⑯，足为证人，助我张目。道路修阻⑰，无由讲习。又寡得大作，无自发明。遥想著作等身，定宏斯道⑱。

方今大教式微⑲，正赖耆旧有伏生、田何者出而任之⑳。非执事而谁欤！卧病困苦，无由一一吐尽肝膈㉑，且待后日。今谨上《中庸注》、《礼运注》各一卷，惟祈示正。端启。

敬问兴居，不胜偻偻㉒。

注　释

⑯信今攻古：笃信今文经学家之言，攻击古文经学家。　⑰道路修阻：修，长，远。阻：阻挡，困难。　⑱定宏斯道：斯道，指儒家的道。宏，发展，扩大。　⑲大教式微：大教指儒教，或称名教。式微，衰退。　⑳伏生、田何：均为西汉早期传经的有名的学者。　㉑吐尽肝隔：全部说出自己的心里话。　㉒不胜偻偻：偻偻，意为勤勤恳恳，笔耕

不已。《后汉书·杨赐传》："岂敢爱惜垂没之年而不尽其偻偻之心哉！"不胜偻偻，是对学者在学术上努力著述的一种敬意的表示。

解　说

惟有您，笃信今文，攻击伪古文，足可以作为我的主张的证人，帮助我扩大了我的三世说的影响。可惜道路远隔，没有机会和您一起共同研究。又很难有机会读到您的大作，没有互相启发的机会，只能从远处想到您一定有了大量的著作成果，足以扩大孔子的学说的影响。

现在儒家名教正在衰落，正迫切需要年高的有成就的学者，如汉代初年的伏生、田何这样的人，出来担当起振兴名教的责任。这个重任除了您来担当以外还能有谁呢？

我躺在病床上，有种种困难和苦恼。不能把心里的话全部向您倾诉。留到以后吧！现在，谨送上《中庸注》、《礼运注》各一卷请您指教纠正。端启。

诚敬问候您的生活安好，向您的勤恳耕耘表示敬意。

石芝父评：尚书古今文，惠定宇、阎若璩言之详矣。乾嘉馀习，康廖实为殿最。新学伪经考、四译馆丛书，今皆不举其名。康能文章。存此以知两人之学术。

春秋中国夷狄辨序[1]

梁启超

梁启超，字卓如，号任公，别号饮冰室主人。广东新会人，举人出身。近代改良主义者。学者。康有为弟子。与师共同倡导变法维新，与师于1895年领导“公车上书”，1898年参加百日维新，以六品衔办京师大学堂及译书局等。辛亥革命后坚持保皇。曾倡导“诗界革命”及“小说界革命”。晚年在清华大学讲学。著有《饮冰室合集》等。

自宋以后，儒者持攘夷之论日益盛[2]，而夷患亦日益烈。情见势绌，极于今日。而彼嚣然自大者[3]，且日哓哓而未有止也[4]。叩其所自出？则曰，是实《春秋》之义。呜呼！吾三复《春秋》而未尝见此言也。吾遍读先秦两汉先师之口说而未尝见有此言也！

注 释

①春秋中国夷狄辨序：这是梁启超为友人徐勤（字君勉）的著作《中国夷狄辨》一书作的序言。中心思想是在反驳当时顽固派提出的“尊王攘夷”的口号。这个口号实质是反对任何改良和革命，顽固拒绝现代科学文明，同时坚持保护顽固的专制制度。梁启超这篇序文，意在反驳这种尊王攘夷的谬论，但他又要维护“天不变道亦不变”的儒教的尊严，所以，他的批驳只能限于考据论证，和用康有为所主张的三世说来加以批驳，减弱了理论力量。但文章的逻辑严密、鞭辟入里是值得重视的。

②攘夷之论：攘，音 rǎng，排斥。夷，指一切外国。攘夷之论就是主张排斥一切外来的东西，包括科学、民主以及西方文化。反对变革，反对革命。 ③嚣然自大：吵吵嚷嚷自以为了不起。 ④哓哓：没完没了的争辩。犹言废话。哓，音嚣。

解　说

从宋朝以来，凡是儒者都主张排斥夷狄异族，这种论调越来越强烈，越为众多人所接受。但在同时，异族对华夏的威胁也越来越剧烈。这种情况到今天发展到极点了。但那些吵吵闹闹、盲目自大者，还照样在那里无尽无休地喊叫。如果你问他这话是从哪儿来的？他会说这是《春秋》的义理！唉！我把《春秋》翻了三遍，却没见到这话。我把从先秦到西汉时代所有老前辈儒家学者的言论找遍了，也没见过这话。

孔子之作《春秋》，治天下也，非治一国也；治万世也，非治一时也。故首张三世之义⑤。所传闻世治尚麄㸔⑥，则内其国而外诸夏⑦；所闻世治进升平，则内诸夏而外夷狄；所见世治致太平，则天下远近大小若一。夷狄进至于爵⑧，故曰有教无类。又曰洋溢乎中国，施及蛮貊⑨。凡有血气，莫不尊亲。其治之也，有先后之殊；其视之也，无爱憎之异。故闻有用夏以变夷者矣，未闻其攘绝而弃之也。今论者持升平世之火而谓《春秋》为攘夷狄也。则亦何不持据乱世之义而谓《春秋》为攘诸夏也。

注　释

⑤三世之义：所谓“三世”指“所传闻世”，“所闻世”，“所见世”。或“据乱世”、“升平世”、“太平世”。三世之说始于汉儒董仲舒，及东汉何休。清康有为加以扩充，引入《礼记·礼运》关于大同世界的空想，成为改良派理论基础。梁启超在此加以发挥。参见康有为《答廖季平

书》。 ⑥觕犆：二字均同粗字，指社会治理粗糙、简单。 ⑦内、外：内，意为自己人，外，不是自己人。 ⑧爵：本为酒器，引申为有官位或成为统治者。爵与禄连用，爵禄，代表财产和地位。 ⑨蛮貊：对南方少数民族的蔑称。貊，音陌。《周书·武成》："华夏蛮貊"。意指未开化民族。

解　说

孔子作《春秋》，是用来治天下的，不是用来治某一国的；是用来治理千万世代的，不是用来治短时期的。所以，他首先揭出"三世"的理论。三世指的是："所传闻世"的时期，那时的治理方法粗糙，那时把自己的国家看作自己人，而把同时华夏民族的其他国家看成外来的势力。到了"所闻世"，那时治理方法开始进入彼此可以和平相处时，就把所有华夏诸国都看成同类的人，而把夷狄国家看作外来者。到了"所见世"时期，那是太平盛世。不论远的近的，大的小的，都是同样看待。夷狄也可以有尊卑等级爵位。这就叫作"有教无类"。又叫作"洋溢乎中国，施及蛮貊。"凡是有血气的人，没有不懂得尊敬和亲爱的。这时的治理，有先后的区别；互相看待却没有爱谁不爱谁的差异。所以，我曾听到过用华夏文化来改变夷狄的风俗的话，却从没听说过要同谁断绝往来或抛弃谁的话。今天一些人根据的是"升平世"的理论来说要攘弃夷狄；那么，也可以根据"据乱世"的理论来"说春秋的理论要攘弃诸夏"呢？

且《春秋》之号"夷狄"也[10]，与后世特异。后世之号夷狄，谓其地与种族。《春秋》之号夷狄，谓其政俗与其行事。不明此义，则江汉之南，文王旧治之地；汧雍之间[11]，西京宅都之所[12]；以云中国，孰中于是[13]？而秦楚之为夷狄，何以称焉？不宁唯是，《昭十二年》："晋伐鲜虞。"[14]晋也而狄之[15]。《成三年》："郑伐许。"郑也而狄之[16]。《桓十五年》："邾娄人、牟人、葛人来朝。"邾娄等也而狄之[17]。《隐七年》："戎伐凡伯于楚丘以归。”卫也而狄之[18]。《哀六年》：“城邾娄葭。”鲁也而狄之[19]。夫晋、郑、邾、卫，中原之名国也。鲁者尤《春秋》以托焉以明王法者也。而其为夷狄，又何以称焉？董子云[20]：“《春秋》之常辞也。”不予夷狄，而与中国为礼。至邲之战偏然反之[21]，何也？曰：《春秋》无通辞，从变而移。今晋变而为夷狄，楚变而为君子，故移其辞以从其事。大哉言乎！然则《春秋》之中国、夷狄本无定名。其有夷狄之行者，虽中国也，靦然而夷狄矣。其无夷狄之行者，虽夷狄也，彬然而君子矣。然则，藉曰攘夷焉云尔，其必攘其有夷狄之行者，而不得以其号为中国而恕之。昭昭然矣[22]。

注　释

⑩号：呼喊，称呼。　⑪汧雍之间：汧，亦作汧。音牵。指陕西汧山。古有汧邑，秦襄公都城。雍，禹贡的雍州，今陕西地区。汧雍之间的地区，本是周文王及西周时期统治和建都的地方。　⑫西京宅都之所：在西周时期丰镐等地都曾为京都，宅都犹言建都，其地都在雍州。　⑬孰中于是：没有别地方比这里（汧雍）更有资格称为中国了。秦地在雍，却称为夷狄。　⑭《昭十二年》晋伐鲜虞：昭十二年，即鲁昭公十二年。这是《春秋》编写的体例。晋是春秋时期的大国。鲜虞，小国名。⑮晋也而狄之：《谷梁传》：“其曰晋，狄之也。”即把晋国视为夷狄。⑯《成三年》郑也而狄之：把郑国称为狄。　⑰邾娄等也而狄之：把邾娄、葛等国视为狄。《公羊传》：“皆何以称人？夷狄之也。”　⑱卫也而狄之：见“《隐七年》戎伐凡伯于楚丘以归”。《谷梁传》：“戎者卫也。戎卫者，贬而戎之也。”　⑲鲁也而狄之：见哀六年：“春城邾娄瑕”（瑕一作葭）狄鲁之义未详。　⑳董子：董仲舒。　㉑邲之战偏然反之：春秋内诸夏而外夷狄，但在晋楚邲之战时，却点明晋荀林公帅师及楚子战。《公羊传》说：“大夫不敌君，此称名氏以敌楚之何？不与晋而与楚子，为礼也。”这就把内诸夏外夷狄的原则反过来了。说明中国、夷狄，本无

固定名称。全看其行为而定。 ㉒昭昭然：明明白白了。

解 说

进一步说，《春秋》所指称的“夷狄”，与后世人所指称的夷狄有突出的不同。后世人所称的夷狄，是指地方与种族。而《春秋》所说的夷狄，是指国家的政治、风俗和行为的方式。若是不理解这个区别，那么，像长江汉水以南，这些文王早年统治的地方；汧水流域，雍州一带，当年作为京都的地区，要说哪里是中国，还有什么地方比这里还更中呢？那么，秦楚为什么又称为夷狄呢？不仅这些地方。《左传·昭十二年》：“晋伐鲜虞。”把晋国称为狄。《成公三年》：“郑伐许。”把郑国称为狄。《桓十五年》：“邾娄人、牟人、葛人来朝。”把邾娄这些国家称为狄。《隐七年》：“戎伐凡伯于楚丘以归。”把卫国称为狄。《哀公六年》：“城邾娄葭。”把鲁国说成狄人。像晋、郑、邾、卫这些国家，都是中原地区的有名国家；鲁国，尤其是《春秋》所赖以寄托的，用来说明王法的国家。而把它硬看成夷狄，这又怎么讲呢？董仲舒说：“这是《春秋》书中常见的提法。”不和夷狄讲礼，只同中国讲礼。但在邲之战时却偏偏反过来，这又是怎么回事呢？说是：《春秋》没有一贯的提法，要根据事实的改变而改变提法。现在，晋事实上变成了夷狄，楚却变成了君子。所以使用的提法要服从变化的事实。这话说得多正大啊！这样说来，《春秋》所称的中国或夷狄，本来就没有固定不变的。虽然它本是中国，却有夷狄般的行为，那就是夷狄；反过来说，它没有做出夷狄般的行为，虽然它本来是夷狄，却也是彬彬然的有礼君子。这样说来，即便是一定要使用“攘夷”这种说法，也只能是对那些作出了夷狄般的行为的国家才加以排斥，不能因为它原本是属于中国就加以原谅。这道理就清清楚楚了。

何谓夷狄之行？《春秋》之治天下也，天下为公。选贤与能，讲信修睦；禁攻寝兵㉓，勤政爱民，劝商惠工㉔。土地辟，田野治；学校昌，人伦明；道路修，游民少；废疾养，盗贼息。

由乎此者，谓之中国；反乎此者，谓之夷狄。痛乎哉，传之言也！曰，然则曷为不使中国主之？中国亦新夷狄也。然则吾方日兢兢焉[25]求免于《春秋》所谓夷狄者之不暇，而安能夷人，而安能攘人哉[26]？是故以治天下治万世之义言之，则其不必攘也如彼，以治一国、治一时之义言之，则其不能攘也如此。吾卒不知攘夷之言果何取也。

注释

㉓讲信修睦，禁攻寝兵：讲究诚信，友好；禁止互相攻击，停止军事行动。 ㉔劝商惠工：鼓励商业流通，优待手工业。 ㉕兢兢焉：即兢兢业业，小心谨慎貌。 ㉖安能夷人，安能攘人：此处夷、攘均作动词理解。即不能把别人看作夷狄而排斥别人。

解说

（前段引证了许多《春秋》认为是夷狄之行的实证。但）究竟什么是夷狄之行呢？（在这里有必要做出解答。）《春秋》所理想的治理天下的方式是："天下为公。"要选择贤能的人来管理，行事要讲信用，同邻国要和睦；禁止侵略进攻，停止武力威胁；勤恳地处理国家事务，爱护人民，鼓励发展商业，对工业发展给予优惠。尽力开垦土地，农业生产要井然有序；教育要昌明，人们要共同遵守道德；道路要修整，无业游民要减少；残疾人应受到扶养，偷盗抢劫要尽力减少。——治理国家合乎这些标准的就称为中国，反之，不合这些标准的就称为夷狄。——经传这些话说得何等痛切啊！要是说，为什么不就让中国来主持这一切呢？其实，中国现在也还是夷狄。我们正在小心努力以求走出《春秋》所指责的夷狄状况，哪里还能把别国看成夷狄，更哪能去排斥别人！所以说，从治天下、治万世这个标准来说，就没有必要喊什么攘夷；从治一国、治一时这个标准来说，就没有那个力量去说什么攘夷。我终是弄不明白，高喊什么攘夷究竟有什么用处？

徐君君勉既学于南海，治春秋经世之义，乃著《中国夷狄辨》三卷。一曰，中国而夷狄之；二曰，夷狄而中国之；三曰，中国夷狄进退微旨。于此犁千年之谬论，抉大同之微言[27]。后之读者，深知其言，则哓哓自大之空言或可以稍息也；中国之夷患，或可以少衰也。天下远近大小若一之治，或可以旦暮遇之也[28]。

虽然，以孔子之圣，犹曰："知我罪我，其唯《春秋》乎？"然则，世之以是书罪徐君，而因以罪予者，又不知凡几矣！

注 释

㉗犁千年之谬论，抉大同之微言：犁，犁地翻土，引申为把错误言论翻过来。抉，挑出，大同之微言，指大同世界的深刻理论。见《礼记·礼运篇》"大道之行也，天下为公。……是谓大同。"

解 说

徐君君勉从康南海先学成了，专门研究了《春秋》的治理天下的义理。于是著了《中国夷狄辨》（三卷）。其一是，把本是属于中国的国家贬为夷狄；其二是，把本属夷狄的国家视同于中国的国家；其三是，把中国国家贬退为夷狄，把原为夷狄的国家进等为中国国家，其中所包含的微而显的宗旨。在这个问题上，把千年以来的谬论重新翻过来，并且把《礼运·大同篇》的深刻理论加以开发。后来的读者如能够深刻理解其中的意义，那么，那些吵吵闹闹的自大狂的废话，也许就该停止下来了。中国所遭受的外来侵略，也许就能有所减少。天下不分大小远近都同等治理的大同世界，或者早晚就会实现了。

话虽如此。但以孔子这样一个圣人，他还说："了解我或是责备我的，都是由于《春秋》这部书罢！”那么，在今天时代，由于归罪于这部书而批评徐君，更因此而狠批我的，又不知道会有多少人了。

石芝父评：梁卓如为文轻快爽利。上之，逊桐城文之义法，下之，开新文学之先例。生成新旧文学一转捩人。又最好为翻案议论。经史五行之说，每多辩驳。此篇其一端也。

群学肄言序[①]

严　复

严复（1853—1921），字几道，亦字又陵、幼陵。福建闽侯人。近代启蒙思想家、翻译家。福州船政学堂首届毕业，亦为首届遣送留英学生。归国后任北洋水师学堂总教习、总办。中日战败后，力主变法。倡言："今日中国不变法则必亡。"译《天演论》疾呼"物竞天择，适者生存"。号召人民救亡图存。对当时中国知识界有重大影响。翻译《原富》、《法意》、《名学》、《群学肄言》等现代科学著作八种。

群学何？用科学之律令，察民情之变端，以明既往、测方来也。肄言何？发专科之旨趣，究功用之所施，而示之所以治之方也。故肄言，科而有之。今夫士之为学，岂徒以弋利禄[②]、钓声誉而已？固将于正德、利用、厚生三者之业[③]，有一合焉。群学者，将以明治乱盛衰之由，而于三者之事操其本耳。

注　释

①群学肄言：群学，即今言社会学。肄言指某一科学的旨趣、方法、应用等。犹如今天常见的导言、引言之类，以便于学习入门。　②弋：古代一种系有绳索用以射鸟的工具。引申为猎取。　③正德、利用、厚生：端正人的品德，方便使用的工具，丰富人群的生活。此语见于《尚书·大禹谟》。

解　说

群学即今天所说的社会学。首段开宗明义，解答这门学科的性质以及它的作用。

什么是“群学”？就是用科学规律来考察社会群体的发展变化，来解释过去，预测未来。什么叫肄言？就是用以阐明这一专科的宗旨、目的，以及它的作用及其实施方法。所以，就肄言来说，是每种科学都有的。今天学生来做学问，岂是光用来换功名富贵、沽名钓誉的？其实应该在对道德品质、对社会有实用价值和提高人民生活水平这三方面，至少对一方面起作用。群学呢，就是使学者明白国家社会怎样会兴旺有序或混乱衰败的因果关系，在上述三方面寻求它的根本途径。

斯宾塞尔者，英之耆宿也[④]。殚年力天演之奥窔[⑤]，而大阐其理于民群[⑥]。盖所著之《会通哲学》成，其年已七八十矣。以其书之深广，而学之难得其津涯也[⑦]，乃先为之肄言以导厥先路[⑧]。廿年以往，不佞尝得其书而读之[⑨]。见其中所以饬戒学者以诚意正心之不易，既已深切著明矣。而于操枋者一建白措注之间[⑩]，辄为穷事变、极末流，使功名之徒失步变色，俛焉知格物致知之不容已[⑪]。乃窃念近者吾国以世变之殷[⑫]，凡吾民前者所造因，皆将于此食其报。而浅谫剽疾之士[⑬]，不悟其所从来如是之大且久也，辄攘臂疾走，谓以旦暮之更张[⑭]，将可以起衰而与胜我抗也。不能得，又搪撞号呼[⑮]，欲率一世之人与盲进以为破坏之事。顾破坏宜矣，而所建设者，又未必其果有合也，则何如稍审重[⑯]，而先资于学之为愈也！诚不知其力之不副[⑰]，则积期月之勤，为迻译之如左[⑱]：

注　释

④耆宿：年高有德的学者。　⑤奥窔：指室内的深处隅角。引申为学

问的幽微深奥之处。 ⑥民群：即社会群体。 ⑦津涯：津，渡口；涯，水边。引申为学习的门径。 ⑧导厥先路：在前面当向导。 ⑨不佞：不才。自谦之词。 ⑩操枋者：枋，本意为支连梁柱等的短木；操，掌握，引申为执权柄者。建白措注，说明、注解。 ⑪俛：同俯。格物致知，旧时儒家的基本功。即认识客观事物，从而取得知识。 ⑫世变之殷：即世道变化的迅速、密切。 ⑬浅谫剽疾：浅，浅薄；谫，简陋；剽疾，好斗。 ⑭旦暮之更张：一早晚功夫的改革。 ⑮搪撞：即莽撞。 ⑯审重：谨慎慎重。 ⑰副：相称。如："名不副实"，名实不相称。 ⑱迻译：翻译。

解　说

这一段是全文的主体。是作者抒发其对当时局面的政治见解，以及译成此书的动机与目的。在这里，作者显然偏向于保皇主张而讥评革命运动。但他所预见的，社会制度的变革，并非推翻一个皇帝即可成功、就可以完成反封建的任务，确是有相当见地的。但他的确并不理解皇权既得利益集团怎么可能自动放弃既得的利益，这是他的局限所在。

斯宾塞尔是英国德高望重的学者，多年致力于天演论学说更深一层的理论奥秘。努力将这种深奥理论向社会阐明，他所著的《会通哲学》完成的时候，他已七八十岁了。由于这本书内容的广泛、深奥，学习者很难找到方便学习的路径，乃先为学习者写了一篇"肄言"以作为初学的向导。廿年以前，我曾经得到这本书来研读。发现其中努力告诫初学者要专心刻苦研读，这本书是不易读懂的，这告诫已很深刻而明白了。而对于那当权者的一切措施所当注意举措的事项，则要推论到它将可能发生的变化直到最细微的地方。使一些仅想当官的人们对之望而却步，吓退了。低下头来，知道格物致知的学问是容不下一点私心的。由此我想到我国当前世事变化的快速。凡我们过去所创出的因，现在就会自食其果。但一些肤浅而又性急的人，不懂得眼前的事其从来的原因很重大而且时间长久，总是卷起袖子快步向前走，以为花几个早晨或晚上，就可以把我国的衰弱扶起来，同那些曾打败我们的家伙们相抗衡。这点没有做到，又鲁莽地号召，想带动一代人去搞些盲目的、破坏性的事情。但是，破坏可以，而所建设的却不一定合乎想象。那么，何如稍为冷静、谨慎一点，先向科学咨询一下不更好吗？我确实不知道自己的能力和目标不相称，就花了一年多的功夫，把这书翻译如下列：

其叙曰：

含灵秉气[19]，群义大哉[20]。强弱明暗，理有由来。哀此流俗，不知本始。在筌忘鱼[21]，操刃伤指[22]。——译《砭愚》第一。

执果穷因，是惟科学。人事纷纶，莫之掎搉[23]。虽无密合，宁勘大同[24]。籀此公例[25]，彪彼童蒙。——译《倡学》第二。

真宰神功，曰惟天演。物竞天择，所存者善。散曰么匿，聚曰拓都[26]。知微之显[27]，乃法所郛。——译《喻术》第三。

道巽两间[28]，物奚翅万[29]。人心虑道，各自为楦[30]。永言时位，载占吉凶。所以东圣[31]，低徊中庸。——译《知难》第四。

注　释

⑲含灵秉气：即每个人的生命都秉承着大自然所赋予的精华气质。⑳群义大哉：群义即群体这个名词的意义。　㉑在筌忘鱼：庄子有句名言：“得鱼而忘筌。”因为用鱼篓的目的是盛鱼，鱼才是主体。此处反用这句话，是讥讽那些急躁者急于求变，但忘了为什么要变。　㉒操刃伤指：只顾拿刀，却伤了自己的手指。　㉓掎搉：掎，抓住。搉，同榷，专卖。可引申为控制。此处意为，人事太复杂，不知应抓住什么地方。㉔宁勘大同：可以找到共同之处。　㉕籀此公例：籀，推演共同的事例，以启发初学者。　㉖么匿、拓都：均为英文的音译，即个体与总体的意思。　㉗知微之显：知道隐微的可以演变为显著的。郛，城郭，亦意集中地。聚集处。　㉘巽，依随。两间，天地间。　㉙物奚翅万：天地间的物种何止以万计。　㉚楦：作鞋的楦头。引申为模式、模型。　㉛东圣：东方圣人。指孔子。

解　说

天生的具有性灵又各秉赋有不同先天气质的个体，结合而成为社会群体。这个群体的含义是非常广大的。各个群体之间，有强的、弱的、光明的、昏暗的不同。但这些不同都各有自己的历史的原因。可怜当今这些流俗之人，不知道当前种种社会现象，都各有自身的演化由来。只看装鱼的篓子不好，却忘了装的是什么鱼。本想为改进而动刀子，却反而割伤自己的手指。译本书的第一章就是对愚昧下针砭。译《砭愚》第一。

拿着现实的结果去寻求终极的原因，这就是科学。社会的人事纷乱复杂，无法理清。但是，虽然不能完全吻合，却可以找出大体相类的因果。以此共有的事例，可以使初学者受到启发。——《倡学》列为第二。

世上的一切，好像都出于上帝神力的安排。其实都是物竞天择、自然演化的结果。物竞天择的结果，只有最优秀的才能够生存。个体称为Unit，总体就叫作Total。懂得一些微弱细小的因素可以发展成显著强大的因素，这便是一切物体发展规律的奥秘、核心之所在。——《喻术》列为第三。

道顺行于天地之间，所成的物类何止千万。人人都在考虑道的存在，但又各有自己的模式，各人所虑不同。常常更由于时间、地点，以及各自所处地位的不同而各不相同。又各以自己的所在位置，来占判吉凶。所以东方圣人孔子，才长久徘徊于中庸之道上。因此，《知难》排在第四。

难首在物，是惟心所[32]。传闻异辞，相为旅距[33]。见者枝叶，孰察本根。以槿议椿[34]，如虱处裈[35]。——《物蔽》第五。

主观二义，曰情与理。执己量物，哀此心盲[36]。简不逮繁，小不容大。滞碍僻坚[37]，举为群害。——译《智贼》第六。

忧喜恶欲，皆使衡差[38]。以兹目眚，结彼空华[39]。所严帝天，所畏魔蝎[40]。以是言群，几何能达。——译《情瞽》第七。

心习少成，由来学最。杨取为我，墨尚兼爱[41]。偏至之德[42]，所伤实多。曷建皇极[43]，以救厥颇[44]。——译《学诐》第八。

注　释

㉜心所：心之所在，心之所向。　㉝旅距：对抗，抗衡。　㉞以槿议椿：槿，一年生草本植物；椿，《庄子·逍遥游》："上古之时有大椿者，以八千岁为春……"二者寿命差距太大。用槿的标准来衡量椿，是不行的。　㉟如虱处裈：裈，裤子。阮籍：《大人先生传》中说有种人生于天地间，犹如群虱藏在裤裆里。比喻没见识，太渺小。虱，人体寄生虫。　㊱心盲：眼看不见为目盲，不辨是非可以认为是心盲。俗语谓："瞎了心。"　㊲滞碍僻坚：滞碍，不通情理。僻坚，顽固歪缠。　㊳衡差：衡量事物出偏差。　㊴以兹目眚，结彼空花：眼睛有毛病，在空处能看见花。眚，音省。　㊵魔蝎：魔是魔鬼、蝎是毒虫，都是害人的东西。　㊶杨取为我，墨尚兼爱：战国时，杨墨之言盈天下。杨朱主张为我，拔一毛而利天下，不为也。墨子主张兼相爱，交相利。　㊷偏至之德：这种道德说是有偏向的，而且偏差到了极端。　㊸曷建皇极：《尚书·洪范》："皇建其有极。"要使君王作为社会群体的正确标准。不许人民有其他标准，只许服从君王所建立的皇极。这样才可以纠正一切偏颇的思想主张。　㊹颇：偏向。不正确的倾向。(这里表现出严复的保皇倾向。其实，皇极的建立，随秦始皇统一六国，早就建立了。然而它是否就正确了呢。事实证明这是一厢情愿的幻想。)

解　说

困难之所在，首先是你心灵的价值指向。世上的各种主张，各有各的说法在互相抵触。往往所见的都是枝叶问题，不是根本所在。犹如以一年寿命的木槿来评判八千岁为春的大椿，好比一个处在裤缝中的虱子，怎知天地之大！——译《物蔽》第五。

观察事物的着眼点在于情与理。固执自己的主见去衡量客观的是非，那他的心是盲的。简单的推理解不开复杂的事物，小道理盛不开大道理。

思想的滞塞、偏执、顽固，都能为害社会群体。译《智赅》第六。

忧愁、欢喜、恨恶、欲望，都能使判断出现差错。就像视力不正常者眼前会现出空花。客观规律是严格的，可怕是心中有先入为主的错误思想的故障。这样来观察社会，怎能有正确的结论？译《情瞀》第七。

人的思想最易从小养成。杨朱主张为我，墨翟主张兼爱。这类具有偏执性的思想，对正确思想的伤害是很严重的。何如先建立起一个至高至大以君王为中心的正确标准，来挽救这种可能出现的偏颇。译《学诐》第八。

民生有群，而傅以国㊺。竺我忘人㊻，爱或成贼。反是为甹㊼，矫亦失中。惟庆无妄，其例乃公。译《国拘》第九。

演深治久，群有众流㊽。以各争存，乃交相鳅㊾。或怒诪张㊿，或怨施夺51。民德未隆，安往不刺52！译《民梏》第十。

国于天地，基命黔首。云何胥匡53，独责元后。朝有政党，乐相诋諆54。玄黄水火55，鉴蔀衡迻56！译《政惑》第十一。

天人之际，宗教攸资。听神蔑民57，群治以衰。举人代天，教又不可；释、景、犹、回58，皆有负荷。译《教辟》第十二。

注　释

㊺傅以国：加上以国家的名义。是在群体出现后加上的名义。　㊻竺我：竺同笃。厚于自己，不管他人。　㊼甹：音乒。汉时长安方言，轻财者为甹。轻财仗义任侠为甹。　㊽群有众流：群体中又出现许多流派。　㊾鳅：通踏。排挤、践踏。　㊿诪张：音州张。虚诳，欺骗。　51施夺：施予、夺取：群体中取与不公而导致仇怨。　52刺：矛盾、刺激。　53胥匡：《尚书·太甲》"民非后，罔克胥匡以生。"意为，没有君王的匡正，人民就无法正常成长。　54诋祺：争论、攻击。　55玄黄水火：意见不统一之意！你说黑好，他偏赞成黄，像水与火互不相容让。　56鉴蔀衡迻：鉴、镜。晚亮之意。蔀，云遮日光，阴暗之意。时而光明。时而幽暗，频

频移动。 ⑰听神蔑民：听从神意而蔑视民意。 ⑱释、景、犹、回：皆宗教名。佛教、景教、犹太教、回教。（景教，唐时由罗马传入中国，后逐渐消亡。）

解 说

人类是过着群体生活，这个群体又加上“国家”的名义。光顾自己而忘了他人，只爱自己或许就成为盗贼。反过来轻财货、搞义侠，又矫枉过正。只有真正诚实，不说谎话，才能真正做到公正。译《国拘》第九。

社会演进时间久了，社会将出现众多的流派，各自争取自己的生存，乃至于互相排挤、互相践踏。或因听到假话而愤怒，或怨恨施予夺取的不公平。民众的道德品质不高，哪会不处处发生矛盾。译《民梏》第十。

立国于天地之间，基础是老百姓。如何使他们都能有秩序地生活？责任在为君为后的领导者。朝廷群臣各有党派，本来就在互相攻击。你黑我黄，时而光明，时而昏暗，秤砣在秤杆上也在不断移动，搞不清楚。译《政惑》第十一。

天与人的关系是宗教所以存在的基础。但只听神的而蔑视人民的意见，那就会导致社会的衰败。拿人民的意见来代替天意，宗教又不允许。佛教、景教、犹太教、回教，各自都有自己所背负的。译《教辟》第十二。

夫惟知难，学乃殆庶[59]。厉于三科，曰乡、间、著[60]。乡以观法[61]，间乃穷因[62]。习著知化[63]，乃凝于神。译《缮性》第十三。

一神两化，大德曰生[64]。咨此生理，群义以明。群实大生[65]，而生之织。欲观拓都，视此么匿[66]。译《宪生》第十四。

我闻佛说，境胥心造[67]。化万不同，造于厥脑[68]。主道齐者，民情是田[69]。不洞幽漠，孰知陶甄[70]。译《述神》第十五。

惟情有学，以因果故。去私戒偏，来导先路。盍勿孟晋，犹怀蘧庐[71]。译此悬论，敢告象胥[72]，译《成章》第十六。

注释

⑤⑨学乃殆庶：学术门派逐渐发展众多。 ⑥⓪糸、间、著：学术的三种类别。糸音觅。 ⑥①糸以观法：糸科，学名学和数学。侧重于思维的逻辑方法。 ⑥②间乃穷因：间科学物理和化学。侧重于追求事物发展、变化的原因。 ⑥③习著知化：著科学天文、地理。观察天与地如何运行、发展、变化。 ⑥④大德曰生：《易经·大传》说："天地之大德曰生。"一切生命由天地制造。 ⑥⑤群实大生，而生之织：群体（社会）就是一个大生命体。这个大生命由个体生命织成。 ⑥⑥欲观拓都，视此么匿：要想了解群体生命将会如何，看个体就知道了。 ⑥⑦境胥心造：胥，皆。一切外在境物，都由自己的心造成。 ⑥⑧造于厥脑：千万种不同环境，都是在脑袋里构成。 ⑥⑨民情是田：《礼记·礼运》："故人情者，圣王之田也。"这意思说：人民的愿望，就是你耕作的成绩。君王满足人民的愿望，人民就报以拥护，反之，人民就将与你对立。 ⑦⓪不洞幽漠，孰知陶甄：既然人情是你的田土，你不深入人民情绪的荒漠中，你又如何能懂得去铸造他们，陶冶他们？ ⑦①盍勿孟晋，犹怀蘧庐：犹言何不勉力前行，还恋恋地想要休息。蘧庐，传舍也，旅途中休止处。 ⑦②译此悬论，敢告象胥：悬论，可以悬之国门的理论。象胥：古通译官名。《周礼·秋官·象胥》："堂蛮夷之国闽貉戎狄之国，使掌传王之言，而谕说焉。"

解说

正由于学习知识的艰难，所以逐渐分成几个不同的科。可以区别为三科，即糸（古文系字，音觅。）科、间科和著科。糸科专致于学习思维方法。名学与数学属于此科；间科着意于追求一切事物的原因。物理与化学属此。著科则侧重于观察天与地的运行与变化。学习了这三科，学者的知识就几乎可以通神。译为《缮性》第十三。

万事万物之初为太极，太极进而分为阴阳。所以《易经》说："天地之大德曰生。"研求这生的内在含义，社会群体的关系就可以明白。社会就是一个大生命，而又是许多生命的交织而成。你如想认识社会的总体，就应从它的个体开始研究。译《宪生》第十四。

我听得佛说，一切境都是心造的。千千万万不同的境，都是由头脑造出。社会的领袖主宰管理社群，老百姓的情绪就是他应努力耕种的田地。不能洞察那些遥远阴暗的地方的人情，怎能知道如何将他们铸造。译《述神》第十五。

群体中深含着科学，因为群体间存在着千丝万缕的因果关系。排除了私心，警惕着不要存有偏见，就可以导引学者前进，使他们快速前进。怀着继续前进的心情，我译出这可以悬诸国门的书，公开请教翻译界的同行。译《成章》第十六。

（以上十六段文字，是照原书的篇章次序作的全书的提要大意。分别略加介绍。以为学习者指点入学的门径。所以各段文意不一定互相连贯。）

涵芬楼古今文钞序[①]

严 复

有讯于复者曰[②]：方今世变大异，归学浸微[③]家肄右行之书，人诩专门之选[④]。新词怪义，柴耳而滥简编[⑤]。向所谓圣经贤传，纯粹精深，与夫通人硕儒[⑥]，穷精敝神，所仅得而幸有者，盖束之高阁而为鼠蠹之居久矣[⑦]。今夫文章为物，有为时所宝贵，向蕲而不克至者矣[⑧]；安有为天下所背驰僢趋[⑨]，尚克有存者乎？先生识之，三十的以往，吾国之古文辞殆无嗣音者矣[⑩]。

注 释

①涵芬楼古今文钞：涵芬楼是商务印书馆收藏古本、珍本、善本书籍的藏书楼名。20 世纪 20 年代，在涵芬楼基础上建成有名的“东方图书馆”。“一·二八”抗战初毁于日本侵略军的炮火。古今文钞，是该印书馆以该楼部分藏书选印发行的书名。 ②讯于复者：讯，问。复，作者名。这是一种假设问答的行文方式，不必实有其人。 ③浸微：浸，逐渐。微，衰微。 ④家肄右行之书，人诩专门之选：肄，读。诩，夸耀，音许。右行之书，中国传统书写自上而下行。欧美文字皆自左向右横写。故称右行。 ⑤柴聋而滥简篇：柴，柴禾；聋，附耳低语。叽叽咕咕。滥，泛滥；简编，书刊。指由于西方文化东进，各种新名词、新概念的引进，使思想保守派强烈不满。认为书刊中充斥了令人不懂叽里咕噜的外来新词，抱怨这让传统中华文化受到污染。 ⑥通人硕儒：古代对各种理论一般称为道。儒家称为儒道。能够通晓儒家理论的，称为通人。对儒家理

论有研究，名声很大的称为硕儒，或大儒。⑦鼠蠹之居：老鼠和蠹鱼（啃书的虫）作窝居住的地方。⑧向蕲而不克至者：向，向往。蕲，音其，通祈，祈求。不克至，达不到。意思是：文章这东西，从前是许多人衷心希望能达到那个高水平，然而却无法达到的。⑨僢趋：僢，同舛，两足相反，僢趋，即向相反方向跑。⑩嗣音：嗣，继承，继承前人的声誉。

解　说

涵芬楼是商务印书馆收藏珍本图书的楼名。《古今文钞》是其部分印行图书，非常珍贵。严复为之作序。由于十九世纪末，西学东渐，传统的古文逐渐失去往日的辉煌。世纪之交前后，颇有一些学者为古文的生存前途产生忧虑。严复乃借为书作序之机，以“物之存亡系其精气咸所自已”的道理，反复证明古文绝不会消亡。使这篇文章由此而遂有强烈的时代思想特点。百年之后的今天看来，的确证明了严复的见解。优美的古文至今未亡，而那些干利禄、求功名的帖括讲章，千真万确地早已成灰成土了。要抽问一下今天的青年一代，八股文章是什么，恐怕十个人有十个回答不上来。这个现象正是严复的观点的证明。

本篇以假设的提问开始。

有人问我：今天的世界变化很大，传统的学问渐渐不受重视了。家家都在学习那些洋文横写的书，人人自诩都是这个或那个专门家。新的词语，莫明其妙的含义，像乱柴禾一样叽里咕噜在书编中到处都是。传统所说的圣经贤传，如何纯粹，如何精细深刻。那些名家又是如何竭尽精力才得出的点滴收获而且很侥幸存留下来的，差不多都放在仓库里让老鼠、蠹鱼去作窝了。文章这东西，曾确有为时代所宝贵、向往而难于到达的高深；但哪有与时代潮流背着走而能存在的呢？先生，请您记住：再过三十年，我们国家的古文辞，恐怕再也不会有继承的人了。

复蹴然应之曰⑪：奚为其然也？客之为是忧也，其亦昧于存亡之理已。物之存亡，系其精气咸所自已⑫，莫或致之⑬。方其亡也，虽务存而犹亡；及其存也，若几亡而仍存。非人之能为存也，乃人之不能为不存也。且客以今之时为亡古文辞者，无亦以向之时为存古文辞者乎[14]？果如是云，则又大谬。夫帖括讲章[15]，向之家咿唔而户揣摹者[16]，其于亡古文辞乃尤亟耳。然而自宋历明以至于今，彼古文固未尝亡也。以向之未尝亡，则后之必有存。固可决也[17]。

注 释

⑪蹴然：严肃警惕状。犹言一下子站起来。蹴，音促。 ⑫咸所自已；由于其自身内在因素的作用。 ⑬莫或致之：没有外在力量能使它这样。 ⑭向之时：过去那个时代。 ⑮帖括讲章：帖括，是指八股文取士时代一种特殊读物。因考试离不开六经经文，而经文难记诵，又恐书写时笔误。因此有人将经文编成种种便于记诵的顺口溜，供应试者背诵。犹如今天流行的试题解答。称为帖括。讲章，即讲义。 ⑯咿唔，揣摹：咿唔，低声默诵。揣摹，指应该如何去理解。揣，猜测。摹，摹拟。 ⑰固可决也：决，判断。肯定能作出判断。

解 说

（对于这样一个事关古文存亡的重大问题）严复立即端正严肃地回答说，怎么会这样呢？你怎么忧虑到这样一个问题呢？你这是对一个事物能存在或不能存在的道理有点糊涂了。一个东西能否存在下去，是它自身内在的精气自身来决定，不是什么外在的力量能决定的。当它要灭亡的时候，即使你尽力要保住它，它还是会灭亡。它能够存在下去的话，有时看来差不多一定要灭亡了，却依旧能活下来。这不是谁的力量能使它存在，而是人的力量无法使它不存在。再说，您以为今天这个时代将要使古文灭亡，是不是以为在此前的时代是能保存古文辞的？要是这样认识，那就大错了。那些八股文的帖括讲章（八股文的作文方法的讲义），从前人一天到晚都在拼命背诵，拼命弄懂的东西，那才是促使古文灭亡的更危险的东西。但是从宋朝、明朝到如今，古文辞却并未被灭亡。从过去的八股文没能使古文辞灭亡，那么今天以后古文辞会照样存在，这是完全能决定的。

盖学之事万途，而大异存乎术鹄⑱。鹄者何？以得之为至娱而无暇外慕⑲，是为己者也，相欣无穷者也。术者何，假其涂以有求⑳，求得则辄弃。是为人者也，本非所贵者也。

为帖括，为院体书㉑；浸假而为汉人学，为诗歌，为韩、欧、苏氏之文，樊然不同。而其弋声称、罔利禄也一㉒。凡皆吾所谓术而非所谓鹄者。苟术而非鹄，实皆亡吾学！

功令之变几十年矣㉓。而海内学子之所鹜趋㉔，亦曰以是新术于吾之旧鹄最便。其于客之前所称舍，以弋声称、罔利禄，又无爱也㉕。夫如是，而客以其向背为吾古文辞之所系以存亡也，不亦甚远甚远矣乎？

注　释

⑱术鹄：术，技术，方法，手段。鹄，古时射箭时所立的标的称为鹄。引申为目标，或目的。　⑲以得之为至娱而无暇外慕：以得到它为最大满足，根本没功夫想别的。这就是目的。　⑳假其涂以有求：术者，只不过是借用的手段来达到别的目的，用完就扔下。　㉑院体书：一种书法，称为院体书，亦称翰苑体。这种书法被认为是八股文考试必须会的书法。其特征为“黑润光圆”。即：墨色要浓，发亮；用笔要圆润。不得有枯笔与棱角。因为，这种书法庄重、大方、端正，有福泽，易为座师所赏识。　㉒弋声称，罔利禄：弋，射。亦专指箭尾系有小绳，专用以射死鸟。《诗·郑风·女曰鸡鸣》：“将翱将翔，弋凫与雁。”声称，名誉。声望，称道。罔，即纲。利禄，利益，俸禄，亦即想当官。求得利。总之是求名求利。　㉓功令：古时考核及录用学者的有关法令。　㉔鹜趋：鹜，野鸭子。野鸭多是成群飞行，有一只鸭子飞起，其他的也随即飞起。这种

现象被称为骛趋。㉕又无爱也：并非有所偏爱。

解 说

前面第一段是提出问题，第二段是对问题的反驳。第一段的问题是说古文行将灭亡了。第二段是说古文绝不会灭亡。古文的存与亡在于它自身，而不在于外来的力量。但只是这种断语还不能使提问者心服。因为事实上古文学已逐渐不被社会重视了。于是，在这一段中，作者提出了一个更本质的问题，即鹄与术的根本区别，亦即目的与手段作用的区别。喜爱古文学本身与以古文学作为沽名钓誉以求取功名利禄的手段之间的区别。而这种以古文学为手段别有目的的人离弃古文学，实际上丝毫不能影响到古文学的存亡。用这种人的取舍来判断古文学的存亡，当然不能得出正确的结论。

这一段是全文的中心，有严密的逻辑力量。

求学问的道路千差万别。最大的不同在于目的与手段。什么是鹄(目的)？一个东西，以得到它为最大快乐，别的什么全不在意，是专为满足自己的，是永远爱它的。什么是术（手段)？是借它来达到别的目的，目的达到了，作为手段的东西立即就抛弃了。这是用来给别人看的，自己并不在乎，本来并不珍重它的。

那些作帖括（八股文特需的做法)、作翰苑体的书法、渐渐地发展为研究汉学（考据学)，作点诗歌，学点韩愈、欧阳修、苏轼这些体裁的文章，似乎多种多样，各有不同。但其实都是用来沽名钓誉、捞取做官的，都是同一目的。这都是我所说的以古文为手段的。而不是以学古文为目的。假如以学古文为手段而非目的，这种人都是会使古文趋于灭亡的。

国家择用人才的方法的改变已有几十年了。国内这些求学者成群结队有所趋向的，也是认为这样对于实现自己的目的最有利。依然是陈旧的功名利禄的目的。也是提问者在前边说的那些沽名钓誉、求功名利禄的人。他们对学问没有爱。像这样的，而您以为他们会关系古文学的生死存亡，难道不是离题太远了吗？

若夫古之治文辞而遂至于其极者，可以见矣。岂非意有所愤懑[26]，以为必待是而后有以自通者欤[27]？非与古为人，冥然独往[28]，而不关世之所向背者欤？非神来会辞，卓若有立[29]，虽无所得乃以为至得者欤？夫万生极殊[30]，而士各有所汲汲[31]，客无谓继斯以往，而遂绝是者徒也[32]。则奚为其如客之前言也哉？

注　释

㉖愤懑：音奋闷，心中不平，烦闷，愤怒。　㉗自通：自我消解。㉘冥然独往：闭上眼睛，不顾一切，独自前进。　㉙卓若有立：自觉高超，有所成就。　㉚万生极殊：一切生命都各有不同。　㉛汲汲：向往，追求。　㉜遂绝是者徒：再没有追求者了。

解　说

那些古代研究文章言辞而达到了最高境界的人，他们的成就可以理解了。岂非他们心中有着很多的气愤不满，认为必须作出文章来才能使自己的思想认识为人所理解的吗？非要像古代那种人那样去做人，不顾一切地独自向前，丝毫不关心当前时世的趋向与反对的吗？岂不是好像有一种神圣的思想来到笔端，产生出一种高出世俗的崇高感觉，虽然一无所得，却认为自己得到了最宝贵的东西那样吗？世上千千万万的生命，各自完全不同，但都各自在汲汲追求。您不要以为从此以后这种人就不会再有了。那么，怎么会有如同开头您所说的那种情况呢？

迩者，邑子吴先生[33]，方上下数千年，所网罗旧文仅万首。为之厘体别目，成艺苑钜观[34]，以飨天下之治古文辞而不必专以为术者[35]。夫先生深于文者也。客欲征吾言乎[36]？则请以是编之风行而卜之[37]。

注　释

㉝邑子：同邑的学者，即同乡。　㉞厘体别目：犹言分门别类。厘，治理，区分。目，科目。　㉟飨：招待、供应。　㊱征吾言：征，求证，寻找我的话的验证。　㊲卜之：决定是非或取舍。意为，这本书是否能够流行，可以判定是否还有人喜学古文。卜的本义是古代用烧灼龟壳，看其裂纹以定吉凶。后来发展到一切打卦求神、看相、算命、测字等都称为卜。

解　说

近来，我的同乡吴先生，正在到处搜索上下几千年的古文一万篇。把它们分门别类，排列先后，编成一部文字苑囿的巨大风景点。用来给天下的研究古文者们来仔细品味，却不是给他们提供什么别的目的的手段。吴先生的古文造诣是很深的。您如对我前边所说的话要想求证的话，那么，你不妨用这部书发行之后是否能够风行来测验一下我的话。

石芝父评：幼陵与予同为北京议员者三年。身颀而长。循循儒者气象。与之谈法律、学术、经济、文章，能委曲道其所以然。近代治朴学者盖无出其右矣。

跋

《四千年文选》标点、解说、注释既竣事，不禁掷笔慨然，思绪如棼。盖距此书之初问世已五十余年矣。逝者如斯，人生易老。此书编选者先父，谢世已四十余年，予亦垂垂老矣。抚今思昔，宁无感慨。

此书乃先父于抗战初期执教四川大学时所用自编讲义。所选不过百篇，乃所以俾初学者对祖国文学之流演粗知大略，为进一步研习提示门径而已。固未尝期其出版也。时当抗战初兴，日寇侵略日益深入。沿海地区诸高等学府艰难内迁。复课之初，师资教材均感匮乏。而此讲义简明闳深，不但适于指示初学之门径，且内涵数千年中华文化演绎流转之轨迹。波澜壮阔，气象万千。其所取舍，固非饾饤俗学、鲁鱼亥豕之徒之可知也。因而遂为新迁来诸校辗转采用。顾学校印力有限，势不能满足如此广大之需求，遂相与怂恿先父，责其出版。然当时军书旁午，物力维艰。尤其纸张匮乏，至不能供应报纸每日之急需，遑论出书。虽有各方鼎力，毕竟纸张有限。不得不极力压缩篇幅，仅印所选辑各篇本文，及各篇作者简介，并附以家父简短评语，聊备一格而已。至于课堂讲说，析疑解难，微言精义，博引今古，则咸付阙如。殊为可惜。

书成，销售快意。然不久，抗战胜利。各大学纷纷回迁。而家父亦以年老退休。此书遂渐归于沉寂。

然斯时，予始则负笈他乡，继而旅食外埠。萍飘云转，于此书前后经过固未尝闻也。解放后，虽时闻亲友言及此书，知其大略，但时值“知识越多越反动”及狠批“厚古薄今”之际，身在流离颠沛之中，更无暇，亦不敢过问此书事矣。岁月悠悠，忽忽五十余年。

及至小平同志力挽狂澜，中国重新走上建设道路。二十年间，百业皆起；各种学术亦纷纷向荣。予虽忝在学术研究之列，然时势沧桑，对此书久已淡忘。甚至不复忆起。乃年前张晓明君于北图查寻资料时，忽突兀发现此书名及编者名于索引之中。惊喜相告，如获随珠。按图索骥，乃知此书现藏于重庆市图书馆，已成海内孤本。

昔人有言云：“久蛰者思启，久懑者思噫。蓄极则泄，闷极则达。”此书之蛰五十余年矣，岂亦有所思启乎？抑或先父之灵致之乎？何其相遇之巧也！

予家祖辈为农民，世居重庆市璧山县八塘乡，全家无一人识字者。先父以清光绪元年（公历1875年）生。家贫，七八岁时佣为邻家牧牛。四川俚语所谓“放牛娃”也。邻家旧有私塾，儿童十余人朝夕咿唔其中。家父固羡慕已久。至是，则每天择丰草地放牛。牛既饱则早归。归即伏塾窗外倾听老师讲书，或以苇管画地学写字。久之，为塾师所觉，奇其好学之殷及写字竟有笔力。乃免费收入学，并不时资助纸笔。其时，先父虚龄十二矣。然先父天资颖悟，勤学过人。入学七年遂入泮宫，为秀才。二十五岁，以四川丁酉科（1897）乡试中举人。为璧山县数十年中第一人。可谓一帆风顺。次年，赴北京会试，而与于戊戌维新诸事。考已停。旋遇八国联军陷北京，社会秩序混乱。乃与同乡数人自京城水洞逃出返乡。返乡后鼓吹变法，创办新学，并任所创办璧山县中学堂第一任校长。乡人至今犹乐道之。

1908年，再次受召入京，授内阁中书。旋下诏立宪，设咨政院，又以川籍代表为咨政院议员。

1911年辛亥革命起，清朝崩溃，乃第二次还乡，为四川省议会秘书长。但军阀混战，乱势已深。整个祖国陷于军阀割据之中，一介书生，能奈其何？遂以饥驱，多次出为县长。然斯时，军阀横行，为县长者若与之同流合污，则富贵可立致。然先父出身贫苦农民，生性耿介且对农民有深厚同情，始终不肯阿世取容。予六七岁时，随父在灌县任上。一日，父携予至驻军团长龚渭清府中。龚正卧床吸鸦片，挥手让父亲坐床前。二人谈话，先则细语，继而高声，后来父亲离座站起，厉声驳斥，甚至泪随声下。予年幼，不知所谈何事。但心中惊骇，印象极深。不久，先父即解职还家。稍长，乃知为龚令向农民加防捐，先父奋力为农民请命，致起争执以至于去官。予由是以知，天地间固有正气，非暴力所能屈服者。

纵观先父一生之遭遇与此书何其相似。其兴也壮，其沉寂也久。因世之治乱使然。今此书之翻然重出于世，其亦先父之志欤？抑亦盛世使之然欤？拭泪志之，以俟将来。

海隅流客高祥樟记

2000 年 1 月 7 日

图书在版编目（CIP）数据

四千年文选 / 高石芝选编；高祥樟注评. -- 北京：社会科学文献出版社，2019.12

ISBN 978-7-5201-5143-6

Ⅰ.①四… Ⅱ.①高… ②高… Ⅲ.①中国文学-古典文学-作品综合集 Ⅳ.①I212.01

中国版本图书馆 CIP 数据核字（2019）第 136921 号

四千年文选

选　　编 / 高石芝
注　　评 / 高祥樟

出 版 人 / 谢寿光
组稿编辑 / 邓泳红　桂　芳
责任编辑 / 桂　芳
文稿编辑 / 伍勤灿

出　　版 / 社会科学文献出版社·皮书出版分社（010）59367127
地址：北京市北三环中路甲 29 号院华龙大厦　邮编：100029
网址：www.ssap.com.cn
发　　行 / 市场营销中心（010）59367081　59367083
印　　装 / 三河市龙林印务有限公司

规　　格 / 开　本：787mm×1092mm　1/16
印　张：36.5　字　数：598 千字
版　　次 / 2019 年 12 月第 1 版　2019 年 12 月第 1 次印刷
书　　号 / ISBN 978-7-5201-5143-6
定　　价 / 128.00 元